LENDER
许量公社

② 放贷人

资本之鹰 著

四川文艺出版社

图书在版编目（CIP）数据

许量公社 2. 放贷人/资本之鹰著. —成都：四川文艺出版社，
2016.11（2017.8 重印）
　ISBN 978-7-5411-4505-6

Ⅰ. ①许… Ⅱ. ①资… Ⅲ. ①长篇小说-中国-当代
Ⅳ. ①I247.5

中国版本图书馆 CIP 数据核字（2016）第 270143 号

XULIANGGONGSHE 2. FANGDAIREN

许量公社 2. 放贷人

资本之鹰　著

责任编辑	彭　炜
封面设计	叶　茂
版式设计	史小燕
责任校对	文　诺
责任印制	唐　茵　崔　娜

出版发行　四川文艺出版社（成都市槐树街 2 号）
网　　址　www.scwys.com
电　　话　028-86259287（发行部）　　028-86259303（编辑部）
传　　真　028-86259306

邮购地址　成都市槐树街 2 号四川文艺出版社邮购部　610031
排　　版　四川胜翔数码印务设计有限公司
印　　刷　成都勤德印务有限公司
成品尺寸　168 mm×238 mm　1/16
印　　张　29.5　　　　　　　　　　字　数　440 千
版　　次　2017 年 5 月第一版　　　　印　次　2017 年 8 月第二次印刷
书　　号　ISBN 978-7-5411-4505-6
定　　价　48.00 元

版权所有·侵权必究。如有质量问题，请与出版社联系更换。028-86259301

许诺天下　量力而行

序　言
关于借贷的思考片段

（一）

人生的主题就是借贷：身体是向父母借的，我们需要付出的是孝顺；爱情是向爱人借的，我们需要给予的是忠贞；友谊是向朋友借的，我们还以信任；权力是向人民借的，我们回报的是清廉与忠诚；就连老板这个光芒四射的头衔，也是向银行和市场借的，必须偿还的是信心与信用……

这是一个人人必须尊崇"有借有还，再借不难"的人生规则，这是用"信心"和"信用"才能够支撑的借贷与契约的市场经济主宰的世界。

"有借有还"！不论你是谁，不论你用什么借口，只要天良还在，债务就不灭，包括利用美元霸权"借贷"和"诈骗"了全世界的美国也是如此。

"有借不还"，等同于诈骗！当有人不得不还他从不愿意偿还的"债"，当还债的方式与方法再也不能够商量的时候，那种"道"与"义"的惩罚就叫因果报应。对金钱和感情都是如此，古今从无例外。

（二）

很多年以来，有一个问题一直在我的心中徘徊萦绕："男人有了钱会做什么？"答案千奇百怪。

一般而言，大多数男人有钱之后，第一就是"变坏"；第二就是投资。

男人变坏，与人类繁衍的"崇高事业"有关，也与人类"趋乐避苦"的娱乐本性有关；通常就是说他需要去寻找自己的女人。男人找女人，高尚一点的是爱情，低贱一些的是嫖妓；男人追求女人的数量与质量有限，追求财富却永无止境，而且男人们的精力无穷，所以，他们基本上都喜欢折腾。

所谓"折腾"，有两种：一是穷折腾；二是富折腾。穷折腾就是创业，富折腾就是投资。但这两者都是要把有限的精力投入到无限的挣钱的事业中去。而创业是什么呢？它是一个从无到有的过程；投资又是什么呢？投资是从小到大的过程，这两者都是人们仅次于吃饭的需求。

它与性一样，同样关系到人们的生存与发展，它还与人类固有的虚荣心和贪婪有关。投资最高级的是金融，最低档的就是高利贷了。而把资金借出去，再收回来的过程，就是放贷或者说借贷的过程；当然，从事这行不明不白的生意人，就是"高利贷者"或者叫"放贷（借贷）人"。

做放贷生意需要天时、地利，还有人和，做放贷人则是需要勇气、智慧，甚至运气。

"站着放钱，跪着收钱"，这是大多数民间资金借贷的无奈现实。这句话中的"跪着收钱"四个字，在不同的事态中，有不同的含义：一是借款人"跪着"被收债；二是放款人"跪着"乞求收回借款。有合法的渠道，就没有人会采用不合法的收款方式，否则就是疯子。

套用借贷行业曾经最流行的名言：如果你要让一个人上天堂，请劝他去做高利贷；如果你想要一个人下地狱，依然请他去放高利贷！

这是一念之差就可以让人游走在天堂或者是地狱的资本游戏，这是财富生长与毁灭的瞬间。金融就是利用别人的金钱做自己的事情；所谓民间金融，也就是集合民间游资，转化为民间资本的过程，其实这也是放贷人的艰难而曲折的实践与心路历程，这是勇敢者的游戏，更是智者的天下。

这是一般人不可能介入的金钱与美色的花花世界，这是距离人性与人情最近的地方。人性在这里闪光或者发臭，人情在这里要么发扬光大，要么灰飞烟灭。

这是黑白之外，灰色的战场；这就是"黑道"与"白道"之外的"灰道"，这是男人和女人的心灵凋零得最快的地方。

（三）

本书《放贷人》是继《借贷》一书之后的姊妹篇。书中除真实情节之外，还有很多假设与思考，请勿对号入座，切莫自寻烦恼。

在此感谢一切关心《借贷》系列小说的读者朋友和领导，感谢一切支持与批评帮助。《借贷》一书，能够凭借独特的民间金融题材，以不完善的处女作而一炮走红，数月畅销数万册，实在有点出乎我的意料。

有多少次与天南地北的数百名书友们聊天沟通，心情都非常愉悦，他们为我打开了很多新奇的人生感悟，让我学习与提高。他们中有全国二十来个省市的做借贷生意的同行，有房地产、高科技等行业的老板，有知名记者和重要媒体的朋友，还有创业者与一些领导。他们的赞扬让我欢喜让我忧：高兴的是他们由衷地喜欢书中的许量和他的伙伴们；忧愁的是他们希望许量更加"完美"，书中的世界要更加广阔，我面临"江郎才尽"的压力与动力。

本书《放贷人》在《借贷》的盛名之下，几乎是三易其稿了。

我要写"有用"和"好看"的书，这样的念头让我书写每个字都战战兢兢，如履薄冰。心血之间，想起了少年时期，跪读"二十四史"的坚韧之事，所以才能够鼓足勇气继续前行。

在此特别要申明的是《借贷》与《放贷人》，以及以后的续集，尽管得到一些朋友的建议与交流，但书的每一个情节设计与文字创作，都是完全由我独立完成，我宁愿保留作品缺陷，也不愿意损失书的真实性和放弃我写作的特色。

《借贷3》暂命名为《民间金融》，它主要讲述许量等人在民间金融政策逐步开放之后，包括对小额贷款公司、村镇银行等民间金融新形式的一些有益的探索和尝试，当然许量的事业与人生也会更加精彩。

《借贷4》已在努力撰写中，暂命名为《空手道》，写新出现的主人翁与李锌、顾艺等"许量"的学生们白手起家的故事，那是专门为创业者而写，同样把握尽可能真实和启发性的风格。书中主要讲述许量的老板学校里面发生的有趣与有用的故事，能够把枯燥的做生意变成一个可以通过看小说来学习和模仿的过程，希望大家同样喜欢。

《借贷5》暂命名为《资本经营》，它主要讲述许量等人在中国资本市场中的所作所为，也是许量从资金老板逐步成为资本家的艰难曲折的过程。对于资本经营，我虽然是1996年左右国内最早实践的那批人之一，但是成都的安逸与相对封闭让我还是远远地落后于许多先行者。而现在，我也是一边经营，一边写作，这本书预计将是我最难写好的一本书，因为书中的一些商业行为我将尽可能真实地去实践。书中的许量将和我一样，用三年到五年的时间，努力去投资一家或者直接做一家能够被上市公司收购或者直接上创业板的公司。

还有其他一些续集的构思，也将在未来与书友的交流中逐步成型。

读者就是朋友，朋友就应真诚。他们很睿智地建议许量应该走出盆地，走向上海、北京、深圳与香港的广阔天地，我完全接受，因为许量有这样的潜质；但对于许多朋友要求我透露的许量的一生最终会属于他的哪一个女人？我只能够和书中的许量一样：笑而不答。

我想《借贷》与《放贷人》，以及以后的续集，已经或者即将继续为我们带来的是一个崭新的商人生意与情感的独特世界，如果人人都能够用这样全新的角度去看老板们的世界，那么学习他们创富的方法，理解与宽容他们的是与非，对与错，就不会是一件太难的事情。

目录

集资者未必就是放贷人，但一个好的放贷人一定是一个好的集资者。集资，最重要的是得人心者得天下，没有投资者的信任，那么你什么都不会有的。

第一章　灰色光荣　1
第二章　后生可畏　13
第三章　无冕之王　23
第四章　钱的重量　39
第五章　以酒会友　48
第六章　谋财如戏　59
第七章　逼债风波　70

是否可以用金融创新，比如用做投资的方式来改造"高利贷"，既获得更高的回报，同时又能够"阳光生存"，"高利贷"的恶名许量实在是不想再背了。

第八章　歌舞升平　*81*

第九章　稳操胜券　*94*

第十章　财色兼收　*102*

第十一章　名声在外　*110*

第十二章　资本交锋　*122*

第十三章　美食商经　*133*

第十四章　剑走偏锋　*145*

生意人要想在现在和未来几年的金融危机下生存与发展，政策靠不住，银行靠不住，客户靠不住，只有依靠实实在在的内功活下来，这个内功就是忍耐，不是看谁比谁辉煌，而是看谁比谁活得更长。

第十五章　英雄姐姐　*156*

第十六章　关系网络　*167*

第十七章　浪子心情　*179*

第十八章　含春之夜　*191*

第十九章　上海之行　*201*

第二十章　擦肩而过　*211*

第二十一章　非常抵押　*222*

成都商人许量，肯定属于蜀商中的优秀人物之一，因为他看到的大局是未来几年民营企业都将先后陷入危机与泥潭之中，举步维艰将是他们的常态。

  第二十二章 策划放贷 232

  第二十三章 佛国寻爱 242

  第二十四章 修心为上 252

  第二十五章 成都商人 264

  第二十六章 江山美人 275

  第二十七章 芸芸众生 289

  第二十八章 晴天霹雳 303

21世纪最缺少的是什么呢？绝对不是葛优在电影《天下无贼》中所说的"人才"，而是投资机会！投资是我们仅次于吃饭的需求。

  第二十九章 私募资金 312

  第三十章 资金被套 324

  第三十一章 斗智斗勇 332

  第三十二章 玫瑰之城 341

  第三十三章 放贷原罪 352

  第三十四章 善恶皆了 363

  第三十五章 图穷匕见 378

企业与银行应该是朋友关系，有什么事情，是完全应该坐下来商量的。不纯粹是甲方和乙方的关系！更不是敌我矛盾。企业不亡，银行才能够兴旺。

第三十六章　危机四伏　386

第三十七章　蝴蝶效应　392

第三十八章　情感错位　402

第三十九章　借贷之秘　412

第四十章　　税务调查　424

第四十一章　非常商训　430

第四十二章　感情归宿　441

后　　记　455

第一章　灰色光荣

人逢喜事精神爽，这话真是千真万确。

进入了 2007 年的 11 月之后，成都兴大农业有限公司的总经理邓辉的心情就再也没有阴雨连绵，心境充满蓝天白云格外晴朗。

在世界范围的百年未遇的金融海啸冲击之时，在成都秋季阴霾湿冷的天气中，正如唐代诗人刘禹锡诗曰："沉舟侧畔千帆过，病树前头万木春。"邓辉的公司终于在全国的数十家竞争者中脱颖而出！成为国家农业部第一家被批准的中外合资的农业种业公司，邓辉的春天没有经过秋冬就提前到来了：他那个曾经在银行和同行面前很"卑微"的公司，与国外著名的大财团的合资谈判终于成功了！

今天，就是邓辉人生辉煌殿堂的开启之日，2007 年的 11 月 19 日，星期一，上午 9 点 50 分。

在成都新会展中心即将举办的合资公司盛大的签字仪式开始之前，邓辉眼看时间越来越近，心里开始有点急促起来，他最盼望参加他公司签字仪式的人，并不是面前熙熙攘攘的领导和银行行长与兄弟公司的朋友们，而是那个在自己公司非常危难的时刻支持了自己资金的"高利贷"老板许量，那可是雪中送炭呀，邓辉看看四周来"锦上添花"的人们，他的内心如香港歌星刘德华所唱的歌词一般："在人多时候最沉默，笑容也寂寞……"

此刻，公司财务部经理薛萧也是同样的心情，她是公司极少数能够体会到今天收获的果实来之不易的人：目前看起来蓬勃发展的兴大农业公司，在民营中小企业发展的沙漠中，也曾经只能够依靠民间借贷资金来解渴渡过难关！没有许量许总的成都东方富通投资管理有限公司的资金支持，现在的兴大农业公司，虽然不能够说一定会烟消云散，但至少已经是一蹶不振了，像今天这样的高朋满座是绝对不可能的。

上午10点整，签字仪式正式开始，邓辉西装革履大步迈上主席台，就立刻进入了他现在的角色：一颗冉冉升腾的企业家明星。几大媒体的记者们纷纷开始抓拍邓辉面部表情的特写，尽可能展现他春风得意和踌躇满志的光辉形象。

邓辉的脸上涌出了职业性的微笑，开始宣读他的演讲稿。在说到感谢各级领导的关怀、银行的大力支持、员工们的辛勤工作等成功的因素之后，他很认真地在秘书拟写的稿子之外加了一句："同时，我代表成都兴大农业有限公司，向其他支持和帮助过我们公司的朋友们表示最衷心的感谢！"在一片热情的掌声中，邓辉非常高调地宣布他的公司与世界级公司合资签字仪式开始，然后是几个身材高大的老外满脸微笑地上台配合。于是，心情各异的形形色色的人，用大小不同的手，制造出了同样精彩的掌声。

作为成都东方富通投资管理公司的老板，尊重自己和讨厌自己的人一样多，比比皆是。十多年的商海搏击，无论成功或失败自己早已经是荣辱不惊了，当然他对是否出席这样的签字仪式也是无所谓的。民间借贷在社会经济生活中的边缘地位，这些年的资金生意和对民间金融不懈地探索，让他很有自知之明，即使自己冒着巨大的风险把资金借贷给那些央求自己的老板，让他们去挽救了企业，但自己也得不到阳光下的光辉，灰色的事业必然只能够带来灰色的光荣，而这样的灰色光荣，不要也罢！所有的人都会在你成功收回借贷资金的时候盯住你的"暴利"不放，哪里会去看你放出一笔钱之后的坐立不安，焦虑无限？！而且借贷生意，十笔有九笔成功都不算是成功，因为一次坏账就可以让你血本无归！如果你的借贷资金不完全是自己的，还有集资或者其他资金成本，那么没有非凡的心理承受能力一定就挣不了这样的钱！另外，帮助了别人，不要渴望别人的感谢和认可，忍耐住寂寞是做民间借贷生意第一位的心理要求。

只是因为邓辉已经很有诚意地登门拜访又电话邀请自己多次，所以，许量一个人有点勉强地来到了现场。但他内心的成就感还是让他在路上微笑了两三次。

作为最知名的成都"高利贷"者之一，他刚到门口，就感受到了来自媒体和一些认识自己的企业界朋友目光的强大压力，他们甚至议论纷纷，他们在寻找"高利贷"者与企业家之间某种神秘莫测的联系。许量找了一个角落坐下来，他知道邓辉他们也正在用目光搜索自己，但是他的前面有几个很活跃的年轻记者形成了很好的屏障。许量哑然失笑：还好，自己能够从人群的缝隙中看到邓辉，他们却不能看见自己。等到邓辉把自己归纳进了支持兴大农业公司的"其他的朋友"里，许量觉得非常自然。"高利贷"老板其实不应该出现在这样的场合的！许量坐了一会儿，很干脆地站了起来，这时候，邓辉和薛萧同时看到了他，许量很友好地向他们微笑和点头致意，这样的场合自己不愿意久待，转身飘然离去。

走出热闹的场所，心中的张力立刻消失，许量觉得辉煌与自己无缘，他走出会展中心的时候，心情平静下来。走到大门口，一个人差点撞上了他，许量抬头一看原来是一名很年轻的女孩。两个人几乎是同时说"抱歉"，然后，在快速后退中仔细打量了对方：许量看这个女孩子二十出头，一脸素颜，最重要的是连眉毛也无须修饰都漂亮出众的姑娘，这在人造美女大行其道的社会中很少见。何况，她很青春和活泼，一双水汪汪会说话的大眼睛正笑吟吟地盯住自己好奇地看。许量很友好地对她点点头，脑海中算是留下了她穿鹅黄色外套的影像，就好像万里晴空都是蔚蓝色彩，没有一丝杂云，无风，非常干净，就两个字：清纯。

许量拉开自己车门的时候，突发古怪的想法：难道她是故意的？没有理由吧。许量摇摇头，自嘲道："人到中年，许量我老大不小了，哪里还有年轻姑娘喜欢？寻衅滋事？当然更不可能了，我许量在这个世界中，与人相处只有矛盾，没有任何仇恨。"

在回公司的路上，许量心中充满了欣慰：看来自己的"高利贷"生意又救活了一家企业。但是，在这有点像"地下工作"的民间金融领域，做再多的好事，企业和社会基本上是熟视无睹的。但是一旦出现问题，口诛笔伐是免不了的，"高利贷拖垮民营企业"、"高利贷逼迫企业家逃亡自杀"等新闻不绝于耳。没有多少人会冷静而认真地去分析为什么会发生这些事件，以及这些事件背后的真相，比如企业本身早已经在市场上病入膏肓、在管理上腐朽不堪的问题。这些外表光鲜其实已经濒临破产的企业，没有"高利贷"的支持只怕死得更快更彻底！

许量习惯开快车，多年的驾驶让他几乎是"人车合一"，人随心动，车随人动，现在却是人随车行，这样让他可以边开车边去用心想自己的心事。其实，他心中很在意自己只能在暗中帮助企业的尴尬境况，他把车窗打开了一些，外面的冷风汹涌而来，与车窗玻璃冲击发出"哗啦"的声音，颇有些惊涛拍岸的感受。许量很轻微地叹口气，自言自语地说："谁让我们是企业倒闭前的最后一名医生呢？病人即使是病入膏肓，但死在你手中，那你必须为他的生死负全部道德责任。所有的人都会众口一词，企业活了是企业家的功劳，企业死亡则一定是高利贷的罪过！"

进入市区后，形形色色的车辆越来越多，在车的河流中漂浮，许量的路虎车走得很慢。车外闪过的行人、车与高楼组成的背景，让他想起了自己亲历过的关于民间借贷快意恩仇的很多故事。做钱的生意，就一定先要明白钱是有好有坏的。"好钱"或者"坏钱"的借贷生意，是世界上最有价值的生意之一，许量觉得这有点像国外的军火生意：你可以用武器支持人民起义，也可能帮助了恐怖分子。这个行业的正规军是银行，游击队则是以投资公司、担保公司等为代表的民间金融机构。

许量是文人下海，这些年来，在商海中的惊涛骇浪和爱恨情仇丰富多彩；"高利贷者"快意恩仇的人生经历经常让他百感交集，就如高山峡谷中的急流，跌宕起伏，绵绵不绝。

下午快 3 点钟的时候，许量的心情开始不好起来。他的办公桌上是一份财务部送来的 2007 年大半年来公司经营的统计报告：东方富通公司如果不是自己用资本经营的手段弥补借贷业务的损失，就不会有大的起色；公司的三大块业务，资金借贷、资产经营和资本经营，除了资产经营因为没有能够寻找到合适的资产而暂时没有开展外，借贷业务基本上只是保持了微利，资本经营则主要是因为金色集团的债务转股权的综合解决方案而收入颇丰，但那还是理论值，现金收入毕竟太少，还需要有新的变现计划。

那么是不是应该把公司的业务重点转移到资本经营的方面去呢？许量陷入了思考。

片刻之后，许量的面前突然浮现了精益科技公司的老板陈宏兵因为肝病去世的场景，这个让许量刻骨铭心的记忆，当他一闭眼就非常真切地出现在他的面前，让他心灵绞痛。陈宏兵弥留之际断断续续说："下辈子再也不想做老板了，特别是中国老板……"当时，躺在洁白病床上的陈宏兵没有任何挣扎，也没有说明白为什么不想做中国老板，就在他的老婆小丁和儿子的痛哭声中，微笑着，飘然离去了。

人死的时候，到底是哭还是笑，这是需要深刻思考的哲学与人生观问题，但许量知道陈宏兵没有说出来的话到底是什么！许量亲自看到那种叫生命力的东西，从陈宏兵渐渐失去精神的眼睛中一点一点地黯然消失，然后，陈宏兵的灵魂不知道飞去了什么地方？是天堂还是地狱呢？那个时候，许量觉得什么金钱、权力和女人，什么高利贷，资金资本、项目的利润和风险等问题都很空泛可笑，这些都如秋叶枯黄随风而逝了。这些事情，都是因人而兴起，当然因人而废弃。许量的精神世界被陈宏兵的突然死亡刺激着，多年做老板麻木的人情味开始苏醒了，就好像雷暴之后的蓝天白云被百感交集的感情彻底地净化了。

许量的精神世界真的能够被彻底净化吗？许量自己也不相信。陈宏兵的死亡当然是因为他的肝病而不仅仅是许量借贷给他企业的"高利贷"资金的压力。但是，许量不能够忘记的是陈宏兵老婆小丁那感激与怨恨交织的眼神。虽然自己一直很关照小丁，也给了她足够养家糊口的生活费用，但是这个世界，黑的总是黑的，灰色毕竟不是白色，难道人的灵魂也是需要走"先污染，后治理"的老套路吗？

邓辉今天辉煌的场面和陈宏兵死亡之时的凄凉画面在他的脑海中交替闪现，同样的借贷资金，同样的"高利贷"，完全不一样的结局，真是水能载舟也能覆舟啊！正如要讨论能够切菜也能够杀人的"菜刀"的好与坏一样艰难！而且成都精益科技公司的事情还没有完全了结，虽然已经成功地把资金借贷变成了对这家企业全部股权的投资收购，但还必须有新的"综合性解决方案"，这又是涉及各方利益的一个复杂的利益设计与安排的系统工程！

许量开始觉得头疼难当，于是他用力摇摇头努力跳出书生从商必然遇到的"是与非"、"对与错"的精神囚笼。这点精神净土许量一直当成自己的秘密花园，让他经常痛并快乐着。

只有工作能够让许量忘记烦恼，这是他生活中最重要的组成部分。

于是他在办公室把今天的几个借贷项目资料再次审查了一遍。他今天要决定最近进入借贷业务考察流程的企业，以便确定潜在的放款对象。要知道需要借贷资金的客户比比皆是，他们其实都是银行们的弃儿，要在这里面"次中选优"地淘金，除了眼光独到就是运气不差。

许量习惯了任何公司业务都亲力亲为，做资金借贷生意的老板，几乎人人都是这样。对金钱的直接掌控必须是老板自己做的事情，这是权力，更是义务和责任。许量做借贷生意以来保持了非常良好的习惯：绝对不能够完全信任公司的其他人，在金钱的面前，天使会成魔鬼，圣人都有变坏的可能，何况普普通通的员工，所以不能够给员工们犯错误的机会。

内部员工因为私利而接受客户的好处费等寻租行为所造成的损失，甚至还大于外部客户欺诈带来的损失，这已经是业内公开的秘密，虽然许量对下属的控制非常严格，但是仍然兢兢业业，事必躬亲。

他闭上眼，很仔细地回忆需要马上做出决策的一笔资金生意的细节：那位准备向东方富通投资管理公司借贷五百万资金的彭老板的所有言行。许量与彭总已经见过几面了，这些记忆片段在他的脑海中，很快完整而清晰地重现出来。这是做资金借贷生意以来,许量多年形成的良好习惯:细节决定成败!一件极小的事情,可以败坏你,也可以成全你!

许量发现了几个疑问:控制一笔借贷业务的风险就是首先要发现一般人没有看到的"风险点",然后再找出解决方案,这些就是"审贷"的过程。于是,他马上拨打公司内线电话,让财务部的李严和投资部的江泉两位经理马上到自己的办公室。许量告诉了他们自己的初步结论:不能够放款给这一家公司。虽然,这之前东方富通公司已经有放款意向,也同意去他们公司考察。

见李严和江泉两个人对此决定还有些不理解,许量很耐心地向两位骨干解释道:"我发现彭总贸易公司的资料是有问题的。理由有四个:第一,他们的报表太完美了,一家普通的贸易公司,一家向民间资金借贷的公司不应该拥有这样业绩优良的报表,这样完美的报表只能够表示企业不缺少资金;而且,它应该是银行梦寐以求的优质贷款客户。有银行贷款途径的企业,不应该这样急迫地来找我们'救急'。所以我们要怀疑一切;第二,彭总所说的可以向我们抵押的资产,应该是有问题的资产,具体的问题在哪里?虽然我们在办理资产抵押手续的时候,惯例是先办理抵押手续后放款,用这样的方式来控制风险;虽然我并不完全知道风险会出现在哪里,但直觉告诉我,看来没有问题的环节一定会出问题。发现问题是我们的本事更要成为本能;第三,他居然没有对我们所开出的高利息讨价还价,这也是很不正常的!几乎没有一个商人在商业谈判中不讨价还价的!民间借贷中,尤其是这样,不论提出多高的利息,对方都一口应承的借贷对象一定要非常小心!也许,他们是在图谋我们的本金;第四,他说的资金用途居然是用我们的高息资金向五粮液酒厂批发酒,去做外贸出口,而且是准备卖到天寒地冻的俄罗斯?这样的项目的确是有很多的疑问,有点匪夷所思啊!"

许量的分析好像立刻点燃了李严和江泉怀疑的烈火,他们开始在许量的怀疑上添柴加油了。许量不喜欢手下完全地顺从自己,就扬手挥断话题,制止了他们的话语。

接着,许量再次强调道:"民间借贷有四不借:第一,我们是救急不救难,对企业资金链条紧张一时的需要，我们支持；如果是完全的断裂或者已经注定要断裂，我们不能够借贷；第二，一定要看对方借贷资金的用途是什么？是用于企业生产和经营的借贷，能够产生出更多的现金流的借贷，可以办理，任何用于赌博或者生活的资金不属于我们的借贷范畴；第三，尽管我们会有企业足值的资产抵押，但是，我们必须要'现金为王'！说不清楚借款的还款来源或者说没有两个以上的还款来源，资金就很有可能是有去无回，资产的处置是不得已而为之的事情，估计会涉及资产处置的借贷生意，宁愿不做；第四，我们的借贷对象必须是企业而不是个人，因为一旦还款出现问题，那么公事公办是可以的，没有人情的干扰，而且有企业资产抵押是借贷的唯一前提。你们是我们公司做借贷业务的两个最重要的部门，你们一定要牢牢地记住：民间借贷生意，经营和利用的就是企业的危机，管理的主要内容就是借贷的风险。所以，民间借贷的实质，必须要把握住资金的走向：借贷的过程就是资金从我们这里流向借款的企业，再从企业当中，经过他们的生产或者经营，把放大了的企业现金流偿还给我们。"

李严和江泉两个人在工作笔记本上很认真、详细地记录自己说的话，许量很满意，他喜欢手下向自己学习，这就是他好为人师的毛病。许量喝了一口热茶，站了起来，在办公室里面，来回踱了几个回合，然后，他突然停下来又补充道："做资金生意一定要考虑每笔资金都收不回来的预案，没有对付坏账呆账的完整方案，就不要去垂涎借贷的高利息！"

"对于彭总有可能说我们东方富通公司出尔反尔的问题，你们说怎么办？"李严是四十多岁稳健的男人，他的眼镜很厚很重，于是他习惯性地扶持住下滑的眼镜，非常书生地说出了他的回答与建议："许总，我们当然不怕他们说我们什么坏话，但是我建议我们要尽量讲信用，我们东方富通公司既然是做了可能借贷的考察立项，那么我们就应该继续去考察彭总的贸易公司。能够让我们去实践一下也好。我想，我们一定能够发现和证实更多的猜测！借款不放，其实只需要一个理由而已，非常好找。"

李严是许量公司的老员工，许量没有怪罪他言语中潜在的不恭，很宽容地点点头："那好，就依你的建议，明天你可以带两个新手去彭总的公司考察。反正，彭总的贸易公司距离成都也不远。记住：正如做将军的'慈不带兵'，做资金生意的老板，也应该是'悲不借款'。我们不是企业的救世主，这就是生意！很多时候是业务越多，做错的概率越大，少做事就少犯错误！生存永远比进取重要。"李严立刻答应一声："我们会把这个案例的所有资料都整理完成，进入公司的案例库。"许量点点头表示满意，他在心中盘算了一下：公司的案例库已经辛苦积累了接近两百个非常经典的案例，这为自己将来专门写一本民间借贷的教科书打下雄厚的基础。在高风险企业的放贷中，许量自信东方富通公司的风险控制与处理比一些小规模银行的控制水平要高，小银行只能够做风险厌恶者，大家去抢食那些低风险的企业贷款，如果让那些高高在上的行长们来放所谓的"高利贷"，大部分很快就会完蛋的。微笑写在他的脸上了，他的心思去了更远的地方徜徉。

江泉心想：民间借贷的风险在金融危机之中，风险已经不仅仅是在企业内部了，系统性风险已经在银行与企业之间，企业与企业之间，甚至是国家与国家之间蔓延开来，所以，最好的办法是暂时停止借贷生意！江泉的心思要缜密得多，他不会像李严那样很轻率地说出自己的想法。作为老员工，江泉知道老板不喜欢员工在工作上有太多的创造力和主见，许量需要的只是不折不扣的严格执行。

接下来，许量告诉了两位经理他对其他项目的看法和决定，他说自己看法的时候，语气平静；说自己决定的时候，斩钉截铁。最后，许量让李严带领新来的几个员工作为普通的顾客去银行体会、观摩和学习，这是到许量公司工作必须上的第一课，许量说："比如招商银行就运作得非常规范，我们民间借贷是游击队，应该向银行正规军学习。"

江泉向许总汇报道："投资部现在又来了很多的项目资料，大部分是岌岌可危的企业，我们正在筛选。"

许量点点头："借贷生意是十谈九不成，我们要多联系和了解企业。把那些快死亡的企业剔除，让它们痛痛快快地去死！不要浪费我们宝贵的时间和精力。那些有潜力的企业则特别要注意观察他们的经营成长曲线，最需要的是那种我们的资金一旦帮助就能够马上腾飞的企业！注意成长性好的高科技企业和那些开盘了的中小房地产企业。前者是准备做风险投资，后者是做房地产抵押贷款。"许量看两个经理在认真做笔记，心中想，做借贷只要把握住房地产抵押贷款的核心业务，要保持不亏和小赚是没有问题的，而要大赚特赚，那就只有依靠做风险投资业务了。但是，风险投资的利益与风险成正比，许量非常认真地听了江泉简单介绍的两个高科技项目，其中一个网络游戏公司引起了许量的注意，这个公司的项目是做"商人游戏"，定位是专门开发老板与高级白领们喜欢的高智商的、与做生意有关系的商战游戏：把复杂的工商管理知识和商业技巧用放松的电子游戏表现出来，让老板们在轻松中学习商业知识和提高商业技巧。

"以后还应该把这样的游戏做到更高级的功能，最好能够让老板们在游戏中得到放松，也能够结识新的商业伙伴，向商务交友方向走！"许量建议道，他1999年投资过一个全国有名气的投资与融资的门户网站"中国网上硅谷"，几乎与网易老板丁磊在广州创业同时起步，但以失败而告终。也许可以把原来的投资与融资网站盈利模式与这样的电子游戏结合在一起？或者应该与自己的学生顾艺谈谈，干脆把她写自己的书改编成电子游戏的脚本！可惜现在借贷的事务太多，不然，自己也许还真有可能利用顾艺开办的文化公司为载体，从老板文学的创意开始，大做特做文化产业，一直做到电子游戏的高端，不过"成都高利贷"系列财经小说的名字一定是要改变的，以后出版的新书就叫《借贷》好了，书多了，就叫借贷系列，开发的电子游戏也叫借贷。人生不就是因果循环，有借有还的借贷吗？

"这个创意非常好，但商场上只有创意毕竟是不够的。"许量闭眼想了几秒钟，睁眼想了许久，一会儿是以前投资"中国网上硅谷"网站，巨资血本无归的败绩；一会儿是《借贷》的电子游戏风靡世界，让天下老板成为一家的壮观景象，阴晴之间，还是沉吟不决。

"这是一个难得的好项目，如果做得好，也许可以打破国内电子游戏市场低端恶性竞争的僵局！谁说老板们就不需要他们自己的电子游戏呢？继续跟踪这样的项目，等待投资机会，也许在陈天桥与史玉柱之间的《传奇》与《征途》之外或者之上，那就是我许量的《借贷》！"

一个电话打来，许量心中信马由缰的激情很快熄灭，他接听了电话，是邓辉打来的。他拒绝了出席邓辉的夜宴，最后很疲倦地说："必要的时候，少支付一点定金把这个项目圈定下来。"许量盘算着是否应该给顾艺明确地说明自己明里暗中支持她创业的幕后目的了？片刻之后，他摇摇头，觉得时机还不成熟，要到明年等顾艺的文化公司再发展好些再说。

等李严和江泉离开，许量给办公室外自己的秘书小李打了一个电话，安排她尽快把自己设计的文化公司类商标去做商标登记。商标名字仍然是"资本之鹰"，除了会所类的商标是现在正红极一时的资本之鹰资本会所老板张娅申请的之外，其他的"资本之鹰"商标种类都已经由许量申请完成。他知道这些商标以后有很大的价值和用途。

电话声又一直不断。许量像劳动模范一样忙忙碌碌，一直工作到疲惫不堪为止，他觉得自己是家乡农村父母家中那只上了发条的机械老钟，耗尽了最后的动力才可能停止。他知道自己一旦走上民间金融的人生道路，此路就不会平坦。什么是金融？金融就是借别人的钱做自己的事情，当然就是人与人之间的搏弈，心与心的战争，而从事民间金融当然是更加残酷的搏斗，这不仅仅是普通的生意，这是关于金钱的战争！没有硝烟，但更容易让男人着迷；这也不仅仅是智力游戏，还是人生戏剧：或者悲哀，或者喜悦，总之，上场了参加了就决然无悔。

许量勉强站了起来，他终于从黑色大班桌后面走出来，不再去理会电话的纠缠和羁绊，他需要片刻的宁静与自由。

来到宽大办公室角落里面的那根很粗很高的乌木的面前，他伸出右手去感知它：有冷冰冰的远古之沧桑感，这是需要非常敏锐的人才能够感受的悠长的历史韵味。它是一根两米高的天然的外形酷似"男根"的天然乌木，在客人们神态各异的表情中，充满了这是名贵的装饰品还是雄性力量美的象征的疑问，但在许量眼中,这是他现在还必须压抑住的成为民间金融领域中领军人物的勃勃野心的精神图腾:这样的乌木阳具雕塑,在成都市也许只有两根,一根在曾经上了福布斯富豪榜排名全国第十八位的四川企业家办公室里面,非常威严;另外一根就在许量的面前,傲然独立。

第二章　后生可畏

当许量又一个人在自己办公室对着乌木遥想远古时代的时候，秘书李玫从外面打进内线电话，声音清脆婉转："许总，外面有一位方韧先生，说是您的学生。他没有预约，但很想见您。"许量混沌的头脑，立刻被李玫的声音拉回现实，他对着话筒有点迟疑，心中在回忆这个自称为自己学生的"方韧"，到底是何方神圣？他没有什么印象，但是手中的事情也刚好告个段落，有点空隙。所以，许量带着好奇对李玫说："我知道了，你和他一起进来吧。"

不一会儿门开了，进来两个年轻人，带来一些清新的感觉。

那个身材与服装完美结合的年轻漂亮女人，不用说，就是许量的秘书李玫，她聪明而干练，用许量的话来说李玫是那种在一百个女人群中隐藏，也能够被男人一眼发现的女人；而她旁边相貌平平的小伙子，那个叫方韧的自称"许量学生"的人则是非常大众。

是人，不管你愿意不愿意都要被分等级，都要被分成三六九等。人的记忆力也一样有等级：一般人的记忆力记人记事，但不能够记住人生的片段和情境意境，而许量的记忆力与众不同，他无论对人与事，当都能够用"味道"两个字去区分；甚至是对于环境与氛围等所有能够构成记忆的要素，全部都能够过目不忘、雁过留声。许量从小就知道自己是那种需要经常隐瞒自己智力的大智慧之人，所以有很多的事情他懒得去用心，但还是记忆太好，免不了劳心费神。

他看见方韧的第一眼就知道了：方韧不是自己在西南财经大学任教时的学生，也不是自己与大学同学李健康合作开办的成都资本之鹰商业培训学校的学员，甚至他们应该没有见过面。

许量对方韧假冒自己的学生很不开心。凭自己在成都民间资金借贷市场中的名声与地位，许量是绝对不能够允许外人来冒充自己的学生的！这是一时心软，后患无穷的事情，他不能够为这些招摇撞骗的年轻人提供方便。许量开始重视面前这个长相普通，但是一看就是有城府的小伙子：他的外表谦和，内心固执；特别是他的目光，有一种淡然的超脱。许量对网络时代成长起来的年轻人抱有天然的抵触：他们中的很多人知识很多，感知很强，但是要么没有能力，要么没有道德，只有愤世偏激和金钱至上。

许量很客气地让两个年轻人都坐下来。许量的外表很"硬"，他的头发很短眼神很坚强，是一个很有特点的大男人；而方韧的一张圆脸也是年轻人中不多见的，看起来免不了圆滑的感觉。李玫带着有趣的表情看着面前的场景，她非常喜欢老板许量兢兢业业处理公务的样子，男人的魅力就在于工作，毕竟他有段时间没有这样投入公司事务了。

许量耐心地听方韧把自己的履历简单地介绍了一下，他现在是想后发制人。李玫给方韧把茶水泡好，然后也坐下来。她现在已经看出这个叫方韧的小伙子不是许总的学生，错误已经犯下，老板许量常用鲁迅说过的话："耽误别人的时间无疑是图财害命！"现在倒好，许总让自己坐在一旁，也许就是为了让自己看到他的时间是怎么样被一个假冒学生给"谋杀"了的！李玫很自责，她非常认真地观察和学习许总怎么样去处理这样的麻烦事情，因为许量的名言之一就是在中国做老板，不会处理麻烦就不会做生意。

许量眼神似刀，他用客气的微笑掩饰住自己中年男人的骄傲，他知道自己的身份、地位与面前年轻人完全不对等，他很从容地对方韧这个小伙子研究起来：从刚才他不像其他的男人那样，总是有意无意地关注和打量李玫的美貌，许量知道方韧很专注，他的野心比色心大，对于他这样血气方刚的小伙子，的确很不容易。

许量故意冷漠地眯了一下眼，嘴角旁边挂上了权威特有的微笑："方先生，为什么你要说是我许量的学生呢？"他单刀直入，方韧一点也不慌张，更不掩饰："我不是故意冒充您的学生，我只是提前说出了我将要是您的学生，我有把握您一定会收我这样一个学生！"

"小伙子，你凭什么肯定能够成为我许量的学生呢？"许量见过不少希望成为自己学生的人，但是很少见到这样自信的年轻人。他看着方韧相貌平平有点圆滑的圆脸，这张脸很年轻，这让许量自然想到了以前他最喜欢的一个学生李锌。李锌可是相貌堂堂。这个小伙子的来历估计不会与李锌有关系。

坐在对面的沙发上，方韧努力挺起胸膛说："凭智慧。"他希望自己看起来更加伟岸一点，好像是免得被自己的自尊心压垮。见许量没有接话，他就继续说："许总，我有足够的智慧，如果能够成为您的学生，我一定可以为您争光。"

"为我争光？那大可不必。小伙子，我许量虽然好为人师，但还是不需要学生为自己的名声添砖加瓦的。"许量摇头说，"我之所以办资本之鹰商业培训学校，那只不过是一种生意，并没有收门徒的想法，这种想把自己的思想传承下去的事情是孔子等圣人们的事，我要的只是很有价值的商业网络。"

方韧有点尴尬，脸色却并不红润，他缺乏羞愧的感觉，本来心中有好几句话可以用来对付许量有点尖刻的话，但他实在是不知道说哪句话才是最好，他聪明地选择了沉默是金。

"那好，我就考你一个很简单很智慧的问题：有一个人真的跳楼了，他反复跳了很多次，但是他却没有受伤，更没有死亡，这是为什么？"许量很淡然地说，好像面前的年轻人与他自己没有一点关系。方韧接了许量的考试题目就开始思考，他的脸色如同正在高考一般。

许量看秘书李玫有点紧张，他知道她一定在后悔：做秘书最愚蠢的事情，就是把来历不明的或者不重要的来访者放到了老板的面前。于是，许量就想把气氛弄得轻松一些："李玫，这是一个脑筋急转弯，你有兴趣也可以试试。"

面前的两个年轻人都陷入了思考，许量习惯性地把他最喜欢的雪茄拿出来慢慢地摆弄。方韧不敢得意,知道成功人士的个性都很强悍,许量这样的从事民间金融的"高利贷"老板更是这样!他居然出了这样的一个脑筋急转弯来考验自己,那么这个答案一定是出人意料的!这应该是许量做人的特点之一:做事情从不按照对方预测进行,也不完全按常理和逻辑出牌。方韧研究了所有他能够找到的许量的个人资料,精心准备了很多问题和答案,估计已经用处不大了。现在,他非常小心自己的言行举止,害怕许量洞察出自己想接近他的真实目的。

许量点燃雪茄的动作非常连贯,如行云流水一般,李玫是百看不厌;而方韧也觉得许总的动作真是潇洒自如,有点古龙小说中的侠客楚留香的风味了,不过他留下的不是香味而是雪茄味。等两个年轻人终于把他们猜测的谜底说出来,许量点点头,脸上有点微笑,准备点评。

方韧的答案是:"那个人跳楼,为什么没有受伤或者死去?因为他总是做噩梦。在梦中跳楼自然毫发无损。"李玫的答案则是:"因为他是从一楼跳,想跳上二楼。跳楼可不只有从上向下跳的一条路!"

许量点点头:"答案都对。"他本来想说明其实还有更精彩的答案,但现在是多元社会,价值观形形色色,一个问题百种回答也很正常。他微笑一下,算是肯定了他们的智力,但李玫的答案很显然比方韧技高一筹。他想现在的年轻人最不缺少的东西还真的是小聪明,就是不知道他们有没有大智慧。

许量意味深长地微笑一下,没有停顿,继续问:"还有一个问题,这是一个老板的真实故事:我的一个朋友多年以前在深圳闯荡,他带去的资金很快用完了,就在他心灰意冷地准备乘车离开的时候,因为他出色的商业发现能力在车站发现了新的商机,这才让他在深圳重新立足,一直到成为那里的最大的老板之一。因为他的面前出现了一个卖草莓的小贩。"他心想:在生活与事业中,需要马上解决的脑筋急转弯可多的是,答案也不会是唯一的!商场中奥妙无穷,其中的问题没有人能够全部正确回答。

李玫是听过这个故事的,她开始回味许量经常告诫自己的:处处留心皆生意的话。方韧在努力想象许量所说的老板是怎么样从卖草莓的小贩那里居然寻找到了宝贵的商机。

　　许量知道方韧这样的年轻人最缺乏的就是商业经验，看他无论怎样思考也不可能找出答案。于是就让李玫告诉他答案：原来，许量的朋友给了小贩十元钱，知道了小贩在哪里能够买到新鲜的草莓。然后，他直奔乡下，去找到了种草莓的农民，这些农民正在为怎样卖草莓而发愁呢！许量的朋友在当地又买了几千个小花盆，把从农民那里买来的带叶带根子的整株草莓移栽到好看的小花盆中，他要的全部是还没有完全成熟的那些。就是这样的一点小小的商业创意，他居然在学校等年轻人集中的地方，用几元一盆的价格，而不是几毛一斤的价格把草莓卖了出去。因为他把这些普通的等待成熟的草莓命名为"爱情之果"，上面还挂上了一些经典的爱情诗歌，有些还是他即兴创作的。年轻人喜欢自己养着可爱的草莓，而不是简单地吃掉它；作为情侣的礼物也特别合适：在每天的浇水中看草莓随感情而成长，他们怎么会不抢着买呢？许量一直记得有次去深圳，在这位朋友的家中还见到了几盆当年卖剩的"古董"，这可是放在上十万元的博物架上的普普通通的瓦罐子，那里面灌装的可是老朋友当年的心血和从无到有的奋斗历史。

　　方韧内心对老板们的商业智慧很敬佩，他无语了。他和李玫都能够记得那是许量曾经写过一本关于做生意的哲学和方法论的畅销书《老板之秘》中记载过的故事。

　　"方先生，为什么要找我许量学习？你想学什么？"许量在任何场合都不喜欢冷场，他想尽快了结这场意义不大的谈论，与没有商业经验的晚辈谈生意经，许量觉得有点欺负别人。

　　"当然是向您学习金融，因为您是成都最有名气的民间金融高手。"方韧解除了没有商业经验的尴尬，立刻像背书似的侃侃而谈，他从他对民间金融的认识开始谈起："我喜欢民间金融，我认为这是我这一生最值得追求的事业！"许量点点头，纠正他道："在金融领域，没有高手，只有熟手。"他想现在美国华尔街的那些高手们的"手"可一直是放在他们的腰之上的，傲慢与偏见让他们成为金融创新的"高手"，但是贪婪与恐惧也正在让他们最终把自己和投资者拖入地狱。

许量看了李玫一眼，只见她眼波流转，没有离开的意思，就示意方韧继续。方韧说起民间借贷的知识是滔滔不绝，于是许量考问他："小方，大的理论我们今天就不探讨了，我知道你今天是有准备而来的，我现在就考你一个问题，你认真回答，如果你是金融监管部门，你将用什么样的措施来发展民间金融？又如何看待民间借贷中的高利贷现象？"

方韧胸有成竹地微笑着回答："在现实经济生活中，我们都能够看到民间借贷资金对企业的正面作用，这一点已经是不容怀疑的事实。因此，禁止民间金融，不仅会让大部分银行照料不到的中小企业解决不了企业生存与发展的问题，而且也不是解决高利贷问题的根本办法，那只会使经济发展与金融监管两个问题都进一步恶化。正确的办法是我们必须首先要保护放贷人的权益，尽快制定相关的政策和法律来保护债权人的利益，而不是一味地打击和抑制。只有这样民间借贷的资金才能够不再冒风险来进行'高利贷'形式的债权投资！民间借贷一旦规范管理，就能够成为应该鼓励的投资行为。实际上，据估计我国地下钱庄的规模目前在一万亿人民币之上，对这样庞大的资金借贷规模，压制是完全错误的，也是不可能完全禁止的。"

看来方韧是用了心去学习和背诵这些民间借贷的常识问题，许量只是微笑，他想自己一直向大家解释借贷其实是一种特殊的投资方式，可惜听得懂的人很少。方韧看许总继续微笑，他就继续说下去："如果我是监管部门，我的措施一是要让民间借贷行为完全合法化，如果国家采取利用立法和司法措施来保护债权人的利益，各地的借贷市场就能够慢慢地、更好地发展起来，从而使民间资金市场进入的投资者越来越多，当然，经过合理的竞争，一定会降低民间借贷的利率。如果能够利用好民间金融的力量，那么去恶扬善之后，我们的经济建设不是又多了一支生力军吗？所以从长远来看，民间资本的力量不再是利用不利用的问题，而是怎么样利用好的问题。"

许量的微笑就是鼓励，他觉得面前的小伙子还是非常有思想的，很多做民间资金借贷生意的老板只是因为暴利而来，却不知道看经济大形势大方向，做金融如果只是知其然不知其所以然，早晚会被暴利所伤。所谓放"水钱"者，早晚被"水钱"淹死的行话就说的是这样的道理。

方韧现在是侃侃而谈，脸色微红有点激动："二是要逐步建立一种有效的民间借贷利率信息的发布机制，尽可能地让借与贷的业务信息对称，比如说在中国各地的民间借贷市场里建立相应的利率信息公布机制。如果资金需求与提供不能够高效率地对接，那么民间借贷的利率和借贷信息揭示就不充分，市场上就会自发地出现很多不同的借贷利率。其实，成都的资本之鹰商务会所已经开始了有益的实验，当然，我们还可以利用报纸、大型网站等权威媒体来收集与汇总各地关于借贷意愿与利率的信息。这样，关于借贷的信息流变得更加顺畅，那么民间金融借贷首先在利率水平上就将自发的趋同，从而大大降低民间借贷的交易成本。如果政府建立权威的，或者支持有品牌的民间投资机构来建立各种民间借贷资金的中介场所，为未来民间金融的发展探索各种可能的形式和渠道。这将大大加快民间金融事业的发展，给企业带来急需的生存与发展资金，让投资者获得更好的致富机会，这才是长久有效的发展区域经济的途径。最后，'高利贷'的民间借贷就完全有可能变成正常利率的'低利贷'！"

好不容易等方韧说完这一长段话，许量知道一般的金融问题是考不倒他了，他想李玫的母亲张娅开办的成都"资本之鹰"资本会所就正是利用了这些理论基础：民间借贷最缺乏的就是权威的中介场所。他们这样的年轻人有了互联网，有了勤奋和野心，就拥有了无穷无尽的知识和可能，可惜他们知道这些道理非常容易，但是行动起来一定会举步维艰。

考验他们的知识是不明智的，那就再看看他的心理素质：许量就盯着方韧的眼睛看，用目光很专注的那种方式去洞察，他马上发现方韧的目光与自己相碰撞的时候，多少有点闪烁。

于是，许量若有所思地打断了方韧的话题："小方，我估计你应该是学金融出身的研究生毕业，很自然地，你还能够说出更多的金融知识来。我和李秘书也是学金融的，我们都是内行，就不用浪费时间去说书本上和网络中能够找到的知识了。我估计你刚才说的应该是你的研究生毕业论文吧？这样，你可以把你带来的资料给我留下来,有空的时候,我一定会看看。"方韧听了,很不好意思地低了一下一贯自信的头,他说:"许老师,这的确是我的毕业论文!可是,您怎么知道我是研究生毕业呢?"

许量的心中升腾起了更多的怀疑,脸上却有了微微一丝笑容:"我不是神仙,只是推理出结论而已。你刚才随口说出的理论太完美了,这样的理想化的金融模型的设计,本科毕业生没有这样的功底;而你的年龄也正是研究生毕业的年纪。这样系统的论点,已经具备了理论的雏形,这是深思熟虑的产物,而只有毕业论文最有可能让你做这样仔细的准备。同样,这样的观点,不应该完全是你独立拥有的,你讲的话中有的段落出自于某些著名的经济学教授之口,在网络上也有资料。"

方韧估计也隐瞒不了自己的来龙去脉,就主动地说出了他的来路:原来方韧是重庆人,今年二十六岁了,是重庆的一所大学刚毕业的硕士研究生,学习的就是金融专业。

许量和李玫对方韧讲述出来的民间金融市场的理论知识都表示了认可,但许量觉得他要收取的学生,不能够只是会背诵一些理论知识,说点民间金融常识而已;在外行看来这些观点很专业,但在民间借贷大师许量这里,基本上没有什么特别的新意,甚至李玫也完全能够独立讲出同样精彩的关于民间金融的言论。

最后,许量和李玫终于等到方韧再次说到他有一个愿望:像许量一样成为民间借贷高手。

许量想:不知道方韧的来路后面,到底是谁在指使他到成都东方富通公司来拜我许量的山头?他只能够暂时沉默,等方韧说出更多的话,也许能够发现一些端倪。李玫很奇怪老板一直保持了微笑,今天这样有耐心。她哪里知道,在许量心中,已经很不耐烦这个不速之客了。

方韧看看许量探索的表情,继续说:"我的确是朋友介绍来找许量老师的,不过我不能够告诉许总,介绍人到底是谁。我只能透露一点,他姓李。"

许量和气地笑了笑,心中释然了。知道方韧说的是自己以前的情敌,现在的"有关部门"的领导李刚,他也不去揭破。

许量心想:我们两个男人斗争了这么多年,也应该是互有胜负,如今,你居然把考验我能力和雅量的学生都给我准备好了,那么我许量当然应该接受你的挑战了。许量很认真地和方韧聊天,并从中了解他的智力与个性心理品质等特点。半个小时后,许量的结论是:方韧也还算是一个可以造就的人才,但是他的意图还需要更多的观察。于是,他先给担任学校校长的李健康打了一个电话,然后让李玫带领方韧去老李那里,办理了一个先到资本之鹰商业培训学校免费学习的手续。

许量就这样算是收下了方韧这个研究生的学生,他想继续观察小方。

在方韧离开办公室的时候,他很愉快地微笑了,甚至有点得意:还好自己研究了许量与那个自己并没有见过面的李刚主任的关系,今天利用得非常到位。许量看着小方的背影,突然叫了一声:"方韧!"声音不大也不小,有一种恰到好处的威严。方韧离开许量办公室的时候,心里的紧张刚刚缓解,正在放松和反省,这时候,也是他心理防线最薄弱的时刻。突然听到了许量叫自己的名字,方韧连忙回头,他看见的是许量闪亮的目光,充满了坚强。方韧压不住慌乱,故作不解地问:"许老师,您还有什么吩咐?"

许量已经有了一些结论,他笑得更加开心:"没有什么吩咐!小方,好好学习。记住,你是在向我学习。"

方韧点点头,离开了许量办公室,他是通过自己的导师介绍,辗转找到主管民间金融的"有关部门"的李刚主任的。当时,李刚说成都民间金融的旗帜之一是许量,方韧还非常不服气,现在是不得不服了:许量虽然没有说什么高深的理论,但是他仅仅凭借眼光的深沉,就能够把自己精心准备一个月的长篇大论在片刻之间淹没得无影无踪。

方韧走出许量公司大门的时候,非常认真地盯住"成都东方富通投资管理公司"几个大大的闪光的铜字,深深地呼了一口气,他知道许量刚才的话是话中有话的,所以心情非常复杂地离开了:他知道至少几个月内,许量是不允许自己靠近他的身边的。走在成都熙熙攘攘的大街上,方韧前思后想,还是给一个女人打了一个电话。在电话中,他说:"许量的确是老滑头,他只是让我去他的商业学校学习!看来我必须很有耐心才能够靠近他了。"电话那边的女人叹口气,什么都没有说,挂断了电话,只留下方韧一个孤单单的身影矗立在十字路口,进退不得。

许量一点都不觉得让方韧去读自己开创的商业培训学校会贬低了这个年轻人,他对所有来历不明的人和事从小就保持了高度的警惕,这种本能让许量回避了很多的麻烦和危险。

要做我许量的学生?许量刚才已经给方韧约法了三章:一是,从头学习,认真学习与体会生意的哲学与方法论;二是,理论联系实际,有空的时候,要回成都东方富通公司一边学习,一边实践;第三最重要的是,如果三个月后,通不过考试,那么方韧就不能够正式对外面的同行自称为许量的学生!

"许量的学生"这样的头衔,已经让在外面闯荡的李锌、自己身边的李玫,还有已经成为文化商人的顾艺等人受益匪浅了,但这是学生们的荣誉与自己"借贷"给他们的信用,一旦他们出了什么麻烦事情,自己这个老师是必然要去负责到底的。

等方韧他们离开了,许量想了一下,还是再次给李健康打电话说了他对方韧的重视与安排:"后生可畏啊,小方这个小伙子很有点头脑,但是来历与发展方向都不明确。让他先在你那里学习,先看看他的耐心如何,年轻人耐心比才能更重要。另外,多加留意他平时与什么人来往。"

第三章　无冕之王

许量是能够一心二用的大智慧之人，刚才在打电话的时候，他心中又出现了一个女人的身影，那是他生命深处珍藏的女人：张娅，成都资本之鹰商业会所的老板，也就是秘书李玫的妈妈，她是许量以前的情人，现在已经是那个"有关部门"的领导李刚的女朋友了。自己刚才破例收了方韧这个学生，有一点冒险，这也是为了张娅，她的男朋友的面子是一定要给的！即使这个方韧是真的别有用心。

许量觉得很郁闷，这个世界就是这样在平衡的：多年前，自己因为年少轻狂而夺取了李刚爱人的爱，现在李刚也让自己失去了张娅！或者更准确地说是张娅因为爱而逃离许量后，与李刚在一起了。相爱的人为什么突然要放手而不是分手？许量知道张娅是想把爱情中最好的那段记忆永远保留下来，如果不能够爱到永恒，那就爱个灿烂。

失去爱，对年轻人来说只是一段感情的得失，很容易修复，而对人到中年的许量来说，足够让他的感情世界天翻地覆，足够让他的人际关系网络伤筋动骨。正好李玫办理完方韧的事情走进来，许量下意识地多看了李玫一眼，她除了更年轻更漂亮之外，与张娅的风度还是有很大的距离，这是生活给女人自然划分的距离，张娅可以用风情万种来形容，而李玫只是漂亮大方而已。许量看到李玫，就经常想起张娅，他想，这也算是睹"人"思人吧！这是许量保持对他生命之中曾经的女人张娅思念的一种很特殊的形式。

许量很大男人，他对女人的思念总是很简单，来的次数多，来的速度快，去得也快，他不想在思念中成灰。于是，就在沙发上卷曲躺着，心情很空旷，他孤独地休息了一会，安然进入了梦乡：梦中，还是那些纷乱不休的事情纠缠自己，好像胸口有块大石头。他的噩梦总是会梦见放款出了问题：不是借款人恶意逃避债务，就是企业破产无力归还借款。那就只能够是硬碰硬了，许量对付逃债的方法层出不穷，这个世界上暴力的表现方式再也不完全是刀和枪、眼泪和鲜血了，还有资本与权力结合的力量，这种软暴力，他运用得得心应手。

李玫款款而来，她的高跟鞋踩在地板上，很有节奏地轻声敲击出女人的味道。她进来向许量请示晚上的工作安排：很多成都老板都是"上夜班"的人，晚上的工作比白天更加重要。许量敏感的神经被李玫高跟鞋的很有韵律的声音惊醒，胸口的那块大石头马上不翼而飞。

李玫提醒他有一个非常重要的接待。东方富通公司的生存与发展又需要新的目标了，而新的目标就需要新的关系资源。这些资源又是人在掌控，那就必须用让别人赏心悦目的方式去和他们交易或者说是沟通。许量决定就从媒体的大记者这把钥匙做起，今天晚上，许量要招待北京来的客人，他的目的就是这样，非常明确。

许量和李玫商量了一下，他决定晚上去一个很特别的地方吃饭：北京来的朋友一定会喜欢。公司参加的人员呢？许量对李玫说："我们两个人去就可以了。你要记住，我们请客的官员级别越高，官越大，作陪的人就要越讲究，越少越好。"李玫想了一下，低声地嘟囔一声："汪记者虽然是中央大报的记者，但是他也不是什么大官啊！"

许量经常把李玫当成晚辈和学生看待，他在利用每一个机会提升她的商务能力，于是，许量纠正她道："你不知道吗？汪记者所在的媒体是全国最有力量的媒体之一，他又是资历很深的大记者！你必须知道并且记住，我们东方富通公司对记者的三原则：宁愿得罪领导，不能够得罪记者；宁愿得罪客户，不能够得罪记者；还有呢？"

李玫见许量的态度很严肃，赶紧回答道："宁愿得罪自己，也不能够得罪记者。"李玫知道许量给自己讲述了很多次他以前的老板数十亿资产的企业王国只是被某大报用几篇报道就撕开了企业内部的裂痕，一直到灰飞烟灭的故事。许量告诉她："汪记者的笔名叫'楚风'，真实名字叫汪楚风，他是一把钥匙！事实上，他是打开北京城商圈和政界的金钥匙。"

李玫暗中吐了一下舌头，明白了今天宴请的记者能够让许总这样的人这般重视，那就肯定不是一般的记者，而真的是"无冕之王"了！这可非同小可，她连忙去安排晚上的事宜。

到了晚上，成都作为大都市的人欲横流的本来面目开始在灯红酒绿中显现出来。形形色色的红男绿女，在夜幕降临的时候，也开始变得活跃起来，他们开始奔向由酒桌、牌桌、KTV包间和洗脚房等构成的商战阵地。这些地方就是利益策划和分配的场所，许量深刻地知道每次商战的时间与地点的选择的重要性，他要绝对的主动，于是出人意料地把请北京来客的场所，选择到了一个很不起眼的地方。

当许量亲自驾车，从九眼桥合江亭附近的香格里拉大酒店把客人汪记者请上车的时候，他笑哈哈地告诉客人："汪记者，今天我带您去一个很好的地方。那是你以前没有去过的地方。"

汪记者微笑着，也不好意思细问到底是什么地方，客随主便，只好与同车的李玫说笑几句。内容无非就是成都的美女为什么很漂亮？那是因为这里的水土很好、阳光很少之类的老话题，老套而没有任何实际意义，但在很多社交场所，这样的废话其实也很有用处，完全可以拉近他们的距离。

路虎车向南延线驶去，许量的心中很快乐，他的车随着他的心情，很轻盈地穿行在车流中。他们要去的地方很特殊，那里不是五星级饭店，也不是高档的宴会厅，而是许量做民间资金借贷生意以来，结交的一个老朋友新开的很有纪念意义的餐厅。

姚为民就是许量不打不相识的老朋友。他现在在自己新开的"味道天下"的私人乡村厨房里面忙碌，他知道他的恩人许量要在这里宴客，心中非常高兴，所以把在城里的生意放下，交给了老婆周杏看管，自己带了助手小胖赶到了"味道天下"。他希望他的厨艺能够让许量和他的客人满意。

汪记者是一个很有风度的四十来岁的中年知识男性，他的高档眼镜后面的目光经常很尖锐。他与李玫的聊天非常愉快，虽然他们是第一次见面，但是短暂的车程已经让他们成为好朋友，因此他的目光如水温柔。汪记者对李玫的态度先是有点惊艳，很快有些喜欢，接着马上就殷勤起来，许量对此有点不愉快：男女这样的沟通速度也太快了一点吧！

在进入"味道天下"大厅的时候，许量尽可能很有风度地给汪记者介绍大门口的对联，上联是：一介草民素食为天；下联是：往来官宦味道天下；横批：人生如此。

总是看见汪记者与李玫一起微笑，许量甚至闻到了自己从心中冒出来的微微醋意。许量觉得自己这样的情绪有点莫名其妙，肯定是因为张娅的缘故，对她的女儿自然是爱屋及乌！许量有点伤感了，不知道张娅最近怎么样？张娅是一个奇女子，几个月前，她居然用歌曲《有一种爱叫做放手》，出乎意料地突然了结了她与许量的爱情，然后就飘然远去。后来，许量就没有胆量也不能够放弃大男人铁打的自尊再去打搅她。他决定有机会的时候，找李玫聊聊她妈妈的近况。

"味道天下"的正式名字叫"味道天下企业厨房"，现在的市场中商人们都很喜欢标新立异。

企业厨房？这其实就是一个会员制的小型的乡村综合性餐厅，它是成都餐饮市场细分的产物，面对的客户是一年有几十万招待费用的企业或者大老板。这种最近兴起在成都的专业性小餐厅的商业创意，最初出自于许量的提议，因为这，许量与姚为民现在有了很深的交情。

尽管姚为民在成都肖家河小区做的"社区厨房"的家庭与企业的餐饮外卖和厨师外派的业务越来越红火，而且已经在成都的其他几个小区开办了四家连锁店，但是，许量让李玫把他的建议告诉姚为民之后，姚为民没有仔细地多想，就完全接受了许量的计划。结果，生意还真的很不错：许量安排他的另外一个女学生顾艺在媒体上，用广告软文的宣传帮助姚为民的事业，短短的两个月内,这里带厨房的餐厅包间,已经被大大小小的企业预定了大半。每个包间都按照企业的特色或者老板的喜好做了专门的设计,就好像是企业自己办的企业厨房一样。能够"专用"与"专享",这就成为成都一些企业和老板接待尊贵客人新的"企业名片",大家都以此为荣。

在这样的创新消费潮流中,"味道天下企业厨房"创业的资金很快就回收了。

李玫也在代表许量去帮助姚为民的时候,学习到了很多的商业知识,她知道许量可不仅仅是一个普通的高利贷者,而是一个对市场的商业模式研究很精深的营销大师,这也是许总与其他民间借贷老板之间最重要而根本的区别。这些对企业经营与管理的深刻的认识与把握能力,经常能够让许总带领东方富通公司在借贷的惊涛骇浪中"逢凶化吉"。

许量平时与姚为民见面不多,因为他与姚为民的交情毕竟是不打不相识,他们曾经因为民间借贷的纠纷而大动干戈。但今天,许量却是故意安排汪记者来听他们之间"快意恩仇"的故事的。许量带领客人和李玫走进自己独有的餐厅的时候,没有看见姚为民,他知道姚为民一定是在厨房里面忙碌。

许量打开电视机,利用这里的闭路系统,从电视里面能够完整地看到一个厨师在里面烹饪菜品的过程,这也是"味道天下"的特色。许量知道那就是姚为民,旁边帮忙的小伙子叫小胖,在给他当助手。

原来,姚为民曾经向东方富通公司借贷过资金,因欠款还成了公司的"老赖",现在他已经在许量有意无意的资助下,成为了成都餐饮界正在崛起的知名的创业明星,真是:人生命运反复皆无常;一旦功成万事都光荣。

许量很想抽一支烟,就吩咐李玫给汪记者介绍这种新兴的餐厅的商业模式。李玫刚刚展开笑颜介绍几句,汪记者就连声叫绝:"真是漂亮!"

许量心想:"真是漂亮?"你是在说谁呢?是"味道天下"餐厅,还是我的秘书李玫呢?

汪记者完全被这里的氛围所征服,他很认真地体会这里的服务。"味道天下"的风格完全是川西农村的建筑,简洁明快而别具一格。他们坐在许量公司独家拥有的餐厅里，这是许量亲自布置的，甚至还储存有他的私家物品，包括许量专门收藏多年的酒品和雪茄珍品。墙壁上的挂画是一只展翅高飞的雄鹰，它栩栩如生，正在俯冲，关键是它的眼睛，汪楚风觉得有点似曾相识，回头一看，那正好是许量的眼睛！草地上的猎物画家没有画出来，旁边是"资本之鹰"四个大字。这引起了汪记者兴趣，资本家当然是最擅长掠食的雄鹰，但他还没有见过没有看到猎物就冲锋的老鹰。许量见状心想：这幅看来普通的画，其实暗藏了我许量的雄心，我就是这只没有看见猎物，但仍然俯冲的老鹰！在运动中而不是在等待中寻找机会，只有这样才能够永远快人半拍。

今天的宴会，宾主就只有三个人。许量和汪记者在聊天中开始说正事，姚为民和小胖他们在厨房继续忙碌。许量他们三个人在穿着大红色乡村服装的两个女服务员的服务中，享受和家宴一般的晚餐。许量给客人安排的是"国窖1573"，他告诉北京客人："喝这酒就是喝它的历史。"客人笑道："我们在北京也经常喝这酒，喝得多了，有时候说起历史话题，人人都成了历史教授。"

席间，许量给汪记者讲述了两个他从事民间借贷生意的故事，因为许量希望汪记者在他的媒体上发表一篇关于成都民间借贷市场产生与发展的正面文章，所以他讲述的当然都是他的"好钱"帮助了借贷人的故事：一是邓辉的成都兴大农业有限公司依靠许量的"高利贷"渡过难关，今天已经与世界大财团签订了合资协议的事情；二就是姚为民依靠许量的"好钱"，成功创业的事迹。汪记者则很有兴趣地倾听和用脑记录许量的话语，在经典之处，还用杯中的酒与话语来支持与赞扬许量对民间金融的探索与贡献。许量得到了汪记者的支持与表扬，只能够是以酒还酒，以表扬还表扬。在"勾兑"关系的双方都具有表演性质的酒桌上，李玫觉得这两个男人真诚得开始有点虚伪了。

李玫感受到许量的酒意已经汹涌上来了，马上很注意他的行为，因为妈妈告诫她一定要照顾好喝酒之后的许叔叔。因为在这个世界上，许量虽然是那种生命力和智慧都很强大的男人，但是美女和美酒也完全能够让他变得容易受到攻击和伤害。不过，李玫很喜欢许量现在的样子，他已经没有平时许叔叔或者许总的威严，有点像一个很憨厚的大哥哥了。

姚为民把菜做得差不多了，他把许量要亲自下厨为他的客人做一个"糖醋排骨"的材料备好了，就主动从厨房里面出来，到了许量他们吃饭的房间。于是，许量很热情把姚为民介绍给了汪记者，他说："老姚，你和汪老师好好聊聊天。"然后，去了厨房，他在小胖的帮助下，很有兴致地去客串一回厨师。在李玫的帮助下，姚为民与汪楚风越聊越有感觉。

汪楚风作为大记者，关于民间金融的文章写得很随心所欲，十多年的财经记者生涯已经让他的功力炉火纯青，完全能够把同样的事件，写出完全不同的效果，达到完全不同的目的。正是："妙笔能生花，纸上出富贵。"记者之"大"与"小"，就在于是否敢于和善于用"指鹿为马"的手段来表达自己独特的观点，达到自己"弦外之音"的目的。

媒体的力量，许量领悟得很早。他知道自己现在是想说服一个以文字与言语为生活的主要手段的记者，希望他不仅仅放弃他现在的选题和观点，而且还想利用媒体宣传我许量，这样的计划有点冒险，但是，他很自信，或许是有点虚荣，更重要的是他心中非常真实的有一种委屈，非常想倾诉，刚才许量反复地给汪记者强调自己的观点："民间借贷不应该被大多数媒体妖魔化！与所有行业、所有业务都会有害群之马一样，民间借贷也有这样或者那样的问题，但是，正如水的善与恶，菜刀的好与坏，都不能够简单地一概而论。难道所有的放贷者都是恶棍吗？"

汪楚风是湖北楚地人士，虽然许量不完全赞同那句流传很广的俗话"天上九头鸟，地上湖北佬"，但是，作为同样是文人出身的许量来看，他和汪楚风同样地杰出。许量刚才乘了酒兴说："老王，我做商人，你做记者，从商从文，其实和做男人做女人一样，都是人生的分工不同。"

然后，许量重点介绍了自己的东方富通公司的一些具体经营情况，他重申："我的理想还是想成为成都甚至中国民间金融的探索者，对高利贷的危害，我们也尽可能地在趋利避害！我现在正在做的民间资金借贷的改革建议方案有三点：一是坚决把借贷的利息严格控制在国家规定的最高不得超过银行同类贷款利率的四倍以内（包含利率本数）；二是把握住企业的借款用途，一定是要把宝贵的现金资源用于企业的生产与经营；三是我们也要掌握好一旦出现借款纠纷的时候，用法律手段来处理和规范收款行为。我们绝对不会为民间借贷行业抹黑，我想一旦国家对民间金融的改革开始，我们非常愿意成为'马前卒'！"许量十分坦诚地讲解了民间借贷资金的内幕，让汪楚风很意外，因为许量曾经多次坚决地拒绝采访。

今天许量的行为引起了汪楚风内心的共鸣，他开始非常认真地采访，决心改变一下自己对民间借贷的恶劣印象，好好写一篇关于民间借贷也可以是"好钱"的正面文章。

汪楚风决定把许量分析的一些精辟的言论直接引用在文章里面，他刚才已经把这些话，在许量的同意下，做了采访录音："目前，我国在经济领域中，打击高利贷的政策以及在意识形态中宣传民间借贷罪恶的实际效果往往是适得其反，越是通过意识形态或者政策限制有利息的资金借贷，就会越使利率变得更高。这是为什么呢？一方面是因为这种意识形态和政策环境只会大大减少借贷资金的供给；而另一方面，民间对借贷资金的需求却并不会因意识形态或政策的禁止而改变太多，企业为了生存与发展，对金融的需求是必然的，大多数的中小企业根本得不到正规银行的金融服务，他们就会时常需要民间借贷的支持。"

许量开始有意识地把话题向很深刻的方向引导："尽管我们从主观愿望上反对高利贷，严厉禁止民间借贷的呼吁从来就是不绝于耳！但简单粗暴地禁止民间借贷并不能够解决企业庞大的天然的借贷需求。因此，很多时候，我们对高利贷的憎恶，只是道德与文学范围的事情，并不能从客观上改变企业在经济发展中、个人在创业时候对资金借贷的渴望。为什么借款人愿意支付40%或更高的利息？而且这些借款企业的老总们也是精明的企业家，他们在明知'高利贷'具有巨大的'善'与'恶'的情况下，仍然愿意借款，而且很多时候是主动地求贷，这只能说明他们在高利贷之外别无选择，而且也用实际行动来接受了民间金融的支持。不管大家承认与否，对企业来说，通过借贷高利贷所能得到的效用好处一定要比他们所付出的高利息要好，也就是说，拿到这些借款后自己能得到的好处或者说预计的好处，肯定比要付出的利率成本要高，否则这些借款人不会去借贷的，这些是自愿的交易，不是被迫的！"

许量有点激动了，他用手势加重了他说话的语气："因此，对高利贷的分析并不是像大众通常想象的那么简单而片面。在我们通常的思维中，借款的人往往是些善良的老实的可怜人，而放贷者本身的品行都很差，都是恶霸地痞，心也很黑，所以就需要政府干预，防止那些需要借款的人被剥削。这种思维或许对，但是政府部门不能在禁止民间金融之后，又没有更好的办法解决企业上述的资金需求问题，国有银行和正规商业银行只从老百姓那里吸收存款但基本上不对他们做贷款，这样就逼着企业找地下钱庄，付出更高的利息，除此之外别无选择，否则企业只能够眼睁睁地看着资金链条的断裂而破产倒闭！这样来说，两害相权，应该怎么样呢？当然是取其轻啊。"

汪楚风是财经版的大记者，他对金融很了解，他安慰许量道："许总，金融领域是我国改革的深水区，风大浪急，但早晚都会和其他地方一样，出台相应的鼓励民间借贷的措施的！如在香港就有《放债人条例》，其中规定：任何人经过注册都可以从事放债业务，利率、金额、借款时间和偿还方式由借放款双方自行约定，但利率不得超过规定的年息上限6厘。"许量笑道："但愿我们这些灰色之人，能够很快等到阳光灿烂的这一天。"

汪楚风也笑了，与许量碰了一下酒杯，他知道京城圈子里面的一些消息灵通人士已经在传言央行也在研究将出台《放贷人条例》了。但这消息太敏感，汪楚风就没有对许量说，他不知道许量对他要了一个小小的花招：许量说他不认识京城里面的人。其实对于成都甚至四川的蜀商来说，条条道路通罗马，大多数老板都知道"跑部进京"的效益，不少老板甚至在北京专门设立办事处，对部委的公关花样百出、乐此不疲，许量也不能够完全免俗，他有他的路子：像《放贷人条例》这样的大事件，许量不可能不知道一点风声，只是许量认为这对借贷行业而言，未必全部是好事情。民间借贷的规范当然就意味着运作空间的压缩，民间借贷的好日子或者坏日子就会因此而到来，许量已经开始未雨绸缪。

两个人又很自然地聊到了成都民间资本市场产生得早,发展得慢的情况。许量很感慨地说:"成都红庙子买卖内部股的市场,是中国最早的民间资本市场啊!因为成都红庙子街是四川省证券交易中心办公所在地,所以,众多的民间投资者自发地集合在这里交易。1992年8月11日,省证券中心发行了首只可转换债券——工益转券。该券由500元一张热炒到1000元左右,这是红庙子买卖内部股的市场形成的标志。同时,来自深圳的大户们在红庙子市场大笔收购川盐化股票,使原本卖不动的川盐化股票由3元上升到8元。这样炒作的财富效应刺激了更多的投资者蜂拥而入。之后,川股里面未上市的8大股票(盐化、金路、天歌、乐电、长钢、金顶、长虹、东碳)纷纷上涨,红庙子黑市日渐火爆。那些大买家在红庙子街边摆上桌子,上边堆放着一万元一捆的钞票等待卖主。当时有人形容,这里真是流金淌银啊!你在红庙子市场这头买了股票,走了几百米,你的股票就翻番了。之后又有各种股权证、债券等进入市场,使市场人气非常旺盛。但奇迹在于这样一个自发的、自由的、火爆的场外交易市场,没有发生过不安定事件,秩序之良好令所有人大吃一惊。"

汪楚风知道许量对红庙子民间证券市场的深深惋惜之情,他放下酒杯,思考了片刻,很慎重地接着说:"可惜了这样大好的市场,成都的民间资金投资欲一直很旺盛,而且发展很快。盛极一时的红庙子市场,就是民间资金向民间资本发展的象征。可惜,没有最后形成真正意义上的资本市场,而且遗憾的是此后的股票'一级半'市场与'产权拆细'等资本创新都偏离了原来的轨道……成都资金和资本市场的发展的确是在退步。与温州资金相比,成都资金和资本的市场化程度还不够,规模还小,资金供给和资金需求的信息还不对称。"

许量非常有兴趣地看着汪楚风,觉得他是真有水平的记者,许量与汪楚风把酒杯轻微地接触了一下,总结道:"成都资金和资本市场停滞不前的原因很复杂,简单来说,主要是企业资金的用途没有把握好,政府没有监管好资金的使用,资金使用的效率和效益偏离了'募集'资金的本来目的。"

两个人有了同样的认识,酒就喝得快了点。李玫想方设法地掺和进去,两个男人却越说越深刻，许量说："没有好的监管和引导，合法融资的钱被不少企业当成了没有道德压力的天降大饼，募集来的钱不是用来抵还债务，就是低效率的使用或者说是浪费了，甚至一部分就演变成了骗局。"李玫感叹说："成都真的还有全国最早的民间资本市场！"同时，她不引人注目地把许量的酒杯少掺了一些，给汪楚风的则是满杯。然后，又见缝插针地与汪楚风友情客串了两杯。

"比如，股票'一级半'市场与'产权融资'等资本创新，就如一把'菜刀'，切菜还是杀人，都是可以的。有的企业用好了资金，就是善的；没有用好的，就会使投资者血本无归，这或许是其恶的一面。产权融资就是'产权拆细'和'产权转股权'的那段成都民间资金和资本市场大发展的历史，这和红庙子市场一起，本是成都民间金融的三大创举，现在有的大集团也是在那时候找到民间资金的支持而发展起来的。但由于缺乏有效监管和引导，加之企业使用不当，以至于后来产权改革和探索不得不中断。"许量继续说，他看了李玫一眼，有点不满意她的言行，但她毕竟是关心自己。

李玫低眉顺眼，模样在酒色滋润之下，更加俊俏，她却假装不懂得许量的眼神，她现在的目的就只有一个：尽可能让许量少喝酒。

许量有点扼腕叹息："一场本来可以让成都民营企业合理合法融资、取得产业大发展的历史机遇被错过了，成都民间资金与资本市场的大发展也与这个历史机遇擦肩而过。但现在成都民间资金借贷市场又在近几年发展与壮大起来，而且发展潜力非常大，这是历史性的机遇，但愿成都不会再次错过。"

汪楚风也不陌生这段不仅仅是成都人的中国民间资本发展历史，他缓慢地点点头："现在成都的开放与包容已经远胜于从前，这里的有识之士一定会推动成都甚至中国的民间金融发展。"

当问到许量在成都早期的资本市场上的发家史的时候，许量的反应是"嘿嘿"笑而不答，汪楚风也"哈哈"一笑了之。对汪楚风要求自己多谈论一些关于把成都的民间资本市场大力发展的建议与措施，许量很犹豫，如鲠在喉，始终不能够畅所欲言。

在采访的空隙，汪楚风很不易觉察地偷看了一下李玫春天一般的打扮和灿烂的脸色，虽然说女人各有各的好，但李玫应该是美女中的百里挑一。有一句话叫什么来着？出水芙蓉。

可惜，李玫若无其事地在看许量的表情，对自己这朵落花完全是流水的无意。汪楚风也只是"君子好色"，不是"小人好淫"，所以李玫也不刻意回避。

采访很顺利，汪楚风很满意姚为民的"实话实说"，他知道这就是真实的力量。姚为民讲述了如何借贷了许量公司的"高利贷"，因为第一次创业失败而逃跑，然后被许量"武力"收款，最后在许量的支持下再次创业的故事。姚为民的声音比较低沉，有生活的沧桑，这样讲故事很有感染力，李玫也很恰如其分地补充了几句。

等许量用心炮制的"糖醋排骨"在大家的赞扬声中开始被品尝的时候，许量首先尝了尝，他哈哈大笑说："我居然忘记放醋了。"听大家都还是坚持很礼貌地赞扬许总的糖醋排骨这道菜做得很好，许量觉得很不好意思，他很老实地强调了自己的错误。桌子上的气氛因为许量的这个失误而更加热闹。

李玫很乖巧地解释道："汪老师、姚哥，其实许总不是忘记了放醋，而是我实在是不喜欢吃醋。这样就委屈大家了。"许量多少都有点开心，觉得李玫这个小姑娘还真有她妈妈的影子：善解人意。汪楚风更是开心异常，他抓住许量的失误，笑话李玫是忠心为老总，是个好秘书；许量则不是居家好男人，也实在是算不上新好男人。

快乐的时光总是过得很快，看来时间的脚步也不是完全一成不变的。

在香格里拉大酒店的大堂，汪楚风和许量他们分别的时候，他用力握住李玫的手，时间稍微久了一些，他半开玩笑地说："李小姐，谢谢你给了我成都的美好印象！你是成都，也是东方富通公司的形象代表，我相信成都的民间借贷市场，终究会有阳光灿烂、大众理解的那一天。"说完此话，在李玫的客气声中，汪楚风很真诚地对许量说："许总，我们从北京开会到现在认识快两年了，交往不多，但也算是老朋友了。我这次来成都，本来是要做一个专题，就是关于成都的民间借贷市场的暗访。不过，如果不是今天与你这样推心置腹地沟通与交流，或许我写出来的东西完全是民间借贷'坏钱'的那一面，而你的东方富通公司绝对是文章的主角之一。那样，对您的压力一定会不小！"

许量知道自己的目的已经很顺利地达到，一是顺利化解了重量级的大媒体的抨击，这样的文章完全能够让许量的公司非死即伤，当然汪楚风和许量还是朋友，不会真正地把矛头指向许量，但是他一定也会让许量又痛又痒的；二是真正的商人都是善于化敌为友的高手，许量知道汪楚风这样的聪明人也是深谙此道的：为了尽快交朋友，他们可以从"不打不相识"开始，这样的效率与效益最高。

因此，许量也就打起了哈哈，顺水推舟不费力，他笑着总结说："好在汪大记者明察秋毫。"许量心想，舆论就是水，水能够载舟，也能够覆舟！好在自己也是文人出身的商人，多少会点水性。

与许量握手的时候，汪楚风停顿了片刻，双方都感觉到对方的力量。他对许量说："老许，如果您有空的话，我希望您明天能够和我一起飞北京。我想给您介绍一下北京的圈子，政界、商界的圈子，这些都是中国顶级的人士，如果许总这样的优秀人物不出四川实在是太可惜了！"许量略一思索，明天是周末，公司也没有什么大事，于是，他很爽朗地应承下来，说完两个男人相视一笑。汪楚风坚持要目睹许量带着李玫离去，他觉得四川和中国的一些著名省份一样，真是人杰地灵，习惯性地出伟人，比如湖南的毛泽东和四川的邓小平；当然更出商人，比如安徽的胡雪岩和四川的谁呢？难道是许量吗？当然不是，至少现在他不是！许量不是不杰出，但是成都这里的天时、地利与人和都不能够让他脱颖而出。可惜许量本人并不是很清楚，在京城的大记者可不仅仅是能够写一篇好文章而已，他们经常是开启某些神秘力量的钥匙。

汪楚风计划这次北京之行，准备先让许量从中国的前几名富豪的认识开始，他刚说了一句"万事开头难"，许量立刻接话说："进入一个权力与资本的圈子更是如此！我许量喜欢刺激，和你老汪一样，也是遇到强者心智会更加强大的那种男人，所以，请放心许量，我不是小富即安的男人……"大家听了这些话，都各怀心事，知道这样的事件一旦开始，就很难停顿下来，参与资本游戏的各方面除了利益，还有莫名其妙的潜在的风险。

汪楚风觉得许量完全可能是一匹来自成都的黑马，几年后，在全国知名也说不定！汪楚风也是投资专家，不过他投资的是关系与时间，收获的是无价之宝：杰出男人之间一生的友谊。如果优秀男人之间一旦有了惺惺相惜的友情，这种友谊就是随时能够变现的硬通货！现实世界不仅是在商言商，而且君子也敢于言利和善于言利。

许量把李玫送到了她单独住的成都南门的国际花园住所。路上，许量让李玫处理好公司的事，随时与他保持联系，另外让李玫一定要注意方韧这个小伙子的动向："方韧不是一个简单的学生，他有相当的金融知识，来找我许量的目的绝不仅仅是来学习的。他到底是什么目的？是善是恶，让我们拭目以待。"

分手的时候，许量突然叫住准备远去的她："小玫，谢谢你今天为我解围。"李玫看着许量在车里的身影，隐蔽在路灯光与黑暗之间的半暗半明，但是她完全能够感知到他意味深长的微笑，她浅笑一声："许叔叔是想考验阿玫呀？你那糖醋排骨不是故意忘记放醋的吗？就这样一个小小的破绽，不是让汪楚风展颜开怀吗？"

许量听了很满意，他伸出头，对李玫讲解道："在商场中想面面俱到永远不可能，事事都完美，滴水不漏更是天方夜谭！所以聪明人都要恰如其分地展示自己的缺点，这甚至比展现自己的优点更重要！做生意的核心就是要交易要交换，交易的前提是什么？是相互有缺陷相互才有需要嘛。但是，汪楚风可不是不知道我的小动作的，他也是难得糊涂而已。这个世界始终是人外有人，山外还有山的。"

李玫没有想到汪楚风也是演员级别的高手，她突然觉得很疲倦，商场还真的是战场。许量再大声祝福一句话："小玫，晚上做个好梦吧！"李玫的疲劳被许量热情的祝愿消灭了很多，然后，她带着阳光和煦一般的心情回家了，她上电梯的时候，知道自己今天又可以做一个好梦了。

第二天上午，许量和汪楚风在李玫的温柔的目光中，结伴而行。当他们边走边聊的身影消失在成都双流机场登机口的时候，李玫从在许量身边工作的持续压力中解放出来，觉得很轻松，现在公司司机开着许量的路虎车，带着她从机场高速公路开回成都市区，快到公司的时候，她的心中突然有点惆怅，路虎车里充满了许量的味道，这让她心烦意乱。到了停车场，李玫很快就逃离了许量的味道。走进办公室，她本来想给妈妈通报一下许叔叔已经去了北京的事情，但是，她想了一下，觉得妈妈和许叔叔真的很难理解：明明相爱了这样长久，说分手就分手了，还找了一个借口，说什么《有一种爱叫做放手》？爱情本来就是一种欲罢不能的东西，一种藕断丝永远相连的感情。可既然是真爱，就应该用全部生命来相互依托，那么又怎么能够放得了手呢？能够放手的感情又怎么说是爱呢？

如果是自己的爱情，一旦拥有，就一定要天长地久！李玫觉得心中有点堵，就赶快开始工作去了。

李玫很年轻，是美貌的女子，她当然不会知道在张娅这样的成熟女人的世界中，已经能够从真爱就必须把拥有的"小爱"，变成了为爱人的幸福而放弃自我的"大爱"。她拿出很精致的化妆包，看了看镜子中的自己，的确出落得很漂亮，有点商界女人独特的韵味了，李玫对此很满意。什么是商界女人韵味？就是要像妈妈那样：猫咪加豹子，温柔加泼辣。妈妈给自己闲聊过：女人的智慧在于能够充分利用自己的力量，对男人要刚柔相济，力度也正好恰如其分。李玫也认真体会懂得一些奥妙了，她开始有点得意，但她的眼前突然出现了许量微笑的样子，她叹了一口气，赶紧投入忙碌的工作中去。

而此时此刻的张娅，正在成都资本之鹰商务会所的宽大办公室里无所事事，因为会所的管理已经完全走上了正轨。张娅很害怕没有事可以忙，一旦停下来的时候，许量的身影就好像是顽强的春草，甚至可以穿越她中年女人水泥一般的坚韧与执着，迎风招展，让她心痒不已。张娅只好给为了忘记许量而新交的男朋友李刚发短信，问他："在做什么？"李刚是官员，很老实地回答："在工作"。然后，没有了下文。

张娅立刻看了李刚的短信，她叹口气，一点情趣都没有，觉得这是做丈夫一般公事公办的回答方式，没有一点许量的那种多彩多姿的浪漫，他哪里是恋爱中的男人呢？许量会怎么回答呢？肯定会说："我正在想念你啊。你看看窗外的蓝天，是不是正好有一只洁白飞鸽在传书？它可代表我的心。"当然，成都很少有蓝天，洁白飞鸽也是肯定不在窗外的，但是它一直飞翔在张娅的心里。

第四章　钱的重量

许量谋划了两年,他一直与汪楚风若即若离地联系和沟通,这很像是在钓鱼,他和汪楚风都曾经是对方的鱼。许量最近才终于等到汪楚风主动的邀请。就在他飞离成都去北京,自然而然地开始进入京城大亨云集的圈子去学习和交朋结友的时候,他的学生李锌,就到成都世纪洪盛担保公司上班了。

在路过公司财务部的时候,李锌很想去问问比他早到的财务部经理曹芳一个关于金钱的问题:"曹姐,十万元全是面值100元的人民币到底有多重?"李锌自言自语地说,"钱的重要人人皆知,但是,钱的重量几乎是人人不知!"

只是他觉得这个问题傻傻的,是很难得到正确答案的,即使问到了标准答案,也好像没有什么实际意义,所以,他微笑一下就放弃了。

为什么一直想问一个傻瓜都不会去问的问题?这是因为李锌是成都专门做资金借贷生意的成都世纪洪盛担保公司副总经理,一切与借贷有关系的知识他都要努力学习和把握,这让他显得很内行。民间资金借贷需要经常跟现金打交道,李锌看惯了现金的眼睛就不习惯看支票了。李锌觉得应该马上知道钱的重量,就立刻打开电脑,上网去查询一下:如果是刚出库的新钞,一张百元的钞票重约1.15克,一万元新钞就是115克,十万就是1.15千克。李锌自从做资金放贷生意以来,对钱的所有问题,无论大小都非常感兴趣,大到货币的起源,小到钱的重量,甚至味道。

想到钱的味道,李锌最喜欢的还是崭新的人民币,闻起来没有形形色色的凡夫俗子的杂味，是特殊的清香的油墨味，这哪里有什么铜臭味呢？做资金放贷，对金钱不敏锐，那就等于猎人进深山打猎不带猎犬一样。李锌从办公室的抽屉里面，拿出十张崭新的人民币，这是许量老师送给他的百元大钞，是专门让他培养对"钱"的敏锐感受的"工具"。李锌闭上眼睛，把人民币放在靠近鼻子的地方，用心去体会，他知道自己不是想做金钱的奴隶，而是要做金钱的主人。

每天早上，李锌就是用这样的方法让自己对金钱和金钱的生意更加热爱，因为带领他入行的民间金融行业的导师许量，曾经这样教育李锌：对金钱的热爱，才是成为民间金融高手的最好老师。热爱金钱有什么不好呢？李锌知道，他现在还是用人找钱的阶段，不像许量老师那样的大老板，他们是用钱找人，用钱找钱的段位了。

"钱的重量？今天晚上这笔五百万的私募资金的谈判，估计用得上这样出其不意的资料！"

想到这里，李锌闭上的眼睛慢慢睁开了：世界毕竟是现实的，想法永远代替不了做法。他需要行动，才能够真实地拥有金钱。李锌把自己的身体在大班桌后面的黑皮椅子中重新调整得更加舒服，他最庆幸的是，他选择了最容易赚钱的民间金融行业，这是必须与金钱共进共退的生意，也是辉煌与毁灭只有"一念之差"的工作，还是机遇与挑战同在的"灰色"民间资金的放贷事业。

李锌白天的工作，还是在与形形色色的借款人打交道，劳心劳力。等到他终于筋疲力尽的时候，已经是华灯初上了。李锌出了公司，晚上还要继续工作，他简单地吃了一点东西充饥，他今天必须去完成公司老板黄义仁给他交代的一个非常有难度的工作：向黄总的一个很吝啬的老朋友进行私募。

一个小时后，李锌就与几个有钱人见面了，场面一开始就是针锋相对。这是在成都市南门的一家灯火辉煌的高档茶楼"天下茶香"里面，今天是2007年的11月23日，星期五，周末，时间是晚上的9点钟。

"没有人能够真正做到每次买彩票都买中！绝对没有！"一个略显肥胖的五十多岁的男人断言道。在头顶灯光照耀下，说话男人的表情有一半是在阴暗中，这样的表情让大家觉得气氛有点凝重。

然后，胖男人再看看周围的几位牌友，除了他的情人小曲，其他三位都是老总，老总就是"老鬼"，是老鬼就需要经常口是心非。他们各怀心事，神态各异地没有说话。他又加重了严厉的语气："如果，你李锌连续七天都能够买中彩票，那么，我老孙愿意与你赌十万元的输赢！再按照你的意思，与你们公司签订五百万的资金委托理财合同。而且，资金一旦委托了你们公司理财，我就只问结果不再看过程了。我是大老粗，但是说话从来都算数，绝不反悔！"

"十万元的输赢？"李锌笑嘻嘻地开玩笑问道，"诸位，大家都是做生意的人，每天都在跟钱打交道，自然是懂得钱喜欢钱了解钱的高手，可是你们当中，有谁能够说清楚面值100元的人民币十万元到底有多重呢？"这样一个看似普通却又很刁钻的问题，把老总们全部都问住了，大家面面相觑。

"一张百元的钞票重约1.15克，一万元新钞就是115克，十万就是1.15千克。当然，这不是绝对的精准，人民币的重量还与空气中的湿度有关系。"李锌继续侃侃而谈，"这样的问题，对普通人而言，可能是无聊，没有什么实际意义，但对于我们民间放贷人而言，这就是必须具备的专业知识。我们用专业赚钱，你们用钱挣钱，万事为钱，殊途同归。"

李锌相貌堂堂，很像国内影视一哥黄晓明，年纪二十五六左右，但一看就是精明能干之人。作为成都世纪洪盛担保公司副总经理，从事资金放贷生意已经快一年了，能够从一个普通的保安飞速成长为投资担保公司的副总，是因为他遇到了一些特殊的商业机缘，加上他从小对人对事的超常敏锐和"贵人"老师许量的刻意提携，使他迅速成为成都资金界的后起之秀。商界其实如同武林，长江后浪推前浪，李锌就是成都资金业界最大的"后浪"之一，真可谓是"英雄不问出身"，韩信受胯下之辱而领天下之兵马，李锌也逐渐忘记了小保安的履历，只有偶尔为了炫耀自己经历独特的时候，他才会津津有味地强调自己从保安到老总的传奇。

他每天都争分夺秒、意气风发地以放贷人的身份，"混"斗在成都商界。李锌周围，无论是他的朋友或者敌人，都可以看到他在成都商界中的快速成长，就好像是大山里春雨过后，在灿烂阳光下，疯狂滋生的春笋，甚至可以听到笋子生长发出的声音！

现在，李锌和从事建筑生意的孙总，正在洽谈资金合作的事宜，也就是在做所谓的"私募资金"的资金募集的说服工作。因为，李锌所在的成都市世纪洪盛担保公司最近的借贷生意特别好，资金饥渴和现金为王的压力，让公司的高层管理员工都直接地进入了"找钱"的活动中。谁都知道：没有资金，就没有一本万利的高利贷。

也许是俗话说得好："有多少钱，人就会有多大的脾气。"李锌很有耐心，甚至可以说是用气定神闲的态度，来对付孙总和他的朋友们的粗放。

看大家被自己提出的人民币有多重的问题给困住了。李锌脑中闪过很多念头，嘴巴上却一点都不停歇，他嘿嘿一笑："孙总，我们还是来说说彩票的事，我们一言为定！我李锌和您以此言为誓吧，至于那十万的赌金，就是1.15千克的人民币，我输了就赔偿你，绝对不会缺斤少两！万一运气特别好，我能够做到连续买中一周的彩票，我赢了，那么您就一定履约给我们世纪洪盛担保公司投资，成为我们公司的私募资金客户。我李锌别无他求。"

孙总的名字叫孙胜利，是成都利达意建筑公司的老板。公司名称"利达意"粗听起来好像是"意大利"，孙老板人粗糙一点，但是公司名字却很洋盘。李锌看看孙总的状态：他粗放地把肥胖之手"粘"在了他身边的那个名叫"小曲"的妖娆年轻女子肩头的圆滑之处，好像雄性动物在丛林之中，正在撒尿宣示它的主权。旁边的几位，包括王之前等老板，对此早已习以为常了。而李锌也很不小心，他没有能够控制住年轻男人的好奇与冲动，下意识地受孙总大手的牵引，他的眼光不由自主地落在了小曲饱满的胸部，那里有春天浓郁的气息。这时间虽然非常短促，但是，小曲从小就很敏感男人的目光，她下意识轻轻蠕动了一下胸部，使之更加突出。

今天，李锌是在完成公司老板黄总安排的为公司做潜在的私募资金客户做说服工作，李锌下午在公司听黄总给自己安排这项工作的时候，就已经感觉到了这是一项"光荣而艰巨"的任务。因为，容易完成的工作，特别是资金私募这种有高额"融资提成"的肥肉，根本就轮不上李锌这样的厉害人物出马。

成都的民间资金市场中的资金放贷生意，最近几年兴旺发达，很多杰出的商人和形形色色的三教九流，都已经满腔热情地投入在这人欲横流的金钱生意之中，当地媒体也充满了"真实谎言"的大小广告。每个身在其中的人，都在幻想成为合格而成功的"放贷人"，李锌也是这样。

今天，李锌好不容易才约见到了财大气粗的孙总，但是，孙总的性格本身充满了狐性，不可能轻易信任何外人的。这个"外人"已经包括了结发妻子，更不用说现在还要把自己腰包里面的钱，掏出来给老黄他们的世纪洪盛担保公司玩了！黄义仁是什么样子的人物？私募资金就是拿别人的钱做自己的事嘛！孙总心中是有数的。

在成都商界，孙胜利也是大起大落了几次的"老操哥"了。所以，他最初只是很应付地容忍了这个叫李锌的小伙子，让他滔滔不绝地给自己上了什么是民间金融、怎么样做资金放贷生意的第一课，最后，孙胜利收起了轻慢之心。他能够感觉到李总的诚意与水平，看来自己是为难不了他的。

孙总开玩笑地解嘲说："做资金放贷生意，不如去买彩票。"买彩票，是李锌多年的爱好，他对此恰好是颇有心得，数万的"学费"，已经让李锌能够对几乎所有的彩票都能够说出"知其然和知其所以然"的大小道理来。因此，他就顺势接了一句："孙总，做资金放贷生意与买彩票一样，只要认真就一定可以做到事事皆赢！"李锌把对方往自己熟悉的领域引导，这也是做生意谈判取得主动权的要诀。

果然，"事事皆赢"？孙胜利马上抓住了李锌的话柄，他虽然对彩票了解很少，但是他起码知道："没有人能够真正做到每次买彩票都能够买中！绝对没有！"这才有了刚才的赌注。李锌知道自己被老奸巨猾的孙胜利抓住了话柄，但是他一点不气馁，就仿佛一切都在他的计划与把握之中一样。

孙胜利看着李锌的无所畏惧的样子，觉得他有点像自己年轻的时候，在商场中，初出茅庐，敢于说大话，不怕失败和牺牲，于是，他有点同情地看着必然会失败的李锌，尽可能友好地说："李总，那么我们一言为定，七天后的这个时候还在这里见面，到时候，胜负不重要哈。当然，如果我输给了你，我一定不会失言的，我会完全按照你的要求做。"

此话说完，孙总看了看四周，身边的几个牌友已等待自己多时，于是，他大声招呼道："来来来，兄弟们，麻将重要，麻将就是人生，我们继续打牌。"

被孙总轻视地下了逐客令，李锌也就不好再待下去了，他友好地注视这几位沉醉于方城之战的"成功人士"，神色自若地和大家告别了。他安慰自己道："现在是现金为王的时代！我李锌做资金私募，总是比行长大人们出来拉存款要好得多嘛！他们为工作的官帽，我可是为自己的钞票。"

李锌刚出茶楼包间，从后面立刻爆发出来一阵粗鲁的笑声。在其中，有一个沙哑的声音在说："什么李总啊，现在的年轻人印刷一张名片就成立一家公司，一次谈判就想签订合同？年轻就是轻率就是幼稚！敢和孙大哥打这样必输无疑的赌，不是傻小子，就是狂妄无知！他以为他是谁？做资金放贷生意有什么了不起？下周，我们就有好戏看了！"

李锌听出来了，这个声音是孙总的朋友王之前发出来的，李锌记得他是外地口音，王之前具体做什么生意，他并不知道。李锌很好奇地紧贴包间门听着，他经常练习气功，所以他的听力非常好。另外一个尖锐的女声道："只怕这个傻瓜，到时候逃之夭夭，避免出丑的好。"那是妖娆的小曲说的，可恶的是小曲又用太监一般尖细的嗓音加上了一句："如果小李子能够赢了孙哥，那么老娘喂他一口奶吃！"在其他男人的哈哈大笑中，孙总则总结道："现在的年轻人从商，完全不像我们那个年代，是依靠一砖一瓦，慢慢地积累出的血汗钱！他们脑中有世界，嘴上有黄金，哼哼，如果他小李能够连续七天都买中彩票，那他就是彩票之王！"

李锌的血与火都往上涌，他觉得自己的尊严受到了侮辱，被这些有钱人只用一个"粗"字，就完全撕开了他做投资顾问的斯文面纱，他用力抓住茶楼包间的门把手，正在犹豫着是不是立刻冲进包间，把心中的激愤痛痛快快地宣泄出来，身后却传来了女人清理嗓子的声音，立刻回头一看，原来是茶楼的女服务员，发现李锌形迹可疑，已经观察他几分钟了。于是，李锌很尴尬地看了狐疑的女服务员一眼，不自然地笑了笑，点了头快步离去。

在茶楼的门口，李锌感觉到了室内温暖空调与外面寒冷世界的冷热交替，就好像是世间人情的冷暖，变幻莫测。他心想：这些人的特点，就是一个字可以总结：粗！他们为什么就不认真想想，自己刚才的赌博，那只是一个很有趣的智力游戏而已，我李锌一定能够赢的。

傻瓜在这个世界上到处都是！有钱人一定都不是傻瓜，但是肯定大多数都自以为是，我李锌不是有钱人，但绝对不是傻瓜！这个世界虽然竞争激烈，但是只要用心良苦，一切皆有可能，事事皆赢！

李锌站在路口，夜风已经冷却了城市的繁华，街上的行人少了。李锌打了一辆出租车，去下一个目的地。"什么是有钱人？有钱人就是花钱比赚钱更困难的人。"李锌想起了培训他进入资金行业的许量老师的话，看来真的是充满哲理的判断，刚才，那个孙总和他的伙伴们，不就是有点钱就憋得慌吗？每天不是赌博，就是吃喝玩乐，这就是我们社会的精英？李锌不反对打麻将，但是"久赌无输赢"，几个人翻来覆去，有什么意思呢？李锌狠狠地叹了一口气："现在，我李锌是求你们来赚钱啊，以后我有了大的名头，成了民间资金的明星操盘手，到时候，你们哭着喊着都要向我要求投资呢！"

李锌本来是四川内江市农村的人，以前是比民工好点的天下名都小区的保安，但是，他已经来到成都几年了，都市的生活本来就是一所学校，何况现在又做了快一年的资金放贷生意了！是成都这样神奇的大都市完全改变了他的人生。

李锌乘坐出租车穿越成都市区的钢筋丛林。

大都市的街道，流金淌银，又好像是由两边路灯构成的时光隧道，他很劳累地闭上眼睛，幻想自己正在穿越历史。无聊之间，他想起在网络上阅读过的早就背得滚瓜烂熟的成都可笑的典故：五代时期的后蜀，在这里的城墙上，遍种芙蓉，故别称"蓉城"、"芙蓉城"；这段足够让很多成都人骄傲的历史，其实是很可笑的典故。原来，后蜀国主孟昶最宠爱的花蕊夫人喜欢芙蓉，爱江山更爱美人的孟昶便下令满城尽种芙蓉花。秋天芙蓉花开时，沿城四十里，竟似红云绕城，"芙蓉城"因此而得名。不仅城中遍地芙蓉，就连城楼上也浪漫地栽满了芙蓉花。

公元964年，宋朝军队攻打过来，这些远道而来的士兵登上成都布满芙蓉花的城墙时，差点狂笑得背过气去："天啊，这里的城墙上竟然没有一杆枪炮，没有一点滚木礌石，没有一点杀戮之气！天下当兵的是第一次看到有人用花来守城，没有血腥的城郭怎么能够不被灭国？"

李锌想到这里，会心地笑了，他决定一会儿就把这样特别的谈资，作为展示自己文化素养的内容，向朋友们炫耀一番，就好像是在展示他作为新锐成都男人特殊的"精神肌肉"。

当然，"瑕不掩瑜"，成都毕竟是中国西部当之无愧的大都市，"天府之国"自古就名不虚传。历史的尘埃可以用淡忘抹去，这里就是人类的天堂之一，从这里向东、向南、向北、向西的任何方向，都有世界级别的绝美自然风景。九寨沟、长江三峡、峨眉山、乐山大佛、青城山等风景名胜，星罗棋布在成都的四周，宠爱着成都。

成都文化从不排外，很包容，生活在这样的人文和地理环境之中的李锌，已经完全把自己当成了地道的成都人了。他现在是去从南门到西南方向的成都锦里民俗休闲街里的"三国酒吧"。那里是他的下一个工作与娱乐的目的地。

成都的夜生活，历来就是精彩纷呈的，这让历来的文人骚客、达官贵人们都流连忘返，"扬一益二"的古话，穿越历史，讲述的始终还是成都市容的美丽、食物的美味，当然，成都女人因为漂亮而被称为"粉子"，也从来都是名扬天下的。

在成都的西门与南门地区，集中了成都数量众多的休闲与娱乐的酒吧、茶楼、消夜餐厅，大多数成都商人，都喜欢把办公室不能够完成的生意，放到这些地方来继续完成。其中历时三年时间精心打造的，有"成都版清明上河图"之称的成都锦里民俗休闲街，这里，白天是外地来成都的游客们的旅游胜地，晚上，则是成都少壮的商人和白领们最喜欢光顾的地方之一。

李锌在锦里街的大门口下了出租车，寒冷中，李锌把脖子缩进了竖立的衣领之中，他想起了越来越热闹的美国的"次贷危机"，心想：中国难道就没有

"次贷危机"吗？那些房地产开发商的假按揭疯狂的程度，也许比美国房地产的次贷危机厉害多了！他快步穿越锦里狭窄的街道，觉得自己因为寒冷而缩头缩脑的模样，跟现在美国在国际上的地位一样。

李锌赶到"三国酒吧"的时候，成都东方富源投资管理公司的韦伟副总经理和另外两个年轻的女人已经到了快一个小时。李锌是通过以前的同事成都东方富通投资管理公司的资产保全部经理唐力介绍认识韦伟的，唐力曾经是自己的上司。也许是因为更投缘，李锌很快就和韦伟结交成更铁的哥们，他们和唐力的来往反而少了起来。

韦伟下午约李锌的时候，就约好了他们今天是来这里休闲的。成都老板或者老总说的"休闲"，一般而言，指的是三件事情：泡茶、泡酒、泡美女。当然，最重要的是泡生意，有多少生意或者利益就在这几件看似普普通通的事情之中搞定的呢。还有一件，做生意的老板必须认真策划的商务活动，就是请客吃饭，那也是一门商人的必修的功课，请客的艺术，那可是老板们不会轻易外传的秘密。

李锌的档次还没有达到老板的级别，平时与他打交道的都还是其他资金公司的白领或者小老板，所以，他每天的生活，只是做"休闲"的三件事情即可。有很多外地商人并不知道：能够把生意融合在"休闲"活动中，这是成都商人独有的智慧与秉性，在成都，没有多少生意是能够完全在办公室洽谈成功的，成都商人最喜欢的茶杯、酒杯，还有KTV包间中的话筒，这是他们运用最纯熟的"吉祥三宝"，这也是成都饮食与休闲商业文化发达的真正原因。

现在，李锌才放下茶杯就要去端酒杯，他觉得自己完全就像是一只穿越在花丛中轻快的小蜜蜂，以"资金混客"的手段和面目，在成都资金借贷市场上，不问收获，只是有点盲目的不断忙碌。

"三国酒吧"，这是一个充满了三国韵味的酒吧。外面的"魏"、"蜀"、"吴"的三国旗帜在风中高高飘扬着孤独的历史，等李锌一脚迈进了酒吧，里面却是温暖如春。酒吧不大，一楼满客，李锌踏着实木地板的楼梯，伴随着沉闷的脚步声，向二楼走去。最先被韦伟他们三个人瞧见的是渐渐露出来的李锌的头，他好像是从地底下大摇大摆"冒"出来一般，很快李锌就坐下来与大家热乎了。

第五章 以酒会友

韦伟给李锌介绍了身边坐着的两位年轻的美女。李锌对成都人不分美丑，把女人全部都统称为"美女"的叫法很不满意。他经常摇头晃脑地说："可惜了'美女'两个字，就和'小姐'这两个字一样，都是被当代中国人糟蹋得不成样子了。"韦伟心道：我们糟蹋的东西可不仅仅是一些词汇，历史、道德这样一些神圣的东西都不能够幸免于难啊。

李锌很认真地看了看韦伟介绍的两个美女，一位叫"乐乐"，相貌"很成都"，一看就是典型的成都土生土长的姑娘。韦伟并没有介绍她的姓名，李锌心领神会，这就是说明她是韦伟的女人或者至少是他追求的目标，再加上她的微笑中透出一种莫名其妙的骄傲与优越感，李锌立刻放弃了与她亲近的念头。另外一位则是胖胖的圆脸姑娘。

李锌在给她们递上自己名片的时候，心中也在飞快地盘算：这两个女人，虽然都不漂亮，但五官清秀，都比较耐看，素质也应该不差，他心中立刻舒服多了。特别是刚才握住那个"大名叫刘洋，小名叫洋洋"的圆脸美女之手的时候，觉得她的手白皙而温润，再抬头看看她明亮的眼睛，很有点黏性，只是身材略显丰满，觉得有点美中不足。

韦伟介绍道："洋洋是我们公司财务部的经理，是财务高手哦，你们要多亲近！"李锌立即对圆脸姑娘说："久仰，久仰！"洋洋姑娘爽朗地一笑，接了一句普通话："彼此，彼此。"看来她是江浙一带来的新成都人。李锌一心二用，表面立刻融入此情此景，他却暗中在笑骂韦伟："这个家伙，又是在给我找女朋友了。不是说了我李锌的女人一定要自己去找的吗？难道我李锌能够做钱的放贷生意，却找不到一个称心如意的女人吗？"李锌想起了自己公司老板黄总的女儿，那个还在西南财经大学读书的黄鹂。她肯定还不是自己的女人，但是到底算不算自己的女朋友呢？

看到李锌与两位美女很快就打得火热，他们已经开始互相敬酒说笑，气氛越来越热烈，韦伟面带微笑，很满意李锌的表现，他现在才有空去想自己的心事。

其实，韦伟今天的确是来给李锌介绍刘洋的，只是他并不完全是为了李锌这个铁哥们着想，他还有一个目的，因为他虽然贵为东方富源投资管理公司的副总经理，但是，公司老板钱大富对自己的压力和并不完全信任始终是存在的，而且就是通过刘洋和业务部的经理赵顺两个人来进行暗中控制的。还有就是那个娇媚的小妖精许小露，她虽然只是老板的助理，但是她的心智和经验都不在自己之下。最近，韦伟在公司里面做业务经常处于下风，他需要改变这种局面。

赵顺是三十多岁的已婚居家男人，以生活为主，以工作为辅。他已经把老婆从温州迁移到了成都，每天一下班，基本上就不见他的人影了。韦伟思考过了，像赵顺这样对吃喝玩乐都不感兴趣的男人，他根本就是无懈可击的。所以，韦伟只好在单身的刘洋身上下"软"功夫。

韦伟有家有室了，他与妻子结婚不到两个月，蜜月刚过。他暂时不会为了"钱途"而牺牲自己的"色相"，当然，更重要的是刘洋对韦伟这样长相普通的男人，根本就没有一点兴趣。刘洋假装不知道韦伟接近自己的意图是希望自己能够在公司业务上支持他，反正她晚上一个人也挺寂寞，听韦伟热情洋溢地要给自己介绍男朋友，也很感谢，何况出来交交朋友不是什么坏事情，当然非常乐意，她已经与韦副总出来见了几次他的朋友。但韦伟之前给刘洋介绍的几个成都男人，刘洋都觉得不是模样差，能力一般，就是看女人太过于色，一点都不合意。但今晚上就完全不同了，李锌的出现，让刘洋几乎是立刻就点燃了压抑多年的情爱的火焰，她喜欢李锌的笑容和行为举止，觉得他举手投足间很有点明星的风采，她黑暗的心空中，突然绽放了满天星星点点的动人心魄的礼花，她放弃了女人的矜持，主动多去敬了李锌几杯啤酒。

李锌有所感觉，他看得明白刘洋的主动，在心中笑道：谁说女子不好色？不过，好色未必非少女！这才是真正的男女平等。

他是单身的自由自在的男人，很乐意感受女人目光的爱抚，何况，据说，女子好色能够增加女人的美丽，但是那个梦寐以求的雍容华贵的女人的模样又出现在自己的心海，那是酒精也没有浸润过的纯净之地。对梦中情人的思念是一把尖锐的匕首，在他的心中深深地雕刻，让李锌痛苦难当。他只能够开始专心地研究对面的两个女人。

虽然，刘洋25岁了，没有男朋友，但是她是一个宁缺毋滥的爱情至上的小女人，财务上的精明，那是从老板钱总到赵顺都具备的温州商人的天生的商业基因，怪不得在温州商人钱总创立的东方富源投资管理公司工作的四川人日子并不好过。

韦伟在一旁和乐乐说笑，他故意让李锌陷入了刘洋的热情之中。李锌也不回避，他知道刘洋是成都最著名的资金公司之一的东方富源投资管理公司的财务部部门经理，而且比自己年纪还要小，他也是有意想接纳刘洋。所以，李锌和刘洋说什么内容都总是说得兴高采烈。李锌正在给在成都已经生活了快一年但还是第一次到锦里来玩的刘洋介绍说："传说中，锦里曾是西蜀历史上最古老、最具有商业气息的街道之一，锦里依托成都武侯祠，以秦、汉、三国精神为灵魂，明、清风貌作外表，川西民风、民俗作内容，扩大了三国文化的外延，是成都市首座以传统川西古镇为建筑风格的旅游休闲街区。街区全长350余米，有茶坊、客栈、酒楼、酒吧、戏台、各种风味小吃、工艺品、土特产等，集旅游购物、休闲娱乐为一体。"

李锌看刘洋的眼睛更加明亮地盯着自己，就夸张地来了一段广告词："成都是一个来了就不想走的城市，就像我们的锦里，不仅是人们怀旧寻梦的好去处，其在深厚民俗文化根基上营造出的休闲气氛更值得您细细回味。"

刘洋"扑哧"一声笑了出来："成都是一个来了就走不掉的城市吧？这里山美水美人更美，留人更留心，我真是很喜欢回味成都的味道。李总，您真的非常有趣，说的比唱的还好听。"李锌现在已经知道了刘洋是地道的温州人，就慢悠悠地纠正她的话："拜托，美女！你说我的话非常有趣，这是在表扬我，但是你说我说的比唱的还好听，那就是在讽刺我呢！"

刘洋对成都语言的博大精深还没有完整的认识，但是她感觉到自己说的话有可能会得罪李锌，觉得很不好意思，她笑吟吟地赔罪道："那就罚我酒好了。"李锌本来也是有目的的，他虽然不知道结识刘洋到底有什么用处，但是他知道三人行必有我师的道理，于是，他就向刘洋请教了几个平时没有好意思问自己公司财务部经理的财务难题，刘洋很认真地给李锌讲解了财务报表的几种解读方式，李锌豁然开朗，原来以前自己想当然的看法，居然是大错特错的，还好没有出丑，也没有出大事。

世界上的酒，从来都是酒不醉人人自醉，四个年轻人在温暖如春的友好气氛中，继续饮酒言欢，酒吧里面充满了春天的气息。

过了一会儿，李锌和韦伟用眼神交流了一下，就先后站起来，给美女们请个假，向卫生间走去。

在一起去卫生间轻松释放快结束的时候，韦伟笑问李锌："怎么样？！"

李锌跟他开玩笑道："什么怎么样？在这个世界上，美女和帅哥有什么了不起？做男人或者做女人，只不过是分工不同而已！没有什么值得骄傲的。你是说那个快快乐乐，还是洋洋得意的女人呢？哥们，我今天是看出来了，你这哪里是在为我李锌张罗女朋友，你分明是在拉拢刘洋，替她物色男朋友吧？别有用心哈。"

"兄弟，你真有水平！乐乐被你叫成快快乐乐确实很准确，刘洋被你叫成洋洋得意，她会有意见的！"韦伟意味深长地叹口气，"酒吧就是男人和女人一起相约来犯错误或者互相娱乐，也就是销魂的地方。既然是销魂，又何必追根问底呢？哥哥我是不想让你孤单，难道有错吗？"李锌不同意，他笑嘻嘻地说："你给我机会接触女人，当然没有错，但是你别有用心，确实必须立刻承认哦。"

韦伟点点头:"和谐社会啊,我就是想让自己在公司里面有一个更宽松的环境,变得和谐一些,这只是兄弟的小算盘而已,还算不上别有用心。"

两个人勾肩搭背地出来,快回到座位上的时候,却发现两个女人都不见了,问了酒保,才知道女人和男人一样,被啤酒吹胀了,也放松去了。

韦伟主动告诉了李锌:"乐乐名字叫崔乐乐,她是成都一家房地产大公司老板的独生女儿。最近准备接她老爸的班了,她老爸多年积劳成疾了,想休息了。"他对李锌问的是否想打乐乐美女的坏主意的话,不置可否。只是说:"搞定乐乐,就等于搞定她老爸的资金。"于是李锌想起了自己的处境:自己老板的女儿黄鹂不也是独生女儿吗?难道这个世界上赤手空拳打天下的优秀男人,都要依赖或者利用女人才能够快速成功吗?

这是一个既敏感又尴尬的话题,两个人不约而同地转移了话题,又聊到铁哥们唐力的一些闲话,看两个女人说笑着,动作尽量优雅地"飘"回了座位。

崔乐乐不怎么爱说话,李锌知道了她的背景,就主动配合韦伟给她敬酒,这样崔乐乐也和李锌熟悉起来。突然,李锌想到了刚才自己和那个有点骄横的成功人士孙胜利打赌买彩票的事情,于是,他有点冲动地把事情的来龙去脉给同样已经有了醉意的一男二女仔细讲述了一遍。韦伟和刘洋相视一笑,觉得李锌已经喝多了酒,崔乐乐却认真地说:"在生意场上,一切皆有可能。"她看李锌赞许地看着自己,立刻有点羞涩地补充道,"这话可是我老爸说的。"

韦伟摇头说:"哥们,世界上没有谁能够连续七天都能买中彩票的。我看你小子是输定了!当然如果万一你做到了,那么你就是当之无愧的彩票之王!"韦伟看李锌只是很得意的"嘿嘿"两声笑,心中有点怀疑自己的判断了:难道李锌这家伙找到彩票秘籍了?如果李锌能够每次都买中彩票,那么你李锌恐怕就是国家的公敌了!

刘洋想了想,她怕说话不小心会打击李锌的自信心,就努力忍住没有说出自己很担心他的判断。

李锌今晚是第二次听人说起"彩票之王"四个字,他的豪气与心中的醉意完全成正比，于是，他很骄傲地宣布："大家不用怀疑或者担心，这场赌博，我是一定会赢的。我，成都人李锌一定是当之无愧的彩票之王！"

他主动给自己要了一大杯啤酒，然后是胸有成竹地全部喝下去。刘洋看到了李锌仰起脖子喝酒的时候，他的男性的喉结非常性感地发出"咕隆"声并不断蠕动着，心中有种痒痒的感觉了，她用眼睛的余光扫射了一下斜对面坐着的韦伟，知道他很关注自己看李锌的表情，刘洋懒得掩饰，她从十多岁就出来闯世界了，她的财务实战能力和阅人的能力，都已经是有一定级别的，什么样子的场面都见识过，于是，她故意身体向前倾，再用手托住自己的下巴，这样的姿势，是明白地告诉韦伟：我刘洋对你的朋友李锌很有兴趣。让韦伟告诉李锌，自己对他很有意思。

"彩票之王"李锌今天的感觉特别的好，所以，他开始与刘洋眉目说话，他一边忙，一边想："酒色财气"这四个字不知道是谁发明的，说得真好。李锌在心中嘀咕道：英雄喜好酒，文人好美色，商人贪财物，官场崇气势，可是这些暂时都与自己无关，他还不是老板，还没有能力把这个四个字运用纯熟，甚至串联成男人的势力或者实力。他面对两个美女，与韦伟一起对她们采用了吹捧与自我吹捧、表扬与自我表扬相结合的多种方法，让两个年轻的女人对他们都开始产生了更多的尊敬和喜爱。

崔乐乐主动地说："如果我以后掌管公司，还需要两位的大力支持哦！"刘洋也期待地说："大家是好朋友了，经常聚会吧。"

韦伟看崔乐乐眼神有点涌泉一般的温柔，他打趣道："乐乐可是正经的房地产商人，哪里像我们？是做'高利贷'放贷生意的边缘人！"崔乐乐故意奇怪道："韦伟，我一直想请教李总这样传说中的'高利贷'者，什么是'高利贷'啊？"说完，崔乐乐把手中的酒杯子，很认真地放在木桌子上，眼睛炯炯有神的等待李锌的答案。

李锌也有点想表现自己的博学，他得意地说教道："对于什么是'高利贷'，我国民法学界目前有三种不同的观点：第一种观点认为借贷的利率只要超过或者变相超过国家规定的利率，即构成'高利贷'。有的学者认为借贷利率可以适当高于国家银行贷款利率，但不能超过法律规定的最高限度，一般是银行贷款利息的四倍，否则即构成'高利贷'；第二种观点认为'高利贷'应有一个法定界限，但这个界限不能简单地以银行的贷款利率为参数，而应根据各地的实际情况，专门制定民间借贷指导利率，超过指导利率上限的，即构成'高利贷'。但是，这也必须要等到民间借贷完全合法之后，才能够做得到。持这种观点的人还认为，凡约定利息超过法定指导利率的，其超过部分无效，债权人对此部分无请求给付的权利。"

眼看李锌将要回答得很完美了，韦伟赶紧接上话题，表示他也是其中的高手："第三种观点认为'高利贷'就是一种超过正常利率的借贷。至于利息超过多少才构成'高利贷'，由于在立法和司法中都没有统一的规定和解释，在实践中只能按照民法通则和有关法律规定的精神，本着保护合法借贷关系，有利于生产和稳定经济秩序的原则，对具体的借贷关系进行具体分析，然后再认定其是否构成'高利贷'。这种观点还认为在确定'高利贷'时，应注意区别生活性借贷与生产经营性借贷，后者的利率一般可以高于前者。因为生活性借贷只是用于消费，不会增值；而生产经营性借贷的目的，在于获取超过本金的利润，因此，它的利率应高于生活性借贷的利率。"

李锌继续说："在我国，目前个人要从银行贷到款，除了房贷、车贷等消费类贷款，其他的个人贷款一般都要求有抵押物，虽然有少数银行提供不需要任何抵押物的信用贷款，但只面对银行认定的一些特定优质客户。银行的高门槛拦住不少人。正常、公开的渠道筹不到钱，民间借贷甚至一些地下高利贷就有市场。另外，由于多数民营企业缺乏诚信，一些金融机构担心借给民企的钱会变成坏账，所以也不敢轻易与企业合作。因此，一些小型企业在生存与发展过程中，当急需资金而又无法从银行取得的时候，他们只能通过借'高利贷'来渡过难关。这对我们这样的民间资金借贷公司既是机会、又是挑战，我们放款的对象，说穿了就是银行的弃儿，依据'高风险，应该有高收益'经济学的基本原则，民间借贷利息高点应该很正常。"李锌停顿了一下，有点情绪地说："整个社会，大家都希望我们冒最大的风险，得到甚至比银行还要低的利息收入！这可能吗？"

刘洋听两位帅哥说完了高利贷的基本启蒙知识，自己也不能够不说上几句话，如果沉默，那样就显得自己很没有水平似的，她提议大家用玻璃酒杯亲热地碰了几下，笑嘻嘻地接着说："民间金融离不开民间资金借贷，大家最关心的其实是'高利贷'的'善'与'恶'的问题！由于高利贷有主体分散，个人价值取向、风险控制无力等特点，高利贷活动不可避免地会引发一定的经济和社会问题。一些利率奇高的非法'高利贷'，经常出现借款人的收入增长不足以支付贷款利息的情况。当贷款拖期或者还不上时，出借方经常会采用不合法的收债渠道，如雇佣讨债公司进行暴力催讨等。于是，因'高利贷'死亡、家破人散、远离他乡、无家可归的现象数不胜数。正因为'高利贷'有上述各种危害，所以以往无论是小说、电影，还是学术著作，都将'高利贷'描画为面目狰狞、充满血腥、吸尽人民脂膏的恶魔。但是，我们也不能否认'高利贷'用于日常生活也有其积极的方面，它至少使难以为继的企业或者个人暂时渡过难关，延续生产。也只有生命得以延续，才能谈得上维持家庭生产。"

李锌总结道："大家都很容易能够看到'高利贷''坏'的一面，很难看到'高利贷''善'的另外一面。所以，我们做的是'高利贷'也罢，民间资金借贷也罢，说法不一样，但同样的是我们都在距离金钱和人性都很近的地方，'近墨者黑，近朱者赤'！有人的地方就有江湖，有江湖就会有善恶，就有快意恩仇。刚开始我也不习惯，做这行久一点，就乐在其中了。"

李锌说完，脑海中出现了很多做资金借贷的恩怨故事，善良与丑恶并存，道义与利益同在。感慨之下，李锌把身上的香烟拿出来，抽出了一支去毒害自己的肺。

崔乐乐听了三位朋友的发言，觉得多少长了点见识，她不懂行，只能够说："承蒙教诲，你们都是民间金融的高手，我会虚心向你们学习！我也愿意加入这样的江湖世界。"于是，大家一起共同碰杯。

韦伟看气氛很融洽，他在心中盘算：现在看来，崔乐乐愿意认可李锌了。他的目的，就是想组建自己的"圈子"，一个大大的做资金借贷生意的圈子。

圈内人员都是做资金放贷生意的投资担保公司、投资管理公司等形形色色公司的高级管理人员，甚至还包括了银行的部门经理等人物，但是不能有老板，这些"放贷人"或者"放贷关联人"与"放贷执行人"，一起组成一个大大的势力范围，完全可以与许量、钱大富等老板们、行长们组织的"圈子"抗衡。

这样的超级计划，以前他与李锌、唐力他们商议过的，今天，李锌配合得非常好。韦伟没有说话，心中很得意地设计了一番，他想：做资金放贷生意，核心的竞争力是什么？一是资金；二是业务信息！他觉得上次与李锌喝酒的时候，李锌说得豪气冲天："资金放贷生意最重要的一点，就是信息的不对称。用款的人不能够打广告说自己缺钱，有资金的人也不敢露富，嘿嘿，所以，资金不算什么，有钱也不能够控制一切！世界的一半就在我们这些不起眼的打工仔手上！"

在资金放贷生意中，老板是不可能深入到业务的每一个环节中的，而业务信息的采集与分析的工作往往都在业务员、部门经理和业务老总的手上。这样，控制了信息的传递，就会对业务本身产生完全不同的结论和结果。

"成败两相宜，一切其实都在过程中，"韦伟自言自语道，"成也萧何，败也萧何。没有谁能够忽视资金公司的管理层。资金公司的使用权，还不是在管理层。"

想到这里，韦伟就提议为了"萧何"而干杯，李锌会意地哈哈大笑，两个越喝酒越有魅力的年轻女人听得莫名其妙，但是，她们都不好意思主动请教为什么突然要为"萧何"干杯？生怕显得自己愚笨。

崔乐乐心想：做资金放贷生意，就是涉及风恶浪急的民间金融的领域，自己再多提问题，就是在这两个智慧的男人面前，暴露自己这方面能力的不足和幼稚，于是她准备把大家的话题，转向自己比较熟悉的房地产业。几个人热情地讨论了现在房地产被政策与舆论强行降温的现实，心中都有点百感交集。

"房地产业被妖魔化之后，我们的经济必然会矫枉过正，以后就一定又会出现鼓励房地产业大发展的措施出台，"李锌对此评价道，"房价怎么样下去，就会怎么样上来，虽然，我并不喜欢，甚至是讨厌高房价！但高房价有时候就是高质量高品质的生活，这让人欢喜才会让人忧。"

崔乐乐笑道："李总说得很公正，但是，社会上不知道有多少人在骂我们房地产老板是为富不仁。其实，高房价的后面是越来越高的成本……"

"成本？有哪些成本呢？"李锌明知故问。

在崔乐乐犹豫不决的时候，她本来想说，商品房的最主要的成本是政府拍卖土地和税收等刚性的成本，形形色色、琳琅满目，而不是其他，她看着李锌喝了一杯，神态很是自若。于是，崔乐乐知道这是地球人都知道的秘密，自己又何必多说呢？李锌在酒意浓郁之时，最容易激扬文字。

"我李锌还算不上什么厉害角色，但是以后会是的。"韦伟和两个年轻女人都听到李锌总结自己道，"穷保安，对！在不到一年前我还是穷保安，现在也不是什么金凤凰。但是，美女们，我和韦哥会向你们证明的，我们是成都最好的资金操盘手！"

李锌在说"我们是成都最好的资金操盘手！"的时候，本来应该谦虚地加两个字"之一"的，但是，他想到了自己居然可以轻易地引导孙胜利这样的商界"老鬼"与自己打赌彩票的事情，他忍不住向大家炫耀道："我感谢你们刚才为我和孙总赌彩票的事情担心，说实在的，我是稳操胜券的。这样吧，谜底很简单，到时候我一定告诉你们！"大家都以为李锌是酒后在说醉话，就假装对此大话忽略不计。

韦伟对崔乐乐说："乐乐，你别介意，李哥有时候喜欢开玩笑。"李锌见状，摇头晃脑地对刘洋说："洋洋得意，你看看，还说什么兄弟是手足，我看兄弟是衣服罢了！"刘洋看到李锌越来越可爱的模样，心旌荡漾，也没有计较他叫自己是"洋洋得意"，她柔声地说："时候不早了，我们还是把美好的感觉，留在下一次吧？"看看时间已经是12点过了，韦伟和崔乐乐都完全赞同刘洋的提议。因为今晚是韦伟买单，买单人的优势就是他最有发言权，所以，李锌只好准备一个人回自己冷冰冰的家。

李锌没有资格送被自己戏称为"快快乐乐"的崔乐乐，那是哥们儿韦伟的专利。看他们两个钻进了崔乐乐的红色宝马跑车，然后，向彩虹桥方向消失了。李锌用绅士的姿态，帮助刘洋先是招呼了在锦里街门口翘首以待的一辆出租车，再打开出租车的门，他没有心情送这位"洋洋得意"的刘洋，等她丰盈的背影很圆满地也消失在自己的视线之中。李锌出人意料地孤独地回到锦里街大门口旁边的那棵大树下，他蹲下来，感到很无聊，准备好好地吸一支烟。裤兜里面的手机一直在来电震动，他决定无论是谁今晚上也不想接听了。"老子是自己的！自由自在，才是人生的最大快乐。"李锌有点恶狠狠地自言自语，有时候，痞子之意上来了，他就会变得很"粗"。

当一支云烟的火红的烟头，在李锌的手指之间完全熄灭的时候，他心中的"少年维特之烦恼"开始随之消失。李锌做了一个最重要的决定，今天不再去天下名都小区了，他心中最美丽的女人就住在那里。李锌以前经常在她的住所附近的街头徘徊或者去她住所对面的"彩云之南"茶楼喝茶，从这里完全能够看到她住所的窗户。但是，已经有段时间李锌没有这样消磨自己的痴情了，因为她爱上的是许量老师，这是李锌完全没有办法去竞争的男人。但是今晚，李锌实在是忍不住了，他太想去看看她是否还在成都？是否一切可好？可惜今天太晚了，茶楼也应该关门了。

快到自己家的时候，李锌从出租车中看着中华园附近的街景，这里还是成都人气最旺盛的区域之一，他租的房子就在这附近。回到家中，李锌翻看手机的通话记录，发现黄鹂打来很多电话。李锌觉得没有必要回，就去准备洗澡，刚脱了外衣，电话又来了，他看来电显示又是黄鹂，于是立刻就接听了，黄鹂毕竟是他的好朋友。电话那边，传来了带着哭腔的黄鹂的声音，声音空旷而缥缈："李锌，你在干什么呢？为什么不接听我的电话！"李锌知道黄鹂是真心地担心自己，就急着解释了一通，但是当黄鹂说她现在还在学校外面的街头一个人闲逛的时候，李锌立刻被感动了，他马上穿好外衣，很快冲进夜色之中，他心想：黄鹂真是一个傻丫头，我李锌只是把你当成好朋友。可惜，我喜欢的张嘉仪已经是许量老师的女人了，她和我只是认识，连朋友都还不是！

第六章　谋财如戏

又过了三天，李锌并没有担心他与孙总的"七天之赌"，他只是每天按时在公司附近的体育彩票销售点，去买"排列三"的彩票。

李锌也不是每天去关注排列三的中奖号码，他一点都不担心，不担心他的成功还是失败，因为他是稳操胜券，哼，李锌用鼻音与自己的骄傲对话，我李锌不仅可以连续七天买中排列三，就是连续买中十天也不是什么困难之事！那些骄横的老板们一定会瞠目结舌了。李锌那天与孙总用彩票打赌的事情，他没有向黄董事长汇报，只是说明了孙总的单子他还在努力，问题不大。黄总也不好多说什么，要知道李锌是公司的一员儒将和福将，如果他出马都搞不定的客户，估计其他人也拿不下来。

现在，他聚精会神地在自己的办公室里阅读《货币战争》这本书，这本书是李锌几个年轻人都很喜欢的。顾名思义，货币战争就是以货币为手段来发动的一场没有硝烟的战争，它针对的是国家。书中揭露的国际金融家们利用金融手段操纵世界历史进程的骇人听闻的内幕，让李锌受益匪浅。特别是第八章介绍的美国消灭日本经济的金融战争、俄罗斯休克疗法、亚洲金融风暴等战役更是让李锌耳目一新，心情激荡，他想起了许量老师的那些充满激情的名言："金融，是现代经济中最具魅力和变幻无穷的热门行业。种类纷繁的金融资产为人们提供了众多的投资与融资工具；发达的金融市场既为金融投机者提供了无穷的发财致富机遇，也为资金需求者提供了取之不尽、用之不竭的金融资源；而金融泡沫、金融风险和金融危机也使无数的人美梦破灭，甚至倾家荡产。所以，李锌认为：世界上最值得优秀男人去做的两件事情，一是金融；二是战争。"

李锌正看得起劲，心想：世界上没有天生成功的人，所谓金融事业也并不是那些博士们的专利！这时，公司财务部经理曹芳敲敲门，走了进来。

曹芳是四十多岁的中年女士，是一位快人快语的老大姐，因为她是公司老板黄义仁以前的老部下——贸易公司的财务部经理，又是世纪洪盛担保公司的创业元老之一，李锌于公于私都不能够得罪她，所以，他笑眯眯地站了起来，大声宣扬自己对曹经理的尊重："曹姐，来来来，快请坐！你有什么吩咐，打个分机叫我过去就行了，怎么能够劳您的大驾？"说完，李锌快步离开了黑色办公桌，然后立即上前，把曹经理手中拿的保温茶杯接过来，亲自去给她加满了热水。

曹芳挺喜欢李锌这个小伙子的，虽然他年轻，但是他的言行举止完全不像二十多岁的小年轻人了，他甚至可以说是"成熟"，看李锌对自己一如既往的尊重，她很满意。做大姐的满意了，就有点想关照年轻上司的意思。

"李总，我想给您介绍一个业务单子。"

曹芳本来是财务部门的，她从来没有给公司介绍什么业务，李锌经过不少资金放贷生意的商战，磨砺了大半年了，他立刻注意到了曹经理刚才的话中有话，她说的是给"您"，而不是给公司或者"你"介绍业务。这里面的区别可大了。

李锌早已经熟悉并且遵守了资金行业的潜规则，那就是"利益均沾，见者有份"。放贷这个行业，一般是由三大环节构成：一是借款人，就是资金的需求方，这些企业其实都是银行的弃儿，大多数都是银行不愿意做或者不能够做的客户；二是放款人，大多是资金宽余的企业或者个人，就是通常说的有钱人或者说资金方；第三是资金的中介方或者说是投资管理公司，当然也包括了资金公司的管理员工，他们也经常私下客串"顾问"的角色，他们其实是一群智慧之人，是典型的空手套白狼的人，每做成功一笔业务，他们的收益不菲，而且一旦钱收不回来，除了道义上的责任，他们没有其他的风险。如果能够同时出任借款人和放款人的"顾问"，那么，借款资金的流向和借款利息的高低，"顾问"就有很大的运作空间了。

现在，曹芳说是给"您"李锌介绍业务，就是明明白白地告诉李锌：我曹芳想与你李锌一起合作挣钱，也就是"结党营私"。在民间借贷市场中，离开了"结党营私"四个字，无论你是老板还是管理层，都将是寸步难行。

李锌心中在盘算，嘴巴当然不会停止表态："谢谢曹姐！什么业务啊？"他假装不明白曹芳的话，其实他已经知道了，她是来联合自己客串做客户与自己公司之间的"顾问"的。这是机会与风险共存的大事情，来不得半点马虎。这与通常的公司经理吃回扣的本质一样，但是性质是完全不一样的。李锌不露声色，他和曹经理都坐在沙发上，他身体前倾，用了一个"请教"的姿势，努力用很信任的口气说："到底是什么单子，曹姐，我小李全听你的！"

李锌说什么都听自己的，这就是李锌在对自己"下套子"，小伙子的意思是说万一出点什么事情，我李锌可全部是听你曹姐姐的！责任在于你曹芳！但她就喜欢李锌这样说，反正她是喜欢与李锌结合成利益同盟，所以，她暂时不会去计较这些小心眼或者说是在职场钩心斗角的技巧。

等曹经理简单地把业务说完，再很简略地翻阅了项目的相关资料，李锌就笑道："这单子不大，有过硬的商铺抵押物，听起来很不错。要做也不困难。只是要向曹大姐请教具体的操作细节了。"

曹芳对李锌的业务操作水平已经很信任，她笑了笑说："时间就是金钱，客户就在外面。怎么样？李总接见一下吧？"李锌沉默了一下，反问道："曹姐，我们自己的事情，在办公室里面谈方便吗？"听出了李锌的语意，曹芳稍微愣了一下，立刻想到她与李锌不仅是利用融资与投资项目的"信息不对称"来赚取中介费，还要给借款方充当融资"顾问"，利用知识挣钱，这样才能够有更多的顾问费，于是，她哈哈大笑道："还是李总考虑得周到。现在，是大姐应该听从你的了。"说完，曹芳转身就想走，李锌立刻叫住了她："曹姐，您准备怎么样去给客户说？"曹姐奇怪道："当然是实话实说。""实话实说？"李锌微笑问,"曹姐,你知道我们怎么样才能够赚钱吗?"

曹芳奇怪道:"我告诉他,我们马上可以操作他们的业务,尽快做好了,我们就收取他们的顾问费,这样有什么问题呢?"

李锌突然换了一种眼神,这是一种"公事公办"的神情,做老总的与做老板一样,善于表演是起码的基本功。李锌严肃地说:"曹姐,你这样说,客户凭什么要给我们顾问费呢?那是因为做事情的难度!太容易的事情没有人愿意把顾问费支付给我们的……"

李锌决定赌一把,他的经验告诉他,至少这次需要无条件去信任曹芳,他已经有段时间没有客串"顾问"的角色了,他需要与曹芳这样的公司内部人员合作,因为在资金公司这样人欲横流的世界,是没有真情朋友可言的,尽可能快的挣钱,才是最正确的选择。这里没有忠诚与团队,没有理想与事业,利益才是核心,有钱才能够成王败寇。

于是,李锌让曹芳再次落座,仔细地把做顾问的精彩"剧本"给曹芳讲述了一番。曹芳非常认真地听了课,又在她成熟而老练的女人心中咀嚼了每句话的滋味,她第一次从李锌的口中听到"做生意最需要的是策划,而策划就是做导演和写剧本"这样精辟的商业评论,这才第一次从心里佩服李锌,现在是信息社会了,"姜,也不一定是老的辣"了。她再看看李锌那云雾般的微笑,也明白了"老总"与"经理"的心智区别:那可是天壤之别。

带着李锌并不是依赖他与老板黄义仁女儿师兄师妹的关系而在公司混饭吃的结论,曹芳从李总的办公室出来了,她很遗憾地把融资材料还给借款客户,同时表情有点为难地说:"柳总,您请回吧!您公司的业务,我们公司的李副总说了,做不了。他现在也很忙,没有空见您了。"

柳总急了,很不愉快地说:"曹经理,你不是说我们的事情没有问题吗?怎么会不做我们的业务了呢?"本来,柳总认为,曹芳是认识了几年的朋友,在世纪洪盛担保公司这样的资金公司,又是重要的财务部门的经理,应该能够帮得上自己,救急如救火啊!结果现在她说没有办法了,而且自己也是堂堂正正的老板,现在居然连对方的老总都见不到!真是窝火!

曹芳看柳总已经上了火，按照李锌的"剧本"安排，这样就是为了加大他向世纪洪盛担保公司融资的难度，而融资顾问的总收益是与融资的难度与速度有非常大的关联的，现在让柳总知道融资的难度，这是第一关。李锌算好了，这个柳总，他是不会再有时间去找第二家公司了，所以他让曹芳把握一个做事情的"度"。因此，曹芳安慰柳总道："老柳啊，你也不想想，我们做资金放贷生意也是有季节性的。每年的旺季就是几个重要的节日，你看看元旦就要来了，想用钱的好项目比比皆是，你们公司又是一个周转贷款的风险很大的业务，当然，难度很大啊！"

柳总感觉路还没有堵死，就立刻熄灭心火，满脸堆笑，把项目的资料又递给曹芳："曹经理，曹美女，曹大恩人！这次您一点要拉我老柳一把！您是财务，您知道，银行的规矩，没有人情能够利用，没有道理可讲，没有具体问题具体分析！我们公司现在的业务是蒸蒸日上，但是连行长们想帮助我们也爱莫能助！我现在就差这一百五十万的缺口了。拜托，拜托！"

曹芳听五十来岁的"老帅哥"柳总都愿意屈尊把自己这样的相貌普通的中年女人叫成"美女"，可见他的急功近利。她原来是老板黄义仁贸易公司的财务部经理，她与柳总就是那时候认识的老朋友了。同样是贸易公司，柳总的成都四海远大兴旺贸易有限公司，作为贵重金属贸易行业的佼佼者，在成都业内的口碑与银行信用都是第一流的，何况，这次柳总是拿自己的家产，位于春熙路商业圈附近的商业铺面足值抵押。因此，李锌也看好这个项目，他做短期拆借，历来的原则是两条：一是看抵押物是否容易变现，做资金放贷生意，最忌讳的是把流动性资金变成固定资产；二是一定要把抵押物的折扣打到三至四折，这样，可以让借款人增加他们的违约成本，"吃亏"的想法会增强借款人的还款意愿。

曹芳想了想，就低声对柳总说："老柳，在公司我们就不多说了。这样吧，谁叫我们是好朋友呢？我这两天一定想方设法给李总做通工作！"柳总赶忙轻轻地抓住了老"美女"那白胖胖的手摇动，他急切地说："曹姐，不要耽误时间了！我们后天一定要用这笔资金，不然，银行就给我们上信用'黑名单'

了，没有银行信用，没有银行的贷款，企业就要垮了！您给李总做一下工作，我们今天晚上在琴台路的'皇城老妈火锅'见面谈！不管什么条件，只要能够帮助我们公司过这一个难关，我柳和平是人大面大，一定重重感谢！"

曹芳暗笑：这位柳和平完全是一个不懂得资金放贷生意的傻老板，借款人一旦表露出了借款的强烈愿望，那么，他的借款利息将上浮到最高也是顺理成章了。刚才李锌说的"剧本"非常详细，柳总会这样说，就落入了李锌的阴谋设计之中！曹芳陷入了为难的状态："我们今天晚上，本来都有事情的，这样吧，老柳您回去等我的电话，我们尽可能来吧！"

柳和平听了曹芳的话，心中觉得黯然神伤，他尽可能礼貌地与她告别，第一次出来借民间资金就碰钉子，他起初幻想银行发善心，但是银行是"豪门深似海"，银行的贷款规则是绝对不容许"一企一策"的，找朋友借款救企业，面子受伤不说，而且现在的经济形式下，做老板已经不再是很光荣的事情，"老板"几乎就等于"欠款"了。柳和平走出曹经理他们公司门口时，他停顿了一下，回头上下打量公司入口的"成都世纪洪盛担保公司"几个金光闪闪的大字，心中充满了怨恨："高利贷者"都是趁火打劫的坏人，真是不得好死！

后来，李锌接待了前来借款的几个小客户，都是一些前来咨询的小企业。然后，他开始玩味今天与曹经理一起策划的"顾问"生意，"好的生意不是遇到的，而是设计出来的"，这是李锌的商业培训老师许量的名言。晚上，他怎么样去对付那个送上门来的柳总，他逐步地胸有成竹了。

到了下午，公司的老板黄总召集了公司的总经理罗成民，主管业务的副总经理李锌，还有投资理财部经理高礼，财务部经理曹芳等人开会研讨成都世纪洪盛担保公司的发展战略问题。总经理罗成民四十多岁，老板黄义仁很信任他：一、因为他是黄义仁的远房亲戚，也是公司法人代表。二、因为他原来是黄总老家一所中学的政治老师，教政治的，讲道理和说教都很有一套。

罗成民联合高礼向大家提出了一个新的发展思路：一边集资，一边放款。他激情洋溢地总结说："尊敬的黄总以及各位同仁，现在是现金为王的时代！我们现在的世纪洪盛只是一个成都资金界的后起之秀，我们需要学习的榜样，一是东方富通投资管理公司的老板许量，二是东方富源投资管理公司的老板钱大富，他们的做法很高明，其实说穿了也一点不稀奇，也就是集资和放款两手都抓，你说呢？李总？"

罗成民把话锋一转，对准了李锌，说："下面，我们听听李副总对我们公司集资的真知灼见。"大家都知道李锌与许量的关系，他既是许量培训过的学生，又在东方富通投资管理公司工作过。

李锌与罗成民在公司里面一直貌合神离，这是因为他们不仅仅争权夺利，更重要的是黄义仁的权术策略，他认为民营企业就是老板自己的王国，做公司是要讲究一些中国古代帝王的御人之术的！他把这套管理民营企业的技术总结为"矛盾管理"，他喜欢利用员工与管理层的矛盾，所以，他眯眼鼓励李锌道："李总，大家都想听听你的高见，来，你大胆说说你的看法。也好完善一下罗总和高经理他们的战略规划。"

李锌看看大家的表情，知道自己不说点"赞成"不行，不说点"意见"也是不行的，这就是许老师专门给自己上过课的办公室政治。

李锌开始采用了谦虚、自信和谨慎等多种态度交替来表达自己的看法："我赞成集资的意见。有非法集资就应该有合法的集资。我这里也有一份从网络上下载的关于非法集资的资料，我给各位同仁宣读一下，"李锌冷静地喝口热茶，清了一下嗓子，照本宣科道，"所谓非法集资，是指单位或者个人未依照法定的程序经有关部门批准，以发行股票、债券、彩票、投资基金证券或者其他债权凭证的方式向社会公众筹集资金，并承诺在一定期限内以货币、实物及其他利益等方式向出资人还本付息给予回报的行为。非法集资往往表现出下列特点：一是未经有关部门依法批准，包括没有批准权限的部门批准的集资；有审批权限的部门超越权限批准集资；二是承诺在一定期限内给出资人还本付息。还本付息的形式除以货币形式为主外，也有实物形式和其他形式；三是向社会不特定的对象筹集资金。这里'不特定的对象'是指社会公众，而不是指特定少数人；四是以合法形式掩盖其非法集资的实质。一般来说，具有以上四个特征的集资行为可以认定为非法集资，但判断非法集资的根本特征是集资者不具备集资的主体资格以及有承诺给出资人还本付息的行为。"

等李锌把资料读完，大家都能够感觉到李锌的聪明，甚至是狡诈，他说的是大家都没有办法不认可的资料，而不是他自己的观点。

李锌知道他们的想法，继续说："在现在的金融危机下，依靠集资是需要勇气或者说更需要智慧的。当然，如果我们的集资计划能够把上面的非法集资的问题规避，那么我们的集资就是合法集资了。在现金为王的时代，一切能够迅速筹集到现金的方式都是可以研究的。下面，我们可以讨论罗总提出的集资的细节了。"这样李锌把球又踢了回去。罗总有点尴尬了，于是，他说明公司的集资计划还在深入研究之中，他建议下次大家再更详细地讨论。

李锌想了想，对罗成民又打出了重拳："罗总，我还有一点补充，《刑法》第一百九十二条规定：以非法占有为目的，使用诈骗方法非法集资，数额较大的，处五年以下有期徒刑或者拘役，并处二万元以上二十万元以下罚金；数额巨大或者有其他严重情节的，处五年以上十年以下有期徒刑，并处五万元以上五十万元以下罚金；数额特别巨大或者有其他特别严重情节的，处十年以上有期徒刑或者无期徒刑，并处五万元以上五十万元以下罚金或者没收财产。所以，我们大家不得不小心翼翼。当然，我们一定要相信黄董事长的英明，我们有信心和决心，在如何合法集资的金融创新方面，取得历史性的突破。我们不为民营企业的融资难提出我们的解决方案，那也是我们这些自诩为民间金融实践者的失职！"

后面的话，李锌故意说得情绪高昂，他只差没有说出：让暴风雨来得更猛烈一些的豪言壮语了。

李锌在低头喝茶之前，飞快地扫视了一下从老板到老总、经理的神色，看来自己是过关了，每个人都各得其所了：老板黄总得到了"精神贿赂"，因为李锌说了老板"英明"；罗成民和高礼也得到了"警告"，他们都默默地盘算世界上哪里有留给世纪洪盛担保公司"合法"集资的大好事情。听到大家把会议的议题转移到了如何加强对新来的员工素质的培训上，李锌暗中松了一口气，就开始"两耳不闻开会声，一心只想赚钱事"了。

投资理财部经理高礼，是一个三十多岁的小伙子，他是与总经理罗成民走得很近的人。高礼对李锌有说不出来的意见，他看李锌又是轻易化解了罗总给出的压力，心中冷哼一声，可惜表情上没有掩饰住内心对李锌的轻蔑，坐在对面的李锌的眼睛从小就很"毒"，他完全能够洞悉高礼的目光的含义，于是他把自己的心思埋藏得更深。

李锌笑眯眯地看着高礼，就好像是狐狸看绵羊。等到大家说完各自的意见，他就额外提议道："尊敬的董事长、罗总，以及各位同仁，为更好地落实公司新的发展战略，我建议对公司的部门机构做一些调整。比如，资金是我们的生产资料，也是我们经营的目标，为了更好地筹集社会资金，我提议我们建立两个新的部门，也就是说把现在的投资理财部一分为二，成立一个资金部和一个投资部。资金部把理财和集资工作，作为资金部的重要工作职能，专门负责资金的来源，而投资部则专门负责对外的借款业务工作，这样才符合我们把公司做大做强的目的。"

黄义仁喜欢李锌的风格，做事情一直就是一针见血，他知道自己的独生女儿非常喜欢李锌，但是这个小伙子，却借口年轻而迟迟不与在西南财经大学上大学的女儿确定朋友关系。黄义仁就一边肯定李锌的提议："李总的建议很好！"一边想：你这小伙子，何必用这样深的心计，剥夺高礼过于集中的权力本来是我做老板的一直想做的事情，当然现在是顺水推舟，我也乐得坐收其成。至于集资的事情，这可是我黄义仁需要亲自把握和操作的机密大事，你李锌能不能够参与核心，可能还要看你是否能够成为我的女婿！

高礼看看大哥罗总，他微笑却一言不发，曹芳一般是很少言语的，她回避了高礼的目光。高礼也是职场上的高手，他看现在是力不能抵，就智取道："以前，我们把投资理财部门合在一起管理，是为了提高投融资的工作效率，这也是黄董事长亲自抓的部门。现在李副总想改变局面，老板也同意，那我就执行吧。不知道李副总想给我安排到哪个部门呢？"

李锌对高礼的挑衅，很有风度地笑而不答，这样大家就更会觉得高经理的话太突兀。

果然，黄总主持了公道，他先是委婉地批评了小高，然后赞同了李总的建议，最后，让大家去思考两个部门的经理人选。

李锌出了公司的会议室，觉得刚才黄总的那句话很可笑："举贤不避亲"，这个世界上，形形色色的人才无数，但是真的能够从事民间资金放贷生意的人才，又有几个呢？

这可不是个人关系亲近与疏远的问题，也不是勇敢者的游戏，看起来人人都可以参与，但实际上，他们做资金放贷生意，肯定是"事不过三"，经常是大赚一笔而赔上几笔，然后，就陷入无穷的纠纷之中不能够自拔；资金生意自古以来更是智者的天下，只有智者才能够屹立不败之地。

李锌回到自己的办公室，继续想：可什么才是智者呢？李锌觉得自己的老师许量就是智者。可惜，自己与老师之间有着那一层难以言状的隔阂！

李锌叹了一口气，打开自己的手机把玩了几下，他翻阅出了一个女人模糊的背影相片，那是他梦寐以求的女人的背影，是他在成都最著名的小区之一"天下名都"当保安时候偷偷拍摄的女人的背影。

李锌端起茶杯猛地喝了一大口，水还有点烫，他强迫自己咽了下去，那种在喉咙上滚烫灼热的感受，好像在提醒他自己并没有什么出息似的。晚上，自己去战胜柳和平并没有任何问题，只是李锌不甘心，他觉得自己喜欢的美人偏偏又是喜欢自己老师的女人！起初，他很难过，现在他逐渐麻木了，一狠心，他想把这个叫张嘉仪的美人的相片删除，但是却没有这样做，因为这样会牵动他内心最脆弱的神经。

李锌在这个世界上，已经没有直系的亲人了，他一想到自己其实就是人们都很同情的"孤儿"，反而微笑了，他觉得一个人孤单单的生活在这样艰难的世界上，了无牵挂却也轻松。他站起来，把门关好，立在办公室的中央，开始闭上眼睛，静心运气起来，他从小就是一个气功爱好者，功夫来自他已经去世的爷爷。可惜一闭眼，李锌又想起了自己很小的时候，父母因为车祸而去世，他们在天上很无奈地看着在红尘中挣扎的可怜的自己……李锌觉得痛苦再难以用理智去抵挡，他的情绪只好在胸中淤积，最后，竟然在胸中闷哼一声，才回到现实中来。

到了晚上，李锌与曹芳按照李锌策划的剧本，把柳和平彻底地征服了，他们很愉快地得到了柳总在这次融资成功后给两位融资顾问 8 万元"顾问费"的承诺。

李锌与曹芳万万没有想到，就是这笔钱，以后给他们带来了无穷的烦恼。李锌也为此差点有了牢狱之灾。

第七章　逼债风波

2007年11月29日，就快到年底了，夜色和寒冷把成都的街道淹没了，让这些平时用喧闹与繁华的街道构成的世界，表面上已经没有往日的活力，白天她的华丽已经逐步退回到了那些高档的写字楼和茶楼里面，晚上则只会出现在形形色色的酒吧、洗浴城等角落。

与宏观经济越来越冷的局势一样，老板们已经开始准备各显身手努力度过企业的严冬了。

北京一行非常愉快，许量站在天子脚下，发现外面的世界还很大，从成都到北京需要自己付出更多的智慧和精力，这是一个从小商人到大亨的鲜花与荆棘密布的心路历程。许量最大的收获是知道了民间金融的道路还会有很多的曲折，有权威人士告诫他在形势不明朗的时候，要特别小心，一定要控制好自己公司的发展规模。许量在北京就决定要尽量少做业务了，虽然说不是悬崖勒马，但是在北京商圈中已经议论得沸沸扬扬的全球性的金融危机中，他知道最好的方法就是冬眠。

一大早，许量的成都东方富通投资管理公司就来了一群郊县的小伙子，他们黑压压地坐满了公司的会议室，成都最著名的"高利贷者"之一李锌的老师许量被逼债了！许量做了这么多年的资金放贷生意，居然被追债的人闹到了自家的地盘，真是匪夷所思。

许量和会议室里面的讨债者很简短地见了一面，就让公司两个部门的经理与这帮人继续周旋，他一个人回到了自己的办公室，坐在沙发上生闷气。许量刚才要离开会议室的时候，有两个不懂事的毛头小伙子，还站起来试图阻止许量离开，但许量用刀斧一般的鹰眼，死死地盯住了他们。就算是世界上最笨的人，也明白许量眼神的杀伤力。看着小伙子退了下去，许量立刻又恢复了平时礼貌的微笑，一字一句地说："事出有因，有事好商量。"于是东方富通公司资产保全部的经理唐力和财务部经理李严，各带了一名助手和来者对话。员工们也没有经验，从来都是自己上门讨债，现在位置一下颠倒过来，被人追债！他们还真是非常不习惯，言行举止僵硬了一点。

许量站起来，在宽大的办公室里面快步地踱来踱去，他觉得自己越走就越像一只恼怒的老鹰，很想伸出自己锋利的爪子抓住对手，再痛痛快快地撕裂它们。他心情非常不好，有点控制不住想厮杀一番的欲望，可外面的那些混混根本不值得自己出手啊。他开始回想整个事情的起因。那是因为以前的借款客户成都精益科技公司的老总陈宏兵在他去世之前惹下的祸事。死者为大，许量没有办法对他发泄不满了，闭上双眼，他就能够非常清晰地回忆起，陈宏兵在华西医院的病床上弥留时候的情景，那时候死亡的气氛已经充满了整个病房……

"欠钱还钱，天经地义！"这是做民间资金借贷生意的最高的行规，许量知道，即使自己也不能够违反这样的规则。他想了一下，这笔欠款陈宏兵也是告诉了自己的。只是当时自己没有特别留意，三十万元的欠债许量还没有放在心上。

许量把雪茄拿出来，慢慢点燃，他用雪茄醇厚的味道刺激了一下自己的喉咙，再看看自己办公室里面矗立的那根"男根"一般的乌木雕塑，觉得有点沮丧，真是丢脸了！自己做资金放贷生意这么多年，从来都是自己"用钱在说话"，现在好了，被人逼债上门了。传出去一定会让自己非常难堪，这里面一定有阴谋！因为这帮莽撞的郊县小伙子，明显的一问三不知，只是推托说"受人之托，终人之事"。这笔欠债才是真正意义上的高利贷！月利息算下来已经是20%了，而且是利滚利，许量不好说什么是与非、对与错，心中只是堵得慌，如芒刺在背，又像鱼刺在喉，总之，觉得自己的面子被人强暴了。

陈宏兵如风一般逝去了，他是怎么样借的款已经没有办法去追问了，现在去问他的老婆小丁事情的原委也无济于事。表示债权的欠条上的签名已经被精益科技公司的财务部经理证实了，这的确是陈宏兵的亲笔签字。但是，许量再认真研究了借条，他哼了一声：他已经看到了借条的漏洞！心想，真不知道这个叫周龙的债主怎么想的？借条实际上已经没有法律上的意义了，外面那帮人应该是替人收"死账与呆账"的"生意人"，当然也有可能这张借条也是他们买下来的！听说成都最近已经出现了专门买卖"死账与呆账"的一帮人。现在的社会行业分工真细，许量苦笑了一下，自己不也用过同样的办法对付别人吗？

谁在幕后操纵呢？许量觉得这是需要追究的事情。于是他站了起来，笑眯眯地去了会议室。许量的第二次出现立即让会议室里面的人全部都停止了喧嚣。大家都知道，许量可能要给他们一个交代或者说是结果了。

许量在自己手下中间坐了下来，现在是表演的时候了，做老板有时候与做演员是一样的，喜怒哀乐其实都不是自己完全可以控制的。他心中的怒火是强压住的，他看了看对面领头的两个小伙子足足有一分钟，然后，平淡无奇地说："兄弟们，辛苦了。我许量这一辈子不是第一次被人逼债，但是东方富通投资管理公司从它成立起来到现在是第一次被人打上门来。事情的来龙去脉，我想你们有人比我更清楚。冤有头，债有主，这样吧，陈宏兵人虽然死了，但是我们曾经是好兄弟，虽然他的精益科技公司是抵债给我的，换句话说，我许量也是受害者，完全可以不理睬你们之间这些他妈的狗屁事情的！"许量的目的是想刺激一下对方，他要让对方多说话，然后，再从话语中去追踪出幕后操纵者的线索。许量决定：气势不能输，应该教育这些年轻人一下；钱可以支付一点，这与欠款无关。虽然自己从法律上完全可以不理会他们，但是世界上的很多事情是灰色的，这就是"道"上的规矩了。

果然，听到许量开始骂粗话，对面的那群小伙子按捺不住了，刚才那两个想阻止许量离开的小伙子跳了出来："许总，话不能够这样说！欠钱还钱，天经地义！陈宏兵虽然死了，但他的公司不是在您手中吗？陈宏兵的债当然应该由您来还!"许量一听,心头的火再也压抑不住,他用力把手中的茶杯,很重但是尽可能慢地砸向豪华的会议桌面,大家都能够听到高级茶杯并没有受伤,但是很明显地可以感觉到豪华的会议桌,已经不再豪华了,它被坚硬的茶杯砸出了一个轻微的圆形。同时,砸茶杯的动作也让许量的话语,突然变得非常坚硬了,大家听他一字一句地掷地有声地说道:"在这个世界上,没有什么应该还是不应该的。我们现在有两条路可以解决这个问题!一是法律,二是道上断公道。我最后再叫你们一声,兄弟们,你们受人之托,来我许量这里收账,应该先把是非对错看得明明白白。从法律上讲,你们依据的借条是有问题的。"

领头的两个小伙子,一个很瘦,一个很帅,许量听出来只有他们两个人是成都市区的人,其他的人都是郫县的口音。许量很想知道面前两个成都人的底细。所以,等待瘦小伙子开始反驳自己的时候,许量出其不意地问:"这位兄弟,许量请教你的大名?"

瘦小伙子一听,许量想知道自己的姓名,那很可能是一个大灾难的开始啊!他害怕地和帅小伙子马上对望了一眼。然后,他开始沉默,不再说话。他知道许量这样的老大已经起了杀机,当然,不是真的要杀害自己,而是"封杀"的意思。这样,从此之后,这绰号叫"猴子"的小伙子,恐怕日子就不会像现在这样逍遥了。

许量也不继续追问,他有能力很快搞清楚一切,他心情开始晴朗了,他告诉对面的小伙子们,就好像他们是自己的学生:"我先给你们讲述法律知识。你们的问题是有两个明显的错误。第一,借条是陈宏兵本人写的,这没有错。但是,你们仔细看看你们手中的借条。"许量手中拿着借条的复印件。原来,陈宏兵向周龙借款三十三万元,曾经向周龙出具借条一份。半年后,陈宏兵归还了周龙三万元,遂要求周龙把原借条撕毁,并重新为周某出具借条一份,上面写着:陈宏兵借周龙现金三十三万元,用于个人支出。现还欠款三万元。这里的"还"字既可以理解为"归还",又可以解释为"尚欠"。根据民事诉讼法相关规定"谁主张,谁举证",如果,周龙不能举出其他证据证实陈宏兵仍欠其三十万元,那么其三十万元的权利是完全不会得到保护的。至于那些高利息，法律是不会支持和保护的。

"同时，你们要看清楚这借条上面根本没有成都精益科技公司的公章。换句话说，这是陈宏兵的个人债务，人死债灭，你们甚至不能够追究到陈宏兵的老婆和儿子。先不说这样去追究孤儿寡母是不是符合我们的行规，单是说陈宏兵的老婆并没有在借条上签字，这样就没有办法去追究她的债务责任了。"

许量继续讲解他的法律知识："那么，夫妻一方借钱，夫妻是否应该共同偿还呢？这要看夫妻一方借钱是否属于夫妻共同债务。判断借款是不是夫妻共同债务，关键要搞清举债的目的。如果借钱是出于个人需要，没有用于家庭共同生活，不属于夫妻共同债务，应由借款人用自己的财产偿还。借条中已经说明白了，陈宏兵的借款是用于个人支出，当然就不是他们夫妻的共同债务了。这就是大家平时没有学习法律知识的结果，陈宏兵在给你们打欠条的时候已经做了准备的，他不想牵连他的老婆和儿子。"对面的小伙子们，虽然很气愤，但都没有再说话，他们多少还是知道些许量在成都的威名的，只是为了不菲的"出场费"来见见世面和壮大气势而已。现在见许量对法律知识是如此的精通，都觉得很气馁。

许量知道真打官司，他们输定了，但是如果这帮无赖没有办法对付自己，就一定会去逼迫陈宏兵的孤儿和寡妻的。为了他们许量愿意今天把事情了结，他有义务照顾兄弟的老婆和儿子，此事一旦了结，他们就应该没有这些小伙子追债的苦恼了。

外号叫"猴子"的小伙子再也憋不住了，他扭头对帅气的小伙子大声说："粉哥，看来许总今天不会让我们兄弟善了此事了！"哦，原来那个很帅的小伙子叫"粉哥"！许量看对面的小伙子们开始故意地哼哼哈哈，声音越来越大，就把右手郑重地抬举起来，大家才陆续地安静了。许量嘿嘿一笑，继续说："我许量在成都也算是一个不大不小的人物。什么是江湖？有是有非才算得上是江湖。现在什么是错什么是对，大家都已经看得出来了。这样吧，大家既然来了，我也让你们回去有一个交代。"

许量转身对李严吩咐道："李经理，你现在去准备十万现金给兄弟们表示一下。但是，我声明，这是与你们想要讨的债务没有一点关系。"

然后，许量对那些因为无知便无畏的小伙子们，非常宽让还有点悲悯地说："兄弟们，你们应该知道现在做老板有多困难，处处鲜花处处陷阱，这种天堂与地狱只有一念之差、一步之遥的生活就是老板真实的写照。我许量做老板都不怕，难道还会害怕你们的刀枪吗？这事情最好到此为止。"

许量心中做了最坏的准备，他现在给这些年轻人钱是有两种打算：一是就这样好说好散，退后一步自然天地宽；二是如果他们再胡来，嘿嘿，这十万也可以说是自己被他们敲诈，这就是许量布置的"陷阱"。许量招手让李严到自己身边来。猴子的耳朵没有粉哥的灵敏，但是粉哥尖立起耳朵，也没有能够听到许量怎么给他的财务部经理交代的。

但许量愿意马上支付十万元"大洋"，这可是听得明明白白的！粉哥和猴子觉得有点意外，他们本来以为今天只是来闹闹事而已，没有想到还有现金可以拿，猴子就埋头悄悄地准备给他的老大易虎发短信息报告喜讯，但是许量的话又在他的耳边响起："嘿嘿，小兄弟，你是想马上给你的老大报喜呢，还是需要商量一下啊？"

猴子的短信息只写了几个字，听许量识破了自己的意图，只好尴尬地把手机收起来，他有点下意识地向许量学习，也是嘿嘿地一笑。同样的"嘿嘿"两声，大家都能够听得出来，猴子的声音干涩，许量的声音要好听得多，那是做男人的内敛和成熟。

许量在等李严回来，觉得有点无聊，他有些恶作剧的想法，他再一招手让唐力也来到自己的身边，他做出一副要调兵遣将的样子，准备吓对面的猴子和帅哥一下。果然，对面的小伙子都开始有点紧张，但是同样的，许量还是让对方听不清楚他们的谈话。其实许量给唐力说的内容是："通知几个部门的负责人，中午，我请大家吃特色菜。"

猴子这次是领头的，粉哥是协助。他们知道唐力是东方富通公司资产保全部的经理，他以前也是道上的兄弟。现在看唐力听了许总的吩咐，微笑而满足地出去了，难道他们想对兄弟们下手吗？猴子赶紧和粉哥交头接耳，许量故意不看他们。他的目光越过两个成都小伙子,去观察坐在后排的那些小伙子,虽然他们大多数剃了平头,和自己一样,但是他们的目光却是软绵绵的,没有自己眼光那样"硬朗",许量懒得浪费时间去研究还很青涩的他们了。许量暗中叹口气,在心里总结到:那种闯江湖只要有勇气,能够要横就有地位的时代已经彻底过去了,现在不是无知者无畏,而是智者无敌的天下。

许量看看时间,已经过去十分钟了。东方富通公司做资金放贷生意的保险柜里面,随时备有数额不少的现金,不过,刚才许量故意让李严把钱取好后,过十分钟才进来的。他的目的是要控制事情的顺序和节奏,不能够让这帮小伙子为所欲为。

接下来的事情就很顺利了,猴子他们拿到了钱,很愉快地要走了。许量也笑嘻嘻地开始送客。当猴子和粉哥经过他的身边的时候,许量突然压低声音,对这两个成都晚辈说了句:"小伙子,做事情要有余地。下次别让我许量再看见两位。告诉你们的老大易虎,虎哥嘛,让他派几个比猴子更狠的角色来!"

猴子第一次这样近距离地看到了许量眼睛中的怒火,那是燃烧的愤怒,他一低头,从许量威胁的语气中好像泥鳅一般滑脱了,他知道,今天的这十万元,就是许量的底线了。即使是虎哥,也应该知足了,否则一定是"许量很生气,后果很严重"。

粉哥走进电梯间的时候,感觉到四周的兄弟把自己挤得很憋气,他大大地出了一口气,突然想起了许量在宜宾市兴文县的兴文石林的时候,他喝醉了酒,豪气振天地站在黑暗之中,声嘶力竭地大吼的一句话:"犯许量者,虽远必诛!"那时候,他和虎哥、猴子他们就在许量的附近。粉哥心里有点不安的感觉,他想起了许量恶狠狠的目光,决定以后不再参与和许量的纠纷,他知道如果与许量这样的老大拼命,他没有任何优势。

等许量再次回到自己办公室的时候,秘书李玫才小心翼翼地走近他。她为许总换了一杯茶,她知道老板刚才所经历的所有烦恼,但是,在他需要独处的时候,没有他的允许,她是绝对不能够进入会议室的,因为平时许总就多次交代,女人必须远离江湖的事情,在公司更是这样。

许量有点疲惫，他坐在大班桌后面的椅子上，心情最坏的时候已经过去，他估计那个叫易虎的人也不会真的再来惹火自己了。有时候，这个易虎披着一张所谓"黑道"的画皮，行为完全不讲规矩，许量想，如果他再这样无聊，就应该认真考虑如何用计谋彻底打击甚至消灭他们了，有时候人在江湖，"进攻是最好的防御"！许量对法律的熟悉程度，甚至超越了很多律师，甚至可以说到了博大精深的地步。做一个合理合法的"局"，让这只不知道深浅的"老虎"钻进去，还不是一件太难的事情。许量抬头看见李玫关切的眼神，就招呼她在自己面前的椅子上坐下来，开始给她安排下午的工作。

李玫看老总胸有成竹的样子，心中的担忧才完全放下来，虽然她知道老板的实力，也了解他这么多年来在成都资金市场上还是叱咤风云的大人物。但是，英雄难敌群狼啊！许量觉得很奇怪，已经安排完了工作，李玫却还在自己面前坐着，他眉头一挑，问道："李玫，你还有什么事情吗？"

李玫正有些出神，听老板问自己，赶紧回答："许总，没有什么事情，我，我只是有点……"许量知道她是担心自己，就爽朗地一笑，说："没有什么，我们做资金放贷生意，以前总是上门去逼迫别人，现在居然有人打上门来逼迫我许量！这样也好，给我提了个醒，我们做事情也要适可而止。"

李玫点点头，表示听懂了许总的话。她对许量的喜欢是很负疚的，李玫眼光直直地看着对面的那个男人，那可曾经是自己妈妈的情人！但是李玫实在是压抑不住对他的喜欢。爱一个人没有罪，她经常安慰自己，何况这世界上还没有谁知道自己的心思，这是要带入坟墓的秘密。

许量没有理会面前有点发呆的女秘书，他知道这件事情对公司员工或多或少都是有点阴影的，他想了一下，对李玫说："你现在去把公司的部门经理全部叫进来，我马上开个会。"

许量给公司骨干讲明白了上午的事情，然后让投资部新任的经理把成都精益科技公司的家底再一次摸清楚，他决定尽快把这家高科技公司卖掉，虽然以前自己各种费用和债务转股权一共已经投资了将近七百万了，但许量决定"止损"了。

江泉问道:"许总,精益公司需要卖多少价格,您才能够满意?"

"什么是我满意的价格?市场的成交价。理论上从一元钱到一千万都是合理的!"他对他的骨干们说,"我们要集中精力,现在是寻找方向的时候。这家公司能够卖多少就多少啦,有舍,才有得。"

许量请所有的部门经理去了他最喜欢的巴国布衣用午餐,这家位于人民南路的老店,是中国餐饮百强企业。环境不错,但不是正宗的川菜,而是经过改良的,许量看着他们做大做强的,吃了快十年了,他还是最喜欢吃他们做的麻辣鸡丝、竹荪折耳根炖鳝鱼、辣子脆肠等特色菜,百吃不厌。

看着手下欢声笑语的时候,许量已经有了一个精妙的计划,使精益科技公司的价值最快、最大地现金化。

金融浪潮下,现金为王的时代已经来临!许量想:老熊在冬眠前最应该做的事情就是大吃大喝,把自己的脂肪尽可能地增厚,自己的东方富通公司如果要休眠,那么最需要的就是现金!今天的事件虽然看起来是偶然,但是许量已经从中察觉到如果未来几个月甚至几年经济危机加深,社会经济矛盾一定会逐步激烈,这样的事情也会越来越多,他们既然有胆量闹到我许量这里,那么其他的资金借贷企业一定会发生更多的这样"吃大户"的事情,那时候,现金就不仅意味着巨大的机会,更意味着巨大的灾难!许量有了尽快引退的想法。做生意必须更加懂得"进二退一"的道理!他决定从减少公司业务和在成都资金圈子中出头的次数开始,让大家都忘记许量最好。

下午3点的时候,许量在办公室有点无聊。打开电脑,次贷危机形形色色的新闻铺天盖地而来,足够让任何人茫然迷失。但许量已经没有兴趣再仔细阅读那些自以为是的分析与报道了,他习惯把复杂问题简单化。许量认为人类的经济体系再复杂,也不过是满足人类生存与发展的工具而已,任何经济危机都是人性的贪婪与恐惧造成的。自然资源有限与人类欲望无限之间的矛盾就是祸根,看来归根结底,只能用中国传统文化的核心价值观"灭人欲,存天理"来改造世界,才能够让世界重新获得生机与活力了。

他开始计划晚上的生活应该怎么样安排。他可不想一个人下班后早早地回到冷冰冰的家,他一个人又不方便请保姆,每天只好不停地安排商业喝茶会谈或者去找兄弟们在外面寻欢作乐,今天不巧的是几个好兄弟都有事情,所以当有几个月没有见面的朋友成都环金担保公司的老板苏文给自己打电话约自己玩麻将的时候,许量的手立刻有点痒痒的,但是,许量对苏总说的他有两个老板朋友说不定还可以成为自己的私募基金对象的话,并不完全赞同,他笑着回答道:"老苏,现在我们去发展私募基金对象,不是最好的时机。现在私募资金在手,是炭火,而不是面包。"但是,娱乐和交朋友是商人的天性,许量准备愉快地赴约。

许量从自己办公室的保险柜里拿出了几叠钱,再检查了一下钱包里面的几张银行卡,微笑了一下,"金钱是男人的胆量",许量现在是有卡就有一切,如歌词"世界就在手上"一般,他开车向约定的地方奔去。

苏文约许量去的地方是个老地方,这是成都一所装饰很豪华的私人会所,名字对外保密,地点是在成都最著名的人民南路南延线的终点牧马山上的一栋私家别墅里。许量一边开车,一边很悠闲地想刚从学校下海的时候,他就是从学习打麻将开始的,因为麻将的哲理寓意非常深刻,里面有与股市一样通用的"公平、公开、公正"的三公原则,还有与人生一般愿赌服输的做人的禀性。这也是他从商的工作与娱乐工具之一。

他行驶在南延线上,前面是一辆红色的奥迪跑车,肯定是一位女士驾驶的,许量有一种能力,他能够从前面车辆的速度和行踪来判定,开车的司机是男是女。果然,许量有意超越跑车的时候,看见了开车的是一位年轻的女人,她的车窗开启,风把她的长发吹拂成波浪一般,美女也回望了许量和他的路虎车一眼,觉得这个男人挺有型的。许量阅人无数,他凭直觉判断出这个女人是非常有素质的高级别的美女,刚才她的那一眼,也朦胧了一点暧昧。她要不自己是老板,要不就是大老板的爱人,以自己的身份不能够多去惹是生非。

许量的座驾很有男性阳刚之气,黑色路虎车昂头冲在很女性的红色跑车前面,很有点"男女搭配干活不累"的感觉。许量从汽车后视镜中不断地观察那辆红色跑车的动静,他想如果不是害怕遇到自己圈子内的哥儿们的女人,他今天应该多看看这个漂亮女人几眼的,他记起哥儿们肖希权在做单身浪子的时候经常说的俏皮话:美女,我想看不想睡,看看你不犯罪。嘿嘿,许量爽朗一笑,用力一压油门,车的速度立刻达到了飙车的级别了。很快不见红色跑车的踪影了。

第八章　歌舞升平

牧马山位于成都市双流县东升镇以南，被称为"都市香格里拉"。属于成都平原之中罕见的坡地与台地高差地区，常年平均气温16.2℃。这里水系密布，东面有府河、西侧有金马河、北端有江安河、西南有岷江等4条水脉环绕而过，拥有成都市唯一的一级森林保护区的近2000亩原生松林。此外，这里还拥有成都最早、最标准的高尔夫球场。这里也是成都富人喜欢休闲的去处。

许量沿着蜿蜒的小路直接开到别墅区大门口，经过严密的保安程序，许量来到私人会所。会所位于一栋私家独栋别墅，红白相间的颜色搭配，与四周的绿树、人造的小溪，居然都能够显得很和谐。它占地大约两亩，私家花园里面的绿化非常好，别墅的主人是在成都甚至全国都有名气的张姓老板，他为人豪爽，做酒生意起家，也是许量和苏文共同的朋友。会所顾名思义，当然是仅对会员开放的，而且这里的服务员也是一流的，全部都是大学生，不仅女孩子漂亮，男的侍应生也很帅气。

在别墅套房里苏文和另外的两个朋友正在说话，那是从外地来的两个朋友。一个是做煤矿生意的老板王之前，另外一个是做铜矿生意的老板魏勇，他们两个与许量是第一次见面。

许量在女服务生的引导下进来，与苏文的朋友见了面，大家客套了几句，然后就开始"砌长城"了。许量一边打牌一边观察：王之前不胖不瘦，身材匀称，看起来有五十来岁的年纪；魏勇则是少壮派，年纪应该不到四十。

麻将的魅力的确无穷，许量有段时间没有打牌了，所以，一开始交火就连续挫败。没有打几局，门铃响了，许量的位置正好对着房门，他看见一个年轻的女人婀娜地走了进来，嘿嘿，真巧，就是那个开红色跑车的女人。许量猜测得没有错，她直接走到了王之前身边，两个人的态度不是夫妻胜似夫妻，听王之前介绍，这个女人叫罗绮丽。许量只是礼节性地与她照面，好像在路上的轻微的感情擦剐根本就没有存在过，继续关注牌局。他觉得这个女人有点艳丽，好看但不能够多看。许量做私募基金的原则是看对象与自己是否有缘分，从来不刻意去追求，所以他没有和苏总的两个外地的朋友多聊资金的事情。

麻将是不能够恋战的，何况大家的身份都不是赌徒，所以两个小时后，大家就决定打最后一圈了。王之前的运气很背，许量的手气最好，他早已经反败为胜，简单一估算，大约赢了十多万。王之前在自己的情人面前，输钱是小事，觉得不能够输了面子，所以，等牌局快结束的时候，许量就开始和大家告别，他用的是欲擒故纵的计谋。果然，王之前不乐意了，他建议再玩几把。许量看了看苏文和魏勇，见他们都没有异议，只是微笑地看着自己，许量假装想了想，有点"勉强"地同意再玩半个小时。

真的很奇怪，也许这一句"时来运转"是完全正确的，许量让了王之前几把，王之前的手气突然变得非常好，许量本来就对牌桌子上的输赢看得很淡，无意中瞥见了罗绮丽一脸妩媚的神情，一下子联想起自己原来的情人张娅的万种风情，心情有点荡漾。打麻将是智力和体力活动，许量尽可能地维持现状。等半小时的时间到了，一结算许量只赢了三万多元。王之前知道许量是有意让了自己，就会意地对许量微笑了一下，许量有礼貌地回应了同样的微笑，他们彼此都明白，两个人都有意思进一步交流。

"小赌怡情，大赌伤身"。王之前笑逐颜开地把面前花花绿绿的麻将牌用力一推，笑眯眯地对面前的几个老板说："玩麻将太伤身体了，不如我们来聊点新鲜的话题？"苏文觉得还是许量的心理学学得好，做民间私募基金最重要的就是沟通的方法。

许量和苏文都是成都最早做"高利贷"的，也就是做资金放贷生意的最早的老板之一。在成都资金市场，一直有"北苏文，南许量"的说法，这是喜欢金庸小说的圈内朋友们，最先开玩笑叫出来的。这种叫法久了，大家都习惯了。

虽然，前不久许量刚把业务停顿下来，准备仔细研究一下"高利贷"的形式，他设想：现在的民间借贷的主要形式，一是土地为抵押物的借款，需要银行做委托贷款的配合；二是拿到销售许可证的房子做假销售真借款，这需要企业冒被冤枉收税收的风险，都是有缺陷的设计了。其实这些业务不过是银行的房地产的抵押业务而已。许量心中的民间金融的范围比这宽广得多。

是否可以用金融创新，比如用做投资的方式来改造"高利贷"，既获得更高的回报，同时又能够"阳光生存"，"高利贷"的恶名他实在是不想再背了。今天上午的事件，更是坚定了许量的决定，东方富通公司应该全面转型了，许量想做更全面的投资管理业务。今天也是一个机会，看来王之前就是一个很有价值的私募客户，更准确地说是做投资的客户，而不是做高利贷借贷的私募资金对象。

大家坐在宽大舒服的沙发上，开始聊天交流。他们从金融危机开头，但是没有从理论深入，许量的话很精辟："人类的一切的危机，都来自人类的恐惧与贪婪。这次美国的次贷危机是因次级抵押贷款机构破产、投资基金被迫关闭、股市剧烈震荡引起的风暴。它致使全球主要金融市场隐约出现流动性不足的危机。从2006年春季就开始逐步显现，2007年8月席卷美国、欧盟和日本等世界主要金融市场。次贷危机目前已经成为国际上的一个最热点问题。"

苏文补充道："次贷危机其实就是美国的金融机构，主要是华尔街那些贪婪无耻的银行与投资银行，不加任何限制的发放次级抵押贷款和不断利用现代的金融衍生工具来扩张信用而造成的！"罗绮丽对此也并不陌生，她在王之前的耳朵边上解释说："次级抵押贷款是指一些贷款机构向信用程度较差和收入不高的借款人提供的贷款。"

许量觉得罗绮丽这个女人好像有张娅那样的潜在能力，他于是微笑着点拨了她一下："我们现在做的民间资金放贷款生意其实就是做有特色的'次级抵押贷款'。"许量说话的时候，很注意分寸，他的眼睛什么人也没有去看，对罗绮丽更是目不斜视，做老板的人都知道，商场中的漂亮女人都是带刺的玫瑰，而且基本上都是别的男人的玫瑰，好看而不能够用，更不要过于亲昵。

王之前虽然学历不高，但是，他非常关心经济大事，他点点头："许总指教得对！我估计中国银行业的'次级贷款'恐怕也不会很少。看来，美国这场灾难的蝴蝶效应，早晚要波及中国！我们这些人都必须早做准备。"

魏总却不以为然，他摇头说："中国不是美国！我们的金融系统不是完整的市场经济主体。换句话说，我们的银行信用就是国家信用，相对封闭落后反而保护了我们。老王，我们做的是资源性企业，资源是硬通货，我们不怕金融危机。"

许量再次微笑说："金融危机过后，一定是产业危机。这次危机之深刻，一定会超越大家的想象，比如股市，就会是一场屠杀，到2008年底大家也许就会知道，股市其实是无底洞，我们的经济也是这样。所以，经济周期就是一年的春夏秋冬，天道自然，四季轮回，万物难免。所以，资源不是硬通货，资源企业一样的具有行业周期性。矿产企业的泡沫怎么吹上去就会怎么破裂，那些矿业的亿万富豪多半是一纸富贵而已。"

许量看大家心情有些沉重，打击面有点宽泛了，又乐呵呵地说："当然王总魏总是例外哈，我许量乱说一气，得罪，得罪了。"

大家继续思考，许量只能够硬了头皮继续说："大危机，就是大机会！自古如此。我们还是来探讨我们熟悉的资金借贷行业。"罗绮丽的笑声很有女人味："那我们就洗耳恭听。"许量对女人的微笑很敏感，他能够感觉到她的怀疑与探询。

"民间资金深似海，这是人性与兽性的大碰撞，不是任何人都可以做这样的生意的。慈不带兵，悲不借款！"许量对大家很有体会地说，"成都的资金市场早晚要大洗牌的。做民间资金借贷，现在不再是最好的时机了。我的公司已经开始退出风口浪尖，没有资产经营与资本经营支持的借贷模式，那些纯粹依靠利息收入的借贷生意将很快步入萧条时期。"

王之前和魏总都有些不解，王之前问："现在的企业不是都缺现金吗？到处都缺钱，也就是到处都有生意做啊！利息也是水涨船高。"许量摇头道："产业经济的基础不稳定，宏观经济下滑趋势已经确认，但是谷底谁也不知道。一家企业已经走到了找民间资金借款的程度，大多数已经是山穷水尽了，他们很多老板都是抱着饮鸩止渴、破釜沉舟的想法，你们有胆量把资金借给那些满口答应支付超出银行贷款利息数倍的企业吗？只怕是你想他们的利，他们想吃掉你的本哈。还有依靠暴力收债的办法，一定会引起社会舆论的打击，何况，人不畏死，天下还有什么力量能够强迫之？"

一时王之前和大家都陷入了沉默中，他们都知道中国企业之间合同的履约率其实是很低很低的。

"但是，经济周期下降时期，我们一定要做好抄底的准备。"王之前把心里话说透，"我们的机会来了，一将功成万骨枯！没有风险，哪里来利润？有奋斗，就一定会有牺牲嘛！"

"民间资金是过江龙哈，不是谁想做，就马上可以去做的！"许量再次强调说，他和苏文一起，先是给王之前和魏勇讲解了"高利贷"或者说是资金放贷生意的做法和一些内幕，许量发现王之前的女人罗绮丽很关注他们的谈话，听她的口音应该是川南方向的人。许量觉得有点意外，难道她一个女人也对此有兴趣？

罗绮丽对许量很有兴趣，她虽然到成都做生意时间不久，但她不到三十的年纪就全心全意地委身于王之前一个男人，而且快十年了，她的心机之深，也不是一般女人可以相比的，她是拿自己的青春赌明天的那种女人。当然，王之前已经把她花季少女的心智，改造成了在川南某市赫赫有名的女老板。

今天，在路上她看见许量标志性的平头和路虎车，就已经猜测到超车的那个中年男人有着如此好胜的个性，应该就是之前听说过的大名鼎鼎的许量了。

王之前也有意到成都来做点事情，公司在川南的泸州一带拥有大小十来个煤矿，以前这些煤矿就是金矿，但现在做煤矿的风险非常大了，安全问题就是悬在每个煤矿老板头上的达摩克利斯之剑。他也有转型和多元投资的想法，因此，他虚心向许量请教道："许总，我和魏总都有意介入资金放贷生意。你看看我们应该怎么样合作？"许量看了苏文一眼，他很真诚地说："民间资金放贷生意是在夹缝中生存的一个行业，大家都看到了'高利贷'的暴利，但是没有人能够真正地理解我们的作用。当然，我这里说的'高利贷'并不是那种在赌场和娱乐场所等地方黑社会性质放'高利贷'的做法，而是普普通通地做资金放贷生意。民间资金在现行的金融体制下是没有什么保障的，有时候我们会发现，做资金放贷生意是苦中作乐，在灰色地带前进。"

苏文又补充道："王之前、魏总，这几天我也给你们讲得非常实在，做资金放贷生意不完全就是做高利贷，实际上也是一种投资和理财的方式。企业在现金充沛的时候做点资金借贷生意，也是一门投资，于自己有利益，也能够帮助他人渡过难关，何乐而不为？"

王之前和魏总都点点头，罗绮丽却问："如果借款不能够按时收回来又怎么办呢？难道需要依靠黑道上的朋友吗？"许量和苏文对望了一眼，都觉得这样的问题实在很难回答。罗绮丽微笑着又进逼了一句："两位都是成都最著名的投资专家，小女子这样的一个小问题也很难回答吗？"说完，她就用眼光直接逼视许量。许量不知道苏文曾经坚决拒绝回答这个问题，才让王之前和魏勇没有最后下决心与他的成都环金担保公司进行深层次合作的。

罗绮丽温柔地靠着王之前的肩头，觉得很充实，许量对她的挑战微笑了一下，觉得这女人很有意思，她可能以为她的男人是一座谁也撼不动的大山了。许量相当耐心地说："资金放贷生意的红与黑，是与非，罪与罚等，这样一些问题都是伦理道德的问题，我们都是小人物，这不是我们能力的范围。刚才罗小姐的问题其实不难回答，如果借款收不回来，一是我们的投资眼光和水平有问题；二呢既然是投资，我们就必须承担相应的损失。我说过了民间资金放贷本身就是经营风险的'次级贷款'，我们做的都是银行不做或者不能够做的客户，当然形成坏账或者最后承担损失的心理准备要强于做其他行业的生意。

"对于回收欠款，方法其实也很多的，比如我们可以债务转股权，或者加强对借款企业的把握，甚至直接控制他们的现金流，换句话说我们是可以不依靠黑道的朋友的。"许量没有给大家讲自己以前对金色集团就是这样做的,其结果是大赚!罗绮丽依然不满意许量的回答:"难道许总你们做资金放贷生意就没有损失吗?我们作为投资者,又怎么样来控制我们的风险呢?"许量觉得自己好像又回到了课堂似的,给老板上课以前是许量最喜欢做的事情之一,那还是在他几年前开始做资金放贷生意,必须给客户宣传怎么样去做民间资金放贷生意起步的时候。

其他的几个人都很有兴趣地听许量和罗绮丽两人的对话,侍应生给大家又端来了一些鲜榨橙汁。许量一边晃悠杯中的果汁,一边认真地说:"一切金融活动,都是建立在信心和信用的基础上的。我相信你们已经对我和苏总的业绩和能力没有异议了,现在你们需要考虑的只是看与我们合作有没有道德风险而已。民间资金的管理人最需要的是投资者的理解而不是苛求,投资者也不能够要求只是给资金管理者3%的利润回报而要求他们担负100%的安全责任。"

王之前对许量有好感,他摆了摆手,制止了罗绮丽继续考问许量,他说:"许总,苏总,看这样好吗?我们先从小的资金开始合作吧?至于如果有欠款实在是收不回来,那么,我们来收账吧!你们要知道,我们有我们自己的力量。"许量知道王之前说的意思,开矿的老板,道上的背景是很深的,他坦然地一笑:"谢谢王总的好意。如果是我许量放的款,我当然负责收回,这个世界上其实没有什么黑道白道的,只要有公道就好了。"许量有意看了罗绮丽一眼,很认真地说:"如果有必要,我就是你说的黑道或者说公道。"

苏文立刻解围道:"许总不过是和大家开玩笑的,请大家不必介意。"许量嘿嘿一笑,心想:老子其实已经厌倦了帮你们这些有钱人放'高利贷'的生活,风险是我许量的,利益全部是你们的。虽然自己的资金还不是非常充足,但是也许比你王总和魏总加在一起的现金要丰沛得多,今天就看在老苏的面子上,吸收一点资金算了。

最后谈好的资金合作只有区区的800万,许量觉得没有什么劲,就想告辞了。他本来想给张娅发一个短信,让她打个电话,自己好体面地离开,但是,想一想已经和张娅有段时间没有来往了,不方便再打扰她的生活。所以,他在心中考虑找不找李玫给自己打电话"调己离山",这也是秘书应该做的救急之事。

谈完正事,王之前又想起了一件非常有趣的事情,他乐呵呵地笑道:"老许,老苏,我有一个问题想请教你们。"许量和苏文都表示愿意解答,王之前就把前几天在成都认识了一个叫李锌的小伙子的事情给他们讲了,特别是李锌要与他的朋友孙总打赌,他可以在七天内连续买中彩票的事情。王之前很希望老许老苏两位智者,给自己讲解一下这些做民间金融的年轻人为什么这样狂妄。老许和老苏纷纷摇头表示不知道谜底,许量听是自己的学生李锌在做私募的事业,他当然支持,听了王之前的介绍,许量暂时没有想到李锌到底打的是什么主意,但凭感觉李锌肯定是有把握的,李锌很像年轻时候的自己。而老苏呢,则是真的不知道为什么许量的学生都这样狂妄。有一个共同点他们都是"老鬼",对李锌的来历和可能的谜底都是笑而不答。

这时候,门铃又唱起歌来,一曲《十五的月亮》选用得不是很恰当,但是声音却非常清脆悦耳,听起来很容易让人联想起大街上的洒水车。苏文对大家笑了笑,开心地说:"成都美女来了。"门一开,三位女孩子嬉笑着走了进来。原来是苏文约了几位年轻漂亮的女大学生来参加私人派对,在这里,经常会有些客人带自己的女伴一起来参加社交集会,也可以在这里留宿,只要你包了别墅,这就是你的世界,你就可以为所欲为了。

许量和三个女生中的其中一位碰面的那一刹那,两个人都是一愣,然后立刻把眼光放去看了其他人,没有让其他的人看出来他们原来见过。原来,这个女生就是许量上次参加邓辉辉煌的合资典礼时候,在新会展中心门口遇到的那个天然去雕饰的年轻女孩子。她还是那个没有修理自己眉毛就非常漂亮的姑娘,一样的青春和活泼,那一双水汪汪会说话的大眼睛同样是笑吟吟地盯着自己看,只是换了红色外套。

许量很友好地对她点点头,脑海中又出现了她穿的鹅黄色鲜艳外套的清纯样子。许量绝对没有想到会在这样的地方邂逅她,这可是暧昧之地呀!但许量马上就心平气和了,难道看起来无比干净的小姑娘,与自己一样是"出淤泥而不染吗"？她很自然地走到许量身边坐下了，许量觉得她有点脏，心里有点别扭，也觉得自己不太干净，最后开始认为这个世界都很脏。

魏勇和苏文已经和各自喜欢的女人开始聊天，而且很快就很融洽了，甚至有点暧昧，而许量和身边坐着的这位女学生，只是很礼貌地点点头，像两个木头，傻傻地待着，两人不约而同地观看对面的墙壁，好像他们是一起来看墙上的西洋情色仕女图似的。许量觉得自己和这里的气氛有点格格不入，他不是那种喜欢和陌生女人嘻嘻哈哈打一会儿交道，就能有良好的心态去发生一夜情的老板。

苏文走过来在许量的耳朵边说了句："她们也不是纯洁的女生啦，来这里也是为了找机会，要么嫁给有钱人，要么成为有钱人的情人，当然，她们基本上都是当情人的命了。说难听点都是出卖自己的，只是方式不同。许哥，给兄弟一点面子，大家开心就好。今天晚上随便玩吧，我已经把这里包下来了。"许量不想被兄弟们当成不懂女色的笨蛋，所以，就嬉皮笑脸地对苏文说："这里的一切你都包下来了吗？包括这些美女吗？"许量知道这些不过是高档一点的娱乐消费，无论是山珍海味，还是青春贞洁，有买总有卖的。

苏文很奇怪地看着许量，他这才记起虽然自己与许总是很多年的哥儿们，还真的没有与许量在娱乐场所共同混过，他一拍脑门，故意叫道："老许，我还没有与你同乐过，这样吧……这位叫孙小眉。"苏文豪爽地把许量身边的女学生拉过来，给她介绍道，"小眉，这就是成都做钱生意的许量，许大哥，今天你好好让许哥高兴，我苏哥有重赏！"说完，他给孙小眉和许量挤了一下眼睛，许量觉得苏文哪里像五十多岁的男人呢？完全是怀春的少年嘛。

别墅很大，房间很多，大家在这里是完全自由自在，完全放松的。王之前和他的情人已经不知去向，一会儿工夫，男女都成双成对地走掉了，只剩下了孙小眉和许量。许量觉得自己也不是什么柳下惠，可以坐怀不乱，他现在是骑虎难下了。现在离开就显得好像自己心虚怕女人，那不是身体有病，就是不和朋友"同乐"，也就是说没有把他们当成同类的人，这点利害关系许量当然很清楚。

许量略一思索后，开始和身边的小女人聊天，慢慢地进入了男女间最初"耍"朋友的角色。成都人喜欢把谈恋爱叫作"耍朋友"，在暧昧中，一切事情皆有可能。孙小眉还是邻家小妹妹那样的表现，这逐渐让许量也快乐起来。

到晚餐的时候，许量已经和大家一样，非常迅速地成为合格的、标准的花花公子了。老板们对许量的表现都很会心地笑了，来自不同环境的男人有点"合并"了同类项的感受，气氛很好。四周，回响着时下的流行音乐，席间，眼波流转中，许量和大家一样饮酒作乐。其间，魏总又与许量套了几次近乎，他接连敬了许量几杯酒，再认真地告诉许总说："老兄，人生得意须尽欢，莫使金樽空对月！"

许量大大方方说："是啊，过去是玩物丧志，现在是玩人丧志啊。"说完两个人相视而笑，神态一点不扭捏。其实，许量与苏文不一样，他极少像今天这样放纵自己。魏总还在说生意上的感悟："现在的确不是贪婪而是应该恐惧的时候。做实业是找死，做投资是赌博，只有娱乐才是大家的最佳选择。"

"是的，好玩才是人生动力，"许量随口说道，"正如肯德基的定位不是餐饮企业，而是娱乐儿童的企业一样，一切企业从根本上说，都是娱乐人的企业。"

夜色终于降临，有了黑暗的掩护，就到了酒壮色胆的时候，服务员和侍应生已经悄悄地回避了，屋子里的男人和女人都已经很乐意地抛掉了平日的伪装，开始春意萌动了，许量也不例外。他心中一边觉得自己需要用高雅和理智来拒绝诱惑，一边不由自主地在灯下欣赏美女。眼前的孙小眉也越来越迷人，她含春的眼波开始从流转到汹涌，和其他女生一样，脱掉了外套，露出时髦的短裙，女人的衣服越少，诱惑就越深，许量觉得心跳比刚才加快了一点，有点被男性动力驱赶的紧迫感，感觉有点飘飘然。

苏文看大家的情绪都很好了，就说："难忘今宵！大家去别墅的歌厅唱歌跳舞，一醉方休！"许量知道，有时候男人请女人吃饭、喝酒，然后再去唱歌跳舞，只不过是"调情"的三部曲，他的人格开始出现了明显的分离：一个许量飘然而去，那是谢丽和张娅他们熟悉的洁身自好的许量；现在留下的是酒肉之身随波逐流的许量。

到了晚上，许量喝醉了，男人的兽性出来了，他发现自己的声音和身体有点被醉意剥离开了的幻觉。快出轨的时候，许量想起了他的老婆和张娅，特别是张嘉仪与自己约定的 2008 年 5 月见面的事情更让他心烦意乱！在卧室的阳台上，许量的目光越狱一般尽可能地穿越厚重的夜幕，他觉得夜幕下的成都郊区神秘而充满诱惑。孙小眉的手，水蛇一般伸向许量的胸膛，许量没有拒绝，心中也痒痒的，当他心中的酒意上来了，道德就下去了，许量的爱情之堤坝，道德之约束，不可避免地崩溃了。

许量在沉睡中，没有鼾声，沉静如婴儿一般。

孙小眉压抑住自己内心的激动，终于与自己暗中喜欢的男人"第一次亲密接触"了，当然也注定是最后的一次。她看着他很硬朗的脸型，轻声叹口气，然后，悄然用手机给许量和自己拍摄了一组暧昧的春意浓厚的相片。"咔嚓"的声音丝毫没有惊动许量，孙小眉却满头是汗，她想真是应了那句古话："踏破铁鞋无觅处，得来全不费功夫。"上次在新会展中心自己"合理冲撞"了许量，但他却匆忙离去，没有机会认识。现在倒好，自己就这样和他"赤诚相见"了！不是在办公室或者客厅，而是在床上。

清晨，成都有薄薄的轻雾，许量很早就起了床，简单地洗漱完毕，觉得自己又干干净净地成了一个"新"人，他觉得非常对不起爱他的三个女人。面对迷乱的爱情世界，许量决心去理顺，他深爱他的三个女人，他知道自己很贪婪，喜欢金钱、权力和女人，这可是自己在少年时候在自己的政治教科书封面公然写下的"理想"。许量在沙发上小坐一会，他看着被子里面的女人，心中回味了她的味道，在思考一个问题：她的精神世界到底是怎么样的？她对自己有危害吗？

但是，这就是她的本来面目。许量放弃了继续探索她的想法，这样的事情可一不可再，许量有点懊悔自己的放肆：自己的女人足够多了，还贪杯？现在他决定尽快离开，彻底忘了这件事情。

在睡熟的孙小眉身边放了五千元，许量心中很想对她说点什么？但他实在是不好意思，对于这个小女人，自己身份是什么呢？说什么内容呢？他再一次原谅了自己。

许量刚一离开房间，假寐的孙小眉就立刻睁开了眼睛，她身体昨晚被身心强壮的许量弄成了一摊春水，虽然，她的感情即使是水，也已经谈不上清澈，但是，还是心有所动，她决定暂时不再过这样的生活了。她要认真学习，用心去学习怎么样做一个女人，一个成功的女人，就像那个妖艳惑众的罗绮丽一般，一个能够抓住有钱男人的女人。

经过客厅的时候，许量突然看到沙发上有一样东西，他走近一看，原来是一个钱夹。许量微笑着摇头，他走近拾起来，仔细回忆一下，昨晚是苏文坐的地方。为了证实，许量把钱夹打开，里面果然有苏文和一个女人的亲密照片。许量"嘿嘿"笑了，把钱夹快速合上，准备去找苏文。刚起步，他突然想起了与苏文在一起的那个漂亮女人很面熟！他赶紧打开再看看。许量惊愕了！这个女人居然是铁哥们肖希权以前的老婆江裳！

许量呆呆的在沙发上坐了下来，四周的世界变得奇怪而空洞，苏文怎么可能与江裳有什么瓜葛呢？可没有瓜葛，他们又怎么可能有这样亲密的照片呢？许量的头脑急速地转动：江裳是死于一次攀崖事故，我许量是见证人！出事之前，江裳很平静，在登山行进中，许量也偶然发现她充满了淡然的哀伤，但是那是非常短暂的一刻。许量和肖希权聊过，他们都感觉江裳死得很蹊跷：她不应该在难度不大的攀崖运动中出事的，但有那么多的目击者，见证了她那最后的一跳，那的确是事故或者说那一跳是江裳自己选择的……在许量出神的时候，苏文就在不远的角落处非常紧张地看着许量和他手中的钱夹。他是多么的后悔：自己为什么不把这张后患无穷的照片烧毁呢？许量与肖希权的铁哥儿们关系，决定了许量不可能不追究此事！

片刻之后，苏文看到许量把钱夹小心地放回了沙发的原位，好像是叹气了一声，许量把别墅门轻轻地关上了。等许量的身影被门剪切在外面，苏文立刻出现在沙发旁边，他把钱夹抓在手中，稳定了波澜起伏的情绪，安慰自己道：与江裳的恩怨情仇，已经是死无对证，许量与肖希权知道了，又能够耐我何？

许量一大早回了成都市区的家，在家门口附近的红旗超市买了一大堆食品，然后他给秘书李玫打电话"请假"，说明自己这两天有事情要处理，暂时不去公司，让她转告公司的经理们，各司其职。许量要"冬眠"两天，他知道这些天自己的头一定会变得很痛。一是江裳的事情太意外了！需不需要告诉肖希权呢？苏文与江裳到底是什么样的关系？苏文与江裳的死是不是有关系呢？难道苏文是凶手？二是他在家里准备痛定思痛，好好地反省、判断和选择，他的事业与感情都处在十字路口上，看来风平浪静，实际上岌岌可危。

上楼的时候，他记起了李锌与人赌彩票的事情，他叹口气，多少又有点担心李锌，这个"许量的学生"绝对不能够输掉这样的赌局，那也有自己的面子在里面。他回到家中，先去弄了热茶，再把电脑打开，把所有彩票的规则调出来研究一番，很快，他恍然大悟，哈哈大笑起来："李锌这个小伙子，投机取巧！真有意思，这样的圈套，他也能够设计得出来。就凭这点，将来他一定是我许量第二！"

第九章　稳操胜券

　　李锌终于等到了与孙总打赌揭开谜底的日子。他很早就到了世纪洪盛担保公司，他开始非常认真地设计，今天晚上到底怎么样与孙总摊牌！这几天，他们相互之间都没有联系，但是，李锌知道，那个叫小曲的女人是不会放弃看自己出丑的机会的，那就好！这种喜欢用身体"说话"的性感女人，应该能够把孙胜利的好胜之心彻底地激发出来，我李锌才能够"请将不如激将"，完全彻底地把孙总这样的"群众意见领袖"拿下，拿下他就可以私募到他的五百万资金，还有可能发展他的朋友们的资金，说不定会有上千万的资金能够进入世纪洪盛担保公司！要知道孙胜利这样的有钱人才是李锌他们真正的机会。"细节决定成败"，李锌干脆闭上双目，用在脑海中演电影的方式来做商业计划，今天晚上的"戏"一定要非常精彩！

　　打赌的时间是2007年的11月23日，因为当时天色已晚，所以，时间是从11月24日开始计算的，今天是12月1日，就是李锌应该露面的日子了。

　　小曲与孙胜利昨天晚上又和王之前他们在茶楼打了通宵麻将，早上快8点的时候，他们才一起回到位于双楠小区的一座豪宅里面，这是孙总给小曲和自己布置的安乐窝。最近生意不好做，特别是建筑生意，孙胜利已经开始让手下的兄弟们放假的放假，员工应该的不应该的都开始辞退。他前几天又被小曲的男欢女爱弄得筋疲力尽，毕竟是五十多岁了，年过半百啊。现在是早上10点了，孙胜利很小心地把小曲缠绕着自己脖子的手挪开，希望不要惊动她那年轻的身体。他想回自己的家了,因为老实的老婆一直知道他和小曲的"爱情"或者说是"奸情",但是没有表示任何的怨言,但是,孙胜利知道女人的沉默有时候也是非常有力量的,他有点出大事的预感。有句话不是说得很好吗?"不在沉默中爆发,就在沉默中灭亡!"孙胜利从商以来就是依靠"鬼性",而不是依靠人性来征服市场的诡异莫变。

小曲本来睡着了,但是孙胜利的手把她弄醒了,当她张开妖媚之眼,她觉得身边的孙胜利的神态非常好笑,他一脸无辜的样子,真是可惜,他堂堂正正的孙大老总,在办公室里面威风十足,在商场上八面玲珑,可惜在床上嘛!嘿嘿,小曲用白嫩柔软的双臂勾住孙胜利,孙胜利立刻苦笑了一下,觉得"伟哥"一定就是在这样的情形下才有巨大的市场的。他接受了小曲的挑战,怀着向岁月无情报复的心态把小曲的欲望差点撕碎。

到了下午3点,孙胜利才到办公室去处理了一些事务性的工作。然后,想起了小曲提醒自己的事情,今天应该是找那个叫李锌的小伙子"算赌博账"的时候了,他想了想,记起了小曲在床上给自己讲的话:"孙哥,那天那个小李可是在你的眼皮下面,盯住别人胸脯不放的小色鬼啊!你可一定要帮我报仇哈!就要让他出丑,出大丑!"孙胜利是什么样的男人?"老男人"啊!他那天也瞧到了李锌的确看了看小曲的胸部,但那是无心之失嘛!你如果不那样搔首弄姿,人家一个帅哥,会看得起你这样的风骚女人?

孙胜利没有说破,人与人之间,如果什么事情都说得明明白白,人生就没有任何乐趣了。他想了一下,给正在春熙路瞎逛的小曲打了一个电话:"宝贝,今天我一定要杀鸡儆猴,晚上你就等着看一出好戏吧!"电话中传来小曲很满意的热乎乎的笑声。孙胜利放了电话,笑着摇头,在空旷的房间说:"谁要是娶了你这样的女人,不早死也要脱掉一层皮!"他把财务部的经理叫了进来,安排他去为自己准备了十万现金。然后,用了一个很舒服的姿势,在办公室的米色的沙发上半躺下。他给李锌主动打了一个电话,他提醒年轻的李总千万不要忘记了今天晚上的"约会"!李锌答应得有点犹豫不决,孙胜利就加重了语气说:"李总,我已经为你准备好了十万元的奖金哦,你来拿吧!而且,你小曲姐姐，还在等着看今天最精彩的表演呢。"说完，孙胜利觉得自己已经完全胜利了，他没有听完李锌的话，因为胜利者是不需要听注定失败的人多余的废话的。他又开始邀约那天在场的王之前他们几个老板，有好玩的事情他们自然都会来。

"失败是为愚蠢者专门准备的必需品。"李锌放下孙胜利的电话，自言自语地说，"孙胜利？不，今天你要改名了，就叫孙失败吧！"

李锌在心中已经把要说的话和情节都基本上考虑成熟了，他没有告诉黄总，他还不想这么早的完全暴露自己深不可测的心机，黄总的女儿喜欢自己，虽然能够让自己在世纪洪盛担保公司里面相对自由自在，但是，矛盾已经在加速地酝酿之中，总有一天，当黄鹂的感情需要自己付出的时候，那么，自己必须做出选择，要么离开世纪洪盛担保公司，要么就委身于不爱的女人。

李锌在加倍地努力。他太需要自己的个人知名度了，对于任何打工仔而言，你在公司里面享受的公司资源你是永远带不走的，只有你自己的光荣与辉煌，你可以打包在个人知名度中带走。李锌很明白这样的道理，所以，他决定还要请一位美女来陪衬自己今天晚上的光荣与辉煌，当然，梦中的那个美人是不可能来的，张嘉仪，李锌不想提起她的名字，每当提及就很痛苦。但是，到了下午的时候，黄总又找他和几位公司骨干在会议室里，一起讨论了一些公司业务上的监督与管理的问题。最后，黄总说到公司还准备再进几个新来的大学生的时候，李锌满脑子都是想找一个真正有素质的美女，帮助自己打败那个妖艳的女人小曲的念头，现在，他居然一拍自己的大腿，立刻就脱口而出："对对对，我们公司是应该马上引进几个大美女！"

李锌话还没有说完就惊醒了，他立刻补救道："大家不要误会，我说的是我们应该提升公司的形象，比如黄总就应该找一位高素质的女秘书。美女与金钱自然是在一起的，我听说成都的几家同行都打起了美女经济的牌，他们的私募部门的确有不少的美女和帅哥。"

李锌这样一说，黄义仁很赞同，自己是不是真的应该有一个美女秘书了？他开始沉吟不决。

而李锌的对头，公司总经理罗成民立即嘲笑道："没有想到李副总还有这样的雅兴？需不需要我们公司去赞助一场选美大赛？"原来的投资理财部经理高礼，现在已经变成了投资部经理，理财部经理的职位现在是李锌兼任的，所以，高礼见罗总已经出手了，他立刻帮腔道："我看，能不能够就在成都《华西都市报》上刊登一个选美广告？说不定我们公司那些单身汉都可以找到意中人了！"李锌心中有大事，没有与他们计较，黄总用赞许的目光表示了对他的理解。等会议结束，黄总单独跟李锌说："小李，英雄好色，但是，应该要有分寸。我们公司是应该聘请几位美女了，这样可以活跃公司与私募资金客户之间的友好气氛，你放心，过两天我会安排的。"

黄义仁最大的宝贝，就是他唯一的女儿黄鹂。他暗中一直在观察李锌这个小伙子，他觉得他其实已经非常难得了。昨天，他又听到了女儿在电话中流露出了不开心的语气，不用说，这一定是与李锌有关。但是，李锌对黄鹂一直也是礼貌有加，做父亲的再着急也是没有办法帮助自己的女儿强拉女婿的，黄义仁只好闲聊一会儿，就把李锌放出了自己的办公室。

到了下午，李锌提前离开了公司，他的铁哥们韦伟请他喝茶，说有事没事好兄弟都要经常聚聚，大家坐在一起，没有事情也会"无事生非"，有了是非和问题才能够有生意做。李锌也想把自己的得意之作，给韦哥们讲解一下，名义上是请教，其实是炫耀。他们约好了去老南门大桥的万里号喝茶。

一路上，李锌的脑海中出现了他所认识的所有女人，最美丽的女人是张嘉仪，最年轻漂亮的是李玫，最有才气的是以前的都市报记者顾艺，其他的女人呢？不是女人不够漂亮智慧，就是她们的漂亮完全与自己无关。

李锌在去万里号五层茶楼的电梯中，看着电梯里面的美人画报，突然想起了一个女人，一下子有点兴奋了，他进了茶楼，匆忙地点了蒙顶山茶，就立刻给成都利华科技公司的卓小兰打了一个电话。

卓小兰最近本来就很无聊，老板张嘉仪经常是天马行空，在国内外独来独往的，可是这些好事情都没有她这个助理的份。卓小兰没有怨言，也不敢有怨言，她的内心深处知道自己有多次对不起老板的行为，张总能够对自己网开一面已经是仁至义尽了，她一直在努力尽职工作，老实做人，希望有一天老板会重新重用自己。现在张总在办公室里面批阅文件，她很耐心地坐在老板门外的办公桌上，用电脑桌面上的小游戏来消磨时光，同时也在等待老板召见自己的机会，机会没有等到，却等来了李锌的电话！

　　卓小兰听完了李锌的电话，就很干脆地答应了，她喜欢与李锌这样的帅哥在一起，何况以前李锌还是一个穷保安的时候，自己还帮助他购置服装改变形象。她与香港的男朋友南海创业投资基金经理袁志强分手后，一直还没有找到合意的男朋友，本来有点想与李锌发展一下的想法，可是后来表妹顾艺告诉了她李锌已经爱上了张嘉仪的秘密，卓小兰才完全放弃了打李锌主意的念头。已经有段时间没有联系了，卓小兰现在也把李锌当成有用的朋友来看，听他说需要自己帮助，就立即答应了。

　　等到下班的时候，卓小兰就匆忙进老板张嘉仪的办公室请了安。本来，张嘉仪晚上是有事情需要她参与的，但是看卓小兰行色匆匆，也就让她走了。卓小兰和李锌通了一个电话，她中途叫出租车改变了去万里号的行程，她和李锌约好了，她需要时间打扮，卓小兰说为了李锌这样的哥儿们，她很愿意帮助他打败那个叫"狐狸精"的女人。她想自己本来就是资深魅力女人，想必不会输给狐狸精。

　　韦伟和李锌谈毕，他并没有出席晚上的赌局，因为，韦伟从李锌的口中已经知道了孙胜利一定会变成"孙失败"了，对没有悬念的事情韦伟历来没有兴趣。何况，李锌今天的胜利也必须适可而止，所以外人最好不露面的好，否则孙胜利如果失败得太残酷，那是不可能真心成为李锌未来的忠实客户的。韦伟知道在民间资金市场中做私募资金的艰难困苦，李锌却对他说："事在人为。"

　　小曲真名叫曲艳，现在几乎没有谁叫她的名字了，小曲在草根老板与社会美女构成的"民间娱乐界"算是知名人士了，她也基本上忘记了自己原来还是华东师范大学的高才生了。她早早地来到了"天下茶香"茶楼，不过，来得太早了，孙胜利还在锦江宾馆看望一位从北京来的客人。其他的朋友王之前他们也还没有到达。为什么她想看李锌的笑话？她也说不清楚。是喜欢那个帅哥，还是讨厌他那种白领的清高这才要糟蹋他？小曲以前也是办公室的白领，可是，做白领能够过上现在这样的逍遥而富足的生活吗？

小曲有些无聊，她按下了桌子上的呼叫器，一位服务员把自己要的报纸拿进来，她胡乱地翻阅了一下，又想起了前几天，自己还很可笑地专门去体育彩票销售点，买了几次排列三彩票。事先还默默地祷告了，当然，结果是一无所获。我不相信你李锌就是天才，真的能够连续买中排列三？小曲也不知道自己为什么一直有点敌视李锌，也许是忌妒他能够依靠才华而不是靠身体吃饭？

等到了夜色终于降临，李锌带上打扮得十分青春靓丽的卓小兰，先到"天下茶香"茶楼附近的德克士快餐店里面，叫了两份咖喱鸡饭和可乐。准备待会儿再一起赴孙胜利的赌局。李锌喝口可乐，给卓小兰简单地说了今天的赌局，卓小兰有点花容失色了。她很担心地问："李锌，你真的能够完全有把握吗？"李锌把手中的彩票拿出六张来，递给小兰看。卓小兰不会买彩票，因为她知道买中彩票的概率实在是太小了。李锌又给她仔细介绍说："这种彩票是排列三，你手中一共是六张。这六张已经验证，都已经中奖了。最后的还有一张，今天晚上开奖的，也一定可以中奖。"李锌说完，拍了拍手提小皮包，里面是一沓彩票。

李锌今天需要卓小兰配合，才能够把事情做得很完美。等他仔细把自己的计划完整无缺地给她说完，卓小兰哑然失笑地说："李锌，这不是投机取巧吗？原来你取胜的秘诀就这么简单啊？这样的小技巧，就值十万，不行哈，我今天如果表现好的话，你应该给我分成！"李锌乐呵呵地说："要得，要得。"心里却想：做生意的人都是搭伙做事容易，坐下分钱困难。

李锌又开始给卓小兰严肃地说："我是这次商战的领导，我是将，你是兵，要严格按照我的剧本行事。"卓小兰觉得事情有趣，对自己所学的传统的MBA完全是一个颠覆性的案例，她就给李锌说："小心我把你的底细和故事说给我表妹顾艺听，让她用笔把你这样的奸猾之徒刻画得淋漓尽致。"李锌哈哈大笑："知道了，卓大美女，千万别动怒，大不了，我们拉你入伙，我教你就是了。"

又过了一个小时左右，李锌带领卓小兰，几乎是分秒不差地来到"天下茶香"茶楼约定的包间。进门一看，里面的人还是那天打赌的原班人马。李锌与卓小兰容光焕发地出现在孙胜利、小曲和王之前等人的面前，孙胜利突然感觉不妙地想：我老孙难道还真有可能会阴沟里翻船输给这个小伙子？

李锌知道"天下茶香"茶楼是号称"商务会所"的高档茶楼，这里的包间都配有能够上网的电脑，所以，他微笑着让孙总再次肯定了他们两人七天前打赌的"标的"：李锌必须连续七天都买中彩票，当然，买什么彩票他们并没有限制。现在，李锌邀请大家一起来检阅他的智慧，示意卓小兰用她的纤纤玉手，在绿色的麻将桌布上，均匀散开了六张排列三彩票。

小曲满怀狐疑地打开了"中国体育彩票网"的网站，逐一地、反复地对比了前面六天的排列三彩票，这几天中奖的彩票号码与李锌买的彩票号码居然是一模一样！

孙胜利和王之前几乎是头挨着头，脸贴着脸地仔细瞪大了眼睛检查号码，对！就是这样的，这个姓李的小伙子真他妈的邪门！难道他有特异功能吗？要么彩票根本就是假的吗？包间里面的气氛非常紧张，孙胜利是有身份的男人，他不好说出怀疑的话，怕别人误解自己是输不起的老板，于是他用眼神给曲艳"说"了几句。小曲立刻会意了，他们也是一对"挑家"（成都土话：男女合作者），她马上挑衅道："李帅哥，没有想到你还能够把天天中彩票的美梦做得跟真的一样哈？"说完嘻嘻哈哈地笑得花枝招展，让李锌觉得很讨厌。

李锌也用眼神跟卓小兰交流了一下，卓小兰心领神会，她已经把李锌的"剧本"熟记在心，所以，她不需要李锌的提示，自动地说："小曲美女，怀疑一切是完全正确的，但是一切都怀疑就是完全错误的！这样吧，茶楼附近就有几个体育彩票销售点，现在我们两个人就一起去核实李总彩票的真伪！如果彩票做假，李总愿意赔偿你们十五万元。"说完，她姿势尽可能优雅地拿出了自己的银行卡，里面有她的香港男朋友袁志强给她的钱，这张卡里面一共是五十万元整。

李锌非常感动，因为前面的话是他授意的，最后的那句话"如果彩票做假，李总愿意赔偿你们十五万元"则是卓小兰自己临时发挥的。

小曲一听就火了，心想：不知道李锌今天是从哪里找来的"狐狸精"！这样厉害！她鄙夷一声："十五万？有吗？"说完，孙胜利立刻配合地把中号皮挎包里的十万元人民币全部倾倒在麻将桌子上，钱不多，但是此时此刻突然出现显得很养眼。孙胜利不喜欢使用银行卡，他认为，你存有千万的卡，与几十万元的卡，又有什么区别呢？嘿嘿，江湖和商场上都在说一句话："现金为王。"孙胜利认为现在就是。

李锌始终微笑着，他刚才把卓小兰介绍给大家的时候，已经说了她是自己的助手。既然是老总的助手，她的手，到底能够伸多长，就看李锌的眼神和心情了。卓小兰看李锌微笑，就知道他让自己"自由发挥"，于是，就很冷静地把自己的手机放在麻将桌子上，把手机的免提打开，再十分从容地把招商银行的"95555"白金卡的服务热线接通，在她与服务生的一问一答中，大家都明明白白听清楚了，卓小兰放在麻将桌子上的银行卡中的存款不是十五万，而是五十万！

王总看火候差不多了，就站出来说公道话了："老孙、小曲，还有李总和这位美女，大家都是朋友，我们和气生财。现在大家不过是玩一个小游戏，不要太认真。"李锌用鼻子"说"了一声，再用目光很平静地看着孙胜利的眼睛，孙总觉得绝对不能够这样下去了，他制止了小曲想说的话，他知道这个女人在床上的智力才是一流的，她完全不是这位卓小兰美女的对手，于是，他接过了主动权："老王，谢谢您的圆场，我与李总是愿赌服输。这样，为了公平，小曲，你和卓助理一起去彩票销售点兑一下奖。我们几个男人就玩两圈麻将等你们回来。"小曲看孙胜利语气威严，觉得不敢冒犯，于是就勉勉强强地和意气风发的卓小兰出去证实彩票的真伪去了。

第十章　财色兼收

两个对阵的女人一走，李锌觉得不能够"得理不饶人"了，他立刻抓紧时间修补与孙胜利的缝隙。他们几个男人开始玩起了麻将，李锌今天也是有备而来的，但是，他没有卓小兰那样的豪放之气，他今天只准备了不到两万元的"经费"，他知道"用钱说话"是商战的第一件法宝，可惜他没有完全放开胸怀。他一边反思，一边打麻将。李锌不是很会打麻将，何况，他也有心事，只是在表面上看不出他内心的喜怒哀乐，这反而让孙胜利和王总，还有另外一位李锌一直没有机会知道名字的中年男人，全部都有点不知道李锌的底细，还觉得他有些高深莫测了。

李锌不知道，卓小兰从来是喜欢"与人斗其乐无穷"的女人，她心机很深，遇正就正，对邪便邪，今天，正好让她把前半年的压抑全部释放出来，她现在正在路上边走边与小曲很痛快地打嘴巴仗。小曲气愤地差点哭了，她一直依靠身体的魅力，让孙胜利这样的男人完全地或者基本上臣服于自己的胯下，她没有觉得有什么不妥当：知识分子依靠的是脑袋，女人依靠的是女色，一样都是用器官说话办事，一样靠劳动吃饭。今天她遇到了对手，她很不爽，但是没有任何办法摆脱卓小兰用言语和神情对自己的挤兑。

她们从体育彩票销售点兑到了六千元的奖金；卓小兰提议再等几分钟，因为马上要开奖了。

当两个女人和销售点的老实的中年店主夫妇一起，看到了今天开奖的号码的时候，卓小兰突然内急去了销售点的厕所。她再出来的时候，果然，没有任何悬念的又中奖了，小曲百思不得其解。两个女人今天穿的都少，她们在寒冷中穿越成都街道，一前一后，身材一样婀娜多姿，气质却是相差甚远，不仅让街头的三三两两经过的男人赏心悦目了，进了茶楼，又吸引了茶楼大厅中的几个好色之徒的目光，这些，她们都习惯了，目不斜视地尽快返回茶楼的包间中。

孙胜利已经想通了，虽然今天很丢脸但是毕竟没有丢人，他必须"愿赌服输"，何况到哪里去找李锌这样精明强干的年轻人为自己的退休金打点和理财呢？

孙胜利看到小曲回来时失意的脸色，立即就停止了麻将，站了起来。他宣布："我老孙，走南闯北这么多年，今天算是认输了。我一定兑现我的承诺。一是，请李总马上收下我们约定的十万元彩头；二是我在三天内会尽快准备好五百万资金，请李总帮我打点理财！那句广告词不是说得好吗，'你不理财，财就不理你嘛！'"

李锌很想把彩票的谜底宣布给大家听，孙胜利看出了李锌的心思，立刻转移了话题："这样吧，李总，今天您是大获全胜了，我孙胜利成了孙失败，其中的秘密您就不用讲了。"李锌还想谦虚一下，孙胜利又说，"李总，给老哥我一点面子，今天你请客哈！我们一起去喝酒吧！"李锌和孙胜利的目光一碰，孙总的目光里面有一种凛然之气，不可以再冒犯，李锌终于知道了孙总，怎么说也还是"老姜"，他已经知道了我李锌其实赢得非常惊险，于是李锌立刻谦虚地半低头说："孙总，你是商场前辈，小李冒犯了，下不为例。"孙胜利与李锌的话只有王之前听明白了，那个李锌不知道名字的中年人和卓小兰只是听了半懂，小曲基本上是一片茫然。

现在的局面，是皆大欢喜了。

做生意的人只有永恒的利益，没有永远的对头，于是孙胜利与李锌就联合邀请王之前和那个中年人一起去吃夜宵。这次，李锌终于听清楚了这个默默无闻的中年男人是魏总，后来，他才从孙胜利那里知道，魏总名字叫魏勇，王之前与魏总都是成功的煤矿与铜矿的老板，比他更有钱，只是多年前，孙胜利曾经支持过他们两个人创业，他们这次是专门从外地来成都看望孙胜利的，孙胜利刚刚过了五十二岁的生日。王之前看到孙总与李锌都有美女陪伴，心中的好奇也得到了满足，就准备去找罗绮丽发泄自己旺盛的精力。他与魏勇都推辞说各自的公司有事情，需要连夜处理，孙胜利也不挽留，看得出他们三个人的兄弟感情很深，深到了已经不需要勉强与客套的地步了。

等两位矿老板离开了，孙胜利就自己开了奔驰车，带上小曲、李锌、卓小兰一起去人民南路与林荫街口处的"大海湾"吃夜宵，孙胜利说："大家吃饱吃好，一会孙大哥带你们几个年轻人去酒吧泡泡，今天不喝个酒醉心明白，绝对不收兵！"

等李锌与卓小兰被孙胜利与小曲灌得头昏脑涨，孙胜利与小曲也差不多了，他们酒喝多了，就开始说真话。小曲和卓小兰说女人之间的半真半假的话，这两个女人都是不能够吃一点亏的好强女人，但是看各自身边的男人都已经好得称兄道弟，勾肩搭背了，她们觉得女人就是比男人更讲究原则或者说是更傻瓜一些，她们用力碰了一下杯子，反而有点惺惺相惜了，正如有首老歌唱的："女人何苦为难女人？"

等终于要与孙胜利和小曲分手的时候，孙胜利把李锌非常亲热地叫到了他的身边，他在李锌的耳边夸张地压低嗓音，说了句："小伙子，我老孙今天可不是败在你的手中，而是败在我自己的狂妄上，其实，我闲着无聊的老婆也买过排列三！你不就是每次把排列三的一千注号码全部买下来吗？一注彩票是两元钱，一千注只是两千元钱！"李锌嘿嘿一笑，接着坦白道："七次买彩票，全部包号码，一共花费了我一万四千元的成本，但是，我换得了我们的合作。"

李锌没有告诉小曲：当两个女人和销售点的老实的中年店主夫妇一起，看到了今天开奖的号码的时候，为什么卓小兰会突然内急去了销售点的厕所？那是李锌让卓小兰必须要从那包两百张彩票中，尽快找到那张已经中奖的彩票，不能够让小曲看到她在两百张彩票中乱翻，那样就会提前穿帮了。每张彩票能够打上五注号码，两百张彩票就是排列三的全部彩票号码，一共是一千注。李锌把这些彩票号码全部包揽下来,当然会买中中奖的彩票。

孙胜利点点头:"你还赢得了十万元的大奖,彩票本身可以兑奖七千元,你用另外七千元的成本换来了这么多的收益,真是难得,难得!后生可畏啊。"孙胜利想了想,又认真地问:"如果,我识破了你的计划呢?你不是白花费了这七千元大洋吗?"李锌打哈哈道:"那又有什么?做大事者,不拘泥小得失。"

孙胜利看看旁边的两个女人,她们在一旁嘀嘀咕咕,看来已经冰释前嫌了,但是他是"老鬼",知道小曲不是这个卓小兰的对手。他看李锌脸上还是带有得意的模样,就轻轻地在李锌的耳边说了一句充分表达自己很有水平的总结语:"小李,我们这个赌局其实只是小技巧。你要达到目的,也可以到排列三的体育彩票销售点,把那些快兑奖的彩票高价收购过来,只要凑齐了七张七天的中奖彩票就可以了。"李锌也忍不住笑了:"那可不行,如果你们较真,实地去我买彩票的地方核实,我可就违反我们的赌约规则了!我们事先说好的是我李锌自己去买中彩票,不是去买别人已经中奖的彩票。"

孙胜利觉得李锌这个小伙子思维非常深邃,做事有预见,将来也许有其他的大用处。在回小曲家中的路上,孙胜利取消了最近想赞助小曲做点小生意的想法,觉得那是浪费钱财,节约就是挣钱,这也算是今天唯一的"胜利"吧!

李锌和卓小兰一起打了出租车,都很兴奋,但是,他们看看时间已经快凌晨1点了,于是李锌说先送卓小兰回家,卓小兰很坚决地说:"李锌,从今天起,我们是战友了吧?"李锌以为她是要"战利品",于是他准备大大方方地告诉卓小兰"二一添作五",也就是把赢利的钱一人一半,卓小兰拼命地摇头说:"钱是要分的,不过,我们今天还要举行正式的庆祝仪式!怎么样?到我家,还是你家?"李锌最近也小有业绩,但是,哪里有这样精彩的"战斗"呢?何况,卓小兰与自己配合,真的是天衣无缝,李锌很认真地考虑与卓小兰结合成"黑白双侠",在成都的商场上大有作为。

虽然和卓小兰一样有了醉意,但是他知道分寸,男女毕竟有别啊!就在沉吟之时,卓小兰故作愤然道:"李锌,亏你还是大男人,你是怕我们孤男寡女,夜半三更的不好吧?"李锌被她的泼辣揭露了心事,同时也被她余音缭绕地撩拨了男女情色那根弦,他就强辩道:"我李锌有怕女人的时候吗?我是大男人哈,谁怕谁?!"李锌把手机关了,他想好好享受一下属于自己的世界:"美女,我这是在考虑到哪里再去买点好吃的东西,连你一起,打包回我的家!统统地吃掉!"卓小兰则假装冷笑一声:"现在可是人人自危的金融危机,我们应该节约,少花钱,多吃饭。"

李锌大笑一声:"对于我们这样的后来者而言,这不是什么金融危机或者经济萧条的问题,社会经济的结构挑战与调整,是我们千载难逢的机会!我们无产者失去的是锁链,得到的是整个世界。"卓小兰也喝了不少酒,她和李锌并肩坐在出租车的后排座位上,在出租车急转弯的时候,她温软的身体与李锌自然地碰在一起,她无所谓,而李锌的身体却变得有点僵直。

中年出租车司机觉得这两个小年轻人很可爱,言语胡闹又火爆,就很宽容地笑笑,好意指点了肖家河的"乐山烧烤",那是一个通宵卖烧烤的地方。现在出租车的生意已经大大不如以前,他把李锌他们放下车,司机望着空荡荡的惨白路面,自言自语地说:"我不懂什么金融危机,也得不到什么世界,只求多来快跑,养家糊口。"

两个多小时后,他们酒足饭饱了,就借了酒劲,恋人一般相互搀扶着,很默契地一起打车去了李锌的家。

卓小兰进了李锌的家中,她非常好奇,这个男人的家,居然很整洁很干净!在路上,她已经想过了:她需要李锌这样的朋友!她之所以敢于冒险用自己卡上的钱"赌"李锌赢,看起来冒险,其实是稳操胜券的,因为她提前知道了李锌的"小聪明",同时她也计算得非常准确,这样对李锌是"锦上添花",还可以显示自己的豪爽。从今天起,她与李锌的关系一定会非常铁。卓小兰的野心在心中膨胀,她和李锌开始像多年的铁哥们一样相处了,将来,她会好好利用这样的关系。

李锌进了自己家,就好像干鱼儿"扑哧"一声,被抛入了水里,非常的放松自得,他看见卓小兰刚才因为兴奋而姹紫嫣红的脸,又看见她非常自然地把外衣褪去,露出了里面紧身的衣服,心中有点荡漾。他稳定了一下情绪,就大手大脚地把好吃的东西铺开放在茶几上，房间里立即弥漫着香味。因为没有开空调，卓小兰连续打了几个喷嚏，有点"美丽冻人"了。李锌觉得很不好意思，立刻起来打开空调把空调温度调到最高，卓小兰友好地笑话李锌："太节约了，不像今晚那个锐利无比的孙大老总。"

酒过三巡，房间的温度与两个人的热情一样的同比例地在不断增长，他们从今天晚上的成功感到快乐，说到孙胜利、小曲、王总他们几个人物的心理与行为，李锌感慨地说："还是在许量老师的指导下，我李锌才能够有今天的心智与才能。"李锌告诉卓小兰，虽然自己在许量老师的东方富通公司只待了几个月，真正得到许老师的指导的时间也不多，但是"言传身教"对李锌的影响是巨大的，"许量学生"的无形资产，就是李锌起家的最大资本。两个年轻人，一样激情澎湃的心，越说越投机，时间的河流不存在了，男女大防的高墙也消失了。

卓小兰去了卫生间，李锌自己很享受地继续喝酒吃肉，突然他想起了一个非常严重的问题！他立刻站了起来，有点坐卧不安地靠近了卫生间，又觉得不妥当，正好卓小兰开门出来，两个人立刻有点尴尬。李锌张口结舌地想解释："我，我，我不是想干什么，我是害怕……"

卓小兰看李锌很老实，就很认真地安慰他道："李锌别着急，我知道你不是想偷窥女人！你是害怕我看了这个对你的印象不好，是吗？"说完，卓小兰扬起手中的一本人体艺术画册，里面有无数丰乳肥臀的裸体女人；还有一本黄色小说，卓小兰简单翻阅了一下，里面充满了淫词荡语。

李锌立刻用力点点头，他很狼狈，觉得自己是"引狼入室"，没有来得及把这些隐私之物先隐蔽起来，现在自己的光辉形象就这样完蛋了，在卓小兰犀利的目光下，李锌已经完全地在精神上裸体了。

卓小兰觉得李锌的表情非常奇怪，他的表情好像是一个犯错误的小男孩一般别扭得很，她大大咧咧在沙发上坐下，立刻就问了李锌一个问题，很尖锐的问题："李锌，我们现在是好哥们哈，你老实说，你刚才为什么怕我看到你的这些男人用品呢？"

"男人用品？"李锌一听卓小兰这样的说法，就立刻想起了网络上的一则笑话，笑话中说："女人也是男人用品。"李锌忍不住，哈哈大笑起来，其行为很像金庸小说里面的韦小宝，一遇到尴尬和险恶的事情，就用哈哈大笑来掩饰或者拖延过去。

经过这样的小插曲，两个人的哥们关系就开始蒙上了一层相当暧昧的色彩，李锌的男人性趣，开始被"男人用品"卓小兰的无边的春色点燃了，他心想：在放贷人中，我李锌一直就是一个出格的苦行僧，都说金钱与美女同在，太阳与明月生辉！今天，难道我就要与面前的这位"女哥们"发生传说中的"一夜情"了吗？李锌的神态开始扭捏起来。他觉得一阵一阵地发热，脱掉了毛衣，感觉自己的身体很强壮。卓小兰则觉得一切都应该顺其自然，应该说性爱本善，男女之事，像风雨一样，该来的都会来。

可是，李锌的拘束与压抑让卓小兰觉得很意外，她看时间已经不早，刚才两个人闲聊的时候已经知道她比他大几个月，于是，卓小兰就调侃道："小弟弟，你难道还需要大姐姐来教你怎么做吗？"说完，她眉眼如水，李锌觉得心中天地开始翻覆，张嘉仪一度还很清晰的身影完全消失了。他站了起来，坐在她的身边，两个人的身体开始接触……冲动是魔鬼吧？这是李锌最后最清晰地向自己请教的一个很有趣的问题。

很快李锌就被卓小兰的语言和身体，送上了快乐的顶峰，而卓小兰觉得自己的快乐还没有开始！她发现了李锌最大的秘密，于是，在他耳边轻柔地问："难道你今天是第一次得到女人？"

李锌觉得很气馁，脸微微发红，他就这样简单地在沙发上而不是想象了很多次的在无边宽大的红色床上完成了他珍惜多年的成人之礼。他一言不发，从她的身体中出来，觉得精神很空虚。他现在才知道：进入一个女人的身体容易，让身心都进入女人的身体太困难。卓小兰马上明白了一切，她觉得对不起李锌，早知道他不适合过男女两情相悦的"一夜情"或者"一月情"，就不应该去挑逗他的荷尔蒙了。不过二十五六岁的男人还是"第一次"，几乎不可能，但是她知道他是！李锌是真正的没有钻石的钻石王老五，可惜，我卓小兰不是他爱的目标。

这一夜情宣泄之后,两个人就各怀上心事了,李锌害怕卓小兰纠缠上自己,他知道他们不会长久在一起,但她的话让李锌同时得到了安慰和失落:"下不为例,我们以后只能够做特别好的哥们了。"

卓小兰想起了她以前所经历过的男人,那些只是一些贪恋女人身体的男人,觉得自己的"肮脏"对不起李锌这样纯洁的"处男"。于是,她以退为进,先帮助李锌放下了"冲动的惩罚"的思想包袱,主动表态不会找李锌的任何麻烦;再和他温柔地说起了他暗恋张嘉仪的事情,甚至表示自己将尽力帮助李锌,因为她是张嘉仪的助理。卓小兰很有心计,她需要了解李锌更多的事情。这一夜,在李锌的感动和卓小兰的温情中,他们春风几度,他们的世界天亮得很早。

第十一章　名声在外

进入冬季,成都的天气就开始阴雨连绵了。

今天是 2007 年的 12 月 3 日,星期一,阴转小雨。

上午,许量的秘书李玫从办公室出来,她有一个在上海财经大学的同班女同学,也是最好的朋友,突然给她来了一个电话,说已经到了成都,想见见她。李玫很意外,也很惊喜,虽然她们大学毕业分别才半年多,但她们毕竟在一起朝夕相处了四年,真是青春与友谊一样无价。

洪羽菲住在成都市一环路西一段的京川宾馆,她就是从上海来的李玫的朋友和大学同学,也是她最要好的姐妹。

李玫觉得四星级宾馆好像不太适合洪羽菲的身份,她的家族是上海有名的望族。但是,李玫知道洪羽菲最喜欢的就是别出心裁,所以也懒得去多想她为什么不住"香格里拉"或者"洲际酒店"。

她们约好的地方是位于宾馆附近的浣花溪风景区旁边的"晶泽印象"。晶泽印象其实是一个结合了休闲和饮食的餐厅,老板很有才智地为餐厅取了一个很别致的名字"饮食工房"。这里可以喝茶聊天,又能够吃饭会客,是一处精致的很有情调的川菜和粤菜混合菜系的餐馆,这里的咖啡,味道也很悠长、很地道。

李玫上街打的的时候,天还在下着毛毛细雨。她今天穿的衣服很亮丽,粉红色的中长上衣,格调非常别致,与白色的牛仔裤相搭配,李玫就好像是一朵粉红的花朵绽开在阴沉的雨天中。街上的出租车，跑得很欢快，基本上没有空车。雨和风一起，把无处躲避的李玫，沐浴成美丽的雨中花。

等李玫行色匆匆赶到晶泽印象饮食工房的时候，细雨已经停了。久违的太阳从云缝隙中找到了突破口，就慢慢地撬开了成都阴郁的云层，一会儿工夫，太阳露脸了，这是初冬的暖阳，但是也同样魅力四射，灿烂热情。

洪羽菲圆脸，短发，皮肤细腻光洁，身材高挑，人不是特别漂亮，但干练成熟，一腔吴侬软语，说话嗲声嗲气的，很有大上海现代女人独特的风情，她的眼神和心机都是一流的，这两者，都深似蔚蓝色的海洋；李玫人虽漂亮，但一看就是单纯可人的女孩子，有成都女人的婉约和柔美，几个月跟随许量耳濡目染，她现在也有些柔中带刚了。两个年轻女人，两道不同的风景，在晶泽印象外面的露天茶座相对坐下，虽然是淫雨之后，天气浓郁的寒冷还是被阳光化解开了，但她们同学四年久别相逢的热情足够让周围的人们，也能够感觉到她们内心的快乐和友谊的温暖。

四周的绿草和翠竹叶子上挂满了晶莹的雨滴，天地之间，暂时没有微风经过，太阳光还没有丝毫减弱的迹象。两个女人，李玫粉红色的上衣充满了朝气，像盛开的月季；洪羽菲穿了一件长长的黑色风衣，搭配一条紫红色的围巾，把她雪白的皮肤衬托得与众不同。从四周小音响发出来的轻音乐包裹了四周，也让她们完全沉浸在年轻女人小资的情调中。

李玫背对着门，没有注意到，她的一个老熟人、老朋友也走了进来。

那个表情严肃的年轻男人，就是以前也在东方富通投资管理公司工作过的李锌，他曾经和李玫是一个部门的同事。李锌离开许总的公司已经有一段时间了。虽然，李锌已经完全能够独立猎取业务了，但是他还是觉得，这段时间每天不是以24小时计算的，他的人生变得孤独而漫长，他自己都快变成一只荒原上的狼了。

自从离开许量老师的圈子之后，他起初很关心许老师和顾艺、江泉，还有李玫他们的消息，逐渐地他开始融入了成都另外的做资金放贷生意的老板和公司骨干构成的新圈子。他好胜又豪爽，资金放贷生意是中国很少不论资排辈的行业，只需要大家都"用钱说话"，所以多少有点资金可以利用的李锌，很快就凭借黄义仁的世纪洪盛担保公司副总的身份，开始有了自己的江湖地位。今天他约了一个客户，到晶泽印象饮食工房来喝茶吃饭。他想进入一个全新的领域：与拍卖公司合作，进行一些资产买卖。他从背影已经认出了李玫，但他暂时不想上去打招呼。

李锌坐的位置是在晶泽印象饮食工房里面的大厅。坐在宽大的红色沙发中，用平和的目光穿越靠窗的落地大玻璃上面垂挂的晶莹的珠帘和斑驳的竹子间隙，可以很清晰地看到李玫灿烂的笑容。李锌感觉得到，李玫越来越出落成一个美丽出众的女人。他掏出一支中华香烟，用鼻子闻了一下，李锌想：不到一年的时光，自己从一个穷保安，很快成长为一个中产阶层的人士，需要感谢的人的确很多，首先还是应该感谢许量许老师……他的目光，在点燃的青烟缭绕中，有点模仿许量那样，故意变得很深邃。

外面的李玫和洪羽菲，开始聊正事。她们聊到了最近的股市，李玫说自己的一点小钱放在里面做"价值投资"，已经损失不少了。洪羽菲摇头道："在中国，现阶段最重要的是要保持现金，股票生意，不是简单地炒股票，而是只能做发行股票的人或者操纵上市公司的人。傻丫头，你赶快把你那点小股票全部卖掉，我告诉你啊，明年的中国股市将跌到你想都不敢想的地步！"李玫点点头，然后又摇头，表示不完全相信。

洪羽菲很认真地喝口热茶，然后笑吟吟地盯住李玫漂亮的大眼睛说："算了，股市的事情，谁也说不清。但我知道，很多股民都是见了棺材也不会掉泪的赌徒啊。阿玫，我们不说令人沮丧的股市了。说说我的事情吧！我这次可不是来玩的啊，我是带有任务来的。"

李玫一听很好奇："你有什么任务？难道还与我有关系？"李玫知道洪羽菲是她的同学中，能力最强、最有家庭背景的，她不仅仅是上海本地人，而且她的家族企业在那里也很有名气。等到洪羽菲把她来成都的两个目的说了出来，李玫觉得很为难。洪羽菲这次来成都，一是指名道姓要拜见一下成都大名鼎鼎的东方富通投资管理公司董事长许量许先生；二是想请李玫帮忙，从成都请几位做民间金融的高手去上海，到她家族的公司去工作，她的父亲想介入民间金融市场，而且已经从温州找了几位高手到集团，新的投资公司已经在紧张的筹办之中。李玫看到老同学的微笑，觉得上海女人真的很有头脑，她故意为难同学道："大上海还需要向小成都学习吗？"洪羽菲机敏过人，马上接口说："难道大海就不能够向大山中的小溪流学习吗？没有千千万万它们的辛苦汇聚，哪里有什么波澜壮阔？"李玫无言以对，她知道上海女人言语的软刀子举世闻名，做小女人呢，语言尖利一点那倒不是什么坏事情。

洪羽菲看出李玫有点为难，沉吟不语，就故意不开心地说："你还是我的姐姐哦，小妹这点事情，你都不愿意帮我！"李玫其实只是比她大几天，上大学的时候，洪羽菲就经常抓住这点，让李玫答应她的很多"小"要求。可是，最近的许总变化很大，李玫虽然不完全知道是什么原因，但许量已经很少过问公司业务上的事情了，东方富通投资管理公司已经有非常明显的要退出成都资金市场的态势，李玫没有把握她能不能够请动许量的大驾。所以她面对洪羽菲的温柔攻势，立刻转移话题道："大小姐，你是怎么知道我们许总的？商业情报很有水平啊！"洪羽菲正色道："阿玫，这事对我们公司很重要，对许总的公司也很重要。我干脆告诉你吧！我们看好了许量先生所拥有的资源。"

"什么资源？"李玫有点奇怪。涉及商业机密，于是她们的声音立刻小了很多，几乎无任何外人能够听见。

这时候，成都吉祥拍卖公司的老板余吉祥，也来到晶泽印象饮食工房。他从弯曲的道路前进的时候，一眼就看到了洪羽菲。他在向导小姐的引导下，一边向前走，一边扭头看美女，余总没有注意脚下的路不断地在变化，经过转弯的地方，差点被路边的小树枝划伤胖胖的笑脸，他已经走到路边了。洪羽菲是眼观六路、耳听八方的厉害角色，她故意对不远处的余吉祥注目和微笑了一下，余吉祥觉得还有点安慰。他走进大厅，看见了坐在角落的李锌，他心中还在回味刚才那个女人的微笑到底是什么意思。

"上市公司，"洪羽菲直言不讳地回答，"许总和我们一样，都对陈丹阳女士掌握的上市公司有兴趣。"李玫记得许总的确是把金色集团的控股权卖给了陈丹阳女士的上市公司。因为上市公司缺少收购资金，所以许总只是拿到很少一部分现金，其他的收购款由陈丹阳他们集团公司用其上市公司的股权作为担保，暂欠许量。李玫笑道："许总只是把金色集团的股权卖给了上市公司，但他并不拥有上市公司的股权。"李玫的笑容有点不自然，这非常微小的变化没有能够逃出上海女人的眼睛。

"但是，我们知道许总是非常精明的老板，这些收购款虽然是由陈丹阳他们集团公司用其上市公司的股权作为担保，但是如果到期不能够支付收购款，那么许先生是可以选择用很低的价格把自己的债权转化为上市公司的股权的，"洪羽菲笑声很清脆，"所以我们只是想和许先生做一个交换。他做高利贷，做的是现金生意，应该最想要的是现金，我们可以和他商量，请他把他的合同权益，包括他对陈丹阳他们集团公司的债权全部都卖给我们的集团公司，我们会开出令他满意的价格。其他的事情由我们自己搞定。"

李玫立刻很认真地看了她的同学片刻，判断出这事关重大，资本经营的事情她也略知一二，于是决定马上给许量打一个电话。但是，打通了两次，许总都没有接听。李玫的面子在同学面前有点受到老板的伤害，但她并没有丝毫责备许量的意思。

快到中午了，天气越来越晴朗。李玫觉得洪羽菲想见许总的理由是很充足的，谁叫自己给她讲了很多许量的战迹呢？于是，李玫答应了她的同学："许总今天外出了，我和他联系一下，看他能不能安排时间和你见面。"李玫看到同学很满意的样子，觉得心里高兴但还是很有压力，她越来越不了解许总了，她现在很少见到老板许量。江泉他们觉得老板已经进入了半退休的状态，只有李玫作为许总的秘书，隐约地知道：许总是在策划一些大的项目。因为，有一次李玫听到许总对他的一个朋友说："我许量不会退出资本市场，请大家于无声处听惊雷。"

李锌和余吉祥认识不久，但是他们已经有了两次成功的合作。李锌最感兴趣的是成都吉祥拍卖公司手中的那些小型的房地产拍卖项目。今天，他要和余吉祥商量他们合作的细节。

李玫坐在座位上，听到洪羽菲开始讲其他同学的发展情况，听多了，开始有点无聊了。许总没有接听她的电话，她觉得很没有面子。正好回头看到挂在旁边一棵小树上的鸟笼，里面有一对黑色的八哥鸟在笼子中跳来跳去，她站了起来，走过去挑逗八哥鸟。谁知道，八哥鸟见到了穿粉红色外衣的李玫，立刻兴奋起来，其中一只八哥惟妙惟肖地说了一句很地道的成都话："美女，你好！"洪羽菲听到了，觉得很有趣，她欢喜地大叫起来："哇，好可爱的小鸟！它还是成都口音呢！"两个女人欢喜的声音，让四周的几座客人，都对她们发出了友好地、会心地微笑，都有一种感觉：年轻又活泼的美女，真是秀色可餐。

李玫看了看时间，是午餐的时候了，她就邀请洪羽菲一起去进餐。她们两个手挽手，走进大厅。李玫一眼就看见了原来的公司同事李锌。

李锌见李玫和一个漂亮的女人一起进来，就不再掩饰地站起来，对走近的李玫很热情地打招呼："你好！李玫。你是越来越漂亮了。"李玫有段时间没有见到李锌了，今天突然遇到他，也有点高兴。她一边点头，应承李锌，一边打量李锌。李锌着一身休闲服，可以看出他现在"混"得很不错，名牌和他已经和谐地融合在一起了。李玫知道"许量的学生"现在越来越名副其实了。

李锌邀请李玫她们一起进餐，余吉祥有点不自在。洪羽菲很开心，她悄悄在李玫的耳边吹气如兰地说："这是谁呀？还是一个帅哥呢！我们就和他们一起吃饭吧。"李玫和李锌相视一笑，立刻化解了以前相处的一些小小的不愉快，剩下的全都是友谊了。

余吉祥的年纪最大，是三十多岁的男人，其他的三位，都是80后的年轻人。余吉祥虽然也是有头有脸的老板，但和他们在一起的时间越久，就越能够感觉到心里的压力：这三个年轻人都是快要成"精"的商界新锐，这种感觉有点像在看一条将来就是一条龙的小蛇精在你面前修炼成长一般，眼睛疼痛不已。

许量没有注意到李玫的电话，因为现在他是人机分离。他在宽大的浴室中，一边泡澡，一边想公司的发展和自己的感情世界。他发现他生命中最重要的两者一是事业，二是爱情，其实可以用两句成语来形容他非常矛盾的现状：一是风生水起，二是戛然而止。心中矛盾交织，他只能够在温暖的水中努力放松自己的身心。

昨晚他自己待在家中，从家附近的川菜馆"金色田园"叫了外卖，喝了不少酒。最近许量有很多的烦恼，昨晚都被他装入酒杯中，一杯一杯干掉了。

许量洗完澡，收拾妥当，准备出去找他的好兄弟肖希权。因为自己无意中知道了同样是铁哥们的苏文与肖希权的前妻有瓜葛的惊天秘密，许量这段时间都在躲着他们两个。反复斗争几次，他决定隐瞒这个秘密，损人不利己的事情，许量可不能够去干啊！逝者已安息，生者已新生，许量想到肖希权与王可心非常恩爱，就更加肯定这样是最好的选择。许量仿佛彻底忘记了这件事，他与苏文与肖希权的接触与交往，一切都很正常，没有任何人能够看得出许量知道什么样的秘密。时间久了，连苏文都完全放下心来。

肖总是成都瑞德担保公司的老板。他们准备对成都"笨驴"俱乐部进行全面收购，这是以远足探险为主的俱乐部。这个叫"笨驴"的俱乐部在成都，甚至在四川的驴友群中，都非常有名气，许量看好这个项目的投资前景，何况，他还有其他更深刻的长远考虑。

许量的夫人谢丽带着他们的儿子许多去了遥远的澳大利亚。许量已经过了一段时间的"单身汉"生活。他有钱，在这个有钱几乎什么都可以买到的世界上生活，许量的适应能力当然很强，灯红酒绿他不怕，醉生梦死也不是没有过。只不过他现在没有时间也没有心情风花雪月，反正他的"独立睡觉"能力也很强。几个月来，作为强壮的中年男人，许量一直在修生养息，他基本上远离了女人。

许量闭上双眼，脑海中不可避免地浮现了与自己有关系的几个女人的身影。许量的女人看起来很多，其实只用三个字就可以把许量的女人们点评完，这三个字有点像是对菜品的评价："色"、"香"、"味"。

老婆谢丽有贤妻良母的"味"道，和自己是大学同学，可谓是"郎才女貌"；张娅则是成都最著名的金融熟女，许量对她的"色"体会最深；"香"当然就是张嘉仪了，这个女人最年轻也最美，可也让许量最难受，她已经向许量宣布，她要独占许量的感情世界，否则宁愿"挥泪斩马谡"，永远不再见许量。许量害怕了，虽然他肯定不姓马，但还是有些退缩了。张嘉仪就这样真切地和他暂时远离了。

  男人没有女人，就好像鱼儿离开了水，干涩，憋得慌。最先出现在许量脑海中的，还是那个风情万种的成都资本之鹰商务会所的老板张娅，然后是爱自己，自己也爱的成都大美人张嘉仪，最后才是自己的结发妻子，温润的谢丽。许量心想：她们都是我许量的好女人，可笑的是，现在老婆带儿子去了澳大利亚，张嘉仪也出国去考察了，张娅呢？她人虽近在成都，心却远在天边，和自己已经不怎么来往了。她们全部都不在自己的身边了，当然，这也是自己乐得清闲的时候。许量开始大声地唱一首 20 世纪 90 年代的流行歌曲《把根留住》，歌里这样唱道："……多少面孔，茫然随波逐流，他们在追寻什么？……"

  每天忙忙碌碌，不是在熙熙攘攘中，就是在车水马龙里面行走。职场啊，商场啊，江湖也罢，官场也罢，统统是沙场。是人，就都在追寻什么，区别只是有的人用巧取，有的是用豪夺，而我许量追求什么呢？金钱，权力，还是女人？有时候他心中也很茫然。

  回到客厅，许量拿起手机，看到了好几个未接来电。其中，最重要的是自己公司的秘书李玫打的电话，他知道李玫一定是有重要的事情找自己。许量在米色沙发上坐下，他的身体立刻陷入柔和的沙发之中，许量很愉快，他喝了一口矿泉水，拨通了李玫的电话。

  李玫接到许总的电话，一听那非常有磁性的嗓音，立刻让她忘记了刚才他不接自己电话的强烈失落，她看看她的同学洪羽菲正和李锌谈得非常愉快，很投缘的样子，她就悄然地站起来，一边接听老板的电话，一边向外面的庭院走去。

  许量听到李玫讲了事情的来龙去脉，思考了片刻，觉得这是一个大大的机会，但是他怕李玫沉不住气，就故意淡漠地对李玫说："如果你的同学真是上海滩天宇集团老板洪战的女儿，那么我许量应该来见见她。另外，你再问问她，这次真的是她一个人来的吗？"

李玫肯定地说："洪羽菲最喜欢独来独往，她肯定是一个人来成都的。目的就是两个，一是来拜访您，二是来挖人才的。"

许量问明白了她们所在的位置，立刻决定出发去见洪羽菲。一路上，许量反常地把车开得很慢，他需要思考。资本经营是做生意的最高级别，这么多年来自己从事资金借贷，也只是在积聚现金力量，早晚是要在资本市场上一搏成功的，现在自己正在思考暂时收缩借贷业务，难道资本经营的大好机会就如光棍晚上梦见美女，睁开眼睛，她就款款而来了吗？

许量认为天宇集团老板洪战找自己，应该不仅仅是与陈丹阳的上市公司有关。洪战是中国资本市场上成名很早的人物，十二三年前，许量已经知道他的显赫名声。当时，洪战的事业应该说已经是如日中天了，许量有幸见过几次。不过，最近几年他不再高调了，特别是那个姓周的"上海首富"倒台之后，洪战更是淡出了资本市场。

许量在心里嘿嘿一笑，他对自己说：洪战是静极思动，而我许量正好相反，是动极思静。这就好像是武侠小说中的江湖，平静不了多长时间的。争权夺利本来就是男人本色，正如德国著名哲学家黑格尔所说：恶是历史发展的动力。现在美国的次贷危机愈演愈烈，大有席卷全球的态势，如果真是世界性的金融危机，那么，乱世就要来了，机会与挑战并存，生存与毁灭同在！我许量怎么可以放弃这样以退为进的大好良机？借贷可以暂时不做，资本经营本来就是老子的本行，在这点上，我许量可不会像在民间金融这样的雷区如小脚女人那样小心翼翼，许量觉得自己完全可以虎背熊腰地走进资本的角斗场。

许量的座驾在慢慢行进之中，好像是开在丛林之中，他的心事想得很深沉，虽然车技很好，但他有点走神。在快到浣花溪的大石西路上，他的路虎车不小心撞上了前面的一辆银灰色的雷克萨斯车。只是很轻微地碰撞却让两个小伙子分别从车的正副驾驶座位上弹射出来，许量马上就感觉到了他们来势汹汹，一定会兴师问罪。

许量没有听清楚两个年轻人叫嚷什么，他觉得理由是用来说的，不是用来骂的。所以许量没有下车，只是很冷静地一言不发。看到这个开路虎车的中年男人嘴角带笑，两个小伙子中开车的那个人，个子不高，但看得出好斗。他又骂了一句："他妈的，你怎么开的车？"许量觉得很好笑，看小伙子二十多岁的年纪，还不知道中年男人的力量，本来想教育他一下，但后面的车已经被堵了很长。四周开始出现不少看热闹的人。

面对七嘴八舌的人，许量还是一言不发。他觉得现在就是一个了解社会情绪的大好机会。所以他故意把身边的皮包拉开，拿出一大沓钱，嬉皮笑脸地问："兄弟，你想我赔你多少？"许量的笑容有点激怒对方，另外一个小伙子也马上嚷道："收起你的臭钱！你知道老子是做什么生意的吗？"许量假装好奇问道："兄弟做什么生意的？你们是做钻石生意，还是黄金生意？"许量知道前几年的矿老板中，出现了不少暴发户，所以，他很自然地按照这两个小伙子的年纪推断，他们应该是什么矿老板的儿子或者晚辈之流。

谁知道，这两个小伙子不知进退，得理不让人。开车的小伙子，胖胖的，左脸上有一颗大大的黑痣。他大声对许量叫道："老兄弟，你听好了，我们是做资金放贷生意的！我们老板肯定比你有钱，不就是一辆路虎吗？你横什么呢！"

许量一听是同行，气也顺了，就笑嘻嘻地自报家门："嘿嘿，不好意思，我许量今天是不小心惹到了两位民间的金融家，在这里，我代表我的东方富通公司，向你们两位和你们的老板致意。"听到冲撞自己车的中年人，居然是在成都做资金放贷生意快十年的鼎鼎大名的许量，而且整个圈子内，最近都在纷纷议论他开始隐退的消息和以往的战迹，两个小伙子立刻觉得自己真是"有眼不识泰山"了，他们有点不好意思了。

两个人立刻向前辈许量说了声"大水冲了龙王庙……"之类的话，然后，以飞快的速度，启动了他们的车子，带上车尾的轻伤离开了。"南"许量不知道，原来他们是"北"苏文的手下。

许量摇摇头，没有一点为自己名头骄傲的意思，"木秀于林，风必摧之"，他更坚定了自己表面上淡出成都民间金融界，用更隐蔽的投资银行业务这块突击进入资本市场的计划，明修栈道，暗度陈仓！特别是"高利贷"的资金放贷生意，一定要淡化，许量不想成为民众社会情绪的牺牲品。他觉得自己的舞台应该是立足成都，放眼全国，这不，上海的朋友来了。

李玫没有告诉李锌，他所尊敬的又特别想回避的许量老师要来。当然，李玫也故意没有告诉许总，他最喜欢的学生也在这里，她知道，因为老师和学生都同时喜欢上了成都利华科技有限公司的美女老板张嘉仪，所以，老师学生因为害怕尴尬而疏远了。今天，刻意不如随缘，他们都是骄傲的男人，李玫希望他们能够和好如初。

余吉祥待得很不自在，他几乎插不上一句话，大家也好像完全没有注意到自己的存在，再加上公司的确有事情，所以他提前告辞了。出了门，余吉祥对李锌重色轻友的表现越来越不满意，甚至想，以后有机会一定要让李锌这个小伙子吃点苦头。

李玫叫服务员把大家吃的便餐残局收拾干净，再把李锌和她们的茶杯端上来，大家继续谈天说地。

李锌现在的口才和头脑，真的让李玫很吃惊，从他口中，居然谈出了不少的新鲜的金融概念和知识，特别是金融知识和他做资金放贷生意的实践结合之后的感悟，非常有感染力，这让李玫很有面子，因为她刚才给她的同学介绍李锌是成都做资金借贷生意的"高手"之一，这个李锌还真的没有让许老师丢脸。

洪羽菲看到李锌口若悬河的神态，她还以为他也是哪所名牌大学学金融专业的高才生，其实，洪羽菲不知道，李锌近一年前，还是成都"天下名都"的一名普通的保安。因为一系列的机缘和变故，李锌现在已经变成了做资金放贷生意的李总。李玫虽然知道李锌以前是保安，但是她不知道李锌的勤奋和对事业的追求，已经近乎疯狂。

每天早起的时候，李锌就开始专门背诵这些枯燥的金融书籍，在做生意的任何空隙他都会拿出最新的金融书籍来钻研。另外他还经常上网去追寻新鲜的金融概念和知识，在网络上，这些知识到处都可以搜索到。比如，许老师给自己介绍的金融界网站和纵横财经论坛等网站都很不错。

眼下李锌当然很喜欢很满足面前的两个年轻的美女,她们都饶有兴趣地作为自己的忠实听众,特别是这个上海女人,虽然没有李玫漂亮,但她的一举一动,活色生香;一笑一颦,即是一招一式,让男人甚至女人经常处于招架之中,这让李锌想到了另外的一个女人。那个叫张嘉仪的女人,不知道她现在人在哪里,生活得怎么样了?许老师看来还是没有和她在一起的!也许我李锌还有机会?不!那已经是老师的女人了,自己还这样胡思乱想,该打!

李锌脑海中不断跳跃的思路,被门外走进来的一个中年男人的身影无情地打断了。许量来了,李锌就觉得自己的智慧立即熄火了,连最后一句话也说得结结巴巴,然后,戛然而止了。他从小信奉:一日为师,终身为父。李锌胸口郁闷压抑,但他反应还是很快,立刻比李玫抢先一步站起来,走出了座位,堆满笑意,去迎接他的恩师。

她没有告诉许总李锌也在这里,许量并没有用眼神去责备李玫。因为,许量很快就看出来了,李玫是好意,她的笑容很温暖。许量对李玫其实一直是非常关爱的,最初是因为李玫的妈妈是他多年的情人,现在虽然已经完全分手,但朋友的情分或者更准确地说,那种魂牵梦绕的感受,还一直永存在许量心灵的最深处。许量现在怕见到自己秘书李玫的原因,也就是害怕自己老是联想到张娅,她那似乎永远不会衰老的成熟女人的味道,让许量经常暗中叹息。

许量和李玫她们打了招呼,在李玫的引见下,许量和洪羽菲热情点头、握手,相互打量完,就算认识了。之后,许量低头坐下来,很随意。马上,他抬头"阅读"了洪羽菲一眼,洪羽菲立刻觉得现实中的许量,没有传说中的许量厉害,他的目光,已经没有李锌那种年轻人的尖锐,许量的目光平和,很有中年男人的苍劲有力之神韵,但并无任何杀伐之力。

洪羽菲和许量握手的时候,认真感受到了这个成都男人温暖有力的手,他的皮肤很细腻,手的温度远远比一般男人更加灼热。洪羽菲觉得自己的心跳有点加速,她觉得自己怎么会这样莫名其妙呢?还是见惯不惊的大上海女人吗?

第十二章 资本交锋

洪羽菲从小就得到了她老爸的言传身教，洪战坚决不让洪羽菲出国留学。他只有一儿一女，儿子出国去了国际一流的大学，但却染上了一身坏毛病，包括性病。最气愤的还是儿子洪观海学了一大堆的管理学名词，食洋不化，让洪战只好把培养接班人的想法落在了洪羽菲这个宝贝女儿身上。

洪羽菲从高中一年级，就开始接受了洪战给她安排的国内最好的有商战实践的复旦大学老师来做的"富二代"教育，教材是专门编写的。上大学，尤其是去上海财经大学这样的大学，也是洪战刻意安排的，不过是让女儿有了一个自己轻松的朋友圈子而已。他老奸巨猾，知道只有鸡窝里面才能够飞出金凤凰的深奥道理，而且自己才是最好的老师！他可不想女儿去那些人才济济的一流的金融学校，都是企业巨子的第二代，个个骄横无比，那样不见得是对女儿成长有利。当然，洪羽菲一边上大学、一边当老板的事情，知道的人非常少，李玫也只是看出了一点点端倪而已。另外，洪羽菲还有一个只有她和父亲知道的秘密，她的父亲还专门请了电影学院的老师来给女儿上课。洪战很严厉地告诉洪羽菲："都说商场如战场，其实，这并不完全对！女儿，你一定要记住：商场是舞台，每个老板都是演员。所以，你一定要学会所有演员演戏的技巧！"

洪羽菲进入商海，与其他老板较量之后，她才知道父亲的明智是一般商人望尘莫及的，洪羽菲觉得自己凭借出色的金融知识和更出色的演技天赋，飞快地成长为商界老板中的佼佼者了，时间还没有两年呢！看来做生意最需要的还是直觉和天赋。她在商场上是初次进入得心应手的境界，很容易自信过头，她对许量的感觉是很奇怪的那种，许量很有意思，但看来他并不是一个她父亲说的那样难得的商界奇才，倒是一个很有魅力的邻居大哥。

洪羽菲和许量相互都很客气，他们所代表的资本很有意思：一个是沿海发达地区，那是海派商人的力量；一个是中国西部的龙头城市，那是蜀商的思想。虽然，城市的实力大相径庭，但许量很自信，成都资本有成都人独特的智慧和力量，他想：资本是大象，谁能够让大象随自己手指指挥翩翩起舞，那么谁才是未来中国真正的财富英雄。

李锌看得出，他的存在已经没有必要了，所以他以需要立刻以办事为由请辞，许量点点头，他的微笑和赞许让李锌很快活。许量在李锌离开之前，微笑着再嘱咐了一句："做资金放贷生意，风急浪高，小心为妙。记住我的QQ号码，25636765，有空我会和你聊聊天。"李锌知道这是老师还想传授他一些精妙的商业技巧。于是就抓住机会与老师和好如初，他对自己前些时候冲动地离开了东方富通公司而负疚。他对许量百感交集地说："老师，如果有机会，我还想得到你的言传身教！"许量一直坚定地认为李锌这个小伙子虽然以前只是保安，但英雄不问出处，何况他有一点自己年轻时候的影子，所以很干脆地答应道："许量的学生就是好学生，我会让你名副其实的。"然后，许量和李锌对视一眼，他用目光说的话，李锌只能够懂得一大半。

洪羽菲暗中也记下了号码，但她显得若无其事，还乘机和李玫说了几句闲话。

许量注意到了李锌离开时飞快地看了洪羽菲面如桃花的脸，知道他的学生也有"人皆有之"的"爱美之心"，更重要的是洪羽菲对李锌的态度：她对李锌"感兴趣"了。许量心中有点想把李锌重新叫回来归于自己旗下的意思了，现在对民间资金市场有感觉的年轻人才非常珍贵，成都从来不缺少资金，而是缺少优秀的资金管理团队。

李锌在回公司的路上仔细地回忆了刚才的情形：洪羽菲与许老师短暂的交流，让李锌感觉到在老师面前才露出真实面目的洪羽菲所具有的商业素质和沟通能力，几分钟内，李锌觉得洪羽菲和许老师的关系，已经被她渲染成多年的熟人一样了！李锌很有点佩服洪羽菲，她刚才做了这么久我李锌的"忠实"听众，还真的难为她了。李锌开始觉得人外有人，山外有山的道理，用在这里再恰当不过了。对了，自己刚开始小看了洪羽菲，那么，李玫呢？自己是不是也小看了她呢？她向许总汇报工作之后，并没有告诉自己许老师要来，难道这只是疏忽？关于商人的行为和动机分析，是许老师给自己单独上过几次课的。

不到半个小时的商务会谈，让许量感受到了上海大财团老板洪战的女儿洪羽菲的实力。许量内心的结论是：洪羽菲有做生意的天赋，二十多岁的她，比四川一些富豪的第二代传人的优秀不止是一个级别。可笑的是，前几天，许量和一个富豪在一起聊天的时候，富豪还给许量诉苦：儿子和女儿只是喜欢玩，皆不愿意学做生意。

许量明白了上海商人洪羽菲和她爸爸洪战的意图：他们想把陈丹阳的上市公司彻底收购了；同时，配合的还有更大级别的资本经营计划，所涉及的规模最终将以数十亿计。许量一边听洪羽菲不紧不慢地说出他们集团的投资计划概要，一边飞快地推断出了洪战的资本经营计划的一些小的漏洞，但许量拿不准洪战让他的女儿这样突兀地来拜访自己，然后和盘托出他的计划的目的到底是什么，当然这不是因为信任自己，那就应该是他们太自信了，以为给我许量丰厚的回报，我就会完全听命于他们吗？许量的面孔令人不容易觉察地慢慢收敛了微笑，他开始极其认真地对付洪羽菲。

因为利益重大、事关重大，陈丹阳又是自己的大学同学，许量看着洪羽菲志在必得的模样，冷静地说："洪小姐，您的建议对我很有吸引力。但事情突然，我决定认真考虑一下。"洪羽菲能够感觉到许总的疑虑，马上换了公事公办的态度，轻微地一低头，一脸温柔地说："许先生，家父还记得您十年前与他会面时候的风采。他在我临行成都之前，专门告诫我千万不要在许总的面前玩弄心眼，您是商界高手，多少的阴谋诡计在您的面前，都必定是昭然若揭。一定要把我们的目的实话实说。"许量知道洪战是在向自己暗示，十年前，洪战还记得他被自己揭破他的商业计划或者商业阴谋的事情。

然后，洪羽菲再抬头的时候，目光变得很明亮，她又换了一种无奈的口气："许先生，您是前辈，不应该让晚辈的成都之行一无所获，让我没有交代吧？"

李玫最了解洪羽菲，有时候她会突然变得和神话故事中的妖精一样，谈笑之时，眉眼之间，暗藏刀锋，她的央求，一定令人无法拒绝。但李玫还没有来得及为许总担心，许量已经用冷淡的口气回答洪羽菲："洪小姐，谢谢令尊的抬爱。许量一直是一个冷静的商人，我说了要认真考虑一下你们提出的这份交易。"洪羽菲心想：还是老爸了解许量，他还真不是见利忘义的小人。所以，洪羽菲又提出："许先生，您和我父亲相识十多年了，虽然其间的交往很少，但应该是老朋友了吧？我老爸让我转告您：生意不成，仁义在。他想邀请您去一趟上海，就算是你们两个老朋友见见面，怎么样？"

许量哈哈一笑，觉得自己也有这样的意思，就转头看看李玫，对她说："李玫，你看看你的这位上海同学，真的好小气啊！只邀请我这个老总，怎么连你这样重要的老总秘书也不邀请一下？"洪羽菲立刻假装不好意思道歉道："不好意思啦，许先生、阿玫，羽菲我不是故意的！你去不去可不是我能够决定的呢。不过，许先生对您的秘书可是很偏爱的哦。他一定会让你相随相伴的哦。"

许量听习惯了朋友对他和李玫这样漂亮的秘书经常在一起的打趣，他一笑了之。李玫却不干了，她心中有点异样的感受，但她必须马上掩饰，于是，她佯装恼怒地说了声："羽菲！你不乱说会憋死呀！"然后，李玫伸手去拍打洪羽菲圆润的肩头，洪羽菲却并不躲闪，满脸笑嘻嘻地，有点夸张地一会儿看着许量，一会儿看着李玫，似乎觉得这样的场景非常有趣。

肖希权今天也没有去自己公司上班。这段时间他很累，他已经快成为家庭主男了，他除了打理公司的生意，就是侍候老婆和她肚子里面的新生命，因为他的老婆王可心已经怀孕几个月了。他们认真地算了时间，可以判定，还真是那次到四川宜宾市的兴文县的僰人故里旅游留下的最美好的回忆，这就是他们爱情的结晶。

本来与许量大哥约好了去锦江宾馆中庭茶厅喝茶，但是王可心今天身体不适，所以肖希权还没有给许哥打电话。王可心看看时间已经3点过了，想去卧室休息了，她对肖希权说："老公，你的事业也很重要，许哥现在是一个人在成都，你有空还是要去多陪陪大哥。"肖希权点点头，一边把老婆扶入卧室，一边问老婆的表姐张嘉仪最近的消息。王可心知道他是帮许量打听的，她对肖希权媚笑一下："你不许给许大哥乱说什么！嘉仪姐前段时间还回过成都。现在她的成都利华科技公司已经建立了职业经理团队，不需要嘉仪姐经常在成都管理她的公司了。她最近又和香港南海创业基金的那个叫郑度的老板去了美国，听说是考察什么新的技术项目。"

肖希权有点担心道："那嘉仪姐不会不喜欢许大哥了吧？"

王可心在宽大的床上躺下来，很坚决地判断道："嘉仪姐不是那种见异思迁的女人。她来来去去，都是匆匆忙忙的，离开许大哥是有点久了，但她和许量是有约定的，他们约好到明年的5月份再见面的。"

肖希权为了让老婆开心，也就顺了她的意思，提升了一下男女爱情的高度，他嬉皮笑脸地说："是啊，如果许大哥和嘉仪姐的感情，连这短短的半年都经不起考验，那么世界上的爱情都是假装的真人游戏罢了！"他给老婆把被子拉上盖好，很满意地点点头："那还是我们两个人这样的好。虽然没有什么大起大落的精彩故事，但感情的事情，平淡反而才是真！"说完，他就想离开，王可心有点不开心了，她憋口气，脸上涌上不开心的表情。肖希权看到了老婆脸上的那朵不愉快的乌云，他立刻伏下身体去亲吻了老婆漂亮的红唇，王可心的乌云马上烟消云散了，他们都压抑了心中的激情，肖希权认真地说："老婆，我们要对你肚子里面的那位小公主或者小公子负责。"

等到肖希权出了家门，给许量打来电话的时候，许量刚好要了一个果盘在吃，他才想起其实他还没吃午饭。许量接了肖希权的电话，就对洪羽菲表示了歉意，然后对李玫盼咐道："从今天起，你就好好陪伴你的这位才貌双全的洪小姐。一会儿我会安排公司的车来接你们。"李玫很高兴地应承道："请老板放心！我保证完成任务。"

　　许量准备离开的时候，看了看李玫，觉得她虽然比洪羽菲漂亮，但是在商业方面还是远远比不上洪羽菲。许量有点内疚，他想他应该把李玫好好培养一下了。然后，许量去了他们最喜欢去的锦江宾馆喝茶。许量觉得"笨驴"探险俱乐部是可以做大做强的生意，何况，他和肖希权还有利用俱乐部去探索兴文县的僰人故里深埋的远古秘密的目的。这次收购俱乐部的股权所涉及的金额不大，但涉及的股东人数不少，许量知道肖总有点着急了，他要去安慰他的肖老弟。

　　等许量离开，洪羽菲看着李玫，突然说了句让李玫不太明白的话："阿玫，你真幸运。"李玫用手指着自己的脸，张口结舌地追问："羽菲，你是说我吗？我很幸运吗？"看李玫很惊奇地看着自己，洪羽菲忍不住笑得花枝乱颤："你的老板许先生对你不错哦！他刚才离开时，看你的表情，难道你没有看出来？他的目光中，可是有内疚……""内疚？怎么会？"李玫摇摇头，"羽菲，你不了解，成都老板和你们上海老板是有很大区别的，许量的内心我是永远不知道的。男人到了中年，情如古井不波，心却深似海。"

　　李玫想起自己对许量的感情，心中很凄苦，她下了决心永远不让任何人知道自己的内心世界，所以她故意无所谓地说："许总是一个很酷的男人，他不会为我而内疚的，绝对不会的！"说完，她的表情有点失态，有点古怪，洪羽菲立刻知道了他们班上最漂亮的成都女孩子已经长大成熟了。她不会是对她的老板暗生情愫了吧？洪羽菲还想追问李玫是不是喜欢许量，但她看李玫的表情，觉得有点蹊跷，女秘书喜欢上老板很正常啊，为什么李玫不去大胆追求许量这样优秀的男人呢？

　　李玫和洪羽菲她们又聊了一会儿别的男女同学之间的逸闻趣事，然后，李玫陪洪羽菲去了春熙路。成都春熙路繁荣的街景让第一次到成都来的上海女人洪羽菲感受到了成都经济的活力，许量的身影也很奇怪地漂浮在她的眼前，她对许量有了好感，但她已经知道许量不会是一个偏僻的没有见过大世面的内地商人。在走进西武百货大门口的一瞬间，洪羽菲扭头看到了李玫非常漂亮的侧面，她想：还好旁边这个成都美女是自己的同学，也是许量的秘书，这样就一定会让自己有机可乘。

第二天，上午10点，洪羽菲应许量的邀请，来到东方富通公司考察。许量很热情地接待了她。

洪羽菲在李玫的带领下，走进许量办公室的时候，觉得这里的气氛有点特别。李玫有意回避了，洪羽菲和许量两个人开始面对面地坐下，他们寒暄几句，许量征询了洪小姐的同意，就开始做他吸食雪茄前的准备工作。洪羽菲一有空就开始四处打量，她很快就发现了这里有两样东西最值得关注。

第一，许量的办公室里面，矗立了一根接近两米高的天然乌木，雕塑颜色如铁，外形很像雄起的"男根"。洪羽菲可不像一般的女人看到这根男性雕塑会很不自然，她能够理解：在许量这样成功的男人眼中，那并不是什么名贵的装饰，而是雄性力量美的象征。洪羽菲在心里想：与这样的男人谈生意真有意思。

第二，许量的大班桌对面的墙壁上，有一副对联特别有趣。上联是：借钱还钱天经地义；下联是：事出有因情有可原。横批是：有事好商量。

许量看到洪羽菲很好奇的模样，忍不住笑道："难得洪小姐对我的办公室这样感兴趣，如果你想问什么问题，今天我许量一定有问必答，开诚布公。"洪羽菲很满意地笑了，她顺势而问："许先生，您应该知道，我最想知道的是有关成都资本的一些情况。"

"成都资本？"许量嘿嘿一笑，很直率地说，"您问的问题太大了，我许量可不是成都资本的代表人物，所以没有发言权。洪小姐，成都自古以来是天府之国，这里人杰地灵，成都商界的大老板层出不穷。我和我的东方富通公司，在成都只是一个中等规模的公司。"

洪羽菲看许量说得很真诚，也就收了内心的轻慢。许量也很想把上海作为自己走出成都的第一站，所以，他很有诚意和耐心地与洪羽菲交流。等到雪茄的味道在房间里面飘飞，许量开始从墙面上的那副对联说起。

洪羽菲听得很认真。许量详细地讲了他和他的东方富通投资管理公司是怎么样走上放"高利贷"之路的故事。故事本来就曲折动听，许量又知道控制节奏和语气，洪羽菲开始不由自主地进入了故事。

故事还是从"借钱还钱，天经地义"这个典故开始的。在东方富通公司成立前夕，许量的一个老朋友，向许量个人借款了四十万元，许量除了一张借条，什么也没有。没有抵押物，也没有借款合同，利息也是按照当时的银行存款利息计算的。当时这位朋友在成都商界也是有一定名气的人物了，他以前做贸易，后来开始经营的是一家在成都市区繁华路段很有名的川菜馆。

借款的期限过去了，许量没有能够收回自己的钱，朋友的生意看起来非常好，就是回避和许量见面，借口是五花八门，千奇百怪。许量一直忍耐着。后来，他让谢丽出面去要了几次账，对方才勉强还了不到十万元，然后就突然消失了。原来，朋友川菜馆的生意红火，刚开始是真实的，后来，谁都知道成都的餐饮市场是最典型的"各领风骚三五月"，生意急转而下，许量的朋友没有办法，他和他的老婆就叫熟人来免费吃喝，蚀本赚吆喝，用这种生意兴隆的假象，去欺骗前来做加盟连锁店的投资者。

许量和其他的二十多位加盟连锁的投资者和其他借款给他们夫妻的债主，完全都被欺骗了。等川菜馆突然"搬了月亮家"，连夜消失了几天，大家才反应过来，一起联合报了警。几个月后，涉嫌诈骗的朋友在青海省西宁市被抓到了，人在，钱没有了，而且他拒绝交代他的老婆的下落。许量到警察局了解了情况，没有多说什么，他只是不相信这个骗了大家几百万元的阴谋家，居然这么快就把钱财挥霍一空了？！许量看到老朋友落魄和低头认罪的可怜样子，心中的愤恨消减了不少，他心软，也相信警察和法院的力量，他们一定可以还自己一个公道。只是他目睹了被老朋友欺骗的一位头发花白的老人，竟然当场给骗子下跪，求他还自己的血汗钱，而老朋友一脸的冷漠彻底激怒了许量。

在监狱里面，许量去看了老朋友一次。他微笑着非常认真地对他曾经的朋友，一字一句说的就是这样一句话："借钱还钱，天经地义。"然后，许量亲自带了两个兄弟，开始追踪老朋友隐藏起来的老婆的下落，她应该知道他们的财产到底在哪里。在那年的冬天，许量亲自开车从成都翻越了险象环生的秦岭大雪山，去了青海省一个非常偏僻的地方，在一个风雪交加的夜晚，许量和另外两个兄弟，终于找到了老朋友的老婆。她在老乡家里寄宿，每天与牛羊的尿骚味为伴，没有成都"天府之国"的滋润，她早从半老的徐娘变成了黄脸的村妇，行尸走肉一般的她已经是度日如年。

许量没有对憔悴的她采取任何手段，只是用一口地道的成都话与同样是成都人的老朋友之妻叙旧，一起回忆了成都漂亮的春熙路，美丽的合江亭，还有美味的麻辣烫，以及他们曾经真实红火过的川菜馆……许量甚至还用轻快的语气说了一声："也许，你的老搭档们打麻将正好是三缺一了。"老朋友的妻子，听到"三缺一"，就联想起他们以前在成都过的神仙一般的生活，整个人一下子崩溃了，再也忍不住了，立刻号啕大哭起来。她的哭声和着荒郊野地里风雪之中的狼的嚎叫声，真实而凌厉。

许量从她的哭述中，第一次知道了他们也是被高利贷和加盟投资者所追逼，才落荒而逃的。利息最高的就是那位头发斑白的老人，他的利息居然高达了月息四分。许量实在是哑口无言了，在带老朋友妻子回成都还债的路上，他让兄弟开车，自己一边看着外面飘飞的雪花，一边决定自己也好好地研究一下民间金融的奥妙。没过多久，许量就认识了现在已经是成都资本之鹰商务会所老板的张娅，当时，张娅还是一家股份制银行的副行长。当然，许量隐去了因为这些变故，自己才有机缘与张娅认识并有了一段深情厚谊。

洪羽菲听许总娓娓道来往事，好像是在说别人的故事一样。她忍不住追问道："许先生，后来呢？故事的结尾是皆大欢喜吗？"许量沉默了一下，把雪茄放下，然后语气平缓地说："人生不如意之事，十之八九。朋友的妻子回到成都，立刻把她和她老公隐藏的所有财富全部用于还债，他们一贫如洗了。老朋友知道他妻子的所作所为之后，情急之下，突发脑溢血，瘫痪了。"

洪羽菲听得精彩，想得深沉。许量微笑了一下，对表情严肃的洪羽菲很宽容地问："洪小姐，你有什么感觉呢？这里面到底谁是谁非呢？一百多年前，就有伟人说过，资金和资本一样，来到人间的每一个毛孔都会充满肮脏的血。"许量站起来，大声讲出自己的观点，"市场经济中，最重要的是公平、公开、公正的三公原则。做高利贷和借高利贷都应该如此，已所不欲，勿施于人。"

洪羽菲开始对许量有了更多的认识，她仿佛也听到了那个逃债的成都女人的哭号与野狼同在的悲凉。于是，洪羽菲很温和地说："许先生，您的下联'事出有因情有可原'和横批'有事好商量'，其实，已经不需要其他的故事来说明，这个故事就已经足够了。"

许量觉得气氛有点压抑，就嘿嘿一笑，觉得要对客人说点轻松愉快的。他就主动再讲了一个故事。洪羽菲却没有怎么听进去，她的耳边总是响起那个成都女人和雪地野狼一起号哭的声音。看来许量的商业世界值得去探究，洪羽菲突然问许量："您的这些故事，公司的同仁他们知道吗？"许量奇怪地反问道："老板的往事，有必要让员工们知道吗？"

"难道李玫也不知道吗？"洪羽菲故意很好奇地问。

许量听她话中有话，觉得没有必要向一个刚认识的年轻女人，去解释中年男人复杂的内心感情世界，自己喜欢李玫，不过是因为她是自己以前的情人的女儿罢了，就算是爱屋及乌吧。

李玫进来得很及时，这样许量就顺势把话题转向了给上海来的商人介绍成都民间资金市场的发展和正在加速形成的成都民间资本市场的最新情况。话题很严肃，许量从成都的红庙子自发的股票市场的形成和发展开始讲起，再说到"产权拆细"的创举，最后说到"产权转股权"的过程……许量总结道："成都人从来都不缺少对民间金融的创造性地参与，可惜现在还没有找到真正的出路。我们现在需要做的就是去大胆探索和实践。当然，我们在其中的风险与商机都是无限的。"

李玫和洪羽菲都逐渐被许量言语中蕴涵的深刻思想所打动。

洪羽菲觉得，父亲在十多年前对许量下的判断，到现在也很准确：许量是一个理想主义者，也是一个很实际的商人，不管他以后做什么生意，都会获得很大的成功。

洪羽菲又向许量请教成都高利贷的做法。许量的名言是："做资金放贷生意，就是经营风险。"然后，他把自己做"高利贷"的技巧和方法简单地介绍了一下。最后强调说:"做资金放贷生意,最重要的不是非凡的勇气,而是需要智慧。一定要把资金用在刀刃上。做资金放贷生意,是要与企业的发展捆绑在一起的,一荣俱荣,一损俱损。"

这时候,洪羽菲的手机响起来了,她立刻接听了。许量和李玫都听出来了,这是她的父亲洪战打的。洪羽菲说了一会儿闲话,然后捂住话筒,征询许量的意见:"许先生,我老爸听说我在您这里,所以他想现在就和你说几句话,好吗?"

许量觉得洪羽菲这个小女人的心机很深,但他没有办法拒绝她要求的目光,就干脆哈哈大笑:"好啊,我许量也正想问候一下洪战董事长。"说完,许量就走过去接听,许量可以感觉到洪羽菲的手机是特别制造的那种昂贵的手机。洪战的声音从手机中穿越而出,许量立即可以感觉到他的力量,许量也开始很热情地"假打",他们两位的交锋在非常客气的交流中很快就完成了。结果是许量答应尽快起程去上海会见洪战。

洪羽菲觉得此行的目的已经达到,决定立刻回京川宾馆。她有点累,所以想回宾馆休息一下,许量让李玫带了公司的司机小郭一起去送她。许量看看时间,应该吃午饭了,他去员工那里,把公司的核心员工:资产保全部经理唐力、投资部经理江泉和财务部经理李严等人一起召集起来,许总大声向他们宣布:"今天是周末,中午我请客吃大餐。"

唐力他们几个员工都是许量公司的核心员工,他们这段时间,观察到老板好像已经对资金放贷生意萌生了退意,所以大家就缺少了方向感,特别是那天居然发生了债主追逼到堂堂正正的东方富通公司门上的事!这让员工们多少有点沮丧。

今天,大家又看到了神采奕奕的老板,都非常欣慰而兴奋,唐力首先大叫一声:"老板终于出关了!"许量看看员工们都从座位上站了起来,充满希望地望着自己,许量的豪气冲天而起,他压抑了自己的情绪,故意淡然地说:"大家齐心,其利断金。"

第十三章　美食商经

今天成都的天气居然是阳光灿烂，实在是很难得。

洪羽菲一早就打电话向许量告别，她说她先回上海恭候许先生的大驾光临了。许量也非常客气地答应尽快飞上海拜访洪先生。

近中午时分，李玫送走了同学洪羽菲，她从成都双流国际机场的高速路上往回走的时候，乘坐的是司机小郭开的东方富通公司的奔驰接待车。李玫觉得这次在上海的同学面前，也很有面子。她开心的同时，想起了自己的妈妈。最近一个月，李玫才知道了妈妈不仅是资本之鹰商务会所的老板，而且还曾经是东方富通公司的股东之一。原来，她也是有钱人的后代。但是，那是妈妈的钱，李玫不需要，她告诫自己要好好向许量学习，耐心学习民间金融的市场知识。其实，在这些冠冕堂皇的理由之下，最重要的是想和许量朝夕相处。

自己从家中搬离之后，李玫和妈妈就不是每天都能见面了。一是张娅要忙碌她的资本之鹰商务会所，那里的生意是非常的红火，没有她本人这样的重量级别的老板是压不住堂子的，因为来这里的老板都是与金钱有直接关联的老板，不是借钱，就是想投资。这些都是骄傲无比的成功人士，不用点资历或者精深的理论、思想，过过招，是难以服众的。二是李玫也是故意想回避一下妈妈，她借口说自己长大了，需要独立去学习生存与发展的经验与技巧，其实，她是不希望自己暗中喜欢许量的事情被妈妈发现，许量毕竟曾是妈妈的情人。

李玫想到"许量"这两个字就很心疼。她放弃了给妈妈打电话的计划，今天是星期天，现在赶紧溜回家里，随便吃点糕点充饥，好好补一下瞌睡。下午，自己可以精神抖擞地去商场逛逛，她想去买点有品位的衣服，也许真的要陪许量去上海拜访洪羽菲的父亲呢？车快到国际花园的时候，李玫下了车，向自己的家走去。

突然，她的电话响了。李玫感觉一定是妈妈查岗的电话，她就直接接听并撒娇地说："老妈，女儿都这么大了。你应该放手啦。"许量在电话那头，觉得好笑，这丫头挺有意思的，连自己是谁都没有问，好啊，现在把老板当成妈咪了！李玫没有注意到"妈咪"在电话那边，根本就没有说一句话。她一边走，一边继续说话，她很简略地把这几天她的同学洪羽菲来成都的事情，向"妈咪"汇报得清清楚楚。在上电梯的时候，她对电话说了声："就这样啦，妈咪。我要进电梯了，挂了啊。"

在家里，许量拿着手机的手有点僵直，他听到李玫把自己当成了她的妈咪，先愕然，然后实在是忍不住了，就哈哈大笑起来。许量越想越好笑，终于，他心中这段时间的郁闷都一笑而光。他想起了李玫的模样，觉得她还是一个孩子。现在，他决定去南门一环路的四川省运动技术学院附近的户外运动用品商店买一些户外运动用品，许量很想到野外去舒展一下自己的身心了，他实在是觉得生活太平淡无奇了。

"人生有变化，才能够有惊喜"，许量在住家楼下的车库里面，启动自己的路虎车的时候，自言自语地说。而去野外才是寻找变化的最佳途径。

昨天晚上，李玫又陪洪羽菲聊天到深夜，后来就干脆在京川宾馆和同学一起挤着睡了。洪羽菲用了各种办法，几次去探询李玫对许量的感情，李玫都很技巧地回避了。洪羽菲在心里暗道，真是近朱者赤，近墨者黑，连李玫这样纯洁的小女人，在许量的身边也变得很有商业素质了，她决定把对成都和对许量的美好印象带回上海。

李玫到了房间，可能没休息好，有些头昏脑涨的，她突然觉得有些不对劲，就一边吃蛋糕，一边回忆，对了！李玫终于想到刚才妈妈好像很不高兴自己，她不是一句话都没有说吗？李玫想马上给妈妈打电话说声抱歉，但她想了一下，害怕妈妈骂自己的态度简单粗暴，她就给妈妈发了一句道歉的短信息："好妈咪，刚才是我不好，光顾着自己说话，不知道您找我什么事？"

张娅收到女儿的短信，感到莫名其妙。李玫有什么不好呢？做错了什么事情吗？为什么要向自己道歉呢？张娅紧张，她的丈夫在多年前出车祸去世，她与女儿就相依为命了，虽然那时候还有许量感情的抚慰，但女儿的位子是永恒和唯一的。她正在自己开办的资本之鹰会所和一位从湖北武汉来的投资者商谈加盟合作的事宜，但张娅立刻就放下了生意，她需要和女儿好好沟通。

李玫刚准备在她最喜欢的布艺沙发上睡下，妈妈的电话来了，李玫迟疑了一下，把手机接通，妈妈着急的声音立刻冲出手机话筒。很快，李玫就知道了事情的原委，原来自己把其他人打的电话当成妈妈的来电了。

李玫没有给妈妈多解释，只是说，这是一个误会。等张娅心里释然了，挂了电话，李玫赶紧去翻查来电记录，天啊！李玫忍不住捂住了嘴巴，我竟然把老板许量当成了妈妈了！李玫觉得真是好可笑，她想也许应该给许总打个电话解释一下，但她看到客厅桌子上许量和自己的合影，心中有些不满意，你许量虽然是老板，也不应该看自己的笑话啊，明明知道我弄错了，为什么不直接纠正呢？李玫站起来，把合影拿在手中，很仔细地看。这张很珍贵的合影还是几个月前，许量带领公司的员工，去宜宾市兴文县僰人故里的兴文石林中，李玫拉着他拍摄的。李玫看着相片中的许量，他成熟而洒脱，虽然谈不上英俊，但那种男人的睿智，让女人不得不动心。

李玫站起来，微笑着去了卧室，她不想去逛街了，她想好好地、美美地睡一觉。她把手机的声音调到最大，心想：也许老板会给自己打电话。

许量到了成都南门户外运动用品商店最集中的地方，即一环路与人民南路交界处。许量把车停在了对面的数码广场的地下停车场，然后坐电梯钻出地面。他在熙熙攘攘的人群中游动，许量有时候也非常喜欢走路。他大步流星地穿越人民南路，走到对面的户外运动用品商店，他从第一家"生活无限"户外运动用品商店开始，慢慢地寻找自己需要的东西。然后，许量去了隔壁的"问道旅行生活馆"和"漫游者户外旅行"商店，许量今天将要大采购。走进户外运动用品店的时候，许量没有注意到他的老朋友邓辉也在这里。当邓辉热情洋溢地大叫自己名字的时候，许量穿越琳琅满目的商品，看到了邓辉和一个年轻女人的脸：天，那是孙小眉的脸！

孙小眉还是那样一脸青春和清纯的模样，但是许量注意到她原来被邓辉拉着的手有点生硬地动了一下，但是邓辉很坚持的把她拉住了，他大声介绍说："许大哥，这是我的新女朋友，她叫孙小眉。"许量突然有点口干舌燥，觉得非常尴尬。他这才记起邓辉是离了婚的自由男人，耍女朋友是天经地义的，但天下好女人多如青草，为什么你老弟偏偏要和孙小眉这样的女人在一起？孙小眉的眼睛还是清澈见底的样子，在她笑吟吟的目光中，许量第一次觉得自己有点弱智了。过了两个多小时，他满载而归。路上，许量还在设想，自己将要加大投资的"笨驴"俱乐部，应该加强与这些专业商店的业务合作。因为，客户资源共享，才能够节约拓展市场的费用，如今的市场竞争，已经是市场通路的竞争了。

许量的家在外双楠区域的美兰小区，是 400 多平方米的跃层，在 24 楼和 25 楼，顶楼还有一个被绿树和盆景装饰得别有洞天的屋顶花园。许量回到家中，现在他是孤单单的一个人。看时间才下午 4 点不到，就把东西放在储藏间里，然后，上了宽大的屋顶花园，他的健身房也设置在这里。他把手机的声音开到最大，放在自己的身边。他想，李玫这个小丫头，一定会知道中午她错误地把老板当成了老妈，她会很不好意思的。许量自信地想，她过一会肯定会打电话，当然，也许她假装什么都不知道，可能会找一个其他的什么借口，比如想请示下周一公司的例会有没有其他的安排，什么时候去上海和预订机票等，但她就是不会轻易认错的。

许量在跑步机上，开始奔跑，汗水慢慢地从全身张大的毛孔中排泄出来，许量开始气喘如牛，但他觉得自己还是很强壮。做资金的紧张与刺激，此刻，全部烟消云散了。

李玫做起了噩梦。她梦见了她和许量在一起拍摄合影的时候，地面突然塌陷了，她一个人掉入了陷阱，而许量竟然在一旁对她袖手旁观……她终于挣扎着苏醒过来，大汗淋漓。她看看手机，没有许量的电话，再看看时间，快5点30分了，李玫拿着手机去了浴室。她焕然一新再出来的时候，打开自己的抽屉，从中拿出一块青色小玉。这块玉佩静静地躺在她洁白而修长的手掌中，它很机密地掩藏了她这辈子的最大秘密：里面有一幅她与许量在宜宾僰人故里合影的一张小照片。这是李玫专门去工艺品店制作的贴身的小宝贝，她决心不让任何人知道。这次去上海需要带在自己身边吗？

许量锻炼完毕，简单清洁了一下，进入书房，随便翻阅了几本最新的金融书籍。又在网络上看了看最新的美国"次贷危机"的资料，心情有点沉重。"蝴蝶效应"是金融界都必须极端重视的基本规律，现在谁也不知道，次贷危机会不会最后成为下一次金融危机的导火线？种种迹象表明，金融危机不是来不来的问题，而是金融风暴的危害有多大的问题。许量觉得心情很沉重，现在还没有多少成都人知道，大洋彼岸美国的灾难，最终是会让全世界，当然也包括会让成都来埋单的！许量上网还有一个目的，他非常想见他多年的网友"微笑的月亮"，可惜她现在不在网络上。许量想：不论这名网友的身份的真假，这已经不重要了，他现在需要凭借聊天来排泄内心的郁闷。

看一直没有李玫的电话，他就摇头自嘲一句："看来，小丫头已经能够沉住气了。"他决定给李玫打电话，请她吃一顿好吃的，顺便再给她上上课。他想：我成都商人许量的秘书，也一定不会输给上海商人的女儿洪羽菲的。

李玫已经在梳妆打扮了，她接了许量的电话，很快乐地说："许总，你不会是来骂我的吧？请原谅我的马大哈，中午我在电话中认错了人，把您当成我妈妈了。"许量哈哈一笑："给我做秘书，还这样马虎？下不为例啊。今天，你有空吗？我带你去吃好吃的。"李玫的笑声非常清脆，她心里甜滋滋地说："好啊，我猜到了你会请我吃饭的。"许量有点惊讶地问："为什么？"李玫却卖了个关子："我见面再给您说。"

许量到肖家河小区的国际花园接李玫，车快靠近大门口时，他看见一个年轻姑娘正好钻进了一辆的士离开了，她没有看见自己。那是顾艺，她和李锌一样，都是许量的学生。许量听李玫说过，她也住在这里。大门口不能久停，许量向保安表示了歉意，又给李玫打了一个催促的电话。不一会儿，许量就看到她快步走过来了。李玫虽然长得漂亮，可以说是天生丽质，但对怎么样发挥自己的美丽还没有多少经验。

但许量看了一眼李玫今天的着装，眼睛一亮，平时看惯了她穿职业装的形象，今天她穿了一件鹅黄色的兔毛系腰带大衣，里面穿一条及膝的咖啡色的连衣裙，这身打扮把她曼妙的身材显露无遗，一路走来回头率很高。不过，今天并不是出席晚会，而是去初冬的郊区，只是和老板出去吃个便饭，显得有些不合时宜了。何况，她穿得太少了，真有点"美丽冻人"。他想，对自己秘书的培养，首先应该从她的外形开始打造，今天先去吃美食，下周找机会带她去买点适合她的服饰，再带她去做一个发型设计。李玫也应该从一位清纯可人的白领，变成商界的金领丽人了。

许量把车开向成都市区的美食大后方，郊区的双流县黄甲镇。黄甲镇地处双流县境内的浅丘区，因为这里终年气候温和，日照充足，牧草丰茂，早在三国时期，便是蜀汉刘备放牧军马的地方，附近的一座山也因此被称作牧马山。那里的羊肉汤，以肉质细嫩、味道鲜美、不腥不膻的黄甲麻羊及丰富多彩的麻羊菜肴而享誉蓉城，甚至成都以外的四面八方都有它的美名。路上，许量就开始让李玫尽量仔细回忆洪羽菲的言行举止，他告诉她："商战，最重要的是细节，因为细节决定成败。所以，做官从商的技巧之中，最重要的莫过于对人心的揣摩，李玫，我决定从今天起，要非常认真地培养你，先从揣摩人心开始。"李玫很高兴，但她故意为难地说："老板，你不要对我太严格哦，你知道我不想当什么老板的。"李玫想：我心中还有一句话，那就是只要和你一起工作，我就很满足了！但是这样的话，她永远不会让许量知道的。

出了城，到了华阳镇，然后向西行。许量看路上车少，就问李玫："你的驾驶执照拿到没有？"李玫笑着点点头。于是，许量就把路虎车停在路边，然后，叫李玫开车。李玫心中有点胆怯，但看许量不容商量的样子，就只好赶鸭子上架了。李玫是很内秀的女孩子，聪慧的她很快就掌握了驾驶要领。许量很高兴地说："今天晚上我就可以好好喝点酒了。"李玫的胆量也放大了，她甚至还在平稳驾驶路虎车的同时，抽空瞧了许量几眼，两个人眼光一接触，许量差点把李玫的眼神看成她妈妈的脉脉含情，而李玫也看出了许量的这点小秘密，心中除了彷徨，还有高兴。

到了黄甲镇，郊外的气温要比城里低一些。成都人喜欢美食，现在又正好是吃羊肉汤的时候。黄甲镇羊肉汤的味道很特别，闻起来香，吃起来更香，至于想起来嘛，味道就不摆了。（"不摆了"是成都话，就是好得没有办法形容的意思。）

他们来到一家名叫"香飘三环"的羊肉汤馆。许量和李玫坐下来，他们没有要包间，只是要了一个靠窗户的两人座位，与喧哗的食客们一起，可以感受到热闹非凡的景象。许量点了羊肉汤，加了一份羊腰、羊杂、一盘炒羊肝和煮羊血等，准备大快朵颐。

该点酒了，伙计就问许量要不要他们店里最好的泡酒？许量从小就喜欢喝酒，走南闯北的时候，又品尝了无数的美酒佳酿。他一听伙计说有最好的泡酒，就立刻哈哈大笑："去拿三两最好的酒来！今天我要好好开开心。"

热气腾腾的菜上齐了，许量让李玫先吃，然后自己边喝酒边吃菜。等李玫的脸上露出了红润温暖的样子，这才开始和李玫聊天。他想用这样的方式给李玫灌输新的商业知识和技巧，那可是许量自己总结了十多年商业实践提炼的精华。许量就从'香飘三环'的羊肉店的名字开始向李玫灌输商业知识。他分析道："现在的美食形形色色，怎么样才能够把自己的美食店做得与众不同，从而吸引更多顾客？"李玫不吃了，睁大眼睛望着许量，许量赶紧示意小美女继续多吃菜。看李玫在低头吃东西，许量才说："这就必须从自己的特色做起。你看这家小店，为什么食客盈门？因为这里的老板精明地抓了一个字：香。"李玫在心里体会。

"一个香字，这里有八处表现的形式。"许量继续观察和分析道。

李玫又喝了一口美味的羊肉汤，然后主动请缨道："老师，我来观察一下，看看我的眼力。"许量赞许地点点头，他开始低头吃东西。

"第一，是这里的名字。'香飘三环'的店名非常形象，谁都知道这里其实离成都市的直线距离大约在10公里左右。10公里左右的车程，不远不近，大约就是几分钟车程，来这里吃羊肉汤的人，都是开私家车来的，这样给人的眨眼之间的距离感受和这里的香味结合，'香飘三环'的命名，非常适当。"许量觉得李玫的进步还真的不小，他点点头表示了鼓励："是的！'香飘三环'的名字一定是一位懂得商业心理学的高手取的。这名字还真是只适合这样的位置，太近或者太远，就名不副实。这是距离的'香'。"

李玫继续分析道："这里的第二个和第三个'香'字，是出自于羊肉店门口的小工们的行为和语言。"说完，李玫用鲜艳的红唇对门口努努嘴，许量看到了门口有小工正在不停地用比手臂更长的不锈钢长勺，在大铁锅里面不断地搅拌，这样羊肉汤的味道是越来越飘香。许量和李玫都很仔细地观察到了小工的表情是简单而快活的，他们有时候还大声地吆喝几句："羊肉汤，羊肉香，姑娘吃了更漂亮，小伙子吃了更强壮！"语言诙谐，语气抑扬顿挫，很有点川剧的韵味，经常引得食客哈哈大笑。还有小孩子蹦蹦跳跳学几句，惟妙惟肖，更是欢乐荡漾。同时，店里面的每个员工和老板脸上都是灿烂的笑容，虽然有点夸张，但绝对能够让客人"宾至如归"，这也是行为和语言表达出来的"香"字。

"第四个'香'字呢？"许量见李玫能够看出三个"香"字，觉得她的基础很不错，不愧是自己教过的成都资本之鹰商业学校的学生，他看李玫说话有点犹豫了，就鼓励她："李玫，慢慢找出其他的'香'味，这小店生意经久不衰，这里面隐藏的学问是很深的。他们的成功从书面上说就是把握了食客的消费心理学，俗话说就是揣摩好了人心。做资金做投资和做小馆子里的商业基本原理其实有很多共同之处！"

李玫有点豁然开朗的感觉。吃得身体有点发热，她就把外面的大衣脱去，露出里面贴身的紧身裙子。许量不经意看见了李玫雪白的脖子，在质地很柔软的咖啡色衣裙的衬托下显得肤如凝脂，无限性感。许量再次觉得李玫其实是非常有潜力的美丽女子，他想起顾艺有一次给自己说的一句话："李玫就是张娅和张嘉仪魅力和美丽的混合体。"许量在一瞬间差点走神，他看出了顾艺的眼光还真的不一般,她居然能够看出李玫有这样的优点。他耳朵里面又听李玫在讲:"第四个'香'字嘛,我已经看出来了,那就是墙上的字画和门口的对联。"

许量继续喝酒,李玫看着羊肉汤锅里面热气缭绕上升,继续一脸温柔地说:"门口的对联就很有意思。上联是桌桌有羊洋洋得意;下联是人人尽兴兴高采烈;横批是处处留香。"许量喝口酒,很肯定地说:"对联怎么样,我们暂时不去下评论。但是我们看看旁边墙壁上的字画特别有意思。"李玫侧头再次认真去观察墙上的画,那画面是这第五个"香"字。

那画面是一个小羊倌,在斜阳下,放牧回家,但是只有飞舞的羊鞭子,没有一只羊。李玫有点遗憾地说:"这幅画,我不完全能够看懂。"

"第六个'香'字,自然就是羊肉汤本身的配方了。这里面加了很多可以产生香味的作料,这里最大的特色是:香而不腻,唇齿留香"!

至于第七个"香"够用工作字,李玫是怎么也想不出来了。许量就用语言去引导她,她不明白,最后是用手势去比画,就好像电视台猜谜节目中,许量是比画的人,李玫是猜谜的人,而猜谜的人的后面就是答案,许量只能够用动作提示李玫她身后的答案一般。比画半天,四周已经有其他桌子上的客人开始注意他们。许量喝了点暖洋洋的羊肉汤和美酒在胃里混合,很成功地变成了一种很醇厚的晕眩感觉,挺舒服的!许量笑话李玫道:"还好我许量打不来哑语,你也不是哑巴,要不然——嘿嘿。"李玫非常开心,因为许量今天对她有从来没有过的亲切,也很久没有提示她应该叫许叔叔了。但她假装认真努力地去想答案,其实心里光顾着暗自高兴去了,她才不想关于什么高深的第七个"香"字的答案呢。

许量想了一下,本来想说第七个"香"字是什么的,但是,他看见李玫面若桃花地看着他,还从她的眼光中看出了一点李玫喜欢自己的端倪,他有点不安的快乐感觉了。

许量又想这也许不过是小丫头的一时的感情冲动,何况喜欢自己也没有什么大不了的,只要不是爱的想法就可以了。他想提醒李玫叫自己许叔叔的念头再次想起，但是，许量觉得万一是自己自作多情呢？

两个人各有心事，场面有点尴尬。许量认真地注视李玫红润的脸庞，这是那种非常健康的女人才能够拥有的白里透红的自然肤色，李玫也正好想看看许量，两个人的目光一碰，李玫成了含羞草，许量也觉得气氛有点暧昧了，所以，许量就开始想撤退了，他决定不如尽快喝高兴快点各回各家。

当李玫帮助许量向伙计招呼还想要二两泡酒的时候，伙计有点为难了。他没有和李玫多解释，只是在许量耳朵边低声提醒他说："老板，你已经喝了三两泡酒了。再喝下去，就不好了。"许量觉得很诧异，他反问道："再喝下去有什么不好？不要多话，再去拿二两来吧！"李玫看伙计在用眼神看自己的表情，就笑眯眯地说："你放心，我们是朋友。这点酒他是喝不醉的，何况这是什么酒，味道好的话，我也要喝点！"许量想自己今天高兴，喝半斤八两酒是没有一点问题的，何况，李玫也想喝点酒了。这样也好，先让她锻炼一下，免得去上海喝酒，她还没有酒量和经验，这些也是自己对她的培养内容之一。伙计想了一下，再问了许量一声："你们真的是朋友吗？"有点犹豫地拿酒去了。

等泡酒拿来，李玫看许量已经喝了不少的酒，就问："许总，你是否应该分点酒，给我尝尝？"许量想了一下，原来自己是准备让她开车把自己送回家的，现在既然她要喝酒，那么自己就少喝一点了。

许量给李玫分了一两泡酒，他们开始快乐地喝酒，不再说与生意有关联的事情。

许量笑哈哈地告诉李玫一些关于喝酒很好笑的故事。其中的一件最可笑的事情，是许量有一次在四川广元市区与朋友们喝红酒说"欠债还钱"的事，那天晚上，他们几个男人喝醉了酒之后，还在不停地继续喝酒，谈是非，说对错。他们居然不知道，许量已经把红酒杯子的底座无意中打碎了，但是，每次许量都能够把没有底座、只有玻璃柱子的红酒杯子很安稳地插在木桌子上同样在无意中"打"出的洞中，就好像是有神助一般。这让在旁边观察的餐厅老板和双方的兄弟伙，都觉得十分神奇。事情当然解决得非常顺利，大家都以为许量有厉害的功夫。李玫听了，笑得很婉约，很神往。

期间，李玫接听了妈妈的一次电话，李玫面对妈妈的严格管理，只好如实说和许量在一起。

电话那头的张娅立刻陷入了百感交集之中，这时候，她正好和许量以前的死对头"有关部门"的李刚主任在一起，出差去了重庆，他们在城里面的德庄火锅吃饭，因为李刚有可能要调离四川了，将要去的工作新地点最大的可能是在重庆。李刚有一点先去重庆考察新环境的意思。张娅走得急，也不想告诉女儿今晚上不能回成都，她对女儿是有所保留的，她希望女儿学会独立单飞之前，一定要先学会怎么样保护自己。

李刚已经开始很明确地追求张娅了。张娅也慢慢地接受了他的感情，虽然他早就告诉张娅了，他知道她和许量的以前的事情，但是他不会计较，因为他想和她在一起过完精彩的下半生。

李刚最喜欢的一句歌词，是罗大佑的那首老歌《恋曲1990》中的那句："人生难得再次寻觅相知的伴侣！生命终究难舍蓝蓝的白云天……"他觉得张娅也一定有落叶归根的念头，至于其他男人的影子，时间可以冲淡她的一切回忆，凭李刚的身份当然可以找到更年轻，甚至更漂亮的女人，但是像张娅这样才貌双全的成熟女人确实难找，最重要的是张娅的神态和形象还真的很像他以前已经失踪了的老婆杜媛媛。

张娅收了电话，她没有让李刚看出她的心思，心中却开始翻腾起一种味道，那是有点奇怪的吃醋一般的味道！李刚很有风度地给张娅夹菜，张娅立刻在心里自嘲道："世界上哪里有妈妈吃女儿醋的道理！女儿和她的许量叔叔在一起，有什么不妥当吗？不会。"

"真的不会吗？许量这样的男人对年轻女人的杀伤力可是威力无穷的！"张娅反复地设想，女儿与许量朝夕相处的危险，李刚在一旁看着她脸上的时阴时晴的变化，想说点什么，但是终于还是选择了一言不发。

许量没有想到这里的泡酒这样厉害，他和李玫后来又要了一次酒，尽兴而归。

店里面的客人已经走得差不多了，郊区的寒冷更甚，但是许量和李玫的心中居然有一团火在不断地升腾，他们快乐而不冷。后来，许量趁自己还能够开动车子，就带上李玫回家了。

等许量和李玫终于走了，店里面的几个伙计都在私下议论纷纷："这对老夫少妻，今天晚上少不了折腾了。"老板听到了，心中非常不愉快，把给许量上酒的那个伙计叫来仔细地问："小杨，你是不是真的问了，刚才那两个男女客人是夫妻？"

小杨是新来不久的伙计，他很肯定地回答道："他们说了他们是朋友。"老板长叹一口气："朋友？看样子不是夫妻嘛！这酒是一个青城山老道士开的方子，这种泡酒，刚开始没有什么感觉，过两三个小时，才会起药性，要命的！你这家伙，但愿你不要给我惹祸事！你要必须记住：这种滋阴壮阳的酒，少喝有益，一次最多就是二两三两，喝多了这样的酒，会产生幻觉，说不定会害人乱性的。"

第十四章　剑走偏锋

　　许量觉得自己情绪有点控制不住地想寻找高兴，他的人生经验丰富，已经猜测到了这酒有点古怪，应该是一种起初平和，药性一到则非常厉害的壮阳酒，他现在最大的渴望就是赶紧把李玫送回她的家。"朋友妻不可戏"，难道情人的女儿就可以"欺"吗？许量有点害怕了，男人的动物性在做老板的男人身上表现得非常明显，许量也是敢于和善于与美女们打"交道"的男人，但是今晚上，他身边的美女的身份不同！

　　他把车开得飞快，黑暗中，车后仿佛有什么东西在追逐他的灵魂和道德，让他心绪不宁。李玫也觉得身体怪异，有点春心荡漾的感觉，有点不接受自己理智的劝告。许量觉得路途很漫长，终于到了国际花园，许量看到李玫坐在副驾驶座位上已经有一点不稳当了。

　　李玫喝了酒的胆子开始大了起来，她对许量娇媚地微笑，她的气息让许量感觉到了她内心炽烈的情感，在国际花园大门口的路灯的衍射下，双眼如春水的李玫突然问了许量一句傻乎乎的话："许总，您觉得我今天漂亮吗？"许量点点头，他知道今天是自己贪杯，对泡酒的催情功能的失察，是自己闯祸了，法国小说家莫泊桑的《项链》中，写过一句话："一件极小的事情可以成全你，也可以败坏你！"平时，许量把这句话当成是做资金借贷生意的座右铭，但是现在他把它又当成了人生的信条，他不想被"败坏"，他想尽快逃跑，所以就言不由衷地安慰李玫道："你漂亮，不，应该说是很美丽哈。乖，早点睡觉，记得给你妈妈打一个电话！"

李玫迷糊之中冲口而出："那你喜欢我吗？"此话一出，先是吓了许量一跳，他虽然不太清醒了，但他明白李玫是谁的女儿！李玫自己也觉得很不妥当，太轻佻了，她就马上掩饰自己的感情，礼貌地邀请许量到自己家中去坐坐。许量摇头说："我喝多了，需要休息了。"李玫盯着许量，突然鼓足勇气又说："那你到我家去坐一小会吧？"

许量很坚决地拒绝了，他没有下车，几乎是把李玫赶下车的。李玫有点被伤害了，一言不发地气冲冲地下了车，自己一个人向灯火依稀的小区里面走去。许量目送着她踉跄地回家去了。许量放心了，他是20世纪的"文学青年"，他想如果喜欢谁就去爱谁，那世界不就乱套了吗？

临近家中的时候，许量无法克制地开始想女人，这是一种想立刻燃烧的感觉，他很自然地想到了他的女人们，然后苦笑一下，自怨自艾道："我现在是春风杨柳万千条，不知今宵醉何处！"他脑海中，还冒出了那个叫许小露的年轻女孩子的模样，她是自己的崇拜者，又是自己喜欢的那种艳丽如美人鱼的女人！许量判断：如果自己打电话给她，即使是午夜，她还是会立刻来到自己身边的。然而，许量又很羞愧地否决了自己心中升腾的欲火，"这是犯戒的，"许量摇晃着开自己家门的时候，对自己说，"小露是晚辈，她是因为对自己资助她上希望小学和大学才愿意投怀送抱的！而且，乱爱而没有办法给爱自己的女人以婚姻的男人是可耻的！现在我已经没有办法面对张嘉仪和张娅了，不能够再造孽了！"许量躺上宽大的床上的那一刻，觉得自己其实也算不上是什么谦谦君子。他再次冲动起来，然后，他不想再压抑自己对女人的渴望了，许量大着胆子，给许小露打了一个电话，电话那头传来了"你拨打的电话已关机"的提示语。

真是一个不小的黑色幽默，许量一听许小露的电话没有开机，忍不住哈哈大笑，他很高兴起来："原来我以为许量是敢于和善于品尝女人的大男人，但现在看来，我许量想变坏，也不是一件那么容易的事情。"然后，他开始上床昏昏欲睡，梦中却没有意料之中的女人出现，而是自己在多年之前，刚开始做借贷生意时被欠款的借款人哭诉和追打的倒霉情境。许量在梦中，不断地给大家讲"欠债还钱"的大道理，可惜并没有人听。

等他从梦中看到了已经死去几个月之久的公司的借款客户陈宏兵，张牙舞爪地向自己阴森森地露出"九阴白骨爪"的时候，许量大叫一声，拼命挣扎后醒来。他离开床，站了起来，去找水喝。许量在自己四百来平方米的豪宅里面，空荡荡地飘来飘去，没有主见。看来，这酒喝过头了，就由好东西变成了坏东西。

难忍的头疼和胃部的抽动也开始绞杀他的健康，许量觉得很恶心，他只好努力地去想女人，谢丽、张娅、张嘉仪，可惜没有一个女人能够面目清晰地出现在他的幻想之中，就是才分开的李玫的模样，许量也回忆不起来了。

李玫回到家里，进房间忘记了开灯，她的左脚恶狠狠地撞了一下在沙发旁边的茶几角，她对茶几说了一声"对不起"，没有觉得疼痛，但血渗透出来了，不多，然后很快凝结了。她躺在沙发上觉得头昏脑涨的，她晕乎乎地睡去了，梦中全是她幻想出来的许量年轻时候的模样，除了迷人还是迷人，李玫觉得许量今天第一次对自己的漂亮有了关注，她知足了。但是她完全忘记关门了，当冬天的风把寒冷送来，弄醒她时候，她才感觉到了受伤的脚传递给她的痛苦，她的手机响起了未接电话的提示音。

李玫摇晃着起身，先去把门关上，然后很勉强地把未接电话翻出来看。有好多个许量的电话，还有妈妈的，他们都关心我吗？李玫苦笑了一下，去了卧室，觉得他们其实都很自私，根本没有自己温暖的大床可爱。他们为什么不来看望自己？更多地爱护自己？难道女孩长大了就必须孤独地面对冷冰冰的感情世界吗？

李玫没有能够继续想人生或者其他的更深刻的问题，疲倦如潮水一般涌来，淹没她内心空旷的金色的沙滩，她的仅剩的一点清醒烟消云散了，很快进入了梦乡。

许量早上六七点之间醒来了，他是在梦中被李玫的那句话"那你喜欢我吗"吓醒的。这个小丫头问得也太露骨了，你这样年轻美貌的乖巧姑娘，当然讨人喜欢，可我许量能够喜欢你吗？你是张娅的女儿啊！许量不愿意多想这些无聊的事情，他安慰自己道："怎么说，我许量也是你李玫的叔叔。叔叔喜欢侄女也很正常啊。"

许量在床上坐了起来，抽了一支中华烟，他想到今天要和远在澳大利亚的儿子和老婆在网络上见面，很开心。他想儿子，又想老婆，也许是昨天的酒劲还没有完全过去，他很想念老婆谢丽了。

他直接去了卫生间。他想起了为自己控制的成都精益科技公司寻找新主人的事情已经有了进展，是应该对这样的公司进行彻底地清算了。许量在做重大的决策之前，有两个习惯或者说是机密的习惯，一是他绝对不会和他的女人，无论是谁，去男欢女爱的，据说这样会"触霉运"，许量并不是迷信，他是为了保持旺盛的精力；第二，如果有条件的话，他一定去好好泡个热水澡。现在，许量的家里空荡荡的，只有他一个孤家寡人，所以他愉快地选择了去泡热水澡。

水的温暖好像是女人洁白的手在抚摩他，他愉悦地闭上眼睛，回想到了儿时在青翠的大山里面，在白花花的溪水中赤裸裸地嬉戏，可惜现在的许量不再是纯真的儿童了，他在心中总结道："所谓人生就是摧残天真的过程。"

四周静悄悄，水汽氤氲，他很简短地回顾了自己一生：从山里的顽皮小男孩，到西南财经大学的学子，再留校当老师，然后下海闯荡十多年，艰险无数，经历几多风雨，在广告公司打工，到四川几家民营大公司做老板的助手，主管集团的资本经营策划，最后自己再做企业管理顾问，现在做资金放贷生意。他懒得去想那些让他欢喜让他忧愁的女人们，突然有个奇怪的念头在脑海中盘旋：到底是许量能干，还是许量有钱，才能够遇到这样一些很优秀的女人？

许量穿好衣服，他觉得身心都焕然一新了，很舒服，就是非常饥饿。他去冰箱里寻找食物，由于这几天疏懒，已经没有什么可以吃的东西了。只剩一个熟食，那是一只很完整的烤兔子。许量的脑海中，一边浮现出这只兔子在草地上欢跑的可爱模样，一边又用微波炉把成为食物的兔子加热。他安慰自己道：

"这就是食物链的残酷,与纯粹的道德无关。"然后,他从冰箱中又拿出一根"冬虫夏草"。

他去厨房烧了一点开水凉在杯里,再把虫草放在电动的搅拌机里面打碎,放在杯子中用温开水泡着。这样味道没有什么特别的,但是对中年男人的保健却非常重要。这是许量的一位行长朋友特别推荐的。

他在用饥饿的嘴愉快地感受兔子的美味时候,反复仔细回忆了昨天发生的事情的每一个细节,直到头疼得厉害,才停止下来,他的结论是,他没有任何越轨的言行和举止,即使对李玫产生了瞬间的幻觉,也是海市蜃楼一般的幻觉,那也是酒的作用,许量觉得自己的人格还算很完整,有点庆幸。但是他去翻查了手机,昨天居然给李玫打了十来通电话,就又紧张起来!自己对李玫不会乱说了什么吧?

许量再去查看已接电话,居然还有两个张娅的电话?!他迷糊之中想起了张娅第一个电话是找自己要李玫的,等许量非常肯定地告诉她:自己早已经把李玫完好无损地送回了她自己的家。张娅才完全放心下来,女儿一定又是马大哈,肯定忘记随身携带手机了!李玫的房子是租来的,家里没有安装座机电话,打她的手机一直无人接听,以前也有过这样的事情。张娅只好放下心来。

第二个电话是她回避了李刚,去卫生间给许量打电话,但是许量在电话里面说了几句话,惹得张娅心跳如鹿撞,根本就没有仔细听,张娅迷茫了不知道应该怎么样去面对已经"分手"几个月的老情人,后来,她就很干脆地挂了电话,彻底把她自己孤独地封闭起来,免得自己的女人心又要意乱情迷了。

那一夜,张娅和李刚在酒吧坐到很晚,张娅很快就融进了重庆话包围的酒吧空间,在酒吧朦胧的灯光下,她显得女人味更加浓郁,让李刚也仿佛年轻了十多岁,俨然是一个小伙子了。他想象自己已经变成了一只蝴蝶,围绕张娅翩翩起舞。

许量记不清和张娅说的什么话了,他只是知道她的身边应该有人,或者更准确地说张娅心中已经不完全只有他这样的一个男人了!许量的心疼早已削减,他想还是要服从命运的安排。

早上，张娅和李玫终于通上了电话，李玫告诉妈妈，自己把电话放在客厅了。果然是"人机分离"，张娅就放了心，安心地和李刚去三峡旅游。三峡绚丽多彩的风光几乎让张娅完全忘记了许量。

许量上班的时候，发现李玫第一次迟到了。但是他不好意思打电话给她，他一直在猜测李玫会不会因为昨天的事情对自己的印象打折扣？快10点了，李玫才姗姗来迟。

李玫出门前一直在考虑自己今天去不去公司上班，昨天的事情令她很敏感，当时她把持不住自己，在那样的情况下，如果许量真的去了自己的闺房，那么到底又会发生什么事情呢？当然，他肯定会发现自己暗中珍藏了与他的合影，凭借他的智慧，他一定就知道了自己的秘密，那许量会怎么样看待自己的感情呢？这些念头挥之不去，让李玫的脚犹如"鬼打墙"，她一直出不了自家的大门。

许量看到李玫在办公室门口磨磨蹭蹭，忍不住笑了，他摇摇头，觉得李玫是非常可爱的，当然只要我许量不和她有什么男女之爱，只是一起工作，那有什么问题呢？许量佯装要匆忙出门的样子，向李玫走去。李玫眼看躲不过去，就脸色微红地迎上来："许总，不好意思，今天堵车，所以，我来晚了。"许量故意公事公办地对她点了头，安排她去通知相关的管理人员开会。看到李玫窈窕的身影远去，许量心中暗道：你不是堵车，而是堵心。

又过了十分钟，许量带领他的部门经理们，在公司的会议室，开始研讨怎么样才能够尽快地收拾妥当成都精益科技公司的老总陈宏兵给东方富通公司遗留下的烂摊子了。

参加会议的各个部门都提出了自己的解决方案，投资部经理江泉已经为公司找到了两个买家，一个是浙江的东泰集团，另外一个是成都本地的电通高科技公司。许量只是广泛地听大家的意见和汇报，他没有轻易下结论，只是要求江泉尽快安排双方沟通和谈判。不过，对财务部门提出的可以采用管理层内部集资收购（MBO）的方式来处理精益科技公司的现金回收问题的方案，许量更赞同。但是，他是一个非常有经验的老板，许量没有让大家看出自己的偏向，而是让财务部经理李严抓紧时间细化操作方案。

会议结束，许量对李玫尽可能很温和地微笑了一下，才去了他的办公室，李玫发现许总好像并没有怪罪她昨天晚上的唐突，这才完全放下心来。开开心心地做事情去了。

许量突然想到一件事情，觉得应该马上关心自己的证券市场了。原来，许量看到A股市场调整的幅度已经不小了，就指示自己在证券营业部的操盘手邓成和杜红，开始小批量地买入股票，结果是越买越套，账面损失已经不少。但许量还是坚持不断地缓慢地吃进股票。虽然，邓成和杜红他们对许总的决定坚决地执行了，但还是不约而同地对A股市场感到悲观。不过，杜红对邓成说："许总的看法经常都是与众不同的，或许他做得对。"股票现在还只是许量尝试加大投资的领域，不是工作的重心，许量也懒得过多地关心，他很匆忙地挂了电话，心想：我只是想先让这两个年轻人试身手，自己的赢利倒是应该放在第二位。

许量开始认真地在脑海中设计那个关于东方富通公司和自己前途命运的大生意了。他在沙发上闭目养神。他回忆起了前段时间，那个叫洪羽菲的上海女人来成都，向自己提出的合同权益卖给他们的天宇集团的交易建议。许量知道他们会给出自己满意的价格。问题是我许量应该怎么样选择才是最正确的呢？许量看了一下时间，已经快中午了，他打了一个电话给自己的大学同学李健康，约他来公司聊聊。李健康现在对于许量而言，除了同学身份，还是赫赫有名的成都资本之鹰商业学校，又叫老板学校的合伙人。

李健康接到许量的电话，简单处理了一下学校的事务，就驾驶着崭新的迈腾车向许量的东方富通公司奔来。他还不知道许总找自己是什么事情，但是，许是大老板，当然要听从老板的召唤。路上，李健康在回忆：这几个月，在与许量深层次合作的过程中，他才知道了许量的厉害，他现在是老板学校的校长，但有很多方面，他又觉得自己还是许量的学生。

到了公司，李健康在过道上遇到了许量的秘书李玫，她和公司的员工们三三两两地准备出去吃午饭。他与大家不断地打招呼，很快来到许量的办公室门口。有段时间没有来公司了，他在门口发现了一件有趣的事情，许量在门框上雕刻了一副对联。书法倒是很刚健有力，李健康后退了几步，很认真地读了起来：上联是"借钱还钱天经地义"，下联是"事出有因情有可原"，横批是"有事好商量"。

一进许量的办公室，看许量正在电脑前面骂骂咧咧："他妈的，这是什么世道！"

看见李健康进来，许量笑嘻嘻地说："热烈欢迎李校长，刚才不好意思，我骂人了。"

李校长初入商海，就名声大振，他很感谢老同学许量，就笑逐颜开地回答："这年头，能够有资格骂人的，一般都是领导哈。而领导的事情，小民可不敢多问。"

许量见李健康红光满面的样子，心里一乐，他马上起来给老同学倒了一杯茶，假装道歉说："哪里哪里！老同学，你我不过一介草民，发点小脾气完全是自娱自乐。"

两个老同学玩笑过后就聊天，聊天的话题最后很自然地谈到了宏观经济。

李健康有点忧心地说："现在是蝴蝶效应呢，美国那边的窟窿越来越大了，这金融危机一旦兴起，必将浩浩荡荡席卷全球，最后一定会牵连中国埋单。"

许量轻叹一声："我们为什么要为美国人埋单？我刚才在网络中看那些经济分析文章，他们借贷了全世界，甚至是在经济上还在勒索我们，要我们为美元霸权继续埋单……算了，这道理大家去看看资料都能够懂得，我很心疼。要骂人就去骂不道德的美国人！美元是什么？不就是美国人的'借条'吗？现在，我们无论是官是民，只要现在还说爱国，就不能够简单地说打仗和喊口号，应该是更懂得经济，不再无条件为美国人埋单，这才是真爱我国！"

李健康摇头晃脑地说："好一个真爱我国！出口、投资、消费，这是中国经济发展的三驾马车，许量你胆大妄为，居然敢说我们应该放弃以出口为主要导向的经济发展模式吗？你要知道我们没有了青山绿水、没有了劳工的生命健康，这是用多大牺牲换来的美钞？我们可是美国的第一债权人！"

许量微笑一下，自嘲道："我们能够看到的问题，领导自然能够解决，也许我们有更大的国家战略，我们一定要信任我们的领导，他们会为我们搞定一切的。我们这些小生意人还很浅薄，真不应该乱议朝政，杞人忧天。"许量不想说得更深刻，李健康却谈兴正浓，他非要拉许量继续议论是非对错。

许量觉得有点饿了，看看李玫不在身边，他还真有点不习惯了。他拿起黑色大班桌上的金色的工艺电话给李玫打了一个电话，吩咐她给自己和李校长带点好吃的东西回办公室。

李玫在电话那头问："许总，你今天想吃点什么？"许量捂住话筒问："老李，你想吃什么？"李健康大大咧咧地回了句："随便。"许量心情不错，哈哈一笑，对李玫说："我们想吃点随便哈，你看着办吧！"李玫听许量给自己开玩笑，非常开心，同事们问她什么事让她这样高兴？

她有点骄傲地说了声："秘密。"

等许量把上海那边的事情给李健康说得清清楚楚了，李健康由衷地赞扬许量说："老许，我真的是服了你！这样大的一件事情，你居然在心中暗藏了这么久？我知道你老人家早就盘算好了，哪里还需要我来顾问呢？你直接吩咐，你需要我效什么劳吧！兄弟我已经是许家军了。"

李健康给研究生们讲了多年的资本经营的课程，现在有机会一展身手那当然好，不过他兴奋之余，突然想到一个问题："我的许大老总，这毕竟是老同学陈丹阳的上市公司！你要手下留情啊！"他看许量在沉吟，就补充道，"要不然，我们联合陈丹阳一起和上海人斗？"

许量本来就矛盾了很久，他一直在同学感情和利益面前徘徊，现在听李健康这样一说，他反而起了逆反心理，他说："兄弟，我们在商言商。现在做生意已经是狼多肉少了。做老板犹如在荒原上猎食，够快够狠，才能够求得生存与发展。我决定先说利益，后说同学，成王败寇！"

许量说完这句话，眼前浮现出老同学陈丹阳的模样，她和许量、李健康都是西南财经大学的同班同学，而且还曾经爱恋过许量。许量觉得怀旧不能够解决现实问题，陈丹阳的上市公司实际上已经是风雨飘摇的局面了，借助外力也许还有可能把她代表的家族企业刺激一下，让他们在生存与毁灭之间选择重生，可能才是最好的决策，当然许量没有给李健康讲自己内心深处的想法，即使他和陈丹阳都误会自己，也没有什么。商战最重要的是什么？是赢得最后的胜利！而坚决保护住老板的作战意图和核心商业机密这是胜利的前提，做老板都要知道"一言兴邦"的道理。

"水自清白，花自飘零。"那不是上大学时候，陈丹阳写给自己的一句诗歌吗？那可是诗歌的纯真时代。

许量决定一周后去上海。他等李玫回来，就让她给自己、老李和她本人预订飞上海的飞机票。

许量要实现以成都为大后方去征战全国商界的愿望。许量又补充了一句话："我不能够因为软弱，葬送东方富通公司的大好前程。"李健康看见许量的双眼熠熠生辉，在利益和友情之间，许量的选择就是自己的选择，他心中有点怪异的感觉，就立刻转移话题问："老许，嫂子在澳大利亚怎么样？儿子还好吧？"

许量点点头："怎么会不好呢？有钱，就有财务自由，而自由了，在哪里都是天堂。澳大利亚好啊，那里的阳光、沙滩、海浪和仙人掌，多美丽啊！我看她现在是不想要我许量了！"许量一想起谢丽对自己的冷淡就气愤不已，"现在我已经是孤家寡人了！"

李健康安慰他道："许量怎么会是孤家寡人呢？全中国男人中，人人缺美女我都相信，但是你许量是天生的美女杀手，嘿嘿，最近这段时间忙着与众多美女感情杀戮，忙坏了吧？"说完这话，李校长怪笑几声，许量觉得那是友情嫉妒，也嘿嘿一笑，身体前倾配合道："美女就是美味，既然是美味，哪个男人不偷嘴？哪个老板不贪吃？"

突然许量想起了有段时间没有过问的方韧，于是问他的情况。李健康哈哈一笑："老许，我觉得方韧这个小伙子其实很不错！我没有发现他有什么不轨之事，何况他的确是重庆人，与我们成都的借贷江湖没有什么关联吧？"许量没有说什么，他知道麻烦经常就是在大意之间风起云涌的。

李玫从外面清风散尘一般飘进来，亭亭玉立地站在两个中年男人身边。许量正在大放豪言，李玫在门口听到许总说什么偷嘴偷吃的话，不明就里，她给许总他们带了一包好吃的东西，进门又看到两位中年男人嘻嘻哈哈，她小脸一红，以为许总是在和自己开玩笑，连忙说："你们不要误会啊，东西再好吃，我李玫也不会偷吃的！"

　　许量刚喝了点茶水，看见李玫白里透红的笑脸，听她这样一讲，忍不住和李健康一起爆破一般地笑起来，许量把茶水喷了出来，老李这是笑岔了气，站起来，就弯不下腰了。

　　李玫的脸更加红润，美艳不可方物的样子，这让许量猛然间想起了昨天晚上喝酒的事情，他见识的女人形形色色，脸皮在商海中也磨成了牛皮，但是李玫这样一张难为情的脸，让许量竟然有点脸红了，他马上掩饰道："饿死了，肚子要造反了！不说笑话了。来来来，李校长，我看你就不要挤眉弄眼了！快来吃点芋儿烧鸡，这可是我们公司办公楼附近最好吃的美味。"

　　李健康忍住非常强烈的笑意，等李玫不好意思地出去了，才大笑起来。笑够了，他立即纠正许量道："许总，我们现在不是在品尝美味哈，你不是说美味就是美女的嘛！"许量看看李玫没有再进来，放下心来说："那我们就吃你说的随便吧！"许量对老朋友解释道："我现在是瘾大胆子小，嘴坏人不坏。说真的，好久没有见识女人了。"李健康低头去享受他要的"随便"去了，不再理睬许量。办公室内，充满了芋儿烧鸡的清香。

　　勃勃的野心让许量暂时忘记了没有女人陪伴的烦恼，虽然他是很少能够离开美女的那种男人，但现在他决定不去想念她们，他也要开始埋头苦干，用嘴和胃，去努力欣赏他身体需要的美味而不是美女去了。

第十五章　英雄姐姐

2007年12月10日，入冬以来的一场大雾用牛奶一样的颜色，铁幕一般把成都笼罩在它的妖魔化的淫威之下，这使得成都几乎是处处堵车、人人上班迟到，也使成都双流国际机场被迫关闭4小时，106个航班延误，9千多名旅客滞留机场。与此同时，成都周边有9条高速公路先后因大雾而封闭。好在阳光如正义骑士手中的"亮剑"，逐渐驱散浓雾，高速公路先后恢复通行。成都的天空也恢复了正常。

成都世纪洪盛担保公司的会议室里面，公司副总李锌主持的会议刚刚开完。公司老板黄义仁出差到外地去了，他是为了世纪洪盛担保公司的资本"连锁计划"而去做推广计划的，他想把公司的事业做到全四川。所以，他带领公司的两个骨干，公司法人代表、总经理罗成民，还有投资部经理高礼一起去的。这次出差计划一周，路线是绵阳、德阳、自贡和内江等四川省的二线城市，那些地方市场潜力非常大，完全可以建立由世纪洪盛担保公司控制的新的担保公司，新公司名字可以是另外的名字。黄义仁和大家都判断这些地方的经济发展快，值得提前布局。

李锌回到自己的办公室，上网查看了最新的财经资料，网络上充满了美国次级贷款危机的各种大大小小的消息，李锌觉得中国的经济暂时还没有受到影响，至少他本人还没有切身感受，所以，没有太在意。

他开始用QQ聊天，他先是找了他的好朋友曾经的《都市报》记者，现在的老板或者说是创业者顾艺聊天。

顾艺是一位年轻的才女,现在正在转型为作家。她和李锌都是二十多岁的年纪,关系很铁,是异性哥们。听顾艺说她写了一本关于东方富通公司的老板许量的自传小说《成都高利贷》,现在放到了搜狐网上,已经是网络上悄然走红的商战体验小说了。李锌很兴奋,立刻和顾艺说了一句"886",他马上去看书去了。

顾艺的小说写得跌宕起伏,题材就是写的资金借贷,这非常吸引李锌,何况其中有自己的不少影子。中途,李锌几乎没有心思去处理公司的业务,他胡乱地吃了一点公司财务部经理曹芳特意给他带回来的一套肯德基快餐,继续看小说。曹芳是四十岁的中年女士,性格直爽,她按照李锌的要求给他买了油炸鸡腿,但是她是成都最近兴起的一股健康潮流中的一员女将,所以她站在李锌的办公室唠叨了十分钟"油炸食品就是垃圾食品"的大道理,让李副总经理已经有点愠怒,这才离开。

李锌觉得鸡腿的味道很不错,并不是健康人士说的"垃圾"食品。顾艺写的这本书中居然写到了自己的一些事情,他觉得心中百感交集,喜欢与厌恶并存,担心与希望同在。他觉得顾艺真是太有才了!自己一个普通的小人物,在书中生活得很精彩,还真有点魅力呢!

到了下午下班的时候,李锌才看完了顾艺在网络上发表的那部分小说。他觉得这就是一块大石头投入平静的湖面,应该静观事情的变化,看看社会舆论和书中涉及的其他人怎么样看待这件事情,特别是许量老师的看法和做法至关重要。

许量怎么做,其他的人也一定会怎么响应,这是李锌的基本判断。所以,尽管顾艺在不断地征询自己的意见,李锌都只是强调:"文笔不错。"实在是被她逼急了,李锌只好同意请她去泡吧,但是条件是绝对不允许她把以前在东方富通公司结识的同事和朋友一起带来,即使她现在新交的男朋友江泉,也不行,因为他现在还是东方富通的投资部经理。

因为顾艺是李锌的好朋友,他多少有点为她担心:这样敏感的题材,即使罩上了"小说"的保护伞也未必有用,至少行内的人士知道,如果没有许量这样重量级别的老板的支持,小姑娘又怎么能够写得出这样的内幕小说?那么许老师将来会遇到的形形色色的压力就一定会很大了!李锌不敢去多想,许量老师的智慧到底博大精深到了什么样的程度。他走出办公室的时候,用一句话点评了许量这个人:深不可测。

黄鹂是西南财经大学大三的学生,她喜欢爸爸公司副总经理李锌的事情早已为熟悉他们的人知晓。虽然黄鹂的年纪小,但她的目标就是做一个贤妻良母一般的女人,这是她的人生理想。她没有和其他人说,这是她在读初中的时候,就立下的志向,因为那时,她的父母总是吵架和打架,让她很受刺激,她老爸黄义仁总是骂她的妈妈不是"贤妻良母"。

现在她正在学校花园散步,她今天去食堂早早地吃了饭,准备去找一下李锌,有段时间没有见到他了,不知道他有什么变化了。虽然,李锌没有和自己谈恋爱,而且他有今天,也是因为自己喜欢他,所以爸爸才爱屋及乌,提拔他做了公司的副总经理。但是黄鹂从来没有言明自己对李锌的重要性,她也没有"以权谋爱"的想法。当她给李锌打电话约他,却被他晚上要见客户的完美理由拒绝的时候,她的不愉快马上就消失了,就好像不开心从来就没有产生一样。过了一会儿,黄鹂看到校园内不时有成双成对的男女同学同行,觉得心中有点空荡荡的,她想了一下,就给好姐妹顾艺打电话,结果顾艺也说晚上要赶稿。

李锌在春熙路上,给顾艺买了一套高档文具作为礼物,她是应该喜欢的。朋友之间不需要"勾兑",但是需要"沟通"。因为虽然他们是异性的铁哥们,但是,李锌非常懂得这些网络写手的厉害,何况以前顾艺就有在《都市报》上发过一篇文章让许量这样厉害的人物也差点下不了台的辉煌战绩。那是一篇标题为"美女企业家,蛇与高利贷"的一千多字的文章,见诸《都市报》的经济要闻版头条。当然也正是因为这篇报道,才让高高在上的许量低下了高昂的头,成为李锌、顾艺和黄鹂的老师,这也是李锌从从事保安工作的苦海中回头上岸的最为关键的转折,就好像红军的遵义会议。李锌从此走向了民间资金市场的明星之路。他觉得顾艺和自己一样，是从一无所有到依靠野心和商业技巧最终成功的年轻人，他们之间也一直有点惺惺相惜。他看时间差不多了，就给顾艺说："我们去九眼桥的彩色天堂。"

在成都的茶楼和酒吧中，最近流传了几句俗话："玉林的美女，中华园的汉；九眼桥的酒吧，妹妹乱窜。"

对此，李锌虽然不完全赞同，但觉得有趣，成都的欲望就是在这些地方涌动得最厉害。现在他就和顾艺坐在九眼桥桥头的"彩色天堂"，这是一个在路旁的露天酒吧，他们想喝点啤酒。这里的年轻人很多，四处都洋溢着青春的躁动。

李锌经常来这里，他和顾艺选择了相对清静的座位坐下，他们先来了一打啤酒。顾艺笑话李锌的身体越来越"丰满"了，李锌也哈哈大笑说："做老总的过程就是男人身体和智慧长胖的过程。所谓大腹便便应该就是这个意思。"

说笑间，顾艺还是非常关心李锌怎么看她的书，李锌久久没有说话。然后，他对满心期盼对顾艺很冷静地说："我们都是小人物，在成都这样的都市里，到处都是藏龙卧虎。你的书虽然很好，但是内容太深刻了，你把怎么样做'高利贷'的合同内容都写出来了。唉——小心红了书，白了人。"顾艺不以为然地说："这不过就是一本小说而已！没有必要太认真。何况书中的人物，名字是已经改变了的，情节早已经文学化地处理了，每件事情都是七分真、三分假，我看没有什么问题。如果谁非要按照书中故事去对号入座，那是自寻烦恼而已，何苦来哉？"说完，顾艺哈哈大笑，然后就开始给李锌讲解自己想从文学的商业化，尤其是把商战小说的市场化运作作为主要的突破口，最终成为大陆的"梁凤仪"或者"金庸"，甚至会创建私募性质的文学基金的计划。李锌连连称赞，说："顾艺，你能够这样想，这样去努力，真的非常不容易！但是，如果你没有许老师的支持，想要那么成功恐怕不容易。"顾艺微笑道："我和许老师一直是有联系的，他没有少帮助我。"

两个人嘻嘻哈哈地聊天，很愉快。这时候，邻近的空座来了四位面目凶恶的小伙子。李锌背对着他们，没有注意，顾艺很快就感觉到了不舒服，因为那边的小伙子都用色眯眯的能够吃人一般的眼光四处去扫射年轻的女人,不管美丑,仿佛都在他们的视线之中。顾艺虽然是才女,但是模样清秀,今天,在这样的环境里,她就是最漂亮的美女了。一会儿,那些小伙子开始喝酒行拳,这时候,李锌才开始注意到了他们,他没有觉得有什么特别的压力。现在的成都酒吧里面,冲动的男人比比皆是,但真正没有规矩,乱来的男人毕竟不多。

但是,事情的发展很出乎李锌和顾艺的意料。

那群小伙子争先恐后说笑话,自我娱乐地热闹了一阵,又来了一个老板模样的中年男人,他很快坐在了小伙子们的对面。但是顾艺可以看出,中年人不是小伙子他们一伙的。她和李锌一边继续喝酒,一边认真地听那边的动静,因为他们两个人都听见了这样的对话,其中一个有点肥胖的三十多岁小伙子,嗓音很嘶哑地对中年男人说:"乔老板,我们兄弟对你已经是手下留情了哈。你已经有两期的利息没有支付了!你到底想干什么呢?是不是需要我们这些兄弟来帮你松一下筋骨?"李锌的耳朵很好,他能够听得见中年男人是在不断地解释和求情。但是,另外一个外号叫"火娃"的小伙子,有点恶狠狠地对乔老板说:"借钱还钱,天经地义!你的死活关我什么事情?那是你自己找的。"

顾艺对此非常有兴趣,她用手示意李锌靠过来,然后在他的耳边低声地说:"现在做资金放贷生意真的好红火啊!你看在这酒吧里面,也有人在做资金放贷生意了。"李锌摇头道:"他们可不是做什么资金放贷生意的,难道你没有看出来,他们才是真正的高利贷!这与我们通常做的借贷生意完全不是一回事情。"

李锌本来是不想多事的,但是,后面的对话让他和顾艺觉得这帮人的确做得有点过分。那个嗓音很嘶哑的小伙子对中年男人训斥之后,接着说:"乔老板,我这帮兄弟每天都是要吃饭的!我告诉你,现在我周老三就最后再放你一马。我再借款十万给你,利息按照原来的计算,但是利息不再是一周计算一次了,而是必须每三天支付我们一次,否则利滚利。"中年男人几乎要哭泣了,他不断地向那个周老三诉说自己的困难。最后,周老三发起脾气来了,他一拍桌子,大了嗓门,呵斥乔老板道:"老乔,你不要钱就算了,现在排队想找我借款的人多的是！不借款，那你明天就把以前的借款连本带利还我们，否则不要怪我们不客气了！"

说完，李锌的后面传来了低低的纷乱的争论声，扰乱了他与顾艺继续谈论"高利贷"的积极作用的话题。

好不容易，借款的乔老板灰溜溜地离开了，顾艺又成了这几个血气上升的小伙子最关注的对象。周老三平时还没有这样关注过一个女人，他看了很多次对面不远处的那个年轻女人，觉得她虽然不是很漂亮，但一看就是有素质的女人，所以已经到了酒精把他的荷尔蒙刺激得最旺盛的时刻，他低声和几个兄弟说了几句粗鲁的色情的笑话，然后准备向李锌进行男人之间的挑衅。顾艺正好低头喝了一点啤酒，周老三已经走近了，李锌非常敏感，他感觉到了身后的威胁，身体立刻进入戒备状态，绷直了，他没有动声色，周老三已经走上前，表面上很友好地对顾艺说："美女，您好，很高兴认识你！"李锌和顾艺对望了一眼，顾艺看出了李锌的恼怒，但她是聪慧的女人，处理事情一直就是有理有节，正好也想借机了解一下，这些真正的高利贷者的真实生活，于是她和李锌很快地交换了一下眼神，她的意思是："一切听我的！"

然后，她主动站起来，大大方方、热情洋溢地大声招呼周老三道："周三哥，你好，我先自我介绍一下，我叫顾艺，他叫李锌。"周老三有些意外，他一下反应过来，她刚才肯定听到了他们和乔老板的谈话，看来这小女人还是个有心人！他本来就做了惹是生非，甚至是大打出手的准备，但是这个女人看来不一般，那个姓李的男人，看来也非常沉得住气。难道他们也是道中之人？但是现在是骑虎难下了，于是周老三大大咧咧地坐了下来，他多年的骄横，让他习惯了做流氓，已经完全不适应先生的彬彬有礼了。

他用带来的啤酒先给自己倒了满杯，然后又要敬李锌和顾艺，大家各怀心事，表面上很和谐地喝了几杯酒。周老三的兄弟们本来无聊，想看看争风吃醋的情景剧，没有达到目的，他们开始在不远处起哄了："老大，你刚才不是提劲说你喜欢你面前的妹妹得嘛？"说完大家就很暧昧的一阵怪笑。李锌一直把顾艺当成是最好的朋友和异性的哥们，他有点忍耐不住了，但是顾艺太想了解真正的高利贷者的地下生活,她对李锌说:"哥们,你好好喝你的酒,我和周三哥聊聊天。""小妹,想给哥哥聊点什么呢?说点亲热或者肉麻的话,我周老三还是承受得起的哈!"说完,他和伙伴又笑成一片,好像世界上只有他们最开心一般。李锌有点压抑不住,但他知道顾艺的个性脾气,她决定的事情是一定要去做的,甚至有时候很胆大妄为。李锌内急,心中又不痛快,他想她毕竟不是自己的女人,没有办法多说什么,于是他去了卫生间,然后,又在路边接听了几个业务电话。

这时候,周老三抓紧时间用语言和行为调戏顾艺。当他的手猥亵女人丰腴的敏感部位臀部的时候,心中有中毒一样酥麻的感觉,真的是春风得意马蹄疾,踏香归来不看花!他觉得做男人真好,做一个恶霸男人,人人害怕自己,能够为所欲为就更爽!顾艺心里那个恨,真想用剪刀来和流氓"对话",但是,环顾四周情形,顾艺安慰自己道:君子报仇,一会儿不晚。我今天就要用才女的智慧让这些自以为是"我是流氓,我怕谁"的痞子,得到最狠的报复!刚才她在心中有点后悔没有让男朋友江泉一起来,但在周老三的罪恶之手强迫抚摩自己敏感部位的时候,这个念头就烟消云散了,她顾艺是什么样子的女人?难道没有男人保护就不能够做到恩怨分明,有仇必报吗?

一会儿,李锌回来,他发现情形有了很大的变化:顾艺和周三哥已经开始赌酒了。他们的桌子面前,堆满了啤酒,李锌被周老三的几个兄弟非常友好地堵住了,他们很热情地邀请李锌过去和兄弟们喝酒。李锌拒绝了,他几乎要动手了,就在这时,顾艺突然走了过来,在李锌的耳边说了几句话,于是李锌也给她的耳朵灌了几句悄悄话,然后他立刻转变了态度,主动和周老三的三个兄弟一起坐在他们的桌子上,准备和他们一醉方休!周老三他们有点琢磨不透这两个年轻人,他们感觉情况有点不对劲,但是周老三他们也不知道那里不对劲,就开始稀里糊涂地被李锌和顾艺分而治之了。期间,顾艺和李锌都坚决地拒绝了周老三他们要大家把两张桌子拼在一起的建议。

周老三的酒量是很大的,几个小伙子就集中精力来对付李锌,李锌一个人当然不是三个精壮小伙子的对手,但是他喝得不快,对方三个男人毕竟是喝了酒来的，因此，李锌还能够坚持，而且他刚才打电话叫的救兵也应该快到了。

过了一个多小时，顾艺从周老三的口中知道了很多他们的生存内幕，同时，把周老三想灌自己的酒，变成了去灌他的酒。顾艺觉得自己一个小女人能够把这个"地痞"或者"流氓"的大男人彻底地放倒，实在是一件大快人心的事情。原来，她刚才告诉了李锌，她从来就没有喝醉过，她的酒量完全可以用"深不可测"的海量来形容，只是，顾艺对朋友们一直是高度保密的。

最先发现周老三已经醉得不行的人，是那个外号叫"火娃"的小伙子，他跑到顾艺和周老三他们那边，李锌看得出来他是去救场了。他用第三只眼睛关注顾艺，她好像一点事都没有，很快，顾艺又把火娃拼酒的"火"气给灭掉了。于是，李锌哈哈大笑起来，主动出击了，他觉得这就是以酒为武器，一场善与恶的战争。对面的两个小伙子，只有一个人还能够勉强应战，当然李锌也进入极限了。他看四周的人样子越来越模糊，听周围热闹的声音已经渐渐消失了。酒吧里面的客人和酒保其实多少都看出了李锌和顾艺的处境和反击。他们都没有怎么说话，这样的冲突，在酒吧里是经常发生的事情，但是像这样依靠酒量来取胜的打拼，还是第一次看到，真是广告词说得好"精彩不容许错过"！大家在一旁冷眼旁观。

李锌有点想吐了，但是他用力把酒压住，他想，虽然今天遇到的是一件小事情，但是李锌已经不再是以前的保安了，他和顾艺是用智慧来收拾周老三他们，他们这样的素质还好意思叫黑道。李锌开始嘲笑他的对手："看来他们今天是没有办法横行霸道了。"

又过了大半个小时，又要了两打啤酒，他们又喝完了酒。情况完全变化了。顾艺看了看两个表面上很凶悍的男人，现在都已经瘫软成一堆烂泥了，就嘲笑道："嘿嘿，两位帅哥，起来哈，你们不是想跟美女喝酒吗？不是想认识我顾艺吗？怎么了？软蛋了吗？"周老三在迷糊之间听到了女人在调侃自己，忍不住开骂道："小妹妹，老子告诉你，今天如果不是我来之前就喝了酒，就凭你一个女人也可以把我周三哥丢得翻吗？"说完，他想站起来，他终于艰难地站了起来，但是他没有办法离开桌子的支撑。最难受的是，火娃倒伏在桌子的一角，几乎没有了声息。周老三喝了太多啤酒，几次想上卫生间去轻松，都被顾艺嘲笑的话外加媚眼给拴住了，现在，周老三知道自己就要出最大的丑事了！周老三脸上的肌肉在不由自主地抽动，他的意志开始松弛，觉得自己横行霸道了十几年，做过不少的风光事情，今天却要栽在这个女人手上了：天啦，周老三这个横行霸道了十来年的江湖人物的膀胱已经经不起任何风吹草动了，这时候，一根针掉在地上的声音，甚至都有可能让他的膀胱彻底地失禁！

顾艺完全能够看透周老三一脸横肉下的虚弱。顾艺看李锌摇晃着站起来，还在用话语来激对手继续喝酒，她头也有点晕眩了，但是她用牙咬咬自己的嘴唇，还能够感觉到一点点痛，于是她很满意自己的表现。她也内急了，但是她哈哈大笑，她想起了她的老师许量曾说过：当年他被别人的手枪指着头颅，那是一种奇怪的感受，没有恐惧，只有厌恶和抗拒。顾艺突然站上了凳子，她大声尖叫了一声，声音尖刻而高亢，酒吧的背景音乐于是戛然而止。她拿了一只空酒瓶，高高举过头顶，以胜利者的语气，向整个酒吧内形形色色的人大声宣布说："朋友们，你们今天都看见了，我顾艺一个小女人是怎么样被这几个流氓欺负的！现在他们都被我和我的朋友打败了，什么是黑社会？那就是害怕阳光的地方！我们老百姓胆小怕事才会有灯下黑！"顾艺用手指向李锌，大声介绍说："我的朋友就是李锌，他以前是保安，再以前是农民的儿子，他现在是老总了，这也是英雄！我们两个是生活在成都这个大都市最普通的、无依无靠的白领，今天彻底打败了所谓的黑社会！"

顾艺的酒劲涌上心头，她仿佛听到了大家心跳的声音，她继续说："我知道普通老百姓平时的压抑，现在我们需要疯狂了，比那些依靠疯狂才能够生存的人更加疯狂！"顾艺露出了一点残忍的表情，对着周老三粗鲁的面目把自己光洁的脸慢慢贴了上去，在距离他的死猫鱼眼睛几厘米的空间停住，然后用尽了全身力气把手中的啤酒瓶子，重重地摔向地面！周老三紧绷的神经立刻彻底崩溃了，已经胀得刺痛的膀胱决堤了。他这辈子，从小就欺软怕恶，他表面凶悍，其实内心软弱，周老三连续做一千个梦都不可能想到自己三十多岁了还会当众尿裤子！他酒醉心明白，"他妈的！这是什么世道啊！流氓也会被欺负！"

他喃喃自语，在精神的崩溃中，身体立刻轻松了。他浑身腥臭地爬出门，逃之夭夭。他没有听到酒吧里面轰然的欢呼声，成都白领遇到流氓，大多数都是忍气吞声，这次却大获全胜！年轻的人们都兴奋地去围观他们心目中的贫民英雄，他们立刻推举顾艺和李锌为今天酒吧的精神领袖！

火娃他们几个男人，早就被顾艺的气势和怪异的行为吓醒了，又看到他们的老大周三哥居然尿裤子后傻乎乎地落荒而逃，他们在一阵阵"滚蛋"的嘲笑声中，去追寻他们的老大去了。火娃出了门，还专门回头看了酒吧一眼，他知道这个他们经常来作威作福的酒吧，已经完全成为他们的精神上的禁地！

在大家的欢呼声中，顾艺和李锌再也坚持不住了，顾艺被几个崇拜她的女孩子簇拥着去了卫生间，李锌还坚持和几个新认识的朋友聊了几句，然后在他们的陪同下也处理内急去了。

江泉赶到的时候，顾艺和李锌已经打扫完战场了。他今天一直在陪许总谈判成都精益科技公司的股权出售的大事，所以他没有办法陪顾艺一起出来喝酒散心。等他回避了许总，听了李锌的电话，等事情一结束，江泉就马不停蹄地赶来，还是来晚了。顾艺没有给江泉脸色看，好像什么事情都没有发生。江泉没有给许总汇报这里发生的一切，否则许总肯定会赶来支援的，到时候，事情就不会是这样戏剧化的结局了。江泉找了两个出租车，一辆送顾艺和他去她的国际花园住宅。另外一辆车把李锌装了进去。李锌看起来还清醒，在路边等车的时候，他沙哑着嗓子，大声吼了几句《沧海一声笑》中"谁胜谁负，天知晓"的歌词，那是他的老师许量每次到KTV必然要演绎的歌曲之一，他觉得今天自己唱得最有味道最过瘾，所以反复唱了几次。旁边一个年轻姑娘突然冲了上来，亲吻了李锌一下，李锌没有什么感觉，在大家友好的嬉笑声中，钻进了出租车。街上只留下了那位亲吻了他的姑娘和她的同伴，另外还有十多位他和顾艺的粉丝。

后来，有好事者把"顾艺打黑"的故事绘声绘色地放在了新浪的博客上，文章中，顾艺被大家很亲切地叫作"英雄姐姐"，且风头有越来越强劲的趋势。顾艺和李锌后来都上网看见了，李锌对顾艺说："你现在成了英雄姐姐，而我这个配角醉得比你还惨!却是默默无闻,没有谁叫我英雄哥哥。"

周老三醒过来的时候,已经是第二天的下午3点过了。他和他的三个兄弟都假装什么事情都没有发生似的。但是明眼人都知道,周老三是一定不会去报复那个小丫头和那个小伙子的,傻瓜也不会乐意让丑事传得更广更远!

第十六章　关系网络

2007年12月12日，早上6点钟的时候，李锌已经神神秘秘地从南门的中华园附近的小区，开上他新按揭购买的两厢标致车，来到了四川大学附近的望江公园。

成都望江公园位于东南角的锦江南岸，在一环路和二环路之间的九眼桥附近，望江楼公园的主要建筑是为纪念唐代著名女诗人薛涛而建。相传唐代女诗人薛涛曾在此汲取井水，手制诗笺，留下了很多幽怨动人的诗句。明清两代先后在这里建起了崇丽阁、濯锦楼、浣笺亭、五云仙馆、流杯池和泉香榭等建筑。民国时辟为望江楼公园，成为市内著名的风景点。

公园占地12万平方米，大部分地面被竹林覆盖，是国内名竹荟萃之地，因此被称为"竹子公园"，或叫"锦城竹园"。园内的竹子品种有150余种之多，其中不乏海内珍品，凤尾森森，龙吟细细，四季苍翠，情趣无穷，徜徉其间，使人俗念顿消。是成都观竹最佳处。这里因为风景优美，也一直是人们休闲和晨练的地方。

冬天阴冷，公园里面做晨练的人还是很多。李锌在一大片竹子包围的一小块空地上，半真半假地比画着拳脚。李锌还没有满二十五岁，年轻人能够早起，实在是凤毛麟角，为数不多啊。所以，周围的中老年人都有些好奇地打量他。只有他最清楚，自己来这里锻炼的真实目的，当然这与金钱和生意有关，更准确地说是为了寻找那位与金钱有关系的贵人。

李锌从小练习家传世袭的气功，他尽量每天坚持锻炼，颇有心得。他特别的敏感，这种超常的感觉助他做资金放贷生意快速入门。现在，同样的感觉又让他发现了他希望尽快接触的贵人，四川大学的一位著名的经济学教授吴明智。吴教授六十来岁，但是非常注意保养，所以显得不老，并且精力充沛。教授已经退休，只是偶尔回校去讲讲课，那已经是爱好而不是工作了。他做过系主任，桃李满天下，有的已成为四川商场、官场的佼佼者，李锌记得他以前的老总也是他的金融启蒙老师许量曾经说过："做商人就要学习蜘蛛网络化生存。"今天，李锌按照公司董事长黄义仁的吩咐，开始准备接触吴明智。因为他的几位学生都在四川的几个二线城市当分管经济的副市长了。黄义仁想利用吴明智师生的情谊做点事情，黄董在泸州市的时候，给李锌打来电话，很详细地告诉了吴明智的全部情况，同时，要求李锌自己想方设法尽快与吴明智搞好关系。"吴明智"这三个字，对公司会有巨大的经济价值。李锌知道黄义仁的计划，董事长是希望能够在成都民间资金市场的"春秋时代"尽可能地圈占方方面面的资源，跑马圈地取得竞争优势之后，在成都民间资金市场进入"战国七雄"的时候，一举成为可以和许量抗衡的人物。黄义仁有理由这样想这样做，也许是时来运转，现在他的公司发展之迅速，完全在他及同行们的预料之外。

　　成都世纪洪盛担保公司是这几个月成都资金市场中的后起之秀，这家公司的规模在迅速地扩大之中。而副总李锌也是近几个月成都民间资金界里冉冉升起的一颗新星——"金融小子"！他的成功简直可以用奇迹来形容，要知道，他以高中的学历和一年前还是一个穷保安的身份，居然能够在这样短的时间崛起，一是因为大家都承认了李锌是有天赋的事实；二是因为他是"许量的学生"。许量是成都资金界的前辈，他的言传身教当然如"超女"的制造机制一般，把李锌速成了。

　　为了成功，李锌还伪制了大学的学历，进入四川大学读MBA研讨班。但是来川大读MBA的形形色色的学生中，共同构造了一个奇异的现象：他们中是真学子的人寥寥无几，大多数交了不菲的学费，甚至是赞助费，无非就是来博一个知名度或者来编制一张人情与世故的网络，他们的区别只是在于，编制的关系网络的大小而已。李锌也不例外，当然他对知识的渴望还是让他变成了一位坚持学习的好学生，这样他反而有点像一个不合时宜的"怪物"了。

这次李锌需要搞定吴明智的原因，就是想依靠吴教授的核心作用来编制一张"天罗地网"。东方快要启明的时候，吴教授来了。人如其名，说话处事都可以用"明智"两个字来诠释。现在吴教授穿了一套白色的运动服，很准时地来到了公园。

望江公园是以竹为主的园林景观区，是全国竹子品种最多的专类公园。薛涛一生爱竹，有诗赞颂竹子能够"虚心能自持，苍苍劲节奇"。为纪念薛涛，后人在园内遍栽各类千奇百怪的佳竹名竹，这里荟萃了国内外150余种竹子，其中不乏名贵竹种，园内竹子姿态万千，各有妙趣，如粉箪竹、人面竹、佛肚竹、鸡爪竹等，它们各逞姿态，而又和谐相处，或相互抱成团成丛，或交织成廊……人们把这幽篁如海、清趣无穷的园林，誉为"竹的公园"。

吴明智就住在四川大学附近，他最喜欢穿越竹林，在清晨的薄雾中，那种曲径通幽处的感觉很特别，他每次都喜欢走不同的路线，于是每次都有全新的感受，他有时候自嘲道："人生道路，不能够重新选择，每天晨练的路，我一定要与众不同。"他经常回忆他六十岁的人生，曲折婉转，常有书生意气的感喟，也算乐得其中。他转过一排修竹之墙，突然看见了一个小伙子，非常认真地在竹林的掩映下，很有韵味地在运转太极拳，吴教授很喜欢太极拳，更青睐神秘的中华气功，在原来真假气功泛滥成灾的时候，他也非常积极地参与了，但是没有得到任何有价值的东西。这段时间他正好想找一个太极拳老师，最好是懂得传统气功的。他很关注这个小伙子，觉得非常奇怪，心想：在急功近利的网络时代，居然还有这样的年轻人喜欢传统文化，实在是很难得。于是他就选择了附近的一个竹林，在悦耳的鸟鸣中，一边观察小伙子，一边甩手锻炼。

李锌眼睛的余光一直在探索陪伴吴教授，许量老师讲授过怎么样用分析和判断两种手段来洞察人们的行为语言。李锌正好学以致用，他从吴教授对自己的关注，到最后选择了与自己相邻而伴的行为，说明自己的技巧是正确的。许老师说得好，人的心灵都有一把秘密的钥匙可以开启，问题是看你是否能够找到这把钥匙。

　　李锌本来没有今天就和吴明智认识的计划，但是等他一套太极拳下来，再非常内行地练气吐息，来了一套气功的功法表演。吴明智和周围陆续来到李锌附近锻炼的三三两两的中老年人的目光中都流露出对李锌的认同，有的人还很羡慕。李锌察言观色，于是有了一个主意，他想要反客为主。天色已经大亮了，吴明智还没有和面前的小伙子搭上话，锻炼的人群中有一个身材匀称的中年人，主动向李锌打了一个招呼："小伙子，你的功夫很不错啊！你的拳术是祖传的吧？"李锌就慢慢收了拳脚招数，开始和大家做了第一次亲密接触。中年人的名字叫熊小川，是成都新峒投资顾问公司的老板，李锌笑嘻嘻地说："同行，幸会。"熊小川也不计较他的客套，他接了李锌的名片，了解了李锌所在的公司和职务，也回了一个微笑，点点头，很有分寸。李锌看见吴明智自持身份高贵，还没有与自己打招呼，李锌就主动对大家说："我叫李锌，谢谢大家对我小李的关照。我以后会每天早上来这里锻炼，如果大家都喜欢太极拳的话，我会很乐意与大家交流和分享。气功呢，我也会一点。如果有人想学习的话，我也可以和大家一起研习。"大家都七嘴八舌地应承了，场面很和谐。

　　吴明智是传统气功和太极拳的粉丝，他看人群已渐渐散去，小李也要准备离开了，就放下身份的精神负担，走上前对李锌说："小伙子，你明天真的还要来吗？年轻人说话要算数哦。"言语中不由自主地带上了几分期盼。熊小川已经看出李锌的目的，而且目标应该就是面前的这位老人，但是他不知李锌的真实想法，所以他没有离去。熊小川在一旁假装继续锻炼，其实他和李锌一样，不约而同地都是来找吴明智建立关系资源的。

　　李锌终于等到吴明智主动说话了，他立刻回答："放心，老人家。我李锌从小就是言出必行的男子汉。"然后，他很自然地与吴明智和熊小川热情洋溢地告别了。他觉得自己在演戏一般，商战的剧本策划得好，演员就一定不累。

　　此后，李锌无论前一天睡得有多晚，他都风雨无阻地准时到公园，开始还有其他的几个老年朋友一起来向李锌学习，等大家的新鲜劲头一过，最后就只剩下吴明智和熊小川这两个"学生"了。虽然他们都甘于成为李锌的学生，但是李锌知道那是自己取巧的结果，他们也只是自己气功和太极拳的学生，论金融和经济，不仅是吴教授，就连熊小川的知识和水平也完全在李锌之上。

到了周五的上午，黄义仁回到成都就立刻召见李锌。李锌向黄义仁汇报接触吴明智进展的情况，说了句"慢工出细活"，这引起了黄总的不快，黄总又听女儿说，最近她没有和李锌在一起，黄义仁就对李锌更加不满了。当然，他这样的老狐狸，是把自己的不满意压抑在心中的，他对"非我族类，其心必异"的古训有独到的体会。

这天下午，熊小川半躺在办公室闭目休息，现在是休息时间。他的计划与李锌的计划应该是类似的，这一点，熊小川已经可以判断了。都是需要吴教授的关系网络为自己做生意所用，都知道吴明智是不愿意从事商业活动的闲云野鹤，而且自视甚高，所以都采取了"投其所好"的方式来打开吴明智的心灵之门。现在已经过去了两天，两个人都没有单独与吴明智畅谈的机会。熊小川想到自己的商业计划，少不了吴明智，他觉得应该先和李锌摊牌，再与吴教授短兵相接。他有李锌的电话，熊小川就约李锌在城南肖家河小区的"怡康茶楼"见面，李锌显然也是有同样的想法，所以答应得非常爽快。

一个小时后，李锌和熊小川面对面坐在一起了，这也是源于成都布局紧凑的优点，而且城市的模样，就是一张慢慢摊开的"大饼"，任何地点相距都不会太远。

"关系就是生产力"，熊小川是重庆人，他的性格很直爽，他快人快语地又问，"李总，我们都这样熟了，我想请教一下，老弟你到底是想做什么事情？能够给老哥说说吗？"李锌看到了熊小川的急迫，他对熊小川的印象本来就很好，现在熊小川开门见山问自己，李锌故意沉吟了一下，去端茶杯，有点烫，他急忙放下玻璃杯子，对熊小川说："老兄，我们既然是同行，当然会有相同或者相似的目的，我们都是需要吴教授的关系网络。"李锌故意停顿一下，好像在思考，其实他是想让熊小川知道自己虽然年轻资历浅，但也是很有韬略的老总。熊小川已经做了十年的投资顾问生意了，只是他平时为人很低调，所以只是在成都的投资管理圈子中小有名气，很多成都或者四川的大老板都找过他做咨询。

熊小川已经收敛了起初的急促或者说是耿直，他知道现在他和李锌的关系，到底是敌是友还得多加考察，他必须要有充足的耐心，他等待李锌亮底。

李锌先把世纪洪盛担保公司的基本情况介绍了一下，熊小川也介绍了自己的公司，在气氛很融洽的时刻，李锌把自己的目的很直白地亮出来："我们是希望得到吴教授的关系资源。""我的目的也是这样！看来我们是英雄所见略同。"熊小川立即接了一句。说完两个人哈哈大笑，那情形还真有点江湖的感觉。"挺好的，"熊小川笑眯眯地说，"那么我们可以说点具体的了。"原来黄义仁希望请吴明智出马给公司引荐一下他的那几个在地级市当副市长的学生，这样在地方上办事情就方便。但是，熊小川对李锌说："老弟，吴明智这样的资源不应该这样用的！太浪费了。我告诉你，我有一个大的计划，如果兄弟你愿意的话，我们可以利用吴老的名气和学生的资源做一家新的私募资金公司！"李锌的野心一下子就被熊小川话点燃了，他很感兴趣地接了话题："愿闻其详。"

"怡康茶楼"虽然不大，但是因为开茶楼的老板本身就是一个做投资生意的老板，所以来来往往的人不断，是一个热闹的茶楼，所以熊小川提高了嗓子，声音有点尖锐："现在是经济危机刚开始，兄弟，这对那些已经完成原始积累的有钱人来说，是灭顶之灾，可是对于我们这些还需要进步的商人来说，是这辈子遇到的最大危机，也是最好的机会。我希望这次暴风雨来得更猛烈一些！只有这样，那些自鸣得意的市场经济的先行者们，那些所谓的大老板就会遇到他们从来没有遇到的大危机。他们将从麻木不仁到惊慌失措，再从疲于奔命到灰飞烟灭！这样，我们就可以和他们一样站在一条起跑线上，重新开始比赛。"

李锌觉得熊总说的很对自己的胃口，他点点头，表示认同。李锌奇怪地问道："熊总，你从商这么多年，应该早就是成功人士了！难道还渴望金钱？"熊小川摇头道："兄弟，说我没有钱，那是假的，说我很有钱，那是吹牛。我不过是一个有八位数身家的人，可算不上什么大老板。在成都，有钱的老板实在是太多了，天府之国，藏富于民嘛。"

熊小川继续说："小李，你很年轻，但是人生的机遇是稍纵即逝，你哥哥我已经失去了三次大的机遇。一是1992年'南巡'讲话之后的经济狂飙，我在学校教书，没有胆量下海，错过了；二是1998年的网络创业浪潮，我不是海归，没有海外资本市场的通路，所以没有圈到美元；第三次是成都民间资金与资本市场形成与发展的机遇，我选择的是做资本经营咨询，而不是为自己做一次集资。"

李锌看看四周的几桌茶客都是在谈论与自己有关系的话题，就低声说："熊总，你的说法启发了我！我的目标就是向许量许总学习。"熊小川一听许量的名字，有点不以为然地说："许量？就是东方富通公司的老板吗？他以前还是我的同事呢。许量也没有完全抓住上面说的这些机会，但是，他抓住了第三次机遇。我的智慧与能力不比他许量差。"李锌觉得熊小川好像对许量不是很赞赏，就有点奇怪，更多的是好奇："熊总，你真的是他的同事吗？"

熊小川用力地点点头，然后拿出两支云烟，给了李锌一支，分别点燃，他叹口气，继续说："你以为许量现在是成都民间资金市场上的风云人物，他就是天生的英雄？他还不是一个从农民娃娃到成都这个都市大染缸，几经历练才修得正果的！十年前，他和我在一家公司工作，就是当年鼎鼎大名的中泰集团。"李锌并不知道已经烟消云散的中泰集团，他一直想知道许量的过去，他已经隐约地感到许量以前的世界应该远远比现在精彩！

"我们不说许量了，他现在这么风光，哪里还记得我们这样一些走南闯北、同甘共苦的老兄弟哦。"熊小川摇摇头，"兄弟，你是不了解我们那一批从红庙子闯出来的土专家的厉害和辛酸。说起来话就太长了，这些精彩的故事，喝茶是不能够喝出味道的，一定要喝酒！"

李锌一听喝酒就有点反胃，但是如果能够听到许老师的成长经历，那喝醉也值得！他立即就趁热打铁地说："熊大哥，我们选日子，不如撞日子，我看今天我们兄弟就好好喝一盘！"

两个人一拍即合，埋单后，直接去了街对面的"打鱼翁鱼头火锅"，熊小川热情地对李锌说："这里卖的虽不是河鲜，是通威生态鱼，味道一样很巴适。"

他们走进不大的店堂，店伙计很热情地招呼他们，刚落座，熊小川给伙计说："来五斤鱼头，一斤泡酒，普通的枸杞酒。"然后继续给李锌讲解他和许量以前的故事，那是民营企业飞速崛起的时代，其间"空手道"、"正与邪"、"善与恶"的话题，让两个男人唏嘘不已。

李锌一边喝酒吃鱼一边听，到了故事的精彩之处，忍不住频频举杯，温暖的气氛突破了两个人彼此最后的心理防线，他们都达到了一箭双雕的目的：一是联合开发吴教授的关系资源；二是资金放贷生意方面，也可以精诚合作，有钱大家挣。

"关系网络就从我们两个人开始重新组织！李锌，我们就用我的投资顾问公司为基础，三年内，在成都建立一家最有力量的民间资金公司。"熊小川接着说，"生意人要想在现在和未来几年的金融危机下，生存与发展，政策靠不住，银行靠不住，客户靠不住，只有依靠实实在在的内功活下来，这个内功就是忍耐，不是看谁比谁辉煌，而是看谁比谁活得更长。"李锌最近从朋友那里和网络上，已经看到了很多对2008年经济预期的悲观的观点和理论，但是他没有熊总那样悲观，他笑哈哈地说："现在企业都没有钱了，我们的生意会更好。"熊总则很老到地说："老弟，做生意你一定要知道进与退，经济糟糕的程度也许会超越我们的想象，我知道有不少中小企业已经没有能力度过这个冬天了。"李锌也知道很多破产的企业悲剧，他分析道："我研究过很多资料，每次宏观调控，其实就是经济危机，这也是政府主动加快企业优胜劣汰的过程，中国的产业结构不升级，始终是受制于美国这样依靠国际借贷生存的过度消费的国家。"

"是的，这次危机很可能对我们这样过度生产的国家，也是一个非常严重地打击！"熊总想了一下，接着说，"对于我们这样的小商人而言，我们生存的手段只有两个，一是冬眠，不再做任何投资，因为现在是做得多就错得多的时代。要知道,我做投资管理十几年,看透了很多的经济本质,请问,哪个倒闭的企业不是被好项目害死的呢?"

"倒闭的企业是被好项目害死的?"李锌觉得熊总的见解非常独特,他想到了黄义仁制订的布局全省的担保体系建立的宏伟蓝图,本来自己非常佩服董事长的英明,但是,他听熊总说好项目不一定就有好结果,于是他把世纪洪盛担保公司的机密,向熊大哥透露了一点,他是想听听专家的看法。

熊小川和李锌碰了杯,他有点醉意了:"世纪洪盛担保公司这样做,其目的有很多,其中肯定有圈钱的准备。我看你们的方案可以叫作八足章鱼方案,不就是想利用当地的企业去银行贷款,你们担保,然后再从企业那里收取担保费,甚至直接从企业那里分佣金吗?这本身是没有好坏的,但这是成王败寇的大博弈,就好像是企业的非法集资与合法集资的举措,成功了就合法了。"李锌点点头,大声说:"我小李年轻,你熊哥的资历深,我们一起也许真的可以在群雄并起的时候,做出一番大事情。比如,我们是不是也可以做一家担保公司?"

"做一家担保公司?"熊小川用酒杯子和李锌碰了一下,说,"兄弟,哥哥今天酒喝多了,不过我们要酒醉心明白,担保公司就不能够去做了。你知道吗?现在流行一句话:做担保公司就是三个'整'字,一是用虚假报表,内外勾结骗取银行认可其担保资格,这就叫整银行;二是把本来担保公司应该向银行交纳的履约保证金变相由资金链条已经非常紧张的企业交纳,这叫整担保对象;三是银行与被担保的企业,早晚会反击担保公司,这样是最终整了担保公司本身。"

李锌奇怪地问道:"熊哥,为什么你对担保公司这样有成见呢?"

熊哥微笑得很矜持:"不要误会,我说的只是一部分的担保公司,哪个行业都有害群之马。我来给你解释一下,现在民间金融活跃,所以社会上的三教九流都挤进来了。现在就是市场竞争的初级阶段:充分竞争。就以你们尊敬的黄义仁董事长而言,以前是做什么的呢?贸易生意,对吧?一年以前,还到处借高利贷,现在却摇身一变,成了有钱做资金放贷生意的担保公司老板了。当然，英雄不应该问出处，但是，民间金融不完全是草根金融，拉大旗，做山大王，最终将难逃覆灭的命运。"

熊小川吃鱼头的时候，不小心被鱼刺划了一下嘴唇，有细微的血丝渗透出来，他不以为然地说："兄弟，我们做的不是什么大事情，而是大事业。我的计划是定向做一个私募，就是做一家新的有限责任公司，用有限公司作为我们做私募的合法工具，许量就是我们学习的榜样，我知道他发家的大部分秘密。不过，我不会告诉其他任何人的，包括李锌你，因为我和许量始终还是兄弟！人生其实就是从无到有，从小到大，这才是真正的学问。"李锌叹气道："可惜我们失去了最好的白手起家的机会了。"

"怎么会失去机会呢？兄弟，商业机会是天天有，时刻在！你不知道'处处留心皆生意'的商训吗？有时候，一句话、一个眼神、一条小小的信息，只要你能够从生意的角度去考虑，就一定会有好的商业创意，有了好的机会就一定要抓住，抓住机会就是抓住财富。这个美妙的感觉就叫灵感，诗人有，做老板的更要有！不信你去问那些老板，哪个人不是依靠这些灵感起家的呢？"熊小川感慨万千，他笑哈哈地说，"大家千万不要相信那些所谓的艰苦奋斗的创业史，做老板和做生意最重要的是什么呢？哲学和方法论。只要有正确的方法，什么时候，我们都可以白手起家的。"

为了证明此言不虚，熊小川向李锌讲解了一个成都著名的老板做空手道的精彩案例："我们都知道的那个经常在媒体上曝光自己光辉形象的黎总，他以前不就是一个工人吗？他的故事对我们最有启发。黎总以前从海南打工回成都的时候，已经是身无分文了，但是他在长途汽车上，想到了一个非常好的集资创业的主意。小李，你知道是什么吗？"李锌知道黎总，成都商人大多数都应该知道他的名气，但是他的资历很浅薄，所以真诚地说："老兄，小李真诚地请教。"

"结婚！"熊小川哈哈大笑，"黎总真的是商业天才啊！结婚谁不会啊，他是成都人，认识的朋友和当地的亲戚，算上同学和沾得上边的熟人，他尽可能地送请帖，结果收红包收了几万元。这就是他的第一笔创业资金。"李锌觉得很有趣，于是干脆不喝酒也不吃东西了，十分专注地去听熊小川继续讲述黎总的下一步创业计划。

熊小川再道："创业最重要的是什么？绝对不是资金，而是你的商业模式。有两本书是新创业者必读的，一本书是《发现利润区》，还有一本是《赢利模式》，这都是最流行的商业大典，非常值得去品读。对了，许量前几年也写了一本通俗的经济读物《老板之秘》也是非常不错。黎总很显然知道这些商业原理，他选择的是最容易也是最难做的生意，做搬家公司。"

熊小川邀李锌碰杯，一仰脖豪迈地喝下去，很有风度，李锌叹服：熊总真是"酒精考验"的资深老板。

熊小川讲解了十来分钟，李锌最后才明白了黎总起家的奥妙，他是依靠收取搬家公司的保证金发展壮大的。他乐呵呵地总结道："一切创业或者说做生意都必须要有资金，多少都得有！所以，一切经济行为都有金融的身影在里面漂浮，生意从集资开始。"

"对！我们一无所有，但是我们可以从借贷或者集资开始我们的财富旅程！"熊小川很豪气地说，"老子的《道德经》说得好，一生二，二生三，三生万物。"

李锌的手机响起来了，他看看是卓小兰的电话，有些犹豫。熊小川觉得胃比头还要痛苦，于是起身去了卫生间。

自从李锌在卓小兰的帮助下，从男孩变成了男人之后，躯体内压抑到25岁的性欲被她的温柔点燃了，他觉得自己变坏了，他几乎不敢再拥有对张嘉仪的单相思或者单纯的爱情了，这样做好像有点亵渎爱情这两个神圣的汉字。

李锌的电话第二次响起来的时候，他心中的欲火已经由星星之火变成了燎原的烈火。

两个人一直喝酒到深夜才结束，李锌和熊小川达成了战略合作，将共同利用吴教授在政界和商界的关系做一个精妙的商业策划，编织一张强大无比的天罗地网。李锌明白，熊小川是想利用做咨询积累的启动资金和经营管理经验，特别是吴教授的人脉资源，成就一番更大的事业。

"机会比才能重要，"两个人分手的时候，李锌对熊小川，也对自己说，"这可是千载难逢的机会。在愈演愈烈的金融危机之中，我李锌觉得幸福而兴奋，因为这是中国经济结构的大调整，也是财富大转移的时代，我们应该时刻准备，迎接大挑战和大机会！我们这些渴望成功的人，失去的是锁链，得到的是全世界！"在酒精的刺激下，他们分别打了出租车，在寂静的成都街头渐行渐远，消失在越来越冷的夜空中。

自从李锌与卓小兰之间发生了一夜情之后，他们都有意无意地回避了一段时间，没有见面，但是，彼此心中还是经常会想念对方，想念对方什么？有点直白，就男女那点事情。大家都很明白这是欲望惹的祸，只能够用传统道德来约束。而道德现在约束不了他们的青春活力，那么，就如小兰说的，"男女之情，顺其自然"吧。

李锌最近一点也不怕冷，不远的地方，有卓小兰温暖如春的身体在等待他，不过，这次他去的是她的小户型。"那里空间小，正好冬眠。"李锌对自己说。

第十七章　浪子心情

　　上午9点，在东方富通公司许量的办公室。许量已经和几个骨干开完短会了。会毕人散后，许量的心情很不好。昨天，许量接到了邓辉和孙小眉结婚的大红喜帖！老天，孙小眉居然是退学与邓辉结婚的。这个世界真的变幻莫测，这算什么呀！许量不敢也不能够去揭露自己与孙小眉不久前还有那回事情啊！他看到两个新人来自己办公室送请帖的时候，恨不得马上逃离开新娘子依旧清纯的目光，好像她还在笑，也像是在用心用力透视自己心灵一般。特别是她挽了邓辉的手臂离开时候，回头一笑，让许量觉得很不安全。

　　许量已经苦思冥想了无数次了，那次与孙小眉的艳遇，他们是采取了安全措施的啊，应该没有任何意外发生吧？可是他还是像在丛林中没有穿衣服，没有一点安全感……好在这以后，许量真找了一个冠冕堂皇的借口没有去出席他们的婚礼，孙小眉也就像她出现那样来也匆匆去也匆匆，完全消失在邓辉的身后。许量这才慢慢放心下来。

　　等新人们离开，许量在孙小眉坐过的地方发现了一样东西：一个大大的信封。许量有种更不安全的感觉，他只是用手去掂量了一下，就已经知道了里面装的是什么了。果然是上次自己与她春宵一刻值千金后送她的礼金！对啊，礼金可不是嫖金，那样的事情是两情相悦呢，这可不能够算是嫖啊！许量做老板很多年了，坏事情做了不少，但他几乎是没有做过嫖客这样低档的坏事！她把钱还给了自己，到底什么意思呢？许量把信封打开，里面没有任何明示或者暗示。他把钱捏在手中紧张地思考，自言自语地说："危险和杀机不就在孙小眉的微笑之中吗？难道现在是有可能一失足成千古恨了？"想到自己在女人们面前的光辉形象很有可能崩溃，他开始非常焦虑，她们没有一个人会接受自己偶然犯下的任何错误。一想到谢丽、张娅和张嘉仪她们知道自己与孙小眉艳遇的事后那万般鄙夷自己的脸色，许量很想对她们说："一个好人偶然犯一次错误，比一个坏人做一辈子好事情都困难啊！"

一直到今天，他都甚至没有心情去摆弄他的雪茄，他呆坐在大班桌后面的黑色椅子上，闭上眼睛在椅子的不断摇晃中，思考他的感情问题。女人有智慧就等于女人很凶猛，她们爱你可以如痴如醉，那么讨厌你也能够要死要活，所以不要轻易去惹那些聪明的女人。孙小眉这件事情，就是一面镜子，把自己的灵魂照得丑陋。做老板的处处留情，便是处处留下把柄！他决定这一辈子都不再做这样的愚蠢事情了。他刚才很豪爽地答应了出席邓辉他们婚礼的邀请，但他知道自己其实是不能够去的，他害怕再次看到孙小眉那始终是非常清澈的目光，到时候，派人送重礼去就可以了。

许量的感情到底归于何处？这是暂时没有答案的，牵动他情感的女人，既让他欢喜，也让他忧愁：一是老婆谢丽去澳大利亚几个月了，对自己的态度已经从以前的百依百顺到了不闻不问，儿子也说他很喜欢澳大利亚，对成都的印象越来越淡漠了；二是自己最爱的女人张嘉仪，现在是满世界到处飞，一直没有联系，她的目的很清楚，要我许量完全成为她唯一的男人！许量觉得杀气太重，他就好像是掉入了爱情玫瑰陷阱的老狼，没有办法面对自己的困境和无奈；三是张娅，她和自己还有点联系，不过也是公事公办的样子，许量不敢去质问，她曾经发誓永远做自己情人，誓言到底还有没有效？他现在身边一个女人都没有，心中的空虚越来越强烈了。

许量决定，晚上至少要去约会一个女人，目标还没有选择好，但是他要结束"苦行僧"的生活了，没有女人就没有灵感嘛。然后，他就开始眼前的工作。

许量临去上海之前，做了几件准备工作。第一是派李健康去了A省，许量没有同意他想带方韧一起去考察陈丹阳上市公司的意见。许量同时还要让他单独地、恰如其分地向陈丹阳透露一下自己的上海之行。李健康走了之后，许量让江泉和李严开始摸底成都精益科技公司的管理层的基本情况，他心中已经有了金蝉脱壳的计划，他继续向精益科技公司注入了一点新的流动资金，但是他的条件是让管理层必须尽快找到独立生存的空间。现在许量就和精益科技公司新任的总经理厉天行在一起。

厉天行是原来精益科技公司的销售副总，精益科技公司的市场基本上都是他协助原来的老板陈宏兵打下来的天下。陈宏兵辞世后，他觉得完全失去了依靠，萌生了带领一帮自己的亲信去另谋高就的想法，但是许量的到来让他看到了希望。他冷眼观察，留下来了。他知道许总是做资金的老板，但他对高科技一窍不通，所以对于员工而言，老板的无知就是自己最大的机会！现在不是吗？堂堂的许量大老板不就把自己请到他的办公室，这不就要和自己商量精益科技公司的前途和命运了吗？

厉天行也是四十多岁的年纪了，他有胃病，但是他非常喜欢抽烟，许量干脆甩了一包中华烟给他，厉天行就一边和许量聊天，一边一支又一支地抽烟，他是许量这辈子见过的烟瘾最大的人！他觉得厉天行不是在抽烟，而是在"吃"烟，而且是狼吞虎咽。

厉天行简要地把公司的业务向许量做了汇报，他很注意许量的表情，用词也是特别的准确。许量对他说的公司很快就能够走上正轨表示了肯定，但是厉天行注意到了许量说话的时候毕竟是掩饰了内心情绪，他有点拿不准，这个新老板的心思到底有多深。

在这以后，许量与厉天行经常单独见面，他们之间的言行举止，有两个成语可以形容：一句是"结党营私"；另外一句是"狼狈为奸"。许量充分利用了厉天行的号召力和模范带头作用，让他带头出钱组织管理层收购公司。当然，许量没有真的让厉天行出多少钱，大家不足的收购资金有的向自己借贷有的延缓支付。新的利益关系虽然复杂，但许量还是处理得得心应手。

后来，许量又花了很大的心血，利用精益科技公司作为平台，从有特殊关系的银行贷了一笔款才总算是把自己的全部投资收了回来，大功告成，但也遗留下了挪用贷款的把柄，有了不少以后才暴露出来的麻烦，那是后话。

与此同时，李玫坐了公司的接待专用奔驰车去了一个神秘的地方。

李玫今天的心情出奇的好，一是因为明天就要和许总去上海了，这样她不仅仅是有了和许量独处的好机会，而且还可以学习到很多新的商业知识；二是许总今天虽然没有亲自和她一起来成都最有名气的"新领域商业形象设计室"，这是许总的一个朋友刘姐开办的，这是专门为成都市的商界人士开办的会员制的形象设计室，它包括了发型、化妆、服装、行为和语言等方面的综合设计与培训，这是一对一的独特设计与强化培训。有点像中央电视台一台综艺节目那样，把普通人在一周内打造成为魅力无穷的明星。这里，能够把白领快速打造成为高雅的金领。

李玫已经来了三天，她觉得这里简直就是好莱坞似的"梦幻工场"。李玫已经在这里改变了自己的发型、化妆、服装等。外表的变化可不仅是表面上的，这里的口号是"改变内心，就改变世界"！

公司的同事们已经从惊奇变成了羡慕，甚至是友好的嫉妒，李玫从最初清纯可爱的学生变成了干练的金领丽人，李玫从镜子里细细地审视自己容貌的时候，突然想到了那个可以用"妖艳"形容的女人许小露，现在自己的魅力绝不逊于她了。奇怪的是许小露已经好久没有来找许量了，李玫心想：她这样的女人，难道能够轻易地放弃了许量？

今天，李玫冒出个想法：许总为什么没有把这样好的商业形象设计与培训，和资本之鹰老板学校的商业教育结合在一起呢？她想在适当的时候，向许总提出这个建议。

今天李玫是专程来学习行为和语言的。

刘姐叫刘晓华，以前是一个著名文艺单位的化妆师，她的伙伴中还有下岗的演员和导演。多年前许量帮助她和她的伙伴们详细策划并且资助她们建立了"新领域商业形象设计室"。这些，许总都没有告诉李玫，刘晓华和许量虽然很少来往，但他们毕竟是多年的朋友。李玫的商业形象的打造也是许量之前专程和刘晓华等人一起研究和决定的,所以李玫的形象和气质的改变非常成功。

今天的"行为与语言"的设计和矫正,也让李玫大开眼界。按照刘老师的要求,李玫学习了很多的面部表情,比如:喜欢、怀疑、探索、质疑等商场上经常会用到的表情,还有用行为和动作来表现自己的看法与心境什么的,很高深莫测。

但是她觉得这些还是没有许量讲解得精彩。等下了课,李玫觉得还有点不习惯,她让司机小郭把自己送回了国际花园的家中。她站在梳妆镜前面,有点不相信自己的眼睛:眼前的李玫已经有了一种别样的味道,这是很多女人不可能有的梦寐以求的优雅迷人。"行为语言"老师,教授自己怎么样去抛射女人魅力的眼神,她对着镜子如法炮制,果然,她自己也能够感觉到镜中女人魅力四射的诱惑力。这让她明白了,洪羽菲的魅力是怎么来的了,女人的魅力来自于心灵的窗户——眼睛,只要有自信和智慧,女人就有独特的韵致。

今天,妈妈正从武汉飞回成都,李玫已经给许总请了假,她要和妈妈好好聚一聚。有很长一段时间,没有与妈妈好好交流了。她知道妈妈已经远离了许量,妈妈约她晚上在资本之鹰会所与自己见面。李玫很矛盾,有时候,她也想请许量与妈妈见一面,但是她绝对不希望许量再和妈妈走到一起。现在,妈妈有了李刚叔叔,他们如果能够结合在一起不更好吗?李玫现在对李刚的态度,有了很大的转变,她开始接受了妈妈很有可能嫁给李主任的事实。

到了晚上,成都形态各异的华灯都放射出绚丽的光彩,把成都从寒冷的包裹之中驱赶开来,李玫换上了一套精心搭配的服饰,她很满意地准备出门,临出门的时候,她抬头看见自己和许量的合影,心里很甜蜜,她本来想把这张偶然得到的照片收藏起来,她又想反正妈妈是不会到自己的小家来的,这就放心地出门了。

许量今天累了一天,觉得很无聊。他今天不想见任何男人,他没有给任何哥们打电话相约,许量知道今天自己特别想和女人在一起,就是聊天也要找个女人!他从办公室出来的时候,把车开得飞快。心里有点慌乱地打电话约许小露。

小露的声音情意绵绵："大哥啊，好久没有你的消息了。你能够约我喝酒太高兴了！可是我今天还在雅安出差，陪公司的客人。"许量一听她在"陪"客人，心中很有点不是滋味，他马上又想起小露的老板钱大富，这个完全模仿自己公司的成都东方富源投资管理公司业务模式的温州老板钱总，也应该和许小露在一起吧？他心中有点吃醋地说："那好嘛，你好好陪你的钱老板他们吧。"他有点后悔以前强迫许小露叫自己为许叔叔的做法了，后来又认了兄妹。当然，她现在不在成都也好，免得自己这个干柴烈火的"坏"男人一冲动，对干妹妹小露做点出格的事情来。许量就决定一个人去酒吧坐坐，想来想去，终于决定还是去很久没有去的芳邻路的"松林酒吧"了，这是老朋友苏文开的酒吧。

　　许量到了，时间才8点过，也许无聊的人才这样早到酒吧，许量看看空荡荡的酒吧，觉得更无聊，他想今天一定要好好喝一台酒，就自己一个人也要高兴，最好是主动寻找一点堕落的感受，越堕落越快乐吧？一醉解千愁！酒吧的服务员都认识许总，大家是第一次见到许量孤身到酒吧，都有点奇怪，但是表面上不露痕迹。

　　许量就这样一个人，要了一瓶伏特加兑了饮料，隔了落地大玻璃，面对外面来来往往、匆匆忙忙的人们，慢慢地品酒。他今天在公司接听老婆谢丽从澳大利亚打来的越洋电话时，又与谢丽大吵了一通。当然基本上都是许量孩子气的叫嚷，谢丽把话筒拿得远远的，根本不听。这已经不是一次两次了，谢丽不是对许量冷冰冰，就是不厌其烦地追问许量：你什么时候能够丢下成都来澳大利亚？许量有点厌烦了，他知道谢丽和张嘉仪一样倔强，现在都较真了，都要逼迫许量只爱其一，百分之百地登陆和占领许量的情感世界。虽然张娅没有要求自己付出全部的爱，但是最终不也放弃了，逃之夭夭了吗？

　　李玫没有要妈妈来接自己，她自己打的去了资本之鹰商务会所。她很少来这里，她不喜欢妈妈这样显赫的生活。她早已经给妈妈说了："这里不是女儿的世界，我有我的人生。"从进会所大门，一直到走进宽敞的大厅，李玫都可以感觉到这里的一切仿佛都与"资本"两个字有很深的关联。装饰的豪华是在精细地设计之下显露出来的。这里突出了会所的商务功能。这里的服务员都是本科以上的大学生,他们举止言行与一般打着"商务会所"旗号的普通茶楼的服务员有着根本的区别,这里还配备了完整的最先进的办公设备。李玫仔细看了看,每个半独立的办公间的桌子上都有8.9英寸的小笔记本电脑和打印、复印、传真一体机,问了问服务员,这里的网络速度还很快;另外还有专门的以"投资"和"融资"为主题的商务交友服务。

因为李玫是老板的女儿,所以她才能够自由自在地进入,否则这里是不欢迎未入会的散客的。李玫感觉会所客人和服务员都在关注自己"光彩照人"的形象,她一扭腰,迈动了修长的双腿,直接去了妈妈的办公室。她的倩影在穿越大厅的时候,被一位三十来岁的男士看见了,他今天是来"商务交友"的,他叫宋诚意,是成都一家广告公司的小老板,但他也是资本之鹰会所的正式会员。容貌靓丽身材婀娜的李玫是他梦寐以求的女人,他一见钟情地爱上了李玫。他虽然并不知道李玫的身份,但是他认定了要追求李玫。那就绝对不能容许她从自己的视线中消失。能否得到这样的女人是另外的事,爱情比生意还困难吗?宋诚意想起了自己从山东来成都读大学,然后很快融合成了新成都人的历史,他非常有信心在成都白手起家创业,并且取得爱情的成功!他上高中的时候,非常欣赏成都女人的漂亮与温柔,在这里成家立业就是他的人生计划。

张娅正在和成都的一个大老板谈一笔大生意,李玫到了的消息是服务员借掺茶水时低声传递给她的。张娅带话给李玫,让她在自己办公室等等,她继续很优雅地谈生意。这是关系十分重大的生意,这次回成都就是要做几个重要的决定。

李玫正在妈妈办公室无聊地打发时间,服务员小朱进来了。她微笑着来征询李玫的意见:"李小姐,外面有一位宋总很想认识您。"李玫认识小朱,知道她是四川大学毕业不久的学生,李玫就对小朱很友好地说:"我为什么要认识他呢?请你去告诉那位宋总,我不想认识他。"李玫对其他男人一点兴趣都没有,她今天最想见到的是许量,她非常想他看见自己焕然一新的高贵模样,她打定主意:如果和妈妈分手早的话,自己就打电话约许总,争取和他见一面,让他也好好赏识赏识我李玫！嘿嘿，现在的李玫该也是"天生丽质"了吧？李玫想起"天生丽质"四个字，突然想起了张嘉仪，虽然好久没有看到她了，但是心中还是堵得慌，张嘉仪才是许量的女人！我李玫怎么可能取而代之呢！她正在胡思乱想，张娅笑眯眯地推门进来了，她有好多天没有见到女儿了。猛一看到李玫，她讶异了：女儿怎么会一下子就变得这么"出众"了呢？

当女儿断断续续地讲了许量帮助她改变形象的事情时，张娅真是百感交集。她看到了李玫的感情倾向，她第一次对女儿起了疑心，因为她觉得李玫面临着有可能滑向许量的危险了！全世界的男人，李玫都可以去爱，唯独许量不可以！他毕竟是自己的情人！她一边和李玫聊天，一边向自己提出了一个很严肃的问题：现在许量还是自己的情人吗？

张娅回顾了前些日子，她和李刚坐船经过长江的情形：当时，大型旅游船在夜幕之中，停泊在三峡前面的巫山港的时候，神秘的灯光和薄雾笼罩着江面，朦胧的美景牵动了美妙的情思，自己站在宽大的甲板上，身不由己地接受了爱的拥抱，那是在当时的场景下，情感勃发时刻自然而然的产物。张娅知道从这一刻起，她和许量彻底告别了，她不想再失去李刚，她珍惜与李刚的相知、相恋。李刚虽然不是她的最爱，但是，正如李刚所说的："愿意与你一起变老的人现在已经不多了！"

张娅完全接受了他的建议：把成都的产业变现，到重庆去重新开始新的人生。可是，许量的身影还是一直淡忘不了，有时候反而还越来越清晰，不知道他现在到底怎么样？是幸福还是痛苦？张娅心里又起波澜。

李玫感觉到了妈妈一直是有心事的，妈妈的脸色也不是很好看，就关切地和妈妈亲密地依偎在一起。

妈妈告诉李玫想离开成都，也想接受李刚的想法，李玫的笑容立即消退了，她有点不知所措了，觉得自己又变成了小女孩，就像安徒生童话中那个卖火柴的小女孩那样孤立和无助。张娅又在审问她为什么不找男朋友，语气有点严厉，李玫支吾几声，她以为妈妈知道了自己暗中喜欢许量的秘密。李玫想哭，但是勉强忍住了，她站起来，去看妈妈办公室墙壁上那些名贵的画，逃避妈妈的追问。张娅看出来了女儿的心思,她想,这应该与许量有关系,李玫喜欢她的许叔叔是正常的,也是自己乐意接受的,但是张娅绝对不会允许女儿与老情人许量有任何一点越轨的意图和行为。张娅假装什么都不知道,有意转移了话题,她们开始谈论三峡的壮丽和成都发生的大小新闻。

虽然是母女,但都是女人,张娅看到了李玫在许量的调教下,出落得超凡脱俗,她由衷地说:"玫玫,乖女儿,你现在有高贵气质,有成熟女人的美,但是你一定要用好你的聪明才智,争取在成都的商场上做出业绩!如果妈妈真的和你李刚叔叔去了重庆,你自己一个人在成都一定要好自为之。"李玫一听妈妈还是担心自己,就故意噘嘴说:"妈妈还是把女儿小看了!"此时,如果有人看见她俩,一定会认为她们是两姐妹,因为张娅同样是美艳的女人,她们的区别只是年纪和阅历不同而已。

张娅的电话响了,是李刚与他的朋友们的集会结束了,他说想到会所来看看。张娅看看女儿,就低声说:"不用了,今天我要好好陪伴一下我的宝贝女儿。"李玫却推辞说:"妈妈,我今天很累了,我想早点休息。明天我和许总还要去上海出差啊!"张娅的电话还没有挂断,她见女儿态度坚决,就对电话中的李刚笑道:"我女儿同意我们的事情啦,你抓紧时间过来吧,让女儿接见一下你这个未来的爸爸?"

李玫听张娅说李刚是她未来的爸爸,本来想告诉妈妈她不会轻易这样喊李刚为"爸爸"的!

她的父亲只有一个,那是已经去世了的爸爸!

但是她看见了妈妈说话时流光溢彩的眼神,她在心中叹了一口气:张娅与许量的轰轰烈烈的感情就这样完蛋了。现在是妈妈离开了许量,李玫觉得许量还真有点可怜了。李玫觉得自己很像是这个世界的旁观者,她没有等李刚到来,就坚持要离开妈妈回自己的家去了。

张娅没有办法,女儿头也不回地离开了资本之鹰商务会所,她从李玫坚决甚至有点倔强的背影中,领悟到了"女大不由娘"的真实感受,这与你是不是商界女强人没有一点关系。

"小桥流水"乡村饭店，非常有特色，它位于四川雅安市雨城区南郊乡狮子村，经年流淌不息的周公河，在那座历经沧桑风雨的吊桥之旁。它依河岸而建，庄内绿树成荫，河风徐徐。

　　今天下午，许小露和公司老板钱大富一起从成都开车出发，陪伴与公司资金合作的客户，专程来到雅安市区附近的周公山温泉公园泡温泉的。他们的第一站是在"小桥流水"乡村饭店吃晚饭。大家先是享受这里用音乐石天然矿泉水泡制的香茶，闲坐于绿树掩映的长廊之中，品茗赏景，其乐无穷。然后，开始尽情受用野生黄辣丁、河鲢、石爬子烹制的菜品，味道鲜美，营养丰富。尤其是这里的生态老腊肉等特色菜，让公司客户笑逐颜开。

　　钱大富看着许小露，心中赞许：这个小女人呢，不仅是漂亮，而且做接待是天生的人才，她虽然也和大家一样是第一次来雅安，但是她仅仅依靠从网络上找到的资料，就把这次做生意的旅程安排得非常愉悦，为严峻地资金合作谈判制造出了一种和谐融洽的氛围，这已经是首功一件了。

　　酒足饭饱后，大家就继续前行，几分钟后，他们就到达了风景秀丽、依山傍水的周公山温泉公园。公园的第一家温泉宾馆就是楠水阁温泉度假酒店。

　　酒店居山临水，清新雅致，四周有苍翠的树木、诗意的田园风光、温柔的周公河流过，还有一流的热矿泉水。

　　许小露他们陪伴的是钱总新发展的私募客户，从浙江来的几位老板，其中就有钱大富老婆的远房表弟阿龙。他们看起来都文质彬彬的，只是一有机会就向许小露献殷勤。小露在东方富源投资管理公司工作有几个月了，她已经习惯了钱大老板对女助理以眼神为主的轻度性骚扰。好在钱大富是真正的高手，每次，他的骚扰都好像清风滑过许小露的心海，有波纹，但绝对不是波浪，更不是狂风恶浪，这让小露完全能够感觉到钱总的骚扰水平，真的"高"，"实在是高"！

　　在大家准备下温泉池子，尽可能地赤诚相见的时候，许小露精致的红色手机响起来了，这是许量的电话，已经太久没有接到他的电话了！小露的脸色分外的甜蜜，她能够接到许量的电话，真的是受宠若惊，虽然她接许量电话的时候，和钱总他们保持了一段距离，但是她知道，他们一定还是听出了她的幸福和亢奋。

现在是晚上9点了，许小露却有点心不在焉了，她的心已经飞回了成都。大家在温泉池子里泡澡，小露的身材和容貌是当之无愧的佳丽，不仅男人们看得眼红心跳，女人们也心悦诚服，年纪大一点的女人呢，觉得这就是她们的过去，年纪小的女孩子，就会认为小露的光彩照人，也会是她们的将来。

现在，许小露和钱大富，还有其他的几个男人，都共用一个温泉池子，这是男女混用的池子。小露抬头看看四周，从温泉池子里升腾起来的水汽，已经在头顶上空变成了云雾，如纱幕般笼罩着池中的男男女女和池边的木屋、竹林，各色灯光透过薄纱给这一切涂上光怪陆离的色彩。小露感觉很神秘很惬意，她闭了双目，把钱老板幻化成了许量……

水温的传导让瘦瘦高高的钱大富按捺不住男人的欲望。他的眼睛有点像金鱼的眼睛，目光所及，都是许小露曼妙的身材和她妩媚的言行举止：她雪白的皮肤在微弱的地灯的照耀下，在黝黑的温泉水之中，更加白嫩可人。何况，小露随意摆弄身体的样子，让喝酒不少的钱总躯干上面很正常，下面却有点出丑了，于是他赶紧转移目光，觉得许小露今天的确非常讨厌！让他差点把持不住做资金借贷生意老板的威严。

虽然，今天他老婆破例没有随行来雅安监督自己，那是她不知道"小妖精"许小露会被自己悄悄安排做了随从的缘故，更重要的是，今天来的投资者中，还有老婆的远房表弟阿龙，所以钱大富的老婆非常放心。但是，老婆呀，你哪里知道，天下男人在好色的问题上，都是天然的同盟军！阿龙前次在成都的女人以情为武器闹事，没有摆平，还不是我大富帮他处理的嘛。

钱大富的几个生意伙伴，在晚餐酒的作用下，都有点原形毕露的样子了，他们对许小露都露出了色眯眯的目光。在水雾蒸汽缭绕之中，大家还是很困难地努力地保持了绅士的样子。在钱大富的提议下，他们开始谈生意合作的事情了，这样，男人们才都从尴尬中解放出来了，毕竟钱比女人更重要。

许小露懒得听他们关于资金、利息和合作的话题，她抬头望星空，几颗闪耀的星星若隐若现,凝眸望去,星星就加倍地清晰起来,这和看人一样,多观察才能够看得明白透彻。

仰视星星,不由思念起了她梦寐以求的男人许量。他今天居然给自己来电话了!小露一高兴,开始轻轻哼起一支小时候听妈妈唱的山歌:"青山移不走,绿水剪不断,远方的人儿,近处的人儿,都是满天星。"歌声在夜空中,悠悠地远播,让隔壁池子中的男女老少都喝彩起来。

许小露在"小桥流水"乡村饭店晚餐的时候,也陪大家喝了不少酒,她有点困倦了,就与钱总他们告辞。当她"出水芙蓉"一般露出她袅娜的身段时,钱大富和客人们的话题又回到"性感"女人上来。这几个男人,对她突然离去,表情各异,有的失落,有的反感,还有的是难受。阿龙看看大富的神态,对他耳语了一句:"金钱是春药,美女是毒药,男人都得小心翼翼。"

第十八章　含春之夜

许小露回到宾馆，遇到了公司的司机小钟和小林，他们正准备出去闲逛，刚好与小露擦肩而过，两个小伙子都忍不住同时回头，虽然女人身着白色的浴袍，带着她的青春靓丽，一路款款而去。但是，美女是含蓄的诗歌，即使全部采用隐喻，男人们还是完全能够领略诗歌独特的美。

小钟不由自主对小林说："兄弟，我现在是单身，以后找女朋友，就要找许助理这样的女人！"

小林哈哈大笑道："你这家伙，欺负哥们不是单身哈！我现在有了女朋友，就不能够再找许助理这样的女人了吗？我这次回家就把家中的那一位赶出家门，虚位以待，重新再耍一次朋友嘛！"碰巧的是，小林话音未落，他女朋友的电话来了，小林立刻态度端正，眉开眼笑。小钟很耐心地等待小林把"工作"汇报完毕，他们在嘻嘻哈哈的笑声中远去了。

小露回房间后，直接去了卫生间洗澡。

温水中浸泡的小露，感觉体温骤升，她知道她在思念许量了。若不是寂寞到了极点，许量这样的男人，是不会主动给自己打电话的。小露立即停止了洗浴，计算着回成都的时间，对，现在启程，凌晨1点过就能抵达。于是，她带了不少水珠，回到房间去给许量发短信。

许量几乎是同时收到两条信息，一个是许小露，一个是李玫。原来李玫回家后，觉得很无聊。张娅和李刚回家把手机关掉了，他们是第一次亲密地享受二人世界。李玫本来有点小事情，想问问妈妈，既然打不通她的电话，也不便打扰了。看看已经收拾妥当的行李，就不由得想起了明天中午要和许量一起去上海了。她下午还给上海的洪羽菲通过一次电话，羽菲的声音总是那么富于魅力，李玫则想：自己已经是焕然一新了的女人了，到时一定会让洪羽菲大吃一惊的。

她去卧室的隐蔽处，拿出她秘密写了大半年的日记本，里面记录了很多与许量有关系的点滴事情，这是一本少女苦情账。李玫有时候也觉得很羞愧，这个男人毕竟曾经是妈妈的情人。但是令人难耐的空虚让她变得大胆了，她不能自已地想念许量。她给许量发了一条短信息："许总，明天出差还有什么安排吗？"

这是一个借口，一个很单纯的借口：此时此刻她渴望见到许量。

许量再看看小露的短信息，写的是："大哥，你在哪里？我现在已经在回成都的路上了。我们一会儿见吧。"

许量已经喝得很高兴了，一扫之前的空虚寂寞，他在松林酒吧遇到了好几个同行，大家又是不分彼此地聊天喝酒，大声宣泄着心中的喜怒哀乐。罗向东是融成投资公司的老板，他和肖希权一样，也是许量的小兄弟，半个小时前他和一个朋友来到松林酒吧，看到许大哥居然是一个人孤孤单单地借酒消愁，他觉得很不可思议。他马上给娱乐的老搭档肖希权打电话，准备多叫几个人来饮酒作乐，为许量助兴。许量立刻制止了他，他说："向东，你不要乱打电话，现在希权要在家中服侍他老婆。"罗向东这才记得肖希权已经快为人父了，只好作罢了。

许量觉得两个女孩子都太小了，是晚辈，绝非自己感情的目标或者归宿，但是，许量想今天仅仅是和罗向东几个兄弟喝酒，也有些寡趣。再者，让小露来见见罗向东这几个单身汉也算是给她一个机会，于是他马上回了小露短信，让她回成都后直接到芳邻路的"松林酒吧"，他和她不见不散。对李玫，许量犹豫了几分钟，他害怕看到张娅责备自己的眼神，终于放弃了把李玫也叫来喝酒的想法。他对自己说："许量，看来你的境界也并不高，难道没有女人就没有许量吗?"他赌气和罗向东喝起酒来,心中在想:现代社会中,有几个"成功人士"没有"不成功的感情世界"呢?世界始终是平衡的,你拥有了金钱,往往就会失去爱情!山盟海誓的爱情,早就不存在于这个被称为"老板"的团体之中,"身无彩凤双飞翼,心有灵犀一点通"的古典爱情,更不会再登上那些网络中新新人类的道德孤岛了。我们生活在道德的荒原,我许量不是什么圣洁之人,做事情也只能够随心所欲,这就是现实,残酷而真实。

许小露得到了许量等她的承诺之后,立刻动身。她没有给钱大富请假,她肯定他是不会放自己走的,于是她叫了司机小林,让他把自己送到了不远的雅安市区。在喧闹的街头,她对小郭说:"我有一个亲戚在雅安市区,你回去转告钱总:今天晚上,我就住在他们那里。"

小郭走后,许小露立刻乘坐出租车,直接回成都了。一路上,她兴奋莫名,燥热难当,她有预感,现在就是亲近许量的最佳时刻。她看着沉沉的夜空,粉面含春地暗暗思忖:她和许量今天会发生什么事情呢?又应该发生什么事情,才合理呢?

李玫没有得到许量的短信回复,心中不悦,就去网络上看小说。她喜欢金庸的武侠小说《神雕侠侣》中那个最倒霉的小女孩,就是那位郭靖和黄蓉大侠的女儿郭襄,她为什么偏偏要爱上大自己二十多岁的杨过呢?李玫逐渐开始把自己当成了郭襄,许量当然就是大英雄杨过大侠了,而张嘉仪应该就是冰清玉洁的小龙女了吧?她开始自怨自艾起来。她突然站起来,把许量和自己的合影,拿起来仔细端详,许量的神态根本就不在意自己,李玫心中一生气,心想:这辈子我李玫绝对不可能和许量在一起,那么就和郭襄一样去做尼姑罢了!郭襄后来不是创立了武林中的大门派——峨眉派吗?难道自己将来也去拉帮结派吗?那又是什么帮派呢?

她把合影反扣在桌子上,自言自语地说:"我李玫就是当尼姑,那也是美貌的尼姑!"然后,去互联网上的虚无时间和空间中,漂流自我去了。

听说有美女从外地来,罗向东就兴奋起来,他问许量:"来的美女是不是资深的老美女哦?"许量只是与他喝酒,笑而不答。许量对罗向东说:"最近我得到北京朋友的消息，有关部门在调查浙江一带的民间资金情况，据说是有可能制定《放款人条例》了。"罗向东没有听明白，许量大笑一声："《放款人条例》出台之时，就是中国民间资金的出头之日。今后，在不是非法吸收公众存款、借贷利率不超过基准利率4倍的前提下，个人有望合法注册从事放贷业务了！"罗向东立刻兴奋起来，这比见到任何大美女还要兴奋，他收起嬉皮笑脸，很感慨地说："我们是盼太阳，再盼月亮，现在盼来星星之火，也还不错。这样就好了，许大哥，您有大机会了！但是要带领我们这帮兄弟一起做大事情哈！那你还要放弃我们的民间借贷生意吗？"

许量觉得他的状态，才配得上叫"老总"。所以，很认真地点点头："如果有合法的《放款人条例》保驾护航，嘿嘿，我看我们成都的民间资金应该大张旗鼓了。不过，我还是很担忧，或许，我们的希望越大，失望也就越大。"罗向东点点头："大哥说得对！《放款人条例》的内容才是最重要的，但愿在经济危机下，我们能够放开手脚，大展宏图。"许量沉默了一下，对已经看到曙光，但不完全确定的民间借贷未来，他还是有了把自己在民间借贷市场上的拳头先收回来的想法：既然是"现金为王"，那么就应该尽可能的少做借贷，多储备现金了。

罗向东的朋友先告辞了，许量和他开始谈论以后几年的成都资金市场可能的变化。罗向东给许量提醒道："许哥，听说，有一位您以前的老同事熊小川和您的学生李锌搅在了一起，他们好像是在打川大吴教授的什么主意。""吴教授？就是四川大学的那位著名的经济学教授吴明智吗？"许量问道。罗向东用酒杯和许量一碰，仰头喝了杯酒，再点点头。许量觉得有点奇怪，熊小川不是一直在做管理咨询吗？他也有意来做资金放贷生意吗？对于李锌，许量并不担心，这个学生现在是越来越多的人在关注他的行动，这反而倒是好事情。

夜深了，小露赶到松林酒吧的时候，已经很疲惫了，但是她看到了许量，旅途的劳顿瞬间消失。在酒吧的柔和的灯光下，她更是一个韵味无穷的女人。许量觉得很满足他的虚荣心，他大声给哥们罗向东介绍："小露是我的学生。"罗向东不怀好意地怪笑一声："只是学生吗？"许量只好以酒代话，一杯接一杯地去堵罗向东喜欢开玩笑的大嘴。罗向东却不依不饶,又说:"那又是什么地方的学生呢?家里,还是学校的哦?"

许小露可是赫赫有名的"宫廷金宴"出来的客户经理,什么样的男人她没有见过?开什么样的玩笑她没有经历过呢?她看许量喝了不少了,就很优雅地接替许量,用美女的"温柔一刀"来对付罗向东的贫嘴。许量想:小露虽然不是张嘉仪那种极品女人,但是还年轻,时间会让她会修炼成功的,因为女人漂亮可以是天生的,但女人的美丽一定是修炼出来的,可惜我已经无福受用了;但有了小露这样的学生配合自己将来的大生意,在商场中搏杀,当然能够春风得意。有空的时候,许量决定多教教小露,他想让她尽快熟悉民间借贷最核心的一些秘密手段。

许小露和许量各怀心事,但是酒是好东西,它可以在瞬间沟通男女之间最难跨越的道德沟壑,很快,他们之间的目光搭起了心灵之桥。罗向东看出来了,立刻觉得了自己的多余,他后悔没有把自己的女秘书兼情人一起带来,于是他识相地向许量他们告别了。快两点钟了,酒吧里面只留下小露和许量两个人。此时无声胜有声!他们从对方的眼睛中看到了彼此深藏的欲望。许量心中的善与恶两种力量冲突之激烈,小露是看不出来的,她和许量并肩走出酒吧。许量很有些醉意了,但他能够依靠多年熟练的驾驶习惯把车开得很平稳,他觉得自己好像是在开有轨电车,一直是被习惯牵引着自动回家。快到家的时候,小露的心跳加快,她有为许量献身的愿望已经不是一天两天了,她期待着……

许量还是一言不发,他是有操守的男人。在电梯里面,许量没有目视小露,他完全可以感觉到她年轻的春情笼罩着自己中年男人寂寞的心。许量想到了谢丽和张嘉仪,她们言之有理地抛弃了自己,已经几个月了,难道这就是她们对许量的爱?如果没有她们的冷漠,今天,我许量会沦落到和小露在一起吗?"沦落"?我不甘于"沦落"的。回到家中,许量的欲望冷却了很多,他完全不知道,小露虽然周旋于灯红酒绿,其实她还是处女,为了压抑激情小露默默地去洗浴去了。

许量听不到浴室中的水声,但是,他的脑海中全部是小露香艳的胴体,很色；耳朵边全部是"哗啦"的流水声，很美。中年男人难道非抑欲不可吗？哼，许量去酒柜中拿了一瓶上好的红酒，倒上了两小杯，又加了一点冰块，再把音箱打开，那是一曲《回家》，声音很轻柔很动人，似在催眠，许量睡在躺椅上，开始迷糊了，他需要冷静。

小露在宽大的冲浪浴缸里泡澡，看到了什么是精致的、什么是极品男人的生活。她想到了自己的家乡，美而贫的地方，禁不住一阵酸楚，小露站起来用喷头冲洗自己的泪眼，眼泪配合着水流，消失在自己的脚下的时候，她基本上克服了心中的障碍：爱上许量是宿命。她眼前飘过了许量十年前，到自己家乡旅游时的情形。那一幕场景清晰得就如昨天发生一样，他当时就站在自己已经悄悄买下来的那片山水景观上，说道："生如夏花之灿烂，死如秋叶之静美。"小露知道这句非常动听的话是印度诗人泰戈尔写的，她现在就要和许量"生如夏花之灿烂"了。

但是，小露出来找遍了整个房间，许量居然不见了。桌子上放着已经喝掉半瓶的美酒，音乐还在很平和地流淌。小露看到盘旋而上的楼梯，她知道许量此刻一定在楼顶花园。

许量站在屋顶，任朔风吹打，他穿上了很厚实的睡袍，头脑也完全清醒了。

他很渴望但是却不能够与小露发生一夜情，他开始努力地想念老婆谢丽、情人张娅、张嘉仪，想念她们的可爱和深情，不再怨尤她们了。他对她们的爱的回忆和思念足以让他能抵御小露青春洋溢躯体的进攻，当小露出现时，他内心涌动的欲念已经平息了。他俩一起坐在屋顶，直到东方放亮。

他们手握手，许量任凭小露像小猫咪一样依偎着自己，他有点感觉，也很乐意地看着小露幸福又满足的俏模样。许量在心中开始试图彻底反击任何传统道德的约束，但是他失败了：许量终于做不了一次那种能够一夜情的男人。一夜情也是情，与那些他以前纯粹的性交易无关。

许量看着远方的夜色很深沉，他一下明白了，他们今晚的相聚还不是男女之间的欢娱，现代社会人与人之间的冷漠，反而让他们此时此刻，有了一种说不清楚、道不明白的相互依恋的感情，那是一种超越时间和空间的感觉，那是"四不像"的感情，非婚姻非爱情非友情非欲望。"居心于有意无意之间，处人以不即不离之法"，这句话对很多城市中的欲望男女特别有用。

许量很满意，自己没有轻易跨越男女大限，小露丰满的身体给许量的已经不是女性的刺激，而是能够让他心平气和的宁静。许量会永远记得小露在他耳畔吹气如兰的话语："许哥，我说过，小露愿意为你献出一切的。"许量摇头说："傻丫头，从今天晚上以后，我们不能够再这样放纵自己了，做人是不能够完全随心所欲的！"后来，小露终于告诉他，她在广元市的青川县老家已经买下了一大片"桃花源"一般的山林，那是为了许量闲暇的时候，去修身养性的。许量听了很感动，他记得那一片山水，那是梦中的世界。他俯身亲吻了她冰冷的脸庞，但是他非常坚决地告诉了小露："这里不完全是我许量的地方，这里有谢丽的一半。我们不能够在这里做出格的事情。"小露很温顺地点点头，觉得她的身心不再慌乱和迷茫。

许量此时在心中做了两个重要决定，一是去一趟澳大利亚，他要和老婆摊牌，要么和自己一起回到成都，要么选择离婚；二是他要尽快找到张嘉仪，他要大声地质问她：既然爱我许量，为什么这样悄然无声地离开呢？许量叹口气，为什么这个世界的诱惑这样的多？中年男人，尤其是成功男人，要把自己的感情完全放在一个女人身上，需要无比的勇气和经常的努力。

许量给小露说起了他小时候，在四川东部的穷乡僻壤，好像一枝苦涩的竹子一样顽强生长的故事，也讲到了谢丽、张嘉仪、张娅三个女人，就像是在讲其他人的故事一般。讲述到难受的时刻，许量也为自己的人生历程悲泪了。他娓娓述说着，小露进入了许量的精神世界，这里包罗万象，好坏皆有。

太阳即将喷薄而出的时候，她紧紧地拥抱着许量，小露泪珠涟涟地说："我只是想做你许量生命中其中的一个女人而已。我不渴望成为你的老婆，也不企盼成为你的情人，我是你的朋友，就做你最好的女朋友，好吗？"许量想起了十年前，那个在山区小路上风雨飘零之中的瘦弱的女孩子。这些年，许小露难忘许量的鼎力资助，她能够上大学，能够在成都这样强者如林的地方生存与发展离不开许量。许量不能接受小露以身相许的回报。所以，他决定压抑心中的欲望，对小露说："小露，其实我们做兄妹就已经很好了！当初，我帮助你的时候并没有想过什么回报，你不必觉得欠我的想报答我。我喜欢你，但不是爱你，虽然我许量也不是什么圣人，但轻易那样做的话，只会彻底破坏掉我们之间的感情，你明白吗？"

许量其实很想告诉小露，自己虽然是大男人，甚至是有些花心的男人，而且做事情也不太喜欢去顾忌苍白的道德约束。但是，男人的心胸再怎么宽广，再怎么多情，他一生所珍爱的女人也只是有道德限制的少数！许量不想在感情上"心有余而力不足"！自己能够珍藏在心中的女人应该只有两个，现在只有老婆谢丽和张嘉仪两个女人，张嘉仪也是继张娅离开了才有立足空间的！许量对女人，除了爱，就只能够是喜欢了。喜欢不等于爱，这一点许量比很多的老板都更懂得，把握得也更有分寸。

小露想哭，但是她努力地微笑着，这已经足够了：他喜欢我，而且他在以后的事业中，也有我！

他们一起看着东方的日出，霎时，久违阳光的灰暗城市顿时光芒四射。这是成都冬天难得的暖阳啊！所有成都人都知道的，今天又将是一个难得的暖洋洋的休闲日。

许量看看时间，要上班了，他和小露相拥着下了屋顶。他们去了浴室非常自然地共浴，他们热烈接吻，他们赤裸身体，居然什么也没有做。许量和小露在温暖而快乐的气氛中，非常自然地欣赏了对方的胴体，有点像孩童时候的嬉戏。他喜欢小露圆润的身材；小露喜欢他依然非常强壮的身体。连许量自己也非常奇怪他此时此刻的心态，居然没有任何负罪感！不知道是金钱的魔力，还是人欲横流的时代改变了许量，他觉得，有时候自己已经变得面目全非了。

许量语气很柔和地制止了有点冲动的女人，他说："小露，你再等等，我不是不想要你！但是至少现在不行。如果，以后我心中有了感情剩余的空间，那么你早晚都会是我的女人。我们今天肌肤相亲并没有冲破道德底线。我头很乱，我需要尽快去理顺我的感情世界。虽然，我不能够娶你，但是我一定要具备喜欢你的条件。也许，中年的男人最需要的不是女人的青春和热情，而是需要清修和无为。"许量说完这样的话，他没有内疚感，他与很多老板或者成功人士一样，对"三妻四妾"都是真诚地"爱"或者说是情深，他们已经是生意场上游走在法律灰色地带、生活上站在道德边缘的男人。

小露则微笑不语，她觉得有可能做许量的女人，此生足矣，她暂时收敛了情感野心，很平静地答应了许量："我们以后还是兄妹一样地相处。一直到你许哥心中有小露的空间或者地位为止。我绝对不是一个麻烦的制造者。"

"麻烦的制造者？"许量打趣道，"这是台湾陈水扁的专用称谓，你不可以乱用的！"

最后，许量叫公司的司机小郭开奔驰车，把小露送回了雅安。快到雅安的时候，许小露才开机，一会儿，电话响起了钱总的声音："小露，你什么时候回来呀，有事找你。"看来，他并不知道自己回成都会许量的事情，小露为心中藏有大秘密而快乐，很得意地哈哈大笑起来。但片刻之后，她又想到自己与许量的关系，立刻就惆怅起来。

司机小郭完全不能够感受到许小姐心情的风云变幻，他觉得有点莫名其妙。

许量来到办公室，他的精神出奇的好，也许是因为小露对他精神的抚慰，他千疮百孔的感情世界，又恢复了勃勃的生机。他没有像以前那样注意李玫，今天李玫的情绪不是很好，虽然人比以前更漂亮了。

在李玫的协助下，许量派兵布阵，把公司的事情尽可能地安排妥当。

《放贷人条例》可能要出台的消息，让许量内心很激动，但是他没有表现出来，在与公司的骨干们开会的时候，他有意识地把自己的乐观和激情很有分寸地表达得淋漓尽致。最后，他直接总结道："《放款人条例》如果真的能够出台，我们就可以在阳光下生存与发展了，民间资金能够参与中国经济的发展，就会有自己的一片蓝海。"江泉和李严、唐力等人都发言表示完全听从许总的教诲，抓紧时间寻找新的项目和研讨新的业务方式。

到了中午，司机小郭已经从雅安回到了公司，在过道上，他遇到了到处找他的李玫。李玫一见到他,有点生气地质问道:"小郭,你跑到哪里去了?许总和我马上要赶去机场了!"小郭大大咧咧地笑道:"李助理,我是去完成许总交代的秘密任务去了!""秘密任务?我怎么不知道?"李玫很纳闷。

她跟着小郭进了员工办公室,没有和江泉他们几个人打招呼,就把小郭叫住了,很平淡地追问一句:"小郭,你到底是去哪里了?"语气有点逼人。小郭看李玫当真了,赶紧放下了杯子,他还没有喝上一口热水,他看看四周,见没有人注意,就在李玫的耳边说了句:"我帮许总送了一个大美女去雅安。"李玫一听"大美女"和"许量"几个字,心口绞痛,她不由自主地补问一句:"是从哪里接到大美女的呢?"小郭顺口说:"当然是在许总的楼下啊。"李玫有点晕眩了,原来许量是因为有美人陪伴而没有回复自己的短信!看到小郭很奇怪地看着她,李玫赶紧给小郭一个尽量美好的微笑,然后硬撑着离开了。

回到家中,她把存在秘密的青色小玉重新拿出来审视了很久,终于决定惩罚这块玉佩,不让它陪伴自己去上海。

在去机场的路上,李玫推说自己昨天晚上失眠了,就闭了眼睛养神。她的内心充满了对许量的鄙视!她虽然不知道那个去雅安的大美女到底是谁,但是许量才离开女人们几天啊?!至于吗,这么快就有了其他的女人。李玫为自己喜欢这样的花心男人而难过。李玫觉得妈妈的选择一点问题都没有了,李刚就是比许量强,她决定从上海回来就立即全力促成妈妈和李刚的婚事。

第十九章　上海之行

　　许量不知道李玫的心事，今天上午的太阳不错，但毕竟是冬天，现在有点变天了，中午的成都居然有点起薄雾了。

　　当飞机从双流机场腾空而起的时候，许量的疲惫如潮水般涌来，他闭上眼睛感觉到飞机正在向上不断地爬升，他想睡了。

　　李玫没有少坐飞机，但是她很胆小，最怕飞机起飞和降落，她看身边的许量这样自私，一点都不关心自己，甚至没有一点怜香惜玉的表示，恨不得立刻下飞机，回到妈妈的身边。可是，世界上是没有后悔药的，现在许量睡熟了，他的头很自然很轻松地靠在了李玫的肩头上，李玫第一次和许量以这样的方式亲密接触，她心跳得越来越激烈，也不再恐惧飞行了。

　　飞机在云层之上很平稳地飞翔，许量在李玫的肩头上很踏实地休息，李玫看到许量睡得像婴儿一般，她轻叹了一口气，明白了为什么妈妈对这样一个有几个女人的男人始终是难舍难分的原因。也许优秀的男人才是这个世界上的稀缺品！一个优秀的男人被几个女人包围，其实也是人之常情。李玫的想法有点反叛，她想：女人如果理智地想想，如果自己的男人是"放心牌"的男人，世界上只有自己一个人喜欢他，那恐怕也不值得自己去爱了。"好东西要分享"，李玫的目光变得更清澈了，她完全可以感受到许量的呼吸和轻柔的鼾声，很舒服。李玫昨晚上网到很晚才睡觉，现在伴随许量的气息，她也慢慢地睡去。旁边的乘客和空姐都以为他们是一对很恩爱的情侣，所以都好意地没有打搅他们。

飞机快到上海虹桥机场的时候，许量苏醒过来，他一抬头，发现自己刚才居然睡在了李玫这个小姑娘的肩头上了，很不好意思。他发现李玫在一旁睡得非常甜，觉得自己这个叔叔也太没有绅士风度了，今天一直有心事，所以没有怎么去关心李玫。他开始设想即将来到的上海，他将与上海商人打一场商战。大战前夕，没有与小露越轨，应该是天注定的，这也与许量坚持在商场中的每次大战之前从不与女人做爱的原则有关，并非自己高尚而是惯例。不知道小露现在怎么样？她回去后发来了一句短信："生如夏花之灿烂。"许量明白她的意思，回了一句："死如秋叶之静美。"这是他们预定的爱的暗号。许量想起了她年轻的接近完美的洁白的身体，心情有点浮动了。这时候，身边的李玫还在深睡，她微微动了一下，嘴里面嘟哝了一句话。许量简直不敢相信，因为李玫居然说："许量有什么好？还不是一个坏男人。"许量觉得其实他很不了解李玫，她为什么要说这样的梦话呢？这真的是梦话吗？

飞机平稳着陆了，李玫苏醒过来，她的心情已经变好了，因为她梦见她非常痛快地骂了许量，梦中的许量张口结舌，哑口无言！她痛斥许量那种爱江山更爱美女的霸王之气，想把天下美女都收归他一个人所有的勃勃野心！

李玫没有注意许量看自己的狐疑的眼光。飞机在跑道上滑行，缓缓地停稳了，过道里站满了急于走出飞机狭小空间的旅客，许量叫欲起身的李玫不要急，他喜欢最后宽松地离开。

上海，许量最喜欢的中国城市之一。这里的繁荣和现代是中国第一位的，许量最喜欢这里浓郁的商业气氛，做生意简单直接，没有成都人一边休闲、一边做生意的懒散。许量想，如果能够在上海再开设一家自己的公司就最理想了，当然成都才是自己的根本。在他思考之时，他们已经穿越了机场大厅，快到出口时，传来了洪羽菲特别诱人的声音："阿玫、许总！我在这里呢！"

洪羽菲亲自驾驶的红色宝马车，在机场高速路上飞奔。许量坚持坐在了后排，他饶有兴致地倾听前面的两个年轻女人嘻嘻哈哈的对话，成都女人的婉约，上海女人的大器，在同样的话题中，不同的韵味，许量觉得上帝垂爱自己，所见所识的总是美女。当然，他知道这是因为自己做的是"钱"生意，普天之下，没有谁不知道美女是金钱天然的盟友，他们永远在一起。

许量想起了张嘉仪那张温柔的脸，有点后悔，一时冲动与许小露"赤诚"相见，虽然，他们没有更深入一步的那件事，但是，毕竟对不起嘉仪！看来她固执地要逼自己与其他女人分手是完全正确的。要知道，我许量虽然还不是色鬼，但是也是好色之徒了，常在花间走，怎能不沾香？

许量和李玫先是被洪羽菲直接安排到了上海锦江汤臣洲际大酒店，这里位于新上海金融中心，也是上海最好的酒店之一。

在许量的房间，他刚坐下来就告诉洪羽菲："我还有一个投资顾问李健康先生明天也要来上海。"洪羽菲立刻笑道："许总放心，你这位漂亮能干的秘书早就通知我了。"说完，洪羽菲就挽起李玫的手，开玩笑说："亲爱的阿玫，才几天时间没有见你，你就像变了个人似的，魅力四射啊！我看你是不是得了什么秘诀了啊？"两个女人是嬉闹着难舍难分的样子，洪羽菲干脆建议道，"乖阿玫，我的家就在附近，你晚上到我那里去，房子是我一个人住的。你就不用住宾馆吧？"李玫漂亮的大眼睛征询地望着许老板，许量宽容地说："你们两姐妹不要睡得太晚，影响了明天的工作。"李玫和洪羽菲嘻嘻哈哈地离去了。

许量习惯了一个人出差，这次，也不需要与李玫商量什么，她走了也好，自己可以更自由。但是人算不如天算，这样一件普通的事情，居然也给许量和张嘉仪的爱情带来了第一次大的裂痕，这让许量始料不及。

他环视这个豪华的套房，装修风格清新、自然、现代感十足，很符合自己的审美标准。

这时候，他收到了小露一个字的短信息："想。"许量觉得有趣，这个小女人，心思就是这样，她是在暗示自己什么呢？一个"想"字，就什么都有了！许量立刻回了她一个"要"字。没有想到小露又给了许量两个字："男人"，许量只好也回答了两个字："女人"。小露快速回复了许量三个字："柳下惠"；许量本来想回"潘金莲"三个字的，但是觉得这样太轻佻，回了另外的三个字："孟姜女"。

许量很喜欢玩这样的文字游戏，然后他静静地等待许小露的第四个字，谁知道却没有了下文。许量觉得扫兴，他把房间的液晶电视打开，看看上海电视台的节目，觉得很无聊，于是许量决定主动出击，又玩笑着给了小露发了四个字的短信息："水中望月"；小露则回道："口是心非"。这四个字让许量产生了联想，更有了离经叛道的快感，说不定张嘉仪比自己还经不起爱情的考验。时间可以改变一切，世界上最容易说的和最容易忘记的就是爱的誓言，哪里有什么"地老天荒"呢？

许量把记录张嘉仪号码的电话簿翻出来，在手中把玩，眼前浮现出张嘉仪的身影，他不知道应该怎么样去面对他与她的2008年5月的约定了。他给在成都的铁哥们肖希权打了一个电话，一阵寒暄，肖希权才知道许量的醉翁之意是想知道他的女人张嘉仪的最新近况。

最近，肖希权没有少为许量和张嘉仪的感情问题操心。他现在和老婆王可心的感情正酣，所以很同情地对许量说："许哥，我看这感情的事情还是专一的好，这与咱们做资金放贷生意一样，需要专注和专一。"花花公子肖希权都能够说出"感情要专一"的话来，立刻让许量自惭形秽，他收了电话，知道了张嘉仪其实已经回到了成都，但并没有向肖希权打听自己的情况，心里怅然。看来自己不离婚，不发誓专属她一个女人，那么她是宁愿单身，也不会再见许量一面了。其实，许量有点害怕这种固执的爱情，他一直在逃避，也同样固执地压抑住感情，没有给嘉仪任何消息。他想：我许量这辈子一是爱江山；二是更爱美人，如果爱情可怕到要自己放弃已经视为拥有的几个女人的生活，那么这样的爱情至少是现在还承受不起的。

许量躺在床上，慢慢地盘算了一下自己与小露这样的男女之情，情或者欲，不知道该如何定位。为什么自己不能专心致志地爱谢丽或者张嘉仪呢？他很困惑。

昨天晚上，钱大富等到基本上和几个投资人谈判好了资金合作的条件，应该准备合同的时候，许小露居然不在场，她的电话也一直打不通！他可以对作为自己助理的许小露发火，但是他不愿意对自己很喜欢的女人发脾气，所以直到今天早上，他才笑嘻嘻地给许小露打通了电话，他声音尽量温柔地请小露立刻回来记录合作的条款。

在大家等待小露回来的时候，钱大富去宾馆的空地那棵大树下面，给自己的女儿打了一个电话。不出所料，他远在浙江做旅行社导游的女儿钱茉莉，还是没有原谅自己在家乡放高利贷惹的"祸事"。钱大富也不太在意，心想女儿感情太脆弱，将来爸爸还是会有办法培养你成为东方富源公司的"高利贷"接班人的！打完电话，一片枯黄的树叶从风中飘零下来，亲切地碰了一下他的臂膀，又匆匆亲吻大地去了，钱大富自语道：冬天来了。

还在雅安的小露，见了许量的短信息笑了，而钱大富几个男人还在为了资金合作的回报率在讨价还价，许小露鄙视他们。现在有了和许量的小秘密，小露觉得非常值得，她有点后悔自己没有再大胆一点与许量水乳交融。小露想自己还年轻，她心甘情愿地做许量的女朋友，还有年龄的本钱，等到了许量不再需要自己的时候，就离开他去找真正爱自己的男人嫁了。

许小露也不知道为什么自己有这样的想法，反正她从来就没有萌生许量迎娶自己的念头，这是她内心的自卑使然。小露的表情不断变化，这些表情全部都在钱总的视线内，他觉得今天小露从雅安城回来，言行举止怪异。她一会儿欢喜一会儿哀怨，难道昨晚上发生了奇异的故事吗？

许量主动给小露回电话，本来他只是想报个平安，然后再问问小露需要什么礼物。谁知小露接到电话，就黏上了许量，很不愿意放下电话，通话的时间居然长达25分钟，许量笑了笑，觉得自己也变得有点疯狂了。像小露这样年轻漂亮的女人，作为中年的成熟男人，不喜欢她那是有毛病。

许量看看时间还早，待会儿他将和洪羽菲的父亲洪战共进晚餐。几个月的煎熬已经让许量对张嘉仪的记忆淡化了很多，但是他怎么能够忘记他们在宜宾市兴文县的新亚达石林宾馆的假山上那句石破天惊的话呢？许量闭上疲倦的双眼，他的话仿佛又在此时响了起来，当时许量大声对隐蔽在假山后的黑道上的兄弟们这样说的："我，许量，在兴文石林的这片土地上，刚才做了两件事情：第一，我许量十年没有吹过萧了，今天有雅兴给大家吹了一曲，是为了向你们宣布：我许量是要爱江山更爱美人！她，张嘉仪，从现在开始，就是我许量的女人了！第二，我要给道上的兄弟们说句话！我许量不论你们来自何方，想做什么，我可以不管，也管不了！但是，我发誓，如果你们神仙打架，伤及无辜，甚至要戕害我的女人、我的亲朋，那你们休要怪我许量，变得比你们还要流氓，甚至比你们还要凶残，借古人一句话：犯强汉者，虽远必诛！"嘿嘿，许量干笑了一声，自语道："犯许量者，虽远必诛！"许量想起了张嘉仪写给自己的那封短信的全部内容。他觉得很痛苦，就站了起来，去卫生间洗漱去了。他在房间里，故意把自己的动作弄得很响，一点都不文明，好像他是要把所有的不快和对老婆谢丽、爱人张娅的内疚都全部洗漱掉。

与上海滩的天宇集团老板洪战共进晚餐，并不是一件很轻松的事情。席间，大家进食了不少的酒和菜，饭饱酒足了，于是就开始说生意的零星的话题了。

无论是在世界上的任何地方，只要是在商海中，都有地头蛇和过江龙，今天，许量就是猛龙过江。在酒桌上，他从来都是立于不败之地的，那不是他的酒量无边，而是他始终坚持了与生意对手在酒桌上的"四项基本原则"：一、只喝酒，谈友谊、谈风情，不说生意；二、只说合作、不说合同；三、不是业务伙伴就严格保护成都"高利贷"的真正机密，绝对不谈论具体的案例；四、只说大事情不说大事业。"祸从口出"的古训，对生意人更为重要。

洪战也没有马上要谈论合作细节的意思。今天出席宴会的除了自己还有天宇集团的老总蔡总，女儿洪羽菲，许总和他的助理李小姐，于是他就开始转移话题："许总，小女羽菲已经向我说了您在成都资金界的影响力和实力。许总，我们不是外人，虽然这些年见面少，但是我现在很想有机会能够与您的东方富通公司精诚合作。当然，我希望得到的不仅是那家上市公司的股权，还希望能够借用您的公司，作为我们进入成都民间资金市场的渠道。"

许量微笑着说："能够与洪总您合作，这是我许量的荣幸，我当然求之不得。我们今天不说这些，我的顾问李健康先生明天将来上海，到时候可以仔细地谈谈合作细节。"洪战点点头，他看女儿羽菲想发言，就用眼神暗示她不必多说话。他又转移话题问:"许总,你做资金放贷生意快十年了,这在国内也是先驱者了,请问您有什么感想。"

许量觉得洪总问话,有点像记者,但是他还是知无不言道:"先驱不敢当,用公司的形式来做民间资金放贷生意,我许量应该算是先行者,这没有问题。至于感想嘛,一是民间资金不等于高利贷,希望社会舆论和政府宽容对待;二是借钱还钱天经地义,事出有因,情有可原,其实借贷人和放贷人,一定要做到有事情好好商量,不要走极端。"

天宇的蔡总问道:"许总,我个人想请教一些民间资金的事情。比如说,做资金放贷生意需要什么条件呢?"许量很乐意地回答:"天时、地利和人和,这是做资金放贷生意的前提。资金只是次要的条件,财大气粗的人是不能够做资金放贷生意的。"

"这是为什么?"羽菲很好奇地问。李玫今天装扮得既大方又靓丽,许量告诉她尽可能放松,真正的商战是没有硝烟的,这并不是电视剧中文人杜撰的唇枪舌剑的所谓"商战"。

"中国其实只有老板,没有商人。同样是有钱人,财大气粗的是老板,和气生财的才是商人。做资金放贷生意最需要谦虚和谨慎。"许量把双手合在一起,很冷静地继续说,"洪总,我听说您也有计划进入民间资金市场?"

洪战的微笑与许量不同,可能是年过半百、久经人生风雨的缘故,他的微笑很纯正,不像许量那样,总是需要用表面的谦虚笼罩住暗中的强劲,洪总说话含蓄,他做事情最喜欢后发制人。

此时此刻,在成都的张嘉仪神情非常憔悴,她在办公室休息。快下班了,她觉得自己是无处可去,因为孤单而寂寞,因为寂寞而难过。最近她一直想哭,但是茫茫人海能够向谁去哭泣?她向她的助理卓小兰刚安排了明天的工作,就接到了肖希权的电话。

他把许量电话的内容和在上海出差的事情告诉了嘉仪,然后肖希权语重心长地告诉她:"嘉仪,我可不愿意做出卖许哥的事情,不过我可要提醒你,像许哥这样优秀的男人身边,不可能没有其他同样优秀的女人存在,你把他这只绵羊放在那如狼似虎的美女丛中，他又不是柳下惠，如果出事了，那就悔之晚矣！"

张嘉仪本来就在感情的边缘徘徊，她上次在僰人故里的宜宾市兴文县新亚达石林宾馆的假山上，与许量并肩拥坐了一晚、互诉了衷肠之后，她在离开许量回成都的前夕，留给了许量一封几百字的信，信中说了两件事情：一是关于僰人秘密；二是关于她对他们爱情的企求，要求许量放弃身边所有的女人与自己终身相守！为了达到这样的目的，嘉仪是铤而走险了，她是在赌博感情，也是在赌自己的命运，赌博带来的是摧残和折磨，是难熬的不眠之夜，愁煞人的思念，没有能比压抑炽烈的感情更为痛苦的事情了，为了这份堪称绝唱的人间真爱，她默默地承受着。真是"为伊消得人憔悴，衣带渐宽终不悔"。此时，她站在临街的窗口，楚楚可怜状"纵有千种风情"更与何人分享？！张嘉仪给肖希权打了一个电话，她详细问候了表妹王可心孕期的情况，她知道王可心的预产期与自己2008年5月的生日靠近，就开玩笑道："你告诉可心，千万要努力，争取让小孩的生日选在和我一天哈。"话筒里，传来希权满足地哈哈大笑，嘉仪就乘机很随意地问道："许量是住在什么宾馆呢？"

卓小兰看全体员工都下班离开了，她到老板张嘉仪的办公室门口看了一下，发现灯光很暗，老板的背影被笼罩在朦胧之中。卓小兰知道她又沉醉在她一个人的精神世界了，卓小兰轻叹一口气，悄然离去了。在路上，卓小兰与李锌通话，他们今天不准备说感情，而是有业务上的合作需要谈。

卓小兰现在最想成为李锌的私募客户了，她知道李锌的事业发展神速，现在居然已经开始筹备自己的资金放贷生意了。卓小兰也是野心勃勃的女人，虽然，他们现在已经是有性关系的朋友了，但是，卓小兰知道她与李锌是人生的平行线，彼此的命运永远没有可能交叉在一起！她想向李锌学习，同时也希望自己用青春向香港南海创业基金的基金经理袁志强那个老男人换来的几十万元人民币快速增值。卓小兰想，这个时代青春不能够保鲜，只有钱的魅力自古永恒。

张嘉仪下班后独自开着红色雅阁车回家，她很怀旧，没有去更换更高档的汽车，尽管她现在经济非常宽余。她穿行在车水马龙中，开始不能自已地想念许量，张嘉仪是美貌与智慧配合得天衣无缝的女人，她在红灯停止的斑马线前把车停了下来，她在匆忙而过的行人中，看到了一对年轻人从自己的身边经过，他们居然是自己的助理卓小兰和那个叫李锌的保安！他们神态亲昵，不似一般的朋友，张嘉仪想到李锌曾经当众大声宣布他爱我！可笑啊，世事多变，多少沧海变桑田？多少恩爱化尘烟？嘉仪看着自己白里透红的健康手指，在优雅地敲打着汽车的方向盘，后面传来焦急的喇叭声，她抬头看绿灯很像是一只孤独的大眼睛，挂在高高的交通灯架上面，目光炯炯地看着她。

穿越路口的时候，她又想起刚才肖希权的警告："嘉仪，我可不愿意做出卖许哥的事情，不过我可要提醒你，像许哥这样优秀的男人身边，不可能没有其他同样优秀的女人存在，你把他这只绵羊放在那些如狼似虎的美女丛中，他又不是柳下惠，如果出事了，那就悔之晚矣！"

"悔之晚矣？难道男人就这样不可靠？"张嘉仪喃喃自语，"李锌不就是一个例子吗？那样信誓旦旦地表示爱我，还没有坚持几个月不就移情别恋了吗？滚烫的心也会被其他的美色淹没。"嘉仪对李锌的"变心"也是百感交集，虽然自己绝对不可能与李锌走到一起的，但是她对李锌最近几个月在事业上的发展是有所耳闻的，她的结论是：李锌有点许量学生的风格了。最近，卓小兰也多次说起李锌的优秀，能够用连续七天都买中彩票的方法撬开了私募资金客户紧闭的大门，也算有点未来许量的风采。

快到家门的时候，张嘉仪接到了王可心的电话，这个电话彻底打破了她与许量之间的僵持状态，也把许量从许小露的身边拉回来了。

原来，肖希权在与王可心聊天的时候，说起了最近嘉仪姐与许哥之间的"冷战"，王可心本来就是敢爱敢恨的女人，所以她才能够在短短的几个月时间，在大学刚刚毕业的时候，就把以前的花花公子肖希权非常迅速地改造成了合格的老公，她的口号是："浪子回头金不换"，她对嘉仪姐要求许量在半年内必须离婚，必须与其他女人断绝一切联系的做法，完全不赞同！对嘉仪因为要独占许量在未达目的前不与其交往的"撒手锏"，也感觉不妥，认为要出问题的。今天她挺着大肚子，指挥肖希权办好了两件事情，一是打听到了许量在上海住的宾馆房间，并且他们给张嘉仪预订了许量对门的宾馆房间，王可心说，一定要让许量与嘉仪不是冤家不聚头，做到真正的低头不见，抬头就见！二是他们已经给嘉仪订好了今晚22点钟成都到上海的机票，肖希权完全赞同老婆"拉郎配，赶嘉仪上架"的做法！

听了王可心的精心安排，她很感动，张嘉仪脑海中立即清晰地浮现出了许量的音容笑貌，放下电话她开始反思：自己限令逼许量就范的做法确实有些偏激，自己也需要在许量放弃其他女人的时候，站在他的身边支持他，并且更好地发展他们的感情，才能最终如愿以偿。张嘉仪一下子想通了，觉得不能再这样傻傻地等下去了，她恨不得现在就立刻飞去上海，高兴之余有些分神的她，车子差点控制不住地撞在小区的门柱上。

她回到家中立刻给卓小兰打电话，让她暂时代管公司几天。她预感，许量需要她！

许量并不知道成都这边发生的事情，他正在全力以赴地对付上海商人洪战，最后的结果，许量同意了与洪战的合作，但是有一个很棘手的问题，是上市公司的态度与具体的转让模式。大家决定把问题留到明天来解决。

李玫又目睹了许量的智慧与风采，她感到很快乐，但是她的心事被上海女人洪羽菲看得十分清楚，只是没有任何表示。晚餐后，洪战有事先告辞了，洪羽菲代表集团公司陪伴许量与李玫去游览上海的夜景。

第二十章　擦肩而过

上海的夜，美景无数，李玫曾在上海读大学，在沪学友甚多，所以她建议许量一起去上海新天地一个特色的酒吧玩，许量心情不错，就依了她的提议。

洪羽菲介绍说："上海新天地是一个展现上海历史文化风貌的都市旅游景点。它坐落在市中心，淮海中路南侧、黄陂南路和马当路之间，总面积3万平方米。以上海独特的石库门建筑为基础，将上海传统的石库门里弄与充满现代感的新建筑结合起来，集历史、文化、旅游、餐饮、商业、娱乐、住宅等于一体。它是领略上海历史文化和现代生活形态的最佳场所。这里与成都的锦里民俗休闲街浓郁的三国文化不同，在这里能够感觉到'新天地'很能代表上海的气质，时尚动感，中西合璧。"难怪这一方宝地成为越来越多游客们的必去之处。

许量很有兴趣地在洪羽菲的向导下，穿行在新天地酒吧街。这里是欧式风情酒吧群，"海派"风格浓郁。临近傍晚时分，这里更是弥漫着浪漫的欧式风情。露天的酒吧、咖啡吧坐满年轻人和老外们。

他们来到兴业路的"采蝶吧"，"采蝶吧"在南里广场兴业路的入口处。许量看到"采蝶吧"很奇妙的空间设计。这里试图通过一种慢慢蒸腾的乐观主义气氛，传递"希望、快乐、自由、纯真"的主题。酒吧中央，一个由自然橡木条搭建而成的巨大蚕体，构成了富有戏剧效果的大背景。酒吧前部有一个白骨状的长形矮桌装饰。空中一只仿佛会漂浮的乳白色蛋形半球体，更渲染出梦幻般的氛围。李玫跟随着洪羽菲和许量，沿着巨大蚕体往深处一个 18 米长的延展长廊穿行。一片室内小竹林生动地将人引入通向主餐厅的楼梯。整条走廊，由灰黑色的橡木和不透明玻璃装饰而成，隐约的樱桃红色灯光弥漫出诱人的气息。许量敏锐地感觉到是走廊天顶的整块镜子无限地扩张了空间，令人不自禁迷失在一个奇幻的环境中。不同于众多酒吧聘请乐队助兴的方式，"采蝶吧"没有喧嚣，这里是许量这样的中年客人最喜欢的聊天倾谈的场所。酒吧提供以鸡尾酒为主的饮品，许量要了一杯红酒，李玫点了"蝶之动感"，而洪羽菲则说"迷幻采蝶"比较适合她。

三个人没有聊多久，李玫的同学们就兴高采烈地来了。

许量并不想与李玫的同学在一起，他们青春又活泼、年轻又健康，许量觉得自己已经四十多岁了，他从小就少年老成，加之身份不一样，显得拘束，很像是一个局外人。接着洪羽菲又大声宣布：许量是成都最知名的放贷人，大家就用礼貌和美酒，一起轮番向他进攻。他被这群金融专业的年轻人包围了。他们的问题千奇百怪，许量算了一下，除了洪羽菲与李玫，其他的三男两女，一共提了十多个尖锐的问题。其中，有两个问题许量没有作答。第一个问题，是那位戴眼镜的斯文小伙子向自己请教的问题："许总，民间金融与黑社会有没有关系？"另外一个问题是李玫的另外一个死党文小姐问的问题："许总，你认为你是成都民间金融的代表人物吗？"

因此，他想早点回酒店了。但是同学们却大声嚷嚷不让他走，洪羽菲与李玫也都坚决不同意，她们两个年轻女人干脆都伸手拉他的衣袖，虽然是在酒吧这样开放的环境，但是许量怕扩大了男女拉扯的动静，只好坐下来。

李玫今天的表现让许量有点不太满意，她真的非常开心，有点像骄傲的公主，他觉得自己好像是她的配角一般，李玫今天十分靓丽，许量觉得自己对她的关心很有可能会被她的同学们误解。在尴尬之时，电话来了，他借口酒吧有杂音，出门接听电话去了。

许量和远在澳大利亚的儿子通了十多分钟的电话。回到酒吧的时候，只有李玫感觉到了许量内心的情绪已经有了很大的变化。她决定尽量早一点与同学们告别了，于是她悄悄地对洪羽菲耳语几句。

等同学们都散去了，但是许量却说不想回酒店了。他说他很想喝酒。洪羽菲是非常聪明的女人，她和李玫说了一句悄悄话，然后推说自己也碰巧有点事情，需要先离开了。许量的心情非常不好，他和洪羽菲告别后，让李玫去换了一个卡座，他说他很压抑。

原来，许量的儿子告诉爸爸，有一个老外叔叔威廉先生，正在追求他妈妈！儿子哭泣的声音还在许量的耳边回响："爸爸，您为什么不来澳大利亚看望我们呢？难道您根本就不爱我们吗？难道成都的生意比我们的感情还重要吗？"看来儿子长大了，许多告诉许量，他是很匆忙地背着妈妈打的电话。

当然，许量不会告诉李玫，老婆可能会或者已经背叛了自己！他的心情非常复杂，以前从来都是自己背叛老婆，理由也是千奇百怪，什么生意场上"逢场作戏"呀，什么"人在江湖，身不由己"呀，总之，许量一直都是振振有词的，自己与张嘉仪不是还有爱情的约定吗？自己与许小露的关系也很暧昧，什么"四不像"的感情？说穿了还不是对传统道德的背叛。现在谢丽对男人许量的背叛，只有一次，就足以让许量的内心有了抓狂的感觉。

李玫默默地看着许量，他没能掩饰住中年男人人生的悲哀和无奈。她很想知道和进入他的内心世界，但是许量态度严厉地看着她，用摇头告诉李玫，他只是需要她默默无语地陪伴。李玫和老板默默地喝酒，她知道虽然她与许量喝的是同样的一瓶酒，但是她绝对没有可能完全体会他的心灵。李玫希望时间定格，此时此刻永恒，就这样和忧郁的许量，而不是同老板许量在一起，这样她才能够彻底抛弃许量曾经是妈妈情人的阴影：在她面前，许量只不过是她喜欢的一个普通男人而已。

张嘉仪的运气非常好，一路上，虽然是风尘仆仆，但是她非常亢奋，她不断地设想许量见到自己的种种情景，他一定会喜出望外的。她的心态已经成功地调整过来了，她甚至觉得自己很幼稚、很可笑，原来的做法也许会把许量这样的男人推向别的女人！我张嘉仪不能够为了得到完美爱情而完全失去了他！嘉仪的身心已经做好了迎接许量的准备。她没有告诉王可心他们，希望明天能够给他们一个已经得到了许量的惊喜。至于许量的其他女人们，现在就暂时允许她们存在！凭我嘉仪的美貌和智慧，以后一定可以让她们全部落荒而逃的！她的心情非常好，甚至在晚班飞机上还礼貌地接受了身边的一位华裔绅士的由衷地赞美。

　　终于入住了许量对门的房间，她先是整理了随身的衣物，旅途劳顿并不能让女人的美丽打折。她刚才已经在大堂打听到许先生已经外出了。她有的是时间等待许量回来，俨然一个主妇在盼夫君回家。

　　可是，许量的房间一直没有动静，看看时间已经快晚上1点了，她有点心急了，她把电话攥在手上，几次想立刻给他打电话，但是她咬牙忍住了。她用宾馆的座机给许量的房间拨了一个电话，没有人接听，这样她就可以确定在她匆忙洗澡的时候，许量并没有回房间。她没有看电视，看看手机快没有电了，就给手机充电。

　　坐在靠近门口的沙发上，嘉仪非常疲惫之时，她终于听见过道传来了脚步声，嘉仪这时候已经似怀春的少女，立刻贴近玻璃猫眼，去查看过道的动静：许量回来了！但是，嘉仪呆住了，许量的身边居然有一个女人！女人和许量的背影几乎是重叠在一起了！千真万确那是一位女人，但她没有认出那是李玫！她心中有剧烈绞痛的感觉，许量怎么可以这样呢！我嘉仪不在你的身边，你就这样背叛我吗？

　　许量被那个可恶的身材窈窕的年轻女人送进了房间，嘉仪几乎要崩溃了。她在情急之中，也没有认出李玫的背影。

　　这时候，嘉仪的电话响了，她立刻放弃了监视许量，赶紧去接听电话。手机的彩铃声是许量与嘉仪定情的时候，她给他播放的音乐《香水有毒》。这旋律之前都是美妙无比的音乐，现在，因为许量的丑行，这曲《香水有毒》就变成了爱情有毒了！嘉仪满怀春情，情不自禁从成都飞到上海想给许量一个惊喜，但是她居然看到了这么晚许量还找了一个女人陪伴他！

　　张嘉仪曾在僰人故里的宜宾市兴文县新亚达石林宾馆的假山上，与许量并肩拥坐了一晚，互诉衷肠之后，她就心无旁骛；面对香港南海创业基金经理袁志强的热烈追求，她逃之夭夭；对风度翩翩的"公子"一般的香港南海创业基金的大老板郑度含蓄的爱意，她也退避三舍！可是，许量，你凭什么要这样侮辱我张嘉仪！

电话是郑度打过来的，他没有说什么事情，只是很抱歉地说，他现在人在国外，忘记了中国的时间已经是深夜了。他说明天再联系说工作上的事。嘉仪没有办法拒绝绅士的郑度，这不仅因为他是她公司的大股东和实际控制人，而是他向自己表达爱意的手段非常高明，根本没有办法拒绝。单身的郑度，几乎是完美型的男人，被无数美女包围的精品男人，可是嘉仪对他却没有心动的感觉，她叹口气：问世间情为何物？爱情是怪物！

嘉仪接听郑度电话的时候，李玫已经离开了许量的房间，因为许量让她早点休息，更重要的是洪羽菲开车已经到大堂来接李玫了，李玫本来想留下来照顾许量的，因为他喝醉了，他的心情很坏。但在许总一再地坚持下，李玫飞快地离开了。在路上，洪羽菲也没有多嘴，她看得出自己的同学内心很喜欢她的老板。

嘉仪心中突然有了幻想，她就站在门口，她今天一定要把事情弄个水落石出，她很庆幸今天自己很冲动地来了上海，没有想到"上海"成了"伤害"！时间过去得很快，一个小时过去了，那个女人没有出来，两个小时过去了，女人还是没有出来，嘉仪开始对许量绝望了：她可以容忍许量宣布爱上自己以前出现的所有女人，但是她不能够容忍比自己更晚出现的女人！这是许量的过错，难怪有本杂志上说："男人都是小偷。"这句话，真是千真万确，为什么男人就这样喜欢偷窃感情？许量的花心，嘉仪是知道的，她这才不惜一切代价要逼迫许量承诺只爱自己一人的爱情约定。

当三个小时过去，嘉仪一直站在房间的门口，她知道这样很傻，但她不能够漏掉那个女人的动静。现在她的腿已经麻木了，心更麻木。她没有后悔爱上许量，她只是后悔自己在爱上他之前没有理智地判断：像许量这样有女人缘的男人，能够只爱一个女人吗？

这一夜，许量是吐得一塌糊涂，他几乎是和衣而卧的。

当嘉仪哭泣了半个多小时以后，许量房间的电话响了，许量正在做噩梦，他被谢丽、张娅还有张嘉仪几个女人追杀，她们都向自己索取她们的爱情与青春。这是嘉仪忍不住打的电话，许量以为是宾馆桑拿或者夜总会的服务电话，他迷糊之际，把电话高高地拿起来，马上压了。嘉仪的脾气上来了，她顽固地又拨打，许量火气也上来了，他太压抑，也需要发泄，他对话筒大声吼道："老子今晚有女人陪了！不需要你们！"嘉仪的话筒立刻惊得掉在地上。她对许量死心了，刚才，她甚至还准备给他一个"浪子回头"的最后解释或者改正的机会的！

嘉仪不哭泣了，她的眼泪要为值得的人和事而流！许量不值得自己这样优秀的女人为他哭泣。

嘉仪任凭心中的悲伤成为脸上的河流，她没有任何寄托了，她觉得许量根本就配不上香艳的自己。她想报复许量。于是，她拨通了郑度的电话。

郑度其实就在上海，晚上快1点的时候，正好在"新锦江"大酒店的高楼处向外眺望。他记得一句古诗说过："君住长江头，我住长江尾。日日思君不见君，共饮长江水。"他的集团因为对这次金融危机的认识与准备不足，已经在美国与欧洲期货与股票上损失惨重，投资失败也是接踵而至。他到上海也是来寻找国内投资者的支持的，有朋友介绍的上海商人洪战已经和自己谈判了几天了，他完全领教了上海商人的精明。郑度决定自己一个人继续支撑下去，纵然是万丈深渊；他不能够让那个叫张嘉仪的成都女人看不起！所以，他第一次这么晚拨通了嘉仪的电话。

但是郑度万万没有想到，现在是嘉仪主动打了电话过来，郑度还没有睡，他在用手提电脑上网看美国的股市，他现在放下了大老板的面子，亲自指挥他的团队，在股市上冲杀，他迫切需要一场痛快淋漓的胜利！

嘉仪很平静地问郑度在哪里？郑度也只好说刚才自己说谎了，其实他不在国外，而是在上海。然后嘉仪就安排他："那么我们明天就在上海锦江汤臣洲际大酒店一起吃午饭吧？"

郑度放下电话，觉得自己很像是在梦中，嘉仪对自己的爱情暗示，一直是小心地回避，不知道今天是怎么啦？难道她突然想通了吗？郑度甚至忘记了问嘉仪是不是也到了上海，他去卫生间用冷水浇头让自己冷静下来，暗自庆幸没有像以前那样晚上十二点前就关闭手机！不然也许就会错过一段多么美好的约会！

郑度心中充满了蜜一般的情绪，股票也好像被他情绪感染，上涨了。等到高处不胜寒的时候，郑度才通过网络调度，完全把股票的仓位降到了安全线。然后，他倒头大睡，因为明天，不，应该说是今天，他必须精神焕发，用最好的状态出现在嘉仪的面前。他将公私皆顾地与张嘉仪认真谈谈，有很多问题需要探讨和解决。

许量睡得不错，起来得很早，他看了电视的早间新闻，然后，就一个人去阳台发呆。上海早晨的街头，车水马龙，熙熙攘攘。许量突然想解脱了。他有了一个大胆的决定：把成都东方富通公司卖了！反正公司的合伙人张娅已经离开了公司，现在完全是自己一个人的公司了。想起了张娅，这个曾经给了许量无穷欢乐的情人，她完全离开了自己，听李玫说起过，张娅将离开成都和李刚到重庆发展了，许量觉得人间的事情，就好像天上的云彩瞬息万变，永远不会有固定不变化的那片云。冬天的太阳正在突击，最后太阳胜出，铅云的包围圈迅速散去，上海的早晨非常光明。许量决定尽快与洪战达成协议，他要去澳大利亚了。谢丽现在还是他的老婆，儿子也不能够再没有爸爸了。

上午，在许量的房间，许量和公司顾问李健康进行了短短地半个小时会谈，就知道卖公司的事情了。许量没有让李玫参加这样高级的公司机密会晤。李健康觉得许量的决定非常突然，离开成都之前，许量是希望李健康来帮他与洪战打商战的，而现在，许量是主动地投降了，他甚至不要求李健康帮他多争取一些利益。当许量告诉李健康谢丽可能会离开他，而他绝对不能够让儿子许多成为别人的"儿子"的时候，李健康完全理解了许量。他向许量保证：一定会完成老同学的心愿。

许量安慰他，希望他不要伤感，"许量还是成都资本之鹰商业学校的老板嘛！成都东方富通公司卖了，以后有机会还可以建立新的公司嘛！""公司的员工怎么办？"许量默默无语了。他干脆闭上眼睛，完全不理会李健康尖锐的问题。许量的脑海里，几乎浮现出每个员工的音容笑貌，这让他痛苦难当。于是，他只好告诉李健康，请容许他在午饭的时候再最后想想。

许量拒绝了上海朋友安排的午餐，他和李玫、李健康三个人乘着电梯，准备去宾馆的餐厅吃饭，在电梯停在餐厅所在的四楼的时候，许量刚跨出电梯门，就看见了一个非常熟悉的女人的背影在他的前面飘动，这是只有张嘉仪这个女人才能够拥有的优雅的背影！但是，为什么她的身边还有另外一个男人？虽然看不见他们的神态，但是，他们的背影靠得很近。

许量心中的热血猛然向上冲，他拼命地压抑了立刻上前看个究竟的冲动。他想：嘉仪怎么会出现在这里呢？

但是，他的怀疑立刻被嘉仪的侧影否决了。就是那个一直口口声声说只爱自己，也强迫自己只能够爱她一个女人的张嘉仪！刚才，她不是接受了身边那个男人有意无意的身体接触吗？！李健康和李玫在一起聊天，没有留意到已经是醋海翻腾的许量。

嘉仪的心计很深，她计算的时间也非常精确，她就是想报复许量，所以她在过道拐角处转弯的时，眼睛的余光已经发现许量就在身后，于是她在进包间的时候，故意猛然刹住了脚步，这样，紧跟在后面的郑度为了避免与她身体碰撞，就很自然地伸出了双手扶持住了嘉仪的香肩。这场景，让许量心如刀绞。

那个男人就是嘉仪的幕后老板郑度！难怪他们最近老是出差！许量压抑住情绪，他不能够爆发出来，因为他不想在老情人张娅女儿李玫的面前丢脸。那样是在张娅的面前丢脸啊！许量要服务员安排在嘉仪隔壁的包间吃饭，可是，已经没有了。许量的犟脾气上来了，他干脆就在嘉仪所在的包间距离最近的大厅的餐桌旁坐下。他若无其事地与没有看出任何端倪的李健康和李玫一起谈笑风生，而且他大声说话，可惜，不知道里面的张嘉仪是不是能够听得见。

包间里的嘉仪当然知道许量已经看见自己了，也明白许量在外面大声讲话的意图，她有一丝报复的快感，她已经给成都的表妹王可心打了电话：因为工作上临时有要紧的事情，她已经飞北京去了，暂时不会到上海，她与许量的事情顺其自然吧。

王可心在家中休息，听不出嘉仪上海之行到底发生了什么事情，只是凭她的感觉，知道嘉仪姐的话中有话。她叹口气，觉得人心叵测，纵然是爱情这样伟大的借口，也不能够完全弥补男女之间咫尺天涯的心理距离。肚子中的小孩子很调皮地踹了她一下的时候，她正在为嘉仪与许量的感情担忧。

郑度没有注意到许量存在，他非常愉悦地与嘉仪说话，他感觉到她的美貌中隐隐有一种忧郁的美。他和她在一起主要聊工作。嘉仪和郑度点了几个很精致的上海菜，然后他很认真地探讨了成都利华科技公司在新能源方面的发展战略，他们把金融危机也深入研究了一下，也做出了一些对策。"现在是做得多，就错得多。所以，我们要立刻停止投资和扩张。"郑度的总结中，没有说他现在面临的危机已经开始成为问题了，亏损也让自己公司的现金流开始局部枯竭。郑度集团公司问题之大，已经让他不得不压抑住与面前的成都美女进一步发展的打算，只是礼貌地进餐，因为生存比爱情更加急迫。他决定找机会与嘉仪探讨一下，利用利华公司在国内银行贷款，和以前的股权增资，以及太阳能新材料基地等名义进入大陆的投资款想方设法回流一些资金到香港公司。

嘉仪听郑度只是讲工作上的事情，就完全放松了，他现在只是自己惩罚许量的"工具"，嘉仪和郑度认真地谈论起来。她想了一下，顺手把手机关了，她要让许量看得见自己，却又联系不上自己，看他的心，急还是不急！

许量如果没有接听上海女人洪羽菲打来的电话，他也不会急于离开餐厅。洪羽菲的父亲洪战已经带领天宇集团的老总蔡总提前去了公司，因为下午洪战要去上海市政府参加一个重要的会议，而会议是临时通知召开的，洪战已经派洪羽菲开了一辆车来接许量一行三人去天宇集团了。许量心中有些不快，一是嘉仪的事情，他还没有弄个水落石出；二是洪战做事情也太主观，没有征求自己的意见就直接变更了谈判的时间。何况这样重大的谈判，不是下午3点之前就可以搞定的，现在已经是快1点钟了。

许量的不快，李玫和李健康只知道源于天宇集团更改时间，他们还没有发现嘉仪。出人意料的是，许量埋头发了一条短信后，突然站了起来，对他的两位助手说:"做大事情,应该不拘泥小节,这样吧,天府之国就礼让大上海滩吧!我们现在就去天宇集团!"

嘉仪从包间出来之时,委婉地告诉郑度:"我很累了,想休息一下。"看到没有机会与嘉仪继续待在一起,郑度的心又回到了他绅士的面孔之后,他风度翩翩地送嘉仪回到宾馆房间,然后就去了他住的酒店。他们约定过段时间在成都再见。

嘉仪回到酒店房间,心中的难过又开始了。许量见到了自己,居然没有勇气面对!他还把嘉仪当成自己的女人吗?我嘉仪还愿意再成为他的女人吗?嘉仪打开了手机,许量的短信息"蹦"了出来,短信息没有任何内容。嘉仪不想猜测,也没有办法去猜测许量的无字短信息——"天书"。他到底想给自己解释什么呢?难道他想告诉自己你看到的只是一个误会?!可笑。

昨晚她几乎没有睡觉,她很想好好休息一下,她上午已经问过肖希权:许量这次是和李玫一起来的。那么昨天那个年轻的女人就是李玫了。嘉仪也怕冤枉许量,所以她打电话问了总台:"许先生只定了一间豪华套房。"这也就是说没有定李玫的房间,难道他们就这样公然地住在了一起吗?李玫是你许量老情人的女儿啊!嘉仪的心很乱,很烦恼,她开始讨厌许量,决定立刻离开酒店,离开让她伤心不已的上海滩。她也不想回成都,她需要去一个宁静的地方疗伤,休养忙碌而疲惫的身心。这次她选择了独自去佛教名山普陀山。那里是中国四大佛教名山中唯一座落于海上的佛教圣地,秀丽的自然景观与悠久的佛教文化融汇在一起,是名扬中外的"海天佛国"。嘉仪非常希望在那里能够得到淡泊而宁静的心境。

许量在与洪战的紧张谈判中,突然想起一件非常重要的事情,于是借去卫生间的机会,查询了宾馆的总台电话,然后得知酒店只有张嘉仪小姐的住宿登记,并没有郑度的登记。许量和嘉仪都是非常自尊和聪明的人,他们同样地都犯了一个自以为是和先入为主的错误:嘉仪是因为看见李玫进了许量的房间而没有看到她出来产生了误会;许量是怀疑嘉仪与郑度双宿双飞。他们的感情就这样擦肩而过,如同天上的流星,灿烂但是短暂,辉煌却不能够永恒。许量收拾心情，回到了谈判桌。

更重要的是，他完全没有了许小露与自己关系暧昧的内疚。许量知道，像他这样的男人最害怕的是什么呢？内疚。只要有人能够让许量内疚，那么他就一定会自己打败自己。既然张嘉仪你可以与郑度在一起，那么我和其他女人在一起也就是顺理成章的了。"天高任鸟飞"，许量告诫自己，嘉仪与自己还没有完成最后的沟通，所以他们现在还拥有各自独立的感情世界。许量开始聚精会神进入谈判。

第二十一章　非常抵押

当许量他们在上海谈判的时候，在成都的李锌这些天也非常烦恼：他很忙碌，不是为自己，而是为了他打工的公司。

最近，李锌在成都世纪洪盛担保公司的会议室里，参加接待了很多次的"投资项目说明会"，其实就是公司的项目资金的私募会议。会议内容是把公司一些有钱的客户召集在一起，对一些有价值的房地产借贷项目由公司的投资专家进行有煽动力地宣传，这样能够很快把资金集合起来。今天，就是这样的一个项目论证会，到会的是 12 名投资者。他们中除了一两个气宇轩昂的中年男人外，其他的怎么看也不像是拥有百万上千万身家的富翁。他们很认真地翻阅着房地产公司开发的项目楼盘的楼书，看着借贷项目的 PPT 幻灯片，听着公司投资专家仔细地讲解，在激动而阴暗的会议室里面，气氛显得很独特：人性的贪婪与恐惧，在这里体现得分外鲜明。

李锌看见了那些有钱人对投资机会的渴望，这是一个只需要五百万资金的房地产企业的借贷业务，因为企业采用的是安全性很高的现房"销售备案"的抵押方式，月利息也不低，三分五，居然出现了几位投资者，为了谁出资、谁应该出多少资金，出现了为抢这次借贷生意的投资机会而争执的"壮观"景象。不错，真得很不错啊！一单五百万的借贷，现在居然有了一千五百多万的意向投资金额！竞争出效益嘛，公司又可以收取丰厚的投资管理费用了！黄义仁乐呵呵地在一旁看着，他内心空前地满足：做资金借贷生意，就应该把资金

"踩"在自己的脚下！资金算什么？有钱没有赚钱重要，赚钱没有怎么样利用好资金更重要！

李锌连忙站起来去劝解客户，以免他们争论上火。这真是一个"钞票漫天飞舞，机会越来越少"的时代吗？经济学家说的流动性过剩，还真的是。李锌头脑乱哄哄地从会议室出来，心想：难道这些投资者真的不知道金融危机很快就会席卷中国吗？

下午4点多，在西门百花潭公园附近的"岁月茶楼"，李锌现与成都四海远大贸易公司的柳和平在一起。曹姐没有来，柳总下午在电话中约李锌晚上见面喝茶的时候，专门强调了是他和李锌两个人单独谈谈。李锌知道，柳总已经开始抛开曹姐直接与自己做生意了。

前段时间李锌已经帮助柳总用他的商铺和房产作为抵押物，向成都世纪洪盛担保公司做了一笔借贷业务，把他公司的一百五十万的缺口给堵上了，自己和曹姐也很顺利地分别拿到了八万的"顾问费"。后来，他们又很愉快地合作了另外的几笔生意。

现在柳总已经瞄准了李锌，他很热情地给李锌介绍自己的业务，目的非常明显：继续向李锌融资。

柳和平看着坐在对面的李锌，心中在盘算：贵重金属的贸易越来越难做，自己在仓库里面的金属铜等贵重金属的价格波动剧烈，难以把握，而且价格也下降得非常厉害，关键的是原来的下家客户基本没有资金进货了，生意当然越来越清淡。

但是，今天柳和平不是来给李锌讲述公司的困境的，他现在眉飞色舞地在给李锌描绘他公司新的项目和蓝图：他们在成都临近的地区找到了一个非常好的农业项目，那是一个玫瑰香精的高科技农业项目，这可是一个千载难逢的发财的良机！高科技农业是政府支持、银行支持的事业。

面对柳和平的"不务正业"，放弃贸易公司的业务去做高科技农业，李锌是完全能够理解的。最近，他已经发现了有很多的公司开始或真或假纷纷转行做起了农业。"挂羊头卖狗肉"的项目也不少，做房地产的为了获得银行资金，也被迫做起了农业的项目投资。所以，李锌对柳和平投资高科技农业的决策，表示了完全的理解，至于，要向公司再借款三百万，作为资本金的补充，去投资农业，李锌非常坚决地拒绝了！

他反问道："柳总，我们做资金放贷生意有我们的行规，比如说：前账不清，后账不借。还有，柳总，我真诚地劝告你：没有什么行业能够完全依靠民间借贷资金的力量把它做起来！民间借贷的宗旨就是'救急不救难'，而且只能够短期借款，不能够中长期使用的！"柳和平故意问："为什么呢？"其实，他是资深的老板，他怎么会不知道其中的缘故呢？

李锌看柳和平一脸的真诚，就解释道："柳总，你知道我们民间资金的利息，相对于银行的资金成本是很高的，为什么我们做资金的总是喜欢与房地产企业打交道？我们一般也只与房地产企业做融资合作，才有安全边际，因为房地产企业的利润高，只有他们才能够承担得起这样的利息！做产业的企业很少有能力使用这样的民间资金，否则，只能够是饮鸩止渴！企业借到了款，也只能够是延缓企业的破产，最终我们和你们将一起被资金的时间成本所消灭。"

柳和平很坚决地微笑了一下，他有点神秘地说："老弟，你说的话，我绝对都能够听得懂！民间资金虽然不完全都是高利贷，但是利息高是大家公认的。我的项目已经有了其他的投资者在洽谈了，只要我的资金一到位，他们就会跟进！他们是国有的大型企业，他们只有对外投资和与民营企业合作，才能够有他们的利益。"

李锌叹了口气："你不能够把你的项目建立在国有企业领导人'权力寻租'的基础上！何况你的资金来源还是民间资金！如果，事情有变化，柳总你怎么收场？"

柳和平有点尴尬地嘿嘿一笑："我知道的，但是我有绝对的把握！"李锌却只是摇头。

看来事情不能够再推进了，柳和平就狡猾地转移了话题，邀请李锌吃饭喝酒。李锌本来与卓小兰想今晚上找一个清吧坐坐，所以李锌就说他请客。柳和平却很神秘地摆手说："兄弟，我们今天就男人们在一起玩玩，不要带女人去了。"李锌很好奇，于是就顺了柳总的意思，去了附近郊区的一个农家乐，据柳和平说："那里是成都最好耍的地方。"

男人对"好耍"的事情当然很有兴趣，于是李锌推掉了与卓小兰的约会，小兰也不是很计较，也没有办法多计较，他们的关系本来就是风中的云，承载的不是爱情而是男女生理的需要，今晚李锌不需要自己，她就约了表妹顾艺晚上去玉林小区的"良木缘"坐坐。反正她的老板张嘉仪也不在公司，刚才她接听了老板说她一个人在浙江佛教名山普陀山休假的电话。她把手中的事情尽快处理完毕，就下班了。

顾艺自从写了《成都高利贷》那本网络小说后，她在与出版社的朋友多次商讨之后，拒绝了众多出版社的出版邀请，她的理由是不准备修改书中的任何内容，而不修改内容就"达不到出版的要求"，毕竟写做高利贷借贷老板生活与事业的题材是非常敏感的，在这个灰色的领域，把握人物的"主旋律"是很困难的。

她现在是自由自在的"撰稿人"，与许量手下江泉的恋爱，已经渐入佳境。用江泉的话来说："他们就是万事俱备，只欠买房结婚了。"顾艺的野心已经被爱情熄灭了大半，她现在的理想是准备创业，她想做一家文化公司，目标就是去创作最好看和最有用的新财经小说。

到了晚上8点，卓小兰与顾艺已经在一起谈论了各自的人生目标。卓小兰没有把她与李锌的隐私告诉任何人，那是她和李锌的秘密，他们既然走不到一起，就不便张扬了。

卓小兰告诉顾艺："我把我的钱交给了李锌他们打理，做借贷生意，每个月都有固定的收益了。"

顾艺对放高利贷是不感冒的，她现在需要的只是素材，听表姐小兰提起了李锌，她就来了精神，这不仅因为李锌是顾艺的异性"铁哥们"，更重要的是他的实践与奋斗经历，对现在一无所有而渴望成功的年轻人，一定会有很大的启发。于是，顾艺就建议说："小兰，不如我们现在就约李锌！让他来做我的下一本书的主人翁，我们来看看一个穷保安到底是怎么样成为一个未来的大老板的?"

"未来的大老板?"卓小兰夸张地嬉笑起来,"李锌有做老板的潜力,这我知道,但是他要想做大老板,可能更需要机缘。"她骨子里还是乐意见到李锌的。

顾艺见小兰不反对,就拿出手机拨通了李锌的电话。

此时此刻,李锌和柳和平正在郊区的农家乐喝酒。李锌不知道柳和平已经做了安排,他的目的就是今天要把李锌拉下水。现在李锌的身边已经有了的两个年轻的女人,一个叫汪淇,小名"淇淇",是陪柳和平的,另外一个叫汤薇薇,人称"薇薇",她当然是陪李锌的。这两个小女人都是柳和平专门从城里接来与他和李锌共进晚餐的,李锌的江湖经验不足,他不知道柳和平的算盘。

最初李锌不习惯喝酒还要别的女人陪酒,但是很快他就喝上了头,在迷糊中,情绪失控了。当顾艺来电话的时候,他不能够拒绝,就答应她尽快回城。顾艺在电话中没有提及小兰也在一起,听李锌与顾艺是那样的熟悉,小兰的心中非常不是滋味。她不明白,李锌这家伙!难道肌肤之亲,还比不上他与顾艺之间的"哥们"义气?李锌这家伙!

在酒精与女色的作用下,年轻气盛的李锌,开始有点不胜酒力了。薇薇与淇淇都是二十来岁的模样,都属于那种依靠时髦的服装包装和青春支撑出来的漂亮女人。在她们与柳和平的精密的语言与合拍的行为配合下,李锌的酒量被他们非常迅速地填充满了。李锌有点被这三个人围剿的感觉。柳和平审时度势又把自己的农业项目需要李总支持的要求多次提出来。李锌现在还是酒醉心明白,他告诉柳总:"老柳,你现在已经借了我们150万元。我知道你的公司效益不好,所以我建议你抓紧时间,赶紧把银行的资金再借贷出来。不然我们都有麻烦。"

柳和平笑道:"银行的贷款,现在要贷出来已经是困难重重,我是欲哭无泪了,到时候还要请老弟你拉大哥一把哈。"

李锌摇头说:"这个年头,人人自危,哪里还有无条件的帮助之说。我看你如果再不能够从银行贷款出来,不如就把公司解散算了,这就叫沉没成本。

也就是俗话说的少亏当赢。"

柳和平也不再坚持。他没有告诉李锌的是，他已经得到了由淇淇的美色"拿"下的某个银行行长的承诺，还李锌他们这笔"高利贷"是绝对没有问题的，但是他现在的目的是要把李锌拉下水，利用他在成都世纪洪盛担保公司做副总的便利条件，帮自己把仓库里不断贬值的金属向黄总再抵押一笔。李锌觉得黄义仁对自己是不薄的，自己又有愧于他的宝贝女儿的爱慕，因此李锌不想损害世纪洪盛担保公司的利益。但是他心中已经有了一个主意："换手抠背"，让铁哥们韦伟和自己一起做这一单高风险的业务。

他们是在农家乐的一个大包间里喝酒，外面天冷，更显得里面春意盎然。当李锌想呕吐的时候，薇薇和柳和平迅速对视了一眼，薇薇就主动搀扶着李锌，在服务员的带领下，去了旁边的房间，那里有独立的卫生间。

后面的事情，李锌已经不太清楚了。但是，他知道自己是闭着眼在和一个年轻的女人做爱，开始是卓小兰的身影，后来居然像张嘉仪了。李锌知道自己是在别人的勾引下在欲望的深渊堕落，但他没有自制，他需要放松，而且需要这些女人的滋润，让心智飞快地成熟。

他苏醒过来的时候，发现了自己躺在宽大的床上，身边是同样赤裸身体的薇薇。这就是很原始、很古老，但是很有效的"美人计"。李锌觉得自己被柳和平"套"住了，但是柳和平并没有说出什么难听的话，薇薇也是微笑着离开的，对于李锌这样的帅哥而言，她的"工作"是很愉快的。薇薇和淇淇都是柳和平的秘密武器，她们从来不轻易出马，但是李锌很值得柳和平这样做，因为这是资金的问题，何况这些钱不是李锌自己的，而是他可以影响甚至是支配的。

李锌与柳和平没有必要再说什么了，他们用眼神达成了"协议"，李锌看看时间已经晚上10点过了，就要求柳和平尽快把自己送到玉林小区的"良木缘"。在那里，李锌还记得有顾艺这样的纯洁朋友在等他。分手的时候，李锌对柳和平淡淡地说了一句："我们的事情，我会尽快给你答复。"当李锌的背影在柳和平的奥迪车的后面越来越远的时候，柳和平笑哈哈地对身边的两个女人说："三十六计，不是走为上计，而是美人计为上啊！"薇薇则微笑着反驳道："我们哪里是在用美人计啊？如果我们这样的小女人都能够叫美人的话，那么成都干脆改成美人城好了。"淇淇也是大摇其头："中外古今的美人计中的美人都是没有好下场的。"

顾艺与小兰的话题已经基本上要枯竭了，李锌软绵绵地爬上了二楼的"良木缘"，他看见小兰的时候，满面红光的脸上也有点尴尬，可惜只是一闪而过，小兰明白这就是他们永远不可能走得太近的原因。"要不要告诉他，张嘉仪现在一个人在佛教名山普陀山休假的事情呢？"小兰决定找一个机会和李锌做一个交易。

等顾艺把她想以自己为主角写小说的疯狂想法讲出来的时候，李锌忍不住哈哈大笑，他的酒意还在身体中冲突他的控制力，所以笑声有点粗鲁，把四周正在低声浅语的情侣惊扰了，顾艺不太高兴地说："李锌，注意你自己的素质！"李锌嬉皮笑脸地回答："钱是坏东西，所以我也不得不变坏了。做金钱生意啊，许量老师不是经常说吗？慈不带兵，悲不借款。"李锌想起刚才自己在郊外干的动物性很浓郁的"坏事"，身体很愉悦而心中却很烦恼，就冲口而出："现在的世界，是金钱统治的世界！都说女人变坏就有钱，而男人有钱就变坏哈！"小兰一听李锌的话，完全是含沙射影，难道是在影射自己的"第一桶金"是依靠卖身于香港南海创业投资基金的袁志强来的吗？小兰拼命压抑住内心的愤懑，她想骂李锌却出不了声，只好低头去喝酸酸的柠檬水，这种酸溜溜的滋味与她现在的心情完全一样。

顾艺告诉李锌："如果投资管理是你李锌的职业，那么在当代的网络时代，我顾艺也许可以帮助你！你应该知道我写的《成都高利贷》这本网络小说的影响力。可惜许量老师已经不再需要名气与影响力了。但是，李锌，你和我都需要名气，我们需要大家的关注和支持。名与利天然在一起，有名才有利。"

"名利双收？"李锌不以为然地说，"名利双收谁不想？可是我们这种做灰色资金放贷生意的人，出名就等于找死。何况，我现在也觉得自己的行为越来越不能完全自控。"李锌想起了刚才自己的"出轨"行为，感觉身上还有薇薇的味道，他有点厌恶自己的身体，做生意的男人都不容易啊，经常在道德与肉欲之间挣扎，他叹口气说："做人难，难做人，人难做，做难（男）人。"

然后，李锌向顾艺倾诉了心中的很多困惑。当他知道小兰已经给顾艺，绘声绘色地讲述了他们用打赌彩票的"局"智取孙胜利的故事之后，他很认真地说道："所谓的商业策划，有时候其实与骗局差不多。我听朋友说了一句非常经典的话：所谓商业成功就是骗局的成功。有多少老板的原始积累是完全不可以曝光的！我看这个世界不是人被钱变坏了，而是人把钱变坏了！"

顾艺还是满怀信心地去说服李锌："李锌，我们现在不是来辩论金钱的善与恶的。做民间资金放贷生意的人，也不完全都是变坏的男人，许量老师不就是行侠仗义的好人吗？"李锌对许量老师不好说什么，他在资金的"江湖"中，听到的也不完全是许量的好话，有很多话也是很难听的，于是他摇头说："世界上的人形形色色，千千万万，怎么可以简单用坏人与好人来划分呢？不过，对我而言许老师是一日为师，终身为父。"

"终身为父？"李锌这句话被卓小兰抓住了，她的词锋也很犀利，"终身为父的许量喜欢的女人，你还能够喜欢吗？"此言一出，小兰很后悔，她知道这是李锌内心最深的伤痛。果然，她们都看见了李锌表情的瞬息万变：赤橙黄绿青蓝紫，从恼羞成怒到心平气和只在一瞬间，李锌很平和地回答："爱我所爱，无怨无悔。我不会为了虚无的观念放弃我的爱！谢谢你的提醒，小兰，我明白了我应该怎么去做。"

顾艺深知李锌爱上张嘉仪的情感经历，她安慰李锌说："感情的事情，还是顺其自然。"小兰也觉得不应该去伤害李锌，她就提醒李锌道："现在你有一个机会。你喜欢的女人正在一个地方独自修身养性。从她和我通话的低落语气中，我能够感觉得到，她的孤单和落寞，你李锌应该是有机可乘的！"

李锌听得心念一动，就用探询的目光望着卓小兰，他现在对小兰又有了很内疚的感觉，觉得她对自己的确是很真诚，与自己有了肌肤之亲，还能够如此大度地拉拢我和其他女人，她不是一般的女人，选择她为自己的"搭档"应该不会有错。

于是，他对小兰抱歉地说："小兰，很抱歉，请你原谅，我是酒喝多了一点，说话没有了分寸。"

顾艺不知道表姐与李锌的秘密的性关系，她就阻止道："小兰姐，李锌答应我写一本关于他的书后，你才告诉他，他的女人在哪里，是吗？"小兰假装很豁达地说："顾艺，我们两姐妹一起来帮助李锌，让他爱情与事业双丰收吧！"然后，她挑了一下眉眼，恢复了表面的轻松，她对李锌说："李锌，你的美人在佛教名山普陀山休假，具体的宾馆嘛，我就不知道了。"

顾艺看李锌春心萌动的样子，就鼓励他说："李锌，男子汉，大丈夫，你不是说爱我所爱，无怨无悔吗？虽然许量是我们的恩师，但是爱无禁忌！老师会理解会原谅的呀！我和小兰姐都很想看看你这个醉李锌怎么去抱得美人归！至于再用老师和你作素材写书的事情嘛，就这样定下来了，书名暂定为《放贷人》，内容嘛，就是写以老师的事业和你李锌为主的一批年轻人的事业成长和情感世界。"小兰也嬉笑道："在这样的宣传中，我们的李锌同志就可以成为老大了！"

"什么是老大？钱才是真正的老大。"李锌说完了，就起身与两位朋友告别，他离开时，看到了小兰眼神中有留不住自己的无奈。他走进冷风中，今夜的成都凄风苦雨。李锌记得黄鹂告诉他，她计划出国留学的事情，看来自己已经完全伤透了她的心。李锌就沿着玉林小区的冰冷的街道往前面走，一直走到了家里。李锌的头发已经被细雨湿润，他的心情和身体却是煦暖热情的。他决定这两天就向老板黄总告假几日，他要去找张嘉仪。虽然许量的身形还是那样沉重地压抑着他的冲动，但是他安慰自己说："我李锌不过就是去看望一下张嘉仪，算不得违反师生之规矩。"

第二天，李锌特别忙碌。他昨天晚上睡得非常踏实。他以为梦中一定会梦见点什么东西，比如许量痛骂自己或者张嘉仪的冷脸。但是醒来，他的头脑里完全一片空白。

早晨，什么东西都没有从梦境中带出来的李锌来到了成都世纪洪盛担保公司的办公室。

他很匆忙地安排了手头上的业务，然后李锌和韦伟在电话上互通了柳和平这单业务的基本情况，再约定了中午的时候，两个兄弟和柳和平紧急见面，争取尽可能用柳总在仓库里面的几百万贵重金属作为抵押物，利用类似"仓单质押"的方式来帮助柳和平向韦伟副总所在的成都东方富源投资管理公司融资。

李锌向公司黄总请假的理由很简单，他想去旅游几天。黄总没有多问他的旅游行程，只是习惯性地叮嘱了他一句："在家千日好，出门一日难。"

他很满意李锌把孙胜利这样的老狐狸都能够说服下来，这是黄义仁做不下来的业务。当李锌要离开办公室的时候，黄义仁叫住了他，开玩笑地说："李锌，你该去财务部把你的奖金领了，否则我们都会以为你不满意了，难道你是嫌奖金少了吗？"

李锌有点不好意思，他对黄总点点头。快出门时又折回到黄总的办公桌前，有点迟疑地说："黄总，我有一句话想说。"看黄总很信任地看着自己，李锌就大胆地说："黄总，关于公司给私募客户固定回报的问题，我认为我们应该认真考虑一下，现在我们已经有了不少的私募客户了，以前那种给予他们固定年回报15％的做法，我们还是需要更加慎重。"

等李锌走了，黄义仁冷静地反省公司的发展策略：现在成都的资金市场里，有钱才是老大。虽然自己的经营压力越来越大，但是，按照模仿银行的经营模式组建起来的成都世纪洪盛担保公司是应该行动起来，马上消灭公司原始积累时候非法集资的尾巴了。"对资金客户承诺固定回报和吸收资金到公司账上"，这就是非法吸收公众存款、非法集资，是我黄义仁起家的软肋啊，我一定会千方百计消灭世纪洪盛创业的原罪尾巴，就像许量那样，一旦走过"惊险的一跳"，那就可以从流氓大亨变成社会贤达与名人了。

第二十二章　策划放贷

　　李锌预定了今天晚上去上海的末班机票,他从明天起就要开始一段浪漫的旅程了。他把这个消息告诉小兰,她没有表现出自己内心的情绪,也隐瞒了把男人的"第一次"给了自己的李锌就这样快的投奔于别的女人的复杂情感,她知道李锌只是来打听张嘉仪的行踪的。她告诉了他要的女人的行踪,小兰已经很有心计地借向老板汇报工作的机会,探听到了张嘉仪还在普陀山。

　　今天必须要把柳和平的事情做好。看看时间已经快中午了,他让财务部经理曹姐把奖金打到自己的银行卡上,然后和同事们愉快地告别了。

　　出了电梯,他就吹着口哨和韦伟见面了,口哨声音圆润动听。李锌想,这次一定联合韦伟把柳和平的单子做下来,这倒不完全是因为他对自己的"性贿赂",也许是因为"利欲熏心",李锌就是这样给自己下的定义,在商言商,商人总是追逐利润的。他开着车,穿越在车水马龙中,李锌心中开始涌起了一股豪气,一种将来与许量比肩而立的勇气,这些并不完全是因为张嘉仪这样一个女人,还有天然萌动的年轻男人的野心。

　　过了一个多小时,韦伟带来了一个沉默的没有表明身份的中年男人,听韦伟介绍他是老赵。他们三人在柳和平的带领下,去了成都郊区的某县城旁边的一个比较偏僻的地方,在那里有一个大型的仓库。

　　他们站在了柳总的成都四海远大兴旺贸易有限公司的仓库里面的价值几百万贵重金属面前,李锌和韦伟看不懂这些金属的价值,也没有办法估算它们的种类与重量。李锌叹口气，看来借贷的事情很困难了，他对柳总摇摇头。

韦伟也不说话，只是很有兴趣地不断地向柳和平问这问那，李锌不完全明白，韦伟就看了李锌几眼，然后直接问："柳总，像你这样的抵押物，我看全成都市做资金放贷生意的公司都不会接你的单子。你也明白所谓借贷其实就是房地产抵押贷款，没有硬的抵押物，确实非常棘手。"柳和平立刻很焦急，喋喋不休地解释这些贵重金属的价值不菲。

"这样吧，我们看看您出什么样的利息价格？"韦伟内心斗争了几次，在"放款"与"不放款"挣扎之后，他的贪婪战胜了恐惧。

柳和平听韦伟的话中有话，就很坦然地说："我没有出价格的资格。两位兄弟，你们看看，我这些家当能够借款多少？至于价格，当然由你们来定。"

李锌注意到了那个中年男人把这些金属观察得非常仔细，等他向韦伟点点头，再在他的耳朵边上耳语了几句。韦伟就直接说道："柳总，你的这些东西一口价，我们可以给你300万，月利息是一角。""月利息一角？这是什么意思？"柳和平故意不解地问。

"就是月利息10％，如果我们借款给你300万，那么一个月的利息就是30万。柳总，你决定借款多久呢？"韦伟继续说。

"两个月，"柳和平要求道，"韦总，李总，你们几位兄弟能不能够高抬贵手，多借一些款给我？我上的新项目需要的资金缺口是很大的呀！"他的声音带上了央求的味道，柳和平内心为这些小伙子的不近人情只讲金钱的态度而感觉到了自己的无能为力。

大家一起从仓库出来，就上车回城。没有人去听柳和平的要求。在金钱面前，人情薄如纸，"慈不带兵，悲不借款"，韦伟很肯定地说道，"柳总，我们就这样确定了吧！改变任何一点条件我们都不可能再做。"

看柳和平把车开得很平稳，韦伟就安排他道："老柳，你的这些金属需要一个价值评估报告，还有我们需要派人来值班看管这些宝贝。你就放心好了，全成都没有谁会对你的金属疙瘩感兴趣的！实话告诉你，没有这位老赵的介入，我也是没有办法去说服我们公司的。"

韦伟一说到公司，就想起了温州老板钱大富，还有那个妖娆的总经理助理许小露，他们都是精明无比的商人，就算是财务部的经理刘洋，用不发表任何意见的沉默方式来支持自己，自己也是很难把这单不是房地产抵押物的业务在东方富源投资管理公司做出来的，现在的条件根本上就过不了公司风险评估这一关。

不过，他还有另外一套计划，这计划，他连李锌这样的铁哥们也暂时没有说明。如果这单子在自己当副总的公司做不了，那么他就去"编"，当然不是去"骗"他的好朋友崔乐乐的公司来做这单借贷业务。

想通了对策，韦伟就比车里的任何人都有了轻松的感觉，他心情很放松地问李锌最近与刘洋有没有联系？李锌虽然认为韦伟在这个时候谈论风花雪月的事情有些不妥，但是他还是要给韦伟面子的，他笑眯眯地回答："我还没有时间与洋洋得意的刘美女联系，面是没有见过，不过在QQ上还是经常聊聊天。"韦伟知道"洋洋得意"是李锌喝酒之后，给刘洋取的外号，没有想到刘洋居然默认了。

就在李锌脑海中浮现出了刘洋的音容笑貌时，李锌的电话响了起来，很巧的是电话正好是刘洋打过来的，李锌在柳和平的奥迪车里觉得接听不方便，就语气干巴地问："有事吗？"

刘洋近些天在网络上与李锌聊天，相互讲述了很多有趣有用的话，当然也不乏无聊的话题。她本来是想约李锌去他们第一次见面的"三国酒吧"加深情感的，现在听李锌没有什么兴致，就很干脆地放弃了计划。她放下电话就去约了崔乐乐，没有男人但是有好姐妹呀，刘洋依然很高兴地想。

他们四个男人又去了"岁月茶楼"，在那里他们讨论了合同的细节。老赵还是说话很少。

等李锌和韦伟两个人单独在一起的时候，韦伟把自己的计划告诉了李锌。

韦伟告诉李锌他很需要这笔业务做成功，因为：一是他想开办一家自己的投资顾问公司了，"工"字不出头，他在精明的温州商人钱大富那里更是没有办法出头的；二是只有这种高风险的业务，才能够保证在公司的高利息之外，还有我们这些资金管理者大的"寻租"利润空间。

李锌很认可韦伟的观点："我们做民间资金放贷生意，其实就是经营风险的！我们做的每笔生意，都不可能是零风险。"

韦伟计算了一下：如果能够从柳和平那里得到月利息10％的高利息，那么我们兄弟们就可以在公司收取5％月利息的情况下，获得另外的5％月利息。有了这样的几十万，我们就可以大展宏图了！还怕什么公司的处罚呢？李锌看着韦伟毅然决然的样子，预感却不是很好，许量老师经常说："做资金放贷生意，最忌讳的就是盲目乐观！"

于是，李锌喝了一大口素毛峰，快速地咽下去，立刻建议说："韦哥，这样的业务，风险很大！一是我们对贵重金属的价格不好把握，二是这样的物权，我们没有权威的机构来评估价值和办理物权的抵押登记，何况，柳总他们的仓库是非标准的仓库，这样我们就没有办法合理利用'第三方信用'来保证抵押物权的安全，否则任何的'仓单质押'都很有可能是空置的。"

韦伟深思了一会，很冷静地回答李锌的困惑："任何一单借贷资金的业务，我们不做，只需要一个理由，而要做一个业务则需要若干的条件。就以柳总这单业务为例，除了我的私心外，其实我也有业务创新的意图。李锌，你想过没有，现在成都的资金界，其实大都是做的房地产金融。这样做的好处，相对而言是很安全的，但是同样地也把很多可以付出更高利息的客户，比如柳总这样的企业完全排斥在外了。如果我们能够探索出这条非房地产抵押融资的途径，那么我其实就是发现了新的利润区！就会财源滚滚了！而那种不要任何抵押的做法，又是规模小的水钱，起不了大作用的，那不是我们这些正规军做的事情。"

虽然，李锌觉得这单用贵重金属做抵押的业务有点冒险，但是这毕竟是韦伟在操作，做不好李锌没有什么实际责任，做好了多少都有收入，所以他顺水推舟了。在与韦伟告别前，把他与熊小川的事情也透露给了韦伟，李锌还说："有机会，我把熊总介绍给韦哥，他可是与许量一起战斗过的老兄弟，他参与了许总多年以前的一些资本策划，这对我们这样的晚辈来说，一定是非常有益处的。"

韦伟附和了一句："这些故事当然非常珍贵，资本和资金市场最需要的就是成功榜样。我们想在成都的民间资本和资金市场上成为后起之秀，是必须要这样的前辈指教的。"两个人又说了一些闲话。李锌也没有说他去浙江的目的，只说是要出差。李锌最后道了句肺腑之言："小心驶得万年船。"

李锌没有让韦伟开车送自己，就匆忙打的赶回家了，他要准备今天晚上开始的人生旅途了。在成都双流国际机场检票口前，李锌又想起了一件非常重要的事情，他匆忙地给熊小川打了一个电话。他要加深与熊总合作的事宜，并且约好等自己回来，再推动工作。同时，也顺便委婉地给熊哥道歉了。放下电话，李锌也给小兰发了一句短信息："大恩不言谢。"

当飞机腾空而起，离开成都平原的时候，李锌从窗口俯瞰黑暗世界，迷茫的黑暗中的繁华城市像明珠熠熠生辉煞是好看。他身边一位胖胖的中年男人已经很安详地进入梦乡了。在胖男人均匀起伏的鼾声中，李锌默默想起了一个问题：此行，如果万一我李锌有什么意外，我已经没有直系的亲人了，那么我的受益人又该指定谁呢？

韦伟等李锌走后，就把自己的笔记本电脑打开，去网络上搜寻最新的贵重金属的报价与他们的价格走势，同时也在脑海中细化这些创造性的借款解决方案。他不断地鼓励自己，民间金融的生命力就在于敢想敢干，如果都向银行学习，做什么业务都必须要房地产资产抵押，那么民间资金又依靠什么手段来与银行竞争呢？

一会儿，他新婚的老婆来电温柔地问他是否回家吃饭，他有点不耐烦地回答："我在开会。"他老婆很清楚地听见了茶楼里斗地主的喧闹声。这天晚上，韦伟与他的新婚老婆揭开了婚姻中不断吵架的序幕。

韦伟马上给崔乐乐打电话，谁知道崔乐乐告诉他，她今天已经和刘洋约好了，让他晚上与刘洋一起到"三国酒吧"喝酒玩。他大声叫服务员来掺茶，韦伟头昏脑涨地看着玻璃杯中的青色茶叶被开水冲溅着翻腾，再抬头看看四周，正乐此不疲地"斗地主"的几桌茶客中，有一个漂亮的女人格外引人注意：那是一个被旁边的男女叫着"小曲"的女人,他现在还不知道,这位小曲就是李锌认识的那位孙胜利的情人小曲。胖胖的孙胜利正和丰满的小曲在一起,形象上很般配,他们一边斗地主,一边"斗人"。他们在勾兑一位处长,那是管理建筑公司业务的"有关部门"的处长,不是一般领导部门的处长。为什么要在大厅喝茶和打牌,因为孙胜利非常巧妙地利用"光天化日"的环境,压缩了处长想打大麻将的冲动。事后,他指教小曲道:"宝贝,这就是做生意的方法,节约成本才能够生财,我们生意人最需要控制成本的地方就是吃喝玩乐。"

小曲盘算了一下,在包间里打麻将的"公关",比在大厅中的"斗地主",成本要高出至少一万以上,她看看孙总胖脸上的憨厚,其实,只有小曲知道他是"一脸猪相,心头嘹亮"的主。韦伟还不认识这些素质不高智商却很高的男人女人,此刻他最想的是找一个知心的人聊聊天,李锌走了,唐力又没有闲暇,他无聊地四处观望。

韦伟和小曲美女正好面对面坐着,他们有几次都碰巧对上目光,于是,他苦笑了一下,在小曲娇媚地表演美女"斗地主"时,韦伟想起了崔乐乐。本来自己打算在"快快乐乐"的氛围中把生意上的事情给她潜移默化的,现在刘洋居然已经和崔乐乐情同姐妹一般,经常黏在一起!如果什么事崔乐乐都去问刘洋,那可如何是好?人算不如天算,早知道如此还真不该把她们两个介绍到一起,这个世道上,要寻找到一个有钱女人的青睐是一件多么困难的事情啊!可惜自己的心事,老婆一点都不明白。

到了第二天早上9点过,李玫才从昏昏沉沉中回过神来。她昨天晚上从上海同学洪羽菲那里搬回了宾馆。她住的房间恰好就在许量房间的上面,和许量住的隔了一层。她没有把许量踩在脚下的快乐感觉,晚上有点失眠。

李玫起床后,去了卫生间梳洗,她没有和许量或者李健康联系。因为她对许总要把东方富通投资管理公司卖掉的疯狂想法感到悲痛,他怎么能够这样自私自利呢?虽然,他是公司的唯一老板,他也有权力做出任何决定,但是,我们这些跟随着你许总打天下的忠诚员工,又怎么办?难道大家都被你弃之如敝屜，而我则是去接替妈妈做成都资本之鹰商务会所年轻的女老板吗？

　　许量把李健康请到他自己的房间密谈。他没有打搅李玫，知道这个小丫头并没有完全懂得自己的意图。上海天宇集团老板洪战需要购买的是成都东方富通投资管理公司持有的权益，这些主要包括金色集团的各种权益，即陈丹阳的上市公司对于许量公司的全部负债。李健康转达了陈丹阳的意思，她不赞成许量把上市公司对东方富通公司的负债转让给第三人，这样对公司的股票会有较大的影响。所以，大家公认的最好的权益转让方式，就是把许量的东方富通的股权全部卖给洪战。

　　李健康看到了许量的疲惫，他安慰许量说："老许，公司就是商品，同样是可以买来卖去的，如果我们要做成这笔生意，这样的方式是最理想的。何况，天宇集团的洪老板出价已经不低了！他们把这些东西拿到证券市场去套现，成功了可以赚大钱，失败了也一定会损失惨重的。"

　　许量点点头："我总是觉得，现在的证券市场是有问题的，2007年的这波大行情，早晚会惨烈地下跌的。我们现在早点休息也好，我的计划是先把东方富通卖给天宇集团，在签订合同的条款中约定有条件地买回东方富通。如果，我的感觉是准确的，那么明年我就有机会再出江湖。至于现在的骨干员工，我将采取不同的方式安排：愿意离开的，我向朋友公司推荐或者资助他们创业；愿意跟随我的呢，我重新再办一家投资管理公司，毕竟资金行业人才是很重要的。"许量轻舒一口气，缓慢地说出了自己的想法："我许量绝对不是无情无义之徒！这些你暂时不要告诉李玫。我觉得她对我卖公司的想法是非常抵触的，有机会的话，请你做一下她的工作。"

　　李健康对许量的分析表示理解和赞同："许总，我看李玫这个小姑娘主要是舍不得离开公司，或者说是舍不得离开你呀！"李健康没有去顾及许量的尴尬的神态，继续说："哥们，我有些话，不知道是该说，还是不该说？"

　　许量把雪茄点燃了，在青烟缭绕之间，许量故意有点皮笑肉不笑地说："你又要批评我对女人的爱太多了吧？那不是没有办法吗？"于是许量就彻底地把自己的感情世界的"脏、乱、差"向李健康完全坦白了，包括昨天在酒店遇到了张嘉仪的事情。他觉得许量有点把自己当成了教堂的神父一样，李健康有些豁出去了，他很尖锐地说："叫你许总？那我就不敢说重话了，我还是叫你许量吧！你想想从谢丽开始，张娅，还有张嘉仪，你喜欢的女人已经足够多了！现在还有李玫，你我都是中年人了，难道还看不出来她对你的暗恋吗？更何况她还是张娅的女儿，如果你真的与李玫之间发生了什么，除非是天崩地裂、山转河移，要不然张娅是一定会和你没完没了的。"许量想起了李玫对自己依恋的情结，其实自己早就看出了端倪，的确是自己没有当机立断，这样一定会害人误己。许量一边听李健康数落自己，一边想起了张嘉仪。于是，他请教李健康怎么看待张嘉仪逼自己不能够再花心的事情。

李健康听了哈哈大笑："许量，你也不想想，你的事业再成功，还不是只需要一个家？你没有听过这样的话：广厦千栋，卧床其实只需一间吗。我也不是什么卫道士，更不是假正经，金钱与美女，三妻四妾，或者像娥皇和女英那样两女共侍一夫，哪个男人不喜欢？这些，哥们你都不缺了，知足者常乐。至于你的张嘉仪也好，谢丽也罢，对了，还有那个一直在爱你的许小露，我看如果加上李玫和张娅，你不死也要脱层皮！所以，谢丽远走澳大利亚是逼迫你，张嘉仪不见你的面也是逼迫你，那么许小露那样的无欲无求，也不是在逼迫你吗？要知道，一个从小就崇拜你的小女孩子，用了她大部分的积蓄，为你买下了一大片你喜欢的原始森林，嘿嘿，风景如画，风情如画，这难道仅仅是一时的浪漫吗？还有李玫的感情最危险，这是道德不允许的危情，我看你还是早做防备为好，否则你情人的女儿爱上了你，这样的丑闻足够让许量这个金字招牌黯然失色。"

许量听到这些分析，更觉得头很痛，他现在觉得自己拥有的感情的确是太多了一点，于是长叹一口气，很无奈地说："看来，嘉仪的话是对的，女人多了烦恼就多，我还是一点一点地让时间把这些烦恼全部都拿走吧！女人如水，花自飘零水自流，那就让她们全部都一江春水向东流吧。爱与不爱，顺其自然，我许量不强求。"看许量话中有了情绪，李健康也就不好再劝告什么。

"兄弟！还是谈正事，说我们的生意吧！我还有一个计划，成都的东方富通卖了之后，我们马上去香港注册一家香港东方富通投资集团，人选嘛，我已经有了安排。另外，健康，你对他们提出的现金收购方案怎么看？"许量对自己放在香港的资金已经有了初步的安排，对李健康也保密了，他想进入香港的股市，如果可能的话，还准备把成都的一些高科技企业也打包，借道进入国际资本市场，但那是以后的事情。

李健康提出了更仔细的建议："对于天宇集团支付给我们的现金，我建议是国内支付一半，另外一半在香港支付，这些在香港的资金就可以顺理成章地进入香港东方富通投资集团。这样，就可以满足你将来走国际化路线的需要，也是以后你的儿子许多的创业资金。"许量摇头说："许多年纪还小，他知道了这笔巨款肯定不好，钱财会妨碍他的进取心。"李健康没有说破许量的心事，他心目中的香港东方富通投资集团的骨干人选一定有李玫，看来没有了张娅，能够经常看到李玫也算是他心灵的补偿了。

说起远在澳大利亚的儿子许多，许量刚才平和的心情又开始激动起来，昨天很晚的时候，许多又再次给许量打电话，说妈妈晚上没有回家住。许量心情有点沉重。想到李健康和他们都是西南财经大学的同班同学，在学校就是无话不说的知己和兄弟，许量站起来冲了两杯咖啡，告诉了他，自己老婆谢丽可能已经有了其他男人，他说他不想让儿子许多"换"了爸爸！特别是老外爸爸。许量激动起来，李健康一语点醒了梦中人，他说："耳听为虚，你怎么就不想想，如果是许多想你看望他们母子，故意弄出来的苦肉计呢？所以，你现在需要的不是气恼谢丽的背叛与否，而是反省自身之后，再去澳大利亚看看，眼见为实嘛。"

李健康心中在想，男人真的很自私，尤其是优秀的男人，难道你许量是"只许州官放火，不许百姓点灯"中的州官吗？你美女如云，谢丽还只是有可能交了其他的男朋友而已。

许量觉得舒服多了，就把雪茄灭掉，他自嘲地说："台湾歌星姜育恒有一首老歌《戒烟如你》唱得多好啊，戒烟容易，戒你太难！这些女人，哪一个不是与我许量有很深的缘分？我哪里能够说戒就戒得掉呢？慢慢来吧，时间可以解决一切问题,到时候,我许量也应该生活得无滋无味,垂垂老矣!"李健康连忙说:"其实也不然,那时候,一定还是有白发苍苍的老太婆追逐你许量的风采的。不过,那个时候,你的众多女人就是与你在一起平安相处,就如绵羊一样安详了。"

许量笑逐颜开地说:"每个有钱的男人都会有这样的幻想,但这是天堂里面才有的画面,当不得现成的梦想来做的。"从此以后,许量一想起一大群白发苍苍的老太太围绕自己的情境就忍耐不住哈哈大笑,许量想也许还真的可能有那么一天!

两个男人在说闲话的时候,李玫已经把淡雅的妆容化好了,她不知道两位"叔叔"辈的谈话内容,以为自己暗恋许量的事应该是天衣无缝。她在心中已经想好了,要尽可能地留在许量的身边,也许爱情本身就是人类心理上的一种很特别的疾病,明明白白知道绝对不可能,但是李玫还是决定努力去试试,她想阻止许量把公司卖掉的计划。

十分钟后,她款款下了一层楼,尽管觉得自己去说服许量,不管有多少理由,这些理由都简直就是羊入虎口,有去无回的!可她仍然鼓足勇气,敲响了许量房间紧闭的门。

第二十三章　佛国寻爱

　　李锌的情感之路，一点都不比李玫轻松。等他千辛万苦从成都来到了宁波，又在宁波的一个宾馆度过了一个心跳得厉害的夜晚，第二天一大早，就从宁波的白峰小港，乘坐快艇向普陀山进发。路上李锌无视四周热闹的人声，他主动把自己的心灵之窗关闭了，他需要再次思考：应不应该去见张嘉仪？怎么样去见张嘉仪？能不能见到张嘉仪？还有张嘉仪见不见自己见了自己又会怎么样对待自己等这样一些作为凡夫俗子的李锌必然要判断和思考的问题。一个小时航程很快就到了，李锌一点不像是第一次看到大海的人，没有丝毫惊奇的感受，也没有从快艇的窗户紧张或者兴奋地四处张望，他觉得心中的海洋比身边大海的波浪的起伏要大得多。

　　李锌把出发前在码头买的旅游画册拿出来研究，只见册中介绍：普陀山，雄峙于杭州湾以东烟波浩渺的莲花洋中，与世界著名渔港沈家门隔海相望。这是中国四大佛教名山之一，首批国家重点风景名胜区，素有"南海圣境"之美誉。景区总面积41.95平方公里，其中普陀山岛12.5平方公里，岛的形状好似苍龙卧海。被美誉为："海上有仙山，山在虚无缥缈间"。普陀山以其神奇、神圣、神秘，成为驰誉中外的旅游胜地，是中国四大佛教名山中唯一位于大海之上的佛教圣地。秀丽的自然景观与悠久的佛教文化融汇一起，成了名扬中外的"海天佛国"。李锌突然想起了四川家乡的峨眉山，不知道为什么他有点想念成都了。于是，他想给卓小兰发一条短信息，却不知写什么内容才妥当。

他放弃了再去打搅小兰的想法，他自怨自艾低声道："李锌，你这次也许是自讨苦吃。小兰对你已经这样宽容了，知足吧！"李锌的旁边坐的是一位旅游团的导游。她是一位二十多岁的女生，穿着一件红色的外套，很青春干练的样子，像是刚毕业的大学生。她对孤独一人的李锌产生了好奇，但见李锌一路上都很严肃，显然是有心事，难怪拒人千里之外。

进入海天佛国的时候，正好是中午时分，李锌看到旁边旅游团穿红衣的年轻女导游站起来，努力抵御着快艇的波动，在给快乐而兴奋的游客介绍："各位游客，前面就是莲花洋。它是登普陀山进香的必由之航路。现在我们正好赶上了午潮，大家向外看，我们能够见到的是海洋上波涛微耸，状似千朵万朵莲花随风起伏，令人心旷神怡。这就是你们来游普陀山所见到的第一景——莲洋午渡。如遇到大风天，这里则是波翻盈尺，惊涛骇浪，另一番极为壮观的景色。曾有渔歌咏道：莲花洋里风浪大，无风海上起莲花。一朵莲花开十里，花瓣尖尖像狼牙。莲花洋多数的日子是风平浪静的，旅客尽可以在航船上安详地放眼莲花洋上的美景。"导游的普通话非常标准，话音也轻松活泼，这才让李锌从迷茫的心境中苏醒过来。他想：这里不是全国著名的观音道场吗？大慈大悲观世音菩萨！我李锌年纪轻轻，现在就孑然一身了，您也应该普度一下芸芸众生之一的李锌吧！

看来，我李锌应该是要先寻找佛缘，再追寻爱情了。登上岸边，李锌忍不住心中的孤寂，给远在成都的顾艺通了一个电话。顾艺还猫在家中的电脑前面，不间断地折磨自己的电脑键盘，她今天打字已经快6000了，她在用心写文章。

顾艺在电话中先是关心李锌找到张嘉仪没有，然后，就是喋喋不休地告诫李锌一定要遵守承诺，回成都后，把他的所有的故事，全部都老老实实地讲述给她听，她现在写的新书，名字就叫《放贷人》，已经有一万多字，再写一些就要上网络去连载了。这可是一种新颖的"商战体验小说"。李锌听她说得那么兴奋就顺口问这商战体验小说到底是什么意思？顾艺就说："世界上的好书，其实只有两种，一种是好看的书，一种是有用的书。商战体验小说就是有用的书，它是让大家学习到商战经验与知识的小说。比如，我现在这本书就是要把你李锌写得生龙活虎，让大家都可以学习到你的成功！当然还有许量老师他们的精彩故事。"

"难道我们这样就算成功吗？"李锌心中嘟哝一声，他只好再次答应他唯一的异性铁哥们顾艺说道："顾艺，你是我好哥们，我李锌哪怕是身败名裂，也一定让你把你的新书写得真实而精彩。"李锌有点应付的态度，放了电话，耳朵刚听到了手机翻盖关闭的"啪"的一声，立刻就有韦伟的电话打了过来："兄弟，你现在是在哪里呀？刚才一直打你的电话，总是占线！"

之后，韦伟就他想到的怎么样创造性的去做柳和平的金属抵押业务的新思路很兴奋地告诉了李锌。原来，韦伟他打算采取先用打三到四折的折扣，去买断柳和平的仓库中的贵重金属，等两个月借款到期，柳和平把公司的借款还清之后，再允许柳总把这些贵重金属买回去。李锌也补充了一些自己的思路：这个借贷方案，最重要的是折扣的价格，还有贵重金属的价格不能够有太大的跌幅！否则，柳和平就会把借款当成货款，他不来赎回货物。韦伟哈哈大笑，这是当然，我已经安排了老赵找了一家同样做金属贸易的大公司，谈判好了，他们愿意用高于我们抵押价值的价格，预定我们这些货物。李锌又和他聊了几句，觉得在佛门清净之地，不宜老是说"铜臭"之语，于是他告诉韦伟："韦哥，我现在是在浙江的普陀山，进山拜佛。应该清心寡欲，淡泊名利。阿弥陀佛！"

韦伟知道普陀山的灵验与神圣，对李锌的话一点也不意外。他让李锌安心拜佛，不要牵挂成都的业务。他只是拜托李锌祈求兄弟们创业大吉！韦伟说了句"阿弥陀佛！"挂机了。李锌在心中马上祷告一声："柳和平，你千万要'和平'啊，要让我们这些兄弟们，帮人不害己。"

在海风冽冽之中，李锌看见那个红衣姑娘很吃力地大声呼喊，好不容易把她的已经散落得稀稀拉拉的旅客，像绵羊一般集合在一起。李锌想了一下，就不远不近地尾随他们前进。就这样，李锌在不经意中，成了红衣导游的编外团员。很快，李锌已经在画卷之中穿行了，他现在可以看到普陀山四面环海，幽幻独特，风光旖旎。他能够感受到四处的山石林木、寺塔崖刻、梵音涛声，皆充满佛国的神秘色彩。岛上树木丰茂，这里的古樟遍野，岛四周金沙绵亘，白浪环绕，渔帆竞发，青峰翠峦，银涛金沙，它们环绕着大批古刹精舍，构成了一幅幅绚丽多姿的画卷。

李锌开始想念张嘉仪了，他逐步地放下了心中的包袱，在梵音涛声中，心灵得到了奇妙的升华，有一种共鸣让他已经快要消失的追求张嘉仪的勇气又开始顽强地复苏了。许量老师的女人，李锌也决定去追求了，不需要事先预测追求张嘉仪的结果会怎么样，因为这是李锌从保安变成老总的原始动力。李锌在靠近红衣导游的时候，与年轻的姑娘惊鸿一瞥，他和她都觉得刚才在快艇上萍水相逢，已经是认识了，能够算是熟人了，他们都很友好地相互点了点头。李锌和相貌中等、青春健康的她擦肩而过，他发现了她的好奇，她知道了他的忧郁。

此时，李玫还在上海与许量、李健康他们在一起。许量今天对李玫非常冷淡，李玫有了越来越多的委屈，她的眼泪差点就在两位"叔叔"面前不争气地掉下来，因为不管李玫怎么向许总进言，请求他千万不要把东方富通投资管理公司卖掉，许量都不改初衷，也懒得和李玫做更多的解释，更没有告诉她自己回成都就会立刻再成立一家新的公司。如果李玫愿意，许量还是愿意李玫跟随自己，他已经习惯了这样的秘书或者说是助理。他向李健康解释："李玫现在年纪小，还没有遇到适合她的真命天子，她漂亮又能干，一定会有非常优秀的小伙子等待她的出现。'许叔叔'的位置，我一定要把稳住的，我怎么可能和小丫头有什么感情上的纠葛呢？老李，你不用说了，放心！李玫的事情我一定会处理好的，我许量这一辈子，如果不是天崩地裂、乾坤颠倒，我是绝对不会和李玫有什么感情瓜葛的！我发誓。"

其实，许量是很害怕现在就让李玫离开。否则，张娅就会马上知道不仅是她，还有她的女儿也可能爱上了许量这样的负心汉！李玫留在自己身边，还可以逐步地开导她，如果到了张娅的身边，万一小姑娘一冲动，把上次与她去喝酒差点出事的"事故"说漏嘴了，那么许量恐怕是一辈子也没有脸面去面对曾经的情人，那个现在谁也不敢说将来就永远与许量没有任何关系的资本之鹰会所的老板张娅了。现在，她在成都的民间资金市场上，不仅是越来越有名气，而且已经有风头盖过许量的势头。许量对她的成就也是尊重有加，他还想冷静一段时间，再与张娅洽谈一次，或许两个人还会有更大的合作，至少不是反目成仇！

许量很想告诉李玫：没有她的妈妈在当银行副行长时候的冒险支持，他许量很有可能没有现在的成就。三个人在宾馆的餐厅吃饭，下午他们还要做出自己的合同讨论稿。许量不是很相信自己的律师，他的口头禅就是："律师只知道解决合同的合法性，而我许量自己除此之外，还可以同时解决合同的价值最大化。"

李玫感到非常委屈，她毕竟只有22岁，在餐厅里面，她几乎没有怎么吃东西。许量想和以前一样，主动去给柔弱的她夹点菜，但是被李健康的眼神狙击了。许量就和李健康大谈他最近的安排："过几天，回了成都之后，我做人一定低调，只是去成都资本之鹰商业培训学校老老实实地做培训老师，在李校长的领导下好好教教书。"李玫对许量的失望，差点就掩饰不住了，也有点不再想掩饰了。

她心目中，许量就是未来的中国民间资金和资本市场中的"大英雄"，就好像是金庸武侠书《神雕侠侣》中的那个反叛性格的大英雄杨过一样："大闹一场，干一番轰轰烈烈的事业，再悄然离去。"可是现在，许量居然要把自己的公司卖掉了，这和杨过大侠为了蝇头小利而出卖他的宝剑有什么分别？她的心中还没有领悟到在商场中，"金蝉脱壳"是一件很普通的事情，它至少比许量这样的商人离婚更简单更平凡。

李玫要了一杯鲜榨的、血红的西瓜汁，她想：我李玫的心中一定也是这样鲜艳，不是贪图你许量的富贵与名声。就算世界上的人都知道我李玫其实喜欢上你很久了，那又怎么样？每当李玫的内心挣扎的时候，她总是用自己只是喜欢许量而不是爱上他来安慰自己。这次她对许量的"喜欢"崩溃得很快，谁让你许量的行为让我觉得你是民间资金市场上的逃兵。李玫看许量的目光越来越冷淡了。

许量不理会李玫的心理活动，一直在忙碌中做自己的事情。李玫又听到许总在打电话，让李严带齐了公司的全部财务资料，与公司的律师一起尽快赶到上海来。她忍不住难受，东方富通公司不在了，她也没有什么理由再待在许量的身边了！但是世间之事，有时候就是无可奈何，如鲜花终于成泥，只有结束时的凄凉之美，最是动人心魄。

既然许量已经决定了，李玫低头看着自己的紫色指甲衬托出雪白的手指很高贵，假装无所事事，她感到许量的决定绝对不会再更改，只好在心中坚持反对到最后，并安慰自己道：看来在许量身边的时候不会太多了，所以我应该拼命也要压制住自己心中的滔天波澜，站好最后一班岗，然后静悄悄地等待许总把自己赶走。李玫来上海之前，只知道许量是来与上海商人谈判双方强强合作的方案细节，她完全没有想到自己会在成都的那些同事们的眼中，突然变成了"出卖"自己公司的女人！所以，她昨天晚上非常坚决而且一点都没有掩饰自己很冷淡的表情，从洪羽菲的家里，在她的惊愕的目光中，搬回了酒店。

洪羽菲很快就再次领教了成都女人李玫的辣椒性格：就是香港歌星周华健的名曲《让我欢喜让我忧》中的那种感受。还好，洪羽菲在心中庆幸，自己不是男人，更不是喜欢她的男人，李玫发起火来的表情坚硬如刀，她不明白李玫对许量的感情已经是不能够轻易割舍的那种深刻的依恋，但她知道谁动了李玫的这块精神上的"奶酪"，李玫一定就会马上和他急，连许量本人也绝不例外。

洪羽菲和李玫两个老同学，一对颇有心机的小女人，就这样"公事公办"了，在商业利益面前，她们的同学温情、朋友友谊都被她们自动地暂时收藏了起来。

午餐后，许量目送李玫神情落寞地离开了自己的视线。许量给她安排了很多的工作，这是上亿元的股权交易，要做的事情太多了。

李玫飞快看了许量一眼，心情复杂地做事情去了，李健康也浅笑一声，回他的房间开始做他的那份工作。许量去了大堂，了解到张嘉仪已经退了房间，离开了宾馆。她和郑度去了哪里呢？许量无精打采地回到自己的豪华房间，他觉得心中非常乱，脑海中充满了矛盾：他这几天都没有和谢丽通电话，儿子许多讲述的事情，让许量决定尽快去澳大利亚看看自己的家是否还在。张嘉仪为什么突然走了呢？难道是害怕自己揭露她与郑度在一起的事情而逃之夭夭。许量觉得这些行为，应该不太像是张嘉仪敢爱敢恨的性格，难道是有什么误会吗？

许量想了几分钟，他给在成都的铁哥们肖希权打了个电话。肖希权告诉许量："我和王可心在前几天，曾经给嘉仪买了飞上海的机票，让嘉仪来找你许量！"许量将电话在他的耳旁边调整到最佳的接听位置，追问道："后来呢？"

肖希权在成都的办公室里面，坐在沙发上摇摇头，许量在上海的电话中，也能够感觉到他的遗憾："可惜嘉仪姐有迫不得已的事情要去北京处理，本来她是没有反对来上海的！她现在应该是在北京。"许量知道了事情的来龙去脉了，他推断肯定是郑度在北京召唤嘉仪，他们一起会合之后才到的上海！但是，天下的事情难道就一定是这么凑巧吗？许量又打电话给肖希权，再次问明白了：嘉仪的确是问了自己住在什么酒店的！她这是在向我许量示威啊！

许量觉得心中有点痛苦了，他彻底放弃了与张嘉仪通一个电话求证的想法，因为，即使是他再怎么样胆大妄为，也没有胆量，不敢亲自上门去听嘉仪告诉自己："许量，我喜欢上别的男人了。"尽管这完全是她的人身自由。

李锌下午4点过的时候，已经飞快地把能够游览的风景过了一遍，他现在和红衣导游的团队已经分开，是散心的散客了。

李锌进入普济禅寺，这里为普陀山供奉观音菩萨的主刹，庄严肃穆。普济寺的主要建筑是在康熙年间重修，前身是"不肯去观音院"。寺院规模宏大，有五步一楼，十步一阁之称，全寺殿堂六进，自南向北贯穿在一条中轴线上。主殿大圆通殿宏大巍峨，百人共入不觉宽，千人齐登不觉挤，有"活大殿"之称。

李锌心平气和地在寺里面礼佛完毕，慢悠悠地转出了寺门。在禅寺景点的附近，李锌尽量平和地坐在一棵大树下面的大石头上。他需要休息，更需要理清自己的寻人思路。

他用强迫自己去欣赏风景的方法来回避自己非常渴望在茫茫人海之中把张嘉仪找出来的想法，他放弃了一家接连一家旅店地去找张嘉仪的想法，那样，在喧哗中找到的她肯定会很反感自己。李锌也不能打遍宾馆的总机去找人，他不想惊动心目中的美人，这是他因为做保安工作到成都后，见了张嘉仪第一面以来一直保存的印象，即使自己做了快一年的老总，她依然还是那样完美地存在于李锌的记忆中。

那么，找小兰吗？她在成都就告诫了自己：她只是一个小秘书，那天也只是张嘉仪这个女老板不小心，很随意地说出了她一个人在浙江普陀山休假，她哪里还敢去问"老板您住在哪个宾馆，住在哪个房间"的问题！李锌还承诺了，当他与张嘉仪见面的时候，一定要做出是"偶遇"的样子，反正，卓小兰说，她抵死也不会承认是自己出卖了老板的行踪的。

李锌到了这里感到心旷神怡，他同时体会到张嘉仪一定是在她心情很放松的时候，随口说出了她的行踪。在这里，李锌看到很多游客都是笑容满面，他们的乐观情绪也在不断地感染他。李锌决定还是先去找一个理想的住所。"那么，我李锌的最理想的住所在哪里呢，当然就是张嘉仪的隔壁啊。"李锌心情很好地站了起来，感觉到了心境在空门中洗礼之后，已经开始有了佛的身影。还没有迈步离开，成都吉祥拍卖公司的老板余吉祥的电话又来了。

李锌心想余总找自己从来都是说生意场上的事情。不禁感叹道：金钱的威力真是无穷大，穿越时空，居然能够侵扰海天佛国无边的宁静，让自己始终还是俗人一个。

余吉祥开口就告诉李锌，最近他的公司又从银行弄到了一批付不出按揭款的"房奴"的房子，它们又将通过公开拍卖的方式来处置。李锌想起了最近他和余吉祥已经勾结在一起，做了多次这样的生意了：通过暗箱操作，也就是找了很多朋友低价格"围标"的方式，低进高出，赚了不少的钱。所以，他同意了一回成都就马上参与这次合作的邀请。余吉祥还告诉他："李锌，现在我们的交易方式又有了一些改变，我们现在有一种办法可以避免多交纳税款。少交税，多赚钱。"李锌没有心情多说钱的事情，他匆忙挂了电话，想了一下，把手机关掉了。他想：手机就是祸害，它让自己即使身在海天佛国，心却遗留在红尘俗世中的金钱这个万恶之源头。关掉手机，闭上眼睛深呼吸片刻之后，李锌的身心立刻完全轻松了，原来拥有一个美好的心态其实很简单。

当冬天的夕阳开始隐退出海天一色的天空，李锌终于决定还是在普济寺附近的"息耒小庄"宾馆休息。李锌估计，张嘉仪或许就远在天边，近在眼前。在大厅里面，李锌办好了住宿手续，他假装不经意地问了一下大堂的服务员："这里有没有一位从成都来的小姐，她的名字叫张嘉仪。"

那个圆脸的年轻女服务员，上下打量了一下李锌，她看李锌表情很坦然，就问："她是你的什么人？"李锌本来平静的心立刻狂跳起来，身体也紧张起来，很急切地问："我是她的一个成都朋友，她住在这里吗？"圆脸女服务员不动声色地说："抱歉！先生，我们宾馆没有这个客人。"李锌的激情像气球一般地破灭了，他非常失望。

在快去自己房间的时候，又遇到了那个红衣导游，他们再次友好地点头致意。李锌觉得或许导游能够帮助自己寻找嘉仪，心念一动，就把笑容提高到了很热情的地步。导游女孩吓了一跳，心想一直没有看出来，这个沉默忧郁的小伙子，还有热情洋溢的一面。

李锌去了自己的房间，把背包放下，很简单地洗漱了一下，然后很快就回到宾馆明亮的大堂来了。他坐在大堂的沙发上，默默地目睹红衣导游把那些大呼小叫的旅游团的游客安排完毕。距离晚餐的时间还有半个小时，红衣导游又看见了李锌，她觉得真是人生何处不相逢！现在应该主动去和那个有很多心事的帅哥打个招呼了。李锌就这样看着她向自己走来，他只是挂着很淡漠的微笑。他听见红衣女孩子向他招呼："嗨！"

网络时代的年轻人，最缺乏的就是陌生感，他们对人与人之间的距离的看法，就好像是一张薄纸，用一个"嗨！"招呼一声，便可以轻轻地捅破，李锌与红衣女导游，很快在一起谈笑风生，其乐融融了。

李锌的内心，已经起了很大的变化，他觉得这次海天佛国普陀山之行，本来的目的是寻找张嘉仪，现在觉得好像自己也是在寻找以前从来就没有重视的自我。

他们先按照约定，趁晚上休闲的时候，一起去附近的景点游玩。随后就坐下来聊天。

红衣导游告诉李锌：她叫钱茉莉，是今年才从大学旅游专业毕业的大学生，刚满二十一岁。她说："因为是旅游胜地的旅游线，所以金融风暴对普陀山的国内旅客影响不大，但是国外的游客，特别是日本与韩国的游客明显减少了。"

钱茉莉对成都来的李锌特别有兴趣，她直接问李锌："你为什么一个人来普陀山？要知道在快艇上的时候，我就注意到了你是一个人出来旅游的。"李锌微笑道："佛家包容万象，难道普陀山不欢迎一个人独来独往吗？"

他们聊天还算投机，李锌给她讲到了世界闻名的四川风景：峨眉山、都江堰，还有成都的武侯祠、三国文化等，因为时间不多，他们说什么都是点到为止，而且李锌还没有来得及提到成都的美食文化。

钱茉莉只是淡漠地告诉他："我还没有去过成都，我有亲戚在成都的。"李锌顺口说："你叫钱茉莉，那么你的爸爸妈妈一定是希望你是《茉莉花》歌曲中的'好一朵美丽的茉莉花'！世界还真是很小，我们多少还算是有点缘分。"钱茉莉对李锌更感兴趣了，她微笑说："李先生，你倒是不笨！我妈告诉我，爸爸在给我起名字的时候，正当绞尽脑汁，江郎才尽的时候，窗外刚好飘来这首歌曲，所以我就叫钱茉莉了！"李锌打趣道："好好，这时候幸好传来的歌曲不是齐秦的那首《狼》唱的：'我是一匹来自北方的狼'，否则你不是叫钱狼狼，就是叫钱咆哮呢！"李锌说完此话，心情很轻松，但是马上又觉得自己的素质实在是有点差，和人家女孩子刚认识就这样乱说。他看钱茉莉脸上没有不愉快，就连忙说："请你不要介意！我就是一个农民的儿子，不知道绅士是什么样子的！"

钱茉莉内心的不快根本没有来得及启动，她听了李锌的道歉，再看李锌帅气的外表就知道他是好人，就大度地继续他们的话题："哦，对了，我应该直接就叫你李锌，我们晚上一起聊聊天，我很想知道成都的事情。"

"什么事情呢？"李锌好奇地问。

"任何事情，只要是成都的，我都感兴趣！包括李锌你本人啦！"说完，钱茉莉就带领她的游客去餐厅吃饭了，李锌又恢复独步释然身一人。

第二十四章　修心为上

　　李锌为了方便她与自己联系，把手机又打开了。他出了住宿的宾馆，想去找一个有特色的小饭馆吃有特色的饭。结果，他只是在街头很简单地吃了一点东西充饥，他想今天应该好好在这里体会一下"出世"的感觉。这里的世界让李锌感觉很大很空旷，夜景也很美。一路走，李锌就在心中盘算：张嘉仪到底在哪里呢？她真的是一个人吗？

　　张嘉仪来海天佛国普陀山已经有几天了，最初，她受伤的内心一直在《香水有毒》的凄美旋律中被反复打击，后来，她去了寺庙里面听佛音，看香火缭绕，混迹在熙熙攘攘的游客之中，她的心情逐渐释然了。只是今天上午一大早，她忍不住又给在成都的表妹王可心打了一个电话，得知许量从肖希权那里打听自己的消息，张嘉仪还是情不自禁地说："我现在已经是在浙江的普陀山休假了。"她暗示王可心他们告诉许量她现在的落脚点。

　　王可心在接听接听嘉仪表姐的电话时，正挺着怀孕的大肚子，在刚从老公肖希权老家来的小保姆的陪伴下，在成都双楠小区的伊藤洋华堂超市购买婴儿用品。她已经没有大学刚毕业就结婚生孩子的奇妙的心理变化了，她真心爱上的肖希权已经浪子回头成了一个好丈夫，所以王可心为嘉仪与许量的爱情非常担忧，她已经是幸福中的女人，也希望世界上的其他女人与自己一样幸福！

　　新的生命在王可心的肚子里面孕育和发展壮大的过程，让她联想起了哲学教科书中描绘的"新生事物不可战胜"的哲学道理，她把自己的深刻感受向嘉仪仔细描绘，这让嘉仪在体会表妹快乐的同时，联想到了自己与以前的情人秦永年之间曾经有过的已经流产的孩子！张嘉仪的肚子也开始紧缩，她还能感受到那个曾经的小生命在被医生残酷剥离时的尖锐的痛苦。张嘉仪心中开始不安了，眼前开始出现小孩子哭泣的幻景。而在熙熙攘攘、嘈杂的超市中，王可心也能够听得出来嘉仪姐的寂寞与苦楚。于是王可心赶紧放了电话，就给肖希权打电话，安排他想方设法尽可能假装随意地告诉许量：嘉仪在普陀山休假的事，就看许量会怎么做了。

张嘉仪知道可心一定会让许量知道自己在普陀山休假，他会为了自己，也来普陀山休假吗？嘉仪心中已经剖析了自己千百次了，她还是不能够这样简单地放过许量。他来了也好，嘉仪决心要好好地对付一下许量。于是她给可心又发了一条短信息："我住在普济寺附近的息耒小庄宾馆。"嘉仪知道许量是非常聪明的男人，于是她又去了宾馆的大堂，告诉了服务员一定要保护住自己的隐私：今天或者明天，或许有一位来自成都的男士来这里打听自己的住处，请你们先不要告诉他。面对服务员的疑问，张嘉仪解释说："那是我的一位朋友，我们之间有点误会。到时候，我会亲自给他做解释的。"嘉仪交代的服务员正好是那位圆脸的女服务员，所以才有晚上李锌问她出现的那一幕。

张嘉仪就在宾馆里面看电视，饿了就让宾馆送餐，她的心情实在是矛盾，真见了许量怎么拷问他呢？难道说那天晚上自己一直是在透过宾馆房间的猫眼偷窥他许量吗！反正他有错在先，而且自己还不一定原谅他。嘉仪自怨自艾地问自己："许量到底有什么好？难道就这样放他一马吗？将来他还不把花心带上天！"嘉仪最后还是下决心与许量继续斗争下去，直到他的身边只有她张嘉仪一个女人，伟人不也说过："与人斗，其乐无穷嘛！"

肖希权打电话的时候，许量正在谈判，所以没有接听到这个重要电话。肖希权还不知道许量正在办理把他的命根子成都东方富通投资管理公司卖掉的机密大事。许量没有接听他的电话，肖希权多少还是有一点不开心，于是他就给许量发了一条非常简单的短信息："嘉仪在普陀山休假。"然后，等下班了，就去与成都"笨驴"俱乐部的哥们喝酒谈事情去了。没有等待许量回成都，因为事先许量已经满口答应。

驴友们都很年轻，来自成都各行业。他们已经在做四川宜宾市兴文县的"僰人故里"奥秘探索的前期准备工作。肖希权计划用这次规模比较大的民间探险行动来提升"笨驴"俱乐部的知名度。他已经联合许量，完全把俱乐部控制在了自己的手中，如果不是王可心身怀六甲，肖希权早就带队出发了。忙碌中，肖希权没有再给许量打电话，自己的电话的电池电量很微弱了，他也不知道什么时候会完全关机了，也说不清楚。

许量忙碌到晚上很晚的时候，才和公司顾问李健康以及李玫在宾馆餐厅很随意地吃了晚饭。等到东方富通公司的财务部经理李严带了公司的律师乔疆一起出现在许量的房间的时候，许量让他们很简单地吃了一点李玫给他们买的糕点充饥，就立刻投入了紧张的工作。李玫的情绪也稳定了，她喜欢看见许量在工作中经常闪耀的智慧光芒。这也是她对他动心的重要原因。

这天晚上，许量都没有时间看他的手机短信息，他需要非常专注，才能够争取明天把合同条款与洪战确定下来，他们甚至可以明天就签订协议。当然，心情非常复杂的许量需要静悄悄地签订协议，虽然做资本和资金放贷生意，公司的买或者卖是经常发生的事情，但是许量观察到了，不仅是李玫，"东方富通"的情结已经让平时非常听自己话，很内向的财务经理李严也不约而同地表示出了很强烈的伤感，甚至是反感。

许量心中也同样的不是滋味，虽然自己也许以后还有机会把洪战利用完的东方富通公司再买回来，但那也肯定是物是人非了！难道自己已经四十多岁了，还需要重新创造属于自己的新的品牌吗？他想尽快完成这次交易，毕竟"金蝉脱壳"不是谁都可以完成得很完美的。然后，许量又问了成都精益科技公司的最新情况。听到李严汇报了财务部门提出的可以采用管理层内部集资收购的方式，已经正式与精益科技公司的现有的管理层充分沟通好了，具体的做法就是需要许总出面协调好银行和担保公司的关系，帮助他们解决一些以后的流动资金。许量就给大家说："我们做事情要有始有终。精益科技公司的事情就从我们与洪战的合作方案中剥离出来，把这家成都公司还给成都人吧！"

等所有的人员离开，许量非常疲惫，他点了支雪茄，但是几乎没有抽几口，只是漠然地看雪茄燃烧成的青烟和灰烬。他决定把李严和李玫他们这些公司骨干安排好之后，就去澳大利亚解决他与老婆谢丽之间的冷战问题：和平还是战争，这永远是现代婚姻的大问题。

钱茉莉到了9点过才脱身找到李锌。在非常熟悉普陀山的她的带领下，他们去找了一家能够喝酒吃海鲜的小餐馆喝酒聊天。李锌和钱茉莉吃晚饭的时候，都故意留下了足够吃夜宵的空间。李锌还叫了几瓶啤酒，他想用啤酒来帮助他们更好地沟通。

李锌表面上好像是忘记了寻找张嘉仪一样，其实在他心中，是想请身边的红衣导游帮助他克服心中的徘徊和腼腆，一定要在明天找到张嘉仪。只要有她的帮助，那么他一定能够事半功倍地"偶遇"张嘉仪。

李锌刚才已经通过短信息与在成都的卓小兰确认了她迄今为止还没有得到任何张嘉仪离开普陀山的蛛丝马迹。所以，李锌决定把自己千里追求张嘉仪的故事，讲述给钱茉莉听，他的直觉告诉他：红衣导游一定愿意，也一定能够帮助他！

年轻人很容易沟通，李锌就主动地告诉钱茉莉："小钱，我是做'高利贷'生意的。"李锌以为钱茉莉会大惊小怪，但她很平静地问："你原来是做民间金融生意的啊，不错。你是老板吗？有多大的资金规模呢？"然后，她埋头吃东西，看来她今天的胃口不错。

李锌是第一次出四川，第一次到浙江，他知道浙江的民间资金市场兴旺发达，在这里，"高利贷"早就不是普通大众陌生的词语了。但是他没有想到钱茉莉看起来还很专业地又问他："那么，你们的借款模式是怎么样设计的呢？听说成都资金市场大多数人都是去做房产抵押的借贷。"李锌瞪大了眼睛，有点茫然地问："钱茉莉，你到底是做什么行业的？为什么对我们的行业这样熟悉？"

"我当然是导游哦，你难道没有看见我的工作是那样的辛苦吗？还有李锌，我们是朋友了，你可以叫我茉莉的。"

"那你是浙江人吗?"

"如假包换,我是浙江温州人。我的爸爸妈妈都在你们成都做公司。"钱茉莉笑眯眯地揭开了她自己的秘密。李锌心中有点预感了,他冲口而出:"难道你的爸妈做的也是资金放贷生意吗?"

钱茉莉叹口气:"他们做这行业已经有很多年了,以前是在我们的家乡做的,也就是你们说的地下钱庄。后来,才去你们成都的,听说那里的资金放贷生意好做。"她把挡在自己眉眼之间的刘海,很轻地拂开,继续很平静地说:"我爸妈的公司,据说在成都也是很有名气了。公司的名字叫成都东方富源投资管理公司,我爸爸的名字叫钱大富,妈妈叫李云芬,她不在公司管事情的。"

这时候,李锌才知道看起来很普通的红衣导游,居然还是李锌在成都的熟人的女儿!钱茉莉是钱大富这样的大老板的独生女儿!惊愕之后,李锌马上又有了疑问:"茉莉,那为什么你一次都没有去过成都呢?而且,为什么也不去你老爸的公司锻炼着,以后好接班啊?"

钱茉莉没有马上回答,她把话题转移了,她也很好奇地问:"李锌,你一个人来这里,是不是有什么伤心之事?难道是你失恋了吗?"

李锌向钱茉莉很认真地讲述了他的故事,包括他是从四川内江市的一个偏僻的小山村,到成都南门富人区的天下名都小区做普普通通的保安,然后,因为暗恋上了成都的大美女、成都利华科技公司的女老板张嘉仪而断然进入成都的"高利贷"的民间资金行业,从成都东方富通投资管理公司的普通的员工飞快地成长为成都世纪洪盛担保公司副总经理的传奇经历。钱茉莉托起了她圆滑的下巴,听得津津有味,看见李锌心情激荡,需要暂停一下讲述的时候,她插话说:"李锌,你不愧是我们这代人中的一个传奇,我钱茉莉第一个全心全意地支持你!我是多么想看到你的成功!不仅是你的事业,还有你一定能够追求到你心目中的女神,就是那个张嘉仪!"钱茉莉和李锌各干了一杯啤酒,表示她很理解大不了她几岁的年轻人。

李锌微笑了一下,心中既有甜蜜也有苦涩,他很奇怪,不知道今天是为什么:钱茉莉凭什么就能够得到他的全部心里话呢?他一边分析自己,一边告诉她："也许是因为陌生，因为我们来自不同的生活与事业的圈子，所以，我李锌才能够毫无保留地把我心中最隐蔽的思想全部倾诉给你。即使我们刚认识几个小时，因为距离太远，彼此完全无害，我才坦白：我最大的理想，其实就是要与张嘉仪这样一个女人生活在一起，无论天涯海角，无论悲欢离合，无论以什么身份或者形式，无论时间长短，只要我李锌能够进入或者存在于她的世界，哪怕一点点，哪怕是流星闪耀，卑微谦恭如蝼蚁，我都心甘情愿，绝不反悔。我真的需要你的帮助，张嘉仪现在就是远在天边，近在眼前！"李锌一口气说完这些文绉绉的话，自己都很吃惊。是什么时候，自己一个穷保安，居然能够说出这样冠冕堂皇的爱情誓言了呢？也许是最近在网络上看的爱情小说太多，李锌曾无数次地去网络上查询爱情小说中那些卑微的男主人公，是怎么样在绝望之中去绝地大反击，把骄傲无比的女主角追逐到手的！他有点惭愧地想：刚才有几句话就是书上拣来的，这可是秘密，不可以给你钱茉莉说。

钱茉莉拍手大笑起来："李锌，你不老实啊，你的文采飞扬，怎么能够说你只是高中毕业的穷保安呢？你有情有义，敢爱敢恨，真英雄也！茉莉我佩服之至。如果我能够帮上你一点点，那么我也很荣幸。"说完，她突然想起了一件事情，连忙收起了笑声，盘问李锌："你刚才说起成都东方富通投资管理公司，是吗？"

李锌看看钱茉莉，想了想，她的老爸是许量的竞争对手钱大富，也就不奇怪了，他点点头："是的，东方富通投资管理公司，与你爸爸的公司成都东方富源投资管理公司的名字是一字之差！但是，公司的名字是你老爸抄袭许总的！"

"许总？就是那个许量吧？他的名气我可是知道的。"钱茉莉笑哈哈地说，"你不用问我为什么了，我告诉你李锌，许量的名字我听我爸爸妈妈说起过很多次，他们的目的就是与许量竞争。还有，你刚才不是问我，为什么一次都没有去过成都吗，因为我和我爸妈有不可调和的矛盾，至少现在还是这样！我不想去老爸的公司锻炼，更不想以后接他的班！"

于是，故事的讲述人，马上变成了钱茉莉，她的口才也是一流的。她很简单地叙述了她的故事："我爸爸妈妈都是在温州做民间资金放贷生意的，他们的地下钱庄的规模虽然不大，但是在我们家乡也算赫赫有名。在我上大三的时候，我的一个同学的父母向我爸妈借了一笔高利贷，就是月息5％的那种五分息。后来，同学父母的工厂破产了，他们最后都被高利贷逼得跳楼了。那些高利贷者里面领头的虽然不是我的爸妈，但是他们还是拿走了我同学父母的工厂资产，包括他们抵押的住房。"

这样的故事，李锌在成都也听到过类似的，所以他借用许量的话说："可是，借钱还钱是天经地义的！你不用难过，你分析过没有，你同学的父母也是有过错的！他们虽是一死了之，可这些放款的人怎么办？我看收不回高利贷，放款人也会被逼死几个的。"李锌紧接着摇了摇头，"当然，如果是放款人被逼得跳楼的话，肯定不会有人同情的！我想，世界上的很多人都这样想：有钱人死了，比他们活着更干净。"

钱茉莉的语气干巴巴的，没有生气，她没有理会李锌的话，继续说她的故事："后来，我从我爸爸那里知道我们也亏掉了两百多万。我说的是本金，不是高利息。那些放款人中，还起了内讧，伤了几个人。本来这些是非对错，与我这个读大学的学生有什么关系呢？我不关心什么金钱的事情，我最喜欢的是旅游，难道人生不就是一场单程旅游吗？有去无回！"李锌轻拍桌子，称赞她道："好一句人生不就是一场单程旅游！这些话如果被许量和你爸爸那样的前辈听到，肯定又要说你无病呻吟了，他们哪里知道我们20多岁的年轻人，其实思想早就不再年轻了。"

钱茉莉不愿意说话了，她低头沉默片刻之后，眼中有泪光闪烁，她断断续续地说："你不知道，那个同学是——是我的男朋友！是我从小学、初中、高中到大学的朋友啊，那是我深爱的人。"李锌听了，心中被抨击了一下，他看见钱茉莉的身心都在抖动，她的声音，就好像是从她的胸腔中飘荡出来的一样："我的男朋友几乎快疯了。所以，他恨，恨他应该恨和不应该恨的一切人和事，当然我是其中最大祸首的女儿，应该为此付出血与泪的代价。"

李锌默默地看着面前这个认识还不到一天的陌生而又熟悉的女孩子，长长地舒缓了一口气:"还是在这里,在这博大精深的海天佛国普陀山,我李锌才能够得到你的信任,我们都彼此打开了心灵之门。世间的诸事,人间的快意恩仇,还不都是过眼云烟?我来这里的目的不也是不太高尚吗?"李锌看着钱茉莉探询的目光,心想现在安慰她的最好办法就是应该马上转移话题,他解释道:"其实,许量是我的老师和恩人!张嘉仪爱上的是许量,许老师也爱她!而我李锌只是她认识的一个曾经给她住的高档小区看门的保安而已!可笑啊,我爱上的居然是老师的女人,那就是师母了!明白吗?茉莉,你来评评理,这是他妈的什么世道?"李锌就把他数月前,在四川宜宾市兴文县的"僰人故里"的"新亚达石林宾馆"里面的假山上,悄悄听见的许量爱上张嘉仪的故事,讲述给了钱茉莉听。

钱茉莉对李锌描绘的许量喝醉了酒,豪气冲天地站在黑暗之中,对黑社会分子声嘶力竭地大吼的一句话:"犯许量者,虽远必诛!"的故事,很神往,她赞叹道:"看来许量才是真英雄!"李锌听她赞扬许量,心中对许老师的感激和好感立刻消退了很多,他不以为然地说:"许量是不是英雄,时间会做出它公正的判决。但是,他也只是比我李锌的命好一些而已,如果我们生活在一样的时代,我和他也应该是一样的优秀。"

把啤酒倒满了整个酒杯,啤酒泡沫淹没了玻璃杯子,也让他的心情不再透明了,他猛然昂头一口气喝完了酒,又继续高声指责这个世界:"我们这些80后,最没有意思,当我们成人的时候,中国的一部分人已经先富裕起来了!现在不是'摸着石头过河'的时代了,因为什么你知道吗?"李锌有点微微的醉意,他考问同样是80后的钱茉莉。

钱茉莉心中有几个可能的答案,但是她同样地遗传了钱大富的聪明才智,就假装稚嫩地摇头说:"不知道,愿闻其详。"

时间已经很晚,小饭馆的客人本来就不多,现在就只留下他们两个80后了。李锌又向老板要了几瓶啤酒,然后拿出一百元钱,给了老板"小费",或者说是加班的服务费。老板摇了摇头,退回了李锌的钱。这是一个面目和善的中年人,他说:"两位慢慢聊天,不急。"

李锌很愉快地把钱收了回来,他们都没有注意到中年人一直非常关心他们的对话。

李锌低声嘲笑着说:"茉莉,因为现在河里面已经没有'石头'了,只有法律森严的刀子,你还摸不摸呀?现在我们已经从理想时代进入了拜金时代,这就是许量老师告诉我们这些学生的'用钱说话'的时代。明白吗?做老板的第一步,必须懂得拜金主义。"李锌打了一个酒嗝,停顿了一下,觉得因为两个男人都爱上张嘉仪的事情而去诋毁许老师是非常不应该的,就纠正自己的说法:"当然,拜金主义也没有什么好,改革开放的20世纪80年代,在深圳传遍全国的名言不就是那个'时间就是金钱'嘛!那可是正面的典型哦,我看总有一天,我们的社会和人们将为这些付出惨重的代价。"钱茉莉听出了李锌这句话中的含义,其实是自相矛盾的,就打趣道:"李锌,你的这段话,自相矛盾,不知道你到底是想说明拜金主义是好,还是坏?"

李锌也笑道:"我已经语无伦次了,我醉了。"

钱茉莉完全能够体会到李锌心中的快乐,她羡慕地说:"李锌,你有你爱的女人,你有人生的目标!而且她就在你的目光之中,你能够大胆地去追求她。我知道你的幸福!"

李锌也不谦虚地说:"什么是幸福?有钱还是有爱?或者在于追求它们的过程?我记得我看过一本书,作家海伦说过,我一直在哭,哭泣我没有木鞋子穿。直到有一天,我看到了有人没有脚——我因此懂得了幸福的真正内涵。所以,我认为,幸福就是一种生活态度,比如,我们怎么去花费我们的时间,可能就决定了你一生的幸福。"钱茉莉在沉思。李锌觉得今天与她是第一次认识,也应该见好就收,他乐呵呵地说:"对了,我们马上将要分手了,当然,我说的只是今天晚上。明天我们还有机会在一起聊天。我们没有必要唱李谷一的《难忘今宵》吧?"钱茉莉做了一个怪相,开开心心地说:"那就请李锌同志,把明天的工作布置一下吧?"

"明天的工作?"李锌故意不解地问。

钱茉莉大笑道:"李锌,你很虚伪啊,难道今天你和我喝酒,只是为了简单地倾诉一番吗？你有你的目的。那么，请说出来吧！这是我老爸教育我的，他说，这个世界上没有无缘无故发生的事情。我再告诉你一个秘密，我从第一眼就注意你了，那可不是因为你李锌长得很帅，而是，你像我曾经的他，我爱的男人。"说完，她的笑容依然被她的悲伤包裹，她补充了一句，"他大学没有毕业，就去了广东，投靠他的叔叔去了。后来，听说他四处旅游，在现实生活中，逃之夭夭，不知所踪。"

李锌明白了为什么面前的女孩子，放弃了富裕的生活，只是把自己的思念化成了导游的职业，他没有去揭露钱茉莉的内心最深刻的秘密，虽然，他对这些秘密已经是伸手可及。他记得了许量告诉他和顾艺的话："这个世界上有多少人，就有多少秘密。"

等待李锌和钱茉莉商量完毕明天的事情，李锌就和她告别了友好的小饭馆老板，他们一起散步回住宿的宾馆。他们走后，小饭馆的中年老板把门关了，让服务员收拾店面。自己却孤独地坐在李锌坐过的地方，思绪万千，他虽然不认识刚才的两个年轻人，但是，他们的谈话内容他基本上都听见了。"高利贷？"他自言自语道，"高利贷让我逃之夭夭，到了这里的海天佛国普陀山，我的心灵还是没有得到平息！即使时刻向佛，仇恨也不能够淡忘！我到底应该怎么办？"

原来，这个中年人就是广州永康科技公司以前的老板关键。多年前，永康科技公司被成都的一个教授，也就是张嘉仪以前的情人秦永年，利用太阳能高科技的科研项目，很高明地"骗"了几百万或者说是被秦教授的科研项目套了几百万，这笔钱加上张嘉仪向亲戚和朋友们的集资借款，这些就是张嘉仪的成都利华公司的"原始积累"。

关键在成都追债数年，没有结果，秦永年成了精神病人，关键对自己投资资金的追踪就到此为止了。但是在离开成都的时候，他已经知道了秦永年有一个老婆叫李红燕，还有一个情人叫张嘉仪。现在，关键从李锌和钱茉莉两个年轻人那里，居然得知了那个"张嘉仪"也在海天佛国普陀山！

关键没有动声色，他的心已经被伤害得古井不波。从年轻人的谈话中，已经知道了他们的住处,他的心颤抖得非常厉害。好好的一个公司破产了。关键也被其他的债主追债,因为他为了上马这个太阳能高科技项目,还借了一些广州当地的高利贷。利滚利,债务越滚越大,他匆忙和老婆离了婚,留下一个两三岁的孩子,逃得不知所踪了。没有人知道他是带了最后的几万元,逃到了海天佛国的普陀山!又过了几个月,他的老婆也带着他儿子,离开了广州,到这里与他团聚了。关键不知道的是秦永年的前妻李红燕律师知道秦永年做的坏事之后,曾经数次去广州寻找他,准备把秦永年骗他的钱还给他的事情。

今天,老婆和儿子有私事去了宁波市区,去了她的亲戚家中。

关键已经慢慢地忘记了过去,没有想到的是,李锌与钱茉莉很偶然的一席话,又勾起了他的回忆。这一夜,他酩酊大醉,这一夜,他痛苦难当。关键推开仿古的木雕窗户,窗外是一轮和他自己一样惨白的明月。关键不知道应该怎么样面对这样的局面,他现在已经从以前意气风发的老总,变成了小老板,那些被高利贷者追杀的恐惧已经完全平静了,难道现在还要去重提这些带血的回忆吗?

就在同样的明月下面,还有两个人在感叹人生,一个是把钱茉莉送回了宾馆,再偷偷溜出来一个人去了海滩的李锌,他今天在寒冷的风中穿越时间与空间,在心中反复地想刚才钱茉莉对自己说的看法:既然,许量与张嘉仪还没有结婚,那么,她怎么能够当你的师母呢?既然不是你李锌的师母,那么你追求她又有什么错误呢?李锌看着天上皎洁的月亮,刹那间神清气爽,他已经忘记了去反省资金放贷生意的善与恶,也忘记了"孤儿"的身份给自己心中带来的阴影。李锌坐在岸边的沙滩上,听海浪在不远的地方不断汹涌,如狼群一般,第一次觉得:成都虽然好,还是太小。他来海天佛国普陀山中,不到一天,内心世界已经有了很大的改变,李锌开始努力去领会佛家"修心为上"这四个字,这是今天他从熟悉佛教文化的钱茉莉口中听来的。他已经很敏锐地领悟到:没有修心,便没有可能尽快靠近真理,也没有可能超越许量。

张嘉仪今天晚上在自己的房间坚持得很困难,她已经从圆脸的宾馆女服务员的口中知道,中午的时候,的确有一个来自成都的男人来问过自己的名字,而且他也住在这家宾馆。她起初是用了拼命的力气，才压制住自己的幸福与兴奋，她知道是许量来了。可是，她没有细致地问来打听她消息的男人的姓名与容貌，虽然她也有疑问，为什么许量来得这样快速，而且这样准确地就找到了自己。但是，许量从来都是一个不按照常理出牌的家伙，他做什么惊世骇俗的事情，张嘉仪都能够完全相信。但是心中的阴影还没有完全地消退，嘉仪决定，今天暂不让许量见到自己，所以她让宾馆大堂服务员们继续掩饰自己的行踪。为客人们保护他们的隐私是宾馆服务员的义务，尤其是张嘉仪这位旅客，她雍容华贵，仪态万千，这是他们宾馆这么多年来住宿的客人中最美丽的一个女人。只这几天，张嘉仪已经被很多人所熟悉了。只怪李锌经验不足，其实，他只要多问几个工作人员或者问在宾馆住宿了几天的客人，仅仅凭借描述张嘉仪容貌，他也应该很快就找到他心中的女人。

张嘉仪自己泡了一杯从成都带来的苦涩的咖啡，故意没有加糖。她觉得这才是生活的原汁原味，正如许量爱抽雪茄。她一边喝，一边回忆起往事：

她从认识许量到自己的成都利华科技公司因为资金紧张，向许量的东方富通公司借"高利贷"开始，然后在误会中建立信任，在信任中发掘出内心深处的爱情……她把苦涩的咖啡变成了甜蜜。

但是，这种与许量咫尺天涯的感觉，真的很难受。嘉仪把房间的窗帘打开，刚好能够看到天上的月亮。她努力闭上双眼，非常甜蜜地回忆起那次在兴文石林的宾馆的假山上，就是在这样朗朗的夜色之中，许量用他特别的浑厚男人声音，当众向围困自己的成都黑道中人公然宣布的话："她，张嘉仪从现在这个时候开始，就是我许量的女人了！我要给道上的兄弟们说句话！我许量，不论你们来自何方，想做什么，我可以不管，也管不了！但是，我发誓，如果你们神仙打架，伤害无辜；甚至要危害我的女人、我的亲朋，那你们休要怪我许量，变得比你们还要流氓，甚至比你们还要凶残，借古人一句话：犯许量者，虽远必诛！"许量就是用这样的魔鬼一般的言行，把张嘉仪这样才貌双全的成都"标志性"美女，像冰山融化一样顷刻间化成一江春水！

嘉仪抬头直视明媚的月亮，她在修身养性，等待天明。

第二十五章　成都商人

中国的商人是一个地缘性很强的群体，其中最优秀者比如："晋商"、"徽商"、"浙商"，当然还有"蜀商"。自古以来，蜀商都以善看大局，善用大势为尊。成都商人许量，肯定属于蜀商中的优秀人物之一，因为他看到的大局是未来几年民营企业都将先后陷入危机与泥潭之中，举步维艰将是他们的常态。

不平凡的2007年快要过去了。许量来上海的几天身心都很累。早上，他很想睡到自然醒，但他觉得自己的大脑中好像有一根钢丝，非常顽固地把自己的神经拉扯住，痛苦中，许量只好苏醒了。他从松软的被窝里面钻出来，准备今天与洪战做最后的交流。谈判的所有前期工作都基本上做好了。许量决定尽快结束在上海的事务回成都去。许量安排公司办公室给他办理签证，2008年新年到来的时候，他应该已经去了澳大利亚。

许量洗漱完毕，坐在宽大的沙发上休憩。他把手机拿起来翻阅，这才看到了肖希权昨天给自己发的短信："嘉仪在普陀山休假。"许量完全清醒了。他百感交集，考虑再三，很困难地下了决心：在与老婆谢丽的问题解决之前，还是暂时不去招惹嘉仪。许量已经明白，与嘉仪的爱情，不是动人心魄的欢乐，就是致命的伤害。他决定等几分钟后，就带领成都东方富通投资管理公司的团队去面对上海商人洪战，今天一定要有一个结论或者成果。

在快进天宇集团大楼的时候，许量提醒他的随从："大家请都把自己的手机关闭，我们今天争取把合同确定下来。"李玫从侧面看去，许量的神情很坚毅。

在成都的张娅，这几天一直有点担心女儿，不知道她在上海到底好不好。

张娅从家中匆忙出门，开车去资本之鹰商务会所，穿行在成都二环路的车流中，她有很多担心：在与李玫通话的时候，感觉她话语之间是快乐的。她没有心思去多管女儿内心的感情世界了，因为让她最震惊的是许量，他居然要把他们一起创建的东方富通公司卖掉！虽然，张娅已经退出了这家在成都民间资金市场中赫赫有名的公司，也与许量断绝了情人关系，但是藕断丝连的古话，是一点不容许现代人怀疑的！她让女儿待在许量的身边，难道就没有想经常得到许量消息的意图吗？

有时候，她也觉得这对李玫不是很好。她现在已经在做跟随李刚去重庆市生活的准备：与成都一位大老板洽谈转让会所的事情。谈判非常顺利。张娅控制了谈判的节奏，她觉得许量最适合成为资本之鹰商务会所的主人。原因很简单，凭借在商界做事的速度与力量，许量其实就是名副其实的"资本之鹰"！

到了会所，张娅开始召集管理层开会。有两个问题她必须做出决定：一是资本之鹰会所的赢利模式的提炼与改进的问题；二是会所的软硬件服务的标准化提升问题。这些都是为了把"资本之鹰"品牌的商务会所向全国推广。

把资本之鹰会所作为全国连锁，这也曾经是许量与张娅的共同愿望。张娅的成都资本之鹰商务会所，是以"资金"、"资本"、"项目"三大主题为核心的商务会所。在成都办的第一家会所，实际经营的实践证明大获成功！这之后，她就准备去全国进行连锁计划的推广。她告诉成都会所的管理层：我们在重庆市筹办的重庆资本之鹰商务会所的前期工作已经开始了；另外与深圳和上海、武汉的投资者也有了初步的接触，他们都有意与我们合资建立当地的资本之鹰商务会所。

等大家都兴奋地开始议论纷纷，准备跟随老板大展宏图的时候，张娅一边面带微笑地看着他们，一边去想心事：李刚已经调离成都，去了重庆工作，看来自己离开成都的时间也越来越近，李玫怎么办呢？把她一个人放在成都，做妈妈的是绝对不会完全放心的。再交给许量吗？女儿大了，张娅已经有感觉，女儿对许量有点依恋了，如果她对许量有了超越辈分的感情，那么我张娅的脸面，就丢大了！张娅越来越恐惧，她绝对不允许许量染指她的女儿！

　　想起了许量和自己多年的感情，张娅心里很甜蜜也很痛苦，只有她自己才知道，要忘记许量这样的魔鬼男人是多么的困难！虽然在这个世界上有很多女人，一生一世都很难遇到一个使自己激情燃烧的男人，但是如果女人只是不停息地燃烧，那也不是幸福所在。张娅看自己的手下全部都在眉飞色舞地讨论，她的思绪有点漂浮，在没有引起手下任何注意的时候，她叹口气，决定等李玫从上海出差回来，要硬下心肠，要很严肃地告诉她：必须跟随妈妈去重庆。如果李玫坚持不去重庆，那么就要找许量配合，请他借口已经把成都东方富通公司卖掉的机会，把李玫"炒鱿鱼"。是许量把女儿还给妈妈的时候了。

　　上午10点，会所已经有客人陆续来了，张娅结束了会议，回到自己的办公室。

　　她给在重庆的李刚打了一个电话，希望他能够抓紧时间帮助自己落实重庆资本之鹰商务会所的选址问题。

　　李刚则乐呵呵地说："坚决完成张总交办的任务。"他从成都的"有关部门"调到了重庆市的"有关部门"，工作还是与管理民间金融有关。他似乎已经完全忘记了他与许量的矛盾与斗争，心情也是非常好。他想能够与张娅在一起生活，就是他最想要的结局了。

　　张娅的办公室充满了女性的氛围。她很满意地观察着四周的布置。有一件东西引起了她的注意：那是一只展翅高飞的雄鹰，材质是用透明的水晶制作的。她想起了许量，这只水晶老鹰就是他送给她的。张娅她又开始烦恼了：就这样把资本之鹰交给许量吗？谁知道以后又是什么样的女人来这里帮助许量呢？

　　半小时后，张娅已经很平静地在办公室里面整理电脑中的文件。门被敲响了。张娅头也没抬，说了声："请进！"

　　进来一个三十来岁的年轻人，他叫宋诚意，原来是成都一家广告公司的小老板，以前是成都资本之鹰会所的正式会员，现在是张娅的正式员工。

张娅对小宋的印象很不错。也许是"宋诚意"的名字取得好，更重要的是他的直率和坦诚，以及他很快就表现出来的聪明才智。宋诚意告诉过张娅，他喜欢上了她的女儿李玫，所以宁愿关闭公司来投奔资本之鹰商务会所，心甘情愿地来这里打工。

因为他已经打听得很清楚了，李玫现在还是单身，何况她也是一个孝顺的女儿，宋诚意当时曾对她直截了当地说："我不会有任何的不良企图，我的个人条件与经济条件都不错，我希望创造更好的条件，能够配得上您的女儿。没有您的同意，我不会擅自去与您的女儿接触的，而是首先要经过您做母亲的考验。如果你经过考察，认为我不具备追求你女儿的资格，那么我保证立刻在24小时内离开成都。我不是四川人，虽然我对成都非常有感情，但我还是保证永远不再回来，所以请您能够给我一个机会。"

张娅觉得宋诚意的话很有意思，很符合做妈妈的几乎都想先对未来的女婿考察满意了，再允许他去追求她的女儿的潜在的心理需要，同时，张娅对宋诚意的第一印象一直不错，也想给李玫多一个不错的选择对象，一冲动就破例录用了他。没有想到的是，这个相貌英俊的小伙子，不仅人品不错，而且有真才实学，对会所的发展起了很大的作用。张娅很快就重用了他。他现在是会所的策划总监，会所的很多文案都出自他的手中，毕竟他曾经是广告公司的老板。

宋诚意进来汇报了他的一些新的设想："张总，我觉得我们还应该多搞一些论坛或者活动，这样才能够进一步把我们的资本之鹰商务会所的品牌做得更加精致。"

张娅想把成都的资本之鹰会所卖掉去重庆的想法，现在还高度保密，她不想让会所的军心大乱，所以她饶有兴趣地问："小宋，你设计了什么样的方案呢？"

宋诚意看见张娅对自己很亲切，就愉快地说明自己想在资本之鹰会所举办一次高规格的、小范围的"民间资金论坛"的创意。张娅沉吟了片刻，肯定道："宋总，你的策划不错，对提升我们会所的品牌的确很有好处。但是，有两点我们要注意，第一是民间资金借贷还是灰色领域，很多原则是模糊的，我们就不要在媒体上宣传太多了，范围就控制在'民间'。名声太大，我们会被过分关注，在舞台上做生意，那不是好事情。第二是资金论坛的论题一定要具体，最好是有一个具体而完整的目标。而这样的论坛，缺少了一个人是肯定做不好的，至少在成都是这样。"看小宋很好奇地看着自己，张娅赶紧收回了松散的目光，语调很快速地补充了一句，"我说的那个人就是成都东方富通投资管理公司的许量，许总。他现在上海出差，等他回来，我帮助你约他见面，你要好好向他请教，他是这方面的大人物。"宋诚意不是成都民间资金界出没的人物，他对许量这样神龙不见尾的大人物不认识，也不熟悉，他有点茫然地说："许量是谁？"

张娅忍不住微笑道："小宋，不怪你孤陋寡闻，隔行如隔山嘛！许量是我女儿李玫的老板。"

宋诚意这才恍然大悟地说："难怪我觉得成都东方富通投资管理公司的名字很熟悉，原来是李玫上班的公司。我真糊涂！"张娅微微笑，她看着宋诚意的眼睛说："成都东方富通投资管理公司是成都的知名公司，你认真去查询和研究他们的资料，对你做好这个论坛有决定性的意义。过两天，我们再研究具体的方案吧。"宋诚意答应之后，离开了。

张娅的动机很明显，她需要论坛这样的一个冠冕堂皇的借口或者理由，与许量修好关系。她知道，许量是非常要面子的男人，给他面子也就是给自己面子。万一李玫不愿意直接跟随自己去重庆开始新的生活，那么把她过渡到资本之鹰会所，让宋诚意帮助李玫经营会所，也许是一个不错的选择。

就在此时此刻，上海的许量与洪战的谈判已经接近尾声。成都东方富通投资管理公司的股权交易的方式与价格的确定等合同的重要内容的谈判已经完成，许量和洪战约定下午3点正式签订合同。于是，成都商人许量与上海滩商人洪战，两个老板当众握手。掌声，从四周参加谈判的员工们中间，突然响了起来。带头的当然是上海女人洪羽菲，她很兴奋，知道他们集团可以利用许量掌握的上市公司的权益，在资本与证券市场上掀起滔天巨浪了。洪羽菲没有去观察同学李玫的表情，她知道现在去和这个外柔内刚的成都女人说什么都不合时宜。

李玫和李严对望一眼，满眼都是失落。

许量心情看起来不错，他婉言谢绝了洪战邀请大家共进午餐的建议。洪战当然也不会勉强，大家都知道在正式的股权和交易价款没有完全交接完成之前，他们还没有其他合作的可能，这样保持适当的距离，对双方都是好事情。

许量决定请大家去上海滩最著名的饭店去吃午餐，没有想到从李玫开始，大家都说身体不舒服或者没有胃口之类，李健康也是一副完全中立的样子。许量觉得问题很严重，现在乘坐的是天宇集团提供的奔驰商务车，于是他决定回宾馆后，给大家开个小会，认真说明一下自己"金蝉脱壳"的深刻含义。

许量让李玫马上预订了今天晚上赶回成都的机票。他看着李玫没有任何表情地答应了自己的要求，心中觉得李玫的个性很鲜明，比她妈妈要强得多，不知道以后是哪个男人会被她的爱情所折磨？许量微笑着去看四周的上海街景。

张嘉仪没有得到许量的任何消息，她也不急，她有的是时间等待许量"浪子回头"。嘉仪开始在房间里面轻声地哼起歌来，这次不是《香水有毒》，而是歌星陈明真的《变心的翅膀》。

"男人的肩膀靠不住女人的浪漫！"嘉仪最喜欢的歌词就是这句，所以，在宾馆里面，很耐心地等待着许量来找她，现在无所事事，就拿起自己的手机，上网下载了这首歌曲，然后反复地播放。

李锌对钱茉莉的"工作效率"非常满意，她一大早就查到了张嘉仪下榻在"息耒小庄"宾馆。在宾馆的大堂，李锌就有点得意忘形地说："看来这就是天意啊，我稍微留心，随意一找，嘿嘿，张嘉仪就现身了！"

钱茉莉说了一句："李保安，你不可沽名学霸王啊！"她随即向李锌耳语了几句，然后笑嘻嘻地带她的旅游团去了。李锌满面红光地回到自己的房间，他等待钱茉莉介绍的朋友来帮助自己。没有多久，一个与李锌年纪相仿的本地小伙子进了李锌的房间，他告诉李锌他就是茉莉的好朋友阿义。阿义是本地人，也曾经与钱茉莉在同一家旅行社工作过，现在，他回家乡做起了旅游用品小店的生意。

两个年轻人开始详细策划起李锌想要的"爱情剧本"。李锌很兴奋，感觉自己已经踏上玫瑰般的追逐爱情的旅程，他安慰自己：无论什么结果，我都愿意承担。

张嘉仪房间的门铃声响了起来，李锌安排的爱情攻势开始了。

晚上，许量和李玫一行人飞行在万米高空返回成都的路上的时候，张娅还不知情，正在请成都商界的几个老总朋友吃饭。他们对资本之鹰会所的支持都很大，而且也表示愿意参加"民间资金论坛"。张娅是带了会所的策划总监宋诚意一起参加的。宋诚意为人豁达而圆滑，很快就得到了几位老总的认可，大家都夸奖张娅找了一个好帮手。张娅听了很高兴，与朋友们喝了几小杯酒。

宋诚意也是面有得意之色，但这种脸色一闪而过，宋诚意可不是得意忘形之辈，他胸怀大志。他想：从打工仔做到老板，已经是凤毛麟角了，而能够从老板的地位，回到打工仔位子的男人，除了我宋诚意，恐怕在当今社会，也是绝无仅有的。张娅发现宋诚意完全能够控制自己的脸色，心中的怀疑也油然而生：难道宋诚意真的只是因为爱上了自己的女儿李玫那么简单吗？张娅决定暂时不要把宋诚意和李玫拉得过于靠近，她将用慧眼多见识一下宋诚意，不能够让女儿受到任何可能的伤害！当然，也不能让好的小伙子从我张娅的身边流走；为女儿找一位好的丈夫，已经是张娅的重要任务了。

中午吃饭的时候，李玫和张娅通过电话，她没有告诉妈妈，她想：心中烦恼，不如自己静悄悄地回到自己住处去舔伤口。张娅在电话中告诉李玫：给你买的新房子，已经在装修了；她问李玫想买一辆什么车，李玫拒绝了，她说她懒惰，不想开车。现在，李玫在波音飞机里面，听到飞机发动机单调的轰鸣声，有点昏昏欲睡；旁边的李严拿了一本航空杂志，在很专心地阅读。他阅读用的顶灯，让在一旁的李玫也能强烈地感受到，她更无法入睡。

李玫睁开眼睛，看见坐在过道那边的许总，正在与李健康耳语什么，她叹口气，心想：许量这个男人也真是，自己只是想和他在一起多工作一段时间也不可以吗？说什么经济大萧条就要来了，公司需要"金蝉脱壳"？还说什么2008年更需要冷静和研究，难道你许总在成都做高利贷的模式还不先进？赚的钱还不多吗？李玫的叹气声惊动了李严。李严对李玫很小声地问："李玫，你还有什么好叹气的呢？今天中午许总不是开会说了吗，东方富通投资公管理公司虽然没有了，但是我们这些骨干还是会有妥善的安置的！许总还会办新的公司！说穿了还不是换了一种形式继续跟随许总干事业吗？"

原来，许量中午的时候，已经给李严和李玫等人，解释过自己的计划。但是，他唯独没有把李玫的安排说得很仔细，只是说这需要与李玫的妈妈商量。许量原来计划把李玫派去香港，临时又改变了主意，觉得李玫的前途是必须与她母亲商量的。等到中午的时候，他听见了张娅与李玫的通话，就已经有点想把李玫交还给张娅了。从许量很含糊的语气中，李玫知道她的命运还是在长辈的手中，她心中很反感。现在，她听李严说要继续跟随许总干事业，她的逆反心理起作用了，大声说："回成都我就不干了！我辞职还不行吗？省得别人来赶我走！"

四周的旅客本来都已经静悄悄地在休息，李玫的声音让她自己立刻被包围在几位中年男士不满的嘟囔声中。还好本次班机是末班飞机，没有满座，大家都只是听到一位年轻女人莫名其妙地发了一句牢骚，大多数人也都很宽容地沉默着。

许量也很清楚地听见了。他知道李玫是故意找茬的，他和李健康看看李玫这边，她好像已经闭眼在休息了。他俩对望了一眼，许量低声说："谢谢老李的提醒，我回成都之后，一定找机会处理好你说的这几个问题，包括李玫的事情。另外在我去澳洲期间，你可要把我刚才托付给你的事情都办好！"

他们一直在悄悄商量回成都的一些急需要办的公事，包括立刻要处理掉的东方富通投资管理公司与资本之鹰老板培训学校之间的一些隐蔽的复杂的财务问题。公司的律师乔疆被许量留在了上海，继续与洪战的律师研究一些法律事务方面的细节。许量告诉李健康："我们与洪战公司之间还有一些补充的法律文件要签订，你也和乔疆保持联系。我想这次从东方富通公司全身而退，这也算是对自己多年来的高利贷生涯做一个完整的总结。"说完这话，坐在机窗旁边的许量把眼光投向飞机外面黑暗的天空，觉得自己的前途，也许和眼前一样，需要重新探索。

许量现在多少有点茫然的，不是有没有钱的原始积累问题，而是完成了原始积累之后的资金的出路和事业的发展方向！做过老板的人，只要经历过商海的沉浮，就一定对"差之毫厘，失之千里"的企业发展规律，有切肤之痛。多少中国企业兴亡都是一念之差？

张嘉仪从上午到晚上，都在充满幸福而又兴奋的感觉之中度过。她觉得与许量通话都是多余的，今天她已经得到了"许量"送的三次鲜花了。她拼命地压抑住自己的欣喜，她不断地用许量的花心来警告自己绝对不能就这样倒在了"许量"的小恩小惠之中。难道我张嘉仪自尊心的巨大伤痕，就被你区区的三束花可以抚平吗？嘉仪没有任何表示，对前来送花的小伙计，她甚至都懒得去问一下谁是送花人。她在房间里不停地想，到底怎么样才能让自己放下面子，怎么样才能让许量痛改前非？

就在李锌的房间中，钱茉莉回来了，她对阿义与李锌今天的"工作"很不满意，这两个大男人，全天其实就只是敢于去向那个成都来的美女送了几次鲜花而已！钱茉莉明天就要离开普陀山回宁波去了。所以，她看看时间，还不到晚上十点半，她就毅然地对李锌说："李锌，如果你是个大男人，你就应该直接去找张嘉仪！"李锌脸红了，他不好意思地说："茉莉、阿义，你们都不要笑话我了，我李锌就是因为没有勇气才跑到普陀山来找机会的！如果你们真心要帮助我的话，那我们这样做好吗？"

等李锌说完他的行动计划，茉莉、阿义都笑了。他们都说还是做"高利贷"生意的李锌聪明，连追求女人都这样有心思。茉莉说："李锌你可以去写剧本了。"阿义心中在想：如果我阿义有你一半的方法，估计茉莉也不会只是把我当成她感情的"听筒"，可有可无。

张嘉仪中午和晚上都是让宾馆餐厅送的餐，吃得很随意，到晚上10点已经饿了。她在房间里面已经待不住了，正想打电话去大堂，打听一下许量住哪个房间，她的房间门又被敲响了，嘉仪大声问了一下："是谁？"然后，心就剧烈地跳动起来，心想是许量到了吗？来者是阿义，他只是来送钱茉莉想见见嘉仪的口信。

20 分钟之后，张嘉仪与一个自称叫"钱茉莉"的女孩子见面了。

见女孩子很纯真、很真诚的样子，又听她说："我是受您的一位成都朋友委托来接您的。他在等待您的出现。"嘉仪跟随女孩子灿烂的笑容也微笑了，她故意没有去问，"朋友是谁？"心想：我倒是应该忍耐住，看看你许量怎么样来"安排"自己了。

来到关键的小饭馆。这里，已经被李锌他们全部包场了，里面的环境完全按照李锌的设计，重新布置得非常温馨：除了柔和而迷幻的灯光之外，最显眼的是在大厅中间用鲜花组成的大大的"心"字，环境简单而直白。嘉仪微笑着看见钱茉莉离开，她在等待许量的出现。

时间流逝着，李锌不知道自己应不应该出场，面对佳人赴约，他彷徨无助。张嘉仪的心情非常不平静，与许量已经有很长一段时间没有见面了，他的一举一动其实始终牵动着自己的心，可是他为什么还不出现呢？难道他内心真的有愧？等钱茉莉再次出现在嘉仪面前的时候，她忍不住问了钱茉莉一句："请问钱小姐，许量到底什么时候出来？"钱茉莉觉得很奇怪，李锌什么时候变成了许量呢？她知道其中一定有蹊跷，于是，她只简单地回了两个字："快了。"然后，快步逃离了这个正在等待爱情的女人。

钱茉莉来到李锌身边，一句话改变了李锌的心境："为什么张嘉仪问的男人是许量？"李锌这才知道，张嘉仪一直以为自己是许量！他叹口气，悲伤地说："我不管怎么样学习，都不可能变成许量了！张嘉仪只能是许量的女人。"

希望"速战速决"的爱情幻景在李锌的心中立刻破灭了，他的矛盾心理因为悲哀反而变得轻松起来，他没有理会钱茉莉的关心，故意很淡漠地说："茉莉，这个女人本来就是许量的女人，而我李锌只是许量的一名卑微的学生，对'师母'单相思的可悲者！我知道我应该怎么做了！"于是，李锌给钱茉莉和阿义两个人安排了善后事宜。他决定还是慢慢接近张嘉仪，老老实实地走爱情之路，不再去做"秀"，走那种华而不实的捷径，那不是农村出身的李锌应该走的路。

于是，他立刻放弃了出现在嘉仪身边的想法。李锌让阿义和钱茉莉告诉张嘉仪："一定不要说出我李锌的名字！就说是许先生另有急事，已经离开了。"说完就急忙逃离。李锌觉得离张嘉仪越远，心中的压力就越小。

张嘉仪没有被阿义和钱茉莉的解释欺骗，她非常失望，知道这个给自己送花的男人，他这样躲躲闪闪，绝对不可能是许量！于是，她微笑问道："那个年轻人是李锌吗？"嘉仪的直觉告诉了她，这应该是李锌。阿义和钱茉莉用沉默表达了对张小姐智慧的肯定。

张嘉仪是在第二天下午才离开普陀山的。她临别的时候，回首看着海天佛国慢慢地消失在视线之外，轻声地叹了口气；在这里送自己鲜花的是谁已经不重要了，她先爱自己才能够去爱别人，这些美好的回忆就留在这里吧：让纯洁的感情与佛同在。

与此同时，关键已经在准备晚上的生意了，他是不由自主地尾随和目送张嘉仪神态落寞地离开他的世界的。关键尽管对红尘恩怨情仇终究是心有不甘，但是他每天聆听佛音明白一个道理：这个世界上的芸芸众生，都需要学会忘记。他面对远方的大海，很平和地在心中唱起一首佛教歌曲："世上本无怨，人间哪来仇。沧海有风浪，苍山无横流。祸因小事起，福源共绸缪。他心似我心，佳缘方长久。天无百日晴，月难永中秋。凡事能容忍，口角是非休。为人须自爱，方能渡沧桑。心念再生缘，恩德自可留。"

第二十六章　江山美人

许量被公司的司机小郭送回自己家中的时候,已经非常晚了,他对员工的好,有时候就体现在他每次出差回来,都习惯先让司机把其他同事送回家中。这次,许量也不例外,等其他的人各自回去后,才让司机小郭把奔驰车交给自己,他先把小郭顺路送回他的家,再开车回到自己的住所。

夜色深沉,开始起雾了。快进小区门口的时候,许量看到一个年轻女人亭亭玉立地站在明亮的路灯的伞形灯光下面。他的视力非常好,认出了那是许小露。许量这才想起中午的时候,小露曾经给自己发过短信息,问什么时候回成都。看来她是冰雪聪明的女孩子,很配合许量需要在员工面前"保密"他们的特殊关系的要求。许量的车无声地滑行到许小露的身边。

小露与许量的关系是他们两个人之间的秘密,他们一起回到了许量的家中。

这一夜是良宵,许量把小露带的他最喜欢吃的成都美食"香辣美蛙"如风卷残云般一扫而光,吃得津津有味。两个人一边喝红酒,一边聊天。小露对许大哥说的他已经把东方富通投资管理公司卖给上海商人的事,一点都不惊讶,她满脸微笑地说:"大哥,您做什么事情总是有道理,我看你是想另外下一盘更大的棋局。这次是资金,还是资本呢?说吧,要我小露做什么?我都愿意参加。这次不会没有我的份吧?"

许量看她在灯光下鲜明而雅致的容貌,故意叹气道:"小露,我做大哥,哪里敢安排你的角色，我看我们做朋友就很不错。"小露对上次在许量家中她与许量已经有肌肤之亲的事记忆犹新，她心中有点后悔自己当时没有抓住机会，把自己与许量的关系从异性兄妹再提升一步。她今天的心中也是翻腾着可能与许量男欢女爱的复杂情绪，她看许量没有任何暗示，只好压抑住自己的感情，转移了话题。她说起了许量离开成都的这些天，在成都民间资金市场上发生的一些大事。比如钱大富已经对东方富源投资管理公司的常务副总经理韦伟开始怀疑了，估计已经在安排人抓韦伟的把柄。许量对此的回答是："正常。"

他告诉小露：我们这些做资金放贷生意的老板，遇到员工的背叛，其实是早晚和必然的事情，因为这不仅是员工的人品或者老板给员工们的报酬高低的问题，而是金钱的魔力，钱可以把人从好人变成坏人，甚至直接把人变成野兽。所以，在金钱的世界中，背叛是永恒的。小露又说，钱总的公司又出现了一笔借贷的坏账，那个向钱总借款的房地产老板已经完全破产了。在执行抵押物的时候，对方找了黑道上的人物来说情，钱总依然没有买对方的面子，好像是说需要"动枪动炮"了？

许量很有兴趣地听，他没有问什么，觉得小露还真有点妹妹的模样了，他有点后悔自己那天晚上，居然一时冲动，与妹妹拥抱了，甚至还有出格的想法，都是书生多情的心态在作祟。

吃完了东西，小露去厨房清理垃圾。许量突然想到了一件事情，他大声问："小露，你说的那个找钱总说情的黑道中人是谁？"小露的声音从厨房里面飘过来："听说他们的老大叫水哥！"许量住的房子是顶层，隔音效果当然一流，他们大声说话，不用担心隔墙有耳。许量一听"水哥"两个字，立刻觉得事情很严重。这个水哥与许量以前的交道不少，关系特殊，亦敌亦友，甚至有点惺惺相惜，现在许量已经决心远离江湖上恩怨的事情，他没有再向小露说什么，只对小露很淡然地说："那我们休息吧，明天见！"许量家中有两个浴室，一个在许量卧室中，另外一个在客房旁边。

等她出来，许量已经回他的房间去了。小露作为年轻女人觉得自己又被冷落了。她知道许量对自己的感觉就上次那样，虽然他们已经一起度过一晚了，但是许量和自己还是没有走到最后的那一步！也许永远也跨不出那一步？彼此的心结都还没有完全打开，许量一定认为自己这样做是为了报恩而已，而不是真实地爱上了他。

夜深了，欲望开始升腾，小露在洁白的床单上横竖都睡不着。她披了薄纱一般的睡衣，起了床，站在宽大的落地镜子面前，镜子中是一个美女，水做的女人。最后，她鼓足了勇气去敲了一下许量紧闭的门。许量在里面大声说："小露，我知道你的心意，今天，我很累了，想休息了，我们明天见吧！"小露很被动地答应一声，感觉自己有点可怜巴巴的，只好自己回了客房与孤独和沉默相伴。她上床的时候，不知道应该是佩服，还是应该责骂许量这样的男人。许量到底是怎么样想的呢？既然喜欢自己这样的年轻女人，甚至还"赤诚"相见了一回，难道许量真的能够完全克制住男人的欲望吗？许量，我小露可是一个多么理想的情人啊，别人都想做你的红玫瑰白玫瑰，而我却愿意做快乐的小草，还是永远不会纠缠你或者干扰你的纷繁复杂感情世界的女人啊！小露一夜难眠，许量也几乎是一夜未睡，他们不可能不去想隔壁的男人和女人，但是，他们都不约而同地用传统道德消灭了自己的勃勃情欲。虽然他们"灭了人欲、存了天理"，但天快亮的时候，大家心中多少还是有点后悔。

两个人就这样一夜有心无事，第二次度过了男人与女人在暧昧弥漫中难以克制的黑夜。其实，许量完全没有去仔细地想，他与许小露这样不明不白的"兄妹"关系，已经让他没有资格去谈与老婆谢丽或者张嘉仪的"爱情"了，因为爱情的本质就是唯一和排他。许量从年轻的时候起就生活在诗歌浪漫的氛围中，做老板之后，又处在美女的包围之中，随心所欲就成就了他"顺其自然"的行为准则。外人绝对不能理解他的"怪异"行为，难怪小露这一夜都没有完全想明白许量到底是一个什么样的男人。

快到天亮的时候，小露把自己又洗浴得香喷喷的，用于平静自己起伏不定的心情。她干脆一丝不挂地用被子孤独地裹住自己，并且开始数小绵羊，低声从一只数到一百只，越来越清醒；大声从一百数到三百也没有能够睡着。于是，她开始很有创意地把许量是"好男人"和"坏男人"交替地换着叫来叫去的时候，许小露的眼皮很快就沉重起来，她不到两分钟就睡熟了。自此以后，小露无意中就开始依赖她自己发明的游戏：一旦失眠，许量的名字就被她"好男人"和"坏男人"反复循环地叫，非常奇怪，这样做的自我催眠效果居然特别好。

第二天，许量到自己久别的公司办公室。他今天的心情非常复杂，想到自己很快就不再是东方富通公司主人了，尽管在与上海商人洪战的股权交易中，他已经赚了大钱，但是他心中还是怅然若失、百感交集。这次交易他没有顾及自己在西南财经大学的同学、上市公司的实际控制人陈丹阳的感受与反对，也没有顾及自己即使只是从表面上退出成都资金市场，但是这一举动对许量这个名字的信用和美誉度等无形资产会带来损失。他感到应该尽可能快的把自己的所有资产与资源变现，然后暂时进入冬眠。美国和香港那边的朋友也从网络上告诉了自己：完全可以肯定的是，金融海啸快来了！许量的心跳越来越快，他已经在自己的办公室里面孤独地待了快两个小时，他做了很多的决定，在商场上，总调子就是"紧缩"两个字。这时，他听到外面有人在敲门。

进来的是李玫。也许是昨天晚上没有休息好，李玫有点无精打采。

许量不好说她什么，他一直希望自己的手下保持旺盛的精力，她是李玫，是张娅的女儿，对她就只好"例外"。李玫进来向他汇报："许总，按照您的意见，已经把您这几天的工作时间安排满了。这是具体的日程表，请您过目。"许量坐在大班桌的后面，他没有去关注李玫的情绪，认真看过日程表后，对她说："日程就暂时这样确定。请你通知江泉，让他和李严，马上到我办公室来，把成都精益科技公司的重组方案向我汇报。"李玫答应一声，转身向外面走去，许量又加了一句："李玫，你也参加一下，注意做好记录。"

江泉这几天情绪极不稳定，一会儿是陶醉于与顾艺的恋情，一会儿又被许总安排做成都精益科技公司重组方案的工作所困扰。因为许总要的是迅速而彻底的解决方案，所以，江泉的困难不仅仅是写一个漂亮的文案就可以了的，还必须与精益科技公司现在的管理层沟通，让他们有勇气与决心来执行许总确定的收购方案。因为买家的报价实在太低，许总已经完全否定了把公司直接卖给其他投资者的方案。而精益科技公司现在的老总是厉天行,这是江泉完全对付不了的"老鬼"。现在,江泉正在和他通话沟通一些双方有分歧的地方,李玫就来叫他了。江泉匆忙放下电话,精神很饱满地跟随李玫去了许总的办公室。因为许量已经把公司的股权卖给上海老板的事情还处于完全绝密的状态,所以李玫知道作为公司投资部经理的江泉尚不知情,但是她看见江泉对工作非常认真的样子,觉得心中有点不忍:许老板已经把船都卖掉了,我们这些船员还有必要这么努力吗?

25分钟后,许量已经把江泉做的精益科技公司的重组方案看完了,他没有去看那洋洋洒洒的数千字的内容,他关注项目方案的良好习惯是把握资金的来龙去脉,现金流量是做投资的重要依据。许量抬头看看江泉,江泉能够看出许总对自己的方案不满。于是,江泉主动地说:"许总,精益科技公司毕竟只是一家成长性的高科技公司,因为以前的老板对员工的待遇比较苛刻,他们的工资收益不高,所以实施方案中,最重要的就是管理层收购的资金来源问题。这一点,我还没有办法自圆其说。"

李严和江泉,是同事也是哥们,他看江泉的处境尴尬,就接话说:"我们财务部也曾有一个设想,能不能由我们东方富通公司向精益科技公司的管理层放贷的方式,来解决他们的管理层收购资金不足的问题呢?这样,我们就可以把简单的管理层收购的一单生意,变成包括了借贷的两单生意。"许量赞许地点点头:"听起来是不错的方案。"

许量看了一眼李玫,看出了她的情绪不太好,就微笑着鼓励她:"李玫,请你来说说你的看法或者建议。"

李玫昨天从上海回到成都的家中,还真有点不习惯。失眠了几乎一个晚上,上午妈妈又给自己打电话说让她必须今天晚上见面谈一些非常重要的事情。李玫这样冰雪聪明的女孩,完全能够感觉到妈妈是想与自己旧事重提,一定又是要求自己跟随她和李刚去重庆生活。李玫甚至估计到妈妈一定还会向许量施加压力,难怪许总对自己的态度不冷不热,也不明确地给自己安排新的出路。李玫不知道妈妈确实有把她从许量身边"拿"回去的计划,只不过张娅还没有来得及这样做。

李玫看起来在专心听大家说重组方案，但心中一直在想自己的心事，猛然一听许量问自己，她今天有点苍白的脸马上羞红了，她尴尬地一笑，谦虚地说："许总，我对公司的管理层收购没有意见，觉得江泉的方案挺好的。"许量看了她一眼，很轻微地摇了一下头，他在示意李玫做事情要专心致志。

大家又讨论了方案中的一些其他重要问题。许量总结道："大家都下去再想想，重组方案还需要若干次讨论和完善的，至于他们的收购资金，我另外有考虑。"

许量的如意算盘是先利用自己在金融界和银行的关系，让精益科技公司尽可能多贷款，然后千方百计地利用非常复杂的财务技术，把公司的贷款转移出体系之外。比如先让公司的管理层注册一个作为专门收购精益科技公司股权的工具公司，等许量把公司的贷款，作为收购工具公司拥有的或真或假的高新技术，把资金转移到工具公司里面，之后，管理层再把自己作为支付许量股权的收购资金，再结合放点高利贷给公司管理层，重要的不是做他们的资金借贷生意而是用这样的方式来控制他们——这样的结果是：许量得到钱和利息，再把几乎是空壳的公司留给了精益科技公司的管理层。融资并购是在欧美企业界非常流行而成熟的资本经营技术，许量对此驾轻就熟。

许量清楚：公司管理层他们得到了公司，就会把自己的私人资金注入公司，精益科技公司只要有管理层全心全意地介入，那么就不可能把企业弄死。企业不死，其他的一切运作手段，就不是"骗局"，而是"资本经营"。

话题暂时告一段落的时候，李玫为了弥补刚才的走神过失，又问起了一个其他资金公司正在讨论得热火朝天的话题："许总，您怎么看待传说中即将出现的小额贷款公司？那我们有没有必要新成立一家公司进军这样的领域？"

许量对小额贷款公司一直都不是很关心，他想了一下，微笑着说："从现在小额贷款公司的传闻中的相关规定来看，这是一趟不清不白的浑水，我许量不希望参与。你们都是明白人，单单是小额贷款的经营成本，就可以让我们公司破产的！每笔基本上都是几十万的小额贷款，每笔贷款总需要两三个人吧？

5000万的资金要多少人去管理贷款？一个亿或者几个亿的资金呢？何况，现在这些都还只是传言，我们不去做不确定的事情，让他们都去做幻想得到民营金融资质的美梦吧！我们继续寻找适合我们的道路……"

话音刚落，许量的电话响了起来，原来是张娅的电话，她约许量去她的资本之鹰商务会所谈点生意，是公事，张娅怕许量拒绝自己，就直接说："许总，就下午3点，我们不见不散！"不等许量思考或者拒绝，张娅就赶忙放了电话。

李玫在一旁，她没有听出刚才许量接听的电话是自己妈妈打的，但是，她能够看得出许量对刚才的电话若有所思。等李严和江泉离开了，李玫背对许量，将许总的杯子加了一些热水。她的动作很慢，其实，她是想知道刚才的电话是谁打的？以前，许总对自己基本上是什么都要说的。果然，从后面传来了他的声音："李玫，请你帮助我把下午3点以后的所有事情，全部都取消。"李玫问："包括晚上的安排吗？"

许量点点头，看了李玫一眼，说："是你的妈妈打来的电话，我们下午一起去资本之鹰商务会所。"李玫一听，就连忙问："妈妈？她找我们什么事情？我不想去！"许量奇怪道："去见你妈妈，为什么不想去？难道与你妈妈吵架了吗？"

李玫不好再说什么，但是，就让她这样简单地答应许量，去见"别有用心"的妈妈，她心中有些不甘，她已经知道许量把东方富通公司暂时卖掉，只是"金蝉脱壳"的资本战略的一部分，她现在最关心的是自己还能不能够继续待在许量的身边工作，她略微一想，就抓住机会说："许总，我有一句话想请教您，可以吗？"许量哈哈一笑："李玫，有什么事情就直接给你许叔叔讲！不要说什么请教的客气话了。"

李玫面带微笑地问："许总，为什么您不明白地告诉我公司股权转让之后，怎么安排我的工作呢？是希望我离开您吗？或者说您对我做您的秘书不满意？我现在就是很困惑。"许量早知道李玫的心思，他很真诚地回答："李玫，你知道我对你的态度。为什么没有具体安排你的下一步工作，那时因为我需要与你的妈妈一起商量，我没有权利一个人来决定你的去向。当然，我们的安排肯定要依据你的自愿。"李玫心中有数了，她的眼神黯淡之后立刻又明亮起来："我只需要您说的依据我的自愿安排我的工作这句话。其实，我也没有什么其他想法，只希望能够与您在一起，多学习一些有用的知识。"

许量非常认真地看着李玫的眼睛，只见她的目光清澈透底，就更坚定了他最初的想法，他觉得李玫对自己的喜欢是很纯真的，李玫年轻漂亮又很有商业潜力，自己培养她也是张娅拜托的，于是许量把自己的想法说了出来："玫玫，如果你还愿意在我这里发展，不再怨我把东方富通公司卖掉，那么，你愿意做多久都可以。"李玫一听立刻快乐起来；她一旦快乐，人也显得容光焕发了，更美丽了几分。这一点连许量也觉得纳闷，年轻女孩子的容貌为何就这么容易受到心情的影响呢？

下午，张娅与策划总监宋诚意已经在商量一会儿见许量的事情。当然，她让宋诚意知道的只是公事这一块，感情纠葛与女儿工作安排的事，她肯定是闭口不谈的。"民间资金论坛"的创意，已被宋诚意做成了详细的操作性很强的方案，还得到了一些高端人士的口头支持。

对于成都资本之鹰会所怎么处置，是否转让的问题，张娅一直拿不定主意，但是，她去重庆与李刚开始新的生活的决定，已经不可更改。她越来越倾向于把成都会所交给女儿李玫打点，一则女儿是自己与许量保持某种联系的纽带，张娅觉得自己可以离开许量，但此生恐怕是难以忘怀他的身影了；二是许量也可以投资持有会所的股权，多少都可以，有他把关，更加有利于"资本之鹰"这个品牌的推广和会所的上市计划。何况，还有宋诚意的参与协助，这也有利于自己把握会所未来的发展。至于时间吗？川渝自古不分家，自己也可以在重庆与成都之间两边跑。总之，资本之鹰会所交给李玫打理，有许量在，无论遇到多少风雨，自己都完全放心。

"资本之鹰的品牌应该保持完整而统一。"这个念头终于让张娅下定了决心，她决定无论别人出多高的价钱，资本之鹰会所，都不再出卖了，这是他们最后的联系纽带。除了性，张娅知道她与许量的感情绝对不会随风而逝的，甚至形同陌路，他们之间一定会有别的联系，一直到平安而幸福地离开这个世界,此生再无遗憾。

许量有很长一段时间没有见到张娅了。以前他们是最亲密的情人,现在只是生意伙伴,他虽然心有不甘,但他的自尊心却是一堵他自己也不可逾越的高墙。现在,他开车带了李玫和江泉一起来到资本之鹰商务会所。

当他们走进会所的时候,三个人各有完全不同的心事。江泉从来没有来过成都最好的资本会所,只见这里的空间布置,服务与装修,甚至服务员的标准等都颇不一般,会所里面充满了"资金"与"资本"的氛围。

今天如果没有许总的带领,江泉只以打工仔的身份,是很难进入资本之鹰会所的。

李玫马上要见妈妈了,她得到了许量愿意留自己在他身边的保证,所以,她的心情十分平静,她知道妈妈是不会强迫自己做不喜欢的事情的。但是,这次李玫和许量都低估了张娅想把李玫带离许量的原因与决心。

许量的心反而跳得有点厉害,他是文人经商,张娅又是他真心爱过的女人,她离开自己的事实,许量已经接受了,但是,情人变朋友毕竟是一件很不容易把握分寸的大事情,许量长舒一口气,在心中说:"以前,张娅在与自己谈分手的时候,不是曾经唱了一首歌叫《有一种爱叫做放手》吗?我现在就去证明给张娅看看,自己的确对她已经放手了。"

他们都坐在会所的3号会议室。首先,由宋诚意用PPT幻灯文件,把他的策划介绍得很清楚。然后,大家都对"民间资金论坛"的定位与实施提出了很多自己的意见。江泉的建议是"民间资金论坛"不如直接就叫"资本之鹰"论坛,论题应该不仅仅是民间资金,应该还有民间资本;同时,既然张总的成都资本之鹰商务会所,是以"资金"、"资本"、"项目"三大主题为核心的商务会所,那么,论坛的主题就用这三大主题。大家对此没有异议。许量与张娅对望了一眼,两个人都尽力在谈论公事,许量告诉张娅:"资本之鹰"的商标应该尽快去申请。张娅连忙回答:"已经申请几个月了。"但有点心不在焉的样子。许量只需一眼就可以完全看穿张娅的心思,他不能再多看了,他们的感情都有点蠢蠢欲动的感觉,这是一种本能,但许量明白,张娅已经不再是他的女人。

对公事，因为张娅与许量合作了很多年，彼此的配合还和以前一样，轻车熟路，因此讨论的效果很好，时间用得也不多。结果是许量愿意与张娅一起来办"资本之鹰"论坛，操作细节许量让自己的投资部部门经理江泉与张娅会所的策划总监宋诚意继续联系和探讨，许量的目的很简单，要把这次论坛，办成一次在自己熟悉的民间资金圈子中的所有朋友统一思想和行为的活动，如果可能的话，就为打造一个新的资金与资本圈子打下人脉基础。

这边，江泉和宋诚意两个年轻人凑在一起低声地讨论问题，那边，许量与张娅也开始谈论工作和最近成都资金市场上的风云变幻。许量感慨地说："现在成都的民间资金市场，已经不再是我们几年前开始在黑暗中摸索道路的时候了，做资金的公司如过江之鲫，熙熙攘攘，好不热闹！但其实是泥沙俱下，越来越像是勇敢者的游戏。我看这两年一定会出更多的问题和麻烦，也许高利贷公司迟早要被高利贷生意淹死。"张娅点点头，她对曾经是自己情人的男人的判断非常信任："聪明的人总是在最辉煌的时刻谢幕，所以，你急流勇退即使没有任何人会理解，我也能够理解！"

许量低声问："你理解？理解什么？"

张娅看看女儿李玫就坐在一旁，担心她以为自己与许量还残存有暧昧，就故意哈哈一笑，显得心无旁骛似的："我知道许量是老狐狸！"许量连忙配合道："多谢张总夸奖！许量惭愧之极！"于是，江泉和宋诚意，还有李玫都完全能够感受到许总和张总之间的友谊。

张娅也低声向许量介绍了宋诚意的来历。后来，他们之间的交谈都是老总们之间那种彬彬有礼、娓娓道来的感觉了，这让李玫觉得自己有点多余了。她起身，准备去会所外面透透气，这时候，张娅和宋诚意的目光立刻都集中在了她的背影上。从李玫的背影也能够完全看出她已经是一个越来越成熟的女人了。张娅关心女儿，许量能够理解，宋诚意这个小伙子为什么也这样敏感李玫的动静？许量从小宋的目光中看到了一种男人看心仪女人的情感，他对小宋的好印象有点动摇了，难道他放弃老板不做，到资本之鹰会所打工的目的其实是为了李玫吗？

许量没有问张娅，他对宋诚意开始用心观察。他虽然觉得李玫如果有年轻男人追求也是很好的事情，但是李玫是一个没有经历过多少人生风雨的女孩子，他做老总或者叔叔的，应该给她把好关。

等大家讨论充分的时候，已经到了吃晚饭的时候。许量站起来，准备带着江泉告辞，张娅却要坚持请大家一起吃饭，她说："整整一个下午开会讨论，大家都很辛苦，我请大家去附近的红杏酒楼吃工作餐。"李玫最近都不想与妈妈单独待在一起，她是怕张娅继续说服她到重庆去。

江泉因为以前曾经追求过李玫，现在有了女朋友顾艺并住在一起，所以他就推辞说有很重要的私事要办，先告辞了。

红杏酒楼在成都是有名的酒楼，这里很适合朋友之间聚会或者公务宴请。张娅决定在这里请许量是有她的道理的：她没有去以前她和许量做情人时喜欢去的地方，也没有选择那些容易让许量和自己勾起情感回忆的适合情人约会的地方。许量内心是很希望与张娅单独聊聊天的，毕竟现在事业上有很多困惑，他们又有很多的共同的话题。所以，他顺从了张娅的安排。

宋诚意的确很干练，他立马订好了包间，到了酒楼又按照张娅的吩咐把菜品安排妥当。他的内心非常激动，尽管李玫根本就没有把自己放在眼中，他也完全不在意，因为张总已经在安排自己与她的女儿接触了，接触就有沟通的机会，而沟通就有可能得到李玫的青睐。

这顿饭让许量吃得很难受，他此时此刻的感觉是宁愿不与张娅见面！因为他们做了多年的情人，现在这样在两个晚辈的面前客客气气，让许量觉得很憋气。张娅也看出来了，她想了一下，觉得自己与许量的确应该单独谈谈，于是，她对宋诚意和李玫说："小宋，一会儿吃完饭后，你把李玫送回家，我和许总还有点事情需要再聊聊。"李玫的心情很复杂，她不知道妈妈与许总又要做什么，但是她已经看出来他们已经不可能再做情人了，因为他们彼此的目光中已经没有情人之间那种能够让世界上所有人都能够感受到的爱火。李玫的心情突然又好了起来，她对旁边的宋诚意开始有了一点兴趣，她与他的说话也多了起来。

宋诚意有点得意了，觉得李玫还不是以前他认为的那种"冰美人"。但是，他在送李玫回家的时候，才知道刚才李玫在酒楼里面对自己的热情完全是假装出来的，她很冷淡地拒绝了自己邀请她再去酒吧坐坐的提议。张娅和许量去了最适合谈公事的地方——成都锦江宾馆的中庭茶厅喝茶，这几乎是他们共同的选择。这天晚上，他们的关系正式从以前的亲密的情人变成了朋友。许量和张娅谈了三个问题：一是成都资本之鹰商务会所的问题，许量同意成为之中的大股东，但他对张娅说的资本之鹰商务会所在全国的连锁经营和上市的计划，不太感兴趣，许量只是想把成都的会所做好就心满意足了；二是许量给老朋友张娅讲解了自己为什么要把成都东方富通投资管理公司彻底卖掉的原因；第三个问题，张娅虽然表达得很小心翼翼，语气与语调都非常委婉，但是许量觉得还是很伤害男人的自尊心！张娅需要许量的配合，她最希望的是把李玫带到重庆去开始新的生活，如果实在做不到的话，也需要许量配合自己把李玫"开除"掉，或者让李玫去代表张娅做会所的管理者之一。宋诚意呢？是张娅经过考察，比较满意的女儿的最有可能的男朋友，希望许量也提携他一下。许量觉得张娅的目的就是：一定要李玫离开我许量。

许量觉得下午才向李玫保证了如果她愿意可以永远地留在自己身边工作，现在却要自己出尔反尔，实在是有点为难，但是张娅那种看起来是"商量"，其实是决定的态度，迫使许量同意配合张娅的行动。

气氛不是很融洽，这在许量和张娅之间还是第一次。张娅只是很有礼貌地听许量把他对成都，甚至是中国民间资本市场的看法与研究，娓娓动听地道来，她不完全同意许量全面看淡民间资金借贷生意的观点，但是她不想争论，他们之间的分歧已经太多了。许量看看张娅，这样的一个女人，曾经从陌生人到情人，现在从情人就快成为陌生人了，人生就是这样的无可奈何：情已经走远，人在咫尺，却是天涯。

他们的茶，很快喝完了，许量看看时间，才晚上11点，男女之间的感情真的很奇妙，没有感情，话题再多也说不了多长时间。许量决定回自己一个人的家了。他在路上，把车窗开得很大，让冬天的寒冷全部蜂拥而来，像滔天的巨浪来刺激自己，他的心情完全如夜风一般冷却。他和很多中年男人一样，只有在外面的感情快烟消云散的时候，才会更多地想起自己的原配夫人，就像是水落石出一般。他决定在2008年元旦来临之时，飞往澳大利亚，他现在最想见的是谢丽，对张嘉仪也不是太思念了。很久以后，许量都一直记得在飞机离开中国国境的时候，他在心中叹的那口气：男人，不管他多么的优秀，毕竟要比女人更加薄情寡义。

张娅的心情却是很好，她一个人开车回家。快到家的时候，突然觉得应该去多关心一下女儿，所以她调转了车头，向李玫的国际花园的家奔去。她想给女儿一个惊喜。

此刻，李玫呆坐在自己的家中，消化自己心中的郁闷。她把许量和自己的相片抱在怀中，她觉得自己其实真的很可怜！谁让自己去喜欢妈妈的情人呢？即使现在他们已经不是情人了，但是许量还是"叔叔"、老总，没有任何办法可以让李玫表达出来喜欢许量的感情。李玫也心甘情愿地把这种反常的感情埋藏在自己的心中。她现在就是把这种心情拿出来，很孤独地"晒晒"，虽然没有阳光照射的温暖，但她希望能够平息一下自己内心的颤动。这时候，李玫的门铃居然响了起来，张娅到了。

李玫从猫眼中看到的是妈妈，于是许量的痕迹非常迅速地被她隐蔽得干干净净。

这一夜，张娅就住在了女儿家里。她们母女其乐融融的亲情，在严寒的冬天十分宝贵。但是，非常遗憾的是：张娅的母爱也没有能够打动李玫的心，她们还是没有达成一起去重庆开始新生活的共识。

几天后，许量已经去了上海，准备从那里飞去见澳洲的老婆，李锌回到了成都，继续忙碌自己的生活与事业。张嘉仪在普陀山那个晚上没有能够等到许量的出现，她非常生气，但她并没有主动去联系许量，她觉得这样做太主动，显得自己好像是完全缺少爱的寂寞女人，多没有意思。但是第二天她很巧地碰见了李锌，嘉仪觉得毕竟是他乡遇故知，他们就结成了游伴，很快乐地在普陀山待了一天，然后，结伴从宁波回到了成都。当晚班波音飞机飞翔在天空中的时候，李锌与张嘉仪坐在了并肩的位置上，李锌用心闻到了嘉仪最迷人的味道，再穿越她圣洁的脸庞看见了机窗外面的一片金山云海，太阳的余威把天边的云，变成了火红岩浆般奔腾的世界。

　　李锌压抑住欢乐，他埋藏了爱情的野心。张嘉仪也把小李当成了好朋友。李锌甚至觉得能够与张嘉仪成为好朋友也是最大的幸福。有时候，爱一个不爱自己的女人，最好的办法，就是必须存在于她的生活中，不论是用什么样的身份，朋友最好，甚至敌人也行。因为存在是爱的前提。

第二十七章　芸芸众生

2007年12月24日，星期一上午，成都的天气很冷，今天是平安夜，西方的圣诞节在东方的成都又要热闹三天了。成都芸芸众生中的年轻人，其实大多数都只是把圣诞节当成了无拘无束大胆约会的最好的借口。

李锌接到了东方富源投资管理公司财务经理刘洋的约会邀请，李锌很委婉地拒绝了，他决定在自己的家中，很冷清地度过这三个晚上，原因其实非常简单：因为他重感冒了，喷嚏和鼻涕不断，不想让别人看见自己的狼狈不堪，因此，他没有胆量，也没有计划，去和朋友们或者约张嘉仪过这样浪漫的节日。

回成都后，李锌第一个见面的人就是熊总。他们在一起喝茶吃饭，却很少喝酒，熊小川告诉李锌："兄弟之间以后需要互相理解，大家都在说，酒是一包药，少喝点为好。"

李锌与熊小川那边合作的事情，一直进展十分顺利，李锌只是在幕后，他对所有的人都保密了，这是现阶段他最大的秘密。熊小川告诉李锌，他们的合资公司，将在元旦之后，重新开张！公司的名字不改变。李锌的内心没有多少激动的感觉，就要做老板了，虽然他是小股东，但是李锌还是隐约地觉得自己的进展是不是太快了、太顺利了呢？

张嘉仪与王可心这些天经常在一起，她们一起快快乐乐地感受可心孕育新生命的欢乐。偶尔，王可心也会小心翼翼地问嘉仪，她与许量的感情进展，嘉仪都笑而不语，她不想让可心看出她内心的苦涩：爱情毕竟是世界上最珍稀之物，许量的逃避和自己的坚持，其实最主要的矛盾是要不要爱情的排他性和唯一性的问题！有时候，嘉仪很想向许量投降，但是她的个性和她对许量刻骨铭心的爱情，让她坚持下来了，虽然她在去普陀山礼佛的前后，曾经有心甘情愿去做许量生活中的其中的一个女人的强烈愿望，但是现在她决定：如果命运一定要与别的女人分享许量的话，她宁愿不要许量！她在表面平静内心波涛汹涌之中，等待许量最终的决定，她没有去提醒许量，他应该记得自己与他之间的2008年5月见面的约定！见了那一面，无论是得到，还是放弃了对许量的爱情，嘉仪都会觉得自己这生的爱情之路是走到了尽头。即使从肖希权那里知道许量即将远走澳洲，她也忍耐住心中的万般寂寞和千种温柔，没有去找许量。许量的样子，已经开始在自己的脑海中淡漠了，现在的李锌，倒是让张嘉仪觉得了世事的变幻莫测，有时候，她和王可心议论得最多的却是李锌的变化：一年前的"天下名都"小区的普普通通的一名保安，居然就这样迅速地变成了做民间资金借贷生意的公司老总！这是奇迹还是梦想？

王可心和张嘉仪开玩笑地说："李锌这小伙子，一年就一鸣惊人，脱胎换骨了，那么三五年之后呢？大有前途，十年就应该变成精英了。"张嘉仪却在心里说："李锌的身上，越来越有了许量的坚毅和智慧的影子，这才是自己愿意接触他的原因。他是不是精英，我不关心。"

有时候，嘉仪也会想：自己不是不知道李锌对自己的感情，只要他不过分，她也能够默认李锌作为朋友，甚至是好朋友对自己的关心了。但是，让张嘉仪意料之外的是李锌居然没有邀请自己一起过圣诞节！早知道这样，自己就不会推掉几个要好的成都女老板希望和自己欢欢喜喜过西方洋人节日的邀请了。

上午10点，嘉仪在利华科技公司的办公室里面，召开了2007年公司的工作总结会，她重奖了杰出的员工。她的助理卓小兰也意外地得到了丰厚的奖金，这让卓小兰内心很惭愧：她毕竟曾经勾结她原来的香港男朋友袁志强，对张嘉仪做了很多坏事。张总的大度让卓小兰放弃了出国留学的打算，她对李锌的感情也不在意了。卓小兰决定利用圣诞节、元旦节和春节这样几个节日好好地接触和认识一些新的朋友，在即将到来的2008年中，好好地把生活和事业重新设计一下，把在成都利华科技公司中的"白骨精"（白领、骨干、精英）的日子，越过越滋润！

嘉仪对自己公司的骨干们勉励道："明年会更美好！"她完全有理由这样说，因为香港南海创业基金的主导，利华科技公司的境外上市的计划，一直在抓紧时间进行，据说进展很顺利。

此时此刻，李锌在成都世纪洪盛担保公司有中央空调温暖如春的办公室里面，站在窗户前面，抬头仰望成都抑郁的铅灰色的天空。最近的工作不是很顺利，业务谈得多，做成的却很少，同时，公司也有一些放贷业务出现了展期和延缓支付利息等小问题，但是他的心情还是很好。因为今天就是平安夜了，所以李锌就名正言顺地给张嘉仪发了一个朋友之间的问候短信。嘉仪中止了讲话，很快回了短信，她觉得李锌现在也是自己重要的朋友之一。新朋友之间发短信息，什么内容不重要，重要的是短信回复的时间。李锌看了一下时间，嘿嘿一笑：不到七秒钟。看来她还是把自己当成了真正的朋友。

心情好了，李锌就想认真开始今天的工作了。他去了黄总的办公室，他想把最近的工作设想，向自己公司的老板好好谈谈。在成都的民间资金市场中，李锌最佩服的老板就是许量，其次就是黄义仁。黄总能够从一个曾经声名狼藉的借高利贷的逃债的落魄者，在短短的一年内，用空手道从无到有创建了成都世纪洪盛担保公司，而且现在公司的生意已经越来越红火了。世纪洪盛担保公司在全省的"连锁"计划已经正式开始了，而且进展异常顺利，公司的资金与人才也是越来越多了。

在许量的东方富通公司逐步退出了成都的借贷市场之后，新出现的几家实力雄厚、规模庞大的担保公司和投资公司都没有世纪洪盛公司兴旺发达。

明天就是圣诞节了，黄义仁今天很有感慨地把自己胖胖的身体，陷入大班桌后面的黑皮椅子里，任凭思绪飞散开来，黄义仁回忆起：在2007年，他的生活与事业都有了新的开始和翻天覆地的变化。成都世纪洪盛担保公司现在已经开始与政府的有关部门在密切接触了，黄义仁现在的梦想是尽可能的去争取得到"小额贷款公司"的许可证，而且看起来一切环节都已经打通，事情进行得都很顺利。虽然在这件事情上，成都的资金借贷公司，无论叫担保公司还是叫投资公司，大家都和以前的"高考"一般，千军万马地挤在一条独木桥上，但是黄义仁不害怕，他认为大家都喜欢做的事情，一定错不了！

在踌躇满志中，他突然想起了许量！许量？他的东方富通投资管理公司为什么不去争取那张很快就有可能颁发的"小额贷款公司"出生的许可证呢？嘿嘿，就是这个男人，是他对自己的羞辱和打击，成就了自己"高利贷"生意的蓝海，现在他的动向也是自己的向导。可以这样说，我黄义仁一生最感谢也最仇恨的人就是许量，没有他就没有世纪洪盛担保公司今天的成就与辉煌！正是有了如今的实力，黄义仁对许量压抑已久的仇恨在新年来临之际，出乎自己意料地好像是毒蛇一般从冬眠中提前苏醒了。

当李锌出现在黄总办公室里的时候，黄义仁刚刚做出一个重要的决定：如果有机会，他就向许量和许量的公司开战，这是男人与男人之间的战争，这是迟早都要来的……因为，黄义仁那个在重庆已经混出了"名堂"的小情人李佳佳前几天回到了成都。黄义仁自己都以为时光已经把被许量追债的羞辱与仇恨冲刷干净，但是人类的仇恨毕竟与野兽的仇恨不一样，消灭了也可以再次被创造和激发出来：尤其是被女人点燃的仇恨如野火燎原。

李佳佳没有急于与黄义仁见面，她只是和黄义仁通了一个电话，两个人语气故意很淡漠地互相问候寒暄了几句，然后他们约定的见面地点，是成都东郊的三圣乡的老地方！那是许量收黄义仁的"烂账"时候，对黄义仁采取跟踪和肉体打击以及精神侮辱的地方，也是李佳佳负气从成都离开，远走重庆的耻辱之地。

在那里，李佳佳与黄义仁坐在一家冷冰冰的农家乐的包间里面，李佳佳故意不让服务员开空调，她说她内心很燥热。窗外是迷惘的黄绿色，黄义仁几乎快认不出来李佳佳了，她不再是以前那个容易被人欺骗的小女人了，他能够感觉到她的目光如刀，完全能够杀人于无形之中。黄义仁心中，对许量隐蔽多时的仇恨，很快再次被李佳佳的冷艳点燃了。

现在，李佳佳已经不再是原来那个楚楚可怜的小女孩了，她告诉黄义仁，她和他一样没有忘记一年前的耻辱！她这次回成都的最大目的，就是要找许量的麻烦：许量必须为自己的罪恶付出代价！李佳佳没有告诉任何人，她一个小女人孤独地闯荡重庆的辛酸：她当过演员，也做过三陪小姐，还很短暂地被重庆的一个大老板包养了两个月。从精神到肉体上，李佳佳已经和一年前判若两人！

前几天，李佳佳决定悄悄地回到成都，开始了她的复仇之旅！她没有打搅或者说惊动她的任何成都朋友，包括她以前的好朋友顾艺和自己的父母。她在成都东门二环路附近找了一家经济型酒店住了下来。自古以来，女人的一生，要么是为了爱情，要么是为了仇恨而活着。她准备长住，直到满意地看见了许量的悲惨下场之后，她才会再次离开成都。

进了黄总的办公室，李锌就开始与黄总热情地讨论起来，内容很广泛，包括了中国民间资金市场的分析和公司下一步发展的一些建议。黄义仁看见李锌侃侃而谈的样子，把手中的茶杯拿起来，没有喝水又放下来，他在心中浮现出一个很奇怪的疑问："难道李锌一年前，真的是一个一问三不知的穷保安吗？面前完全是一名金融专业毕业的高才生嘛！在成都这样一个移民城市，有什么奇迹不能够创造呢？这就是生活啊，自己不也是由一名丧家犬变成了民间金融家了吗？"

李锌没有发现黄义仁很重的心思，他自以为是的以为黄义仁在沉默中，从他专注的神态来看，肯定是在欣赏自己的才华，而不是心不在焉。

当然，黄义仁是必须重视李锌这样的"干将"的，现在成都市进入民间资金市场的公司越来越多，而对资金借贷业务熟悉的人才，却越来越青黄不接。虽然这小子很对不起女儿黄鹂，对她自始至终都是不冷不热的，害得黄鹂失意后只好有了另外的男朋友，但是黄义仁记得电影演员葛优说的一句很经典的台词："21世纪什么最贵？人才！"他始终对李锌青睐有加，希望他能够把公司的业务做得更好。

李锌度假回来以后的这几天，黄义仁和公司的其他人，都觉得李锌好像变得更加成熟了，尤其是他的眼神变得很深沉。黄义仁发现了李锌的变化，但是他不知道李锌已经与许量喜欢的女人张嘉仪成为好朋友，否则他一定会好好利用这层关系。

与此同时，韦伟在东方富源投资管理公司的日子却是很不好过。下午公司的年度总结会，他觉得很不好对付。

他刚从公司老板钱大富的办公室里面出来。虽然他的温州老板没有过分地说自己的不是，但是韦伟已经体会到了公司的气氛开始不再利于自己的生存了。在走出老板办公室的时候，他碰见了许小露，只见她扭着蜂腰，招摇着从韦伟的身边飘过去，再留下了一句"你好"的问候，韦伟用"嗯"字做了回答。

这个年轻女人，刚来公司的时候，谦虚谨慎，现在却似妖精一般，她原来在成都有名的"宫廷金宴"做客户经理，摇身一变成为做资金生意的熟手，在外面的资金市场上，做得是风生水起，在公司里面，又颇得人心，也是韦伟在公司的劲敌。他不知道，许小露已经听到了一些关于他在外面做自己的"私活"的风声，他更没有想到的是，稍后许助理居然会在钱大富面前替自己说情。

回到自己的办公室，他与好兄弟李锌通了一个电话。两个人都觉得，2008年的资金生意应该更好做，企业需要民间资金借贷支持会越来越多，但是，李锌的意见也有道理："韦哥，2008年，我们可能还不能够完全乐观。还有那位柳总的成都四海远大兴旺贸易有限公司的业务一定要更加关注！做贵重金属贸易已经不再是一种好的生意了，我们一定要做好准备。"

韦伟放下电话，开始阴沉着脸陷入沉思。他仔细回忆与柳总做这单借贷业务的前因后果，分析和判断目前的状况，他现在还看不出有什么迹象表明柳总会有什么异常的举动，但是，他已经开始上心，认真关注这单创新的借贷业务的最终结果。于是，在忐忑不安之中，他给柳总打了电话，电话中他强调了资金本息的安全，也提醒他一定要按时支付本息，绝对不能够出现差错。

柳总在电话中乐呵呵地说："请韦总放心，我这边一切都好。"

韦伟想到自己居然只是用一纸封条把柳总仓库中的贵重金属把握在手中的！他很后悔当初没有最终坚持派自己人去看守仓库，原因是半推半就地中了柳和平的"美人计"，还是被他一脸的真诚所打动，他现在已经回忆不起来了。

韦伟始终有些惴惴不安，犹如阳光下冬眠的蛇苏醒之后，在绿色的草地中乱窜。他决定，过几天，与李锌一起去看看柳总的仓库，这毕竟是他们一起做的"私活"，再好的兄弟，有利益一起得，有风险也应该一起扛。

许量是在2007年的12月25日，圣诞节的狂欢夜之日的下午离开成都的。他走之前的12月24日下午，东方富通公司的办公室里面，从上海来了十名天宇集团的员工，他们是来接管已经全部买下的东方富通公司的。

许总在双方律师的协助下，与上海女人洪羽菲以及同样来自上海的东方富通公司新的老总，办理好了东方富通公司一切交接手续之后，就离开公司了。

临离开自己的办公室之前，许量坐在沙发上，一直保持着沉默。他久久地注视对面矗立的那根"男根"一般的将近两米高的坚强无比的乌木雕塑，他觉得自己的命运完全没有了坚强的支撑。许量的精神世界完全"坐化"了，此时此刻，他觉得如果明年的金融危机万一轻飘飘地过去了，那么他现在很从容地选择逃避成都的民间资金市场，就一定会成为世人的笑柄。

上海女人洪羽菲站在许量的办公室外面的过道上，她还是那样风姿绰约，她尽可能语气平缓地对旁边新的老总说："许总虽然不再是东方富通公司的老板了，但是他的办公室你一定要给他完整地保留好。这是我老爸和我的意思。"

洪羽菲和许量分手的时候，用力握住了这个很有魅力的中年男人的手，他的手和眼光都是冷冰冰的，不再是以前那样温暖，她知道他绝对不可能在现在的百感交集的心态下，与自己愉快地共进晚餐。许量只是对洪羽菲说了一句话："现在，这里的一切都是您和您父亲的了，我祝福新生的东方富通公司！"洪羽菲微笑不语，她已经对未来的金融和证券市场开始悲观。

同样的，现在的情形下，洪羽菲也不会去找同学李玫，她不想看见李玫那张一定是很冷漠的脸。她对成都的业务还不是很感兴趣。目前，东方富通公司还只是一个持有陈丹阳女士掌握的上市公司巨大权益的"工具公司"而已，东方富通公司已经成为上海天宇集团公司的全资子公司。新的东方富通公司是否在成都继续做资金借贷业务，那还是以后的规划。现在，天宇集团给成都管理层的指示只是尽可能地淡化业务。

从此，东方富通公司正式地退出了成都的民间资金市场，但在暗中积极准备。成都同行以后都会觉得，没有许量的东方富通，这行还真的少了很多的精彩。

尽管许量跟上海人的交易，他们做得很机密，但是也在成都的同行中，引起了很多的猜疑与传闻，也起了一些不大不小的风波。许量也懒得去理会和解释。

圣诞夜，许量是和许小露一起度过的。他们先是去吃了一顿大餐，然后，一起去了成都南二环路旁边的紫荆电影院，看了一场国外的大片。许小露很自然地与许量依靠得很紧，许量完全能够感受到她的紧张与复杂的心情，她现在就是随时有可能用激情燃烧青春的女人。

后来，许量没有答应小露想和自己一起回家的建议，尽管自己非常寂寞，也不能够不防止自己内心汹涌的男女情欲和愿望，这样对小露的将来才公平。他在行为的"进"与"退"之间，在内心的"欲望"与"道德"的沼泽之中挣扎，很艰难地、几乎是强行地把小露送回她的家之后，许量孤独地去了自家的屋顶花园。

在那里，他接到了李玫的节日问候。

许量在这里，可以看见成都远方的万家灯火，此刻，他的心情非常复杂：2007年即将要过去了，他最近的心理压力之大，只有自己才明白，对明年经济危机将全面加深的判断，不知道是不是完全正确？现在就把东方富通公司卖掉，暂时完全地退出成都的民间资金市场，是否明智？事业前途茫茫，感情生活也是一塌糊涂啊，许量想起了张嘉仪，她为什么就不同自己联系一下呢？难道男人就必须主动吗？许量心中开始迷惘了。谢丽最近和自己通电话的时候，语气还是那样的不冷不热，根本就没有办法猜测到她的真实想法，听到自己马上就要去澳大利亚，她也是平淡如常。许量没有心情去设想他的婚姻应该何去何从。许量甚至不知道将来能够陪伴他到老的那个女人究竟是谁。

当天空放亮的时候,许量回书房去上了一下网,QQ上有不少想加自己为好友的人,许量一概都拒绝了,但点到最后一位想加自己的网友的时候,许量突然觉得应该通过了。这个网名叫"雪山精灵"的已经孜孜不倦地加了自己很多次了,许量嘿嘿一笑,通过了他(她)的请求,他不知道这就是洪羽菲。

许量也没有心情聊天,关了电脑,回房间去休息了,他除了钱、护照,和一些简单的行李,没有什么好带的,他没有办法把成都带在身边,更没有办法把他所爱的几个女人都带在他的行囊里,这才是他的忧郁。

拒绝了所有的人送自己,包括公司的司机和车,许量独自一个人到了双流国际机场,从这里出发可以到全世界。

许量要先从成都去上海,然后从上海飞澳洲。在候机室里面,许量没有注意四周熙熙攘攘的旅客,他懒得去贵宾室,他觉得自己也不是什么大老板,就这样混在大众之中,真好。他此时此刻心如止水,许量需要给他认为有必要的几个人打电话交代一些事情。

第一个是肖希权,他尽可能平缓地说明了自己远走的来龙去脉,也很简短地请希权一定要转告张嘉仪一句话,请她自己多保重!希权追问他:"你要她保重?保重什么?怎么保重?什么时候回来?还有什么话交代?"

许量却很迅速地挂断了电话,他知道希权在平时就会和自己开玩笑了:"保重?就是保持体重!"很快就要离开成都的人和事,去了澳大利亚就是一棵没有根的大树了,他当然会怅然若失。嘉仪你哪里知道:选择哪个女人做自己老婆的问题,是中年老板们最大的难题,因为你不是一无所有的小伙子没有任何羁绊了,选择老婆比选择事业和项目更艰难,有一张无形的网络在笼罩着你,这是用亲人朋友儿女和财富构成的天罗地网,"敢爱敢恨",那怎么可能?你心中的杂念丛生,关于人生与事业、爱情与道德问题的逻辑推理会让你一直坐在沙发上,累成路边雕塑也走不了感情的一小步!

许量从候机室宽大的落地玻璃窗向外面望去,一架海南航空公司的客机正好昂头从跑道上起飞,形象非常鲜明地昂头刺入阴郁的天空。他没有脸面给张嘉仪打电话，因为许量实在是没有把握做到只是专心去爱她一个人，何况，现在距离见谢丽的时间越来越近，他不能够再不认真面对自己最真实的感情世界了：自己到底爱的是谁，这不是一个哲学问题，而是一个很现实的问题！这次去见老婆谢丽，回来的时候，她如果不继续当自己的老婆，就只能够是陌生人了。人生最大的残酷，就是旧情分离，其实就是生离死别。

　　第二个电话是打给老同学李健康的，许量请他抽空多去关心一下他的员工，他们是许量的兄弟姐妹。许量很想特别地叮嘱一句，请他多关注一下李玫，但是终于没有好意思说出口，他只是说："如果我的员工有紧急的事情找我，就用QQ与我联系，我的手机将关闭，我想好好休息一段时间了。"许量想了一下，觉得李玫与李锌他们几个人都是知道自己的QQ号码的，所以，他没有再给他们叮嘱什么内容了。然后许量登机的时刻，看见漂亮的空姐很礼貌的职业微笑，他努力从有点僵硬的面部挤压出一点笑容，算是"挥一挥衣袖，不带走一片云彩。"

　　方韧在得知许量已经离开中国的时候，过了几天他也离开了成都，去了深圳。临走之前，他很想给校长李老师说说心中的秘密，但是看他很忙碌，也就罢了。方韧去了一个地方，就是以前与许量有过"高利贷"借款的成都精益科技公司的老板陈宏兵的老婆小丁的家中。自从陈宏兵得急病离世之后，小丁的情绪一直非常低落。她靠着许量给她和儿子的二十万善款，还有许量后来陆续让他的秘书李玫送来的一些钱，日子过得也是不好不坏。方韧的确不是小丁的亲人，他只是小丁在无聊之时，在网络上认识的朋友。方韧被小丁的遭遇所激怒，他一冲动，就从重庆跑到成都准备接近和惩罚"高利贷"者许量。可惜，许量始终是技高一筹，根本就没有给自己"亮剑"的机会！方韧和小丁最后谈了些什么，没有谁知道。没有多久，方韧在网络上告诉小丁，他已经成功地进入了深圳一家大型的私募基金实习，他以后有机会超越许量！小丁也决定从不知道应该继续仇恨还是感谢许量的迷茫中走出来，第一次有了离开成都的想法。

原来的老员工李严、江泉与唐力等人，都不愿意再留在上海人接管后的东方富通公司，除了李严去了资本之鹰会所，其他的人都按照许量的要求回家休息了。许量告诉他们，他一定是会回来的，到时候再重新开始新的公司和生意。对他实质上已经控制了的资本之鹰商务会所，许量除了派李严去做财务总监之外，再也没有派遣任何人介入。

许量给张娅发的是短信息，他问候她和李刚节日快乐！在心中，他完全同意了张娅把会所交给策划总监宋诚意管理一段时间的安排，许量需要这样的机会对他进行能力与人品的全面考证。

而资本之鹰商业培训学校，许量交给老朋友、老同学李健康，他是非常放心的，这和资本之鹰商务会所一样，是他以后回成都的基础。

李玫知道许量的飞机起飞的时间，她最终没有去成都双流国际机场送许量，这不仅是许量在公司的散伙宴上，已经很严厉地宣布他不希望看到任何熟人来机场送自己的原则，更重要的还是她实在是不忍心看许量在自己眼中飘逸而去。李玫在许量离开成都的这段时间，躲在她的小家里面，抱着许量和她在宜宾市兴文县的"僰人故里"的合影泪流满面，她不断地安慰自己：许量是属于成都的，他一定会很快回来的！

李玫病了，不过是装病。她从小身体就很好，没有机会得病，妈妈借口说许量叔叔已经去了澳大利亚，成都东方富通投资管理公司已经完全成为上海人控制的公司，许量虽然用最快的速度已经安排人手在注册他的新公司，四川东方富通投资管理公司，但是，他的老部下已经放假回家了。许量给了自己的部下丰厚的安置费，李玫同样也"失业"了，李玫失去了在许量身边继续待下去的理由，甚至她也没有理由在成都继续生活了。于是，她把心病变成了装病。她现在躺在自己的家中，觉得自己的生活与事业其实都不是独立的，即使她答应了去妈妈与许量再次合作的资本之鹰会所工作，以后还有机会能够经常看到许量，她还是闷闷不乐。

张娅最大的目的是想让女儿与许量不要过从甚密，所以，她见许量已经远走了澳大利亚，也就不再态度强硬地逼李玫马上跟自己去重庆了，张娅还是愿意李玫在会所以自己的代表的身份与许量接触，她希望最终李玫与宋诚意在会所的工作中，加深认识与沟通，逐步建立新的感情。张娅提前回了重庆，因为李刚的热情让她不能拒绝和他一起过节，何况许量离开成都的时候，他问候的是她和李刚节日快乐！换句话说，许量已经不再把她当成他的女人了，这让张娅很难过，虽然她与李刚的感情发展很好，有了不少亲昵之举，甚至开始谈婚论嫁了，但是她还是保留了最后的防线的。张娅还有一点情感上的机密，这只有她一个人才知道：如果许量在上飞机去澳大利亚之前，哪怕是最后的一秒钟，对张娅说一句"许量需要你！"的话，那么，张娅肯定是控制不了他对她多年以来的身体与心灵的诱惑的，她就还是许量的，而不是李刚的女人。不过，2008年的元旦节之后，张娅就没有回头路了，这几天她在一声叹息中，终于与李刚同居了。

李佳佳从黄义仁口中知道许量已经离开了成都的那一刻，心中非常愤怒！在东门大桥附近的"吉祥如意"茶楼，李佳佳把手中的茶杯用力摔在地板上，在服务员惊愕的目光中，掏出一张百元大钞，用力拍在茶几上，然后，长叹一口气，对黄义仁冷笑着说："许量逃跑了，这样也好，老黄，你可以安安心心地做你自己的生意了，复仇毕竟是两败俱伤的事情，与你们大男人的坦荡无关！许量算是很幸运的！我还是回成都太晚了。"

黄义仁看着李佳佳因为报仇无望而有点枯萎的脸色，心中也很难受，他安慰她道："佳佳，许量这样放高利贷的人，迟早是会得到报应的！"

李佳佳奇怪道："老黄，你这话应该说清楚！许量必须得到惩罚，不是因为他是什么高利贷者，而是他在收账的时候，侮辱了我们！明白吗？他许量是高利贷者，那你老黄呢？在成都做高利贷借贷生意，你的公司不是大有后来居上的态势吗？嘿嘿，你们成都世纪洪盛担保公司，在重庆也有名气了！老黄，你是不是也应该教教我李佳佳怎么做高利贷的生意呢？"

黄义仁哈哈一笑，他对佳佳本来就非常喜爱，何况以前他们还是老少情人，如今，佳佳主动提出要向自己学习做高利贷，那可是大好事！自己前些天答应联合她向许量复仇,除了与许量有仇恨,多少还是有想讨好佳佳的动机,他大大方方地说:"高利贷,高风险!但是,我的成都世纪洪盛担保公司热烈欢迎李佳佳小姐加盟!"

李佳佳嫣然一笑,这让离婚后始终还是保持单身的黄义仁,心中又燃起了希望。但他没有发现佳佳满意的笑容背后隐藏着冷酷。他们约好节日里一起去峨眉山泡温泉,等元旦节过后,李佳佳就到黄义仁的公司实习,从此,成都的民间资金借贷市场上,又多了一名心怀异志的年轻女人。她在报复许量的表象下面其实还有更深的目的,那是后话。

狂欢夜的晚上,东方富源投资管理公司的钱大富,一个人去了一家洗浴中心,他每年的年终,都喜欢一个人躲在一旁去总结一年的工作的得失和成败。

在2007年即将过去的时候,钱大富最百思不得其解的是:在成都民间资金借贷市场上呼风唤雨的许量,为什么会突然把他如日中天的公司全部卖给了上海人,自己却出国去了?!难道从美国的次贷危机演变成为的金融危机,真的会成为淹没一切的金融海啸?现在是急流勇退还是知难而进?是危机还是机会?应该贪婪还是恐惧?钱大富很有点困惑,但是有一点毋庸置疑,他知道许量的离开应该是暂时的,因为许量即使不在成都,他的势力与圈子还在不断的扩张之中。不管他在,还是不在,他布置在成都的"圈子"好像已经有了生命力,"许量"就是品牌,他苦心孤诣从偏僻农村到成都经营了二十多年的关系网,的确是非同小可。

钱大富觉得他最需要的是冷静,成都资金市场实在是太火爆了,当美貌的按摩女温柔的白嫩手指,为钱大富贴心服务的时候,他暂时忘记了一切。

后来,有不少对许量有怨有恨的同行和曾经的客户,看见许量的团队已经是"树倒猢狲散",东方富通投资管理公司内部人员,完全换成了上海人为主体的管理层,就把压抑很久的对许量的怨恨用举报和流言蜚语等方式强烈地表达了出来。最神奇的传言是许量已经被警方通缉,出逃了,去了国外,至于是逃去了哪个国家,澳大利亚、美国和欧洲,甚至是南美洲的巴西,总之,说什么的都有。当然,还有个别人活灵活现地说许量已经在国外出了车祸,成植物人了,不会再回成都了,对于这点,相信的人倒是不多。当然,正如许量预计的那样,谣言止于智者,举报止于许量的关系网络。很快,成都商界的这场因为许量退出民间资金市场所引起的风波,在不知不觉中,就风平浪静了,时间果然会让人们淡忘一切。

第二十八章　晴天霹雳

许小露在许量走后，心情变得异常平静，当元旦来临，她回到了广元市青川县的老家过节。这次，她没有像以前那样去许量和自己第一次见面的地方，他对自己的好与绝情是同在的！小露在家乡的时候，她把漂亮的衣服全部脱掉，换上了妈妈的旧衣服，她觉得自己又从都市的摩登女郎变成了地道的农妇。

做农活时，小露非常认真，她开始回顾自己的人生，觉得非常知足：一个从大山中走出来的穷女孩子，如果没有许量在十多年前到自己家乡的远足，那就不会与自己偶遇！没有许量的支持，那么许小露的现在又是什么的人生呢？不就是像隔壁阿花那样生活吗？不到二十三岁就已经拖上了两个小孩！虽然，许量还没有接受自己奉献给他的爱，但是，他已经和她有了不一般的身体接触。2008年1月2号的中午，小露不顾爸爸和妈妈的反对，很固执地一个人去了老屋后面的山林，那是一片她从小就熟悉的山林。因为村里的人外出打工和谋生的越来越多，在村中的人越来越少，人少了，就少了很多对树木的砍伐和对野生动物的屠杀，山林更茂密了，世界更纯净了。

小露心情复杂，她没有心思去想那些民间借贷生意的纷扰之事，这些事业上的事情仿佛与她一点关系都没有了。小露越过一条小溪水，溪水在她脚下翻腾，她回头很认真地看看身后的白花花的小溪，那就好像是她的回忆：她与许量，这不是简单的男女之情，她为他乐意牺牲啊！可是，他始终还是不愿意完全地接受！小露又去了她为许量买下的那片山林的边缘。

冬天的山林藏在厚重的云雾中，显得神秘而美丽。

她站在一块非常干净的大石头上面，向南边的成都方向眺望，不由得想起了许量，心中顿时有了尖锐的痛苦与幸福交织的感觉……

在刺骨的山风中，经年不变的寒冷中，小露这样一个年轻美貌的"农妇"，就这样成为一道岁月的风景。在不变的风景中，小露终于体悟到了一句话：有时候，爱情就是一种宗教，在彼此的心灵殿堂，不仅仅需要欢乐，更需要殉道。她决定不再主动地接近许量，那样会适得其反。女人，有很多时候，只能够被动地等待未来的命运安排。

元旦节期间，李锌和韦伟突然得知一个坏消息，这就是晴天霹雳，他们的事业立刻进入了一片无边无际黑暗之中。事情的起因是成都四海远大贸易公司的老板柳和平被抓了！

消息是韦伟的一个朋友透露给他的，抓人的是外地某地区某县的警察。

李锌和韦伟听到这样一个消息后，立刻用最快的速度相约在一起，几乎是用疯狂的车速，赶到了成都四海远大贸易公司的仓库，一路上，李锌和韦伟都在相互安慰："老柳应该不是骗子！万一这是一个误会呢？"但是，他们在仓库外面，那种冷冰冰的环境中，没有能够得到任何幸运的结果，相反他们的封条之外，是某地区某县的警察局的封条。他们没有办法知道里面的抵押物还在不在，问周围的工人们也是一问三不知，原来那个帮助柳和平守仓库的中年人已经不见了踪影。

韦伟在封条上盖的是崔乐乐的房地产公司的公章，但是，正是他的小聪明暴露了他们：他在给柳和平的仓库上贴封条的时候，在上面写了一个联系人和电话，这个联系人就是他自己。虽然，警察现在还没有上门找自己，但那是早晚的事情了。

韦伟呆呆地坐在李锌的副驾驶位子上，在回城的时候，李锌把车开得很慢很慢。他们都不想说话，因为事情已经不是用语言就可以解决的了。

他们被一张阴谋的大网给笼罩了。

今天是2008年的1月2号，下午3点，李锌与韦伟默默地坐在老地方"岁月茶楼"，他们把情况已经弄清了：柳和平抵押给韦伟的贵重金属居然是他诈骗来的！千算万算，就是没有能够把握住最根本的问题，柳和平其实就是把别人寄存在自己仓库的东西抵押给了韦伟！问题还不仅是经济问题，韦伟最害怕的是如果警察认为自己与这起诈骗案子有关，就太麻烦了！

李锌在不久前帮助柳和平，用他的商铺和房产作为抵押物向成都世纪洪盛担保公司做了一笔借贷业务，金额是一百五十万！现在出了问题，李锌也是心急如焚，虽然他知道他的借款最终是没有风险的，他把这笔放款业务做得非常"死"，他摆明了是要吃掉柳和平的抵押物的，但是韦伟的借贷创新业务就没有过硬的抵押物，回收借款就很困难了！

李锌只能不停地安慰韦伟，说："警察局里也许还可以找到熟人的。"他想起了他与熊小川一起做了很久的关系网络中的关键人物，四川大学著名的经济学教授吴明智。吴教授的弟子不就是在那个地区当副市长吗？李锌也不愿意打包票，但是当务之急的确是应该先把柳和平从警察局中取保出来。

李锌又问他为什么不和老赵一起商量？韦伟摇头道："老赵出差去了，而且这样的事情最好不要告诉其他任何人，我们两兄弟尽可能处理妥当就是最好的办法！"韦伟没有告诉李锌，老赵的身份是出不得面的，他还是国家公务员，上次去看柳和平的仓库的时候，他就很低调，只是因为他以前学习的是冶金专业，所以韦伟让老赵去考察了仓库里面的货物的真假和成色，事后老赵自己也借出了一点私房钱，也就是30万。对此，韦伟是打了包票的，如果这次亏了，他必须向老赵赔偿！韦伟的压力可想而知，他不能够全部对李锌讲，他是怎么样把崔乐乐"编"进局的！他付出了男人不少的自尊啊！三百万的借款中，韦伟对崔乐乐和老赵等人报的月利息是5%，实际收取的则是10%，其中的差价大部分是韦伟拿了，他只是按照成都资金借贷的行规，给了李锌少量的回报。赚钱的欢乐还没有完全褪去，大麻烦就来了！扣除了两个月的"砍头息"20%，柳和平实际上欠的借款不是三百万而是两百四十万。"绝对不能够让崔乐乐知道这些纰漏的！"韦伟告诉自己必须冷静！他知道，做资金放贷生意，绝对没有一本万利而无任何风险的可能，一定会遇到这样或者那样的大麻烦的，只是时间的早迟而已。

李锌点点头，他知道做放贷生意最重要的就是你的名声，没有谁会把自己做砸锅的业务到处传播，那样等于家丑外扬。

但是韦伟还是很害怕，他已经没有平时的从容和老练，他现在想的还不是借款的安全，而是他的人身安全了！他告诉李锌："哥们，我现在才明白，不是利润而是法律风险，才是商人最终必须防范的风险。"

李锌的心里也很不好受，对于自己用成都世纪洪盛担保公司放款给柳和平公司的一百五十万的业务，几乎是没有瑕疵的业务，公司的黄总也是完全赞成的，所以他没有太大的麻烦。只是他在韦伟主刀的这次交易中也有自己的利益，所以他李锌也难逃脱干系，他倒不是害怕什么牵连，但是，毕竟这是麻烦。李锌和韦伟反复商量，虽然，没有最好的对策，好在他们的这部分"利息"收益是用现金支付的，应该是查无实据。

在难以言状的铅云一般的压抑中，李锌提议韦伟："韦哥，天塌不下来，我们兄弟一醉解千愁吧！"韦伟点点头："还好，事态还在控制中，我们就去附近的琴台路吃皇城老妈火锅吧！"

李锌摇头道："现在已经是金融危机了，我看我们还是找一个路边的火锅店吧，味道好，价格也便宜。"

说完，他们两个人相视一笑，心情轻松了很多。

李锌把韦伟带到了双楠小区的一条小街，他知道这里有一家小店做的火锅味道很不错。他们的心情都不是很好，但男人就是这样，有时候，酒比女人更容易成为他们的精神支柱。

酒过三巡，李锌和韦伟已经有了醉意，突然听到旁边的餐桌传来几句争吵声。李锌看过去，只见一位身材瘦削的中年男人和服务员在低声争执。李锌站起来，走向卫生间，路过时，李锌听出了原委，原来是那个男人在酒足饭饱之后，说自己的钱包被小偷偷走了。李锌微笑了一下，他和那个中年男人的眼睛对望了一下，他看见了那个男人的眼光中包含着真诚的语言，他的话应该是可信的，于是李锌就对服务员说："这位先生是我朋友，请给我们拼桌。我们要一起喝酒！"中年男人感激地看着服务员把自己的桌子和李锌他们的桌子拼在了一起，然后他在李锌的邀请下，和李锌、韦伟坐在了一起。

这顿饭和这个男人却让李锌、韦伟大开了眼界，原来，这位叫龙良君的中年男人是从美国回来的"海归"人士，他工作的地方就是全世界做资本与资金的生意的人士最向往的圣地"华尔街"。

今天上午，龙良君刚从北京飞回他阔别已久的成都，他的心情是万般的感慨：如果不是这次金融危机，淹没了他所在的公司，他是没有机会也没有可能回到故乡四川成都来看看的。成都在成都人的心目中地域广阔，但是在全球视野中，却是弹丸之地。因为父母双亡直系亲属不多，龙良君早就非常干脆地宣布自己已经不再是成都人，甚至已经不再是中国人了，他已经加入了美国国籍，就是大家通常说的美籍华人。很久以前的美籍华人回家，是外宾，哪怕谋生也是爱国；现在的美籍华人回家，龙良君觉得和秋天大树掉下了一片枯叶一般寻常，所以他决定重新向成都的这些新老朋友学习。

李锌和韦伟十分坦诚地与这位朋友喝酒聊天，再很耐心地倾听龙良君讲述他离开成都在华尔街打拼的故事，他们突然觉得，华尔街可以距离自己这样近！

因为父母已经离世，作为独生子的龙良君其实已经没有直系的亲属了。所以，他回成都也是一时兴起，他在美国已经有了家庭和女儿，妻子是标准的美国白种女人。一直以来他都觉得自己的婚姻是为国争光、为成都争光了，但是因为该死的金融危机，让温顺而理智的她对龙良君在失业之后的落魄表现非常不满意！在一次带了夫妻之间辱骂性质的争吵之后，老婆外出旅游散心去了，龙良君则朝思暮想起了成都。这一次的思念是如此的强烈，他坚定地回来了，作为抛弃了成都的游子，或者更准确地说是被成都遗忘了的浪子，终于回家乡了！他住在酒店，但是他想念成都的美味，所以在春熙路上逛完了街，他让出租车司机把自己带到了这里，他想要的就是这样的苍蝇馆子，要的就是地道的成都味道。龙良君用口袋里的零花钱支付了的士费用，没有注意到不知什么时候，钱包已经被偷了，所以才有了刚才的尴尬。

虽然是刚回成都，在酒的帮助下，龙良君的成都性格很快就恢复了大半，他开始变得多话，对李锌和韦伟谈起了华尔街几乎要崩溃的内幕，李锌他们两个人觉得匪夷所思和惊心动魄，当李锌和韦伟开始把成都和华尔街已经发生和正在发生的事情开始不由自主地联系起来之后，两人不免面面相觑，然后，李锌有点像自言自语地说："难怪许老师要把自己的公司都卖掉！做生意能够这样急流勇退的人，又有几个呢？"韦伟也赞叹道："许量也是用心良苦啊！大师就是大师！"

龙良君本来已经喝多了酒，神态有点迟钝了，但当他听到有人提起"许量"两个字时，马上就清醒了不少，他把手中的酒杯重重地放下了，惊喜地问："许量？是不是那个西南财大毕业的许量？"李锌知道许量老师是西南财大毕业的，于是就点点头："是的，他也是我的恩师。"

龙良君的双眼放光了，他邀请两个年轻人和自己再饮一杯酒，然后，急切地问李锌："李先生，你能够马上和许量联系上吗？"李锌告诉他，许量老师前两天才离开成都去了澳大利亚，龙良君立刻变得很沉默了。

他是许量的大学同学，这次回中国也有找许量合作的意图，虽然他出国后与许量这些同学的联系不多，但是前几年偶尔也是有联系的，当然，那个时候是许量主动与自己联系的，因为龙良君当时正处在事业很辉煌的时候，他完全忽视了他在学校曾经叫过"许大哥"的许量。直到几个月前，他很偶然从公司的一个美女上司那里，知道了成都有一家东方富通投资管理公司，在从事中国未来最有潜力的民间金融市场探索的时候，他才有点后悔没有早一点和许量联系！

网络把世界变得很渺小了，龙良君很有点醉意地对两个年轻人说："你们知道吗？老天，我那个美女上司居然喜欢用QQ聊天！而且还是李先生你恩师的网友！"韦伟连忙问："龙先生，你的上司的网名叫什么？"

龙良君哈哈一笑："怎么？难道韦先生也想和我的美女上司聊聊天吗？她的网名叫'微笑的月亮'。不过，她可不是一般的女人，玫瑰一般的美国华裔，贵族。"

李锌觉得事情很奇妙，他自己奖励了自己一杯酒，他虽然不知道许老师与那个"微笑的月亮"是什么样的交情，月亮应该拥有什么样的微笑，她到底是什么人，但是，李锌在心中很快乐地想起了他心中的那个女人：张嘉仪。酒与色，色与情，都是天然同在，于是李锌就再让他们两个男人陪同自己喝了一杯酒。

龙良君绝对不是攀龙附凤的小人，但是，他的公司在华尔街已经烟消云散了，他也失去了收入非常丰厚的投资银行工作。现在，经济的压力已经使自己的家庭有了分裂的危机，他给自己的妻子留下的一封信中，写下的不辞而别的最大理由就是到成都来找"中国机会"。当然，他现在说的中国机会其实就是"许量机会"，现在许量去了澳洲，那么在成都的还有其他的中国机会吗？

看见龙良君痛苦的模样，李锌他们并不知道他这个美国来的成都人的心中，到底是在痛苦什么？难道许量不在成都了，成都就不再是天府之国了吗？

等到大家应该分手了，李锌突然记得，成都资本之鹰商业培训学校的李健康校长不也是许量老师的同学吗？这样的消息，让龙良君终于高兴起来。李锌还安慰他，许量老师一定会很快回成都的，这里毕竟是他的家乡，他还有资本之鹰的学校和会所在这里。

他们把华裔美国人送回了锦江宾馆。李锌答应龙良君，帮助他在成都尽快联系上他的老同学。分手的时候，李锌问了一句话："龙先生，请问，你认为什么是金融？""通俗地说，金融就是用别人的钱来办自己的事，"龙良君调侃道，"或者说金融就是用未来的钱做今天的事。"

李锌看气氛很融洽，也快言一句："是啊，金融就是合法的诈骗。就好像什么是美国？就是那个能够把纸变成钱，借天下人的钱，购买全世界的无赖国家。"

韦伟连忙低声给李锌说："不要乱说，现在龙先生已经不是成都人，而是美国人了！"两个人的话语，龙良君听得很舒服，他虽然回到成都的时间还很短，但是一顿很美味的火锅，让他很快就找到了做成都人的感觉，所以他笑道:"没有关系,我们求同存异。不论我走到哪里,我骨子里面还是成都人!"三个人哈哈大笑,满意而归。

李锌在送韦伟回家的路上,对他说:"龙先生一定有很多东西值得我们学习!我们要和他保持紧密的联系。"

又过了几天,龙良君在李锌的帮助下与李健康见面了。老同学见面分外的亲切,更让龙良君意外的是老同学李健康的事业与生活质量一点不比自己差!看来做黄皮肤白心肝的"香蕉"华裔的日子一点也没有什么可以骄傲的了。这次金融危机,给龙良君的打击之大,决不仅是事业上的,对他心灵的冲击也是剧烈的,尤其是在李健康开车陪伴老同学四处游览了成都之后,龙良君感慨万千:成都在他心目中的变化完全可以用"翻天覆地"一词来形容!龙良君主动要求在资本之鹰商业培训学校中担任客座教授,他也想静下心来思考一些问题了,这些问题包括事业和人生,当然还有他的家庭。

李佳佳是在2008年1月8号上班的,1月8号,就是"一定要发"的意思。她没有与黄义仁同居,但是也不是没有给他"甜头",她已经懂得怎么样利用"性"这样强大的武器去操纵男人,尤其是中年好色的老男人。

黄义仁用实力保持了他作为大公司老板的尊严,成都世纪洪盛担保公司在成都民间资金市场上,已经不是一般意义的小公司了,要知道,就只是一年的时间啊。李佳佳好像检阅一般地走进公司的,黄义仁让她直接做了自己的助理。这样的决定让公司总经理罗成民,主管业务的副总经理李锌,还有理财部经理高礼,财务部经理曹芳等人都觉得非常意外,除了李锌一人无所谓外,其他的人都强烈不满。

但是,老板就是老板,李佳佳很快地就体会到了做资金借贷生意老板的风光。

这种体会是由于李锌提议的紧急召开的办公会议而带来的。在会议上,李锌主动地坦白了柳和平的公司出了问题的事情,他很诚恳地接受了黄总的严厉的批评和公司总经理罗成民的再次批评,而理财部经理高礼却沉默不语,财务部经理曹芳主动为李锌,其实也是为了她自己开脱道:"做资金放贷生意怎会一点问题都不出？我们公司不应该是那种没有气量的公司。李总为公司做了那么多的贡献，难道出点小纰漏，就这样口诛笔伐吗？"

黄义仁很意外地看看他的财务部经理曹芳，马上敏感到平时她与李锌的交往是很频繁的，他又看看第一次参加会议的李佳佳，她很悠然地看着自己，于是，他对李锌下了重手："李总，这段时间你的主要工作就是把柳和平这单业务的借款收回来！其他的事情，就交给罗总处理。"李锌苦笑了一下，知道这等于下了自己的"兵权"，他点点头，很认真地盯着那个叫李佳佳的女人美女蛇一般的目光。

黄义仁暂时没有对曹芳下手，毕竟她是自己的老臣子，何况，现在还没有任何证据证明她已经与李锌勾结在一起。

会议下面的议题就是如何安排明年的资金借贷规模和重点客户的拓展问题，李锌的情绪有点低落，所以尽可能地不说话，黄义仁本来想婉转一下让李锌发言的，但是心中想到自己的女儿为了他苦不堪言的事情，就对李锌更加冷淡。

李锌没有更多地去设想自己在公司中的地位，他已经有了与熊小川合作的成都新峒投资顾问公司，至于李锌正式加盟的时候，公司的名字需不需要重新取？李锌和熊小川还在深思熟虑之中。

几天后，熊小川和李锌商量，想请他出面给新峒投资公司业务员联系到的投资者做一次私募资金的投资见面说明会。为什么说是"私募资金"，而不是"私募基金"，那是李锌的意见，他对熊总分析道："我们的借贷事业必须要从寻找资金开始，这个世界是用金钱说话的世界，金钱也是万恶之源，我们绝对不能够被魔鬼抓住心智。所以，私募资金与私募基金的一字之差，学问真的很大。私募基金是面向证券市场，而且涉及政策的问题，已经成为大众关注的对象；而私募资金是面向民间借贷的新的资金组织形式，有很多可以金融创新的地方，只要合理地规避了'非法集资'的问题，那么就是海阔天空！"

第二十九章　私募资金

"21世纪最缺少的是什么呢？绝对不是葛优在电影《天下无贼》中所说的'人才'，而是投资机会！投资是我们仅次于吃饭的需求。对于投资而言，它不仅是个人财富增长的手段，也是财富毁灭的黑洞，因此，怎么样去发现投资的蓝海，怎么样穿越投资过程中的惊涛骇浪，达到安全的彼岸？这才是我们专业投资理财管理公司的优势所在！"李锌激情地讲演道，"民间资金借贷市场的产生与发展，为我们提供了除了证券市场、银行储蓄、外汇等手段之外的一个欣欣向荣的崭新的市场。在这里，我们新峒投资顾问公司是由成都民间资金借贷的资深人士组成的专业管理公司，我们将为各位投资者提供最优秀的服务！我们与你们一起共同创造与分享价值。"

李锌说完，对自己的语言组织能力比较满意，他故意停顿了一下，环顾了下面坐着的投资者，他们是李锌好不容易请来的客人，而不是客户。虽然从客人到客户只有一字之差。

"什么是民间借贷？"李锌有点像是在自问自答地宣传道，"民间借贷是指公民之间、公民与法人之间、公民与其他组织之间的借贷。只要双方当事人意见表示真实即可认定有效，因借贷产生的抵押相应有效，但利率不得超过人民银行规定的相关利率。民间借贷是一种直接融资渠道，银行借贷则是一种间接融资渠道。民间借贷是民间资本的一种投资渠道，是民间金融的一种形式，有人把它妖魔化，叫'高利贷'，我们把它也可以叫作债权投资。"

李锌看见大家都还是沉默不语，眼光形形色色：有的尖刻，有的思考，有的高深莫测。他只能够继续演讲："其实，民间借贷或者说放贷也是有法可依的，不完全是无法无天的事情。比如，根据《合同法》第二百一十一条规定：自然人之间的借款合同约定支付利息的，借款的利率不得违反国家有关限制借款利率的规定。同时根据最高人民法院《关于人民法院审理借贷案件的若干意见》的有关规定：民间借贷的利率可以适当高于银行的利率，但最高不得超过银行同类贷款利率的四倍。"

李锌的面前还是死寂，他的口舌一点一点地被焦虑烤干了，他心中知道做私募资金的难度，有点像"越狱"，就是你必须战胜自己，才有资格去挑战别人的感受，又如同穿越深谷，只有越出"心"狱，才能够走出生天。"狭义的民间借贷是指公民之间依照约定进行货币或其他有价证券借贷的一种民事法律行为。广义的民间借贷除上述内容外，还包括公民与法人之间以及公民与其他组织之间的货币或有价证券的借贷。现实生活中通常指的是狭义上的民间借贷。"李锌有点干巴巴地总结道。他现在是多么希望面前这十多位潜在的投资者开口说话啊，哪怕是为难甚至是刁难他，也比催眠一般的说教要好得多！

他看看面前的对民间借贷一窍不通的"学生们"，他们的知识能力与财富都被他们很巧妙地演化成了一种有钱人的尊严和拒绝。李锌正准备自我安慰自己的彻底失败的时候，奇迹出现了，那个看起来很慈祥的老妇人终于问了一句话："请问李先生，你既然是民间借贷的专家，那么你能够把什么样的民间借贷才是完全合法的告诉大家吗？"说完此话，老人家又是微笑了一下，这个微笑让李锌感觉到了她完全是在帮助他，而不是需要这样的答案。

"民间借贷是否合法？一般来说，民间借贷是合法的，但必须是在法律允许的范围内，否则不受保护。"李锌内心那片阴郁的天空，被这样一个很普通的问题注入了一束灿烂无比的阳光，他很轻松地作答，"民间借贷必须严格遵守国家法律、行政法规的有关规定，遵循自愿互助、诚实信用原则。出借人的资金必须是属于其合法收入的自有资金，禁止吸收他人资金转手放贷。民间借贷利率由借贷双方协商确定，但双方协商的利率不得超过国家规定，只要双方当事人意思表示真实即可认定有效。"

老妇人开口之后，大家好像从冬眠之中突然被春雷惊醒了，他们的表情和语言都开始活跃起来。李锌知道老妇人一定是他们这些投资者中的"意见领袖"，所以，他把希望的目光完全"投资"到了她的身上。老妇人当然知道这个小伙子仍然处于困境之中，于是她又非常友好的用"为难"李锌的方式解放他，她故意摇头道："李先生，你说的这些还不具体。我再为难你一下吧！我们听说民间借贷中经常遇到的问题是'借款容易，还债难'，请问如果我们的资金借贷出去了收不回来的时候，又怎么办？会不会让我们也走上'高利贷'的道路？暴力与暴利都不是我们的目标。"

李锌呵呵一笑，松弛了一下绷紧的神经，他认真地回答："这位投资者说得很对！我们公司是正规的公司，不是'放水钱'的高利贷者。要回答遇到坏账或者死账问题我们会怎么办？就一定要再次分析民间借贷市场的状况是什么样？应对货币政策从紧的环境，银行出于商业盈利方面的考虑，更加倾向于信用资质良好的大企业。于是，更多的民营企业转向民间借贷市场，融资利率越来越高，大多数企业都已不堪重负。我们必须承认，民间融资既能帮企业挺过资金短缺时期，也容易让企业饮鸩止渴，最终被密布交织在企业头上的那张民间高利借贷网络所包裹而窒息。所以，我们选择的企业应该是基本健康的企业，我们的利息一定是在法律与企业都能够承认和容忍的范围，我们的借贷的形式合法，在这样的一些前提条件下，我处理纠纷的方式很灵活：包括协商、调解、仲裁和诉讼等种类。这里特别需要推介的是第四种方式：诉讼，它特指法定的一种简易程序，就是督促程序。1991年修改的民事诉讼法增设了该程序。依照法律规定，对于事实比较清楚，数额不大的债权债务关系，债权人可以向法院申请支付令，直接要求债务人偿还债务。而在规定的时间内，债务人如无异议，支付令则发生法律效力。债务人如若不履行还款义务，法院可以强制执行。那种依靠社会灰色势力去收债务的方式，我们禁止使用。所以，我们的工作其实就是三个方面，一是花大力气，利用我们公司的专业筛选合格的客户；二是做好抵押或者担保的所有手续和合同；三是敢于和善于利用法律。"

"敢于和善于利用法律?"另外的一个中年投资者语气很犀利地反驳道,"敢于利用法律的人士,不是权贵就是社会成功人士,我们只不过是最普通的投资者;善于利用法律?那是律师与法官们之间的游戏,更重要的难道李先生不知道,我们的法律是有很长的时间成本吗?如果我们的资金一旦没有了流动性,被企业完全拖垮也不是没有可能啊!你能够保证我们的资金的绝对安全吗?"李锌已经很多次回答这些问题,所以回答得很流畅:"抱歉,这位先生,我们不是利用国家信用经营的银行,而是做民间借贷的生意人,我们只能够在完全可控制企业借贷资金风险的前提下,进行企业的债权投资。既然是投资行为,那么任何成熟的投资者都不会要求自己的投资没有任何风险,换句话说,没有风险意识和风险控制方法与手段,那是没有资格参与民间借贷这样的新兴的市场机会的。"中年男人有点被刺激了,他觉得李锌的话挑不出什么明显的刺,但是很不愉快,他想发火,但是他是这里的小投资者,资本市场中钱多压死人啊,他看看那位老太太,终于没有说出话来。李锌觉得自己的分寸还是掌握得很好。

老太太很显然是在引导李锌,她又语气平淡地问:"那么,李先生,假设我个人的资金愿意与你们合作,那么我们怎么合作你说的资金借贷生意呢?"李锌觉得幸福来得简直是太突然了,他原来只是来做一点"启蒙"教育的,完全没有想到自己这样蹩脚的讲演,居然还有可能成功私募到资金呢!他赶紧回答道:"这位女士,我们的公司不是要吸收你们的资金到我们的账上,我刚才已经介绍了,我们只是投资管理公司我们绝对不会去做非法集资的事情!我们的合作方式是:你们的资金完全由你们自己掌握,我们是负责帮助你们选择完全合格的放款客户,解决资金借贷所有的过程中遇到的问题,代替投资者把借贷形成的债权完整无缺地实现本息的投资与回收。当然,我们也要获得我们相应的价值体现:你们向我们支付合理的投资管理顾问费用。"

老太太哈哈一笑,她好像是在对大家说:"真的是长江后浪推前浪啊,我们这些人老朽不堪了!是到了应该找一些专业的投资管理机构为我们服务的时候了。这样,李先生,我老太太就第一个来报名吧!我先拿出两百万资金,你来实践一下，三个月或者半年吧，你给我们做一个样本出来看看？"说完，她的目光中，让李锌多少都看出了一点年轻人才有的狡黠。李锌没有时间多想，他压抑不住内心的欣喜，立刻应承道："谢谢！下来我们就马上签订合同。"然后，李锌又用目光去企盼其他的投资者表态。老太太看不惯李锌的急切，内心道：这个小伙子的能力与见识都很不错，但他难道不知道做资金的高人，都应该向漂亮的女人学习，男人越追求，就越要假装逃之夭夭，这样自己的价值才能够最大化。作为和男人追逐女人一样患得患失心态的投资者才会真的与自己合作啊！她表面上点点头，心中却不愉快，就对其他的投资者说："各位投资者，我先走出这一步，你们其他的人等我与小李的公司合作的结果。如果皆大欢喜，那么你们再介入。"李锌很敏锐，立刻收了盼望之意，他知道自己又犯了商场中欲速则不达的毛病，应该欲擒故纵才对。于是，他接过了老太太的话题，有点兴奋，昂然道："我接受这位女士的考验，我们的合作一定能够经得起大家的检验！"李锌知道自己就是一个有时喜欢挑战，有时又害怕挑战的年轻人。

私募资金说明会终于结束了，投资者们三三两两地低声议论着离去。有人离开前，还专门向李锌索取了公司的宣传小册子。李锌觉得自己的身心都非常疲惫，与金钱打交道的工作太劳心劳力，但是，他对老太太帮助自己解围的确很感动，所以他提起精神去感谢老太太。老太太没有和李锌客气，她很认真地说："小伙子，你需要感谢的不是我，而是另外有人想要帮助你！是谁？我现在不能够告诉你，以后你自然就知道了。我说了给你做私募的资金就一定会给，我有你的名片，我会安排人与你联系，并办理委托合同的。"说完，她顶着满头银丝很有风度地离去了，把到底是谁帮助了自己的疑问抛给了李锌。"出门有贵人？"李锌自言自语地说，"难怪，这些天刘洋劝我做事不要太急躁，自然有贵人相助。"

又过了几天，在异常的平静中，韦伟终于等到了某地区某县的警察们来成都的调查。

当时，韦伟正在公司的会议室里接待前来借款的客户。钱大富和许小露都不在公司，他们去资本之鹰商务会所和重要的客户谈判去了，因此，韦伟觉得不是太出丑。他在自己的办公室接待了对自己还算是客气的警察同志，他没有任何机会给李锌打电话通风报信，只能独自一人面对警察的询问。他的压力从心中弥漫到了大脑，觉得有点眩晕的感觉：看来，做钱生意，也不是有的同行说的"这是世界上最棒的事业"啊！

正如美女与老板同在，机遇与风险同在，我韦伟现在却要和柳和平同在了！

不过，警察的态度还算和蔼，他们来了两个人：一位叫梁奇，是四十来岁有点黑胖的警官，不怒而威的样子；另外的一位是二十多岁的年轻女警官，姓冉，好像叫冉燕，她的娇小玲珑的身躯在警服的陪衬下，显得很有神采。可惜韦伟现在一点心情都没有，女警察的漂亮不仅与自己无关，而且她的目光也让他很不自在，他有一种罪犯的感觉。

梁警官对韦伟讲述了柳和平的案情：原来，柳和平抵押给韦伟的仓库中的贵重金属其实根本不是他公司的，而是利用支付了少量定金的方式，把这些货物从某地区某县的明星金属贸易有限公司诈骗而来的。当然，柳和平在诈骗的过程中，用了很多伎俩和烟幕来掩饰，但是纸包不住火的道理是亘古不变的。他感到事情快东窗事发的时候，他向李锌和韦伟抵押借款，而且在借款成功后，把这些贵重金属用跳楼的价格处理了。

韦伟听了欲哭无泪，他没有胆量把警察的封条揭开，去看清仓库里面的实情。当然，现在他对柳和平的卑鄙多少已经有了心理准备！

在他百感交集中，韦伟向警察陈述了他所知道的情况。最后，警察得到了他们所要的资料，而韦伟也放下心来，警察也是讲道理的！他向警察们述说道："我们也是受害者！柳和平骗了我们的钱。"梁警官点点头，让冉警官把这些情况全部都记录下来。这时候，韦伟觉得不应该说得太多了，高利贷的事情，谁也不能够说得太明白。但是，梁警官问完了，冉警官又在问，韦伟开始有点紧张了，他尽可能不让警官们看出他内心的压力，他只能够轻描淡写地说，他与柳和平只是朋友，他们的借款也仅仅是朋友之间的事情。梁警官与冉警官相互对望了一眼，韦伟看得出来他们是有怀疑和保留的。果然，梁警官对韦伟说："韦先生，你和柳和平之间的事情，你们自己才最清楚。现在我们还没有调查到这里，希望你在以后的调查中继续配合我们警方打击罪犯！"

不过，让警察和韦伟百思不得其解的是：柳和平并没有在诈骗得手之后立刻消失，而是真的把钱用在了他那个玫瑰香精项目上！而且，他对这个项目的每笔投资的账目记录都非常翔实，好像是早有准备给别人检查似的。柳和平在监狱中的情绪也是非常稳定，他什么都不愿意多说，只是说自己不是故意诈骗，而是与明星金属贸易有限公司的确有经济纠纷。

梁警官与冉警官又继续了解了一些其他内容，然后，他们告辞了。韦伟瘫软在自己的真皮沙发上，觉得很茫然。他没有马上给李锌打电话，因为李锌再聪明也没有办法马上帮到自己。祸事已出，只能够依靠自己的智慧加运气来战胜这一切了。

柳和平待在拘留所里面，心情很平静，他已经习惯了这里的环境与味道。他没有什么别的要求，只是很冷静地反复推敲自己设计的"局"的完整性和精密性。他年过半百，公司经营的成果，在金融危机的影响下，加上受自己的知识与文化的局限，终于让公司在变化诡异的市场中倾覆了。但是，他有家庭，老婆、儿子和孙子！为了他们必须再拼搏一次！他很看好玫瑰香精项目，所以把自己的房产和商铺等家产抵押给了李锌他们。但是项目需要的资金还有缺口，因此他不得不再向李锌和韦伟继续借"高利贷"。没有抵押物了，柳和平只好利用明星金属贸易有限公司做了一个很深的"局"，这是一般人不能够猜透的阴谋。

明星金属贸易有限公司的老板，也是做铜矿生意的老板，他的名字叫魏勇。依据魏勇的报案，警方调查柳和平诈骗一事的工作进行得很顺利。

时间过得很快，转眼就是2008年的1月11日了。今天是星期五。

柳和平是元旦前一天，也就是2007年的最后一天，被警察抓获的，罪名是涉嫌经济诈骗。当然，由于现有证据不足，当事人公司的老板魏勇的态度就显得非常重要了，但是他与柳和平是朋友，又是多年的合作伙伴，所以，还没有等到李锌他们动用老教授吴明智的副市长弟子的关系,柳和平已经很安全地出了警察局。在回成都的路上,柳和平给魏勇打了一个电话:"魏总,谢谢你的支持与配合。"

为什么柳和平不仅不对把他告发进警察局的魏勇怀恨在心,而是说"谢谢你的支持与配合"?这里面的秘密只有柳和平和魏勇才知道。对付"高利贷"者,柳和平给魏勇说:"监狱是最好的避风港。"所以,他策划了让魏勇能够控制和影响的某地区某县的警察局来办理他的举报,这次魏勇告发柳和平的事情分寸把握得非常好。现在柳和平已经进可以攻,退可以守了,他这次回成都就是要与李锌和韦伟谈判的!要么降低利息,要么他就再次进警察局躲债,这次他不是真的进去了吗?何况案子不到最后,谜底是绝对不会让除了魏勇之外的第三个人知道的!

回到了成都,柳和平立刻就给李锌与韦伟打了电话,他们约定还是在他们都喜欢去的"岁月茶楼"说事。

李锌与韦伟先到了,他们要了一个包间,就是进入茶楼右边的第一个包间。他们需要先商量一下,到底应该怎么样去对付柳和平,"度"的把握交给李锌。

柳和平快到"岁月茶楼"的时候,已经把所有的"剧本"和"台词"设计得很好了,现在他最需要的就是演戏一般,把古代的"苦肉计"演绎得淋漓尽致。

商战其实就是你多我少、你争我斗的"心战"。

李锌对韦伟说:"韦哥,这个柳总真是福大命大,他是老鬼级别的老板。我们这些做晚辈,毕竟缺少这样的磨砺,还得多加小心!我们千万不要对他掉以轻心。"

"他妈的!"韦伟很粗暴地说,"李锌,如果有必要的话,老子去找道上的人把这个老狐狸控制住,他不还钱,就让他走不了路。"

李锌很好奇地问:"难道韦哥真的认识黑道中人?"

韦伟沉默了,想了一下,他反问李锌道:"都说欠债还钱,天经地义,可是，对于我们这样的灰色民间资金借贷，客户借钱不还之后，我们能够怎么样呢？去起诉？打官司吗？不要说那些灰色的利息，就单说我们的证据都成问题！他妈的，我们都是给的现金啊。"

李锌摇头道："韦哥，许量不是还有另外的一句话吗？事出有因，情有可原！有事好商量。"他停顿了一下，喝了一口茶，想说什么话，但是这时包间的门被敲响了。韦伟赶忙低声快速地给李锌强调了一句："兄弟，这场戏，你做好人，我做坏人。一会开场，你全部听我的哈！无论发生什么事情，都听我的！"李锌看到韦伟脸上的青筋暴跳，知道他已经非常急躁了，只好点点头。

门开了，柳和平走了进来。

李锌打的是"和"牌，他不断地在韦伟与柳和平之间调解。柳和平用了一脸的哭相来对付他们，他不停地说"抱歉"和解释，搞得李锌和韦伟很烦恼，好不容易，李锌和韦伟才平息下来。

时间过得很快，两个小时之后，大家彼此都知道了对方的立场和想法，局面很难堪。

柳和平知道面前的两个年轻人需要的是本息的完整和按时回收；韦伟和李锌则知道了柳和平有耍无赖的想法。柳和平只是苦涩地强调他的处境非常糟糕，随时都有进监狱的可能！对韦伟提出的必须首先解决好抵押物的问题，柳和平用很长时间的沉默来应对。

谈到中途的时候，韦伟出来悄悄打了一个电话。那是他给一名叫易虎的黑道老大打的，他需要他们的支持。当柳和平和李锌再次听到敲门声的时候，他们正在谈论关于"高利贷"道与义的问题。李锌说："我们借贷给你柳总的资金必须完整归还本息。"

走进来的易虎比以前更胖了一点，可能是因为冬天他吃得多一些，活动少一些的关系。

他接到韦伟的电话，就带了两个兄弟来到"岁月茶楼"。他把两个兄弟留在包间外面。

柳和平的思想压力越来越大，那个叫易虎的老总拿出来的名片是成都金都诚信商务咨询公司的。他一直在微笑，但是李锌第一眼就已经认出了这个易虎就是那个假装警察的中年男人！这个胆大妄为的家伙，韦伟居然和这样的垃圾混在一起，李锌不知道易虎是否认出自己，反正他知道易虎这个人，对自己心爱的张嘉仪一直都在骚扰，现在虽然突然停止了，但还是觉得很别扭。

易虎最初没有认出李锌，因为他的身份现在不是李保安而是李总了；韦伟也完全不知道李锌与易虎之间的纠葛。

等到易虎终于认出李锌是老熟人的时候，他尽可能友好地点点头，他知道韦伟和李锌现在是他收账公司的客户，而客户是上帝，不是原来那个随便可以戏弄的保安了。李锌对张嘉仪的追求，李锌是许量的学生，这些关系都是以后需要处理的事情，易虎现在努力把精力集中在客户韦伟和那个叫柳和平的老总的身上。他们的交谈在继续，易虎也听出了大概，他现在非常关心事情是谁对谁错，"收账"已经成为一门生意，那么，我易虎就应该变得很专业。

易虎不想打草惊蛇，他和韦伟有深意地对望了一眼，然后先行告辞了。他出了茶楼，带领他的兄弟上了外面的越野车，他们在等待时机。车的旁边，就是成都的母亲河锦江河。易虎穿越路灯橘红色的光芒，想着自己的心事。

几个月前，易虎自从与许量在宜宾市兴文县的"僰人故里"发生冲突，他忍气吞声地成全了许量与那个张大美人的爱情之后，就一直在思考自己的下半生到底应该怎么过？女儿易小涵对父亲的爱，也让易虎少了很多的暴戾之气，他年纪大些了，所以决定对江湖中的恩怨情仇慢慢收手了，他现在需要的是退休金。

当然，现在他的向善之心还是隐蔽的，是春天树上的一点绿芽，他没有让任何人看出来，包括他的手下和亲信"猴子""粉哥"，也不敢让他们看出来，在他们眼里，善良就是软弱的代名词。两名手下就站在易虎的车外面，他们还年轻，易虎在车里把车发动了，人到中年了，身体的热情已经消退了很多，所以，他需要车的空调给他热量。他想到了自己这些年的生活，离婚后其实一塌糊涂，因为偏执才逐步走上了江湖之路，嘿嘿，易虎觉得很奇怪，自己今天到底是怎么了？为什么这样的软弱可笑？难道是女儿告诉自己，前妻得了子宫癌的坏消息让自己软弱了吗？都说是一日夫妻百日恩，可是，易虎一想到自己的前妻，心中就像有刀子在切割他的神经，痛苦难当！是的，易虎很悔恨，在心中对自己说：我是犯了错误，但是我易虎，以前可是警察啊，还是一名能干的刑警。几年前，只是因为生活不检点，与女事主有瓜葛，后来，又被逼婚不成的女人举报，涉嫌强奸而被迫离开警局。但是自己为什么会与别的女人有这样那样的纠葛，最初不就是因为自己老婆的性冷淡吗？还好，失去了工作的易虎，虽没有别的生活来源，却凭着拳脚和凶悍，很快在成都道上闯出了"虎哥"的威名。易虎恨的人很多，但是最恨的还是他的前妻，自从有了女儿以后，她就基本上没有让自己痛快地做一回男人！但是，最近女儿告诉他的事实，却让他一下子明白了：前妻正是因为生女儿才染上了厌恶性事的毛病。

他妈的，易虎对四周空荡荡的空间大骂一声，人生真的很捉弄人！

两个手下立刻跑了过来，见老大一脸的不耐烦，还对他们摆摆手，就马上离开了，他们今天需要跟踪那个欠债的老板。

他选择了收账这个行当，但是对许量的那次收账，让易虎看到了希望也意识到了危机：收账是智慧之事，他从此对所有委托收账的客户都有了一个新的要求，那就是必须让他听到双方的谈判，他从中判断事情的真相和是非，再决定是否接活。这次的事情，是那个柳总应该"借钱还钱"。

又过了很久，李锌与韦伟谈判得很累，他们都有点坐不住了：不论他们怎么说，柳和平只是说自己没有办法承担这样的"高利贷"了。韦伟就耐住性子问："那么，请教柳总，你觉得我们的问题应该怎么办呢？"

柳和平没有回答，只是低头喝茶。他的心中早就有了答案，但是他现在还不会揭示谜底。

柳和平本来想说请再借些款周转，但是他看见了两个年轻人愤恨的眼光，再想到刚才那个来得蹊跷去得突然的易总，他也是老江湖了，还好，他早就做了最坏的准备。

等到柳和平与两个年轻人不欢而散，他离开"岁月茶楼"之前，去了趟卫生间，他发了一条短信息，然后把信息立刻删除了。柳和平回家的路上，发现后面已经有人跟踪了，但是他知道他们现在还不会对自己怎么样，所以这晚睡得比拘留所更加踏实。

李锌和韦伟一起离开了茶楼，他们心情都很不好，就没有多说话，大家各怀心事回了家。

李锌躺在床上的时候，又想起了易虎那个所谓的黑道中人，心中有气，就再也睡不着了。他翻身起来去了书房，烦恼时就去上网，这已经是李锌多年的习惯。他现在已经没有和黄鹂聊天了，他看到顾艺在网络上，就和她简单地聊了几句。顾艺告诉他，她正在写点东西，一会儿再聊。李锌无聊中，很好奇地去找寻"微笑的月亮"，不过用这样名字的人居然有一百多个，他微笑一下，决定把这样的事情告诉远在澳大利亚的许量老师。看着许量的QQ头像始终是隐身的，和他说话也没有反应，他只好给许量留言。

顾艺终于忙完了，李锌已经有了很浓烈的睡意，他出于对异性铁哥们顾艺的尊重，没有马上离开。等她唠叨她已经和男朋友江泉开了一家文化传播公司，李锌的精神才振奋了一点，他得知顾艺他们是悄悄开办的公司，很小的那种皮包公司，所以没告诉朋友们。顾艺最想知道的是李锌与张嘉仪之间的爱情故事，李锌心中有点烦，就敷衍了两句，匆忙下线了。

这一夜，李锌做了两件事情：一是失眠了，他把脑海中那些虚无缥缈的绵羊，断断续续地数到了一千多只，还是没有能够催眠自己；二是快到天亮的时候，他做噩梦了，梦中他的张嘉仪和一个不是他也不是许量的男人结婚了，惊醒之后，他起了床，去卫生间洗了一个冷水脸，回到客厅把中华香烟点燃一支，在烟雾升腾扭曲成千奇百怪的形状的时候，他决定向许量学习，爱江山更爱美人，必须马上抓紧许量不在成都的时间，努力去追求张嘉仪，不露痕迹地、不断地向她心灵靠拢，当然，向柳和平追款的事情也是一个很重要的大事。

第三十章 资金被套

第二天，上午8点刚过，李锌精神焕发地出现在成都世纪洪盛担保公司，他不断很友好地与相遇的员工问好。

李锌现在的工作就是专门收回柳和平的这笔借款，这是公司老板黄总在开会的时候宣布的。其实，黄义仁做出了这样冲动的决定也是有点后悔，本来他希望李锌向自己承认错误，至少是失误。但是，李锌很让他失望，李锌从表面上看起来，居然是若无其事的，好像是乐得清闲一般。黄义仁对李锌的意见，很快就被精力旺盛的小情人李佳佳消耗了，无论白天还是晚上，无论床上还是床下，黄义仁已经从开始的猛龙，逐步变成了笨重的大象。年轻就是不一样啊，黄义仁只好用越来越多的生意场上的事情来转移李佳佳的注意力，其实，这正好中了李佳佳的计谋。

李佳佳在心中暗自好笑，艺术学校毕业的佳佳，从小就有表演天赋，而且好歹还去重庆的演艺圈里混了一年，对付黄义仁这样的老狐狸是绰绰有余的。

现在，李佳佳已经开始有接替李锌的意图了，因为她的身份特殊，公司的员工，甚至包括老总罗成民等人都对她毕恭毕敬的，只有财务部的经理曹芳对李佳佳不以为然，她为李锌打抱不平，为自己和李锌合作过的事情担忧。最后，她判断黄老板还是不敢对自己下手的，因为自己知道公司太多肮脏事情了。曹芳坐在财务部自己的办公室里，正在设想自己的未来。李锌走了进来，曹芳知道李锌有话要说，于是，就主动迎了上去。她看看四周的员工，觉得不稳妥，公司现在发展壮大了，她也不知道哪些人是老板安排的"特殊"员工了。

二十分钟过后，李锌与曹芳坐在了成都南门航空路的"巴哈咖啡馆"。李锌为什么要约曹芳到这里来呢？除了柳和平的事情需要与曹芳沟通外，原因只有一个，他今天厚着脸皮向卓小兰打听到了张嘉仪约了客户也到这家咖啡馆谈事。

李锌找了一个好位子，是靠窗正对大门的。李锌需要张嘉仪先看到自己，然后，再找机会和她套近乎。

果然，不到一会儿，张嘉仪和卓小兰一起来了，她们进门的时候，张嘉仪果然看到了李锌。

张嘉仪看见他的时候，李锌假装不经意地回过了头，两个人的目光一相遇，李锌的热情就立刻被张嘉仪的美貌点燃了。他连忙站了起来，马上又觉得自己的动作太明显了，就下意识地缩了一下身子，有点不好意思地和曹芳说声："抱歉，我遇到熟人了。"

"这哪里是遇到熟人了？分明是遇到情人了嘛！"曹芳年轻的时候也没有少经历感情复杂的风风雨雨，她也不想去揭穿李锌的心眼，只是笑眯眯地看着李锌的表演。

张嘉仪主动走了过来，和李锌打了一个招呼，然后离开了。卓小兰心情很复杂地跟随她的老板离开了，她们去了更里面的位子，客户在那里。李锌坐下来，继续和曹芳谈事情，不过有点心不在焉了，因为卓小兰的眼神有点锋利，李锌毕竟是把自己的第一次给了她，没有她的性爱启蒙，也许李锌现在还只是大龄的"男孩子"，而不是男人。

关于怎么样对付黄老板的口径统一之后，李锌又说出了他的完整的解决方案。这些都让曹芳很放心，于是作为一直很关心李锌的老大姐，曹芳主动问起了刚才的那个"熟人"的故事。李锌还是有撒谎心理障碍的年轻男人，尤其是在曹芳这样的老大姐面前，他有点进退维谷了，说不说？说多少才好？这些都是问题。

曹芳看得出李锌的心思，她很想告诉小伙子，每个中年女人都是一本很厚的人生名著，你的那位美人，从女人的角度来看，也是很美丽的女人，但是，那不可能是你小李的理想对象。曹芳看李锌满心欢喜的模样，就很识趣地先告辞了。

嘉仪的事情谈得很快，事情顺利结束之后，她让卓小兰先离开了。她感觉有点累，就准备在这里休闲一下。等李锌和张嘉仪都是一个人的时候，他们就很自然地坐在了一起。李锌喜欢"巴哈咖啡"里面的情调，这里很适合他与嘉仪现在的情谊，比友谊多一点点的那种情分。嘉仪感觉李锌又成熟了几分，就更加友好地和李锌交谈。

嘉仪的寂寞是很少有人知道的，几乎所有的男人，都会被她的美貌与智慧所迷惑，都会不由自主地"敬而远之"。除了许量，李锌对她的不弃不舍不管是什么样的感情，倒是让张嘉仪越来越觉得珍贵。今天，她没有走，也有一点想和李锌这样的小弟弟聊聊天的想法，更重要的是，她也很想知道许量的一些消息，嘉仪对待许量四周的人，都分外地尊重，也许就是爱屋及乌吧。不过，李锌不知道嘉仪的想法只是把他当成爱屋及乌中的"乌"，他为能够再次和她"第N次亲密接触"，感到幸福而兴奋。

韦伟约见李锌的时候，可以明显地感觉到他心情不错，他有些不高兴了！现在是什么时候，难道你李锌就能够完全置身事外吗？他现在是约了自己所在的东方富源投资管理公司的财务部经理刘洋一起来找李锌的。李锌没有听清楚，韦伟还要带他取的外号叫"洋洋得意"的温州女人刘洋来"巴哈咖啡馆"找自己商量对策。柳和平这单风险业务，怎么样了结的事宜，他们都需要得到刘洋的支持，一是因为她在韦伟所在公司的重要地位，可以帮助韦伟在钱大富的面前脱离"苦海"，至少能够帮助他挡一些风、避一些雨；二是崔乐乐的工作也需要她帮助解释和支持。

但是，当韦伟和刘洋结伴来到李锌的座位面前的时候，他们俩都很失望。

刘洋本来一直很喜欢李锌，今天，她答应韦伟来和李锌商量对策，也是希望能够再次与李锌见面交流，没有想到李锌的身边居然有一位绝色佳人。李锌看见刘洋的时候，有些意外，脸有点红了，觉得"巴哈咖啡馆"里面的空调温度开得高了点，他站起来，有点尴尬地给大家做了简单的介绍，然后，对刘洋和韦伟说："请坐。"

刘洋意味深长地看了张嘉仪一眼，微笑着对李锌说："我和韦总就不打搅你和张总谈事了。"说完就扭身而去，她走到很远的位子坐下，心想：现在的男人怎么都是这样呢？美貌女人就是男人的一切吗？这个世界美女蛇多着呢！

韦伟有点尴尬地陪着刘洋，他本来想利用刘洋对李锌的好感，也就是"美男计"来对待刘洋的，但是既然李锌有美女老板在，看来要刘洋去做崔乐乐工作的难度越来越大了。"唉！"刘洋和韦伟几乎是同时叹了一口气。刘洋忍不住笑了一下，韦伟就借势下了台阶，他们开始聊天，等待李锌的到来。

此刻，李锌想到能跟梦中情人坐在一起聊天，内心十分激动，哪里还记得什么柳和平的业务的风险和朋友在等他处理问题呢？他把这些事暂时都抛在了脑后，张嘉仪阅人无数，她很清楚地知道李锌对自己的爱慕，她已经问完了李锌所知道的许量的一些情况，她对许量的同学龙良君的事情问得很仔细。她对许量和李锌他们从事的民间金融的事业越来越感兴趣了，因为进入2008年，她与许量相约在2008年5月的相聚的日子已经越来越近了，她需要了解许量的一切。

看李锌还在滔滔不绝地和自己说话，从生活到工作，从现在到未来，内容丰富多彩，嘉仪开始觉得没有多大意思了，但是出于礼貌，她尽量保持着蒙娜丽莎般的微笑，很耐心地听他讲话。好不容易等到了表妹王可心的电话，嘉仪立刻抓住时机，对李锌说："我表妹可心有点事情找我，我先走一步了。"李锌也觉得自己今天话是多了点，就是通常人们所说的"情不自禁"，于是，他有点残余的害羞挂在脸上，最后说道："张总，希望以后有空的时候，我们还能够多坐一坐？"嘉仪站起来向外面走的时候，随口答应道："当然可以，有时间约吧！"

李锌把嘉仪一直送到大门口，他能够感觉到四周男女形形色色的眼光在对自己进行扫描，美女和帅哥，在哪里都是一道风景。嘉仪觉得许量的这个学生还真是引人注目，今天他谈资金借贷生意头头是道，而且李锌还透露了"工"字不出头的想法，他已经在做当老板的准备了，以前的保安在下海一年之后，居然自己要当老板了，真是非常有趣，张嘉仪自言自语道："拭目以待。"

许小露不知道公司同事刘洋一直很讨厌她，这是从小露来公司的当天就开始的！她也不会想到，虽然她暗中帮助了韦伟不少，但是韦伟也很不喜欢她，他们都认为是许小露的美色迷惑了钱大富，钱老板以前对刘洋的依赖，在许小露来之后，已经荡然无存了；韦伟副总的权威也被许助理分享了很多很多，说好听点，是钱总重视公司的人才与新秀，说难听一点，是钱总以权谋色，许小露以色谋权。所以，刘洋提议要与韦伟联手，先铲除许小露，再帮助韦伟在东方富源公司再次站稳脚跟！因为对许小露，韦伟从来没有什么好感，所以就顺水推舟地答应了。韦伟担心的是，钱大富知道自己在外面做私活的话，会报复自己，他已经有了自立门户的准备。

李锌走过来的时候，他的朋友们已经商量好了怎么样对付许小露。主意是刘洋提出来的：她建议就从许小露最引以为自豪的漂亮容貌开始打击她，理由是打击女人的最佳办法就是毁掉她赖以骄傲的资本，武器嘛，就是自古以来，百试不爽的办法："制造谣言"。韦伟看了看刘洋很轻松地说出她内心的计划，心中有点战栗的感觉，也许世界上最毒的还真是妇人心。

看见李锌终于来到他们的身边，韦伟故意很轻松地调侃了几句。李锌也顺势而为，应答几句，想缓和一下气氛。刘洋假装没有看见，也没有听见。她现在关心的是，怎么样利用韦伟和李锌需要自己帮助解决问题的机遇，达到自己的一些目的。他们三个人开始研究阴谋与诡计，不过，这次需要对付的人是柳和平，还有崔乐乐。他们的区别是：柳和平是"敌我矛盾"，崔乐乐则是"人民内部矛盾"。

崔乐乐最终同意做柳和平这笔业务，完全是因为对韦伟的认同。她虽然还没有正式接父亲的班，但是，公司的财务经理是很"懂事"之人，在崔乐乐出具了相应的手续之后，他暗中操作从公司财务部支出了这笔借款。现在柳和平这笔业务，已经处于高风险的现状，她一点都不知道。崔乐乐现在就准备从公司下班了，这些日子，她大部分时候都能够谨小慎微，很有耐心地等待积劳成疾的父亲完全的退位。父亲现在到公司来办公的时间，已经越来越少了，崔乐乐开始进入了父亲向自己交权的最紧要的关头。

刘洋给崔乐乐打电话之前，在心中盘算了一下，按照她的计划，崔乐乐现在还不能够知道事情的真相。他们只是需要和崔乐乐进一步搞好关系。于是，他们约好了先去成都南门高新区紫荆南路52号附3号的"头啖汤"饭馆去吃饭，然后，大家再去紫荆电影院去看电影大片。崔乐乐到了，大家都好像什么事情都没有发生过一样，坐上了崔乐乐的车去紫荆南路。

路上，人多车堵，李锌卖弄道："所谓头啖汤，就是第一拨儿出锅的汤。广东人喜欢喝老火靓汤，生意场上却讲究喝头啖汤。柴门头啖汤对粤式煲汤进行了深度开发，是现在流行的混搭，口味上更加适合成都人了。"

韦伟立刻乐呵呵地帮腔道："所谓川菜的'海纳百川'，在其身上体现得淋漓尽致。由于传统川菜注重味觉，而现代饮食更强调健康，两者有机结合，就使得川菜粤式化、西餐化成为必然。"两个年轻女人，没有怎么去理会这两个年轻男人，她们大声说笑，聊时下流行服饰和时尚趋势。

他们到了"头啖汤"饭馆，一楼没有位子了，他们上了二楼。

柳和平和他的一个生意伙伴也在这里吃饭，他的位置正对着楼梯。他先看见两个年轻女人上楼，随后又看见两个年轻男人的身影，很快地走近了，仔细一瞧，居然是李锌和韦伟他们！不是冤家不聚头，他知道今天的冲突是不可避免地要发生了。

他们的桌子是紧挨着的，他们的心情也都是压抑着的，自古以来，欠钱的与放债的人，最初都可能是称兄道弟的，但是，后来基本上都是仇人相见分外眼红的。

李锌用眼神不断地暗示韦伟保持冷静，毕竟现在是在众目睽睽的大庭广众下，何况柳和平的借款还没有到最后的期限，他们没有理由马上翻脸。韦伟四处看看，没有发现四周的食客中有道上的人物。不是已经让收账公司的易虎他们跟踪柳和平了吗？怎么没有看见易虎的人呢？韦伟想一会儿溜出去给易总打个电话问个究竟,前期的费用自己是预先支付了的!韦伟心中有点抓狂的感觉:易虎你们不跟踪紧一点,万一这个柳和平跑掉了,消失了,那么我韦伟想死的心都会有!现在成都那些借贷了民间资金还不上款就"搬月亮家",甚至干脆玩失踪的事还少吗?!

柳和平现在的心态也有了很大的变化,他原来向李锌借贷之后,是想尽快从银行贷款出来还李锌的高利贷的,后来,银行贷不了,他没办法,才打起了韦伟的资金的主意,他现在最恨的不是李锌,而是韦伟!他才是地地道道的高利贷!月利息一角(10%)!吃人啊,这样的债务不赖掉是天理不容!否则怎么可能还得清?

易虎在自己的前妻的病床旁,接到韦伟的电话。在医院做护士的女儿易小涵好不容易才把老爸和老妈撮合在一起。她观察到老爸和老妈足足有十分钟没有说话,他们在用一般年轻人看不懂的眼神在交流,但是,易小涵完全能够读得懂!那是从用眼神骂人开始,到理解和宽容的过程。可恶可恨的狗屁电话!易小涵想声嘶竭力地对打电话的人大吼大叫:"去你妈的!为什么要来打搅我们家人的团聚!"

易虎百感交集地看着自己最疼爱的女儿易小涵,只有她没有在自己最困难的时候抛弃老爸,他突然恶狠狠地盯了前妻一眼,他记忆深处翻腾起来很多东西,比如她知道自己犯了生活作风问题之后的恶毒咒骂,记起了自己没有脸面生活在所谓的高尚人士的圈子里的痛苦!他的沉沦不就是被这些道貌岸然的人所逼迫的吗!于是,易虎头也不回,大步走出了前妻的病房,他们失去了重新和好的最好时机,易小涵和她的妈妈都用沉默来表达对命运的顺从。

易小涵的心再次破裂,她仿佛听到了心裂的呻吟声。她泪流满面,一言不发了,妈妈却是深深地叹了一口气,她知道她的男人性格太偏激,他现在的"恶毒"之花,不都是源于自己对他长达十年的冷漠而种下的吗?世事皆有因有果,轮回是宿命。女儿离开了,她挣扎着把小涵送给自己的MP3打开,她最近迷恋上了佛教音乐《大悲咒》,那种旋律让她把脑海中响彻了十多年的无聊的麻将声抛到九霄云外,她的精神开始远离喧嚣的红尘。有时候,佛会用疾病来提醒人们加倍地珍惜亲人和生命。

韦伟在半个小时之后，见到了易虎。易虎没有直接和韦伟打照面，他走向了最角落的桌子。那里已经坐着他的两个兄弟，韦伟没有看出来，那两个哪里是黑道中人呢？完全是两个大学生模样的书生嘛。两个小伙子，一位叫史正新，另外一名叫徐成。

韦伟不知道，这两个小伙子还真是去年刚毕业的大学生，这是易虎的公司招聘来的实习生。

他们今天就是来跟踪柳和平的，而且任务完成得很不错。

易虎现在的"黑道"之路是越来越狭窄，收债公司也越来越正规，难怪韦伟以为易虎他们公司没有恪尽职守。易虎在电话中没有辩解，他很蔑视韦伟这个小伙子，加上心情又非常不好，他问明白了地方，决定不如来这"头啖汤"饭馆大吃大喝一顿。

柳和平也看见了易虎，他对李锌和韦伟的轻慢之心立刻收了起来，他已经通过江湖上的朋友打听到了易虎这只老虎的来历，也知道"虎哥"是名副其实的，他是一个心狠手辣的家伙。

除了刘洋和崔乐乐两个年轻的女人完全不知道危机已经在加速的孕育中外，其他的几个男人全部都在调动身体内的肾上腺素，他们都不知道下面将要发生什么。

第三十一章　斗智斗勇

柳和平的客人是一个中年男人，他感觉到四周的肃杀之气越来越重了，他抓住了一个来电的契机，很体面地先离开了。临走时的告别语是："柳总，不要急，您在这里慢慢吃！"

这句话足够让柳和平在心中骂了他三天三夜的老娘！

现在，柳和平孤身一个人了，他是欲罢不能了。他想到了一句话："进攻是最好的防御！"何况，这两个年轻小伙子不正好带了两个女人一起吗？难道他们会愿意在女人们面前表现出他们一点都不绅士吗？她们就是自己今天的护身符！

于是，柳和平笑眯眯地走过来，韦伟和李锌都觉得他不怀好意！能够肯定的是他别有用心，但是他的用心是什么，一时他们都觉得很茫然。

崔乐乐和刘洋都没见过柳和平，她们都看见了柳和平来到他们四个人的身边，但她根本不知道他是谁。柳和平的笑容让她们完全以为他是李锌或韦伟的朋友。但是，事情的发展很让他们意外，李锌故意没有去正眼去看这样一个假装和蔼可亲的朋友，韦伟没有办法只好挤出了一点点不太自然的笑容。

柳和平很大方地自我介绍道："两位美女好！我叫柳和平，是成都四海远大兴旺贸易有限公司的董事长。"

李锌和韦伟看见被称为"两位美女"的刘洋和崔乐乐都立刻露出了惊讶的表情，但是她们两个女人惊讶内容并不完全相同。

韦伟知道不可能让这个温州女人蒙在鼓里合作，所以向她做了简单介绍；刘洋是了解情况的，所以，她非常惊讶这个姓柳的男人是不是疯了，他居然还有脸和勇气自己送上门来，真是人才啊！她判断了一下现在的局面，决定暂时缄默，以静制动。

崔乐乐直到签订合同和划款的时候，都是韦伟在其中穿针引线，合同也是等这个叫柳和平的男人签字盖章之后，再由韦伟转交给自己签约的。听说这个叫柳和平的老总人很不错，公司的生意也做得很好，于是，崔乐乐很热情地对柳和平介绍道："您好，柳总，我是崔乐乐，就是和你签订借款合同的那个崔乐乐。来来来！大家一起坐。"

崔乐乐是用个人名义和柳和平的公司签订的合同。韦伟说这样才合法，才是民间的资金借贷行为，崔乐乐很信任他，所以一声不吭地完全照办了，她不知道韦伟一直是报喜不报忧，还以为与柳和平合作愉快。

崔乐乐的话让柳和平立刻抓住了机会，在李锌、韦伟和刘洋三个人面面相觑的表情中，柳和平很坦然地坐了下来，他已经有了几分酒意，但是头脑异常的清醒。他知道现在可以用三十六计中的"反客为主"一招，来对付他们了。

易虎完全能够看懂这边发生的一切事情，他做警察的时候，学会了看穿一切表象，去抓本质的本领。他知道柳和平的反扑其实是大好的事情，因为这样可以让韦伟知道自己收账的难度，柳和平的能量越大，那么韦伟将来支付给自己公司的报酬就会越来越多。易虎很干脆地制止了两个年轻手下的蠢蠢欲动，他低声对两个大学生说："我们现在是坐山观虎斗，不！他们算什么老虎？我们在这里看狗咬狗吧！我们坐着不动就会挣更多的钱，有什么不好呢？今天，你们两个人的任务就是陪老子喝酒！一醉方休。"

易虎已经喝了不少的酒了，旁边的两个大学生也学老大的样子，他们知道自己是在"江湖"与"商海"之间来找饭吃的，所以学习得很认真。毕竟，现在求生活很艰辛，已经成为一门必须完成的"艺术课"，而且还根本不允许你不及格或者补考。

今天的情形，目前的态势，都还是很文明的，有点像在学校上课的感受，他们之前还"学习"或者说是"模仿"了很多易虎的流氓无产者的恶习。史正新和徐成来易虎的公司之前，涉世未深，他们从网络中看到了一些关于"收账师"的资料，他们很受启发："收账师"也许还真的是未来中国最吃香的职业之一！为什么？因为中国人做生意，不守信用的事情太多，而且金融危机又在不断地为收账公司制造层出不穷的客户。这也是两个找不到合适工作的大学生的基本判断，所以，他们努力在学习维护市场经济的"信心与信用"，这才是市场经济的发动机。他们虽然能够感受到易总的江湖霸气，也知道老板的名声不是很好，但是，史正新和徐成他们还是认为：自古以来，欠债还钱就是天经地义的！收账是帮助和教育欠债不还的"老赖"，也算是一项正当的职业，他们的所作所为是完全正义的，也很有成就感。

李锌看柳和平似乎已经融合进了他们四个人的"圈子"，他心中不由得不佩服柳和平，真的是老江湖啊。现在，他和韦伟对付柳和平显得有些吃力了，因为他们在崔乐乐的面前不得不假装哑巴，没有办法现在就挑明柳和平马上就是老赖了！韦伟想起中学课本中的一句话："农夫心中如汤煮！"这里不是以"头啖汤"出名吗？干脆把自己的心也拿去煮了算了！他阴沉着脸，崔乐乐也不高兴了。

她想起她和他不明不白的情感之事：你韦伟有老婆也就算了，我崔乐乐虽然现在是快三十岁的所谓的"剩女"了，但是，我的财富足够让我"美丽"几十年！我能够与你这样的高级打工仔在一起，毕竟是你而不是我的幸运，于是，崔乐乐站了起来，她根本不去看韦伟的苦脸，笑嘻嘻地端了一杯"古越龙山"黄酒，对李锌和刘洋说："来，我祝福你们健康、快乐！"

柳和平礼貌地端起杯子说："李总，刘小姐，我老柳也来凑热闹，在新的一年里，我祝愿大家心想事成！"说完，他跟随着崔乐乐一干而尽，心想：李锌是够朋友的，月利息5分（月利息5%），还算是公道的价格，更何况自己的家产都在李锌公司的完全掌握之中，那可是办理了房产抵押手续，有他项权证的！而且，因为超过民间放贷所允许的银行同期贷款利息四倍的利息全部都已经被狡猾的李锌用现金的方式收走了！他妈的，李锌的债务，自己想赖账也是赖不掉的了！唯一的办法是看看能否减少一些损失呢？柳和平看着李锌和刘洋只能面带微笑地把说不清楚是崔乐乐敬的酒，还是他敬的酒仰头干掉了。这时候，韦伟才从极度的懊丧之中恢复过来，他尽量用温柔的目光注视崔乐乐，他观察四周的氛围，此时此刻的确只能够"以和为贵"了。韦伟认为自己也是成就大事之人，一下子想明白了，他立刻活跃起来，不仅对崔乐乐重新绽放阳光灿烂的笑容，而且，对柳和平也是虚情假意地热情起来，李锌和刘洋颇有意味地对望了一眼，觉得韦伟和柳和平一样，都是21世纪的人才！

崔乐乐的笑容也慢慢从刚才韦伟的莫名其妙的低落情绪的压抑之中解放出来，她开心了。她认为虽然柳总不应该来了就不走，有点干扰她和刘洋两个痴心的女人正在把友情变成爱情的好事，而且他还是向自己借贷之人，但又一想，他人不讨厌，借款的老板，还是老板嘛！没有必要看不起别人。

易虎是看得仔仔细细，他觉得旁边的那一桌饭局还真的很有趣。他现在的酒瘾上来了，易虎的脑海中，开始出现前妻年轻时候的影子，他记得古代圣贤说过的一句话：人之将死，其言也善。老婆的话是用她的眼神与自己说的，她的眼神中，赤橙黄绿青蓝紫，喜怒哀乐，什么都有啊！他想到了和老婆恋爱时候的事情，不就是和旁边的青年男女那样随心所欲，点点滴滴都是情吗？

现在，易虎把嘴里的一大块鸡肉，狠狠地咬碎，再用白酒在嘴中混合之后咽了下去，他很后悔自己虽然是贵为"老大"，形形色色的钱，白的黑的都挣得不少，如同，葛优在电影《天下无贼》中说的：现在人心乱了，队伍难带了！钱都花在带兄弟伙上面了，吃喝拉撒睡，他们的什么事情都得管！什么事情都要钱。

谁叫你是老大？叫了老大，你就必须得管兄弟们的天和地，除了他们的父母你可以不管，那是这些长辈不让你管，兄弟们的马子，你也得给饭吃啊！剩余的钱呢？易虎都拿去和自己喜欢的欢场中的女人做了交易，他知道他和她们是没有感情可言的。本来易虎就想这样花天酒地地过完自己的这一生，他经常安慰自己：历史上的很多皇帝不就是花天酒地，胡作非为地过完自己的一生的嘛？能够和皇帝一般糟蹋人生，那也很不错！但是，老婆，易虎突然觉得有点不对，怎么会在不由自主中把前妻又叫成了老婆呢？都是酒后有真心啊！她的癌症，需要大把的钱啊，易虎决定抓住机会"找钱"。

"找钱"而不是"挣钱"，这就是道上与非道上之人的根本区别之一。易虎斜眼望过去，看那边的桌子上的，没有硝烟的战争快要结束了，于是，他觉得自己应该出马了，他找钱的方式之一，就是先制造出人与人之间的矛盾，然后，再帮助他们解决矛盾，这和官场、商场的原理完全一样，他首先是要让韦伟后悔在电话中那样对自己讲话，何况，他偶然的电话彻底破坏了自己与老婆完全和好的可能，现在，他们也许就只能够是和解了，一字之差，很可能是阴阳相隔。

其实，韦伟在易虎站起来向自己走来的那一刹那就后悔了，他有点把握不住易虎今天到底是来帮助自己，还是来让自己难堪的。易虎的形象一看就不是好人，他胖胖的壮实的身体和寸头，再配上一双尖利的眼神，让刘洋和崔乐乐这样年轻的女人感觉到了威胁，恐惧在暗中升起来。李锌起初是有点心虚的感觉，但是，他一想到就是面前这样一个男人，让他爱的女人张嘉仪曾经蒙羞，心中就有了强烈的抵触情绪，他毕竟在做保安之前是当兵出身，当兵打仗都不怕，李锌立刻收敛了心智，准备对付易虎。易虎首先是哈哈大笑，然后，自我介绍完了，就一杯一杯地敬大家的酒。

他的笑声让柳和平这样的老江湖已很不自在了，听易虎说他要敬大家的酒，柳和平就更加没有底了，他站起来，一边好像是自言自语低声说："我去一下洗手间。"他想借上厕所的时候溜走。但是，易虎的一句话，立刻让他放弃了这样的小人想法："小史、小徐，你们都过来，柳总喝多了酒，今天你们一定要把他照顾好！现在送柳总去卫生间。"

柳和平很尴尬，他立刻坐下来，好像他根本就没有说过去洗手间的话似的。小史和小徐也就若无其事地退回原地，继续喝酒。

易虎敬的酒，大家都觉得应该喝，只是他对韦伟和柳和平特别热情。而且，他喝酒的时候，不吃菜，也不落座。他说："站着喝酒痛快，也不会醉。"

现在，韦伟的压力上来了，一连三杯白酒下肚，他有点站不稳了，崔乐乐出于对韦伟的怜爱之情，很想帮他说话，但因她也是老板，知道应该等待爆发的时机，终于忍住没有开口。

易虎察言观色，看出了韦伟在几个满杯之后，已经有点摇摇欲坠，他身边的女人和那个叫李锌的年轻男人，已经有了想启动反抗程序的动机。于是，他暂时放弃了用酒作武器打击韦伟，其实，他非常想对韦伟身边的女人说一句需要经历几十年人生的艰难困苦之后，你们这些年轻人才能够明白的大道理：男人与女人的爱情其实就是心灵开放的那一刹那才能够产生火花！就是你身边的这个可恶的男人的一个电话，关闭了我和我老婆等待了十年才被她的绝症打开的心灵之门！易虎觉得自己的心思，又有点像他高中的时候，做过两三周文学梦的那个易虎了，那个可笑的年代，现在四十多岁的中年男女在青年时期十有八九都做过文学梦，而现在不过是十有八九变成了金钱梦和权力梦而已。

韦伟虽然很无辜地做了件大坏事，但那是柳和平乱跑出来喝酒惹的事，于是易虎把痛苦的矛头又转向了柳和平。

柳和平额头上的青筋暴跳了一下，他很后悔没有学会怎样发手机短信息，原来他以为这个世界上的什么事情都可以说得清清楚楚，现在他没有办法通知任何人来帮助自己了，他必须咬牙硬扛，他不能够服输，要不然他的家庭和事业就会被"高利贷"和黑道纠结的势力彻底吞噬，那么，"灭顶之灾"就是他柳和平面临的深渊！他一边与易虎不卑不亢地对酒，一边想，当时自己为什么要去借高利贷呢？妈的，用高利贷还银行的贷款，是为了保证所谓的银行的信用，但是，那个狗屁行长许诺的贷款在哪里呢？对了，自己到现在不得不对付高利贷者的起因还是银行！

柳和平看着喝了三杯白酒之后的易虎反应有点迟钝了，他准备拼命再回敬易虎三杯，但是，他还真的有些力不从心了，年纪过了半百，男人就少了很多的自信。李锌并不是一个乘人之危的小人，虽然他对易虎的厌恶不会改变，但是，他还是站起来劝道："易总，你坐下来吃点菜吧！"然后，他大声叫服务员再来点下酒的热菜。易虎觉得这个一年前只是被自己戏弄的穷保安，怎么会一下子就成了老总呢？还是做资金放贷生意越来越有名气的成都世纪洪盛担保公司的副总经理！易虎不服气，决定对他进行挑衅，今天再修理一下这个小子。

李锌的眼光与易虎的眼光非常强硬地碰撞在一起了，他们有十秒钟都没有说话，他们都在微笑，那不是脸上的微笑，而是来自男人心中深埋的地狱之花的微笑，他们用微笑来比试男人的凶狠和能耐。

还是李锌年轻，他有点沉不住气，因为他不能够让崔乐乐看出端倪。于是，他很认真地对易虎说："易总，我们也是老熟人了，老弟我有一个建议，您看我能说吗？"

易虎认为李锌的说话有点意思，他表面上说话是谦恭之极，好像他的一个建议也需要我易虎批准，但是，我易虎能够霸道到这样的地步吗？能够不让他李锌说话吗？所以，易虎很干脆的在大家早就给他腾出来的一个位子上大大咧咧地坐了下来，他"哼"了一声作为回答，果然，李锌不管他同意还是不同意，立刻说出了他的建议："易总，待会儿我们还要去看电影，所以，我想我们加快喝酒的速度。我的建议是，我喝一杯酒，你和柳总一人喝半杯酒。"刚说完，李锌又立刻声明道："易总，不要误会，我这不是托大或者说酒量大，而是信奉酒品如人品的古话。"李锌用眼光盯住柳和平，他不担心易虎不答应，黑道中人其实有很多也是性情中人，但是柳总就不一样了。果然，柳和平开始扭捏起来。易虎大声招呼服务员再来了两瓶白酒，还是五粮液。

李锌回头在刘洋的耳边，故作轻松地说道："难怪五粮液的股票被大家炒得这样厉害，大家都喝它的酒，连这样的江湖场合也喝！"

刘洋被李锌的气息弄得心中痒痒的，她现在完全忘记了下午在"巴哈咖啡馆"见到那个成都大美人的阴影，开始真正地快乐起来，她立刻接了李锌的话："废话！现在这样的场合不喝酒，难道还能够喝可乐吗？"说完，刘洋有点挑衅地看了看易虎，他始终还是和刚才一样，一脸的横肉。

易虎从刘洋的眼光中，读到了对自己这个所谓道上之人的不屑，根本就没有一个"怕"字！他突然想得很远：如果，在平时，所有的老百姓突然变得民不畏死，所有的政府官员都能够完全严格自律，所有的商人老板都能够完全讲究信用，那么所谓的"道"或者说是"黑道"，就应该烟消云散了。易虎决定加快公司转型，不能够进入公司规范的兄弟们全部都开除，不应该再拖累大家"从良"了，现在有很多正当的渠道挣合法的钱，谁他妈的愿意做喊打喊杀的强盗呢？

易虎女儿的电话来了，她说她需要爸爸，易虎的表情开始柔和起来。接听完电话，易虎把酒倒在了一个能够装下四两白酒的大玻璃酒杯，一口气倒满了酒。然后，他耐心等待李锌也一样把酒倒满，他看柳和平还在犹豫，就半带威胁地说："柳总，你可不要不吃李总的敬酒，吃我的罚酒哦！"说完，他就把柳和平的大酒杯子全部倒满，韦伟也没有办法示弱了，他也跟随易虎高举酒杯对所有的人尽量豪迈地说了一个字："干！"

等到酒尽人散的时候，李锌和韦伟已经彻底地醉了。现在是两个女人的事情了，她们把柳和平送到了出租车上，易虎的两个手下也跟随他而去，易虎去九眼桥的酒吧找女儿，他让手下下班了，他很满意自己在临走前所做的事情，他对柳和平说的那句话："天涯海角，欠钱还钱！"他是看着柳和平面带恐惧很慌忙地点了头应承下来才离开的，这可是他易虎的本职工作。

他们醉得一塌糊涂，电影是肯定看不成了，李锌在迷糊中让他们都去他家玩。

他们进了李锌的家，都横七竖八地躺在了沙发上，韦伟更是搂着崔乐乐非常干脆地滚在了地毯上，他们相互依靠着，有点像夫妻一般和衣而眠了。李锌坚持睡在沙发上的，刘洋则是以为回了自己的家中，她上床睡觉了。

大家都休息了，谁也没有再说话，李锌的单身房间被四个年轻人迷茫的青春气息给淹没了，一直到第二天，他们全部苏醒的时候，他们才觉得有点荒唐。

去年，张嘉仪被易虎抛的蛇所伤住院治疗时，负责照顾她的护士碰巧就是易虎的女儿易小涵！今天爸爸妈妈差一点和好，但是却功亏一篑的事情，对二十来岁的易小涵的打击是非常大的，她的第六感告诉她，这就是命运的安排！她含着眼泪打通了被她叫作漂亮姐姐的张嘉仪的电话。

当时，张嘉仪正好在王可心的家里，她们在嘻嘻哈哈地说着笑话。听到那个叫易小涵的小姑娘在哭泣,"漂亮姐姐"张嘉仪有点坐不住了,她们约好晚饭后去九眼桥的"宽容酒吧"说说心事,地点是易小涵选的,她不知道张嘉仪从来不会去这样的地方。但是张嘉仪答应了,她很喜欢这个护士妹妹,因为易小涵让张嘉仪想起她青涩的少女时代。

易小涵和张嘉仪坐在"宽容酒吧"里,这里位于锦江河畔,对面就是全国有名的合江亭。

小酒吧的客人不多,但是,三三两两的客人们对张嘉仪这样的大美女,怎么会来这样简易的酒吧而感到惊奇。难道她做了这里的新老板,有个男人就在想,如果这位大美女是这里的老板,这里一定会是:"酒吧不在小,有大美女则灵!"不红火都不可能。

两个女人,一个美丽高贵,一个清纯可人,她们都没有注意到门外,易虎到了……

第三十二章　玫瑰之城

易虎与张嘉仪有很深的怨恨，起因是易虎曾经接受张嘉仪的秘书卓小兰的指使，抛蛇到张嘉仪的住所恐吓她，所以，这才使当时张嘉仪住的"天下名都"小区的李锌卷入其中，并辞去了保安工作，后又通过认识顾艺、黄鹂她们，有缘拜在许量门下，最后才有了以后的很多的故事发生，其中包括易小涵在医院里面护理张嘉仪，从而与她结下了很深的友谊。

但是，张嘉仪并不知道易小涵就是易虎的亲生女儿，易小涵也一点都不清楚自己父亲还是在僰人故里的宜宾市兴文县"新亚达石林宾馆"想强暴张嘉仪的坏男人！但是，有一个人知道所有的一切，那个人就是易虎。

一副慈父形象的易虎完全没有了平日凶暴的外表，现在，他来到了女儿易小涵的身边。他立刻感觉到非常尴尬！因为，张嘉仪是背对着酒吧门口坐的，易虎一眼看见的人是易小涵，然后，坐下来才发现对面坐的女人居然就是那个他曾经跟踪和伤害未遂的大美人张嘉仪！易虎的恐惧在心中升腾起来，他太害怕女儿知道自己曾经做过的丑恶事情了，他想立刻逃跑，离开这个姓张的女人越远越好，绝对不能够让自己的宝贝女儿知道自己对她喜爱的"漂亮姐姐"曾经处心积虑的祸害。

张嘉仪对易虎的第一印象非常不好，她说不出来是什么原因，就是见了易虎觉得心中堵得慌，她从来没有正面见过易虎，但女人的直觉告诉她，她应该远离这样的男人。

而易虎不敢开口说话，哪怕只是吐出一个字，因为张嘉仪虽然没有见过自己的真面目，但是听过他威胁她的声音的！这一点，易虎酒醉心明白，所以，他打定了主意，坚决不在张嘉仪面前说一句话！

易小涵觉得非常奇怪，她实在想不明白为什么自己父亲不愿意说话呢！难道也是因为被"漂亮姐姐"的美貌迷惑了吗？

气氛不太融洽，她们俩也没有多余的话题说，张嘉仪决定先告辞了，她说她还有点别的事情。易小涵把她送到了门外。等嘉仪上车走远了，她回来的时候，发觉父亲好像突然老了一头似的，而且是在昏暗的酒吧灯光下面都能够强烈地感受到。

易小涵和张嘉仪都不知道，就是这短短几分钟的见面时间，易虎心中最僵硬的那块心结，被随时可能被张嘉仪揭露恶行和随之而来的巨大的耻辱，彻底地压垮了。易小涵永远也不会知道，她的那个好父亲，心灵深处被红尘掩埋的善良也因此很快地要苏醒了。

易虎把女儿送回了她的家，她是与母亲住在一起的。路上，易虎默默地听女儿讲她母亲的病情，他没有说什么话。把小涵送回了家，易虎就打了辆出租车在偌大的市区漂流，他没有目的地从东门到了南门，最后，还是去了西门，他找了一个洗浴中心，没有让任何兄弟跟着自己，他需要一个人待待。易虎当然不会马上弃恶向善，他只是觉得应该做点什么，比如，自己的亲信"猴子"和"粉哥"就应该区别对待。"猴子"可以去学习做点正当的生意，而"粉哥"入行太深，已经很难救药了，他已经染了很深的毒瘾！除了恶，什么都不会了。

又过了几天，由于韦伟催促得很紧，易虎只得抓紧时间解决柳和平的催款问题，这是与善恶没有关系的业务，易虎让手下的兄弟把柳和平这个老板盯得死死的，但是，没有他的同意绝对不能够动手，他在等待最佳的时机：一是让韦伟再心急一些，利于要求提高报酬；二是看看柳和平背后到底有没有后台支撑，在民间借贷中，任何敢于借钱不还的"老赖"，不是浑球，就是深藏不露的高手！

易虎已经在成都东门的一栋写字楼里，拥有自己的两间办公室。一间是自己作为老板用的办公室兼会客室，面积不大，但是收拾得很整洁；另外一间就是兄弟们集合的地方，大，但是乱糟糟的。

事情还真的是无巧不成书，今天一大早，就在易虎待在他的办公室里想东想西、不知道到底应该想什么的时候，他的电话响了。

听完了电话，易虎开始高兴起来，电话是他最近新认识的一个妖艳的女人打给他的，那个女人叫曲艳，大家都叫她小曲。

小曲本来与孙老板混得如胶似漆的，可是，半个月前的一个晚上打破了她的美梦。原来，孙胜利的老婆与儿子已经找了成都的一家商务调查公司，就是所谓的"私家侦探"，跟踪和调查了她与孙胜利很久了，终于，他们在孙胜利从自己的热被窝里刚刚离开不久的空隙时闯进了她的家中，都怪她当时睡得太迷糊，以为是孙胜利情欲复燃，总之是以为他去而复返，她没有多想就开了门。

门，这样一种东西，经常是打开很容易，想关闭却异常的艰难。曲艳，一向精明过人的女人一旦吃了大亏，就立刻变得不再精明了。这一夜到底发生了什么，连孙胜利也不知道。但是，结果他是必须接受的：曲艳说她已经决定了，不想和你老孙在一起了！说什么也没有用了。孙胜利内心非常狐疑，但是在一脸灿烂的老婆和儿子面前，终究是难以启齿，只好吃了哑巴亏，他的身体和心灵再次颤动的时候，小曲已经搬家了，但她不会离开成都，只是不知道她到底去了成都东南西北门的哪一道门。

当然，小曲去的是老孙不常去的东门。而且，小曲觉得自己的运气还真的非常好，她最近认识了两个有用的朋友，一个就是做老大的易虎；另外一个就是与自己妖艳不相上下的罗绮丽，她经常开一辆奥迪跑车。

罗绮丽是做煤矿生意的老板王之前的情人；而王之前有一个铁哥们是做铜矿生意的老板魏勇，魏勇又是柳和平的老朋友。世界就是这样的一张大网络，每个人都是其中的一个点。一个中国人的关系网络中，如果愿意用心的话，似乎从哪里开始，都可以找到自己需要的一切人脉关系资源。如今，柳和平就是在快要绝望的时候，在他宴请王之前和他的女人罗绮丽，还有老哥们魏勇等人的饭桌上，知道了小曲最近认识了易虎，而且易虎对小曲是热情有加。于是，柳和平在罗绮丽的牵线下，请小曲帮自己与易虎沟通。

所以，小曲约好易虎，她和罗绮丽两个女人先出面，后来陆续登场的还有王之前和魏勇等人，他们的目的很简单：让易虎反过来帮助柳和平对抗韦伟，事情开始从柳和平的被动变成了主动，韦伟和李锌就好像是晴空中的太阳，早晚都会遇到乌云一样，有麻烦了。

李玫在资本之鹰会所也开始进入了工作状态，她努力用不停的工作来冲淡许量离开成都、也就是离开了她的生活的心理危机的影响，而且会所的策划总监宋诚意因对李玫的爱慕而关闭了自己的小公司、来到会所打工的事情一直让张娅很感动，现在的实际情况，正如张娅预计的一样，他抓住一切机会去接近和打动李玫。

张娅在重庆的资本之鹰商业会所，已经进入了紧密的筹办之中，她的主要精力开始放在了重庆。如果不是张娅答应了许量，在他去澳大利亚期间对成都的资本之鹰会所多多关照，不然，张娅只是小股东的身份，她犯不着再到成都的会所看看。

中午，张娅才从重庆开车回到了成都。她一进会所，就能够感受到会所的"资本"与"资金"的主题好像更加鲜明和突出了，会所内的会员与客人，到中午已经是满场了。张娅在会所巡视的时候，一边与熟悉的客人打招呼，一边观察服务生的服务质量，感觉很满意后她才回到自己的办公室里面，与女儿李玫亲热。张娅计划下午召开会所的管理层的会议，她让宋诚意已经通知下去了，但是会议意外地没有开成，因为来了一大群身份不太明白的人，张娅一直在留心观察，直到他们平静地离开。

王之前和魏勇，他们两个人，都是最近加入资本之鹰会所的正式会员。今天，他们主动邀请易虎到会所交流柳和平的项目情况，同时，为柳和平和易虎两个人，在未来对抗高利贷者的事情上可能的合作打下基础。

王之前出现在会所的时候，宋诚意主动地迎接了上去，因为王之前这个客户是他挖掘和发展的；之后王之前又带来了魏勇等人。

宋诚意带他们去了商务包间。

每周，这里都有关于资金与资本、项目与企业发展等相关的主题活动。最有名气的是每周三的投资项目专题介绍推广会，几乎是场场爆满，因为这是唯一对非会员开放的会所服务项目，所以来的投资者之多，完全出乎大家的意料。柳和平给大家介绍说自己也经常来这里听取项目推广会，其中，他的玫瑰城项目，就是从这里听了介绍而引进的。

易虎是第一次来这样的资本与资金的主题会所，这里如果不是持有会员金卡的会员带领，肯定进不了会所的，更不可能利用这里的设施与设备。比如说，这里有专门炒股的包间，还有著名的证券公司营业部的专家一对一的免费的指导。王之前他们的计划，就是让柳和平来讲解一下他借"高利贷"来做了什么样的项目，这样也许能得到易虎的理解和同情。

他们几个人，在会所的私密包间里面，请会所的专家，配合柳和平公司的人，把玫瑰香精的农业项目和"玫瑰城"的情况，用电脑、投影仪和PPT电子文档、图片与录像等多种形式，立体地展现在大家的面前。不用说，从项目的深度剖析来看，柳和平是花费了大量的时间与精力的。王之前、魏勇因为金融危机的影响，已经从数月前的财大气粗，很快变成有点力不从心地在支持他们原来一本万利、现在是举步维艰的煤矿与铜矿，根本没有余力来支持柳和平这样庞大的项目了。这是一个被柳和平命名为"玫瑰城"的农业项目。它是一个从种植上万亩来自世界各国的数百种玫瑰中，利用玫瑰花提取玫瑰香精的"公司加农户"的现代农业项目。

最后，大家很耐心地听取了会所的投资专家所做的结论：项目是个好项目，但是投资不是几百万可以解决的。柳和平让会所的专家和公司的人都离开了，然后，对易虎、王之前他们解释道："他们本来承诺，将给我的玫瑰城项目投资5000万以上的资金！"

世界上的事情，经常都是"人算不如天算"，原来，柳和平依靠了一个国有企业的老板，谁能够预测到这位老总因为别的贪污案发而进了检察院呢？当然，柳和平以为他掌握了完全可以敲诈和威胁这位国有企业老板的形形色色的各种资料，包括所谓的"厚黑学"中的厚颜面、"三十六计"中的美人计等阴谋与阳谋，现在全部都没有了用武之地。从韦伟那里借贷的民间资金，柳和平原打算做农业项目的形象工程，让国有企业的领导班子能够走马观花地看后做出投资决策，现在，他只能够把只是摆摆样子的资金，真正投入到了项目中去！钱入地里，就如水入泥沙，怎么也不可能捞起来了。

易虎看看四周的王之前、魏勇、柳和平，以及小曲、罗绮丽这两个女人，看他们全部都很尊重自己，好像易虎是他们的领导似的，易虎十分有成就感，于是，那个叫韦伟的年轻人正好给自己打来电话的时候，易虎一点都没有搭理他的来电，他看看罗绮丽和小曲，心中盘算了一下，罗绮丽明显是王之前的女人，年轻性感的小曲，应该还在自己和那个叫魏勇的男人之间漂移。易虎不否认自己答应帮助柳和平有自己好小曲"色"的原因，但更根本的是柳和平许诺的报酬，在事成后给的远远比那两个小伙子要多得多，我需要钱！易虎反复在心中对自己说：老婆还在医院。

李玫在她的办公室上网，很久没有许量的消息了，她也一直没有与他联系，因为她不想自找苦吃，她很明白，许量对自己的喜欢只是长辈对晚辈的喜欢。

直到把搜狐网站上今天首页的新闻，全部都看成了"旧闻"后，她才想起了宋诚意这样的一个男人。他对自己的好实在是太直接和明显了：他除了没有对全世界的人大声宣布爱李玫之外，其他的事情都做了。李玫的脸上终于有点笑容了，她努力想把许量的影子从记忆中抹去。

当宋诚意又到她的办公室来串门的时候，李玫主动给了他一个甜甜的微笑。他们在一起很快乐地聊天的时候，李玫挂在网上的QQ号码，响起了有人找她聊天的提示声。李玫回到电脑前面，发现居然是许量在找她说话！

许量到了澳大利亚之后，一直没有与在成都的朋友和员工联系，他是很专心地，甚至有点虔诚地与谢丽一起重新努力，试图找回已经消失在地平线之外的他们之间二十年的爱情。但是，即使在风和日丽的澳大利亚海滩上散步的时候，许量也完全能够感受到谢丽心中那条与自己之间很深的鸿沟。

有一次，他们去了海边，海风很大，比较艰难地走在松软的沙滩上，许量对一直沉默的谢丽说："我现在才知道古人说的'咫尺天涯'的含义。"

谢丽对着大海的深处，用力地看了很久很久，好像那里藏有她过去的一切似的。最后，她面对排山倒海的海浪，很长很长地舒了一口气。为什么是"舒"气，而不是"叹"气？许量不用去问谢丽，他知道：他们谈恋爱和做夫妻的时间的确是太久了，长久得让谢丽已经不愿意许量马上从成都迁移到澳大利亚来与自己团聚了。

谢丽没有正面回答许量，她认为所有关于他们之间感情的问题，都没有必要说得太明白，其实用语言也说不清楚。她想告诉许量：那个被儿子许多误会的白人朋友，只不过是她的普通朋友，她知道他对自己的好感，但是，她没有对不起许量的任何想法和行为；还有，到了澳大利亚之后，她以前隐约疼痛的肝区，又开始发作了。她已经在许量来之前去医院检查过了，结果虽然还不是完全的绝望，但是，她肯定是患上了一种很罕见的肝病，这种叫 ASDF 的特殊病例，需要做很保守的治疗！所谓保守治疗其实就是保命而已，谢丽绝望地认为自己已经是废女人一个了，她不想拖累许量，他是那样的如日中天，她现在甚至没有办法尽夫妻之间的义务了，那么爱许量还有什么意义？所以，尽快离开许量就是她最爱他的方式。谢丽默认了许量对她已经有了外国男朋友的误会，尽管这种默认让她痛彻心扉！中年女人，尤其是成功商人的老婆，不管用多少哀愁和怨恨，都已经改变不了她们被爱情逐步淡忘的处境，因为她们的丈夫生活在或虚或实的成功人士的光环之中，大多数人都一定会情不自禁地忘乎所以。

谢丽选择了沉默和逃避，她知道以后的许量无穷的光荣或者无边的窘迫，都将与自己无关了。

他们的儿子许多，也不再关心父母的感情问题，母亲的病他知道得很少，谢丽尽可能的微笑面对儿子。许量也看得出儿子的冷漠。儿子居然说他心累，心烦！还很认真地说："爸妈，你们想爱就爱，不爱就拉倒！人都应该面对自己的真诚感受，千万不要拿我做理由。"

等许量完全确认了自己在澳大利亚已经是多余的时候，许量决定回自己的家乡成都了。今天，他想找一个人聊聊天，许量需要排遣心中的郁闷，他不由自主地找李玫在网络上聊天，而不是张嘉仪或者张娅、许小露等人。原因是什么？许量也懒得去想，他这一辈子就是想得太多了，感情也是太丰富了，六根始终都没有清净过！

李玫很专心地与许量聊天，仿佛宋诚意根本不存在似的，至于他什么时候离开的，她不知道也不想知道。

宋诚意失落地走出李玫的办公室，心情很奇怪，他对李玫是非常耐心和用心的，但是，今天李玫的表现让他敏锐地察觉到，并且有了一个很强烈的预感：李玫的心中，有一个远远比自己更加重要的男人！虽然，宋诚意不知道这个男人是谁，但是，他完全能够感受到他的存在与强大无形的压力！但是，他不害怕其他的男人，宋诚意非常自信。他去了张娅的办公室，他有公事与私事都需要汇报。

许量与李玫一直聊了很久，什么话题都有，先是工作，许量把 2008 年的布局安排在了成都与香港，他试探了一下，看李玫是否有意去香港的东方富通公司工作。李玫只是强调她需要在许总的身边继续学习和提高。后来，他们又聊到了资本之鹰会所的事情，许量没有与李玫说感情方面的事情。李玫告诉许量，在成都做民间资金的公司，已经垮掉了好多家了！高利贷，这是比美国的"次贷危机"更加厉害的"次贷"啊！

李玫聊得很专心，仿佛这个世界除了许量，其他人都与她无关。

她完全没有注意到妈妈已经来到了自己的身边。后来，李玫很后悔，没有把办公室的门关好，因为，张娅知道李玫是在与许量聊天的时候，她很认真地仔细观察了一下女儿的表情：只见她面色潮红，一副很兴奋的模样。张娅心中一沉，她也是过来人，她有一种不祥之兆：李玫肯定是喜欢许量！而且，她的表情是只有女人与自己心仪的男人在一起才会有的表情，现在就很明白地挂在女儿的脸上！张娅心中有头晕目眩的感受，她绝对不能够允许自己的女儿再去爱上许量！要知道许量曾经是自己的情人啊！张娅觉得羞愤难当，但是，她知道女儿的倔强，她只能够假装不知道，张娅转身就离开了。她想必须尽可能快地解决这样的尴尬事情，她给许量打了一个电话，电话关机。张娅也不知道许量到底是怎样对待李玫的，她心中决定要暗中把事情弄清楚，不冤枉他们，但是也绝对不会纵容他们发展感情！那样，我在成都就太丢脸了，"母女共侍一夫"的悲剧，哪怕是有先有后，都必须立刻、马上阻止！

会所还有业务要处理，张娅暂时控制住了自己的情绪，她打内线让宋诚意把下午的项目论证会的准备工作做好。她出来巡视会所的时候，遇到了易虎等一大帮人从会所离开。王之前与张娅认识，他们很热情地打了一个招呼，易虎和小曲等人，都很注意张娅这样一个风韵独特的女人。出了会所的大门，王之前悄悄地对自己的女人罗绮丽说："这位张总可是大名鼎鼎的许量的女人。"

"许量"这两个字刺激了易虎，他嘿嘿一笑："老王，许量有什么了不起？她是他的女人，是吧？"易虎一边说，一边回头看了看商务会所的"资本之鹰"招牌，很认真地说："如果我易虎发力，我看这只老鹰肯定是飞不高的！"

王之前一听，忍不住说："老易，不是我阻挡你或者是扫你的兴。我只想说，资本之鹰是想飞多高就能飞多高的一只雄鹰！许量做事情喜欢进二退一，看起来发展不快，但绝对不慢，一般人可没有我老王理解他。"王之前看易虎还是有点不相信的样子，就在心里暗骂了一句："我看你这只老虎如果去惹这只老鹰，恐怕会成为死老虎的。"他从骨子里是看不起易虎这样的江湖人物的，只是，易虎今天还是很给自己的面子，所以，王之前哈哈大笑，在"后会有期"的告别声中，与大家尽快地分手了。

王之前坐的是罗绮丽的车，里面香味缭绕，她一身淡黄色紧身性感装束让他很满意，尤其是胸前若隐若现的雪白山峰风光无限。王之前意味深长地微笑说："都说山高人为峰，我看我的女人是胸大手把握。"说完他随便做了一个鹰爪的姿势，罗绮丽嘻嘻哈哈地挺了一下胸部来应对她的情夫："看来我只能够对你挺身而出了。"说完两个哈哈大笑，车里面除了香味又多了一点闷骚味道。

王之前喜欢他的女人打扮得很艳丽，红色的奥迪跑车里面，女人妖娆地配合男人的嚣张，让一路上的行人与其他车辆的驾驶员频频回头。王之前把自己这边的车窗开启了一条缝隙，他喜欢听车外强风鼓进车内的"呼呼"声，王之前大声告诉沉默的罗绮丽说："听说许量已经去了澳大利亚，他的东方富通投资管理公司也卖给了上海人。你觉得许量是不是真的想销声匿迹了？难道许量真有这样的天赋？能够先知先觉，急流勇退了，成功躲避这场百年不遇的金融危机？"

罗绮丽一边开车，一边媚笑道："许量到底怎么想的，我一个小女人怎么知道呢？但是，在成都的民间资金借贷市场上，有两个知名的老板不管是什么样的危机到来，他们都不会有一点损失！一位是许量，另外一位就是刚才的那个张娅！老王，我们已经落后一步了！现在产业的停产损失既然已经造成，那么，我们就必须寻找新的机会。"为了不太影响谈话，她把车的速度控制得很合理。

王之前"啊"了一声，他笑眯眯地叫道："我这不是都在听你的吗？我们先利用易虎把老柳借贷的民间高利贷打掉，然后，再让老柳向我们投降。玫瑰城这样的农业综合项目，一是可以圈占大量的农业用地与森林用地；二是完全符合国家支持农业的政策，我们可以从银行取得大量贷款！现在的确是现金为王的时代。"王之前的脑海中，又浮现了那个叫李锌的年轻人的形象，他自信而坚强，还投机取巧地成为什么"彩票之王"！他应该能够经得起自己的这次算计吧？王之前本来对李锌很有好感，但是，好感在商战中一钱不值。

罗绮丽毕竟是很有情人素质的女人，说好听一点这样的女人就是许多男人梦寐以求的红颜知己，她笑哈哈地直接总结道："这场金融危机，已经开始转变为全面的产业危机！怎么去现金为王？就是怎么才能够拥有最充足的现金，方法只有两个：一是赚钱，二是贷款！"

王之前也接了一句："宝贝，你说的真有水平。赚钱和贷款都很难，但是贷款比赚钱更容易！"然后，他自己也忍不住笑出了声，"如果这样，不如把'现金为王'，改成'贷款为王'算了！"罗绮丽听了，就恰到好处地配合着她的男人，不干不湿地笑了几声。

车开到成都市中心的天府广场的时候，王之前看了看这个西南地区最大的广场，人流如织，美丽而祥和，心情也更好了。

他已经和罗绮丽商量好了下一步的行动计划：从刚开始听到魏勇介绍柳和平的项目的时候，他们就已经动了依靠阴谋来智取"玫瑰城"的心思。他们进行得很秘密，必须很快抢夺机会，就连魏勇也一点不知情。

王之前最喜欢的一个字，就是汉字中的"抢"字，在床上闲聊的时候，王之前曾经对小情人说："这个世界上，什么东西都需要抢，好女人、好市场、好项目等，甚至，大家还经常说要抢时间，所以，只要是好的东西，他们都不可能自动地飞到自己的手中。想得到？那就早下手，做事情稳、狠、准！这就是'抢'字的三要诀。"

20分钟后，他们一起去见了某银行的郭行长。在行长的办公室，王之前再次得到了郭行长的口头承诺：如果是"玫瑰城"这样的农业综合性开发项目，完全符合国家支持农业的政策，当然能够得到银行的大力支持。看在能够贷出款的分上，王之前尽可能地忍受了郭行长不怀好意的眼光，这个傻行长差点把自己的女人看成风尘女子。

王之前带着罗绮丽从巍峨的银行大厦出来的时候，他们的车停在地面停车场。今天，成都特别阴冷，他们一呼吸，就可以看到白色的气体从嘴里冒出来，提示她和他一起向银行行注目礼。他们的野心就是尽可能贷出银行的款来，度过这个严寒的冬天。

第三十三章　放贷原罪

中午，李锌主动把韦伟约到了南门肖家河小区的"思源茶楼"。他告诉韦伟："我现在的压力和你一样大了！"原来李锌以为做得很完善的抵押手续，已经铁定地可以把柳和平的抵押资产吃定，但是，经过成都世纪洪盛担保公司的律师再次审查，已经发现了李锌与柳和平签订的合同中，有几处很棘手的瑕疵。而且，民间资金借贷主要依靠的还是客户与公司之间彼此的"信心与信用"来进行的，一旦出现了还款障碍，或者双方撕破了脸面，那么"借钱是否还钱"的简单问题，就会因为"高利贷"的原罪，变得非常复杂，这样，很多问题也就不在法律可以管辖的范围了！没有一家做民间高利贷的资金公司，真的愿意与借款人打官司！姹紫嫣红中，灰色是最不入流的颜色，灰色的民间借贷也是游动在"合法与非法"、"道德与原罪"等矛盾之间的前卫经济形态，灰色而且朦胧，几乎是无章可遵循。

既然走法律程序很困难，走"道上"之路又不是李锌的长项，李锌就只能费尽心机思考怎样才能尽快收回自己公司的本金和利息了。李锌虽然还没有到山穷水尽的地步，但他也确实看不到柳暗花明又一村的前景。李锌心情很复杂，现在的挫折，是他进入民间资金借贷市场以来最大的。这些事情让李锌进入了更高的层次去思考：他有了几次很痛苦的失眠经历之后，才明白红红火火的所谓的民间资金借贷市场，其实完全是建立在沙滩上的高楼大厦，好看，但经不起任何狂风暴雨。

这两天，李锌和韦伟都没有闲着，他们已经从蛛丝马迹中，分析出事情正在向不利于他们的方向变化：一是韦伟多次拨打易虎的电话，他没有接听，而且易虎手下的人在电话中的语气也不是很友好；二是他们分别都给柳和平打手机，柳和平要么不接听，要么就态度很强硬地说："我现在破产了，实在是没有钱还款，请兄弟们放我老柳一马吧！"他根本就不再理会韦伟的威胁和李锌奉劝他守信用的说教。在与韦伟的通话中，柳和平只是反复地强调几个字："没有钱还款了！"

李锌他们已经注意到，柳和平现在的说法不是有没有钱支付利息，而是"没有钱还款了！"这样的话，就相当于说公开要赖账了。韦伟对李锌说："柳和平的信息非常的明确，他不想还债与还不起债，对我们的资金安全而言，都是一样的：我们有可能血本无归了。"李锌开始与自己的香烟赌气，一支接一支地消灭它们，一直到头脑发晕，口干舌燥，也没有停止。韦伟一直在喝水，不想多说什么，他仿佛听到了自己心裂的声音，平时作为放贷人的光荣也随之而荡然无存。

公开说自己要"赖账"的债务人，在民间资金的借贷活动中，是非常罕见的。即使借款人真的没有钱还债或者内心不想还债，都一定只能是慢慢地采用"拖延"战术来"软处理"，或者用"苦肉计"示弱，总之，能赖则赖，赖不掉就拖，时间换空间是经常的策略！虽然，韦伟不是柔弱之人，李锌也是刚强之徒，但是，柳和平这样的强硬，却让两个年轻人失去了主心骨，因为以前没有遇到这样直接的"赖账"的主，没有任何经验可以借鉴。

现在，韦伟面对的问题是他的仓库中的贵重金属抵押物没有了之后，他资金借贷的本息就岌岌可危了，李锌虽然有柳和平的房产做抵押，但是要处理起来，没有柳和平的配合是很难顺利执行的，这些房产都是已经出租了或者有人居住的！何况，除了从最初的本金中扣取的"砍头息"之外，新产生的利息是完全没有着落的。如果处理赖账的时间继续拖延，依靠高风险而换来的"高利贷"的利息，很快就会被时间的延长而削平。

李锌对韦伟十分感慨地说："做'高利贷'资金借贷生意，真的是站着放贷，跪着收款！经济形势好的时候，水涨船高，大家都能够赚钱，那时候，我们和他们是甲方和乙方，大家合作可以皆大欢喜；而经济形势一旦恶化，大家就只能够是你多我少的游戏，也就只能够化朋友为敌人了。"

韦伟摇头说："李锌，我们现在不是多愁善感的时候！做民间资金借贷不是请客吃饭，需要真刀真枪地干。许量说过我们经营的本身就是风险。面对风险与挑战，我们必须为了自己的钱财和名声而战！借钱还钱是天经地义的，这句行话现在是行内人说，外行人说，甚至黑道的人也都在说了，只有官场上的人说得少了些。我们要争取尽快把柳和平搞定，绝对不能够让他拿着我们的钱逍遥自在！"

但韦伟非常苦闷，他始终没有具体的解决办法，只好气愤地给柳和平发了一条短信："欠债还钱，天经地义！柳总，我们之间的事情，善了或者恶了，话了或者钱了，早了或者晚了，一切都必须来了。"信息有去无回，如泥牛入海，烟消云散了。

李锌他们商量的结果也没有结论。因为他们不知道除了"以恶制赖"之外，还有什么法子可以想，还有什么路子可以选择，而且"恶"的力量的提供者易虎，也存在很大的变数。韦伟向李锌提议："你不是有许量的联系方式吗？为什么不去向你老师请教呢？姜，毕竟是老的辣。"

李锌点点头，说："我有许量老师的QQ号码，我晚上和他联系。"李锌说完，看看韦伟并没有抱怨，也没有责备自己介绍的柳和平人品有问题，心中很感动，李锌就把滚烫的茶杯端了起来，非常真诚地对他说："韦哥，朋友们联合做民间资金借贷生意，在风险来临之际，最重要的不是相互埋怨，而是应该像我们这样，同舟共济。"

韦伟摇头，微笑道："兄弟，如果责备你有用，我当然会责备你！但是，资金借贷的风险的确就是借款人的风险，而人是会变化的，就算我们当时没有看错人，也难保以后他永远不改变。业务做与不做，毕竟还是我韦伟决定的，要怪，就怪我自己！这次最大的教训是我们资金量小，没有抗风险的能力，也就没有资格去做什么创新的资金借贷业务。以后，一定要做到一条：没有房地产抵押物，我们就坚决不能向外借出哪怕一分钱的资金！"

他们两个人虽然都很年轻，但都是很聪明的男人，不愧是成都民间资金借贷市场中的后起之秀，自然心理素质都不太差劲。他们很快就认识到了生气与发气完全不能解决问题。于是，都不约而同地安慰对方，最后，他们的结论居然是：也许，我们都理解错了柳和平的意思？或者柳和平说的话也是一念之差？总之，事情才开始变坏，我们怎么能够惊慌失措呢？他们用哈哈大笑掩饰内心的不安甚至轻微的恐慌。

韦伟笑着说："高利贷高风险，这句话是千古不变的真理！我们这些自以为是的家伙，居然被表面上的生意兴隆假象蒙蔽了智慧的双眼，可笑啊，我看只有出了大的坏账才可能把我们从滚滚利润中惊醒过来。无论这次借款业务最后怎么样处理，我们都需要反躬自省了！现在贪婪已经完全控制了我们的神经，如果不是这次柳和平的业务利息高，我肯定没有兴趣去做什么业务创新。总之，对资金借贷业务不把握风险，就等于向别人送钱！"

李锌看韦伟说得有点咬牙切齿，也就附和一声："看来风险与利润永远同在，有投资就一定有风险。我们能够做的只不过是尽可能把风险降低而已。完全没有风险，又希望去追求高利贷的利息，这也是我们这些资金客户最大的毛病之一。高利贷，高风险，这样简单的道理，资金客户好像是永远也听不懂！"李锌说完这些话，就想起了自己的老板黄义仁，他对自己也太苛刻了！帮助公司赚了不少的钱，就算是柳和平这笔业务出了点问题，也不至于就这样来处罚自己吧。他随即向韦伟倾诉心中的苦恼。

刚开始还耐心在听，后来见李锌滔滔不绝的样子，韦伟只好对李锌说："兄弟，我还有很重要的事情，需要马上去找崔乐乐，我们改天喝酒好好宣泄一下。"他心中也在烦恼，在公司，自己联合财务部经理刘洋准备对许小露进行打击的计划，一直还没有找到合适的时机实施呢！许小露一会是猫咪一会是豹子的样子，她的狡猾程度，不是刘洋和自己联合就完全能够对付的。

韦伟还说，他准备慢慢地给刘洋透露一些柳和平这单业务出了麻烦的事情。韦伟和李锌的谨慎态度不一样，他完全不赞成许量那样去做缩头乌龟，他最近还在积极地寻找资金放贷的机会，只是他现在不敢再做没有房产"硬"抵押的借贷业务而已。

　　李锌和韦伟一起从茶楼出来就分手了。韦伟打的走了，而李锌他今天没有开车，他想独自在街上走走。成都的街上，始终是车水马龙，李锌有点孤独，而"伟大来自于孤独"，其实寂寞又何尝不是来自于孤独呢。李锌虽说没有伟大的心境，他现在的心灵被无边无际的寂寞淹没，他只好在街上步行。

　　李锌是在非常寒冷的空气中穿越，他经过附近的罗马假日广场，走向购书中心。在广场，他很意外地看到了黄鹂。她的表情很落寞，他们本来是很好的朋友，但是，因为黄鹂对李锌的爱慕，始终没有得到一点回报，黄鹂一气之下，与同班的一个追求她多年的男同学谈起了朋友。李锌没有让黄鹂发现自己，他看见黄鹂与她身边的那个有点瘦小的男朋友很不协调地站在一起，他们在翻阅一家专卖盗版书的书店中的书籍。李锌心里也不是滋味，几乎是做贼心虚似的逃跑了。李锌知道自己这辈子最大的弱点，就是做不了亏心的事情，他觉得自己很对不起黄鹂的真情。

　　在李锌的身后，黄鹂一直看着他的背影越来越远。她比李锌更早发现对方，因为心慌意乱，她只能够是低头掩饰了事。她知道李锌与父亲闹得不太愉快的事情，因为黄义仁多次说李锌现在的翅膀已经长结实了，在外面有自己的事业了。

　　李锌去购书中心，他希望找一些关于农业产业化的书籍，他觉得柳和平的那个"玫瑰城"项目，听起来还真的不错，不管他们愿意还是不愿意，他和韦伟都必须面对这样的农业项目，不管怎么样，这也是柳和平的还款来源之一，他需要好好研究。

　　但是，即使"玫瑰城"项目不错，李锌也觉得下手会很困难！柳和平向自己借贷的时候，是用个人借贷的形式，与这个项目公司没有一点关系。李锌在思考怎么样才能够把柳和平的项目公司和他给自己的借款之事联系在一起？

　　李锌进入书城的时候，他想起了网络上流行的几句话："炒股票炒成股东，炒房子炒成房东……"他觉得很好笑的是，如今，他们也是一个"惨"字了得:"放款放成了股东!"这可是做民间资金借贷最难受的事情,当然更难受的是血本无归。看书的时候,李锌突然记起了好朋友顾艺,不知道她写的关于民间资金生存状态的书到底出版没有?李锌很关心书中的许量和自己到底会是什么样的命运?他给她发了一个短信,很久,顾艺都没有回他信息。想起了许量,李锌开始打心里佩服许量老师,他把东方富通公司非常干脆地卖掉的决定,用"英明果断"来形容是一点也不过分的!

不知道许老师在澳大利亚的生活怎么样呢?他会和他的夫人和好如初吗?他还需要张嘉仪这样的女人吗?李锌在书城中的书架之间穿来穿去,心事漂浮让他心浮气躁,他决定还是不与许量联系,谁让自己喜欢上了许量的女人呢?想到了许量的女人,就想起了张嘉仪;想起了张嘉仪,李锌的心气就不再浮动。

他一边装模作样地看书,一边回想起了几个月前,许量与张嘉仪在僰人故里的宜宾市兴文县"新亚达石林宾馆"的假山上,他们并肩坐了一晚,互诉衷肠,这才开始相爱的。当时,许量吹完《爱江山更爱美人》的萧曲,就把那把价值名贵的萧,直接抛向不远处的荷花池里。李锌突发奇想:如果,解铃还须系铃人,那么自己应该帮助张嘉仪去解开她的心结。李锌突然有了一个灵感触动:也许,他可以利用这只萧,打开张嘉仪只是对自己很客气的表象。

一个小时之后,李锌已经在成渝高速路上了。他把车开得很快,同时,心情很轻松地给张嘉仪打了一个电话,一直占线,于是李锌在服务站给她发了一条短信:"明晚,我想请你吃饭,我有一份礼物送给你。"

车快到龙泉的时候,张嘉仪才回了李锌一条短信:"什么?"李锌想了一下,见这里山路弯道很多,只好专心驾驶。没有开多远,张嘉仪的电话来了,李锌心中还没有准备好怎么给他心中的美神说什么话最贴切,所以,就只能等待嘉仪的电话铃声的结束,他赶紧把手机关掉,这样他明天就可以撒谎说不是不接听电话,而是手机碰巧没电了。

张嘉仪最近的生活非常平淡,她对许量的思念太久了,爱情也有疲劳的时候,她现在没有去想许量,甚至不太想知道他的近况,反正和他有一个5月的约会，现在已经是1月份了，自己还可以用很单纯的心去等待许量。她现在也没有在办公室，她感冒了，待在家休息。李锌的短信，让张嘉仪觉得可能是他发错了，打他的电话不是没有人接听，就是关机了，嘉仪对李锌的印象不错，所以，微笑了一下，并不在意。

李锌去了宜宾市，他寻找许量丢失的萧，很顺利。他还是习惯了用钱说话，他找了几个当地人，在宾馆的配合下，把许量以前站在"新亚达石林宾馆"的假山上抛向荷花池里那只名贵的萧很完整地取了出来。他亲自清洗干净。李锌的动作很慢，好像是在回忆过去，也像是在设想未来。

因为是他很尊敬的许老师的萧，他没有去试着吹上一曲。他从成都因冲动而来的时候，想法还不是很清晰，但是他在第二天早上回成都的时候，他已经完全调整了对张嘉仪爱的方式：他应该是一直站在她的立场上去考虑问题，想她所想的，爱她所爱的，这样才能够畅通无阻地进入她的内心世界。其实帮助她去爱许量，也应该是自己爱她的一种方式！李锌从单纯的以占有为目的的男女爱恋，很快地提升到了无私的爱情。

在回成都的时候，他的车也开得很轻松了。

在高速路上，李锌开车十分小心，车子经过内江市的时候，他本来想回家乡看看的，但是觉得自己在那里已经没有直系亲人了，没有住所了，这就没有自己的根了。他的车从家乡的旁边滑行而过，李锌有点淡淡的哀伤。但是，张嘉仪的电话很快就让他忘记了这些。她问李锌：是否有空？如果有空的话，可以找个地方坐坐。

进入了成渝高速路的成都收费站，李锌把过路费一缴，立刻就有了回到家的愉快感。他已经在幻想自己对张嘉仪投其所好之后的境况了，她会在感谢自己的时候还对自己青睐有加吗？李锌暂时忘记了柳和平那笔放款出了大麻烦的苦楚。他坚定地相信，世界上没有过不去的坎，没有克服不了的困难。

时间如流水，在成都，在全世界都同样的不紧不慢地流淌，千古不变。

到了2008年1月30日，星期三，成都的天气居然有了一点点转暖的迹象。成都尚德恒信房地产公司的老板于洋和他的副总助理美女林丹，在自己的办公室，有点愁眉苦脸了。他们的公司最近在都江堰市的风景区拿了一大块地，因为资金链紧张，现在非常需要向银行或者民间资金市场借贷一笔三四千万的资金。

于洋是张娅新男朋友李刚的小老乡。现在李刚调到重庆工作了之后，于洋发现他再使用李刚在成都时介绍的关系，已经是"人走茶凉"了。还是林丹想起了一个人，那就是张娅，她不是开了一个专门做资金与资本生意的"资本之鹰"商务会所吗？林丹不愿意看到自己的老板为融资的事情发愁，她觉得她是老板的助理，为老板排忧解难就是她的主要任务。

她提醒于洋说："我们还是去找张娅的资本之鹰会所吧？她可以帮我们找到几家资金方谈合作，我们可以从资金方那里挑选最适合我们的合作。"

于洋点点头，说："最关键的是我们现在的抵押物大多数都在银行，而没有抵押物，想借到民间资金，比登天还困难。"

于洋最后还是让林丹给资本之鹰商务会所的老板张娅打了电话，说清楚了他的资金需求，并且，全权委托资本之鹰会所与资金方洽谈，具体的合同与手续尽快补齐。他让林丹不要提他与李刚的关系，张娅是知道的，而且，资金本来就是冷冰冰的，与人们的交情完全没有关系。张娅答应了林丹的请求。为企业解决资金的需求，本来就是资本之鹰商务会所的重要功能。她告诉宋诚意和李玫，一定要把这单业务尽量做好，她没有说明这是李刚的小老乡关系，是想让远在重庆的李刚也知道她做生意厉害。

宋诚意和李玫立刻分头行动，这是商务会所应有的工作效率。宋诚意去安排联系已经在会所的"资金提供方"登记的几家资金公司，他们是钱大富的东方富源投资管理公司、黄义仁的成都世纪洪盛担保公司、苏文的成都环金担保公司，还有一家新注册的不知名的资金公司。宋诚意的任务是配合张娅与这些公司的业务负责人联系，并且代表于洋的公司与资金公司进行初步地接触和谈判。

李玫的任务就是对成都尚德恒信房地产公司的情况进行全面的调查，甚至包括了公司的老板于洋的个人情况，比如他的道德品质、是否赌博、是否吸毒、有没有包二奶等问题，都要尽可能调查清楚。张娅一直在强调：资金借贷生意能否做，主要是必须努力发现业务的所有风险和找到怎样去控制风险的办法！形形色色的风险中，其中最大的风险是人的风险，成事与败事，甚至完全就是借款人的一念之差。

　　李玫从小就是一个敏感的人，她觉得妈妈这几天对自己很关注，虽然还不能够完全判断她为什么用她很智慧的眼睛不时地关注自己，但是，她有点不安的感觉。白天在忙碌中度过了，快下班的时候，宋诚意很热情地到李玫办公室，邀请李玫一起吃晚饭，然后去紫荆电影院看一部国外的惊险大片。这正好被路过的张娅听到了，于是，她就鼓励李玫去，并说这部大片她也觉得很好看。听到妈妈说大片很好看的话，李玫觉得十分奇怪：她什么时候喜欢上看大片了呢？何况这部电影，妈妈不可能看过。今天晚上，大片才在成都首次上映呢！李玫一下明白了妈妈的心思，她想撮合自己和宋诚意也不是一天两天了。

　　宋诚意听了张娅的话，知道她在支持自己约会她的女儿，就笑容满面地站在一旁等待佳音，他心想，即使是张娅也不一定知道自己掩饰得很深的心思：刚才，他是估计张娅快到李玫办公室门口了才邀请李玫的。

　　其实，李玫很想一个人回到家里休憩。她的心情一直很平静。那天许量与自己聊天，虽然谈的只是工作，尽管远隔重洋，但是李玫还是能够感觉到他言语中蛛丝马迹的寂寞，这是那种成熟的中年男人特有的味道，让她很迷醉，这种似是而非的情感从李玫认识许量那天就产生了。

　　李玫很害怕被母亲看出她内心喜欢许量的秘密，所以，只好假装快乐地答应了。张娅没有看出什么问题，也就很满意地忙碌自己的事情去了，临走时，她对两个有说有笑的年轻人说："不要玩得太晚了。"

　　与不喜欢也不讨厌的人吃饭，李玫觉得没有胃口。但她是一个心地很善良的女人，她不忍心将宋诚意的十分殷勤，变成自己的十分绝情，所以，她一直努力保持微笑。他们是在成都西门的浣花溪风景区旁边的"晶泽印象"吃饭，这里的格调很适合李玫的心境，更何况以前她还在这里与许量一起，与那个过于精明的上海同学洪羽菲在这里有过一次会见，李玫就是坐在当时他们见面的老位子。她一边与宋诚意周旋，一边完全能够让她感受到许量的身影。李玫去卫生间整理自己妆容的时候，居然遇到了张嘉仪。

张嘉仪对李玫很热情，她们也算是熟人了。李玫看见张嘉仪好像比以前更有成熟女人的味道，心中有点泄气，她记得这个姓张的女人是成都最有名气的美女老板，也是许量爱的女人中的一个。李玫对张嘉仪很明显地只是敷衍了几句，就逃离了她。再次见到宋诚意的时候，李玫的心态有了明显的变化，她有点绝望：许量这个家伙，喜欢他的女人太多了！而且，他又是随心所欲的大男人！再加上他曾经是自己亲妈的情人啊，这才是最要命的事情。李玫觉得自己要想和张嘉仪竞争，也是不太可能，她想还是把许量永远放在心灵的最深处才是最明智的选择。李玫再看看宋诚意，觉得他比刚才顺眼多了，她突然有点赌气的想法，自己干脆嫁给面前这样一个殷勤的男人，妈妈肯定非常满意，问题是自己会不会不小心就跳进了婚姻的水深火热之中呢？

宋诚意的确是一个很有诚意的男人，他自认为是非常有风度的男人，在他的眼里，李玫的心思是一堵很深厚的高墙，自己是不可能完全猜透的。现在她的表情变幻莫测，不知道这个漂亮的年轻女人到底又在想什么？

张嘉仪回到包间的时候，对李锌说了刚才碰到了李玫的事，李锌就说："一会我去和她打个招呼，我们毕竟以前是许总公司的老同事。"李锌的私心是想让李玫知道自己是和张嘉仪两个人单独吃饭的！这是李锌觉得很荣耀的事情，当然应该让李玫这样的老同事知道。张嘉仪听李锌提起许量，心中还是有些颤动，她立刻鼓励李锌去找李玫，她好一个人剖析自己的感情世界。李锌走了之后，张嘉仪突然觉得这个世界其实很荒唐，自己为什么今天要主动地邀请李锌吃饭呢？一是为了感谢李锌不辞辛苦，为自己把许量的萧从宜宾的池塘中找到，并送给了自己作礼物；二是为了回请李锌一次，他送这样特殊礼物的时候，是他坚持埋的单。难道还有其他的原因吗？比如，在李锌的身上，有时，也有许量的影子。自己实在太寂寞了，张嘉仪突然怨恨起许量来：虽然是我张嘉仪坚持要你许量只爱自己一个女人，虽然是我一直坚持在你不能够专心爱我一个女人之前，不与你见面，但是，你许量这样聪明懂女人的男人难道真的不了解女人有时候是口是心非的，嘴里说暂时不能见面，心里其实非常希望见到你，你就不可以主动制造机会见面吗？唉！难道你许量花心，我张嘉仪真的能够说不爱你就不爱了吗？说不爱就能够不爱，那还叫什么爱情。

李锌去了好一会才回来，他和李玫交谈，两个人的话很多，他们也有段时间没有联系了。李锌和宋诚意是第一次见面，他们相互交换了名片，知道李锌是成都世纪洪盛担保公司副总经理，宋诚意就说："很高兴认识您，我们资本之鹰会所最近有一个业务，希望能够和李总合作。"李锌就说："愿闻其详。"

两个男人就把两个女人暂时放在了一边，把资金借贷的生意放在了第一位，因为他们知道：钱是男人的"胆"，没有钱的男人一定是把赚钱放在第一位的，这不再是用诗歌谈恋爱的时代了。有了钱，才有爱情，这就是如今的现实。

也许，是因为李锌和宋诚意都有共同的目标：比如都是希望得到不喜欢自己的女人的爱情，他们交谈从刚开始的拘束，很快到了畅所欲言。李玫见宋诚意对生意的热情，比对自己更重要，心中对他的好感立刻减少了很多，她快乐地把自己的思想从餐厅的宽大的落地玻璃窗钻了出去，自由驰骋，不由得又想到了许量，她还是喜欢许量的样子，即使是骂人也很好看。

今天的结局不是很理想：李玫最后借口说自己的头很痛，让宋诚意把自己送回了家，一回到家，她整个人就轻松了，进入自己的精神世界了，两耳不再闻窗外钱来钱往的工作，一心只是回味许量对自己微笑的情形。

张嘉仪的心思，李锌是看不出来的，她随李锌后来又去了一个酒吧。看李锌兴高采烈的样子，张嘉仪实在不好明示：自己和他只是一般的好朋友而已，与他单独吃饭，甚至不可以叫作约会。她一直在克制，等待李锌终于把自己送回了家中，张嘉仪也有点喝醉的感觉了。在泡澡的时候，张嘉仪决定早一点给李锌说明，自己与他的感情是绝对不可能的，她的心中只有许量一个男人。为了安慰李锌，她决定把他当成弟弟一般来对待。

第三十四章　善恶皆了

第二天，李锌很早就去了公司，他有一个大业务可以做，虽然，这次的业务肯定没有机会收取中间人的"顾问费"，但是，做资金借贷生意的人，有事情做是最快乐的。与黄义仁的交流其实也只是隔了一层纸，他们好像根本就没有因为柳和平的事情闹得不愉快似的。

黄鹂起了很大的作用，这一点，黄义仁不想告诉李锌。他再次答应了女儿的要求，无论李锌做了什么，做老爸的都要尽可能地容忍他，还要帮助他。前几天黄鹂的眼泪，让今天的李锌心情很轻松，他不知道黄义仁内心的苦涩。李锌从老板的办公室出来的时候，非常高兴，他今天有了两件值得高兴的事情：一是黄总居然让自己不要再管柳和平业务的收尾工作了，他不知道黄义仁已经找了外地"黑道"上的人来处理这件事情；二是黄总让自己重新把业务工作抓起来，这说明他已经完全恢复了对自己的信任。

李锌在老板办公室门口，碰到了妖娆的李佳佳。在高兴之余，李锌对她很礼貌地点头致意，这让佳佳很愉快，她进去也说了李锌几句好话。

李锌又想到了与熊小川合资公司的事情，自己是关心得太不够了！他马上给熊总打了一个电话，听出对方在电话中的声音是不满意的，李锌也不多计较，对话筒说："大哥，小兄弟马上就到你那里！"

熊小川耐心地等待李锌的到来，他们从吴教授那里得到的支持是巨大的。他和李锌一直把老爷子侍候得非常好，在数不清楚的灯红酒绿之中，主要以熊小川为主，李锌为辅，利用吴教授的学生们，以"教授弟子"的身份，建立了一张正在发展壮大的政商网络。按照熊小川与李锌的约定现在李锌还是以资金借贷业务为主体，这样可以很好地配合熊小川的咨询生意，同时再从咨询行业向民间私募资金方向发展，就是走许量曾经走过的道路。

许量是2008年1月30日离开谢丽的。许量选择了儿子外出的时刻离开，之前他们父子已经把人生就是一场不能后悔的单程旅游的道理交流得很透彻了。许量知道儿子一定会长大的，他知道他与谢丽的分手也只是时间的问题了。在回国的机场，在形形色色的人流之中，他和谢丽相向而立，在临分别的时刻，他终于看到了她内心的柔情和泪水；她也看到了他久违的柔情。但是，人生的棋局落子无悔，他们都明白这些悔悟已经来得太迟了。

在一起相爱和生活了二十多年，要分手了，谢丽对许量什么都不想说，她想她已经对许量说了这样长久的千言万语，什么样的滔滔江水一般的感情还没有说完呢，还有什么样的人生成败得失放心不下呢？他对她最后的话语也只是两个字："保重！"

没有眼泪，眼泪已经够多了；没有微笑，只有淡雅的寂寞。人生早晚都要分别，没有任何东西可以带走的，许量拼命想放下一切，可是双手还是拿满了东西，他看谢丽远去，眼睛非常酸涩。她的一切从熟悉立刻到了陌生，一直到她娇小的身影被机场的自动玻璃门不可避免地剪断，一直到她和自己一样，都将变成另外一个男人或者女人的爱人！"他妈的！世界上哪里有什么永恒的爱情？"许量骂出了声，"现代人，包括老子，谁不是用爱的名义在冠冕堂皇地亵渎和背叛爱情？"一想起那些低俗的爱情电视剧所描写的爱情，他觉得很恶心，他想去追谢丽，那可是自己的过去，那可是自己的老婆！但他的心轻飘飘地去了，身体却重如磐石。他喉咙里面"骨碌"了几声，拳头握紧，面露凶恶之光，脸色难看之极，好像是在呵斥自己或者要与自己的"自我"、"本我"和"他我"三个灵魂的主体搏斗一番，也不去管四周老外是否有人能够懂得东方哲学、了解中国好男人离婚艰难困苦的此情此景。正在无边无际的苦海挣扎之间，突然后面有人说英语。许量猛然回头，看见一个陌生女人很关切地看着自己。她可能不到三十岁，神态飘逸，举止优雅，是一个真正的美人儿。许量的表情并没有松弛下来，依然僵硬。他突然觉得世界上的美女都非常讨厌：红颜祸水啊！难道自己的家走到破裂，不是和那些五颜六色的红白黄玫瑰有关系吗？他的英语水平很差，听不懂她的话，于是粗暴地用四川话说："走开！格老子，不要多嘴。"那个女人不解地微笑了一下，好像不懂得许量的话，这说明她应该是华裔或者亚洲人。等她离开，许量找个座位慢慢坐下来，但他激动的心情一直在飞机上才逐步平息下来。当飞机在浩瀚的太平洋上飞行的时候，许量麻木的神经开始苏醒过来，他穿越机窗，看蔚蓝的大海，成都越来越近了。他想：不管事情多糟糕，许量的生活还要继续，但那个女人的美丽形象却分外的清晰起来，再也挥之不去。他不得不承认，这个女人才是真正有国际水平的大美女。

许量没有告诉任何人他要回国的消息，他很劳累，多年的商海颠沛，让许量身心疲惫不堪，他决定画地为牢，自己一个人孤独地生活与工作一段时间，为期两个月，等到春节过后，估计谢丽要求离婚的律师函就应该来了。对张嘉仪的思念其实也一直未停止过，但是，他许量真的能做到只爱张嘉仪一个女人吗？自己是一个很纯粹的性情中人，因为害怕自己万一因为性情激荡的原因而做出对不起嘉仪的事情，谢丽和张娅就是前车之鉴，所以，许量还是选择了逃避。

在上海待了几天，许量才悄悄地回到了成都，他很隐秘地坐上了李健康的车，与美国回来的同学龙良君一行三人在双流的一个农家乐喝酒吃饭，许量大醉了一场。他知道了几年以来，一直与自己聊天的那个"微笑的月亮"说的话基本上都是真实的，她对国际资本市场的研究之所以那样准确，也不过就是她每天的工作和专业而已。更奇妙的是她居然还是龙良君的上司！真是天地太小，网络有奇迹。而且，听龙良君说，她还是一个非常有背景的、不一般的女人，她在国际资本市场上都是有分量的女人。许量动了心思，他想如果自己的一生不仅是局限于四川成都，而是需要远走天下的话，与这样的女人交往和认识就是必需的事情了，他由衷地说："真想去见一下'微笑的月亮'！"他的两个哥们就笑话许量"花心"。

许量哈哈大笑，他说："我不是花心，而是好奇和希望能够有机会学习外面的资本市场经验。一个普通的网友，居然是这样高层次的一个女人？这真是世界之大无奇不有！"因为醉意，他笑得有点夸张；完全失去谢丽的痛苦也爆发出来了。他对两个大学哥们开玩笑说："男人还真的不是什么好东西，尤其是我许量！不知道为什么我总是这样，见了喜欢的美女就想和她们待在一起？"李健康不断地劝告许量要对自己宽容一点，他很认真地说："人有时候原谅别人比原谅自己更容易，但能够原谅自己也是一种美德。"

龙良君也在一旁帮腔，他说："等我回到美国或者有机会的时候，我可以帮你试试，看'微笑的月亮'是不是也能够对许哥这样的中国杰出男士微笑？"许量用力摆手，否决道："不用劳驾了，我自己可以找'微笑的月亮'聊聊天，说句大话，我许量或许能够吸引她参加我们的国家经济发展，这可不是聊天而是爱国行为！"于是哥们几个就用酒来说话，一直说到筋疲力尽。

等好不容易把许量弄回他的家中，在送龙良君回他暂住的玉林小区出租屋时，李健康对龙良君解释了很久，他不断追问许量到底拥有什么样的感情世界？谁是张娅、张嘉仪，还有谁是许小露和李玫呢？龙良君最终还是不太明白这些女人到底与许量有怎样的故事？他只是在与李健康分手的时候，说了一句台词，就是喜剧演员范伟被赵本山忽悠的时候，脱口说出的名言："脑袋有点乱。"李健康暗道："天才知道这个新美国人是怎么知道这句话的。"

终于，龙良君步履蹒跚地回他的临时住所了，李健康觉得龙良君的步履才是乱糟糟的，不像许量醉酒了，走路开车都还很笔直，他走路都没有正确的章法了。龙良君这次回成都，本来是来怀旧和伤感人生的，没有想到的是，他很快就找到了重新做成都人的快乐。但是，他的美国老婆和他打起了冷战，纯粹的美国女人，是绝对不可能懂得家乡对每一个中国人情感世界的支撑作用的。

许量回到家中仍然精力旺盛，开始了新的折腾，他又找出了一点红酒来喝。本来想以酒当药消愁解毒的，没有想到的是，在连续呕吐了几次之后，精神却慢慢地好了起来，变得愁更愁了！他干脆去洗澡。把水温调得很低，在寒冷的感觉中，他的精神与身体都高度绷紧了。

许量在渴望回家乡治疗心中之伤的冲动中，连夜开车冲进了黑暗之海，投入了老家的山区。在那里，他准备待上至少半个月。这次回家的路上，他没有开手机，他暂时切断了他与世界的联系，甚至希望世界上的人都把他忘记。穿行在黑暗的高速路上，许量独自开车的时候，喜欢盯住白色的行道线把车开得很快，就像在空中飞行一般，这样的感觉很好。

后来，许量用不少假话才成功隐瞒了谢丽与自己可能离婚的事情，这样他的父母才能够在田园牧歌中继续着他们简单朴实的快乐。

许量的家乡在山谷，一条公路穿越其中，他的家就在半山腰。回家的第二天，许量独自去了山顶附近的一个洼地，在那里有他少年时候的美好记忆：远处是一棵苍劲虬髯的松树，好像是黄山的迎客松一般，依然那样超然出世；旁边是一块悬崖边的暗黑色远古巨石，永远那么干净，没有一点尘世污染的蛛丝马迹；对面是一大片镜面一般光滑整齐的绝壁……

当他坐在大石头上冥想的时刻，在坚硬无比的感受中，许量少年的心情又回来了：他虽然出生山区，但他从小能够从外面来的非常少量的旧书古籍、现代报纸和收音机中，老师的讲课和大人们的闲聊，只要任何地方有信息，他就能得到他需要的知识和力量，这就是天赋，一种能够从片言只语中自动领悟出无穷知识的非凡天赋。大智慧不一定会产生在大的地方，智者经常出自于山野之中：许量在12岁的冬天飘雪时刻开始写日记；13岁的春雷惊醒了他男子汉的意识；15岁在山野溪流中一个人撒欢大喊诗歌万岁；16岁开始孤独地思考人生的生与死；他17岁选择好自己的墓地，就是对面的绝壁里面；18岁走出大山到成都上大学，从此进入滚滚红尘，难以自拔……好久没有来自己的精神与智慧的诞生之地了，许量觉得很惭愧，他不想经常到这里来，是害怕灵魂提前惊醒自己的美梦，在城市中迷失和迷醉自己真的很容易。

对面山峰上茂密的林地被剃了一块伤疤一般的空地，那里就有一个手机信号的发射台，虽然是大煞风景，但这也让许量能够从那里得到强烈的信号，用笔记本电脑无线上网居然非常顺畅。许量连续来这里好些天，他需要从这里回到他熟悉的精神世界，一是疗伤；二是获得进入未来的动力。

他专门去找了"微笑的月亮"交流，他们因为有了共同的朋友龙良君，所以，许量和"微笑的月亮"也慢慢地成为朋友。他们聊天的内容越来越广泛。许量从这个叫常嫣然的华裔女人那里，了解到欧美最新的金融危机的动态，也学到很多国际化的现代金融知识；许量也让出生在国外的她了解了中国和成都。至于龙良君说的常嫣然非常漂亮的事情，许量一点探寻的兴趣也没有，只是知道这个和他完全能够对话的女人有足够的智慧就非常知足了。

"雪山精灵"倒是很实在的一个网友，基本上不怎么说话，只是经常来问候自己。许量不了解她，也不想多了解，只是知道她是一个普普通通的上海人，是在一家小公司工作，就是大家叫的小白领。许量也不是特别介意。只是今天她和自己聊多了，感觉很好，他才告诉这个大上海的小职员，自己现在是在一个青山绿水的地方"大隐于山"。

"雪山精灵"很不屑地说："我严重怀疑。"许量立刻回答："如假包换，"并让她看了自己的聊天视频。在心情舒畅之时，许量拍摄了家乡的日出与日落照片传给她看，那是动人心魄的美丽！

他说："这是一种大上海绝对不可能有的美丽。"

看了照片里面的山野和视频里面的许量，他神采飞扬，于是她灵机一动，抓下了一些视频截图，她对聊天并不陌生。她建议许量改自己的网络名字为金庸小说中的人物"令狐冲"算了。许量一时兴起还真的把自己网名修改成了"成都令狐冲"，年纪就修改为800岁了。洪羽菲嘿嘿一笑，把自己的网名改成了"上海小师妹"。

许量说："女孩子敢于叫自己为雪山精灵应该是冰雪聪明、鬼怪精灵才对。我可是雪山之子，上过几十座雪山了。你愿意做我的上海小师妹岳灵珊，我倒是不反对。"他本来就非常喜欢令狐冲唱的《沧海一声笑》，于是就马上在网络上把这曲子找出来，把歌词发给新结交的小师妹看："沧海笑，滔滔两岸潮，浮沉随浪记今朝。苍天笑，纷纷世上潮，谁负谁胜出天知晓。江山笑，烟雨遥，涛浪淘尽红尘俗事知多少？清风笑，竟惹寂寥，豪情还剩一襟晚照！沧海笑,滔滔两岸潮,浮沉随浪记今朝。苍天笑,纷纷世上潮,谁负谁胜出天知晓。江山笑,烟雨遥,涛浪淘尽红尘俗事知多少?苍生笑,不再寂寥,豪情仍在痴痴笑笑。"

洪羽菲把网络上的歌曲找出来,戴上耳机,边听边认真体会了"……谁负谁胜出天知晓……"这句歌词的意境。这歌曲飘逸,很容易让听曲子的人忽略其中的内涵,但她知道此句的意思其实孕育着非常深奥的人生哲理,再想想许量与老爸之间不正是这样?谁负谁胜出天知晓?商场争斗不就是"此一时彼一时"吗?门有门锁,人有心锁,看来要了解许量应该从认真体会他最喜欢的《爱江山更爱美人》和《沧海一声笑》这两首歌曲开始。

他却并没有像其他男人那样着急于色,他们一旦知道自己是女人,就马上提出要看看她的视频与相片。洪羽菲于是就主动说:"我很丑,但我很温柔。"许量觉得很奇怪:"虽然我爱江山更爱美人,身边美女不少,难道这个网络中的小师妹也免不了脱俗,也把大师兄看成是好色之徒吗?你漂亮与否怎么会与我有什么关系呢?在网络虚幻的世界中,真诚的心是高于一切的,聊天快乐就是在于人与人能够用灵魂做语言来交流自己的世界,那是海内存知己,天涯若比邻的美好感受,它的前提是信任,特别是陌生人之间也要相互信任。在网络上一切老少美丑,一切贫富贵贱,一律人人平等。"

洪羽菲假装很随意地问许量的个人情况时,许量基本上是实话实说。他说自己是成都小老板。

"上海小师妹"嘻嘻哈哈说:"那大侠令狐冲做什么小生意啊?"许量开玩笑说:"做高利贷生意的。"她故意大惊小怪了一番,又听许量说:"老板的大小不是看你金钱的多少,而是看你经营什么。经营商品的再大也是小老板。万般皆下品,唯有资本高,资本家才是真正的大老板,我做资金生意而不是资本生意所以是小老板。小师妹,你既然是学工商管理的那就应该知道这个道理。"

非常的真诚和非凡的自信,这就是许量很阳光很有男人魅力的一面。因为被许量的随意和真诚所震撼,她保留了关于许量的一切信息,然后下了线,自己一个人独自在办公室里面待了很久,脑海中全部是许量在大山中的逍遥与快活,他自由自在的状态让她的心被恶狠狠地扎了一针,流出鲜艳的血:"好男人是书",可是好书绝对不会碰巧就在你的手上。在大上海和全国,甚至世界范围看了好多本书,时间有长有短,方式多种多样,只有这本书爱不释手,因为他很耐看。

她从好奇为什么那样多的女人喜欢许量所以去探究他,变成了敬重他的快意恩仇。她没有任何男女杂念,只是很单纯地非常希望能够成为他最好的朋友之一,如果能够成为是交心的那种哥们就最好,因为男女之爱太浅薄了,幻想用爱情誓言来对待许量这样"爱江山更爱美人"的男人,其约束力看似很强大,其实新欢永远不敌旧爱,何况许量是非常之人,需要的是非常之爱,只有"知己"这两个字才能够拴住这样优秀的男人。洪羽菲非常庆幸自己正好在许量的心灵开放之时刻,看见了真实的他,她顿悟了:有些男人是生而为奇迹来的,生命中的奇迹或者奇遇,也许许量自己都还不明白。这就是人生最奇妙的"运气"啊!有了这样的男人做好朋友,人生一定是别有滋味,至于在上海还是在成都都不重要,甚至在任何地方做任何男人的女人都不会太寂寞。

她把自己最珍惜的心灵之歌发给了许量,许量很快就收到了,这是《观音灵感真言》的宗教歌曲,他去网络听了,最后是泪涌心头,但强行忍住,让会腐蚀男人坚强的泪水倒灌胸中。没有想到这个普通的小师妹还能够找到这样的天籁之音来描写自己的心情!当然这是偶然,许量匆忙地下载了音乐,然后让这首音乐飘飞在他少年的精神家园,彻底保卫他脆弱的心灵。在明亮的天光下,许量盘踞暗黑色巨石上,在博大的时空中,一个人迷醉宗教情绪,不能够自拔,一直到他第一次体会到了永恒的感觉……

许量偶然也和成都的朋友们及以前的员工们聊天,但是,当他们问到自己在哪里时,他都说自己还在澳大利亚和家人团聚。许量觉得与谢丽离婚的事,对自己的心境毕竟还是影响太大。也有很多时候,他甚至也闹不清楚自己到底是不是真的愿意和谢丽就这样因为离婚而永别?张嘉仪不是在水一方,仪态万千地等待自己去找她吗?为什么在自由自在面前会矛盾呢?这让许量痛苦和逃避,他在躲避中和对未来的展望中医疗自己的心理创伤,有点像任性的小孩。

就在许量很哲学地"小隐于野",逍遥自在的时候,成都的资金界发生了好几件大事情。

有借款客户还不了借款跑路了的,有放贷公司暴力讨债,有的流血、有的真出了人命,有被媒体曝光了内幕的,还有被立案侦查的,这些烦恼如同形形色色、琳琅满目的玻璃罐子,全部都"小心易碎",但已经完全与许量无关了。

还有一件事情,是柳和平被人打了。表面上,这件事情的起因,只是柳和平开的车与一辆外地面包车,在南门的一条比较偏僻的小街上,发生很偶然的碰撞而引起的暴力事件。李锌被黄总从收欠款的麻烦事情中"解脱"之后,就不再管追债的事情,所以,后来他与柳和平再也没有联系。但是,他听韦伟说起柳和平被不明身份的外地人打了。这次,他被打得很厉害,没有残废不是他幸运,而是他们打人很专业,也并非手下留情了。

后来,易虎这边的人,也赶来和对方动了手。双方都有几个小伙子住进了医院,其中,还包括了易虎本人。出人意料,易虎制止了"猴子"和"粉哥"打算将报复行动升级的慷慨激昂的要求,他不屑一顾地说:"这样的事情,我自然有分寸。"

警察把应该处理的都处理了,但是,柳和平的心却开始颤抖了,他遇到的是一帮连警察都有所避忌的人,他不太相信,但从对方凶狠而平静的眼光中,彻底地知道了什么是玩命,自己的命,总比自己的钱长啊,他安慰自己。对于自己想"躲"进监狱,求得暂时平安的设计,对方也给揭破了,他们说:在监狱里面,弄死你一个老小子,比外面要容易百倍!柳和平不敢用自己的生命去检验这些话的真伪,只好让自己的斗志主动崩溃了。

李锌隐约地觉得,这事一定是与自己的老板有关系。但是,黄总每天笑眯眯的,一点都看不出他"涉黑"的端倪。可是,李锌很快就在公司同仁那里了解到,柳和平现在的态度是很好、很主动地来公司配合黄总处理他的借款问题了。

另外一件事情是韦伟差点自焚。

因为,韦伟的借款依然没有着落,李锌的心中还是非常的焦虑。

韦伟在和他喝茶的时候，却非常反常地微笑着对李锌说："吉人自有天相，兄弟放心，别人放款出了问题，可以找社会力量来解决问题，对于我们这些弱小者来说，我韦伟也一定有我自己的办法来解决我们的麻烦。"说完此话的几天后，韦伟做了一件让几乎所有认识他的人都大吃一惊的大事来。

韦伟拿了一瓶可乐塑料瓶装满了汽油，密封好，在身上掩藏得天衣无缝。然后，开车去了柳和平的办公室，路上他的车里面充满了打击乐的喧闹。

半个小时后，柳和平没有报警，他同样是很彻底地投降了。因为，他看见了韦伟甚至比自己遇到的外地的"黑道"上的小伙子们更加凶残，当然韦伟的凶残是针对他自己的，他是在用他的生命来捍卫他的本息，他要在柳和平的办公室自焚。

韦伟告诉柳和平："我的生命本来不值得用这样的方式来结束，我也非常害怕死亡，但是，我的处境很险恶，我输得起钱，但输不起我多年积累起来的商业信用。你借钱不还，这和拦路抢劫又有什么区别？在我的眼中，你现在不是一个被高利贷者追债的可怜虫，而是一个抢劫犯，一个妄图不劳而获、剥夺他人财富的坏蛋，你明白吗？我韦伟这才只能够用自己卑微的生命为武器，与高贵的柳总你相搏，你完全可以想得开，你输掉的是本来应该归还我的东西，我现在需要你遵守契约，还我韦伟的商人尊严和资金借贷本息的安全。"

柳和平不想输得太惨，他先是输给了黄义仁伸出的黑手，他们比易虎的人更加不要命，而且，他们是如假包换的不畏惧死亡的亡命之徒；柳和平不知道的是：黄义仁也曾经是和他一样准备"借钱不还"之徒，只不过黄义仁现在从债务人变成了债权人，所以，黄总他现在有了和许量一样的愤怒！因为许量在成都资金借贷市场中的威望，行内人士都知道"许量似的愤怒"，这就是对赖账之徒的愤怒，也是债权人对债务人的最后的通牒！黄义仁是心安理得地要求柳和平欠债还钱，现在他一样有了"许量似的愤怒"，他要求借款客户必须无条件遵守借款合同。

偶尔，黄义仁也会有想起自己以前借贷了许量的东方富通公司的资金不想归还而四处逃债的丑陋之事，但他安慰自己那是过去的事情了！他现在知道了市场经济中道德也许应该让位于契约精神的大道理,也领会到了这个世界的规矩之一就是立场决定行为,甚至立场决定道德:最好让那些同情和支持借钱不还的那些人也来尝尝自己的金钱被赖账之徒欺骗和"抢劫"的滋味。

而韦伟的玩命,是柳和平绝对没有想到的,他是眼睁睁地看到韦伟进入他的办公室之后,一言不发就打开可乐塑料瓶,把里面的汽油全部泼在了自己的厚厚的羽绒服上,然后,非常迅速地把打火机拿在了手上!浓烈的汽油味道和韦伟视死如归的微笑,让柳和平觉得他不是威胁,也不是开玩笑,真的是来找死的!这个世界什么最可怕?是敢于找死的人。

柳和平不知道用了什么办法,也不知道他从哪里又骗了一些钱,他把李锌与韦伟的借贷资金归还之后,也退出成都的商界了,他实在不知道这个世界为什么突然有了这么多的恶人,他也不会去玩自己或者别人的命。当然,黄义仁与韦伟都不约而同地,主动给他免掉了一部分的"高利贷"利息,他们的共同原则是"得饶人处且饶人"。而黄义仁呢,更是进了一步,他还主动给了柳和平两万元的零花钱,说是希望老柳过得更清静。

青山不改变,绿水常流淌,会做资金借贷生意的人,就是这样的"有事好商量"。

几个月之后,柳和平把"玫瑰城"项目,全部抵偿给了他的朋友王之前。他筋疲力尽地离开了成都,据说是去了都江堰市青城山的乡下,那里的养老成本很低。

王之前很够朋友,也很仗义,在柳和平被黄义仁和韦伟追债的最关键的时刻,帮助他去成都另外一家新成立的、外人都不知道背景的成都国中新瑞投资担保公司借款,其实这些事情,全部都是王之前暗中安排的,这是柳和平他也许永远都没有机会知道的内幕了。他是怀着千恩万谢地感激离开王之前的。

一个多月后,王之前和他的情人罗绮丽终于如探囊取物一般,从某银行贷出了巨款,他们全力挺进了成都民间资金市场。不过,他们的想法与做法,非常有特点,他们不完全是以借款客户的房地产资产为安全保障的借贷公司,而是专门找一些高科技的新兴公司的股权为抵押物借贷,他们直接进入了有潜力的公司董事会。王之前的业务转型很成功。偶尔，也会拆借一些资金给建立了战略合作关系的成都同行。

罗绮丽对她的朋友们和客户说："我们的公司，将是专门采用民间资金借贷与私募股权投资、风险投资等形式相结合的投资公司，我们的目标是成为拥有股权价值最大的专业公司。"

韦伟后来还是让崔乐乐、李锌和刘洋等少数人，知道了他一个人单挑柳和平的惊险大片一般的经历，在成都锦里街的一家酒吧里面，他语气很平淡地对李锌等人说："我那时候，充其量就是一个人的、十分钟左右的黑社会。"

崔乐乐毕竟是喜欢韦伟的，她强迫韦伟离开了民间资金行业，她不能够让他再为了金钱去冒生命的危险，她坚信韦伟一定会离婚与自己在一起。韦伟实在是抵抗不住崔乐乐后面的金钱和权力的诱惑，他心中已经在策划与自己的老婆离婚。因为韦伟的老婆正怀上韦伟的孩子，所以，崔乐乐就大大方方地给了韦伟两年的时间。她的想法其实很简单，感情这个东西是现代社会中的稀罕物，强求会受伤，只有顺其自然才能够进退自如。韦伟到了崔乐乐主持的公司做了主管投资的副总经理，他们有时也到成都周边的景点去寻欢作乐，涉足的地点有峨眉山的温泉酒店、青城山的宾馆等，但更多的是全身心地把崔乐乐的公司经营管理好，因为，崔乐乐的老爸即使是在病床上，也把他们盯得很紧。

虽然，李锌协助黄义仁尽可能地去争取成都尚德恒信房地产公司的那笔业务，在资本之鹰商务会所已经出入了很多次，与张娅、宋诚意，还有李玫都进行了很多次的谈判与协商，但是，这笔业务还是被在成都资金市场上与许量齐名的资金老大苏文拿走了。

苏文是成都环金担保公司的老板，在许量淡出民间资金市场之后，他全力进军了民间资金借贷的空白领域。苏文觉得许量不看好的小额贷款公司是一个历史性的机会，所以，他利用各种渠道和关系，希望能够尽快把这样的民间资金借贷的通行证拿在手中。大多数做资金的同行，都非常不明白许量为什么不去拿这样重要的"准金融许可证"？只有苏文明白，许量的心思已经不完全在成都，甚至不完全在国内了。他和以前一样，很关注许量的动态，可惜，现在知道许量动静的行内人士很少了。因为资金不足的问题，苏总也从王之前的公司那里拆借了一些资金。他们通过做成都尚德恒信房地产公司的这笔业务，建立了紧密的合作关系，而牵线搭桥的就是张娅。

苏文非常骄傲，在行业内也是大老板。在民间借贷行业，老板的大小，不仅仅意味着拥有金钱的多少，而是你可以使用或者支配的资金的大小。但是他接受了老朋友张娅的劝告："现在的时代已经是合作的时代了。在成都做资金借贷生意，一定要做到依靠'圈子'而不能单打独斗！行业内的信息共享和资金的相互调度，是必然的趋势。如果许量还在的话，我希望你们都成为张娅的企业同盟。"对于许量和自己几个人打赌，赌李锌能够在一年内成为老板，甚至能够娶到张嘉仪那样的美女老板的事，苏文没有为难张娅。只是有一次，苏文喝酒之后，到资本之鹰会所谈一笔业务，顺便去办公室看望张娅的时候，私下对张娅说："其实，我们已经知道了许量的心思，他现在是没有办法让他的弟子去爱上张嘉仪这样的女人了。"张娅知道这世界上的事情，什么都可以隐瞒，但许量在宜宾的一家宾馆里面宣布他爱上了张嘉仪的宣言，隐瞒不了，因为知情的人都把这件事情当成爱情的佳话来传播，只有李玫始终不愿意正视那天晚上到底发生了什么样的事情。

李锌从黄义仁和韦伟两个人在柳和平这件业务不约而同地"恶"处理上，看到了资金借贷生意的残酷一面，他不反对使用"恶"手段，只是觉得做民间资金借贷完全可以在法律的范围中规范地进行。他又去报名参加了一家大学的法律培训班，也买了很多的书籍来学习，李锌想把自己武装到牙齿，直到自己也和许量老师那样变得坚不可摧。

韦伟退出民间资金市场的决定，让李锌也思考了很久。李锌觉得自己的势力与实力，都完全不能够独立地面对，这个灰色市场可能出现形形色色的问题和千奇百怪的麻烦。他暂时延缓了辞去成都世纪洪盛担保公司副总经理职务的决定，他与熊小川的合作，也只是在秘密的状态下进行。虽然，成都民间资金市场的活跃程度越来越高，做资金借贷生意的人，也越来越年轻化，李锌却对自己安慰道："对于年轻人而言，耐心才是最大的资本。"

李锌胸怀大志，决定在黄总的公司中，多读书提高理论水平的同时，努力工作和实践，不断积累一些实战的经验。他努力与公司新来的李佳佳等人搞好关系，这样，李锌就与公司原来经常反对和排挤他的公司总经理罗成民和部门经理高礼等人完全可以抗衡了。黄义仁利用了各种各样的机遇与手段，把成都世纪洪盛担保公司做得越来越兴旺了。一天晚上，他单独请李锌喝酒的时候，喝醉了，黄义仁酒气熏天地告诉李锌："许量不知道逃到哪里去了，但是，我和李佳佳都一直在寻找机会，向他报仇！此仇不报，非君子！"后来，李锌故意在李佳佳面前提起许量的名字，没有想到李佳佳竟勃然大怒，甚至说："谁在我面前再提起许量两个字，谁就是我最大的敌人！"

李锌听了，也不想去劝解他的老板、李佳佳与老师之间的恩怨，他知道以前黄义仁曾经向许量的东方富通投资管理公司借贷过资金，但是，他不完全了解老师许量曾经用黄鹂的安危为"武器"，来威胁他的老板黄义仁归还民间借贷款项的事情，也更不知道为什么李佳佳会这么仇恨许量。

李佳佳对自己已经从重庆回到成都的事情不再保密了，因为她要去春熙路的高档百货公司消费从黄义仁那里赚来的钱。有一天中午，她遇到了老朋友顾艺，她俩十分亲热地尖叫了几声，然后热烈地拥抱。

她们手拉手去了仁和春天百货的五楼，一边吃午饭，一边很痛快地聊天。李佳佳知道顾艺已经当上了文化公司的老板，虽然是小老板，但是，她为顾艺的成功而高兴。

顾艺正在做"发现僰人"的文化旅游项目策划，已经得到了电视台和政府的支持，不久就要再次去宜宾市兴文县的"僰人故里"考察了，时间大概需要三个月。顾艺还邀请李佳佳担任其中的影视模特儿，佳佳哈哈大笑："我现在可是做资金生意的人了，怎么还去演这样的小角色呢？"

顾艺听了，觉得很惭愧，她说："抱歉，佳佳，现在做什么样的生意都不如做资金生意啊！"

她们曾经是一起认识许量的，都对许量很有好感，但是世事难料，现在顾艺成了许量挂名的学生，而李佳佳则成了一心想报复许量的女人。李佳佳当然不会向顾艺流露任何一点她仇恨许量的心思，她在顾艺不设防的情况下，摸清了许量的很多"情报"。包括许量与张娅分手，张嘉仪与许量不进不退的感情，还有许量已经去了澳大利亚寻找他的夫人谢丽等事情的来龙去脉。

后来，佳佳把这些事情告诉黄义仁后，她评价说："许量是个胆小鬼！他对事业和爱情都选择了逃避，这样的男人，怎么会得到那么多的男人的赞扬和女人的爱情呢？"

第三十五章　图穷匕见

李玫心中的郁闷是不能用语言表达的，因为妈妈想把自己尽快嫁出去的意图太明显了，为什么总是很努力地创造条件，让宋诚意来追求或者骚扰自己呢？因为李玫心中有许量的影子，她害怕妈妈来触动这条最敏感的神经，所以，她不好发作，只能够尽量地忍耐。

快到春节了，会所的事情已不是很忙碌，李玫向妈妈请假，她说她生病了，头痛。她很舒服地躺在床上，觉得有些无聊。就去把许量和自己的合影拿来放在枕头边，仔细欣赏。相片中的许量，双目眺望远方，气宇轩昂。而照片中的她，小鸟依人般地依偎着许量。李玫的淘气劲来了，她随手拿起了床头边上的化妆包，拿起了口红，先把自己的嘴唇画得非常红润，然后在玻璃镜框上印上一个可爱的唇印，刚好在许量的脸上，再画蛇添足地写上"I love you"。她看了又看，很满意，心中充盈了快乐。时间临近中午，李玫因为疲倦，睡熟了。

半梦半醒中，她觉得与许量在一起，好像是接吻了，接着似乎还发生了点别的什么事情，是甜甜的少女的玫瑰梦，这让李玫觉得有点羞愧。

这时候，门被敲响了，李玫在蒙眬中起床开门。在门口，李玫问清楚是妈妈来看自己，就打着哈欠开了门。等妈妈进来了，李玫又对张娅说："妈妈，我头痛想再睡一会儿。"张娅非常关心女儿，她就紧张地跟随李玫进了她的睡房，然后，李玫和张娅的冲突几乎是立刻就发生了。张娅比李玫更先把镜框拿在了手中。

李玫没有来得及把她和许量的合影收藏好,更因为玻璃框上许量硬朗的脸上那个很明显的温柔吻痕,还有"I love you"!这让张娅内心的担忧终于得到了证实,她非常愤怒。这些都本该是自己的!怎么可能是女儿做的事情呢?

李玫完全能够感觉到妈妈的怒火,张娅是在怒骂李玫,话也很不好听!她甚至用了"不要脸"和"羞辱"等词汇。

李玫迅速地从羞愧中苏醒过来,她很平静地低头不去看张娅的眼睛。李玫知道,这是自己对许量迷失和错误的感情,让妈妈感觉到很羞辱,她决定不管妈妈骂自己什么难听的话,都不再辩解。既然妈妈已经知道,自己心中的压力反而变小了,妈妈的愤怒也让李玫清醒了不少,她知道应该怎样去面对自己真实的感情世界了。李玫的心情很复杂,她尽可能用旁观者的态度面对妈妈的狂风暴雨般的语言。

张娅也不知道自己究竟骂了李玫些什么,更重要的是李玫出奇的冷静,她准备把自己内心的愤怒全部向许量发泄!他是李玫的叔叔,也是她的老师和老板,他必须为李玫的畸形的感情负责任!难道许量居然容许我张娅的女儿爱上他?张娅突然不再责骂许量了,她很强烈地想让许量立刻或者马上来给自己一个合理的解释。她打许量的电话,打不通,他还是关机的,张娅这才想起他去了澳大利亚。于是,张娅想了想,需要给许量发一条短信息,她是一个非常聪明的女人,但是今天发现李玫对自己骂她不应该爱上许量的事情,一点都没有辩解,张娅真的很绝望了。张娅给许量发的短信息是:"我快死了,速回电话!"女儿怎么能够爱上自己的情人呢?

李玫又被张娅逼迫着回答是不是真的喜欢上了许量?是什么时候开始的,为什么要做这样见不得光的事情?李玫知道妈妈想要的无非就是一个否定的答案!但是,李玫没有给她,因为李玫不想欺骗自己,更不想欺骗妈妈。

其实,李玫一直想给张娅说:"妈妈,如果你不把我的心思这样无情地揭露,那么,我李玫就永远不能真的喜欢许量!现在,女儿心中最羞愧的感觉已经荡然无存了,那么,也就没有什么可害怕的了。"李玫想通了这些问题,脸上露出了一丝微笑，张娅看见女儿微笑的表情，就更加绝望了，她决定立刻离开女儿。今天，这个面目全非的宝贝女儿让张娅实在是不知道应该怎么样去对付了。

又过了一个小时，张娅觉得自己一个人继续对沉默的女儿骂或者说理都有点滑稽了，此情此景太荒唐，仔细想也许也在情理之中。她只好离开了李玫。她不想在女儿面前输得太惨，太没有尊严和面子了，她也不知道怎样做才能把李玫和许量的感情迅速而彻底地剿灭！

走出了女儿家门，张娅重新投入到冬天的寒冷中。许量还没有回复自己的短信。张娅把车向右边一拐，就上了二环路。她在车上，又流下了悔恨的眼泪，她后悔自己把李玫送到许量的身边学习！后悔没有能够在许量面前直接挑明和要求许量不能让李玫爱上他！张娅知道许量并没有多大的责任，但是，她现在需要的就是一个可以泄恨的对象或者说敌人，这个敌人就是许量！他惹的祸事当然需要他来解决。张娅开始一边开车一边给许量打电话，她要找到他！她又给他发了一条短信。

许量开手机一般是在傍晚，今天也是这样。许量看见张娅下午发的短信之后，立刻吓坏了，当时，许量正从山下向山上走，这是许量家乡的一匹大山，山坡青翠，流水潺潺。他本来准备去寻找孩童时候的快乐印迹。"我快死了，速回电话！"这样的短信对许量相当于是晴天霹雳！她快死了？张娅怎么能够比我许量还先死去？她怎么敢这样做？

许量立刻转头向住家跑去，步履很疯狂。他住在家乡的老房子中，因为许量的父母不喜欢成都这样的大城市，许量就给喜欢住在乡下的父母修建了镇上最好的大房子，其实就是融合了农村建筑特色的别墅。许量一直在拨打张娅的电话号码，但是都占线。原来张娅在接听李刚从重庆来的电话，虽然，李刚不知道张娅到底是什么缘故心情很坏，但是，他知道张娅这一生一定与许量会保持朦胧的联系，这些事情应该与许量有关。

许量穿行在乡下冬天寒冷的风景之中。他尽快回到家中，收拾行李，给父母简单地告别了，他的父母完全习惯了儿子的我行我素，他们微笑着站在大路边上，与儿子和他的车子告别，许量决定先赶回成都再说，现在一定要集中所有精力全速开车，于是，他把手机关掉了，用最快的速度赶到了成都。

成都是许量的第二故乡，他先悄悄地回到了自己南门的家。然后，他稳定了一下情绪，给张娅打通了电话。电话中立刻传来他以前情人有点沙哑的声音。没有任何多余解释，张娅只是说想见见他，她知道许量已经静悄悄地回成都了，但却没有告诉自己！张娅更加生气，虽然情人关系已经不存在了，但是，信任总还是应该有吧？

张娅对许量急切的关心，一点不领情，气呼呼地说："我死不了！"许量决定与她立刻见面，他不想再胡乱猜疑张娅发这样大的脾气的原因。

他们决定去一个僻静的小地方见面，就是张娅家附近的一个叫"成都印象"的茶楼。半个小时后，他们终于见面了。等张娅把李玫爱上他的事情说了一遍之后，许量不惊不怒，反而大笑了，他觉得张娅简直就是大惊小怪！李玫喜欢许叔叔也是正常的，许量完全不同意张娅把她女儿喜欢自己说成是男女之情，张娅也慢慢冷静下来了，她觉得李玫也是用缄默的态度来对待自己的，她一个爱上了许量的字和词都没有说啊！张娅觉得自己太不理智，很对不起李玫，她骂女儿的话的确是很伤害她！

于是，她对许量说了一声抱歉，就急忙想去找女儿。她打女儿的电话，发现她关机了。许量看张娅匆忙地找李玫去了，轻叹一口气，自言自语地说："情感如歌，再怎么样经典的歌曲，也总有唱完的时候；情人如锁，锁得太久，也有被时光无情打开的时候……"

许量一个人坐在包间，从这里二楼的玻璃窗可以看到外面的鹅黄色的蜡梅花，已经有花期过去。繁荣开败的迹象了。爱情也同样有花开花谢的周期，永远不改变的东西，在世界上是没有的。许量知道谢丽和张娅一样，都是爱自己太久了，太累了，所以，心甘情愿地抛弃了自己。

张娅的话提醒了许量，他应该完全地与李玫保持距离，刚才张娅的一些话，也深深地刺激了他。张娅居然怀疑他与她的女儿有染？岂有此理，我许量还缺少女人吗？他很舒服地喝一口绿茶，再一次很认真地去想念了两个女人，一是张嘉仪，二是许小露，她们现在都不是许量的女人，至少她们的身体还暂时不是，但是，她们现在的位置，距离许量最近。嘉仪呢，是因为他们之间有承诺，需要冷静一段时间，再考验彼此的感情是否足够支撑一生的爱情？许小露呢？许量知道她只是爱自己的一个小女人，如果是在以前，她很有可能已经是自己的情人。

但是，现在的许量已经很厌倦现代人男女之间复杂多变的感情与身体的游戏了，不论是用爱情，还是"红颜知己"或者还有其他的什么借口，他都不再热衷了。他决定，一定要很耐心地等待谢丽对他们婚姻前途的判决，许量知道，他的爱情早已经从成都远走异国他乡了。

张娅找遍了李玫家和资本之鹰会所，也问遍了李玫可能联系的人，都没有女儿的消息。到会所的时候，有业务需要洽谈，她只好在宋诚意的配合之下，应付场面，她的心中又开始对许量不满意了，你许量作为会所的大股东，却是什么业务都放得很开。她想到以前许量对自己的情感，这才没有冲动地再次打电话批评他。

李玫其实从她"国际花园"的家款款出来的时候，正好远远地看见了妈妈很匆忙地来找自己，她觉得妈妈骂得也很对，自己对许量的喜欢或者说是爱，还真的是很灰暗的，是见不得光的，她很羞愧地躲在了一边。她不想见妈妈的念头一旦产生了，李玫就决定暂时离开成都，她不想见任何熟识她的人。

李玫等张娅一走，又返回家把银行卡拿上，再咬牙带上了那块青色小玉，里面有许量和自己的照片。收拾好自己的一大包衣物，她想去峨眉山旅游一次，在那里，她准备好好地梳理一下自己纷乱的感情。对许量，到底是晚辈喜欢叔叔，还是女人喜欢男人呢？她包了一辆出租车，车子飞快地上了成都到乐山的高速路，李玫在心中说："估计两者都有。"

到了晚上，张娅才忙完了手中的事情，她又给李玫打电话，还是打不通。她觉得今天还真的是身心都非常疲惫。她知道李玫的脾气：固执。只好放弃了继续寻找女儿的念头，也开始反省自己对许量的态度，也说了很多过犹不及的恶毒话，她想给许量道歉，但是，终于放弃了，张娅觉得他与自己已经不再是同一个世界的人了。

白天,张嘉仪在利华科技公司的办公室,忙碌了一天。香港南海创业基金的老板郑度,又到了成都几次,最近的一次是前几天来的,今天晚上,张嘉仪准备亲自把他送上飞机。她去九眼桥附近的香格里拉大酒店把郑度接上,直接去了机场。

郑度在离开成都之前,在双流国际机场的一家咖啡厅,请嘉仪喝了咖啡。

这几天,他给她说得非常明白了:利华科技公司的美国上市计划彻底地失败了!

在这次越来越糟糕的金融危机中,他的集团公司遇到的危机是空前的。张嘉仪已经在成都的两家银行贷款了不少,有不少的资金也在她心软的时候,被郑度千方百计地挪到了国外,但是,只有郑度一个人才知道,他已经完全没有任何办法,实在对不起坐在自己面前的这个美丽的女人!这次,也许就是他们永远的分离了,他已经准备了退路,但是,张嘉仪就必须独立去偿还银行的贷款了。

郑度内心很难过,表面上,却一直很绅士地微笑。郑度实在是非常喜欢嘉仪的一切,包括她的表情和言谈举止,她说什么不重要,做什么也不重要,只要和她一起,就感觉非常惬意。郑度在上飞机前,很努力地克制了自己,他准备把一袋文件交给嘉仪,但是,他看见了她信任自己的明亮的双眸,就下意识地收回了文件袋。郑度有点尴尬地说:"嘉仪,不好意思,我回香港后,再把这份文件给你邮寄来吧!里面有一些事情,我还没有完全考虑成熟。"

嘉仪觉得这次郑度来成都的行为,有很多的反常之处,她知道他现在经济上的困难处境,她常有一种莫名其妙的不安,她也有预感,但是作为合作者和朋友,她已经问心无愧了。在张嘉仪的心目中,郑度一直就是一个绅士。

虽然,嘉仪怀疑他有些别有用心,但她还是不想去追问,就好像她渴望与许量在一起,但是,却又主动给他和自己树立了一堵"爱嘉仪,就必须是唯一"的高墙一样。

对于女人而言，张嘉仪一直觉得，有许多东西是必须要坚持的！比如，一生的归属和完美的爱情。

在回来的路上，张嘉仪还是开着她最喜欢的那辆老款的红色的雅阁车，它好像是她的老朋友一样，她对它始终是不弃不离。她从机场的高架路上向城里驶去。在路上，她看见了很多漂亮的好车，她也想买一辆新的、更好的车了。但是，公司的资金越来越少，嘉仪在脑海中，认真想想，银行的贷款也快到期了，就等郑度的资金回笼了。

许量在"成都印象"茶楼一直待了很久。他给张娅打了电话，她说李玫没有找到。许量马上想给李玫打电话，但是，他终于忍住了，今天张娅已经挑明了，让自己远离她女儿。此时此刻，李玫就与许量没有任何关系了。许量很郁闷，在附近的"红旗超市"买了很多吃的，他悄悄回家了。他一边整理刚买的东西，一边想，觉得自己的耐心在和自己的孤独打仗一般，他完全可以一个月不出门了。

春节快到了，对于大众而言，这是节日，而对于很多的企业和老板而言，却是"年关"！李锌他们公司的生意空前地好了起来，他现在与李佳佳经常在一起讨论公司的大小事情，黄义仁也向佳佳提出了结婚的要求。在李锌的劝告下，佳佳也觉得黄义仁现在的经济条件不错，就顺水推舟地答应了。他们把婚期定在了春节之后。黄鹂没有对此表态，她春节之后就准备和男朋友出国留学去了。

这几天，张嘉仪真的非常着急，银行的贷款就要到期了，但是，始终没有郑度还款的消息。

他的移动电话已经接不通了，打集团公司的电话，大家都众口一词地说："郑度董事长到欧洲考察去了。"自他从成都回香港后，张嘉仪就再也没有他的消息了。她给郑度的南海基金经理袁志强打电话，他的手机已经改变了，他的同事说他也离职休假去了。张嘉仪被成都的事务所纠缠，没有时间去香港查探究竟，但是，她已经很清楚地知道，现在自己已经陷进了一个大大的沼泽之中。

郑度的长途包裹，是在星期一上午，邮寄到成都利华科技公司的。卓小兰把香港总部的快递邮件交给张总，发现她一直呆呆地盯住包裹，一动也不动。

也许是张嘉仪觉得里面有什么危险，秘书卓小兰离开之后，她很久都没有去打开郑度的包裹，他的反常行为一幕幕地回放在脑海中，张嘉仪有了不祥之感：也许，她的财富世界又将会被这个包裹所倾覆了。

在下午，许量接听了张嘉仪的电话，她甚至没有问许量到底在哪里。

她的语气很奇怪，是一种很淡定的语调，仿佛世界上的什么事情，都被她洞悉和看开了一样。张嘉仪只是问许量的近况并告诉他自己很好，不用挂念。他们通话的时间很短暂，电话也是张嘉仪主动挂断的。没有激情，没有爱恋，也没有憧憬，他们的通话是索然无味的。对于嘉仪没有提及他们的感情，许量有点难过，但觉得一点也不奇怪，他们的约会是今年5月，现在提这样的问题还为时过早。他很想问她是否想念自己，但是终于被自尊封住了口。

谢丽的离婚协议虽然已经邮寄过来，但是，许量知道在他没有做出任何决定之前，谢丽是不会坚持离婚的。许量很想告诉嘉仪，他已经在人生独立的边缘了，可是他又害怕他所熟悉的世界又要做大的修改了：谢丽将永远离开自己，儿子那里不知道怎么去交代？难道让儿子以后真的叫别的男人为"爸爸"吗？

离婚，可不是一般人想象的那样简单，这是一个中年男人的世界撕裂与缝合的过程，其中的鲜血淋漓和欲哭无泪，是只有过来人才能够完全领会的。

许量觉得自己是老板，但还是文人，所以，他还会因为离婚而心疼。他这些天躲在家里看书，他翻阅出了20世纪80年代流行的诗歌，刚开始还沉浸在诗情画意中，后来无聊之极的时候，许量想起了写书，他的书稿已经开头了，书的名字叫什么他还没有完全想好，许量只想随意写一些东西，只想用小说的形式来表述自己的人生经历。最近，他总是想到自己下海经商以来的风风雨雨，有时候，或者喜悦或者悲愤，又盛怒又感悟，自己为自己而感动，甚至不能够自制。许量在书上写下的第一句话是：人生的主题就是借贷：身体是向父母借的，我们需要付出的是孝顺；爱情是向爱人借的，我们需要给予的是忠贞；友谊是向朋友借的，我们还以信任！权力是向人民借的，我们回报的是清廉与忠诚；就连老板这个光芒四射的头衔，也是向银行和市场借的，必须偿还的是信心与信用……

第三十六章　危机四伏

到了晚上，许量正好写到他为什么做民间资金借贷生意的时候，刚好把手机打开，他想去清理一些不得不面对的短信息，张嘉仪的短信息却不期而至了。

许量立刻翻阅手机，看到张嘉仪的短信："你什么时候回来？"

许量想了想，觉得这个简单的问题居然是如此的艰难，但是，嘉仪的问题，他又不能够不回答。他只好找了一支雪茄，在烟雾缭绕之中，他想从中看穿世界上人们都不能够看明白的"未来"，但是没有成功。许量把手机放在茶几上，用眼睛去研究手机这样的"怪物"，也许手机就是一个最能够把人变成别人"奴役"的工具，有许多事情让你不愿而为之，让人无法独处清修。许量尽快地处理了必须回的短信息，立刻就把手机关掉了，他想用心去设想自己应该怎样去见张嘉仪了。他别无选择，他这样的男人，的确离不开这样的女人。

张嘉仪问许量什么时候回成都，心中的难过是难以名状的，银行的追债马上就要来了。银行的贷款一旦还不上，利华科技公司立刻就有崩溃之忧，明天银行的人就要到办公室了。怎么样去面对呢？尤其是公司在做贷款的时候，贷款资料上有人工操纵的痕迹，那可是死穴！那天，张嘉仪把郑度的包裹打开之后，事情比她想象的还要可怕，事情之大，不是张嘉仪一个女人就可以处理好的。

郑度的包裹里面有很多重要的东西，其中有两件东西对张嘉仪最重要：一是，因为郑度的集团公司向成都利华公司的借款是用他们大股东的全部股权作为抵押的，如果他们还不起借款，那么，他们的股权就应该全部地反转给张嘉仪；二是，郑度给张嘉仪一封私人信件，信中没有很明白地说明他对她的感情，但是他已经很明白地告诉了她，他的全部的歉意和心中的难过。郑度的信很长，他讲述了他的集团是怎么样在这次金融危机中失败的，同时，他也没有放弃他想依靠智慧、香港的高利贷，甚至运气来挽救公司的各种努力，但是，无力回天的残酷现实，让他不得不选择了逃避。郑度甚至说以后这个世界上，不会再有"郑度"这样的一个人了，他选择了逃亡而不是跳楼。起初，嘉仪还拼命地试图去联系郑度，但是几天后，香港的朋友帮助她了解到最新的情况：郑度的集团已经破产了，他和袁志强也逃离了香港，不知所踪了。郑度和袁志强被起诉，甚至被通缉的可能性基本上是百分之百了。

嘉仪的世界混乱了，她早有预感，事态会在郑度回港后，变得复杂或者变坏，但是事态的严重已经超乎了自己的意料，现在是"大厦将倾"，她太需要许量这样的男人支持自己了，可他又远在澳大利亚！

她去找过以前做过民间资金业务的表妹夫肖希权，他和表妹王可心已经完全转型了，"笨驴"俱乐部在他们的手中，重新开始了辉煌。张嘉仪没有和盘托出，她现在已经欠了银行3000多万的贷款！王可心已经快要临盆了，一个新的小生命就要诞生了，所以，肖希权和王可心没有过多地关注嘉仪的内心感受，也没有更多的资金来支持嘉仪的"周转贷款"。

现在，张嘉仪一个人坐在家里的大客厅中，她在回忆许量曾经到这里的情形。她知道已无法指望遥远的许量。她再次想到了李锌，她不是叫自己为"嘉仪姐"吗？也许他所在的成都世纪洪盛担保公司能够帮助利华科技公司渡过这次难关！张嘉仪立刻给李锌打电话，她约他到南门航空路上的"巴哈咖啡"见见面。电话那边是李锌略带惊喜的应承声，这边的嘉仪收了电话，去整理自己的仪容去了，她希望李锌这次真的能够帮上自己的公司，躲过银行的逼债。对于郑度从香港逃之夭夭而带来的南海创业基金和香港集团公司管理的混乱问题，同时与成都利华科技公司的股权和债务上的混乱等，她已经让自己的律师在和香港总部交涉了。

张嘉仪与李锌的交流是非常愉快的，这有点出乎她的意料。一是，李锌非常专业，他几乎是在张嘉仪没有完全说明情况的时候，就已经下了判断："这是一笔很标准的转贷业务。"二是，嘉仪将在李锌的大力帮助下，设计好"转贷"业务的方案，然后，他们一起主动地去找银行谈判。

李锌的话让嘉仪很痛快："嘉仪姐，企业与银行应该是朋友关系，有什么事情，是完全应该坐下来商量的。不纯粹是甲方和乙方的关系！更不是敌我矛盾。企业不亡，银行才能够兴旺。放心，我李锌愿意，也一定能够为嘉仪姐效犬马之劳！"

嘉仪赞许的笑容，让李锌觉得很受用，他的聪明才智也如江河之水，滔滔不绝了。他们商量得很仔细，李锌把商战过程叫作"写剧本"，他说："我有把握打败银行，条件是嘉仪姐对公司所有员工严格保密！特别是身边的人。"嘉仪一听，很敏感地问："我身边的人？你是不是指卓小兰？难道你们认识？"

李锌一听嘉仪问起了卓小兰，心中有"鬼"也有"愧"，他就是害怕卓小兰把她和自己有过男女之情的隐私告诉张嘉仪。所以，他才先给嘉仪打小兰的预防针。李锌很严肃地说："嘉仪姐，我和卓小兰认识！她是一个很聪明的女孩子。"

李锌故意把卓小兰的"聪明"两个字的发音咬得很重，像有什么弦外之音。张嘉仪想起了卓小兰以前多少都有些对不起自己的事情，虽然，她因为宽宏大量而原谅了卓小兰，但是做老板的对员工的背叛是非常敏感的，所以，嘉仪愤然道："李锌，你放心，我知道她是不可以多信任的人！"李锌达到了离间张嘉仪和卓小兰的目的。他不是坏人，但是，他必须先做预防，万一卓小兰先下手，揭穿隐情，他也有点退路。

对于张嘉仪对李锌所在公司的资金实力的担心，李锌摇头说："嘉仪姐，我们这次是要先从银行的身上打主意！我们公司的资金没有大的问题，但是最关键的是怎么样来利用了。"

张嘉仪对李锌很有信心地问："3000万的贷款需要先还，后贷，这是一个问题。另外，我们找你们做转贷款的业务，还需要抵押物吗？我所知道的，民间资金借贷最重要的就是必须要有房产和地产的抵押物！"李锌其实也觉得有些关键问题需要再论证、研究和细化，但他必须安慰他最爱的女人，他喝了一口苦涩的咖啡，因为他今天忘记了放糖。

李锌说："嘉仪姐，因为银行现在的体制决定了转贷款这项民间借贷资金业务的诞生。比如，利华科技公司就是这样，你们的贷款的种类是企业流动资金贷款，通常是一年期。但是，企业的生产与经营的活动，经常都不是一年就正好完成的，所以，利华科技公司出现了这样的困难是很正常的。我现在多少也是这方面的专家了，嘉仪姐，您放心，我李锌一定能够搞定这件事情。"

张嘉仪想告诉李锌：其实，利华科技公司的流动资金贷款，是挪用给了郑度的香港集团公司使用的，而利华科技公司的生产与经营的情况一直是良好的。何况，对于嘉仪而言，最重要的是，如果把银行的贷款还了，现在还能不能够再次从银行贷款出来？李锌看得出嘉仪姐的担忧，他也表示了同样的忧心：他已经听说了有好几家企业，被银行用虚假的"先还后贷"的承诺欺骗，向民间资金借贷之后，银行的贷款就再也没有任何消息和可能了！嘉仪安慰李锌说："我们利华科技公司在贷款主办行的信用是很好的，他们也一再向我们保证了继续合作的意愿！我看还了贷款，再继续贷款出来，应该没有任何问题。"说完此话，他们两个人都沉默了。

其实，现在嘉仪完全是没有底的。因为利华科技公司的贷款银行是一家小型的股份制银行，他们对嘉仪公司本身的经营与管理水平，是没有任何异议的，但是，主办支行的林强行长是新上任的行长，自古以来，新官上任都是需要烧"三把火"的。林强行长的其中的一把火，就是清算上任行长的"关系户"，这是中国银行业行长更换之后的潜规则。

很不幸的是，利华科技公司就是被银行的这位新官盯住了，林行长让手下给张嘉仪提出了口头的"严重关照"，因为他们发现了张总有改变贷款用途的迹象，而且采用了虚假关联贸易的方式，把钱"洗"到了国外。然而，嘉仪不是很担心没有证据的指控，但是林强行长和嘉仪见了几次面，他们除了都闭口不提这样的尴尬事情外，林行长甚至还表态将继续大力支持张总的公司。他的态度，到底是什么意思？嘉仪实在是拿不准。于是，嘉仪提议道："李锌，不如我现在就把林强行长请出来和我们一起商量?"

李锌的心目中,张嘉仪的事情理所当然的就是他的事情,他现在和将来的目标其实都非常清楚:他的幸福就是用尽可能长的时间来陪伴嘉仪!现在做了嘉仪的弟弟,以后的谈恋爱和结婚,也只是多了能够与她在一起的借口而已。

林强行长接听了张嘉仪的电话,很高兴,他在电话中嘻嘻哈哈地说:"能够接到大美女张总的邀请喝咖啡,真的非常荣幸,不要说什么打扰我这个小行长的客气话,我林强,热烈欢迎张总打搅!"李锌看得出嘉仪姐对林行长轻微的厌恶,心中很痛快。他笑吟吟地等待林大行长的到来,李锌想:今天,老子就是要保安对行长,他已经为此做了最充分的调查。

这个世界上,除了许量还能够让李锌顾忌之外,其他的男人只要一靠近张嘉仪,李锌的荷尔蒙立刻就会起作用:李锌变得很好斗了。

他想:我李锌已经不再是吴下阿蒙了,这辈子要对付的行长、处长、董事长等"长"字的大人物,不知道有多少呢!就从今天开始,就从林行长开始,"与人斗,其乐无穷"!

李锌与林强行长的见面,让他们两个男人都很不愉快。嘉仪也没有表露出什么,她只是说希望林强行长再支持她的公司。

林强是三十多岁的年轻行长,他来得很快。

他对久闻大名的张嘉仪之前也见了几次。今天本来是以为来看张大美人央求自己"高抬贵手"的,没有想到这美女旁边还坐了一位张牙舞爪的护花使者,这位李总年纪轻轻,就能够成为利华科技公司的顾问吗?

于是,林强把行长的威严抖了一下,告诉嘉仪:"张总,您需要知道两点:一是这笔贷款是前任行长贷给你们的,我不需要承担任何责任,所以,我们之间不存在需要共同把这笔贷款盘活的问题;第二是,您的公司在使用这笔贷款的时候,似乎有违规的嫌疑,如果属实,我们将保留起诉的权利。"说完,林强的表情变得很严肃。

李锌是做了最坏的打算的,他阻止了嘉仪姐的回答,他不慌不忙地说:"感谢林行长的直率。我李锌也是快言快语之人,我也说说我个人的看法。第一，利华科技公司的这笔贷款，的确是林行长的前任发放的，但是，林行长能够有今天，可能也与前任行长对你的大力举荐有很大的关系，何况，他现在是人刚走，茶就凉，您林行长可能对上面和下面的同事，都不好交代吧？这是情的问题。第二，关于贷款的用途问题，这是中国企业基本上都存在的问题，法不责众的道理，林行长是应该懂得的；还有，贵行也同样存在监管不力的责任问题，当然，这样的责任是贵行来承当的，不是您一个支行行长就能够承当下来的问题了，我估计您的分行行长，对您这'摸黑'的行为，不会赞同的吧？"

林强心中对李锌有点刮目相看了，看来这个小伙子对银行内部的运行机制和矛盾看得很透彻！但是，林强不是轻易被难倒的男人，他坦然地一笑，故意不理睬李锌，只是对张嘉仪说："张总，我希望您能够拿出一个解决方案，我们之间不是个人的恩怨，而是公事公办。"嘉仪现在有点后悔让李锌见林强了，她完全知道事情的严重性，于是，她很认真地对李锌说："李总，看来我和林行长之间有些误会，我们应该单独谈谈了。"李锌觉得自己的目的已经达到了，起码林行长不会轻举妄动的，他就大度地说："张总，林行长，我也正好有点事情需要办，那我就先走一步了。"李锌站了起来，很有风度地对坐在面前的两位说："古话说得好，和为贵！我李锌希望企业和银行永远都是朋友。当然，如果你们能够达成共识的话，我们成都世纪洪盛担保公司肯定能够提供资金过桥还贷款的，不过，前提条件是你们必须保证还了贷款，就一定能够把款贷出来！"林强和张嘉仪对视了一眼，都觉得这也是通常企业出现了还银行贷款难题之后的主要选择。林强见风使舵的能力是一流的，他哈哈大笑，态度变得热情洋溢："李总原来是大名鼎鼎的成都世纪洪盛担保公司的老总！幸会，幸会！有机会我们可以加强联系，利华科技公司的事情，并不是什么大的麻烦，我们一定会找到解决方案的！"

林强的态度让李锌和张嘉仪松了一口气，李锌深深地看了嘉仪一眼，有些不舍得离开，但是，嘉仪对他微笑了一下，李锌就满意地走了。

嘉仪就开始与林强于公于私地讨论起来，林强看到张嘉仪美艳不可方物，有点不自在了，他只好答应继续尽可能地帮助她，也帮助自己的银行渡过难关。

第三十七章 蝴蝶效应

第二天，李玫在峨眉山上引起了一场"蝴蝶效应"，这让远在成都的许量和张嘉仪及李锌等人的生活发生了巨大的改变。

现在，李玫完全没有想到她会在峨眉山山上受伤。而她很偶然地受伤，引起了一系列必然的反应，这些反应居然如"蝴蝶效应"一般，将彻底地影响和改变她和其他很多人的生活，世事就是这样的微妙和蹊跷。

事情的发生是这样的：李玫在攀登峨眉山的时候，她突然想起了妈妈骂她的难听话，话音不绝于耳。她不堪忍受巨大的心理压力，在上山路上的一个拐弯处，不小心从一个不高的山坡掉下去了。

当时，她的情绪非常的不好，她因为妈妈发现了自己对许量的隐情而羞愧难当，昨天晚上还很大胆地在餐厅独自喝酒了！今天一早，她又是在思念许量的梦中被痛苦叫醒了。她呆坐在宽大的单人间的大床上，空调让房间温暖如春。一会儿，李玫去了卫生间洗浴，她欣赏着镜中出现的自己青春的身影，在年轻女人春情勃发的年纪，李玫感到委屈！难道爱与不爱就这样困难，也要受制于人吗？

她突然觉得自己不应该为喜欢许量的感情而羞愧，因为许量现在已经不再是妈妈的情人了！她想通了这一点，心情有了点好转，也就不再为自己常在梦中与许量发生情与欲的荒唐故事而内疚了。

谁也没有权力来剥夺自己的感情，李玫的心中压抑了很久的对张娅的不满，终于在这样一个冬季的早晨爆发了：难道妈妈你对许量以前的爱情就是"高尚"的吗？你不也是爸爸在世的时候，去与许量偷欢的吗？李玫心想，如果不是顾及你是我的妈妈，我就可以名正言顺地大胆追求许量！结果怎么样，又有什么关系呢？心潮难平，李玫匆忙地吃了早点，就一个人向峨眉山顶攀登。

峨眉山的游山古道，笼罩在一片或浓或淡的迷雾之中，它像人生之路，平平仄仄、弯弯曲曲、坡坡坎坎，也好像是佛遍洒全山的禅机，那一步步迈向金顶的台阶，就是通往光明和幸福的道路。李玫看到过景区网站对"游山古道"的声情并茂地介绍：登山者每一步的行走和攀登都是在参悟禅道、修养心性，可谓"一路情缘韵禅意，行看流水坐看云"。李玫不是很懂得禅意，但是，禅意原来就是存在于每个人的心中，正所谓："禅随意动"。

李玫冒了严寒徒步登山，很自然而然地逐步进入禅的境界。那些通幽古径，仿佛就是她在寻求修渡的生命和情感之路；远处传来的晨钟，正是播撒佛法的禅意；正是：不管世俗尘缘，不论风霜雨雪，现在她所有的跋涉，都只为了一个能够让李玫解脱心结的目的；所有的停靠，都是经历的一场场涅槃；来从去处来，去从来处去，如同人生永远没有休止的路。

冬天的峨眉山，一个心情很抑郁的年轻女人，就是这样用心寻找佛在峨眉山留下的禅的踪迹。这样一个漂亮的女人，这样的心境和意境，让三三两两的游客都不由地很关注李玫。

她遇到险情是在一个转弯之处，那里的路面非常滑溜，李玫远眺迷雾，试图看得更远一些，她的脚被一块尖利的石头羁绊，一脚踏出了路外面，她摔了出去。在空中的那一刹那，李玫的感觉很奇异，难以言状，反正不是特别的恐惧。

场面本来很惊险，但李玫的运气很好。苍翠的树木，盘根错节，非常及时而准确地托住了她，阻挡了她的失足，她非常幸运，只是扭伤了脚。在四周游客的惊呼声中，她在一群游客热心的帮助下，很快就被救了起来，并平安地被送回了宾馆。

迷糊之中，李玫觉得好像在人群中见到了妈妈一般。在宾馆房间，李玫拒绝了宾馆的进一步照顾，她只是让宾馆的医务室给自己做了简单的包扎和处理。需要帮助，她选择求助的第一对象当然是许量。她不知道许量已经回到了成都，也不知道妈妈已经和他见面交涉了自己的感情的处置方案。给许量打完电话，知道许量马上出发来救援自己，李玫开心了，她觉得受伤很值得！她再次想起刚才似乎在救援自己的人群中看到了一个女人非常像自己的妈妈！这个女人是谁？她看自己的那张脸为什么那样亲切？自己难道看错了吗？

而许量也开了机，准备再等张嘉仪的电话，他昨天晚上想了很久，他觉得应该主动地去找张嘉仪设计自己和她的下半辈子生活的蓝图了。许量一大早就起了床，他把有好些天都没有心情剃掉的胡子，全部剃得精光，这样，镜中的他又恢复了勃勃生机。虽然是中年男人了，许量想到马上要见到嘉仪了，中年男人竟有些少年初恋般的激动。

但是，许量的内心，还是很害怕嘉仪要求自己对她做出永远的唯一的爱情的承诺！这倒不是许量还想自由和花心，也不是再担心谢丽不给自己自由，而是"永远的唯一的爱情"，在当今时代，还真的是非常难为的珍稀之事。嘉仪说过，如果许量做不到，那么"爱嘉仪"三个字就是空泛的、毫无意义的，否则就是"图谋害命"！

嘉仪一定会用命来捍卫她的爱情。但是，压抑的思念，还是让许量准备与张嘉仪联系，这时候，李玫的电话来了！她的哭声让许量没有能够拒绝她的求救，许量马上放弃了见张嘉仪的想法，他想反正还没有与嘉仪联系。他告诉她一定要稳住！许量问明了她的伤势不是很重，就告诉李玫："李玫，不要害怕，你一定要坚持住，等到许叔叔和你妈妈来！"

李玫听到许量要与妈妈一起到来，立刻尖叫起来："我不要她来！也不准你告诉她我的事情。如果你要来救我，你就一个人单独来。"说完，李玫想起了妈妈骂自己的话，心中还是非常难过。同时，她在迷糊中出现的那张很像妈妈的女人和她那亲切的脸也完全消失了，李玫知道自己是看错了，这世界上哪里还有一个和妈妈同样漂亮同样厉害的女人呢？

李玫知道许量既然已经回到了成都，而且还能够马上来峨眉山帮自己，觉得受伤也是冥冥之中有一只看不见的手在指挥和安排自己的命运，她突然很强烈地需要看到许量。她甚至有了不计后果，向他倾诉内心秘密的愿望。

许量从成都赶到峨眉山见到李玫，只用了2个多小时。他担心李玫的情绪，所以，最终没有给张娅透露李玫的行踪和自己去看望李玫的"秘密"。但是，一念之差，把许量和张娅的关系，突然推向了可怕的对立境地。

世界上的事情，总是会有很多的巧合的，许量看望李玫，本来只是一次偶然事故，但是，李玫见到许量的那一刻，极度欣喜，这种相逢让她非常快乐，她的所有的欢喜都写在脸上。而这样纯真的快乐，又让许量受到感染，他承认自己很喜欢李玫如花的笑靥。但是，张娅提醒他永远只能够是李玫的长辈和叔叔，不得越礼，这样的心理障碍让许量以长辈的身份催促李玫立刻跟随自己回成都去见张娅。李玫坚决不同意，因为她能和许量单独在一起，这是她一生最快乐的梦寐以求的时刻，她怎么能够轻易放弃？

入夜，下雪了。漫天飞舞的大大小小的雪花装点着峨眉山，真是江山如画！

李玫在阳台上，她起伏不定的胸前悬挂着那块青色小玉，她觉得自己的体温很高，已经让以前冰冷的青玉变成了暖洋洋的热点，它反过来又点燃了自己更多的激情。她眺望皑皑白雪覆盖下的苍翠林木和山间小径，不时地欢叫，许量微笑着，很少说话。他们各怀心事，望着外面的世界，许量想起了还没有离婚的谢丽，不知道她在澳大利亚还好吗？因为李玫受伤的脚很不方便，许量就让宾馆提供了送餐服务，他们在房间吃饭。他甚至还在李玫的强烈要求下，要了一瓶红酒，在温暖的气氛中，许量和李玫各自在想自己的心事。

李玫觉得面前的许量，真实而富有中年男人的成熟魅力，她完全能够感受到成熟男人对自己的强烈吸引，李玫的心跳加速，脸庞溢红。许量在心中打算新年之后的感情，他决定结束与谢丽之间早已消失的爱情，只有用亲情维系的婚姻了。他想，是不是把嘉仪请到峨眉山来呢？但是，李玫对自己的感情还是个麻烦事，还需要自己去点破，许量很希望李玫能够找到她自己的幸福，但是，她命运中的男人呢，绝对不应该是，也永远不会是许量！

李玫却在心中作非常激烈的斗争：如果自己一辈子想在感情上不后悔的话，就一定要马上采取行动来抓住面前这样一个好男人！不管他以前曾经属于谁！机会稍纵即逝。李玫的心在战栗，纠缠道德的底线，然而，这样的私情实在是难以启齿言情啊。

没有话题的时候，他们有点暧昧，许量就很干脆地给李玫讲自己以前做"高利贷"借贷生意的惊险故事，李玫孩子一般的微笑让许量的心放下了一块大石头。

许量与李玫吃完了愉快的晚餐，他向李玫道了晚安，许量去自己的房间了。李玫很快就把睡衣换好了，那是一件粉红色的睡衣，粉红色是浪漫的色调，她知道绯红的脸庞下少女的心思，简单而执着，对李玫这样的现代女性而言，爱就是爱，爱他个翻天覆地，爱他个轰轰烈烈！就算是"一夜情"，又未尝不可呢？

她了解许量这样的男人，他们太自信，以为自己这样的小女人，不会一点阴谋诡计！李玫忍住右脚的钻心的疼痛，她去洗浴了，精心地打扮，她要尽其所能地展现魅力，因为她马上就要让许量中计了。

一切准备妥当，李玫立刻给许量打通了电话，她用急促而痛苦的语气说："许叔叔，我刚才洗澡的时候，又摔倒了！"说完，立刻挂断了电话，然后，把卫生间的物品弄得很凌乱，布置了梳子、毛巾等散落一地的"现场"。

许量没有来得及多问李玫，电话就被挂掉了，他立刻就赶去了李玫的房间。敲门后，过了好一会儿，李玫才满面痛楚地出现在他的面前，许量看见李玫穿着很整齐，这才走进了她的房间，毕竟男女有别。但是，年轻女人身着粉红睡衣的味道，是掩饰不住女人的诱惑的，许量乃红尘中的"饮食男女"，焉有不动心的？但他必须用理智和毅力去战胜自己，灭掉欲念，才能做个正人君子。李玫的话题让许量不能够马上全身而退，这时，她说想起了父亲，这是许量非常内疚的一件事情，毕竟他与张娅的私情是对李玫父亲的巨大伤害。李玫哭了，许量不知道怎么样去安慰她！他不知道李玫的真情中，也有利用许量内疚心理的成分。做许量的手下和学生已经很久了，李玫也是心理学的高手了，而许量则是因为内疚，而突然变得很低能。

李玫在许量的搀扶下去了阳台，许量没有办法和她保持太远的距离，他害怕她站立不稳而倒下。这就是李玫的心思，她知道许量心软，不会让她一个人难过和危险。李玫希望时间永恒，她看到许量第一次距离自己是这样的亲近，她迷醉了。甚至，李玫的好心情也没有被许量喋喋不休地强调辈分而破坏。一直到许量很严肃地说："李玫，如果你再耍小心眼，我可就马上回成都了！"这句话把李玫从浪漫的"少女情怀总是诗"的境界中拉过来，她死死地盯住他的脸庞看了十秒钟之后，李玫对许量的爱，变成了一种很强烈的恨！她想到了许量居然把他的爱给了那个张嘉仪！不就是美艳吗？李玫很想大声呵斥许量不应该这样轻易地把爱情给了对他并没有什么付出的这个女人，她遇到事情总是自私地寻找许量的支持与帮助。谢丽和张娅这两个女人，哪点不比张嘉仪强？

美色害了许量，李玫知道她现在需要忍耐，但她有一个办法可以让妈妈来惩治许量。

于是，她向表情有点紧张的许量微笑道："许叔叔，我知道你的心情，我不会真的爱上你的，你和妈妈都应该放心，我是成年人了，知道我应该怎么样去生活，我的幸福不是你们恩赐的，我会自己去寻找的。"许量有点尴尬地"嘿嘿"一笑，李玫就让许叔叔，把自己扶持着去了卫生间。

许量退回门外时，李玫的眼泪流成了河，她恨许量：为什么不能够陪伴自己过一个愉快而美妙的晚上呢？李玫从梳妆镜中，看到了一个心灵被感情扭曲的年轻女人，愤怒的脸漂亮而哀怨。她需要用智慧来赢得自己的世界，李玫其实已经有了计划。她犹豫了片刻，她给远在成都的妈妈发了一条短信。然后，满面笑容地出现在许量面前，她开始和许量谈天说地，话题与感情完全无关。许量放心了，看来，这些80后的年轻女人的感情如夏天的雷阵雨来的猛烈，去如一阵风，李玫是能够放弃对自己的不成熟的感情的。

许量不知道，危险正在向他靠近。

张娅现在也慢慢地接受了李玫的任性，但是，很快将要发生的一件事情，彻底改变了张娅对许量和女儿的看法。

张娅是在资本之鹰的商务会所员工的年度工作总结大会上，接到她失踪了一天多的女儿李玫的短信，她告诉张娅："我在峨眉山的温泉宾馆中，不过，我不是一个人，而是和许量在一起！"原来，许量与李玫没有瓜葛的保证完全是假话？他们早就在一起了！张娅心乱如麻，这简直就是一个噩耗，她差点晕倒，她很失态地把会所开业以来第一次全面的工作总结会立刻结束了，她在一种被许量和女儿联合愚弄、合伙欺骗的愤懑中，非常冲动地开车，全速向峨眉山的温泉宾馆冲去，她必须去揭露许量这样一个大奸大恶的男人！

一路上，张娅的脑海中多次出现许量的身影，但是，她现在已经彻底地认定了许量在欺骗自己，甚至，她想到许量与自己分手，也许就是为了贪图自己更年轻更美貌的女儿！张娅的眼泪在飞，她不明白为什么自己会遇到这样的感情劫难？难道是自己原来的丈夫阴魂不散要报复自己对他的背叛吗？报应啊，张娅在高速路上，因为情绪波动太大，中途停顿和休息了两次，好不容易才平安地赶到了峨眉山的温泉宾馆，十分钟后，张娅敲响了李玫房间的门。

许量和李玫本来是坐在沙发上，相对而坐谈事情的，他们的话题是怎么样去审查一名借款人的资格的问题。许量觉得文不对题，但看李玫问得非常认真，还是尽可能回答她。李玫是尽可能地在拖延时间，许量也是尽可能地耐着性子说得明明白白。

许量去开门的时候，李玫估计应该是妈妈到了，她立刻单腿着地，跳跃着躺上了房间里唯一的大床，同时，李玫一咬牙，把自己的睡衣撩起了一部分，这样，她雪白的大腿完全能够作为武器了。只要是成年人，看见这样的状态，一定能够感觉到她和许量之间的暧昧关系，甚至是亲密无间的关系，她需要的就是妈妈的误会，不！应该说是张娅的误会，李玫想，既然你张娅都已经认定我李玫爱上了你的男人，那么，你张娅也可以接受我爱上许量的现实！

许量惊愕地呆立在门口，因为门口即使是站立了一万个恶人，他也不希望是张娅这个曾经的情人！她怎么会来这里？这个时候来？这么巧吗？许量开口的第一句话是："是你？你怎么来了？"张娅的双眼，已经没有泪，她怒吼一声:"许量,你背叛了我张娅对你的信任!你给我让开!"等张娅从许量身边冲进房间,许量和她几乎是同时看见了李玫撩起的睡衣恰到好处地暴露了她性感的大腿,许量的头一下就大了,他立刻反应过来:自己和张娅都被这个小丫头给算计了!许量非常后悔,他为什么就没有想到即使是李玫这种纯洁无瑕的小女人,随时也可以变得很阴险!

李玫、张娅和许量,三个人现在都无话可说了!在世界上最短同时又是最长的沉默之后,在必须说话之时,话还是许量说的,但是,他的这句话苍白无力,没有丝毫价值,他只能够很弱智地说:"阿娅,请你不要误会!我和李玫完全是清白的。"许量叫张娅为"阿娅",这犯了面前这两个女人内心情感的大忌!张娅已经不是许量的情人了,所以,"阿娅"这个称谓,只有远在重庆的李刚能使用了!何况,许量如果还念及自己曾经是他的情人的旧情的话,那就绝对不能够去染指自己的女儿!张娅再次看看已经从床上下来的女儿,她的智慧在做最后的判断,目光在女儿身上探询,再回头看看穿戴整齐的许量,应该没有图谋不轨吧?她心中的火气稍微小了一点。

现在,李玫只能是一不做,二不休了,如果说张娅没有进房间之前,还有最后的退路的话,那么现在李玫只能是勇往直前了。她也听见了许量叫张娅为"阿娅",她用无辜的目光去迎战张娅,她的眼神分明是想暗示妈妈,她被许量"欺负"了,就在许量很紧张地看着自己,妈妈的眼色漂浮不定的时候,李玫终于对许量说话了:"你,你还不快走!难道要让我在妈妈面前羞愧而死吗?"说完,李玫就哭起来,起初是假装哭泣,后来几乎是真的是悲从中来了,这更加深了张娅对许量清白的怀疑:原来你刚才本来正好想离开房间,当然要穿好衣服了!

张娅现在不知道应该怎么样收拾这样的局面了。她害怕这样的"丑闻"被成都的同行和以前会所的同事们知道,她甚至害怕被李刚知道!这样,李玫下半辈子的人生,就肯定被毁掉了!自己的脸面伤害还只是小事情!她找了沙发,慢慢坐了下来,她谁也没有看,需要的是冷静!

许量很气愤,他想:自己被李玫的一个电话突然叫到峨眉山,难道就是为了这样被她们母女羞辱吗？他明白自己掉进了李玫精心设计的陷阱。但是，又怎么样才能够让张娅知道自己是完全清白无辜的呢？许量在生气的时候，喜欢抽雪茄，但是，雪茄放在自己的房间，自己现在是无烟可抽。看着张娅满脸写着的愤恨，他突然觉得很好笑：自己纵横商海十多年了，做民间资金"高利贷"的借贷生意也快十年了，什么样的凶险没有见过呢？他站了起来，没有去看故意装可怜的李玫，他一字一句地对张娅说："阿娅，我知道我已经没有资格得到你的完全信任了，我只是想给你说一句话：我是清白的！"张娅愤怒地说："阿娅？谁是你的阿娅！你许量还是清白的吗？你们到底做什么！？"许量的表情凝固了，他张口结舌，心想：是呀，自己到底做了什么呢？实在是无话可说。

最后，许量离开了房间，他的心情很灰暗，关门的声音很沉重。离开房间的时候，许量最后深深地看了张娅一眼，目光充满了委屈和无奈。这瞬间，张娅又不由自主地恢复了一些对他的信任。

这一夜，李玫和张娅谈了通宵。出人意料的是她们并没有吵架，甚至没有大声说话，她们假装放下了隔阂，成为很知心的朋友一样聊天。因此张娅很快知道了李玫今天的所作所为的过程和目的，李玫把自己真心喜欢许量的秘密和感情产生的过程，包括今天的所作所为全部都坦白了。自己对许量犯下的"错误"，李玫一点都没有提及，她知道自己今天闯祸了，只能够找机会求得许量和妈妈的原谅。最后，李玫试着开始要求妈妈马上原谅自己，但她没有得到。李玫看妈妈的表情冷漠，她想：也许她这一生也得不到了。

张娅只是反复叹气说："孽缘啊，孽缘！"她判断，至少现在她还是错怪了许量，错误大多数都是自己的女儿犯下的！可你许量是商场和情场的绝顶高手，难道不知道玫玫早已经爱上了你吗！知道了又不逃避，这不是鼓励又是什么？

李玫非常坚决地说明白了：如果，她这辈子，不能够得到许量的爱情，至少请允许她铤而走险去尝试一次，不然，她宁愿孤独地去死！李玫非常平静地这样表态，用固执两个字都不能够形容她的作为，这让张娅很害怕，她知道也许自己必须暂时忍耐这样的羞辱了。

她知道允许李玫去爱许量会让自己声名狼藉，但是，张娅知道如果女儿不去试一试，不让她自己亲自去撞一下南墙，李玫是绝对不会回头的！张娅极力让自己冷静下来，她甚至不想再多看一眼沙发上坐着的女儿了，张娅知道，现在她怎么选择都会伤害女儿，区别只不过是，伤害女儿的人，是自己还是许量而已。

快天亮的时候，李玫很疲倦地蜷缩着身体在妈妈的身边睡着了，张娅百感交集地看着怀抱中的女儿，她是那样的无辜，如果不是自己先爱上许量，女儿又怎么会去招惹许量这样的男人！这就如同好女人经常是狐狸精一般，好男人也同样可以是花花公子。张娅的眼泪已经流淌干涸了，她在李玫睡熟的时候，悄悄地起了床。

她用宾馆的便签给许量留下了一封绝交信。信的主要内容是，她不原谅许量，虽然，张娅知道这样也许是继续冤枉许量，会让他很受伤，但是，张娅是自私的，她必须保护女儿的名誉，同时，她断绝了自己与许量残余的情感，这也为女儿留下了感情发展的空间。同时，张娅很严厉地警告了许量不论遇到什么事情，都必须好好关照李玫，千万不要伤害李玫。她知道她的要求，许量是没有办法不答应的！

她已经教了李玫，应该如何去面对天亮之后许量的愤怒。张娅内心的痛苦是完全压抑的，她现在也只有把李玫当成女人，而不是女儿来看。

"蝴蝶效应"也是张娅给李玫讲解过的一个做人和做生意的基本原理，她告诉李玫今天的事情将在未来引起很多未知的连锁反应，做女人，尤其是想做一个好女人，绝对不能够任性而为，否则害人害己。李玫红着脸、咬着嘴唇，不再说话，她必须真正听懂自己面前的这个仪态万千的女人的智慧之言，而不仅是她妈妈的唠叨。

张娅分析了许量的优点和缺点，尤其是他对感情追求完美和快意恩仇的心理，在说话之间，张娅的感情也逐步平息，她说许量的故事，就好像是与自己完全不相干的人和事，李玫知道自己放任感情的任性，妈妈的心已被伤害得千疮百孔。但是，她不惜一切才得到追求许量的权利，不能够被自己的软弱而毁灭了爱的火苗。

第三十八章　情感错位

　　张娅离开了峨眉山，在迷迷糊糊中开车回成都，她的精神世界完全有被抽空的感觉。她在反复地想这个世界上，到底还有没有其他做母亲的女人和她一样的傻里傻气？如果她们遇到了这样的尴尬事，又会怎么样去处理？是暴力阻止，还是顺其自然？但是，肯定没有像她这样溺爱女儿的！她居然教女儿怎么样才能更了解许量，这不是太疯狂、太荒唐了吗？这到底是在宠李玫，还是在纵容许量？为什么最终还是对许量恨不起来？太多的疑问，充斥张娅的脑海，包裹她的身体。

　　在张娅走出房间的那一刻，原来睡熟的李玫醒来，立刻在心慌意乱的情绪中，很吃力地坐了起来！她的眼泪又模糊了视线：妈妈始终是最亲的人，她是用承担人生羞辱的难堪，来成全自己可能的爱情，当然，现在还是单相思的"爱情"！

　　许量尽可能地说服自己原谅李玫的胡闹，还有张娅的蛮不讲理，他整夜没有入睡，峨眉山的冬天让许量觉得很寒冷，而人与人之间的隔阂和误解比这样的寒冷更加可怕，他为失去张娅的信任而悲哀和恐惧！他已经失去了老婆谢丽的心，现在又失去了张娅无怨无悔的信任，难道他还要失去张嘉仪的爱情吗？

　　许小露好像是在出差，她也有很长一段时间没有与自己联系了。许量对小露始终很愧疚，他们毕竟有过肌肤之亲，虽然没有完全的越轨。张嘉仪呢？除了去年的那天晚上，他们在宜宾市兴文县的"新亚达石林宾馆"的假山上，许量说的那句石破天惊的话:"——她,张嘉仪从现在这个时候开始,就是我许量的女人了",许量就再没有与嘉仪有过更多的联系!虽然,这是嘉仪的坚持和要求,但是,万一嘉仪改变了心意呢?好女如酒,想品尝的男人多如过江之鲫!

许量真的害怕了,他决定今天必须去找到张嘉仪!他需要告诉嘉仪自己的矛盾与困惑,需要和渴望,我许量算不了什么人物,但是,我还是铮铮男人!李玟在感情上的胡闹,让他狼狈不堪,但是,他是很善于把坏事变成好事的人生"高手",他的生活不能再这样浑浑噩噩了!思想不能代替行动,只有行动出成果,许量现在最需要的是要行动了。

天亮了,许量迷糊了一会儿,他在洗漱的时候,头脑冷静了,昨天张娅是怎么知道自己和李玟在一起的?这才是问题的关键,他不能够这样一走了之,而且,一走什么也了结不了。

许量吃过早点,他抽了一支烟,而不是雪茄。他从现在开始,许量需要做张娅和李玟的思想工作,他不能让这样的丑闻打败自己,也不能够为了这样的丑闻而失去自己的世界。许量带着压抑的怒气和不满去找李玟和张娅。

许量的房间和李玟的房间都在宾馆的六楼,相距不过是几十米,但是许量觉得这路还真的很漫长,很艰难,许量在反省:自己对李玟难道不是多少有点喜欢吗?感情始终还是定位在"喜欢"两字上,那是叔叔对晚辈的喜欢,毕竟,那是成熟男人对年轻美貌的女人啊,难道就没有一点私心杂念吗?他走了很久,才到李玟房间的门口,他敲门的手,举起很久都没有落下去,还是决定让李玟出门来谈。

许量和李玟坐在宾馆的大厅,这是在许量的一再坚持下,他们就坐在光天化日下聊天。既然张娅赌气回成都了,那么许量只能够找李玟好好聊聊,争取尽快控制局势。很快,他知道了事情的一部分来龙去脉,李玟已经按照张娅教她的说辞,让许量问罪的意图烟消云散了。

原来,李玟非常认真地告诉他:"事情的起因是妈妈原来的一个同事看见了我们在一起,添言加醋地向妈妈告状,妈妈这才冲动地来峨眉山兴师问罪的！"

　　许量想责备李玫：你为什么在妈妈来的时候，做出搔首弄姿的姿态呢？但是，他再仔细看看面前的李玫，一副纯真的模样，哪里还有半点风骚的模样？难道自己看花眼了吗？

　　李玫这小姑娘年轻，做错事情也难免，许量很快就完全原谅她了。他们说了很多的话，但是，李玫很固执地不回成都，许量略微思忖后，就点头答应了，他给张娅去电，张娅根本就不接听。他不知道李玫已经把张娅给自己的那封信件藏起来了。因为那封信，不完全符合李玫的心意。她认为自己喜欢许量，而妈妈与许量还能够成为朋友，是两全其美的事情。这样幼稚的想法，也许只有李玫这样的不经世事的小女人才有。

　　许量说了很多话，他甚至承认挺喜欢她的，但绝对是长辈对晚辈的喜欢！他虽然没有主动去触碰李玫内心深处情感上的那根敏感神经，但是，表面很平静的李玫对许量一字一句地说："我知道我在做什么！对女人而言，世界上最重要的是什么？是自由去爱的权利，而不是爱的结果。现在你知道我的心思，我李玫很知足了！当然，我李玫保证不会让这个世界上的其他的人知道这件让你和我妈妈都非常尴尬的事情。"许量无言以对，他知道语言在此时此刻的苍白无力，以后，时间可以冲淡一切，他只能够当成什么事情都没有发生。许量的电话响起了，是他的一个业务电话。看着许量认真接听电话的样子，成熟而性感，好像他的语言能够完全控制世界一般。李玫记得他的手机铃声一定还是那曲《爱江山更爱美人》，于是，她心中想到了许量现在爱的女人，就是那个张嘉仪！这个从来没有为许量做出过什么牺牲与贡献的自私女人，居然能够完全占据了许量的心！想到这里，她很沮丧，突然对许量充满了不解：许量啊，你的老婆谢丽为你生育儿子，甘愿做全职太太，她做月亮你做太阳二十年，现在是远走天涯！而张娅为你做玫瑰情人多年，说好听点是为爱放手或者说直接点是被爱逼得逃之夭夭！看来我李玫即使将来千辛万苦走到你许量的心中，也不可能真正的完全得到本性花心的你的全部！李玫的心情开始由青青草地变成泥泞沼泽。

许量接听完长途电话，见李玫开始寡言少语，对他的态度是从来没有过的冷淡，他有点尴尬，只好请服务员帮助再次把李玫送回房间。李玫站起来的时候，脚痛，重心有点不稳，女服务员扶她的动作慢了一点，许量的手与她的肩膀先接触了，李玫心中的泥泞沼泽立刻很神奇地变成了坚实的大地：她原谅他了，但她很认真地低声嘟哝了一句："为什么要爱那个自私自利的女人？不公平。"

许量听得很真切，但他看李玫说话的时候，并没有看着自己，就假装没有听到。"那个自私自利的女人？"许量知道她说的这个女人应该是张嘉仪。看着李玫远去的背影，固执而坚强。这个不经意的背影，居然始终让后来的许量难以忘记：每当许量与张嘉仪发生矛盾和冲突的时候，李玫的这个背影就会跳出来提醒许量嘉仪的"自私自利"，不过现在恋爱中的许量一点也不可能察觉。

"嘉仪自私自利吗？我不觉得，如果爱情需要公平，那么就是交易了。"现在的许量微笑一下，就立刻给张嘉仪拨通了电话。但嘉仪根本就没有接听自己的电话，而且打通了三次都没有理睬自己。他不知道，张嘉仪的电话是开的静音，是放在LV手提包里的，许量激动的心很快就冷却了，他男人的自尊被深刻地伤害了。

此时此刻，张嘉仪与李锌在一起。嘉仪是在李锌的陪同下，来到成都世纪洪盛担保公司的，在这里，张嘉仪见到了最近几个月在成都民间资金借贷市场上声名开始显赫的老板黄义仁和他的秘书李佳佳。他们和张嘉仪在会议室里很艰难地谈判。

李锌的意图是非常明显的，他说什么也要做成这单业务，这是为了感情，也是为了事业。这样的周转贷款业务，公司已经做得很多了，也是他在世纪洪盛担保公司做得最熟悉的业务之一。但是，黄义仁是老鬼，他从李锌的眼神中发现李锌爱的就是这个女人！他为女儿黄鹂没有能够得到李锌的爱情而抱屈，所以，他表面非常热情，说什么事情都可以商量，张嘉仪心中很高兴，她知道民间资金借贷的一些规矩，所以，她为了全力挽救成都利华科技公司，对黄义仁提出的利息和借款方式等具体操作方案全盘接受了，她知道，这就是中国企业在现行的银行金融体系下的"短贷长投"的命运安排。

等到谈判基本上完毕，嘉仪离开了成都世纪洪盛担保公司，李锌这就开始具体操办借贷合同的拟定和资金调度的具体问题了。

张嘉仪在地下停车场上车的时候，才翻看到许量居然给自己打了三个电话的记录，张嘉仪立刻有点紧张，难道是他在澳大利亚出了什么事吗？她对许量的爱情又被点燃了，爱情这玩意，还真的很奇妙，真情总是在瞬间爆发！嘉仪不能自抑了，于是就立刻给许量通了电话。听了许量的话，嘉仪的眼泪和委屈全都喷涌出来，她几乎是尖叫道："许量，你这个坏家伙居然不在澳大利亚，就在峨眉山！你为什么要躲着我？我告诉你，你必须老老实实地等着我！小心我来吃掉你！我爱你！"嘉仪根本就不想听许量的解释，她激动地挂了电话，就全力驾驶她的红色雅阁车，热情洋溢地奔向许量！她一路上，又哭又笑，离许量越来越近，嘉仪就越快乐。

但是，她还没有来得及见到许量，就在快到峨眉山的大件路上出了车祸，车祸非常惨烈。此时此刻，许量还在耐心地等待嘉仪的到来，他决定亲自给她讲述自己最深情的感受：他全身心地接受只爱嘉仪一个女人的要求！许量把心爱的雪茄，放在手中摆弄，他决定，自己要拼尽全力抓住他生命中最后的一个女人——张嘉仪！

嘉仪的车是与一辆超越双实线的水泥罐装车相撞的，这次车祸的全部责任都在水泥罐装车，肇事司机逃逸了。嘉仪是被路过的好心师傅救出来，送到了附近的县医院。从嘉仪的通讯录中，交警找到了电话，及时通知了嘉仪的表妹王可心，王可心立刻失声痛哭！嘉仪还在医院抢救，昏迷不醒！

王可心哭喊着，把肖希权从办公室叫了回来。他们立刻向峨眉山赶去，路上，身怀六甲的王可心行动非常不便。车从成都市区上高速公路的时候，王可心让肖希权立刻给许量打个电话，肖希权很烦恼，他对许量已经很有意见了！他对老婆说："可心，我没有见过许量这样的男人，他对嘉仪的爱情，为什么不能够完全克服他们之间人为的阻碍呢？为什么非要造成这样的悲剧呢！何况，他许量不是在澳大利亚的海滩上逍遥快活吗？"

他们放弃了给许量通话，直接去了医院，那里有嘉仪，有他们最亲近的人。

许量很奇怪：他现在总是打不通嘉仪的电话，他不知道，嘉仪的手机已经完全毁掉了。嘉仪是在晚上的时候才苏醒过来，许量也想过给铁哥们肖希权打电话的，但是他觉得事情很复杂，一时很难说清，他不断地说服自己继续耐心等待。李玫看许量一直呆呆地坐在他的房间，也觉得应该让许量先平静以后再去找他。李玫就在自己的房间里看电视，消磨时间，她想，许量身边的女人实在是很多，以后自己的压力还非常的大，对许量的"多情与花心"一定要有很充分的思想准备。男人的多情与花心，总比男人的窝囊和无能要好得多呀，想不通这一点，就不配去追逐许量。

许量知道嘉仪出了车祸的消息，还是肖希权用电话通知他的。嘉仪伤得非常严重，她的左腿上动脉破裂造成的大出血，差点让她不能从昏迷中苏醒过来。

在几个小时的抢救之后，她很短暂地清醒了几分钟，嘉仪急切地想见到许量，她对自己的身体状况感觉非常不好，虽然暂时没有生命之忧。许量听到嘉仪出了严重车祸，立刻开上他的路虎车，疯狂地奔向医院。

终于见到了昏睡中的嘉仪，许量第一次这样哭泣和自责：嘉仪现在这样，完全就是因为自己的过错！难道用唯一的爱，去爱一个值得爱的女人就是这么困难吗？他对肖希权的劝告无动于衷，对王可心对自己的冷淡也视而不见，他只是被自己内心巨大的内疚给压抑和刺激，苦不敢当，苦不堪言——造化弄人啊，自己已经决定"浪子"收心，一心一意去爱嘉仪了，但是——唉！

许量他们几个人和医生探讨完嘉仪的身体状况，医生们确定了治疗的最佳方案，许量才稍微放下心来，虽然，嘉仪的伤势很严重，但是抢救及时，暂时没有什么大碍了。但是，医生不同意转院，怕路上出意外。嘉仪的病情也渐渐地好转，能够说话了。特别是得到了许量"唯一的爱"的承诺，她非常满足。因为王可心已经是待产之妇，不能久留，情绪的波动对她和胎儿伤害很大，许量就坚持让他们先回了成都。许量决定好好照顾和陪伴嘉仪，就这样相守到永远。

李玫知道张嘉仪出车祸的事情之后，很平静地回到了成都，她安慰自己说：这些都是命运。她已经很满足了，自己毕竟可以放心大胆地去爱许量了，至于他爱不爱自己还不是最重要的事情。过了一天，她一瘸一拐地去资本之鹰会所上班了。她没有告诉妈妈许量和张嘉仪他们的事，因为许量请自己保密，她把全部的精力和智慧都投入到了做好会所生意的工作中去了，张娅没有能够看出女儿和许量在她走后发生了什么。她也忍住了关心，甚至是有点好奇，没有去询问，做妈妈的只要女儿看起来还是开开心心就好。

张娅坐在办公室，四周静静的，她环顾周围的环境，整洁而温煦。这次春节她去重庆，就准备与李刚结婚了，也不再经常回成都了。她这样自以为是的一个成都女人，对许量的爱情一旦放手，失去的不仅是他们之间的爱情，还有女儿，她不知道以后怎么去面对万一许量真的与李玫在一起的结果，难道叫许量为"女婿"吗？这就是生活的残酷，张娅泪流满面，完全像一个迷路的小女孩。

她在办公室已经孤独地待了几个小时了，她在回忆自己走过的人生之路，当然也包括了许量，事业上她很成功；感情上，她觉得很失败，现在只能够远离成都，也就是远离许量！她对许量的超越了道德与世俗的爱情，这样的情人之爱，许量他现在还不知道去珍惜，也许等他垂垂老矣之际，他一定会在记忆深处流淌出《有一种爱叫做放手》的歌曲！张娅想到此肝肠寸断，眼下她无法去阻止女儿也爱上这样一个不能够给女人全部感情的男人！不是她没有这样的能力，是因为她不想伤害许量！

张娅准备把成都资本之鹰会所的全部事务都交给李玫打理了，她知道女儿的未来，一定还是与许量这个男人有很大的关系，不管他们是不是能够最后走到一起。宋诚意已经同意和自己一起去重庆，由他来出任重庆资本之鹰商务会所的总经理，张娅很放心，其他的人才张娅全部留给了李玫和许量。

现在好了，他们两个人就是这里唯一的股东，李玫有了许量的照顾，张娅觉得自己不在女儿的身边也完全能够宽心。只是女儿真的与许量在一起，甚至结婚了，她就决定，此生此世将永远不会再与许量和李玫见面了！李玫和许量的爱，或者说现在还是李玫的单相思，其实还是怪自己啊，他们朝夕相处的平台，不就是自己有意无意中为他们搭建的吗？难道这就是神秘莫测的命运吗？

2008年春节来临的时候，许量和嘉仪还是待在县城的医院，他们从商以来，难得这样清闲。

嘉仪已经能够下床走路了。这期间，许量回了一趟成都，时间很短，他现在特别害怕离开张嘉仪。他把谢丽寄来的离婚协议等资料，全部交给了自己的律师。他们复杂的财产分割和离婚手续，在春节之后，才能够办完。

新年的钟声响起的时候，许量接到了很多的问候短信，一共有三百多条。洪羽菲给许量发的短信很有意思，希望许量："随心所欲。"许量一时没有懂得这个上海女人的含义，只是"嘿嘿"一笑了之。李玫给许量发了一个短信息，祝愿他和嘉仪姐节日快乐。许量觉得对李玫多少还是有点内疚，他回的短信息是："玫玫，我也祝福你！"

许量本来想说我也祝福你将来找到一位值得你爱的男朋友，但是，他还是没有能够说出口。许量把李玫爱上自己的事情，很坦荡地告诉了嘉仪，嘉仪很宽容，她让许量有空的时候也多关心李玫，这样能够让她尽快地从封闭的感情世界中走出来。

李锌追求自己的事情，嘉仪也告诉了许量，许量听了，微笑着说："嘉仪，看来我们两个人都还不是很差劲嘛！我们都有比自己更年轻的人爱上了自己！"许量突然想到了一件很好笑的事情，他就老老实实地把去年曾经与成都环金担保公司老板苏文、成都天地方圆房地产公司老板宋新等人打赌的事情，向嘉仪完完全全地、老老实实地坦白了。嘉仪起初很不高兴，她实在是无话可说，自己居然差点成为许量他们几个男人打赌的工具。人啊，总是要犯错误的。还是在许量诚心诚意地一再赔罪和认错之后，嘉仪才重新笑逐颜开。

李玫买了很多的爱情片来研究，她想：一辈子还很长久，谁知道将来到底会发生什么呢？人的快乐从来由己，李玫觉得现在能够光明正大地爱许量，就是很快乐的事情，也是她这一生中最重要的事情，这件事最好是顺其自然。

许量在嘉仪的病床旁边，等她幸福地睡熟之后，给远在澳大利亚的儿子许多和谢丽，写了一封很长的信，通过网络发给了他们，他希望儿子能够理解爸爸妈妈，希望谢丽能够过上她想要的新生活。许多的回信很简单："爸爸还是爸爸，妈妈永远是妈妈，我始终只能够是我。我希望爸爸不要做会让自己后悔的事情！"谢丽暂时没有回信，不知道她到底是怎么想的。"我希望爸爸不要做会让自己后悔的事情！"许多的这句话，许量不是没有重视，但他理解成了这只是儿子一时的情绪。他没有注意到儿子的这个感叹号的含义：许多的短信其实是在谢丽的监督下发的；许多只是用孩子的直觉感觉到了爸爸妈妈离婚并不是他们最好的结局。

李锌知道了许量终于还是和嘉仪姐在一起之后，没有好意思去医院看望他们。他对张嘉仪的感情，也很迅速地调整为比较纯洁的姐弟和朋友关系了，虽然这样做是痛苦而无奈的。

李锌对张嘉仪的感情受到重创后，找韦伟做伴，痛痛快快地喝醉了几次。反正现在已经是春节前夕，是中国人喝酒的旺季了，大家都争先恐后地用各种美酒佳肴来"折磨"自己和朋友们的身心，"痛，并快乐着"，并且完全乐此不疲。

成都大大小小的餐厅完全可以用"人满为患"来形容。李锌本来就想喝醉，他四处去喝与公司内部人员的"团结的酒"、与客户们的"勾兑的酒"，与朋友兄弟的"友谊的酒"，还有内心的苦涩之酒，总之，形形色色的人和五花八门的酒淹没了他。李锌唯一的安慰是张嘉仪告诉他，她已经把她当成弟弟。李锌安慰自己：爱一个人，有时候，最好的方式就是远离。

现在，李锌再也没有把新钞放在鼻子下面去闻钱味道的习惯了。因为他现在已经和许量一样，超越了金钱，学会了用心去感受，这个世界上除了钱的味道之外，还有其他更多更美妙的"味道"，比如说感受人的味道：人，每一个人，都是有味道的，就像是商品上的商标一样，独一无二，但是这需要用心去体会。

韦伟同样也是喜欢喝醉的人，因为崔乐乐不小心也怀上了他们的孩子，但是却怎么也不同意去打掉。这让他焦头烂额,她以前给他两年的宽限期也取消了。他没有能够离婚的老婆,也是快要生小孩的女人啊,真是女人何苦难为女人呢!

刘洋经常能够与李锌在一起了,她慢慢地变得还真是有一点"洋洋得意"了。刘洋和崔乐乐不一样,她很理智地用不引人注目的方式去接近李锌,爱情也罢,喜欢也罢,刘洋投其所好就用李锌最喜欢的资金借贷生意话题与李锌靠近。大年三十,李锌没有亲戚可以走动,几乎是孤独得有些绝望的时候,刘洋电告李锌,她也是一个人留在成都过年,于是,在李锌的家中,他们把从超市里大肆采购的东西做成格外丰盛的晚餐。一边吃饭,一边看具有中国特色的春节晚会,里面出彩的节目居然还是那几个老演员。李锌喝酒的时候评价道:"这样的一些老套节目,这样一些老而旧的面孔,那些不男不女的节目,那些缺阴少阳的演员都能够每年霸占全国人民每年都在看的春节晚会,说明中国真的是需要娱乐体制改革了。而改革的第一步就是取消春节晚会,省得全国人民都累。"他们在一起看了通宵的电视节目,李锌用两个字,直接总结了有些节目:恶俗。刘洋的心思主要花在了李锌身上,反而她觉得春节晚会:很美。

时间久了,有时候见不到刘洋,李锌还真的有点不习惯了。他和熊小川的关系也越来越密切,因为李锌还是成都新峒投资顾问公司的小股东,虽然,他很少去管理他投资的公司,业务上的"勾结",对外需要格外保密。

第三十九章　借贷之秘

利华科技公司欠银行的贷款，不管林强行长怎么样威胁和利诱，许量都很坚决地抵制了。在他的眼中，行长是比不上自己自由的，他们不管多么能干，也不过是没有决定权的体制中的套中人，许量知道"以其人之道还治其人之身"的道理，因为林强有点趾扈的样子让许量不爽，而且他找嘉仪的麻烦比找自己的麻烦更可恶，于是许量让李严他们经常提议一些似是而非的问题与建议，让林强疲于奔命。

许量的名头和手段，林强不是不知道，但他既然惹上了，也不好立刻休兵罢战，只能够面对应付。他心中窝火，可许量他们的问题与建议看起来全部都是在专业与不专业之间飘荡，让你虽贵为行长却抓不住把柄；实在是着急了，那个叫李严的眼镜就不紧不慢地提醒自己要注意银行的形象："请您文明用语。"许量也很匆忙地去会见过林行长，时间很短暂。他不想见行长的时候，就说自己已经出差了，让行长大人慢慢等。林强发誓要保护银行资产，要动真格，但出来的领导没有一个人他敢于得罪，而且人家的话很冠冕堂皇："要保护民营企业的发展嘛！"这些事情，许量遥控得非常得心应手，他的手机连通着他多年苦心经营的关系网，现在是牵一发而动全身的时刻，许量不惜启动了一些他以前只是养而不用的特殊关系。

许量的力量也让林强自己觉得如同是一位已经检阅了部队，但是却只能够是宣布解散，而不是立刻进攻的将军一样：窝火！这让林强行长的"三把火"

燃烧到了自己,他现在才知道行长也不是什么事情都能够完全随心所欲的。

不完全是因为身体的原因,嘉仪已经全权委托许量行使她在自己公司的全部职权。对另外一家贷款期限还没有到的银行,许量也主动联系了,他去拜访了他们,许量微笑着迫使对方取消了制裁利华科技公司行动的想法,因为许量做好了最坏的打算,并且把自己的对策完整地坦诚地告诉了对方。他用"两败俱伤"的分析和自己的诚恳取得了银行的部分谅解。作为回报,许量还为张嘉仪的公司债务出具了担保函,他承诺解决所有问题和麻烦,条件是他需要时间。

李锌和嘉仪有几次电话联系,许量也主动给李锌说明了他的战略意图,让他不用再去帮助张总借贷,最近他们联系多了起来,许量计划道:"先给银行说,我们要让利华科技公司先破产,再由第三方也就是许量自己出面来重组利华科技公司,这样比拼老命去借高利贷来周转贷款,要划算得多。"嘉仪听了点点头:"没有一家外来的企业有胆量来重组利华科技公司的,因为核心技术秘密始终还在自己的手中,没有核心技术,利华科技公司不值多少钱。"许量其实没有说这只是自己解决方案的表面,其实最核心的解决方案是行贿,钱的事情一定要用钱来解决。有几次,许量让李严准备了巨额的现金,然后约了不同的领导去了不同的钓鱼场,但给出的却是同样重的人民币。那些地方偏僻,有利于行贿受贿。这样危险的事情,平常许量非常谨慎,很少亲自做,但这次为了嘉仪他只能够亲自出马了。因为事关重要大,行贿的时候,许量让李玫帮助自己开的车,那状况很像是在接头。李玫心情复杂,她装傻的功夫已经上了水平,假装什么都不知道。许量有一次办理完事情,问她:"你刚才看见某男领导没有?"李玫非常奇怪地问:"许总问我是否看到了刚才那位漂亮的姑娘吗?她不是已经走了吗?"李玫按照老板的暗示,把大腹便便的五十来岁的男领导都能够叫作漂亮姑娘,许量很满意,他叮嘱道:"对,刚才那位姑娘已经走了。作为老板,一定要学会指鹿为马的本领。"

后来嘉仪提出:"你这样对银行,像恶霸一样,是不是不公平啊?"许量斩钉截铁地说:"什么是公平?银行向企业放贷款,挣了利息,就应该承当相应的风险！为什么银行的贷款，就必须没有风险？难道只允许民间借贷有风险吗？"许量说完哈哈大笑，然后突然觉得自己的行为有点过分，其实除了林强之外，自己最贴心的朋友大多数都是各银行的行长哥们。他觉得自己也不能够因为那小子冒犯了自己喜欢的女人而去冒犯了这些正规军兄弟，于是，他打了一个电话，让李严他们适可而止。他已经开始在心中写好了与林强"不打不相识"的剧本：在商场中，冤家宜解不宜结，如果有本事能够化敌为友，那才是男人的真本事。许量后来与林强结交成了铁哥们和死党，那还真的出乎大家的意料。

嘉仪又质疑道："利华科技公司如果信用坏了，以后在银行贷不了款，又怎么办？"许量笑哈哈地说："企业向银行贷款，从来都是被动的。很多商业银行的德行，就是落井下石。不把企业当成合作伙伴的银行贷款，不要也罢！嘉仪，你难道忘记我是做资金借贷生意的了吗？以后，利华科技公司的资金全部由我来解决，让银行和它的贷款去见鬼吧！"其实许量想说的是银行都是健忘的，要贷款，你就不能够再做一家新的公司吗？到时候，只要自己能够控制，那么找一个干干净净的傻人来做法人代表不就可以了吗？金蝉脱壳啊，在中国，有多少大老板不是这样起家发财的呢？

许量告诉嘉仪："我们这样一运作，利华科技公司先弃后得，这就是'舍得'的真正含义，事业与人生一样，要的得不到，不要的却最终还是你的。这样，银行的债务基本上可以减小到最低限度。反正林强他们的银行也要上市了，银行上市就要进行债务剥离，而债务剥离就是'取之于民，用之于民'，国家注资就是全民卖单，这里面的学问可深奥了，经济学家也说不清楚的。"

几千万的银行债务，许量说几百万就可以搞定。其他的具体操作事宜，许量不愿意多说，他很有把握地说："所有的事情，都由我来办理好了。"他还安慰她不要害怕银行的无限连带责任："企业贷款，让老板们做出无限连带担保责任，银行这样是合理不合法，这样就把有限责任公司变成了无限责任公司，许许多多的老板企业破产家庭也破产原因就在于此。"嘉仪反问道："民间借贷不也是这样吗？欠钱还钱天经地义这句话就有点父债子还的味道。"许量沉默不语，他想我们不是向银行学习的风险防范机制吗？何况我不是经常还说"有事好商量吗"？

嘉仪相信许量是身心都很强大的男人，他能够"咀钢嚼铁"。她现在关心的不是自己的公司，不是银行债务和她与郑度的股权关系应该如何理顺，也不是自己身体的好坏，她最关心的还是许量的一举一动，一笑一颦，他现在就是张嘉仪的一切！嘉仪甚至有点想感谢差点要了她命的那个已经逃逸了的年轻司机，因为，她已经提前收获了许量的爱情，所以，她很坚决地恳求交警不要过分地为难他。

许量在成都和医院两地跑来跑去，他打趣给嘉仪说自己有点像一只花蝴蝶，在花丛中飞来飞去。嘉仪灿烂地微笑不语，他自己也乐在其中。春节来了，终于又过去了，快到春暖花开的时候，许量与嘉仪已经如胶似漆了，他们几乎忘却了尘世中还有其他的人和事情存在。为了嘉仪完全彻底的休养，许量没有让嘉仪回成都，他在峨眉山下的红珠山宾馆5号楼靠山的那边包了一间上好的房间，让她疗养，他在隔壁驻扎下来。从这里可以看到峨眉山的丛林中悠远的意境。到上班的时候，许量就必须不辞辛苦地在成都与峨眉山之间更加频繁地奔波，有时候甚至是一天跑几次。王可心知道这些事后，最终叹了一口气说："许量毕竟是侠骨柔肠。"她算是原谅了许量。

肖希权一直想和许量好好商量一下"笨驴"探险俱乐部的事情，许量毕竟还是投资者，虽然，这些钱对许量现在的实力而言，已经不算什么，许量也很久没有过问过这件事情了。但是，许量对他的铁哥们说："我信任你！兄弟就是兄弟。你从民间借贷生意转型经营笨驴探险俱乐部，应该得到我的支持，而无条件的信任比金钱更重要。我的态度就是支持你！"肖希权以前是成都瑞德担保公司的董事长，他在许量资金的支持下，全力收购了笨驴探险俱乐部，现在俱乐部已经开始正常经营，今年有希望做到少亏损，甚至保本。许量提议希权可以与顾艺的文化公司联合做一些推广活动，王可心也很支持。

李玫在许量的支持下，就任了资本之鹰商务会所的副总经理，许量让以前东方富通公司的老员工基本上都来会所上班了。资本之鹰商务会所已经是他们新的前进基地！他们为此而自豪，虽然现在还没有一点想回购卖给上海商人的成都东方富通公司的意思。

许量已经知道了上海商人洪战的困境，最近他是疲于奔命地在对付金融危机之下天宇集团公司业务下滑的现状，他们与自己的同学陈丹阳的合作也不是很愉快。那个精明的上海女人洪羽菲还曾经给许量打过电话约见他，但是许量没有什么兴趣，他现在对东方富通投资管理公司的名字已经有点陌生了：企业就是商品，不是自己爱的女人，一旦失去了就不再是自己的，就这样结束最好。许量只是告诉洪羽菲，他想派人去把自己办公室里的一些私人物品取走，洪羽菲只好答应。

现在，许量原来办公室里那根将近两米高的乌木"男根"雕塑，已经矗立在了许量新的办公室里。这是李玫替许量去洪羽菲那，搬回资本之鹰商务会所的。原因是许量不愿意再旧地重游了，他太怀旧。李玫知道这根乌木是许量精神上的图腾，所以格外重视，没有想到的是搬家公司在搬运的时候，不小心碰坏了其中的一小块！李玫大声呵斥了搬运工人，这让她失去了她温柔女人的仪态，她心情很坏。她和洪羽菲很礼貌地办理了交接，表面上，她们都在微笑，心中却在盘算。等李玫离开了，洪羽菲一个人去了许量的办公室。

这里面她曾经独自来坐过多次，可惜现在里面是空空荡荡的了。但她的手指之间仿佛还是不断流淌着那根代表许量强悍精神的乌木雕塑的冷艳。不知道出于什么目的，一直到现在她都对许量的一切深感好奇，她加了他的QQ号码，甚至杜撰了一个在校大学生的身份与许量交流。可是，许量对自己不感兴趣，但是上海女人虽然外表温柔其实内心坚毅无比，决定了要想方设法做许量"哥们"的事情，她就一定要去做到。

洪羽菲现在有一半的时间在成都了，她是计划来成都集合这里的资金资源的，这是高于其他上海财团的一招，天下哪里的钱不是钱？民间资金市场中，温州代表的江浙，成都代表的成渝市场，都必须未雨绸缪。这样，一是可以缓慢地进入成都活跃的民间资金借贷市场；二是可以在"万一"的时候，支持上海总部。洪战的电话打断了她的思绪，他再次训斥女儿为什么这段时间工作效率如此低下？在成都待的时间怎么这样长？洪羽菲立刻振作起来，她的眼中充满斗志，自言自语道："有什么办法呢？女人一旦进入了商场，就只能够忘记温柔，变得无比坚强。"

许小露与许量终于又见了几面，她告诉许量，她真想到许量的队伍中来，因为钱大富的老婆和刘洋等人对她的压力太大了，钱大富也因为一直没有能够得手，对小露也不再呵护有加。许量对此点点头，但是，他很认真地要求小露，你不要再对许量这样一个已经心有所属的男人痴心了，因为许量不值得小露这样的好女孩子，为他牺牲宝贵的青春！你去香港帮助大哥管理那边的资金，也许那里会有你的白马王子。

小露微笑着答应了，她说："骑白马的不一定是王子，而王子一定是骑白马。"她也很想离开成都了。在这里，她与许量是在同样的一片天地中，但是这是油和水的关系，不相融，他们注定是不同样的人生。而且，只要在成都，她又必须克制不去找许量，实在是太为难她自己！许量就和小露商量好了，让她去香港。在那里，有许量不少的朋友资源和资金，需要自己信任的人来管理。

小露临走的时候，自己用手机与许量照了一张合影，照片是在资本之鹰会所许量的办公室里面很随意地拍摄的，当时，小露的手臂伸得很长，她把头很自然地靠在许量的肩头。小露回了一趟青川的老家，带回了她那套农家的衣服，她固执地要带到香港去。经过成都去香港的时候，她和许量通了电话，很长，但是他们都像是在回避什么。从此小露进入了另外一个她梦想之外的崭新世界，以后她的进步没有人能够想象得到。

江泉和顾艺在春节后，悄然地办了结婚证，他们商量好了，事业不成功就暂时不举办婚礼。他们的文化公司已经开始有了新的起色：顾艺写的以成都民间资本市场为核心题材的新的商战小说《借贷》已经出版了，名字是许量建议的。据说书非常受欢迎，在外地一些著名的媒体上，也有了很多的宣传文章。有些文章和软文，甚至还是出自于顾艺本人之手，她毕竟以前就是记者。她与肖希权的"笨驴"探险俱乐部签订了一个媒体推广合同，有了十万元以上的收益。顾艺知道这是许量在变相支持她的事业。许量忍住了没有说明他以后将借道她的公司进军文化产业的计谋，许量只是告诉顾艺《借贷》系列小说的电子游戏和电影、电视剧、漫画等新产品的改编权全部都不能够出卖，他在等待新机会瓜熟蒂落的那一天。

对顾艺提议的请许量和肖总来指导"发现僰人"的文化探险项目，许量他们作为探险迷，当然都没有完全拒绝。他们之所以也没有完全答应，只是源于他们都对张嘉仪和王可心两个女人对此事非常关注且采取回避的态度，她们毕竟是僰人的后裔。历史的旧账，有些东西不翻阅似乎更好。

有时候，许量和嘉仪也会很好奇地看看顾艺送给他们的小说，小说中的人物与现实中的人物经常纠缠不清，让许量经常大呼小叫："这是现代版的庄周梦蝶！"看书入迷的时候，许量经常觉得书中的人"是我非我"，书外的他几乎恍然入梦。他觉得书中把自己写得"威猛"和"高、大、全"了一些，嘉仪却说："每个人都是作者，人生就是写书。其实，顾艺没有把许量这个人真正的味道写出来。"

说起了许量的味道，嘉仪就逼许量给自己吹箫。当然这支箫，就是李锌从宾馆的荷花池挖掘出来的许量曾经抛弃的珍品。她笑颜一展开，就说她也好想如许大老板一般好一次色，当然是男色而不是女色。许量回击道："色字头上一把刀，张大美女一定要小心，色仙许量吃不成，就会反而误了你卿卿性命。"

许量还是吹的那首《爱江山更爱美人》的曲调。只不过曲调再也没有以前的那种沧桑之感觉了，换上了人生豪放的味道。许量和嘉仪都很出众，这样的一男一女，在宾馆中，很快就成为最惹眼、最知名的人物，无论是在白天还是黑夜，许量和嘉仪的言行举止，完全能够牵引人们关注甚至是羡慕的视线，他们两个人组成的风景，如秋林中的红叶，点缀大家的心情，也感染着所有人：这，才是最完美的爱情。

宾馆的旁边，就是峨眉山景区最著名的报国寺。有一天早上，在悠扬的钟声中，许量对还在床上休息的嘉仪很正式地求婚了。

嘉仪和许量在一起，已经快一个月了，但他们此前都是相敬如宾。即使是在浓烈的感情燃烧中，分寸也控制得非常好，只有这一次，也说不清楚是谁开始的，他们才真正地合二为一了。许量做爱做得很小心，他觉得这才是传说中的"行周公之礼"。之后，他变得身心都立刻年轻了。同样的千古不变的男女之事，居然能够拥有完全不同样的体会和感受。嘉仪表现了很独特的女人味道和千万般温柔，她的肌肤，她的气息，甚至她身体的每一部分都让许量惊喜，这才是真女人！第一次，许量体会到了什么才是真正的男人。他想他这样杰出的男人，人到中年，烈日当空，在生活与事业中长途跋涉几十年了，上帝论功行赏也应该让人生疲惫的许量得到这样美妙的人生感受。

情到深处时，嘉仪躺在她男人宽阔的胸膛上，一半认真一半玩笑地说："阿量，我对你居然能够用'借贷'两个字来形容人生的思辨能力，表示最大的钦佩！"许量笑得很深沉，他缓慢地说："借贷本来是指簿籍或者资产表上的借方和贷款方，但是，'借贷'这两个字奥妙无穷，人生就是一场关于借与还的游戏啊！你看看，人之初，一无所有，身体是向父母'借贷'的吧？当然，每个人长大之后，就必须用孝顺来回报我们的父母，这是'利息'；长大一些呢，上学校，这就可以说是我们在向老师'借贷'知识和智慧，借了智慧，我们就需要回报社会；社会上的各行各业呢，也有不同形态的'借贷'，比如：做官，需要向上级'借贷'信任，向群众'借贷'支持；做老板呢，应该向银行借贷资金吧？你看看混在市场中形形色色的老板，有几个没有贷款呢？很多时候，'大老板'甚至就是'负债累累'的代名词！甚至人的爱情也是借贷而来的！嘉仪，如今我许量不是向你'借贷'了爱情吗？所以，我需要向你支付'真诚'和'爱情'的本息。到了人之终，万事皆空啊，人空手而来只能够空手而走，什么东西都要被命运抽走的。从繁花似锦到人生凋零谢幕，什么样子的'债务'，包括'借贷'的一切，甚至是一句诺言和许愿，有因必有果，你都必须还得清清楚楚，明明白白，所以，这人生就是一场人人都必须得进行的'借贷'游戏，人的一切根本都在于'借贷'，这是我许量的思想专利！就好像鲁迅先生发现了中国的历史是'吃人'和'被人吃'一样，我发现了'人生其实就是借贷'的经典原理，这是我许量的许式人生原理。"

说到这里，许量又情不自禁地想起了那个因为挚爱自己而甘愿放手的情人张娅，那个因为女儿肆意爱上了自己而悲哀和恼羞成怒的母亲，自己"借"了她无私的爱情，"借"了她曾经的银行行长的地位，她无条件地奉献了自己，她甚至容忍了女儿任性地爱上自己！那么自己还了她什么呢？又能够还她一点什么呢？她已经远走重庆，让许量解脱出来，又把初具规模的会所半卖半送给了自己，但我能够欠债不还吗？要还！但是又应该怎么去还呢？许量的心紧缩了一下，气血上涌，瞬间，觉得身边新的女人嘉仪显得不是很真实了，许量突然有点想哭，不知道中年男人应该情归何处？爱得多，就失去得多……嘉仪不知道许量的心理活动，她只是觉得被幸福包围，既然许量的命运之舟，现在漂流到了自己的码头，那么她会不惜一切地抓住许量，再也不许其他女人靠近。

"台湾歌星童安格的《请你借我一点爱》唱得多好呀！人生就是平衡的，有借就有还，再借不难。做人有一颗'借贷'的心，才能够保持一种感恩的心情；做事时刻牢记因果报应，这也是做人的一种境界。"许量继续感叹，"但有些人生债一辈子是注定还不了的，所以大家才都想长命百岁啊。"

嘉仪很感动，她没有完全理解许量的弦外之音，她坦白地说："我从见了你第一面之后，朦胧中就有了一颗向许量'借贷'爱情的心！"然后，她轻松地哼道："请你暂时借我一点爱，好让我向寒冷买点温暖，也许不必等到明天醒来，我已将热血化成了爱……"许量非常喜欢童安格的歌词与演唱风格，他只是前些天，偶然给她提起过这首60后最喜欢的老情歌之一，嘉仪居然也很有心得，而且演绎得非常别致！许量感觉她演唱的这种味道，有点像冬天雪地高原上，蓝天白云之下的雪莲花：清越而高雅，有点孤芳自赏。许量也来了情绪，他不甘落后，接着唱道："……握紧我无助的手，让我感觉一点温柔，不要轻易让我离开，正义公理和未来。"看着嘉仪无限温柔的眼神，深邃似海，能够淹没他全部的内心世界！许量放弃了自我，继续温柔地唱下去，"走在幸与不幸的边缘，多少友情无言的感慨，生命写在白发的关怀，却要面对现实的无奈……"

"请你暂时借我一点爱，好让我向寒冷买点温暖，也许不必等到明天醒来，我已将热血化成了爱，握紧我无助的手，让我感觉一点温柔，不要轻易让我离开，正义公理和未来。"他们轻声地合唱，把自己放逐到了快乐的天堂。

一曲唱毕，在静默中，许量的脑海里，非常奇异地浮现出已经消失了很久的谢丽的身影，这如同非常锋利的刀片划过胸膛，让许量的心流血不止，而外表却看不出一点伤痕。

许量心尖处令人不容易觉察地战栗了一下，他赶紧转移了话题，他谈了关于爱情的另外一种理论："同样的男女之事，有不同样的想法和做法，如果只是相互的恋爱，那么男女之间就只是'第N次亲密的接触'，而如果是挚爱，那么，我们就应该是'第N次亲密的合作'了！"嘉仪不想再用语言来冲淡他们之间此时此刻的浓情，于是，她主动地开始向许量"借贷"爱欲了。他们有借也有还，许量也马上与她开始了"第N次亲密的合作"。

他们把婚礼确定在了2008年的5月16日，那一天是嘉仪的生日。他们的心愿有两个：一是在阿坝州的九寨沟举办一场特别有意义的婚礼，许量说："九寨归来不看水！在世界上最圣洁的山与水之中，我希望我们的爱情能够得到永恒！"二是张嘉仪想让许量陪伴她回到家乡——宜宾市兴文县的"僰人故里"去度蜜月，因为她的精神始终属于那片神秘的土地。许量笑眯眯地开玩笑说："我和肖希权同志，正好想去那里探询僰人之秘。"嘉仪听了，笑容很灿烂，她没有完全想好，是否需要再告诉许量更多的僰人的惊世骇俗的秘密。

婚礼之后，他们再重新安排新的生活和新的工作，比如，许量想把利华科技公司的麻烦事情处理好了之后，把这家公司卖掉，用"先贷款，后管理层收购的方式"，他再让嘉仪退出公司，主要做她喜欢的太阳能高科技的科研项目，其次是到资本之鹰会所或者资本之鹰商业学校工作，她需要新的环境来适应许量太太的全新身份。

而许量自己呢，还是那样雄心勃勃，他有了全新的爱情和心爱的女人，他就有了去追求新财富的强大动力，他将用自己独特的方式留在成都或者说中国的民间资金与资本的市场，用日臻完善且成熟的方式方法去轰轰烈烈地大干一场！他想，他的新公司或者集团公司的名字，完全可以用"资本之鹰"来命名了。

鹰，速度和目光就是它的全部，这也是商人们在资本与资金市场上生存与发展的根本要求，这是许量和他的团队最新的图腾。

许量回到成都的消息在行业内外不胫而走，大家基本上都是欢迎和善意的，而李佳佳和黄义仁则是兴奋：他们等待的报复对象回来了，这是快意恩仇的大好事情。李佳佳和黄义仁已经专门策划了多次，他们认为，既然许量已经摇身一变成了资本之鹰商务会所的老板，那么，针对他的战争就特别容易打响了，会所这样的场所，看来管理严密，其实漏洞是很多的。

李佳佳对黄义仁说："老公，如果你能够把这场与许量的智慧比赛拿下，那么，我就是世界上最幸福的女人。"

好斗是男人的本性，黄义仁的雄心壮志被激发了，拍了胸口还不算，更重要的，他现在越来越大的实力才是他对李佳佳诺言的保障，他们计划了一个局，用剧本一般的阴谋诡计让许量和他的资本之鹰会所陷入麻烦之旅。黄义仁在办公室对佳佳说："我们做民间资金借贷生意的公司，无论做得多么巧妙和隐蔽，最大的问题其实就是：现金交易，税收非偷即逃！我们最核心的打击方向就是这里，去抓住许量偷税漏税的证据，然后，用一个普通群众的身份去举报，我看他们一定就会吃不了，兜着走！"李佳佳摇头说："自古以来都是杀敌一千，自伤八百，我看我们不要去惹我们行业的潜规则吧！我们一定可以找到许量其他的问题和软肋。既然偷税漏税是我们民间借贷的死穴，那么，我们自己也必须要加倍小心。"黄义仁坚持说："我们先从这里试探一下，就算是火力侦察。我会安排得天衣无缝的。"

虽然，许量是坚不可摧的，但是，李玫这帮年轻人还是过于自信，他们两个阴谋家的"劳动对象"就是涉世不深的李玫，许量还在忙于陪伴他的爱人张嘉仪，爱情从古到今都是英雄豪杰的死穴。

李玫在会所的经营管理方面进步是非常快的，也许她的身上有她妈妈精明强干和聪慧的遗传基因，她已经完全进入了角色，其实许量经常不在会所，这里发生的大大小小的事情，基本上李玫都能够独立判断和处理了，一切似乎都很顺利，李玫不知道人生的天空，不会永远晴朗，该来的风雨是一定会来的。

从此，许量平静的生活就将要被阴谋打搅，甚至被毁掉，这时候，许量还处于人生的第二次热恋之中，而恋爱中的男人，最容易受伤……

第四十章　税务调查

到了2008年的3月份，许量在成都新的事业布局，已经完全地安排妥当了，他对2008年充满了戒备。

许量的重点放在了经营资本之鹰商务会所，他与李玫的关系看起来似乎很正常了，起码是李玫再也没有表示出哪怕一点点的喜欢许量的言行，她对许量经常有意无意地把张嘉仪带到资本之鹰会所来参观还算是很友好的，有时候，许量也有点感谢她对嘉仪的热情。许量在张娅和宋诚意都去了重庆，没有参加他们原来就策划好了的"民间资金论坛"的情况下，亲自抓工作，成功地在近期举办了论坛。参加论坛的人士不少，有很多本身就是许量多年的关系人士和朋友。从中，许量学习到了很多的东西，他更加坚定了自己退出成都民间资金市场的想法，他只愿意提供资本之鹰会所这样的中介资金服务了，他囤积的现金，一部分作为与谢丽离婚的补偿金分给了她，谢丽要的不多；儿子许多也分得了他应该拥有的那部分，其他的全部都放在了香港。后来，许量又想方设法从成都汇出去了一些，这些资金由许小露看管和打理；另外在成都的资金，他放在了大家都知道的最安全的地方——银行。

许量对嘉仪说："金融危机下，中国的银行还是最安全的场所之一。我们现在需要的是尽可能不再做事情，做得多，就会错得多，我们就继续'冬眠'吧！"嘉仪听了笑话他："许量，现在已经是春天了，我们还需要冬眠吗？"许量严肃地回答："也许，今年到了夏天，企业也需要冬眠！"嘉仪的身体基本上痊愈了，遗憾的是在她的左腿上留下了一条很明显的伤痕，许量不知道安慰了她好多次，嘉仪才幽幽地说："我害怕你不爱我，我不再完美。"嘉仪的利华公司，现在又暂时由许量出面管理，嘉仪只是偶尔才露面，这样，整个公司已经知道了许量和张嘉仪的关系，这对公司的员工居然还是精神上的支持，毕竟许量是有实力、有影响的男人。

今天是 2008 年 3 月 28 日，星期五，成都的春天来了。

金融危机也好，经济危机也好，并没有给成都的经济带来太明显的损失，有的伤害也是在隐蔽和可控的范围内。坊间偶尔传闻的一些鞋厂倒闭和一些外贸公司已经倒闭的消息，还没有能够引起商人们普遍的重视。只有许量这样的先知先觉者在承担强大的心理压力：自己是不是太胆小如鼠了。

今天一大早就阳光灿烂。许量与嘉仪并没有住在一起，因为他们已经商定，准备一个月之后去阿坝州的九寨沟举办一场特别有意义的婚礼，所以，许量和嘉仪都在做身心的最充分的准备，为了新婚之时能够再次燃烧生命的激情，他们都需要独处，需要清心寡欲。

这天上午八点半，许量和嘉仪约好了，一起到顾艺的文化公司去，他们的婚礼，最后还是交给了顾艺和江泉他们开办的公司来操办。他们今天是去看婚礼的方案的。婚礼的设计是高雅的，其中就有许量与张嘉仪在九寨沟的入口处，向过往的游客免费发送门票的举动，同时邀请他们分享他们幸福的程序，许量觉得这样太招摇，嘉仪却认为能够让那个时刻出现在那里的游客快乐，自己当然会更加快乐，正所谓"与人同乐，不亦乐乎"！

李玫在上午 9 点过的时候，给许量打了一个电话，说会所来了一个客户，需要从会所里借款 100 万。许量正在与嘉仪、顾艺和江泉他们几个人商量婚礼的细节，他思考了一下，就告诉李玫："你与李严商量一下，自己决定吧！"

事后，许量对这 100 万的借款业务到底是怎么样操作的，没有更多地过问，因为李玫作为会所的副总经理应该有她的权威，事情就这样，很平常地过去了。

2008 年 4 月 16 日，星期三，成都下了一场春雨。

上午，许量在资本之鹰会所的办公室里看文件，他在考虑会所的连锁计划。本来，许量对此是没有什么兴趣的，只是源于张娅现在不再想做雄心勃勃的扩张计划了，她是通过李玫把她以前做的计划书和已经打下的基础，坚持让给了许量。许量在僵持中，让步了，因为张娅给许量的业务短信上说："资本之鹰"会所是她的心血，希望许量能够把这项事业做下去，做得更好！许量回她电话，张娅不愿意接听，许量就回她信息说："想约你，再见见面，仔细聊聊商业计划。"张娅也就再没有回音了，许量知道她不愿意和自己多联系，世上任何相爱或者相恨的人，都总归有分离的那一天，还好自己和张娅都是健在时理智地分开了。许量也就放弃了再和张娅联手发展全国范围的资本之鹰会所的想法，心想：这样的资金与资本的交易性平台的会所，的确是一个非常不错的商业模式，自己的一些雄心壮志也正好能够借助会所来实现。现在，他开始看出会所商业计划的核心价值了，张娅在她亲自做的商业计划书的前言说得非常的精辟："如果细分民间资金借贷市场的产业链条，我们就可以发现：一个完整的民间借贷行为是由借款人、资金方和中介方三种角色构成的。其中，资金没有精准的资金需求重要，也没有资金的安全保障重要，换句话说，如果半开放式的资本之鹰会所能够高效率的提供民间资金的供求需要，同时提供行之有效的合同规则，那么我们就是资金借贷生意链条上，最重要的支配性力量。"

许量隐隐约约地知道：张娅好像是在用这样的方式来帮助自己！如果自己借助于她已经打下的基础，在全国成功布局这样的高端资金与资本会所，那么——他正在思考时，门被敲响了，许量立刻大声说："请进！"

进来的是老同学李健康，他是作为校长，来与自己商谈资本之鹰商业培训学校发展事宜的。

许量见了老朋友分外高兴，他们把学校扩大招生规模的事情，很快确定下来之后，又决定将在成都市做一次大学生创业比赛的活动，许量说："成都人才济济，我们从中发现一些优秀人才并为我们所用，何乐而不为呢？不过，我们不能够把资本之鹰会所的名气做得太大了，这样，我们一定会为名气所累。"

后来，李健康说起了陈丹阳最近的情况：她的上市公司越来越艰难，与上海商人洪战的争权夺利越来越激烈，许量有点内疚，觉得自己不应该把东方富通公司卖得那样彻底，这样就完全没有制约洪战和帮助陈丹阳的任何手段了。

李健康也知道了许量与谢丽已经离婚的事情，他多少表示出了遗憾。许量却说："离婚对我们来说应该是好事情，新的选择意味着新的生活。"只是他内心对谢丽一直怀有深深的内疚，是她给自己带来了许多这样一个好儿子，他们的爱情结束了，但是情意仍然存在，这是许量的性格使然，倒不是他太花心。

两个人正说笑，李玫很着急地走了进来。许量看李玫说话之间有点犹豫，他就哈哈一笑，说："李玫，你倒是说啊，李校长和我的关系，你又不是不知道！"李玫只好说道："是税务局的人来了，他们要找会所的负责人。"

许量和李健康对视一眼，许量说："那么，李校长你就先走吧！我看别人来是有道理的，无事不登三宝殿！我需要专心对待一下。"

税务局来的是两个年轻的税务稽查人员，他们到资本之鹰会所来，公事公办的态度，很客气。他们说是因为接到了有关群众的举报：许量的资本之鹰会所有偷税漏税的问题。许量很认真地接受了税务局的调查，他从来都是民不与官斗。

调查的内容，不是会所的客人消费之后，经常拿不到消费的发票的小问题，而是他们有不少证据，证明会所在最近的一单资金业务中，有很明显的偷税漏税行为！

许量仔细地听了他们的指控，没有办法完全表示否认。但是，稽查人员也没有任何具体的措施，他们微笑着问这问那，许量也就微笑着回答。他知道他们其实是因为没有完全确切的证据，否则也不只是来会所调查，而是应该直接来进行税务执法了！

许量和税务稽查人员的交谈，是在平静掩盖之下的尖锐对立中进行的。许量的态度非常配合，他告诉他们："谢谢你们的提醒，我们企业一定会为我们的每笔业务进行自查。如果我们有偷税或者漏税的情况，我们愿意承担相应的责任。但是，我对有人莫须有地举报我们偷税的行为，表示很愤慨。"话虽然这样推脱，但许量知道一定是自己的会所真的出了问题，否则稽查是不会上门来的！他在心中开始厌恶灰色的生意了，他渴望阳光能够普照自己的企业，少赚钱倒是其次的，关键的是民间借贷绝大多数都对税收采取了回避的态度，还是因为没有办法在阳光下大大方方地成为合法的纳税人。

税务稽查人员终于离开了，许量立刻找李玫和李严了解情况，他很快就知道了事情的原委：问题出在最近的那笔100万借款。

这笔借款，是两个资本之鹰的会员推荐而来的企业需求，业务的利润是月利息4分，借款时间是两个月。因为李玫觉得借款人的证照和抵押都很齐全，业务推荐人也是"圈子"中的老朋友。她和李严商量后，就决定由会所去做这笔小业务。一切都没有问题，很顺利，没有平时的讨价还价，也没有任何麻烦，只是李玫采用的利息收取的方式是现金。她和李严都认为这笔业务实在是很小，就没有采用以前东方富通投资管理公司的那种复杂但是很安全的本息的收取方式：把大部分利息作为投资管理公司的"融资顾问"费来收取，只有一小部分作为资金的"利息"来收取，而且对税务局，许量是一直坚持要合法合理的申报税务的。

三个人仔细思量了这笔业务的税务漏洞。许量心中知道了对策，他想利用这件事情来教育一下两个年轻人，他有意地问："李严，你是老财务了，你来说说税法上，是怎么规定偷税漏税的刑事责任的！"李玫知道事态严重，就很认真地听李严讲解相关的法律知识。

李玫一直觉得这件事情很蹊跷，她看看许量和李严，说出了她内心的怀疑："向我们介绍客户的会员是我们会所的老客户，他应该是没有问题的。而这个叫刘向东的老总，以前我们并没有往来，他这次借款刚成功，不久就有'群众'对这单业务的税务进行举报！世上的事情，真有这么巧吗？我们从这刘总的线索上，追查下去，就一定能够找出幕后的主使人！"

许量想了一下，他摇头道："我们不要去责怪这个刘总了，这件事情也算是无风不起浪，事出有因吧！会所做事情，还是要尽可能地低调。现在，资本之鹰会所的生意如日中天，在成都已经是'木秀于林，风必摧之'的状况了。

不管我们愿意还是不愿意，作为中国的普普通通的民营企业，我们必须小心的四把刀是'偷税漏税'、'行贿受贿'、'骗贷不还'，还有'欲加之罪'！这样的四把刀子，任何一把向我许量和会所砍来，我们都没有办法完全去抵挡和招架的！"

许量看看李玫，李玫的确变得成熟了不少，依稀有了一点她妈妈的神态，于是，他有意识地说道："我们现在需要做的就是'低姿态、强进取'，没有必要去找刘总的麻烦，因为我们没有也不可能找到他举报我们的证据和动机。也许，这是有人想找我们的麻烦，但是至少这次他们是失算了的，一是因为他们没有耐心，我们的业务是两个月，虽然我们的利息和咨询费是提前'砍头'，提前收取了，但是这笔业务还在进行之中，没有完结，我们的税还没有交纳，那是很正常的！"许量又抽起雪茄来，在蓝色的烟雾中，许量告诉李玫和李严，"还好，你们虽然用会所的资金做的这笔业务，但是借款途径是完全合法的！对了，李玫，你是从资本之鹰会所的企业中借款，再用你个人的名义向那个刘总出借的资金，这样即使有什么责任也是你李玫个人的！只不过他们认为你是我们会所的总经理，自然他们就认为是会所在做资金借贷的业务。记住，下次如果要这样操作，绝对不能够再用我们会所的任何在册的员工名义做业务！一定要和我们以前的东方富通投资管理公司那样，严格用第三方的名义来操作！这是最高纪律，任何人不得例外和违反。"

李玫知道自己的大意导致了这样的麻烦，一言不发，很认真地接受了批评；李严也检讨了几句。许量等他们两人说完话，就指示道："明天，李玫和李严，你们两个人就要主动地去找税务局的那两位稽查人员，态度一定要好，按照他们的要求来计算，我们应该交纳多少税收就一分钱都不能够少交！税法是国法，该收的税，少不得。另外，你们应该永远记得我们开办资本与资金会所的目的：广积粮，缓称王！我们多结交企业和政府、银行的关系资源，耐心等待民间金融市场真正放开的那一天！"

第四十一章　非常商训

等李严出了自己的办公室,去忙碌他的事情,许量见李玫的表情很沮丧,觉得很不忍,又不知道应该怎么样去安慰她,他叹口气,欲言又止。

李玫见了许量的表情,觉得许量多少还是关心自己的,心情又开朗了一些,她反过来,向许量保证道:"许总,我一定会加倍小心。我想:以后没有人能够再让我李玫犯这样低级的错误了,您说得对,我们做资金借贷生意的人,始终是小心驶得万年船!放贷人,永远应该把借款人当成对手和敌人,借款结束之后,才能够是朋友。"说完了,李玫用很坚毅的表情,让许量完全能够看得出她的决心。

许量也鼓励她:"李玫,你是学金融专业的大学生,跟随我做资金借贷已经一年,有基础了,也能够把你自己的事业做起来。资本之鹰会所,是我许量的,也是你李玫的!明白吗?现在我不仅是你的许叔叔,还是你的合伙人。所以,我实话实说,作为做资金借贷生意的老板而不是员工,你还必须换个思路来思考问题,那就是我们的生存与发展。在商场中,商业活动就是一场没有硝烟的战争,不管你愿意还是不愿意,虽然不能够说无奸不商,但是一味地退让和善良,不是商人的本色。做生意,成功与失败经常都是'一念之差'的问题!"

李玫看着许量的眼睛,那里很深邃,她听许量继续说:"何况我们做的是高风险的金钱借贷生意,永远要记得我们经营的是风险,管理的也是风险,借贷就是用高智商挣钱啊！成功我们上不了天堂，失败则一定会下地狱！甚至家破人亡。人人都知道借了高利贷而跳楼的悲惨故事，但是，借款出去没有收回来的老板跳楼的事情也同样发生过。"

许量有点悲观地回忆起自己的一个朋友的故事：那个朋友因为草率放贷之后，收款无门，甚至给欠钱不还的债务人下跪，乞求还款。最后，一气之下，寻了短见。李玫的眼波流转，心智急思，但还是觉得难以置信，可这是许量说出来的，当然就是事实，她无言以对。许量看得出李玫的心思，淡然一笑："世界之大，无奇不有。那个朋友寻短见，也许是他心理素质太差劲，这也只是个案，但是民间借贷放贷容易收款难，肯定是无奈的现实。"

李玫想在她的工作笔记本上记录许量的话，许量立刻摇头道："李玫，有些话，我也许一生也不会再重复了，你需要用心去记录而不仅是用笔写下来：在中国做老板，尤其是做灰色的民间资金借贷生意的老板，必须要格外的明智！就如做人，一定要有自知之明：做老板的人需要经常审视自己的位置，相对于别人的位置，不可以放肆和嚣张，那些社会名流与大亨为名所累，看来风光无限其实最脆弱。另外，我们的特殊业务需要与商界、政界和新闻界等各路神仙打交道，一定要保持'三心二意'的大智慧！"

许量接过李玫送上的热茶，微笑着说："我们作为放贷人必须有的'三心'是，对业务要有耐心、恒心、狠心；必须有的'二意'则是，对客户要有'善意'，也要有'恶意'，这是无奈之举！我们的客户完全地履约可能性是很小的，明白吗？一定要从最坏的结果去设计业务，向最好的方向去努力！当然，在这些基础之上，我们才能够与借款客户把酒言欢，才符合我经常教育员工们的那句老话：与客户一起共同解决问题，共同创造价值。这些不是我许量虚伪，而是我许量善与恶的两个侧面，作为生存之道都是对的。"

李玫点点头："我知道了，员工们和客户们看到的许量，只是您作为老总的那一面，而我此时此刻看到的是许量作为老板的另外的一面！我会铭记您说的名言：正如做将军的'慈不带兵'，做资金生意的老板，也应该是'悲不借款'。"

许量微笑点点头："单纯的资金借贷生意不可不做，也不可多做！其实民间金融的含义和领域是非常宽广的，没有必要只是唯利是图地死死盯住资金借贷生意！天地很大，世界很广阔，我们现在必须为资本之鹰的未来发展而探索。对会所的借贷业务，一定要尽量地少做，一定要做好防火墙！李玫，你已经跟随我这么久了，知道我做生意的习惯：安全第一！"

　　李玫看到许量的雪茄在他的手中慢慢地熄灭，从有到无地消灭，心情也从喜欢许量身上的雪茄味道而心旌摇曳的浪花中慢慢地平息下来。

　　她微笑着站起来，步履款款，走向饮水机，把许量的茶杯慢慢地掺满。许量有点感动，他注视着李玫的背影。当李玫再次坐在自己的对面，许量鼓励李玫道："好好学习，你应该是一个未来的民间金融高手。"

　　李玫是非常敏感的女人，她觉得刚才许量说话居然有点不自然，她就很调皮地不用嘴说话，而用女人的眼神"说话"。李玫心中很得意：自己淑女的装扮中隐藏性感，优雅中蕴涵知性美女的味道，看来终于从量变到了质变！哪怕你有一点点动心，我李玫就已经很知足了。

　　面对李玫的眼中完全能够读出来的爱慕之情，许量有点慌乱。在这样场景下，他突然无语了，于是，他就很勉强地当着李玫的面，给嘉仪打电话，这样才避免了更加尴尬。

　　等李玫终于微笑离开了，许量的心中突然涌出了一些莫名其妙的惆怅。他想：如果张娅曾经不是自己的情人；如果没有遇到嘉仪，也许，自己还真会喜欢李玫！这个发现太突然了，许量决定以后对李玫的感情一定要"严防死守"，一是要不断地强化"许叔叔"的形象；二是一定要每天告诫自己，既然已经承诺对嘉仪的爱情是唯一的爱，那么，也许应该把李玫调离自己的身边，或者让嘉仪也到资本之鹰会所来工作？他知道自己从来都不是一个对感情完全专一的男人，许量的心很乱。而今天下午许量看到自己的时候流露出来的从来没有的慌乱，李玫就知道了许量对自己不是完全的无情！这已经足够了，至少现在她已经很满足了，李玫几乎一夜没有进入踏实的睡眠中。她决定在事业上加倍地努力，尽快让许量刮目相看！在感情上，短时间不能够再去靠近许量，那样他会害怕和反感，说不定会再次"赶"自己离开他，那就得不偿失了。李玫笑眯眯地对自己说："感情上的事情，也是小心驶得万年船！许量或者许哥哥的称谓可比许叔叔好听多了！我李玫就用你许量做'高利贷'资金生意的方法来对付你对我感情的防范，估计你也应该是防不胜防吧？我李玫可有的是青春和时间。"

资本之鹰会所业务上的税收，已经主动地提前交纳了，这件完全能够掀起滔天巨浪的事件，也就不了了之了。

许量和李玫、李严等人商量之后，采取特别措施，加强了资本之鹰的会所和学校的税务事务的应对管理，他甚至干脆聘请了一家据说是与税务局有特殊关系的税务代理公司，帮助自己建立了新的税务管理系统。他不想因小失大。

接下来，许量用了两周的时间，在自己的办公室里，非常认真地对李玫进行了商业培训。这次，许量觉得李玫应该会有很大的提升，他给她讲的全部知识都是以前他从来没告诉任何人的，做商人和做民间资金借贷生意的秘密与技巧，不论是卑鄙还是阳光的手段，他都说了。

两个人在密谈中，李玫问到许量："您的事业和财富是怎么从无到有的呢？"许量犹豫了很久，他不知道应该怎么样去回答李玫这个简单而又复杂无比的问题，这几乎是大部分中国商人都很难理直气壮回答的问题！许量也是如此啊！他有点勉强地开玩笑道："李玫，你是想问许叔叔的'原罪'啊！人生和事业都是一个从无到有，从小到大的过程。有许多人都可以把事业从小做大，但是能够把事业从无做到有的人却是百里挑一。这里面除了运气和偶然之外，最重要的是做生意的哲学和方法论。"李玫从许量的目光中看到了"难言之隐"，这可不是"一洗就可以了之"的毛病，而是和那些福布斯上榜富豪一模一样的"生而有之的原罪！"

许量和李玫的目光对峙了足够一分多钟，李玫才对他点点头，表示一切尽在不言中。许量思考一下，告诉李玫要多与李锌联系，因为只有很少的人知道，许量他一直在或明或暗地帮助李锌。"李锌将来的进步，一定会出人意料！你们会有合作的。"李玫对此不置可否，她的内心对许量以外的男人一点都不感兴趣，她微笑着看着许量，一直到许量有点不自然。李玫看着许量又开始很潇洒地把玩他的雪茄，他的背后是那根巨大的木雕塑。当他的微笑隐蔽在袅袅升起的雪茄烟雾里的时刻，许量的样子显得既成熟又成功。难道这个世界上会有接近完美的男人吗？她想她既然喜欢上了许量，就必须要了解他的一切！李玫突然有了要秘密去了解许量到底是怎么样"从无到有"的念头，还有许量的"原罪"和过去到底是否可赦免？这个念头一旦在她心中升腾成野火，就星火燎原了，她的手心渐渐地紧张出了汗水，耳边许量的说教开始变得空洞起来。李玫年轻，还不知道世事难料、难得糊涂的人生道理，她的这"一念之差"，就是她与许量之间真正恩怨"蝴蝶效应"的启动：如果不是她在峨眉山偶然跌伤，她就不会有机会让母亲张娅默许自己待在许量身边，并忍辱而远去；就不会让许量在感动中更加看重自己，也不会在将来因为爱，对许量的过去进行探索而与许量发生激烈的冲突，甚至产生难以克制的仇恨……

当然，暴风雨的前奏一般都是风和日丽。

在培训结束的那天下午，许量非常严肃地告诉李玫："谁要以为我们的'高利贷'借贷方案或者业务模式是完全'合法'，甚至说是'无懈可击'的，那就完全错误了！归纳而言，主流的模式无非就是两种：一是通过银行做委托贷款；二是拿到销售预售许可证的房地产开发商，把房屋按照低折扣做虚假销售备案给放贷人。合同形形色色，但是做借贷经营的就是风险，万变不离其宗，世上哪里有什么无风险的放贷方案呢？你一定要记住，成都最先的几笔业务都是我许量和另外几个朋友一起设计的，我知道这些漏洞在哪里，也知道应该怎么样去克服这些漏洞！"

李玫听得很仔细，她的记忆力被她调动到了最佳的状态，有点像她的人生正在经历一场高考。

许量继续声音洪亮地分析："先说放贷人通过银行做企业的委托贷款，最大的问题是税收！一般而言，都是银行'走'一部分利息，其余的用现金交易。为了更安全，还将采用先扣息，即'砍头利息'的收取方式。但是，谁要认为利息都用现金交易，就没有问题，那是大错特错了。一是支付利息的企业一定会做两套账，有不少企业还会做最坏的打算，有意地留下不少证据，偷税漏税可是一个大大的问题！这也是借款人对付放贷人的有力武器。同样的，一旦发生借款纠纷，借款期限延长之后，暗中收取的高利息，就再也没有收取的任何合法的依据了，那种利用违约责任收取很高的违约金来'代替'高利息的做法，其实也是自欺欺人的！法律会支持这样畸高的'违约金'吗？从最好的一方面考虑，即使问题最后得到解决，那么'高利贷'就成了'低利贷'，扣除各种成本，也许还会亏本。如果遥遥无期限，放贷人的资金又是有成本的集资或者私募委托资金，甚至是银行、上市公司或者国有企业的资金，不出法律问题几乎是不可能的！一旦成为刑事问题，那么，高利贷的债权肯定没有办法保证或者完全保证了。"

李玫这才知道，即使你的借贷业务模式安全万无一失，但解决问题的时间也是民间资金借贷生意最大的敌人！东方富通投资管理公司的借贷体系同样是虚弱的！也不能够把民间资金借贷的风险全部规避掉。这个可怕的秘密，现在自己才知晓，李玫更加佩服许量和妈妈居然是顶着这样大的心理压力，从很小的资金，一步一步地把事业做大做强的！

看着李玫希望的双眼，许量又解剖目前的"高利贷"资金借贷模式的问题所在："再说，利用虚假销售备案的方法来做资金借贷的方式，看起来是买卖商品房的形式，完全能够对抗第三方的债权，但是一样存在不少的问题。"李玫有些跟不上许量这样快的思维，她就用困惑的眼神去看许量。

果然，许量立刻利用抽雪茄的机会，把语速降了下来："一是这样做，会给房地产开发企业增加销售了这些实际上只是抵押物的房产的税收压力，他们一定会弄虚作假或者拖延税收，这是一个必然引起纠纷的定时炸弹；二是一般而言，这种虚假'买卖'或者变相'抵押'的房产折扣都是低于五折，甚至三折、四折的折扣，这样的结果有两个，如果放贷人想'吃掉'低价抵押的房产，那么借款的反抗是激烈的，手段也是有的，比如销售合同上的低价，严重违反了《经济合同法》中公平和公允的原则，甚至可以利用相关的条款来推翻借贷双方的利益约定等等；三是我们购买的或者抵押的房子的土地是做了银行融资或者其他的资金借贷的；四是很高的杠杆负债比率，是我国房地产开发企业的最大特色，债权的复杂程度非一般人可以想象得出。"

现在李玫也完全能够理解许量的意思了，她在许量鼓励的眼神中，大胆接话："到时候，只怕是战国混战，谁也讨不了便宜。至于其他的办法，如果借款人是恶意借贷资金，根本就不想再归还，那么问题就会引起大家拼命的结局。"

"对！所以，走向民间资金借贷的房地产开发企业一定是银行的弃儿，一定是问题不小的企业，如果由于企业的其他债务或者经营问题而引爆危机，高利贷的借贷资金是见不得光的灰色利益，还能够完全保全吗？我的结论是：在《放贷人条例》没有正式出台之前，对于民间资金借贷业务，我们要急流勇退，去寻找私募股权投资、风险投资和资本经营、资产经营等阳光下的业务和利润，"许量总结道，"而且，传说中的《放贷人条例》即将出台，它的具体内容是否能够通过国家立法形式获得规范民间借贷或将所谓的'地下钱庄'阳光化，打破目前信贷市场所有资源都被银行垄断的局面，这还是未知数。当然，如果条例出台的目的就是使一批符合条件的放贷人能够在阳光下注册放贷，从而解决中小企业融资难，促进经济发展，那么我们对打破中国信贷市场的银行垄断，就应该充满期待！"

李玫觉得这些天许量对自己的业务培训，让自己对金融，特别是民间金融的理解更加深刻了，有一种被得道高僧指点了迷津的痛快感觉！与智慧的男人在一起，才是女人最大的人生快乐，李玫在心中再次肯定自己跟随许量的梦想。她的耳边，又传来许量的话："李玫，我告诉你，这个世界是很奇妙的！有矛，就一定就有盾；有问题就一定有解决方案。再困难的问题，解决方案也会在这个世界上的某一个地方，就看你有没有足够的智慧，甚至有没有足够的运气去找到它。换句话说，资金借贷生意虽然困难很多，但是，如果我们要做这样的生意，就还必须去找到更好的模式。"

李玫对许量说的"我们"两个字非常高兴，从心中感觉到了妈妈对自己的宽容和伟大，如果是一般的母亲，早就让女儿淹没在道德的海洋中"生不如死"了！她居然还给了自己资本之鹰会所的股权，这样，至少我李玫可以理直气壮地与许量在一起工作！李玫的心思当然不能够让许量看出来，她就用嫣然一笑面对许量。

再后来，许量说起了他以前多少也有一些商人的"原罪"，比如他怎么样与所谓的社会力量勾结，对恶意诈骗自己，恶意逃债的"坏人"被迫用暴力手段收债的故事。其中就有对李锌现在的老板——成都世纪洪盛担保公司董事长黄义仁欠东方富通投资管理公司的债务进行暴力收债的事情。许量告诉李玫："在债务纠纷中，在道德与契约之间，我会毫不犹豫地选择强迫借款人遵守契约精神，借款合同一旦签订就必须得到尊重和完全的遵守！因为信心和信用从来都是市场经济的两大基石，何况自古以来都是'借钱还钱天经地义'！赖账不还，无论什么原因，都不值得提倡。不过，我必须强调自己也是'不得已而为之'，我也尽可能的'有事好商量'了……世界上的许多事情不完全是非白即黑、非此即彼的，而且，所谓的社会力量并不是黑社会的坏人，算是灰色的力量吧。"在江湖中经常说的黑道、白道两者之间，许量创造了一个新的词汇叫"灰道"，后来居然逐渐流传开来，成为社会流行语。

说了真实而又残酷的资金借贷的黑、白、灰三种颜色的全部真相之后，许量的担心消失了，李玫的微笑告诉自己，她没有任何瞧不起自己曾经用卑鄙手段做生意的意思，而且看来她处变不惊，已经具备了一定的与其他老板之间的心战能力，这是做老板最基本的素质。

许量在培训结束的时候，给李玫总结道："不管全国各地的民间资金市场里，有多少种成功的模式，也不论我们的经验是多么的丰富，民间资金借贷，毕竟是灰色的领域。民间资金市场中，没有真正的金融大亨，没有大的企业，我们从事的事业，也不过是金融这个汪洋大海中，业务范围很小的房地产金融抵押贷款。金融这里面博大精深，没有永远的高手和百战百胜的将军，华尔街能够让人'点石成金'，也能够点燃席卷全球的金融风暴，这些机制和方式我们都需要敬畏和学习。人生得意需谨慎，小心才能过万年！其中，税收始终是我们这个行业的最大的问题，如果有谁从这里发难，很难有人能够逃脱命运之手的惩罚！民间资金市场，现在是中国没有规范的市场，虽然还是泥沙俱下、鱼龙混杂的战国时代，但是，我们必须要尽可能早地离开这样的灰色领域，我们的原始积累已经基本完成。"

对于资本之鹰会所的发展，许量让李玫和李严他们几个部门经理多商量，研究一下，看能不能够利用公司以前的"www.139e.com"或者"www.130e.com"这两套非常有价值的域名来做点文章，许量很认真地说：网络世界魅力无限，我们可以在其中展现温暖无穷无尽的创造能力！比如把"www.139e.com"建设成为所有愿意成为"资本之鹰"的生意人组成的网络会所，网站名字就叫"中国资本圈"；把"www.130e.com"建设成为"资本之鹰"民间资金和项目的交易平台，就是要把眼前生意火爆的资本之鹰会所搬到互联网上，网站名字就叫"中国资本市场"！前者是针对人际关系的建立与发展，后者针对项目和资本资金的交易，两者互相支持支撑，这样才能够做到轻资产经营，把资本之鹰名下的生意做到"有界无边"。

对于已经烟消云散的"税收稽查风波"，许量永远保持了猎人的本性，他很多疑，也保持合理的胆怯，他知道：对于他这样的目标人物，暗中准备对自己下手的人，应该不计其数！他想：这些年，做资金借贷生意以来，我许量得罪的人难道还少吗？也许税务举报这只是坏事情的开始而不是结束。李玫今天和许量聊天，聊的时间很长，她听到了许量内心深处涌动的忧郁和焦虑。

许量点燃雪茄，这醇厚的烟草味道让李玫和他都进入了缄默之中。好几分钟后，许量才大声地说："也许，我们应该去做可以堂堂正正交纳税收的生意了，灰色的事业不会有光明正大的前途。"李玫知道许量说的是那些风险投资与资产经营、资本经营的新的生意，许总一直不愿意只是做单纯的资金借贷生意。

李玫回到家，没有心情做饭，她对许量下午的谈话印象非常深刻，他说，放在中国民营企业家身上的有四条"绳索"，一条是行贿，因为中国的市场经济是一个渐进的改革过程，权力寻租的现象普遍，行贿就很自然地成为做老板对权力必需的"投资"和"投机"行为；二是偷税，税收制度的严格和过高，以及理论税收与人为认定具体税收之间巨大的操作空间,给了商人偷税与漏税的可能和必然;三是企业骗贷款的普遍性,其实是银行和企业都心知肚明的事情,企业只有或多或少的"包装"贷款材料,才能够获得银行的贷款,银行也是装模作样地审查贷款去过贷审会。最后,贷款按时归还不出问题当然是皆大欢喜,一旦出了问题,就是企业骗贷;四是原罪,中国的市场经济历史非常短暂,正常的财富积累,几乎不太可能积累成千上亿的财富,这就是中国的福布斯富豪榜,经常成为"杀猪榜"的根本原因。

李玫把许量的这些话全部都记在了心中,她完全明白了许量在商海中经常急流勇退的原因。晚上睡觉的时候,她始终忘记不了下午他与自己谈心的时候那种独特的忧郁目光。她也知道正是这种中年商人忧郁的目光对她的诱惑,才让自己不顾一切地想尽绵薄之力去帮助许量,或者说是无可救药地爱上了他,即使他是形象不太光辉的"高利贷"者。许量在下午与李玫分别的时候,让她好好地看看莎士比亚的《威尼斯商人》,他说那里面的夏洛克这一唯利是图、冷酷无情的高利贷者的典型形象是高利贷资本的代表,也就是当代社会中,大多数人对民间金融人士的认识。

李玫在网络上很匆忙地浏览了这部名著,心中有了更多的感慨。故事讲述的是威尼斯富商安东尼奥为了成全好友巴萨尼奥的婚事,向犹太人高利贷者夏洛克借债。由于安东尼奥贷款给人从不要利息,破坏了高利贷者的生意,并帮夏洛克的女儿私奔,怀恨在心的夏洛克乘机报复,佯装也不要利息,但若逾期不还要从安东尼奥身上割下一磅肉。不巧后来安东尼奥的商船失事了,资金立刻周转不灵,贷款因此无力偿还。夏洛克于是去法庭控告,根据法律条文要安东尼奥履行诺言。为救安东尼奥的性命,巴萨尼奥的未婚妻鲍西娅假扮律师出庭,她答允夏洛克的要求,但要求所割的一磅肉必须正好是一磅肉,不能多也不能少,更不准流血。夏洛克因无法执行而败诉,害人不成反而失去了财产。李玫记得许量的评语:《威尼斯商人》是莎士比亚早期的重要作品,是一部具有极大讽刺性的喜剧。虽然文学上非常成功,但书中有许多内容也是傲慢与偏见的产物,剔除妖魔化犹太人高利贷者商人情节之外,我们可以得到有意思的结论：在商业社会，是契约重要还是人文道德重要？如果是市场经济，就必须提倡契约精神，这样夏洛克坚持按照契约办事则无可厚非，但他契约签订的漏洞则让他倾家荡产了！许量让李玫牢记借贷合同条款的重要性：一字千金啊！并且也包括了标点符号。

她在日记中这样写到，做借贷这行最重要的是要做到两点：一要忍耐舆论恶语相向、脏水上身，要习惯在众人的仇富目光下生活和工作；二要在做业务时，真正做到"静如处子，动如脱兔"，操作资金流向的时候，"稳"、"狠"、"准"，这样才能"收放自如"，保证一旦放款，就一定能回款本息。

李玫想到许量的名言："欠债还钱，天经地义，但如果事出有因，就一定要情有可原！这样才能够让放贷善始善终，在资金借贷这个行业中游刃有余，这才是放贷者中的高手，也是资金借贷生意的最高境界。"

当夜色已晚，李玫也完成了许量布置的"功课"，她站在窗户旁边，看外面成都万家灯火，她感觉生活充实，精神愉悦，就没有饥饿的感觉。想到现在能够与许量朝夕相处，他对自己还很真诚地帮助和培训，李玫心满意足了，她觉得自己的性格也正在开始变化，不断地向许量那样冷血而温情的性格靠拢。

第四十二章　感情归宿

在成都世纪洪盛担保公司黄义仁的办公室里，一大早，李佳佳和黄义仁上班了，看来他们并没有因为昨天晚上谈生意谈得很晚而睡懒觉，公司在他们的带领下，有一种勃勃向上的气氛，员工们工作都很认真努力，连经常迟到的李锌也很少晚到了。他们坐在沙发上，相对而笑。

"许量就这样轻易地滑掉了处罚吗？"李佳佳嗔怪黄义仁道，"你有点打草惊蛇！"黄义仁哈哈大笑："这只不过是玩玩，打草惊蛇又怎么样？我黄义仁现在就算是公开向他许量挑战，他也未必能够战胜我！"他的第二步进攻又要开始了。

黄义仁在心中多少次地暗骂刘向东道：这个家伙，真的是成事不足，败事有余！为什么不等待自己的安排就向税务局递交举报信呢？黄义仁根本不知道，刘向东是假装笨蛋，故意提前向许量发难的！他的理由很简单：我刘向东现在既是得罪不起你黄义仁的成都世纪洪盛担保公司，也没有胆量成为你黄总的枪向许量这样的前辈开枪！刘向东把黄义仁的阴谋诡计，当成机会在利用，当然这也是他必须要做的事情，否则，不仅刘向东以前拖欠黄义仁的高利贷"利滚利"了，一辈子都没有办法了结，而且，现在从许量那里借贷的新的高利贷，也没有办法对付了！

黄义仁安排刘向东与自己非常秘密地在成都附近的都江堰市青城山的一个度假村中见面。黄义仁对刘向东分别采用了"威逼利诱"和"推心置腹"等多种手段，才激发了刘向东的斗志。

在两瓶五粮液的推动下，他们在大吃大喝中完成了新的行动计划。但是，他们到底商量些什么阴招和损招，只有他们自己才知道，李佳佳也被蒙在了鼓里。黄义仁不知道，他对李佳佳本能的保密与防范手段，无意中拯救了他，他不知道李佳佳在扬言报复许量的表象下面，其实还有更深刻的目的，那就是接近黄义仁，收集他的材料，有机会的时候，再置他于死地！他才是李佳佳真正报复的目标！有时候，李佳佳看见黄义仁咬牙切齿骂许量，她也很积极地附和着去骂许量的娘，难道恨人与骂人也能够如搭车一般吗？她觉得很奇怪：黄义仁难道就没有想过：我李佳佳能够这么恨实属无心之失的许量，难道对引诱自己吸K粉和夺取了自己少女纯真的坏蛋黄义仁，不更加恨之入骨吗？

两个男女之间的恩怨，后来引起了一段惊天动地的故事，轰动了整个成都，但那是后话了。

时间过得很快，到了2008年的4月中旬，成都的天空出现了几次春雷，这些都比往年来得更早一些。有一天深夜，许量居然是被雷阵雨一般的春雨给惊醒了。他上了自己的楼顶花园，站在凉棚下面，看见了远方的天空中，闪电如金色蟒蛇狂舞，雷声沉闷，有点嘶哑，从而显得分外的诡异！许量不知道这是为什么，但始终有点心神不宁。

许量把睡衣口袋中的手机打开，看看时间，已经是凌晨两点过了。他知道在雷雨中打电话是很不安全的行为，但是，按捺不住心中的慌乱，他拨通了嘉仪的电话，他想告诉她，他很害怕5月的成都，不知道那时候将发生什么样的大事。

许量以为，在深夜，自己的电话打过去的时候，张嘉仪的座机一定是响起了刺耳的电话铃声，她应该马上接听，可奇怪的是，电话一直没有人来接。到了第二天一大早，惊魂余存的许量才知道张嘉仪不怕黑暗，但很害怕雷电，把家里的电话线拔掉了，手机也关机了。

快进入2008年的5月了，张嘉仪的生日越来越近了，她与许量结婚的日子也越来越近。他们的事业在平静中历经了许多风风雨雨：在许量和张嘉仪的安排下，成都利华科技公司干脆做了管理层股权收购。他们把公司股权卖给了公司原来的技术骨干，包括了公司技术部的经理陈涛等人，套取了一部分现金，其余的股权转变为债权。因为回避了企业经营与管理的风险，他们容许公司新的老板们慢慢偿还债务，和对付成都精益科技公司的金蝉脱壳一般，许量带领嘉仪，再次在危机来临之前，逃之夭夭，走人了。

最难受的还是黄义仁，不知道是谁把自己公司涉嫌集资的行为举报了，面对有关部门的调查，黄义仁振振有词："没有集资，就没有现代的市场经济，在中国，集资是合法还是非法，没有完全或者说很精确的区分，所以，我们是罪犯还是改革的探索者，自然会有后来者的评说！"

当然，黄义仁的麻烦事情才刚开始。他最初怀疑过李锌，但是，李锌没有半点理由这样做；他甚至也怀疑了李佳佳这样的"内鬼"，但是，李佳佳既然愿意与自己这样的老头子结婚，那她也不可能毒害自己人啊？他哪里知道李佳佳的复仇决心之大，牺牲一次婚姻的代价也在所不惜！李佳佳心想：这样说不定还能够让自己谋了财和复了仇，一举两得，何乐而不为呢？这才是李佳佳回成都最大的目的。

事情最终是事出无因，查无实据。黄义仁只能够以静制动，他很细心地不断预测下一只危机的猛虎到底会从哪片危险的丛林中猛扑出来，妄图吞噬自己？他觉得自己的耳朵好像雷达一般能够向四面八方转动，黄义仁在努力防卫自己的既得利益，他已经是"木秀于林，风必摧之"的有钱人。

许量与"微笑的月亮"一直就有联系，时间虽然不确定，但是，他们却能够在几乎想找对方聊天的时候，就能很快在网络上碰面，好像有灵感似的。他们约定：有机会在香港或者成都见上一面，没有什么目的，就是那种网友之间自然而然地觉得应该见面了而见上一面。许量让龙良君隐瞒了自己知道常嫣然的很多的个人资料的秘密，他希望与她成为好朋友，对此张嘉仪没有一点异议，她知道管理许量这样的成功男人，比管理利华科技公司要困难得多！所以，女人管男人，最聪明的做法：管住男人的心，不能够傻瓜一般去管理男人的行为，那样，只会得不偿失。

她因为车祸受伤的脚，现在还没有完全好，所以，待在家中的时间很多，许量经常去"天下名都"看望她。在嘉仪的客厅，许量又一次认真研究了那面僰人铜鼓隐蔽的含义。

　　他们聊天的时候，再次谈论到了宜宾市兴文县"僰人故里"的事情，嘉仪让许量郑重起誓，在许量保证绝对不泄露任何秘密的情况下，她把最后一些只有她才知道的僰人的秘密也告诉了许量。许量知道了内幕之后，几乎三天三夜都不想睡觉。僰人的秘密有许多，其中包括了僰人宝藏有可能已经被张嘉仪和她以前的情人秦永年在一个偶然的机会发现了，地点就在兴文县一个偏僻的乡下；另外，嘉仪他们的科研成果居然是与她和秦永年从那里带回来的一块古代的金属片有关系，他们从中发现了一些金属成分启发他们研制出了新的高性能太阳能涂料，这真有点科幻意味……

　　除了震惊之外，他觉得历史居然可以像被人任意装扮的小姑娘一般，竟被人为地加以改变，实在是不可思议。僰人的秘密，已经远远不是什么悬棺之谜就能够完全涵盖的，这片面的、肤浅的认识对僰人这样一个古老的东方民族是绝对的不客观、不尊重，而且，后人完全被一种冥冥之中的神秘力量诱导着远离了历史的真相。

　　等能够静下心来，许量还是喜欢一个人孤独地待在家中，他突然觉得有很多时间来看书了，甚至有冲动想写一本关于自己的小说。他对外面的民间资金借贷的"江湖"越来越陌生了，听说外面的行情越来越乱，利息越来越高，有的已经可以用"疯狂"两个字来形容了；还听说民间资金借贷的纠纷也越来越多，其激烈程度有的已经快失控了。有一次，成都著名的江湖老大水哥还给许量打了一个电话，他说："兄弟，我给你打电话，其实也没有什么事情，就是心里憋得慌……现在讲规矩的人越来越少了。唉……"

　　许量从他的一声叹息中，知道成都的江湖在这几个月中一定是发生了巨大的变化，是什么样的变化他不得而知。许量对水哥很超脱地说："大哥，人在江湖，身不由己；人不在江湖，逍遥快活！是人，就总得退休的，人生就是舞台，风光只能够一时，哪里有一生一世的不落幕的光荣呢？"

水哥听后，觉得轻松不少，当时他在成都龙泉驿区的石经寺大门口。水哥没有挂断电话，许量在电话那边，也非常有耐心地沉默，他们有时候甚至是非常好的知己。看着威严的山门，面对寺里面的佛，水哥心中压力很大，以往的江湖恩仇电影一般汹涌而来。他决定这次就不再像以前那样跑路、躲避风头再衣锦还乡了，他对身边的几个兄弟说了句话："还是许量说的好，人生就是借贷！他妈的，有借，还真的有还啊！"一阵风从远方冲过来的时候，水哥就把一声叹息改为一声爽朗的大笑，但他只是好汉，不是英雄，笑得还是有些勉强，他对电话中的许量说："许老弟，老哥还是不如你逍遥啊！你老弟做任何事情，总留有余地，而我把事情总是做得太满！走了这条江湖路，很多的事情，总是'树欲静而风不止'！欲罢不能啊，唉……"水哥的这声叹息让许量听来颇有玄机。

到了2008年的4月20日，星期天上午，因为资本之鹰会所是没有周末休息的，许量在会所里加班。他与远在北京的大记者汪楚风通了一个很长的电话，许量从中得知有位全国闻名的大富豪可能会出问题的坏消息。放了电话，许量的脑海中出现了上次去北京，与那个光头的年轻富豪吃饭的情形，他强悍的外表下面其实是虚弱的心：没有贵族气质的富豪就是暴发户而已。

许量点燃雪茄，他想起了自己的身世和血统。父亲曾经说过自己的祖上其实姓"吕"，是三国吕蒙的后裔，只是到了爷爷这辈，才因故改姓母姓，难道这是真的吗？可许量一旦成了"吕量"，自己的世界不是要乱套了吗？许量习惯在烟雾缭绕中思考，穿越烟雾能够看见对面的那根代表自己精神图腾的乌木雕塑。他剖析了自己天马行空的性格，评估了自己的生活行为完全符合所谓的"贵族"。对于事业，他觉得自己暂时放弃成都的借贷生意是非常明智的，成都最近的民间借贷市场越来越乱，越来越不江湖了，没有江湖，哪里还有什么英雄？

大约10点钟，因为许量和嘉仪的婚期将至，想给自己放个大假，许量就抓紧时间在安排资本之鹰会所新的投资业务拓展方面的事情。李玫和李严等人都在全力配合他们的老板。许量还是对民间资金借贷市场满怀疑虑，他的胆子越来越小，最后，指示李玫把资金借贷业务暂时停顿下来，他总是预感到会有大事情要发生，所以他按照自己一贯的谨慎本能，指示手下对外尽可能低调。在许量的"进二退一"和"低姿态，强进取"等话中，李玫等人只能够在微微的不解甚至不满中，放慢了工作的步骤与节奏。

快到中午，许量才听说了水哥因为高利贷暴力收债终于犯案进了警察局的事情，与此牵连的人应该不少。当时，许量正在资本之鹰会所与外地来蓉的客户洽谈会所连锁经营业务的合作事宜。李玫在一旁协助他。

接到权威部门朋友的电话，许量很镇静地把手中的事情处理完毕，然后，他电告张嘉仪，说有重要的事情想当面说，电话上不方便。

因此，许量第一次把嘉仪从"天下名都"小区接到了他与谢丽曾经的家中。许量强烈地感受到了作为借贷行业佼佼者的空虚与无能为力：水哥没有了，那是早晚和必然发生的事情；可民间借贷的债权投资得不到阳光下的保护，那么再继续借贷的生意就是系统风险了。他需要向自己的女人倾诉内心的感受。

就在嘉仪要进自己家门口的那一刻，许量飞快地看看手表，时间是8点整，分秒不差。谢丽的身影，在许量的心头莫名其妙地跳出来，阻挡了一下许量的行为，而以前许小露到过自己家，却没有这样别扭的感受。许量稍作停顿，定了定神，一咬牙，侧身让嘉仪进了房间。他觉得他和谢丽过去的二十年感情，在嘉仪进门后那一声很清脆的关门声中，彻底地了断了。

嘉仪不知道他有多么重要的事情要给自己说，只见许量的脸色分外凝重，心情有点莫名其妙的紧张。还好她给许量带来了一件很特别的礼物：那是一瓶白酒，而且是"国窖1573"！果然许量开心的一笑。许量内心却非常不理解，因为张嘉仪和她的表妹的身份证上虽然写的是苗族人，但她们一直认为自己是公元1573年灭绝的僰人后裔，因此自然对"1573"这个数字非常敏感：公元1573年真是太巧了，在同一年，几乎是同一个地方，一边是历史悠久的老窖，一边是僰人的灭绝！她们不喜欢喝这样的酒是很自然的事情，所以，许量一直在回避品鉴历史厚重的国窖1573酒。张嘉仪见许量疑问的表情，嫣然一笑：

"你不是希望我学会宽容和忘记吗?那些历史已经灰飞烟灭,没有罪恶的历史一定不真实。我以后都陪你喝国窖1573!"许量笑了,笑得温文尔雅。等到嘉仪非常认真地品味了国窖1573的味道,她觉得里面甚至有她与许量的爱情,绵长而厚重,回味起来如音乐绕梁。

许量一直让嘉仪陪自己喝酒,默默地喝酒。酒过三巡,借了酒意,才把自己与水哥的"不打不相识"的交情和曾经的合作,全部都说了,其中很多事情,嘉仪是闻所未闻的!说到最后,他甚至如实地解剖了自己的"恶"与"善","黑"与"白",包括了很多他以为会带进棺材的个人隐私和所做的一些恶霸才做的事情,比如,高利贷资金借贷生意是怎么样让许量迷失自我,怎么样从写诗的文人,成为唯利是图的借贷商人;进一步坦白了,甚至还真的有点朦胧地喜欢过李玫的隐情,当然,也包括了他对许小露"舍得"的复杂感情。

许量说:"男人花心,也是因为情感上得不到满足或者说不能够全部得到满足。如果能够寻找到一世的真爱,男人也不会再去花心的。"嘉仪内心隐忍了不愉快,因为自己其实也很赞同他的说法。

许量又继续说道:"这个世界诱惑很多,特别是对成功的男人,我许量其实很明白,如果不用理智去战胜随心所欲,那么,男人的动物性可比女人要强大得多。嘿嘿,实话实说,当你提出必须给你唯一的爱情时,吓得我几个月没有敢轻易地在你面前露面!人性,我知道人性的丑恶,什么爱情永恒,什么友谊万岁,都是有条件的!我给你唯一的爱的条件很简单,当我许量出现花心的丑恶苗头的时候,你必须帮助我战胜我自己的贪欲!男人对金钱与权力、对女人的贪婪,才是世界最大的丑恶之源!我不完美,你也不完美,明白吗?"嘉仪点点头。

说完带酒味的疯话,许量心中也有点奇怪:自己真的能够做到把唯一的爱给嘉仪吗?看一眼嘉仪的肤白貌美,想一下自己内心的孤寂,许量下了决心。他点点头,自言自语地说:"我许量就喜欢挑战自我,我一定要努力去做到。"

嘉仪看着许量,表情充满少女一般的快乐,觉得他今天十分的懂哲学。这个世界上的男人,已经非常缺乏自我反省与批评了,许量能够意识到自己丑恶的一面，这让她感到很欣慰：许量真的与众不同！其实，在人类漫长的历史中，一个人的生命是短暂的，所以，人们都应当学会自省、学会宽容！

许量一边喝酒一边责骂自己对嘉仪的感情不纯洁，嘉仪心中的不快一闪而过了，她宽慰许量道："许哥，其实，我们都是成年人了，世界上又哪里去找完全一尘不染的爱情呢？我张嘉仪不也曾经是别的男人的情人吗？女人也一样啊，我也有对情欲与金钱贪婪的时候！就让那些往事随今天的国窖1573而烟消云散吧！你能够向我张嘉仪做出助你战胜男人的花心而永葆专一爱情的承诺，我真的很感动！"

于是，嘉仪和许量执手凝视对方，他们眼中发射出被彼此的真情和坦诚所感动的光彩，一时无语凝噎！他们感慨这份情感的纯真无瑕，他们也深知这样的爱情在俗世中已经被磨砺成了真金，但是，世界上并没有十全十美的、百分之百的黄金！就在他们目光交织的刹那间，他们知道，他们的爱情已经可以包容对方的不完美了。嘉仪很想说放弃自己对许量提出的唯一的爱的要求，但是她终于没有说出口，因为她知道许量能够反省，那么任何事情都将在他能够控制的道德范围之内。

嘉仪与许量共勉道："许量，以后我嘉仪对你完全地信任了！爱情是两个人的宗教，爱了就一定要把彼此的心灵放在对方的教堂，而且凡事包容、凡事相信、凡事盼望、凡事忍耐！"

此时此刻，许量觉得向爱人坦白一切，虽然不太明智，但是，非常痛快！他说："如果爱情就是两个人的宗教，那只有虔诚以对，才能够战胜世界形形色色的诱惑，保持干干净净的爱情！这个世界干净的东西的确已经不多了。也许，真心相爱的人的情怀，就是充满阳光彼此的心灵教堂吧！"

许量说了几千句话。这些独白，有点像一个普普通通的书生下海之后，从白到灰到黑，再从黑到灰再到白的人生忏悔录！内容之丰富多彩，完全就是一本很厚重的书，而故事情节的曲折跌宕，不明就里的人，一定非常容易认为是许量在吹牛！嘉仪喃喃地说："原来你们做这行业，看起来威风八面，其实还有这样一些难言之隐！这样的一些辛酸！江湖就是这样的恩怨交织，是红，是黑，是灰，是白，我看其实没有任何人能够完全说得清楚！"

许量对嘉仪说："水哥出事这件事情，虽然是一个必须重视的信号，但这还不是什么大事情。我的朋友中，前两年，还有放高利贷的人为了借贷生意而丧失了生命的。他怎么会死？他是因为借贷了别人的钱来放高利贷，而借款的人跑掉了，所以，他跳楼了，是二十八楼！明白吗？做什么事情，都是有风险的！吃饭这件事情，看起来很简单吧？一样有被噎死的人啊！"

"真的还是应验了那句经典的电影台词：'出来混，早晚都是要还的'！"沉默了一下，许量继续认真地说，"包括我许量，我不怕还债，无论是金钱、感情还是道德的债务，我这次回成都，也有'还债'的意思。"

"对我也是还债吗？"嘉仪好奇地问。许量愁眉苦脸地回答："当然。今生的爱情，是上辈子的欠债。人，有时候，就是来这个世界还债的。比如，慈父慈母还不肖子女的债，爱人还浪子的债，仁义兄弟还狼子野心的弟兄的债……恩怨情仇，金钱、权力和女人，这些人和事，就构成了男人们的江湖。"

"女人远离江湖，你说的这些是我以前不了解的。但是，我今天非常想知道以前的许量是什么样子？"嘉仪的艳丽容貌在客厅温柔的灯光下更加迷人，完全地融为一体，好像她天生就是这里的女主人一样。

中年男人离婚，涉及复杂的人际关系，离婚都特别难受，就如电脑坏了需要重新更新系统。但是，许量现在觉得很轻松，离婚的难过很像夏天的雷阵雨，虽然惊心动魄，但时间不会很长久。许量的心中，他以为已经没有谢丽的影子了，但他暗中觉得自己还是薄情寡义的古代"陈世美"，看来让做生意的男人完全专一，一点都不喜新厌旧，还真的很困难！他在动心思，嘴上也不闲着，他摇头说："原来的许量？这个世界上，哪里还有原来的许量呢？俱往矣，逝者如斯夫！过去的许量有几个：一个是农民的孩子许量，一个是学生加书生许量，一个是在大型民营企业集团做老板助理的许量，还有一个是高利贷者许量！嘉仪，你要什么样子的许量我就还原什么样的许量！"

"现在的许量呢？"嘉仪有点顽皮而又固执地问。

"现在的许量？"许量笑嘻嘻地说，"我自己也想问自己呢！我是谁？许量是谁？一句话，也就是'是我非我'吧！"

嘉仪笑容美丽动人，从认识到现在，自始至终，她都能够让许量内心宽慰："是我非我？这样的说法真是有趣！商人是这样，政客是这样，我知道你一定是想说做人的过程其实就是一个从纯真到成熟的过程，人性的异化应该是主流，所以，我们要好好把握自己的本性，在茫茫人海中，尽可能不迷航。"

接着，她又说了一句非常经典的话："许量，你知道我嘉仪为什么从见到你的第一面就忘不了你吗？危难之中，我向你借高利贷你也在所不惜！论金钱，你还不是成都的大富豪，比你有钱的男人很多；论出身，你是农民的儿子；论资历，你也只是崛起于民间金融这个灰色领域中的一个英雄或者好汉而已；论相貌，你算不上英俊；论情感，你有点花心！但是，真诚和智慧还是让你成为一个优秀的男人：你是那种丢水水生花、丢土土扎根的男人中的男人！"

为了这句话，许量忍不住击桌，大声叫好，他哈哈大笑："好，好，好！能够成为男人中的男人，那可是我一生的目标！"许量的酒意上来了，人生的风风雨雨、喜怒哀乐齐上心头，不约而同地纠结在一起，刹那间百味杂陈。

张嘉仪伸出她洁白修长的双手，轻轻地爱抚地摩挲许量很男性的刚毅的脸庞。许量第一次低下了自以为是的大男人高傲的头，无怨无悔的眼泪，开始慢慢涌上了眼眶。嘉仪的真爱，让许量心甘情愿垂泪臣服，至纯的爱情让铮铮的英雄低头。他用这样的方式，向自己的女人表达：心中的高傲完全而彻底地让位给纯洁的爱情。

这时，嘉仪看到了许量左边的额头上，有一个以前她从来就没有发现的长条凹痕。许量见她包含关切的探询目光，柔声地说："那是小时候，我和小朋友打架留下的伤痕。我用这条永恒的伤疤，换来了一颗硬邦邦的、粘满了泥土的硬糖。"嘉仪很心痛，她第一次看到了许量的眼泪，她知道这也许是最后一次。一颗硬邦邦的糖换来的是一条伤痕！她想：那么，在许量心中，应该还有多少伤痕呢？嘉仪记起许量曾经讲过的他少年时候写的诗歌："在人生的荒原上，我走过的每一个脚印，都将站立起来成为墓碑。"

从小多愁善感的许量，到底经历了什么样的心路历程，才变成了一个心不太狠，但是手段绝对毒辣的"高利贷者"呢？虽然刚才许量说过一些事情，但是，嘉仪知道他对自己还是有所保留，一定是非常特殊的经历！嘉仪没有敢进一步追问许量，她想，一辈子的时间还很长，好男人应该就是一本书，以后有的是机会慢慢阅读许量这本厚厚的书籍，做这样的女人，即使慢慢地变老，也是非常值得的。

她给许量斟满酒，然后，自己也满上。

她高举酒杯，继续总结她的男人是个什么样的男人，用迷醉的神态说："你是矛盾交织的一个男人，是好男人中的坏男人，也是坏男人中的好男人！你在痛苦中进攻，在幸福中逃避，大隐于世，智者如斯，慧者如此。在平淡中不平凡，在无声处，终究能够听到你心中，隐约而来的惊雷。"

说完此话，嘉仪仰头一干而尽，许量看到她雪白的脖子，还有紧身得体的白色毛衣包裹的女性完美的身段尽显女性的婀娜多姿时，觉得自己的女人真是美艳不可方物！他告诉自己：许量，你很幸运！中年男人最向往的金钱和事业、美女和财务自由，你现在都不缺了，知足吧，许量！

"于无声处听惊雷"。许量的双眼流露出的目光很神奇地从温柔如水瞬间变得坚硬如铁，他很自豪地说："在外人看来，我也许只是一个喜欢不断折腾的男人，现在在成都业内立足了，还想走出四川，去北京、到上海滩或者到香港甚至闯荡世界，真是有点贪得无厌啊！但这正如大海中，没有鱼鳔的鲨鱼需要永远不停歇地游动一样，许量天生不会安于现状；他需要用新的追求来证明自己的存在和价值。嘉仪，看来我把你作为我许量这一辈子最后的一个女人，是我最佳的选择！"

嘉仪微笑，笑靥似花。这张笑脸居然让许量仿佛看到了他一生中所经历的所有女人的微笑。谢丽、张娅等人的音容笑貌，与眼前的张嘉仪的微笑开始不断融合和重叠，这微笑虽然来自几个不同的女人，但是，大同小异！温润而宽容，她们都真心爱自己！

许量真的醉了，一生无憾事了，他终于体会到了"人生如酒，酒如人生"，许量对自己现在唯一的女人，再次击节唱起了《爱江山更爱美人》这首歌：

"爱江山，更爱美人！哪个英雄好汉宁愿孤单，好儿郎，浑身是胆，壮志豪情四海远名扬！人生短短几个秋啊，不醉不罢休。东边我的美人，西边黄河流。来呀，来喝酒啊！不醉不罢休！愁情烦事别放心头……"

这歌曲虽然是老歌，每个人对它的感受都不同，而许量每次都能够从中找到新的感受，这就是人不如新、衣不如旧，老歌好唱、新路难走的人生哲理。许量告诉嘉仪他的理想就是等待中国民间金融正式开放的那一天，他将出山再战民间资金和资本的江湖，现在就撤退到资本之鹰会所中修身养息；嘉仪却说："如果你不愿意再要小孩子的话，我就计划在郊外买一套别墅，重新建立我的实验室，继续我的太阳能新技术的科学研究。新能源毕竟是未来最好的投资方向。"

许量"嘿嘿"一笑，很自然地回避了这样敏感的问题，许多的模样又浮现出来：儿子一会儿微笑，一会儿冷漠以对，这让他很心疼，许量觉得自己的行为很自私，他怎么也不敢对儿子说自己移情别恋的事情，不爱儿子的母亲，这就很愧对儿子。没有觉察出许量的情绪变化，嘉仪陶醉在春天一般的梦幻氛围中，她喃喃讲述了很多的新生活梦想，梦里只有她和许量的二人世界。

在迷糊中，许量对她居然没有主动考虑到他的儿子许多在新家庭的位置而越来越不快，嘉仪和自己结婚了，她不也是许多的妈妈了吗？是妈妈了，她怎么能够不想想应该怎样安顿新妈妈的儿子呢？上次李玫在峨眉山与许量对话时，嘟哝着提醒他嘉仪是自私自利的女人的那个远去的背影猛然从许量记忆的深海中跳跃出来，再也挥之不去。但许量想，嘉仪肯定不是李玫那个丫头说的"自私自利"，这只是无意之失，他努力把不愉快一笑了之。

等到他们都迷醉在布满鲜花的爱情之海，许量与嘉仪在客厅，在空调非常温暖氛围的包围中，在宽大的沙发上，先后和衣而眠了，他们甜蜜地拥挤和依偎，没有要床的舒适，因为此时此刻的感情得到了升华。许量比嘉仪先进入梦想，嘉仪在他的身边横陈，知道她的体香能够帮助许量彻底地放松，她侧脸看着他有坚毅的外表、有内心勃勃向上的书生意气：许量是多么的好！想到他的好，就突然想到了他身边那些女人，她们一直在他的附近如美人鱼一般的游动,让他眼花缭乱,意乱情迷。也许还是应该把他身边的女人不动声色地全部赶走了?嘉仪被自己的想法吓了一跳,她不是已经放弃了不独霸许量的所有的感情世界的想法吗?但是爱情不正是自私的吗?许量刚才不也是拜托自己要"管"住他吗?嘉仪一时间心情阴晴不定,心中开始装满了千千结,以后也一直都没有办法再打开。

就在他们进入梦乡的时候,他们的好朋友和亲人肖希权和王可心,这对夫妻爱情的结晶在华西医院诞生了,那是一个男孩子!时间已经是凌晨的3点10分。新生命的啼哭比预产期预计的来得早了些,为了独享二人世界,许量和张嘉仪的电话都早早地关机了,因此,他们没有能够更早地听到这个小男孩的极其洪亮而有力的哭声,他被取名为肖宇辰。

现在,在医院里面,陪伴肖希权忙前忙后的是王可心的好朋友何倩,她是肖希权最不想见到的人之一,因为何倩是王可心在宜宾老家的儿时伙伴,据说还是一个现代非常罕见的懂得巫术的传奇人物;肖希权在她面前始终很有心理压力。当然,几天之后,警惕的肖希权没有能够看出何倩有任何与众不同,她怎么看来也只是一个普通的漂亮一点的女孩子而已。

肖希权看到王可心与何倩嘻嘻哈哈地聊天的时候,完全放心了,渐渐地和何倩熟悉起来。当然,有时候,肖希权也很乐意看到何倩装模作样地帮助产后疼痛的老婆用她的气功恢复身体。这些小儿科的事情,看来很神奇,对何倩实在是非常简单。肖希权没有机会看到何倩发挥出她继承的远古巫术的神奇,他以为她没有什么真本事,一直到后来他的"笨驴俱乐部"在数次探险旅途中,都得益于何倩的巫术化险为夷,他才说自己是有眼不识泰山,这是后话。

第二天凌晨,许量先苏醒过来,他是被噩梦惊醒的。梦中,他被谢丽遥远而痛苦的呻吟之声唤醒,他看看手表上的时间:凌晨4点8分。许量的心莫名其妙地狂跳了很久,心神很不安宁。他看看身边的嘉仪依然睡得很甜蜜,于是,摇摇头,自言自语道:"这是杞人忧天。"他倒头再睡去。

而此时此刻,千真万确,远在澳大利亚的孤单单的谢丽,因为肝病发作,进了医院紧急抢救。她对儿子许多和她在澳州的亲朋好友的唯一要求是封锁她早已染上绝症的消息，她不想影响许量的新生活，她的内心其实与张娅离开许量的原因一样："有一种爱叫放手"。她口头上的理由却是："我恨许量！永远不想再见到这个负心人！"否则，她将拒绝任何抢救和治疗。在泪流满面的儿子许多的呼唤声中，谢丽被推进了抢救室，开始了她与死神搏斗的艰难旅程。

后　记

（一）

2009年2月14日，星期六，情人节，我与家人一起去了峨眉山。

因为成都与峨眉山的距离太近，所以我不能奢侈地说此行是去"旅游"，只能够譬如说是农忙中在田间树下小憩。在阳光明媚的时间与空间中，我穿越了一种很厚重的回忆：来到了十年前的曾经的峨眉山。这里是回忆的天堂，新的希望的开始。

久违了，我心中的峨眉山！

我去年七月到十月写成的《借贷》一书，本来就是情绪的宣泄之产物，是用心灵来"讲述"的故事，没有想到会成为许多朋友喜欢的畅销书籍。当我开车在成乐高速路上的时候，书中的那些似是而非的人物原型，许量与谢丽、张娅、张嘉仪等，以及李锌、李玫，还有那些曾经很谦卑的或者狂妄的商界人物，都在白色行道线不断地延伸中一一浮现出来。他们既真实又虚幻，真亦假来假亦真，人生的奇妙和魅力其实就在于此。

现在，全国各地的不少朋友都在问我："你是不是许量？"

当然，我不是许量，至少不全部是；我也不想成为他那样的杰出人物。我的人生观告诉我：做那样的人太累，心与身都很劳累。

我下海从商已经十四年了，见多了习惯了商业的智慧或者商业欺诈，每天还要与形形色色的商人谈判合作或者斗争，为了什么呢？有时候清晰，更多的时候却是糊涂。十多年了，很少有正常的生活，每天都是一个字"忙"。是啊，作为老板，我们这样奔波是为了什么呢？我喜欢峨眉山，因为这里有难得的"峨眉天下秀"，总有一天，我会在这里找到真实的答案。

到了晚上，在峨眉山下的一个古色古香的小酒馆里，我一边喝酒，一边构思小说：我准备把去年十一月开始写的《放贷人》（《借贷2》）的30多万字的书稿杀青了。计划休息两个月之后，再开始《借贷3》的创作。有不同一般的人生阅历可以一直写下去，这是我的幸运，也是我的"不幸"：我已经有半年多没有假期了。我仿佛是得了一种非常奇特的"毛病"：一种难改的积习。做完生意之后的第一反应就是问自己："能不能把刚才发生的事情写进书中呢？"写有用而好看的新财经小说是我的爱好，也已经成为我生活和事业的一部分。能够写书是商人的奇迹，能够找到真爱是女人的梦想。所以，我书中的男人是为奇迹而生，女人则为梦想而活。

当酒的清香划过心扉的时候，在古筝的清越声中，我远望窗外的黑暗被路灯支撑开的那片光明，想起了不远处的报国寺，那里曾经有我的诺言与祝福。还有很遥远的那些人，他们曾经对我很真诚，我也以真情回报他们。可现在，他们已经被时光的流水带走，远离了我的世界。在这里，此时此刻，我道一声：谢谢；多一句：保重！人生且行且珍惜！

许量与谢丽、张娅、张嘉仪、李铎与李玫他们都是生活在这个大千世界中的人们，因为他们已经从生活走进了小说；现在也会从小说中，重新走进生活。"书如其人，人如其书"，我这样说。只有看懂了我的书和我的心的人，才能和我一样拥有这样真实的感受：做人，贵在过程。对很多商人而言，其实，"商人"就是"伤心之人"，被市场所伤，被权力所累，被舆论所害，被员工所烦，这基本上就是他们的宿命！所以，做当今商人需要很强的心理素质，甚至是非凡的勇气，正如许量所说："我做老板都不怕，难道还害怕你们的刀枪吗？"他们的生活与感情与众不同：看似美色无数，繁花似锦，其实，真爱寥寥，寂寞无限；也许灯红酒绿，人生得意，其实，甘苦自知。

不管愿意不愿意，商人们都是市场经济中最重要的主体之一，他们承担了更多的风险，当然应该得到更多的宽容和理解。

世界永恒，而人生有限，有限的人生一定会有很多的遗憾！人生充满未知和秘密，不到最后一刻，又有谁能够提前道得明白，解剖得开？此刻，我看见了我三岁多的儿子，在我和太太的身边环绕：他不断地从古色古香的门中跑进跑出，越跑越快乐。我会永远记得在峨眉山的报国寺，作为小车迷的儿子在拜佛时充满童趣的话："我是洒水车，希望保佑我天天装满水……"

儿子是幸运的，他这样幼小就已经懂得希望，用"聪明"两个字，不能够完全表达他欢乐无限的可爱模样；同样的，我想，我们三口之家，只是用"幸福"两个字，也不完全能够形容我们的快乐人生。

问世间情为何物？每个人都有自己最合适的答案，当我的目光与太太的目光温柔地交织的那一刻，我们都在心中说出了我们的答案：情人节的真正含义，不过如此时此刻的心境而已，平淡才能够长久，长久是真。

让一切不能够永恒的变成永恒，这是爱和书的力量，我把这些感受，都将写进我以后的书中，写书的目的与意义也正基于此。我想生命是单程旅途，需要精心计划和享受，所以我愿意用诚意做生意，用真实和真诚继续写书，一直到我有限的永恒。

（二）

书写好了数月，却一直没有出版，因为本书的修改甚至比写作更加困难。

本书于2009年2月写完之后，我不太满意，于是用了和写书一样长的时间来思考和反省。在金融危机之下，人人自危之时，写金融题材需要勇气；写民间金融，除了激情和勇气之外，就更需要智慧了：民间金融最需要的是一个"度"字，这一个字就可以让我举步维艰，让我对书反复修改，甚至失眠。写书甚至比做人更加困难。

《借贷》一书给我了我名誉，同样也给了我压力，全国数百人通过网络找我交流，他们有做民间资金借贷的朋友，有创业者，还有希望通过我做投资的投资者；他们有鼓励和建议，还有友谊与批评。媒体的善意与支持也让我更加珍惜我的言行举止，我想：一本书还真的是一个世界。

这些书，已经改变了我做小商人的生活与事业，还将继续开阔我的眼界，扩大我的世界；我前面的人生路，鲜花和荆棘我都看得比以往的任何时候都更加很清晰。

为写本书《放贷人》（借贷2），我可谓是心力交瘁，内行的朋友都告诉我：写系列书的压力是后者很难能够超越前面的书，即使付出了全部的智慧，也未必能够把书写得青出于蓝。我身体也付出了很大的代价：双手被高强度的打字弄坏了，手肿大的痛苦和神经疼痛，这样的苦，本来不算什么，男人生来应该多吃苦；让我心痛的是有一段时间，我几乎不能够把手指放在电脑的键盘上！接触键盘就等于苦不堪言，但更苦恼的是面对急于看到许量、张嘉仪、李玫与李锌等人的新故事的读者朋友一再追问我什么时候能够出得了新书？我只能够不断地回答："很快。"一直到有读者问我："很快？到底有多快呢？"

我无言以对。书虽然出得慢，但我已经非常努力了。

前几天终于去买了一本《借贷》一书的盗版，目的是作为纪念。

现在我的身边就是和正版书差不多的《借贷》一书，几乎是一模一样。我心中很有感慨：我们的印刷技术发展真的是日新月异；他们的造假能力，真的是炉火纯青；我所处的环境还是一个不能够依靠写书、写好书就能够吃饱饭吃好饭的"文艺复兴"的环境。

早知道，《借贷》出来没有一个月就有了这样的盗版书，据说，这样的盗版已经有了好几个不同的版本。而我平时却懒得去追查，更不想去追问，因为我没有这样的能力去改变这样的现实。甚至有朋友恭维我说："资本之鹰，你写的书有这样多的盗版，你应该自豪，因为这表明你自娱自乐的所谓商战小说更有价值啊！"我无话可说，只能够"哈哈"一笑，把心中的郁闷挥去，但盗版的阴影只能够努力尽可能去忘记。其实，每次朋友告诉我："资本之鹰，你的书卖得很好，盗版就卖得更好了。"我同样是"嘿嘿"一笑了之，很奇怪几乎没有一点自己的劳动和财富被偷窃的切肤之痛。

另外，最值得高兴的是《借贷》一书经过几个月的艰苦努力已经由国家一级导演乔晋先生和本人合作改编成了同名电视剧剧本；剧本经过专家和同行的研讨，得到了非常中肯的高度评价和各方投资者的大力支持，电视剧的筹备工作正在抓紧时间进行之中。相信那是资本之鹰新财经系列小说的一个新的起点！一定也能够给大家崭新的感受！

再次感谢喜欢本书的读者和朋友！愿大家与书中人同在，和他们一样快乐人生。

今天写下这些文字是深夜一点过。昨天下午三点左右，我的一个做借贷生意的朋友告诉我：他公司的一个借贷了他几百万资金的客户已经跑了两个多月了……他希望我能够带句话给这个我和熟悉的客户，一句许量经常说的话："欠债还钱，天经地义；事出有因，情有可原……"

我只接着说了一句"有事好商量"，然后，就只能够选择了沉默不语。

这个世界，还有许多的事情说不明白是非，讲不清楚道理。

资本之鹰吕志刚 2009 年 6 月 26 日

于四川成都市南门

一部教你看透"资本运作"与"中国式关系"的长篇商战小说

"许量公社"中国民间金融业实操指南

集资者未必就是放贷人,但一个好的放贷人一定是一个好的集资者。集资,最重要的是得人心者得天下,没有投资者的信任,那么你什么都不会有的。

"站着放钱,跪着收钱",这是大多数民间资金借贷的无奈现实。这句话中的"跪着收钱"四个字,在不同的事态中,有不同的含义:一是借款人"跪着"被收债,二是放贷人"跪着"乞求收回借款。有合法的渠道,就没有人会采用不合法的收款方式,否则就是疯子。

小生意靠相同的利益,大生意靠相同的价值观。做金融的最高境界,就是利用政治和金钱去掌握权力,用权力支配和分配资源,建立一套金钱流动的系统而不是口口声声说什么赢利模式,要创造项目去制造和驱动金钱,最后才能够使用市场来点石成金。